KB148485

루쉰을 만든 책들 (상)

지은이

리둥무(李冬木)

중국 지린성(吉林省) 창춘(長春) 출생. 일본 불교대학 문학부 중국학과장이자 교수로 재직하고 있다. 주요 연구 분야는 중국 근현대문학과 중일 근현대문학의 관계다. 저서로 『루쉰 정신사 탐색: 진화와 국민』(2019), 『루쉰 정신사 탐색: 개인·광인·국민성』(2019) 등이 있고, 중국어 번역서로 『루쉰과 일본인』(2000), 『(다케우치 요시미) 루쉰』(2005), 『루쉰과 종말론』(2008), 『루쉰 구망(救亡)의 꿈의 행방-악마파 시인으로부터 「광인일기」를 논하다』(2015), 『국민성 십론』(2020) 등이 있다.

옮긴이

이보경

연세대학교에서 박사학위를 받고 강원대학교 중어중문학과에 재직하고 있다. 주요 연구 분야는 루쉰과 중국 근현대 소설이다. 『루쉰전집』 번역에 참여했으며 중국의 루쉰 연구 성과와 소설을 번역 소개하고 있다.

서유진

워싱턴대학(Washington University in St. Louis)에서 중문학과 비교문학으로 박사학위를 받고 연세대학교 중어중문학과에 재직하고 있다. 주요 연구 분야는 중국 근현대 소설이다. 루쉰, 폭력 서사, 과학소설 연구를 진행하고 있다.

루쉰을 만든 책들

進化
個人
狂人

상

메이지 일본과
진화·개인·광인

리둥무 지음
이보경, 서유진 옮김

그린비

그림 1　일본 유학 시절 저우수런, 1903년

그림 2　저우수런(오른쪽 두 번째)과 도쿄 고분학원 동학, 1903년

그림 3　저우수런(왼쪽 첫 번째)과 센다이의전 동학, 1904년

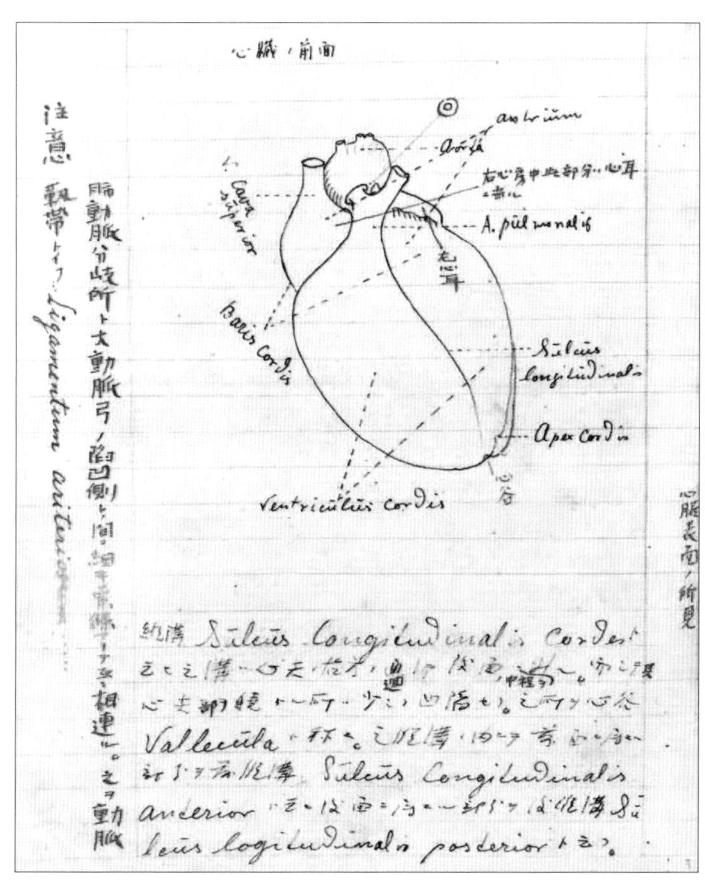

그림 4 후지노 선생이 수정한 저우수런의 의학 노트

明治三十四年八月廿七日印刷
明治三十四年八月三十日發行

復製不許

譯者 楊蔭杭
印刷人 東京市淺草區黑船町二十八番地 酒井平次郎
發行所 東京市牛込區喜久井町二十番地 譯書彙編發行所
發行所 東京市本郷區丸山新町十九番地 譯書彙編發行所
印刷所 東京市淺草區黑船町二十八番地 東京並木活版所

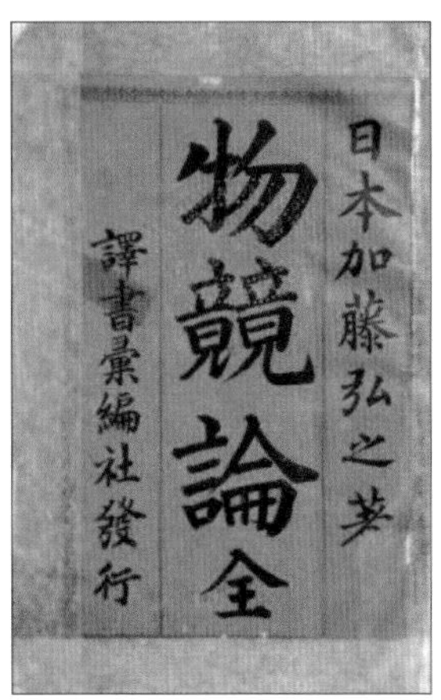

그림 5 가토 히로유키, 『물경론』, 역서휘편사, 1901년
그림 6 구와키 겐요쿠 해설, 『니체 씨 윤리설 일단』, 1902년

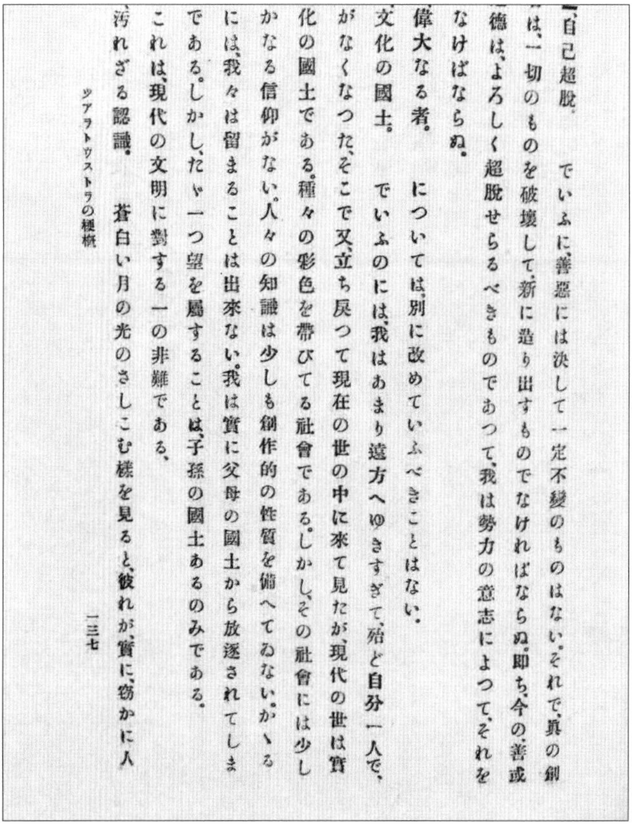

、自己超脫。　でいふに、善惡には決して一定不變のものはない。それで、眞の創
は、一切のものを破壞して、新に造り出すものでなければならぬ。即ち、今の善惡
德は、よろしく超脫せらるべきものであつて、我は勢力の意志によつて、それを
なければならぬ。
偉大なる者。　については、別に改めていふべきことはない。
、文化の國土。　でいふのには、我はあまり遠方へゆきすぎて、殆ど自分一人で、
がなくなつた、そこで又、立ち戻つて現在の世の中に來て見たが、現代の世は實
化の國土である。種々の彩色を帶びてる社會である。しかし、その社會には少し
かなる信仰がない。人々の知識は少しも創作的の性質を備へてゐない。かゝる
には、我々は留まることは出來ない。我は實に父母の國土から放逐されてしま
である。しかし、たゞ一つ望を屬することは、子孫の國土あるのみである。
これは、現代の文明に對する一の非難である、
、汚れざる認識。　蒼白い月の光のさしこむ樣を見ると、彼れが、實に、窃かに人

ツアラトウストラの梗概　一三七

그림 7　구와키 겐요쿠 해설, 『니체 씨 윤리설 일단』 중 『차라투스트라는 이렇게 말했다』의 '문화의 국토' 부분에 대한 개괄

日曜附録

精神病學上より
ニーチエを評す

歐洲名畫

聖母と小兒

그림 8 「정신병학으로 니체를 평가하다(니체는 발광자다)」, 『요미우리신문』, 1903년 4월 12일

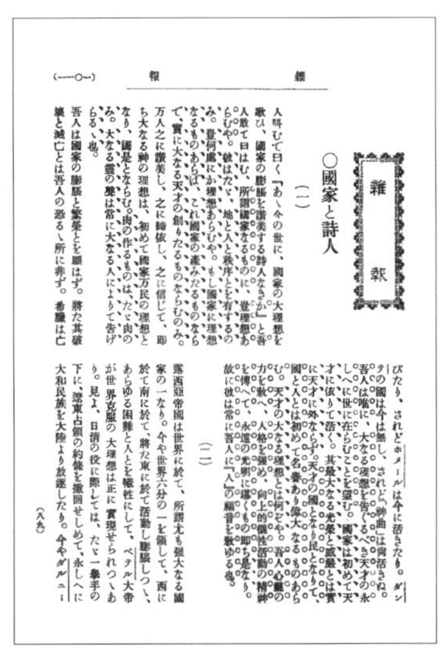

雜報　　　　（一〇一）

雜　欵

○國家と詩人

（一）

人叫むで曰く『あゝ今の世に、國家の大理想を歌ひ、國家の膨脹を讃美する詩人なきか』と吾人敢て曰はむ、所謂國家なるものに、豈理想あらむや。彼はたゞ、地と人と秩序とを有するのみ。豈何處にか理想あらむや。もし國家に理想なるものあらば、これ國家の產みたるものならで、實に大なる天才の創りたるものならむのみ。万人之に讃美し、之に歸依し、之に信じて、即ち大なる神の理想は、初めて國家万民の理想となり、國是とならむ。肉の作るものは、たゞ肉のみ。大なる靈の聲は常に大なる人によりて告げらるゝ也。

吾人は國家の膨脹と繁榮とを願はず。將た其破壞と滅亡とは吾人の恐るゝ所に非ず。希臘は亡びたり、されどホメールは今に活きたり。ダンテの國は今は無し、されど『神曲』は尚活きぬ。吾人は唯に、大なる理想を告ぐるべき天才の永しへに世に在らむことを望む。國家は初めて天才に依りて活く。其最大なる光榮と威嚴とは實に天才に外ならず。天才の國となり民となりて、國と人とは初めて名譽あり偉大なるものあらむ。天才の大なる理想とは何ぞや。吾人心靈の力を敎へ、人格を强め、向上的個性活動の精神を傳へて、永遠の光明に導くもの即ち是なり。故に彼は常に吾人に『人』の福音を敎ゆる也。

（二）

露西亞帝國は世界に於て、所謂尤も强大なる國家の一なり。今や世界六分の一を領して、西に於て南に於て、將た東に於て活動し膨脹しつゝ、あらゆる困難と人とを犧牲にして、ペテル大帝が世界克服の大理想は正に實現せられつゝあり。見よ、日淸の役に際しては、たゞ一擧手の下に、遼東占領の約條を撤回せしめて、永しへに大和民族を大陸より放逐したり。今やダルニー

（八九）

그림 9　사이토 신사쿠, 「국가와 시인」, 『제국문학』, 1903년 6월호

明治二十五年十月五日印刷
明治二十五年十月六日發行
明治三十年二月十五日訂正增補再版印刷發行
明治三十一年六月十日訂正增補三版印刷發行
明治三十三年五月十日四版印刷發行
明治三十三年十二月十五日五版印刷發行
明治三十五年三月六日六版印刷發行
明治三十五年十月二十日七版印刷發行
明治三十六年六月廿八日八版印刷發行

（進化新論與附）
定價金貳圓

版權所有

著作者　石川千代松
發行者　東京市神田區裏神保町一番地　合資會社敬業社
代表者　平岡簷
印刷者　東京市神田區錦町三丁目二十五番地　熊田宜遜
印刷所　東京市神田區錦町三丁目二十五番地　熊田活版所

發兌書肆　東京市神田裏神保町一番地（電話本局二五八番）　合資會社敬業社

그림 10　이시카와 지요마츠, 『진화신론』, 게이쿄샤, 1903년

그림 11　오카 아사지로, 『진화론강화』, 가이세이칸, 1904년

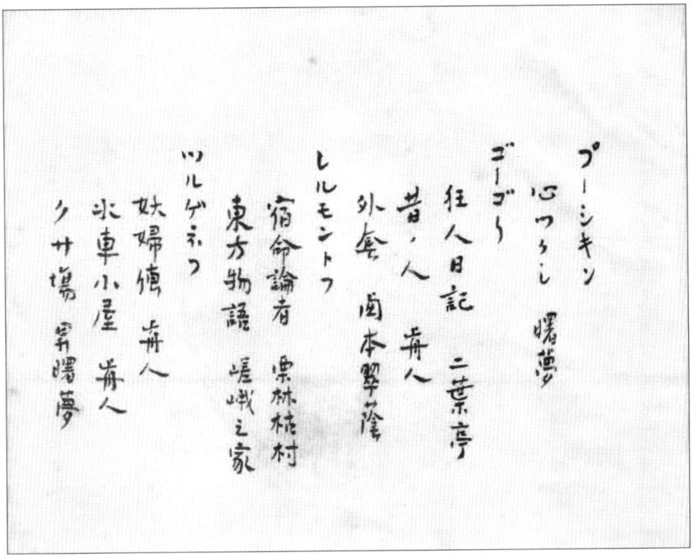

プーシキン
心つくし　曙夢
ゴーゴリ
狂人日記　二葉亭
昔ゝ人　斉人
外套　西本翠蔭
レルモントフ
宿命論者　栗林枯村
東方物語　嵯峨之家
ツルゲーネフ
妖婦傳　斉人
水車小屋　斉人
クサ場　昇曙夢

그림 12　저우수런이 쓴 『소설역총』 목록, 루쉰박물관 제공

그림 13　고리키 초상, 『고리키』, 민유샤, 1902년

그림 14　고골 초상, 노보리 쇼무, 『러시아 문호 고골』, 슌요우도, 1904년
그림 15　후타바테이 시메이 초상(1908), 『후타바테이 시메이 전집』 제2권, 이와나미서점, 1964년

그림 16　후타바테이 시메이가 번역한 「두 광인」의 제화, 오카다 사부로스케 그림,
『신소설』 1907년 3월 1일

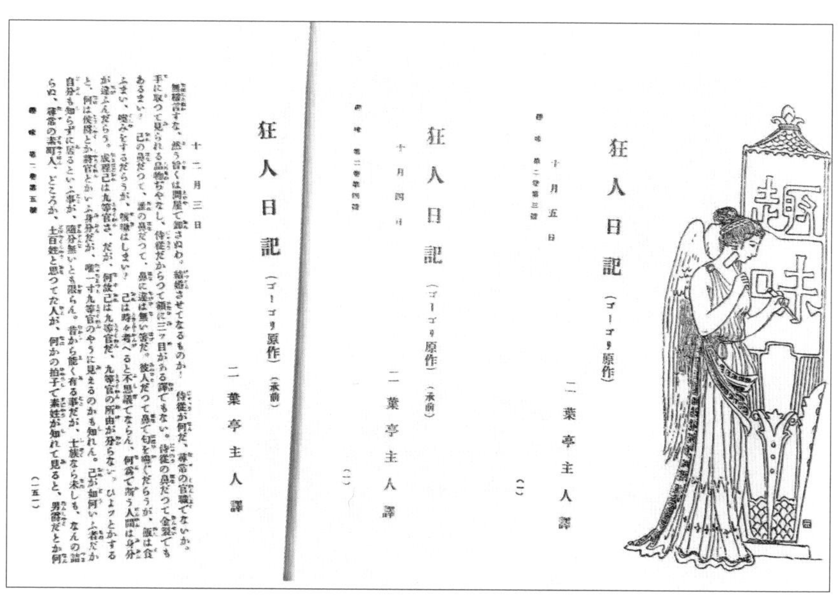

狂人日記（ゴーゴリ原作）

二葉亭主人譯

十月五日

（一）

趣味　第二巻第三號

狂人日記（ゴーゴリ原作）（承前）

二葉亭主人譯

十月四日

（一）

趣味　第二巻第四號

狂人日記（ゴーゴリ原作）（承前）

二葉亭主人譯

十二月三日

無躾言すな、然う旨くは問屋で卸さぬわ。結婚させてなるものか！　侍従が何だ、尋常の官職でないか。手に取つて見られる品物ぢやなし、侍従だからつて額に三ツ目がある譯でもない。侍従の鼻だつて金製でもあるまい？　己の鼻だつて、誰の鼻だつて、鼻に違は無い筈だ。彼人だつて鼻で匂を嗅ぐだらうが、飯は食ふまい、嚔みをするだらうが、咳嗽はしまい？　己は時々考へると不思議でならん、何故て斯う人間は身分が違ふんだらう。成程己は九等官さ。だが、何故己は九等官だ、九等官の所由が分らない。ひよツとかすると、何は侍従とか将官とかいふ身分だが、唯一寸九等官のやうに見えるのかも知れん。己が如何いふ者だか自分も知らずに居るといふ事が、随分無いとも限らん。昔から能く有る事だが、士族なら未しも、なんの詰らぬ、尋常の素町人、どころか、土百姓と思つてた人が、何かの拍子で素姓が知れて見ると、男爵だとか何

趣味　第二巻第五號　（一五一）

그림 17　후타바테이 시메이 역, 「광인일기」(3회 연재), 저우수런이 스크랩하여 남김

그림 18　체호프 초상, 세누마 가요 역, 『러시아 문호 체홉 걸작집』, 시시쿠쇼보, 1908년

그림 19　안드레예프 초상, 우에다 빈 역, 『마음』, 쇼요도, 1909년

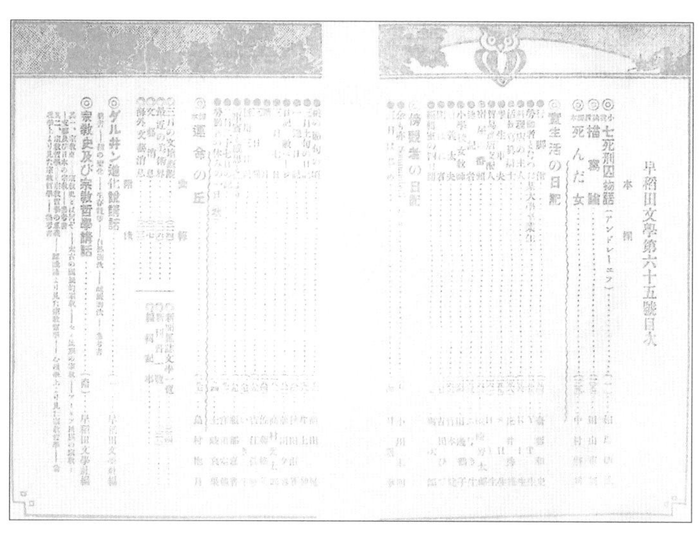
早稲田文學第六十五號目次

七死刑囚物語（アンドレーエフ）

描寫論

死んだ女

實生活の日記

傍觀者の日記

運命の丘

ダルヰン進化說講話

宗教史及び宗教哲學講話

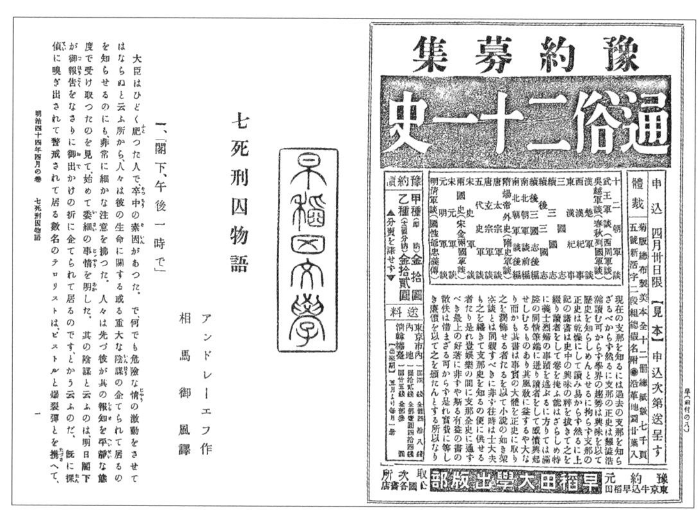

七死刑囚物語

アンドレーエフ作
相馬御風譯

一、「閣下、午後一時で」

大臣はひどく肥つた人で、卒中の素因があつた。で、何でも危險な情の激動をさせてはならぬと云ふ所から、人々は彼の生命に關する或る重大な陰謀の企てられて居るのを知らせるのにも、非常に細かな注意を拂つた。人々は先づ彼が其の報知を平靜な態度で受け取つたのを見て、始めて委細の事情を明した。其の陰謀と云ふのは、明日閣下が御報告をなさりに御出かけの折に企てられて居るのです、とかう云ふのだ。既に探偵に嗅ぎ出されて警戒されて居る數名のテロリストは、ピストルと爆裂彈とを携へて、

明治四十四年四月の卷　七死刑囚物語　一

그림 20　쇼마 교후 역, 『일곱 사형수 이야기』, 『와세다문학』 제65호, 1911년 4월 1일

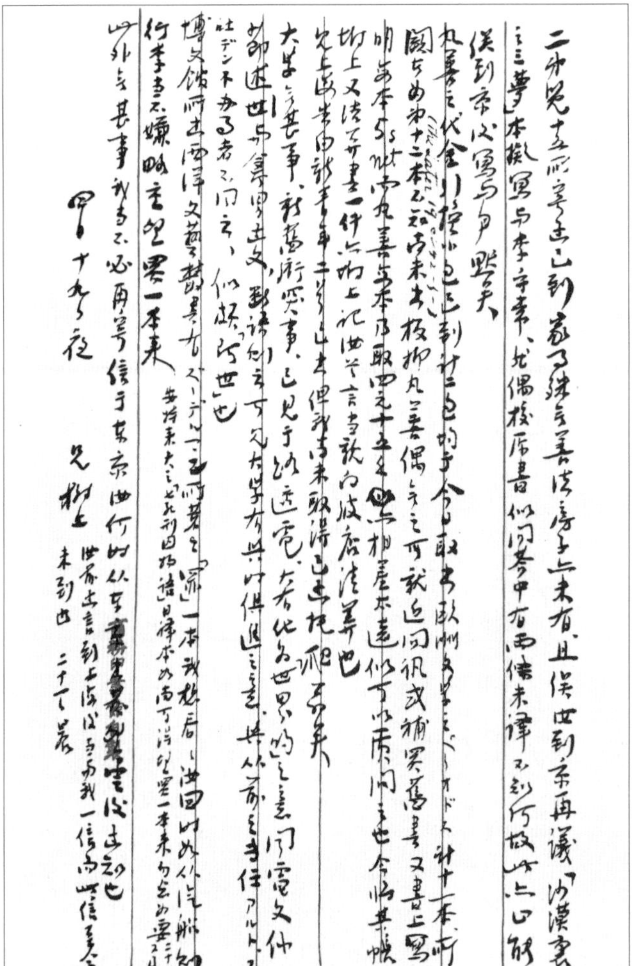

그림 21 루쉰이 저우쭤런에게 보낸 편지(1919년 4월 19일 쓰고 20, 21일 추신), 『루쉰 수고 전집·서신』 제1책

일러두기

1. 이 책은 李冬木 著, 『越境－'魯迅'之誕生』(浙江古籍出版社, 2023 초판)에서 진화, 개인, 광인 관련 부분을 번역한 것이다.
2. 단행본이나 정기간행물 등은 겹낫표(『 』)를 , 논문, 단편 등에는 낫표(「 」)를 사용했다.
3. 외국어 인명이나 지명, 작품명 등은 2002년 국립국어원에서 펴낸 외래어 표기법을 따르는 것을 원칙으로 하되, 번역상의 문맥에 따라서는 예외를 두기도 했다.

한국어판 자서

졸저 『루쉰을 만든 책들』(원제 『월경: 루쉰의 탄생』越境 魯迅的誕生)이 두 분의 뛰어난 학자 이보경, 서유진 교수의 번역으로 한국 독자들과 만나게 되었습니다. 참으로 영광입니다. 감사합니다! 이 책은 중국 독자를 위해 쓴 것으로, 한국어판으로 한국의 벗들과 이 책을 나눌 수 있게 되리라고는 애초에 생각지도 못했습니다. 놀랍고 기쁘면서도 얼마간 불안하기도 합니다.

부끄럽게도 나는 '루쉰과 조선'에 대해 아는 바가 매우 적습니다. 루쉰이 신언준에게 보낸 편지(1933년 5월 9일)에서 한 말을 빌리자면 "평소 조선에 대해 잘 알지 못했습니다". 제한적으로 알고 있는 지식은 모두 일부 중국 학자의 소개와 중국어로 번역된 소수의 한국 문헌을 통해 얻은 것입니다. 이 졸저에서 '조선'을 언급한 곳은 기껏 다섯 곳에 불과합니다. 이런 책을 한국의 독자들에게 바치는 것이 적절한지 잘 모르겠습니다.

루쉰의 텍스트를 통해서 조선을 읽을 수 있는 것이 많지 않다는 것은 논쟁의 여지가 없는 사실입니다. 그러나 조선과 관련된 제한적인 언급에 드러난 조선의 형상과 자리매김은 분명합니다. 그것은 바로 '소리 없는 조선'입니다. 루쉰은 「소리 없는 중국」(1927)의 마지막에 중국의 청년들에게 질문을 던집니다. "지금 소리 없는 민족이 얼마나 되는지 생각해 보기로 합시다. 우리는 이집트인의 소리를 들을 수 있습니까? 베트남, 조선의 소리를 들을 수 있습니까? 인도는 타고르를 제외하면 다른 소리가 또 있습니까?" 조선은 당시의 중국, 이집트, 베트남, 인도와 더불어 똑같이 "소리가 없다"라고 하는 위치에 있었습니다. 루쉰의 말에서 우리는 무거움을 깊이 느낄 수 있습니다. 그렇다면 왜 "소리가 없"는 걸까요? 이에 대한 루쉰의 대답은 이렇습니다. 압박받는 민족은 "힘들다고 외쳐도 소용이 없기 때문에 힘들어도 외치지 않게 되고 그들은 점점 침묵하는 민족이 되어 더욱 쇠락해지고… 아무런 소리도 없게 됩니다"(「혁명 시대의 문학」, 1927). 이것이 바로 약소국가와 민족이 압살되는 모습입니다. 중국과 조선, 그리고 앞서 언급한 각국은 똑같이 이런 처지에 있었습니다. 루쉰의 시선에서는 어느 나라는 덜하고 어느 나라는 심각하다는 구분이 없었습니다. 예컨대 「악마파 시의 힘에 대하여」(1908)에서는 입만 벙긋하면 "왼쪽 이웃은 이미 노예가 되었고, 오른쪽 이웃은 곧 망할 것이라고 하며 망한 나라를 골라 자신과 역량을 비교함으로써 자신의 훌륭함을 드러내고자 하"는 "군인"을 조소하고 풍자했습니다.

이로써 알 수 있는 것은 유학 시절 이래 루쉰은 약소국가와 민족에 대한 관찰과 인식이 일관적이었다는 것입니다. '문사'(文事)로 '인종'(민족)을 관찰하는 그의 시각은 이때부터 확립되기 시작했던 것입니다. 이것이 바로 이른바 "문사가 쇠미해지면 인종의 운명도 다한다"라는 주장입니다. "문화의 서광을 열었으나 지금은 그림자 나라(影國)가 되어 버린 나라"는 "문사가 쇠미해져 버렸다"라는 것이 증거입니다. 이른바 '문사 쇠미'의 표징은 바로 "소리가 없다"라는 것입니다. "어린싹은 조짐이 없고 마른 가지만 앞에 있"는데, "그러나 어찌하여 소리가 없는가?"라고 했습니다. 따라서 그가 선택한 구국의 책략은 '악마파 시의 힘'을 빌려서 "소리 없는 중국"을 일깨우는 것이었습니다(「악마파 시의 힘에 대하여」).

또한 같은 층위에서 그가 당시 가장 관심을 가졌던 나라는 인도와 폴란드, 기타 약소국가와 민족이었습니다. 청년 저우수런은 인도, 폴란드와 같은 운명으로 연결된 조국의 명운에 대한 근심을 이 두 대상에 투사하고 인도, 폴란드의 운명에 공감하지 못하는 중국의 '군중'에 대한 분노와 초조함을 응축했습니다. 당시 루쉰은 자신의 신변에 있는 "애국자"가 "인도, 폴란드를 증거로 들며 그것을 거울로 삼아야 한다"(「문화편향론」, 1908)고 하며, 이 두 나라가 "곧 중화의 땅과 같은 병을 앓는 나라"라는 것을 잊고 강자의 입장에 서서 "침략을 칭송하며 포악한 러시아와 강포한 독일을 유토피아처럼 우러러보고 횡액을 당하고도 하소연도 못 하는 인도, 폴란드 민족에 대해서는 얼음처럼 차가운 말로 그들의 몰락을 조롱"하는 상황을 보았습니다. 그는 이에 대해 깊이 가슴 아파하고 최대한도로 질책하고 이런 "애국자"라는 것은 "수성의 애국"이라고 불렀습니다(「파악성론」, 1908). 루쉰은 이것에 대한 기억과 당시에 느꼈던 감각을 10년 후인 1918년에 다시 끄집어냈습니다. "인도, 폴란드의 소, 말과 같은 노예성…"이라고 하는 "애국자"의 말을 듣고 "나는 얼굴과 귓바퀴에 동시에 열이 났고, 등은 땀으로 흠뻑 젖었다"라고 했습니다(「수감록」, 1918).

이상은 모두 졸저에서 언급한 내용입니다. 여기에서 보충하고 싶은 것은 1920년 루쉰이 '조선'에 관하여 같은 의미로 한 발언입니다. "예컨대 지금 일본이 조선을 병탄한 일을 언급하면 번번이 '조선은 본래 우리의 속국이다'라는 말이 나온다. 이런 말투는 듣는 것만으로도 나는 족히 두렵다"(「한 청년의 꿈」 번역 서문 2」)라고 했습니다. '조선'은 "중화의 땅과 같은 병을 앓는 나라"의 위치에 있었고 인도, 폴란드 계보의 연장이었습니다. 루쉰은 이전과 마찬가지로 약자에 대하여 동정을 표시하고 있습니다. 이와 동시에 중점은 중국의 "애국자"에 대한 비판에 있었습니다. 이것은 '노예성'에 대한 통렬한 질책입니다. 즉, "침략을 숭상하는 자는 유기적 특징이 있는데, 수성(獸性)이 가장 위를 차지한다", "스스로 강포함에 굴복한 지 오래되고, 이로 말미암아 점차 노예의 성격으로 변하여 본래의 것을 잊고 침략을 숭상하는 자가 가장 아래에 있다"(「파악성론」)라고 했습니다.

이른바 '노예성'은 인격 독립 이전 인성의 특징으로 "남들이 말하면 따라서 말하고 자신의 견해를 견지하지 못"합니다(「파악성론」). 그러므로 루쉰의 변혁 주장은 "우선 사람을 세우는 데 있"었습니다(「문화편지론」). '사람'의 확립이 없으면 역사는 "연대가 없"고 "사람을 먹고" "먹히"는 순환이 되고(「광인일기」), "잠시 안정적으로 노예가 되"었다가 "노예가 되고 싶어도 되지 못하"는 영원불변의 처지에 놓이게 되고(「등하만필」, 1925), 「잃어버린 좋은 지옥」(1925)에서의 '지옥'의 쟁탈이 되고, 노예가 노예 주인으로 바뀌는 혁명이라고 하는 것…

이 되고, "간판은 바뀌어도 물건은 그대로인"(『먼 곳에서 온 편지』, 1925.03.31) 상황이 되고 맙니다. 루쉰이 간파한 것은 바로 이 점이었습니다. 따라서 개인에 대한 것이든 약소국가와 민족에 대한 것이든, 그의 착안점은 모두 시종 약자의 자립에 있었습니다. 가장 전형적인 사례의 기점은 '아Q' 입니다.

나는 한국의 루쉰 독서사가 광복 이전의 독립운동에 수반되고 이후에는 민주화운동에 수반되었다는 것을 알고 있습니다. 생각해 보면 루쉰의 전투 정신을 흡수하려는 한국 독자에게는 깊고도 절실한 체험이 있었을 것입니다. 나는 루쉰의 전투성이 그의 강한 독립적인 인격에서 비롯되었다고 생각합니다. 이런 인격이 어떻게 형성되었을까, 하는 것이 내가 내내 관심을 가지고 있는 문제입니다. 졸저는 주로 루쉰의 유학 시절의 독서사로 이 문제를 살펴보았습니다.

주지하다시피, 근대 일본 제국주의의 굴기와 침략은 중국과 조선에 지대한 상처를 주었습니다. 루쉰은 일본이 굴기하던 시기에 일본에서 유학했습니다. 그러나 이것은 결코 그의 독서와 학습이 강자를 공부했다는 '원죄'를 띠고 있음을 의미하는 것은 아닙니다. 그의 태도는 "자존심을 굽히고 우리에게 총질하는 양놈을 공부"하는(「문득 생각나는 것 10~11」, 1925) '가져오기주의'(拿來主義)로 자신을 강건하게 하는 것이었습니다. 공부로 말미암아 타자로 변하게 될까를 걱정하지 않았던 것입니다. 새로운 지식 흡수에 관하여 신언준을 일깨워 준 "그는 일본어든지 러시아어든지 모두 상관없다고 여겼다"(신언준, 「중국 대문호 루쉰 방문기」, 1934). 루쉰의 말은 흥미로운데, 같은 이치입니다. 효과적으로 지식을 지혜로 만들고 성공적으로 자신을 구성함으로써 유학생 '저우수런'은 중국 신문화의 개척자 '루쉰'으로 변신(羽化)했던 것입니다.

세계적으로 보면 '루쉰'의 텍스트 생성과 독서는 주로 동아시아에서 발생했습니다. 따라서 내가 아는 학자 중에는 '동아시아 루쉰'이라는 개념을 제기하는 사람들이 적지 않게 있습니다. 나는 이것에 대하여 깊이 있게 연구하지는 못했으나, 이번 이보경 교수와 서유진 교수의 번역 덕분으로 졸저는 한국으로 '경계를 넘을'(越境) 수 있게 되었고 '동아시아 루쉰'이라는 이 장소의 존재를 느끼게 되었습니다. 이 과정에서 진행된 이 두 학자와의 교류는 나의 시야를 넓혀 주었습니다. 그들의 학식과 빈틈없는 성실함은 나에게 깊은 인상을 남겼습니다. 여기에서 삼가 그들의 뛰어난 작업, 그리고 졸저를 출판하는 그린비출판사의 배려에 대해 충심 어린 감사를 보냅니다.

마지막으로 졸저를 읽는 모든 독자에게 삼가 경의와 감사를 올립니다.

리둥무(李冬木)

2023년 7월 4일 교토 무라사키노(紫野)에서

자서

이 책은 독서사의 시각으로 루쉰에게 다가가 「광인일기」로 상징되는 '루쉰'의 형성과 탄생의 정신적 기제를 살펴보고자 했다.

"루쉰은 유학하면서 어떤 책들을 읽었을까?" 하는 생각, 이른바 '문제의식'이 생겨난 것은 내가 일본에서 공부한 지 7년째 되던 해로 마침 루쉰이 유학한 기간과 비슷했다. 이 책의 인연은 어쩌면 지금으로부터 20여 년 전인 그때 처음 시작되었다고 할 수 있다. 당시 나에게는 중국에서와는 조금 다른 독서 경험이 누적되고 있었다. 이로부터 유학생 선배로서의 루쉰 선생이 어떤 독서 체험을 했을까를 생각하게 된 것은 자연스러운 과정이었던 것 같다. 그러나 인지 형성 과정을 말하자면 결코 그리 간단한 것은 아니었다.

우리 세대로 말하자면 당시 루쉰은 지도자들이 찬양하는 '위인'이었고(지금도 여전히 위대하다고 해도), 스스로 이 위인과 '동질감을 느끼는 것'은 생각조차 할 수 없는 일이었다. 게다가 루쉰의 왜소화를 결코 허락하지 않겠다는 것을 끊임없이 보여 주는 사람도 있었다. 대학 시절 졸업논문은 '「죽음을 슬퍼하다」傷逝와 「샤오얼헤이 결혼」小二黑結婚 비교'였고, 석사논문으로 '루쉰의 문명관을 논하다'를 썼으며, 일본에서 공부하면서 다시 '루쉰과 후쿠자와 유키치(福澤諭吉) 비교'에 관한 것을 썼다. 돌이켜 보면, 의도와 내용이 어떠했든 간에 나는 모두 루쉰을 '위인'이라는 고지에 두고 서술하고 해석하는 길을 걸어왔다.

그런데 지난 세기 80년 이래 점점 더 많은 '사실', 특히 이전에 그다지 알려지지 않았던 유학 시절 루쉰과 관련한 사실이 루쉰에 관한 지식의 경계면에 드러나기 시작했다. 이것은 해석을 통해서만이 아니라 사실을 통해서 이 위인에게 접근하는 어떤 가능성을 제공했다. 중국어 출판물 중에 기타오카 마사코(北岡正子) 선생의 『「악마파 시의 힘에 대하여」 취재원 고찰』(허나잉何乃英 역, 1983)과 류보칭(劉柏青, 1927~2016)의 『일본과 루쉰문학』(1985)은 처음으로 이 사실의 측면을 보여 주었다. 외국어 책으로는 내가 당시 일어를 공부하면서 시험 삼아 번역한 「후지노 겐쿠로(藤野嚴九郎)의 간략한 연보」(중국어 번역본은 1983년 게재, 원서는 『센다이에서의 루쉰의 기록』, 1977)와 이토 도라마루(伊藤虎丸, 1927~2003)의 『루쉰과 일본인』(1983)이 있었다. 전자가 보여 주는 것은 「후지노 선생」 밖에 있는 '후지노 선생'이었고 후자가 보여 주는 것은 '메이지 30년대'와 그곳에서 '서방 근대와 만난 루쉰'이었다. 전부 이전에는 몰랐던 사실이었다. 내가 본 것은 역사적 실제의 단편이었을 뿐만 아니라 사실로서의 이러한 단편이 가지고 있는 의미에 대해서도 나는 결코 잘 알지 못했다. 그렇다고 해도 은연중에 그것들이 구성할 수 있는 모종의 그림들은 예감하고 연상했다. 여기에서 특별히 나의 동베이(東北)사범대학 학부 시절(1979~1983)의 장

시진(蔣錫金) 선생님과 지린(吉林)대학 석사과정(1983~1986) 때의 두 분의 지도교수 류보칭 선생님과 류중수(劉中樹) 선생님께 감사를 드린다. 이 세 분의 지도 아래 나는 앞서 말한 정보들과 접촉하고 입문할 수 있었다.

유학을 마친 후에는 더욱 많은 연구 성과, 특히 조사 논문들과 접촉했다. 기타오카 마사코의 후속 조사 보고서 외에 계속해서 나카지마 오사후미(中島長文)가 『시가대 국문』滋賀大國文과 『폭풍』飆風에 실은 실증적 연구 논문을 읽었다. 이들 연구는 대부분 루쉰이 유학 시절에 쓴 텍스트를 대상으로 하고 있었으므로 관념 층위 바깥의 텍스트 층위 — 즉, 사실 층위 — 에 있는 루쉰을 보다 많이 볼 수 있었다. 이 '루쉰'은 분명 기존의 루쉰 연구가 소홀히 했던 부분이었다. 가타마야 도모유키(片山智行)는 1967년 '원(原) 루쉰'이라는 개념을 제출했다. 동시대 중국 문학계와 비교해 보면 루쉰의 '초기 문장'을 통한 '루쉰' 문학에 대한 이해는 놀라운 경지에 도달했다. 이 '루쉰'은 결코 이미 알고 있는 '루쉰'으로 포괄되지 않음을 발견하고, 따라서 '원 루쉰'이라고 명명했다. 이 명명은 이토 도라마루가 자신의 책에서 이어 사용했다. 이후 나는 또 요시다 도미오(吉田富夫)의 논문을 읽었다. 그는 '환등기 사건' 이후 "의학을 포기하고 문학에 종사한다"라는 '선택'을 한 사람은 '루쉰'이 아니라 유학생 '저우수런'(周樹人)이라고 명확하게 지적했다. 따라서 그것을 "저우수런의 선택"이라고 불렀다.

이상에서 서술한 것은 모두 선배들의 안내에 속한다. 어쩌면 모르는 새 내가 "루쉰은 유학하면서 어떤 책들을 읽었을까"라는 생각에 이르는 데 어떤 깊은 암시가 되었는지 모른다. 그런데 내가 이런 생각을 실행하는 데 직접적인 계기가 된 것은 장멍양(張夢陽), 왕리쥐안(王麗娟)이 번역한 『중국인 기질』中國人氣質과의 만남이었다. 이 책은 미국 선교사 아서 스미스(Arthur Henderson Smith, 1845~1932)가 1894년 뉴욕판 영문 원서 *Chinese Characteristics*를 번역한 것으로 1995년 둔황문예출판사에서 출판했으며 '루쉰과 스미스' 연구의 시작을 열었다. 장멍양은 책 뒤에 쓴 '번역 후 비평'에서 루쉰이 읽은 것은 "물론 영문 원본이 아니라 시부에 다모츠(澁江保)의 일역본이다"라고 분명하게 지적했다. 그렇다면 시부에 다모츠의 일역본은 어떤 책인가? 이 책에 대해 찾고 조사하기 시작했다. 이 조사 연구의 결과는 집약적 형식으로 여기에 수록했다. 「'국민성' 담론의 구성—루쉰과 『지나인 기질』의 관계를 중심으로」라는 제목 아래의 6개 장 40개 소제목과 부록 그리고 「루쉰은 '아진'(阿金)을 어떻게 '보았나'?」가 그것이다. 이 두 글은 시부에 다모츠가 번역한 『지나인 기질』 그리고 이 책과 루쉰의 관계에 관한 주제 연구로서, 이 책이 루쉰의 국민성 담론 구성에서 갖는 위치, 출판사 하쿠분칸(博文館), 번역자 시부에 다모츠, 일역본과 원서의 이동(異同), 루쉰과 이 책의 텍스트 층위에서의 관계, 루쉰 창작에서 보이는 이 책의 투영 등을 포괄했다. 맨 뒤의 '부록'은 시부에 다모츠가 '주석'의 방식으로 일역본에 있던 중국에 관한 헤겔의 논술을 집어넣은 것이다. 영문판 원서에는 없고 같은 시기 다른 중국어 번역본에도 보이지 않는다. 따라서 일역본 『지나인 기질』과 접촉한 중국 독자는 틀림없이 헤겔의 최초 독자일 것이다. 아쉽게도 시부에 다모츠의 일역본을 저본으로 한 1903년 쭤신사(作新社)의 중국어 번역본 『지나인의 기질』은 헤겔(Georg Wilhelm Friedrich Hegel, 1770~1831)의 논술을 삭제했다. 이에 여기서는 부록으로 첨부했다.

'국민성' 문제 토론과 관련 있는 또 다른 글은 「국민성: 단어와 담론의 구성」이다. 4개 장 17개 소제목으로 '국민성'이라는 단어의 사용 현황, 어원 그리고 근대사상사에서의 위치 등을 토론했다. '국민성' 담론을 어떻게 구성하느냐는 량치차오(梁啓超, 1873~1929)부터 저우수런까지 '스파르타' 담론의 구성을 실례로 구체적으로 해석하고 스파르타로 구현된 근대사상의 자취를 드러냈다. 이것이 바로 「'스파르타'에서 '스파르타의 혼'까지—'스파르타' 담론 구성에서의 량치차오와 저우수런」에서 밝힌 내용이다. 「스파르타의 혼」은 저우수런으로서 '스스로 심은' 최초의 글로써 이 글이 전체 '루쉰' 속에 처한 위치 또한 명확히 하고자 했다.[1]

계속해서 '루쉰과 진화론'의 관계에 관해 살펴보았다. 옌푸(嚴復, 1854~1921)의 『천연론』天演論(1898)을 제외하고 그는 진화론에 관한 어떤 책들을 또 읽었던 것일까? 이것이 연구의 착안점이었다. 저우쭤런(周作人)은 초기의 일기에서 그의 형이 출국하기 전에 많은 새로운 책들을 읽으라고 남겨 주었는데, 그중 한 권이 "대 일본 가토 히로유키(加藤弘之, 1836~1916)의 『물경론』物競論"이라는 진화론을 이야기한 책이었다고 했다. 이에 나는 친구에게 부탁하여 베이징도서관에서 『역서휘편』譯書彙編에 3기에 걸쳐 연재된 것을 복사했고, 또한 도시샤(同志

---

1 [역자 주] 국민성에 관련된 글은 분량 문제로 이번 책에 수록하지 않았다. 후속 작업은 조만간 번역, 출판될 예정이다. 루쉰은 「스파르타의 혼」을 발표하면서 필명을 '쯔수'(自樹, 스스로 심다)라고 했다.

社)대학 도서관에서 단행본을 찾아냈다. 이 두 종을 가지고 가토 히로유키의 원서와 대조하여 이 책에 실린 「『물경론』에 관하여」를 완성했다. 이후에는 저우수런의 유학 이후의 독서를 중점적으로 살펴보았다. 옌푸를 포함하고 있으나 결코 옌푸에 갇혀 있지 않았던 유학 시절로 다가가 저우수런, 더 나아가 훗날 '루쉰'의 '진화론 지식의 연쇄'에 관해 기본적으로 분명히 했다. 루쉰과 진화론 서적의 접촉은 유학을 전후한 기간에 그치지 않고 만년까지 지속되었다. 그는 생물학으로서의 진화론과 접촉했을 뿐만 아니라 사회학으로서의 진화론과도 접촉했다. 진화론 서적을 통하여 그는 지식을 흡수하고 사상을 흡수했다. 심지어는 글쓰기에 사용할 대량의 소재로 모으기도 했다. 그에게 있어 진화론은 결코 세분화된 지식의 분과가 아니라 정신을 함양하고 주체의 구성에 참여하는 지성의 토양이었다. 진화론을 통하여 그는 주체적 동력을 얻을 수 있었고 동시에 자연계, 역사, 더 나아가 문명 발전 과정에서의 인간의 상대적 위치를 확인하고, 이로써 '중간물'로서의 자신의 위치를 결정하고 자신의 희생으로 미래를 온전하게 하는 선택을 할 수 있었다. 「'천연'에서 '진화'로—루쉰의 진화론에 대한 수용과 전개를 중심으로」는 7개 장으로 되어 있고 이 방면의 연구를 종합했는데, 여기에서 오카 아사지로(丘淺次郎, 1868~1944)의 진화론과의 관계를 중점적으로 살펴보았다.

세 번째 범주의 내용은 '루쉰과 개인주의'의 관계다. 내가 오랜 시간 가지고 있었던 생각을 지금 여기에서 분명히 밝혀도 무방할 것 같다. 그것은 바로 유학 시절의 '루쉰'과 같은 시기 중국 사상계 사이에는 선명한 경계선이 있다는 것이다. 이 경계선의 이름은 '개인주의'

라고 불러도 좋다. 국민성과 진화론 사상의 층위에서 보면 당시의 '루쉰'은 많은 독특한 모습을 보여 주기는 해도 여전히 같은 시기 중국 사상계와 인지적 측면에서 같은 구조를 보여 주고 있다. 그런데 '개인주의'에 이르면 상황은 완전히 달라진다. 바로 "나는 너무 멀리까지 걸어와 짝을 잃어버리고 혼자가 되었다!"(「문화편향론」)라고 할 만하다. '루쉰'은 중국 최초로 개인주의를 향해 달려간 사람이라고 할 수 있다. 이 유학생이 개인주의를 품에 안고 그 속에 깊이 빠져들어 갈 가치가 있다고 판단했을 때, 사상계의 중심에 있었던 이들 중 따라오는 이는 하나도 없었고 동조하는 이는 더 말할 것도 없었다. 저우수런이 깊이 들어간 곳은 마침 사람들이 애써 피하고자 한 진창이었다고 해도 무방하다. 개인주의는 저우수런을 심히 격동시켰다. 그런데 그를 제외하면 당시 어느 누구도 '개인' 혹은 이 '주의'를 대단한 것으로 간주하지 않았다. 『외침』 자서에서 표현된 '적막'은 어쩌면 이 개인주의의 경계선에서 그 근원을 찾을 수 있을지도 모른다. 기존의 니체 연구, 슈티르너 연구는 이 점을 분명하게 지적하지 않았다(이어지는 일련의 '개인주의자'라는 이름은 더 말할 나위가 없다). 문제는 비단 여기에 그치지 않는다. 더욱 중요한 것은 기존의 연구에서 '루쉰'이 실제로 읽은 그 '니체', 그 '슈티르너'의 실제 텍스트의 모습을 볼 수 없다는 것이다. 2012년 12월 나는 난양(南洋)이공대학 장자오이(張釗貽) 교수의 초청으로 '니체와 당대 화문문학' 국제심포지엄에 참가했다. 「유학생 저우수런 주변의 '니체'와 그 주변」은 바로 이 회의에 제출한 논문이다. 이 논문에서 처음으로 「문화편향론」 중에 인용된 "니취(Fr. Nietzsche)씨가 (…)의 말(을 빌려) 말했다"의 취재원의 출처를 확인했다. 이로써 '유학생 저우수런'이 실제로 마주했던 '니체'로 되돌려 줄 수 있었다. 「유학생 저우수런 '개인' 문맥 속의 '쓰치나얼'—'분학사'(蚊學士)와 게무야마 센타로를 함께 논하다」는 앞선 글의 속편으로 볼 수 있다. 「문화편향론」 속의 '쓰치나얼'(슈티르너)의 취재원으로서의 '분학사' 텍스트의 처리 문제를 새롭게 검증하고 이러한 기초 위에서 저자 '분학사'가 바로 게무야마 센타로(烟山專太郎, 1877~1954)라는 것을 처음으로 밝혔다. 이 저자의 무정부주의에 관한 저술이 근대 중국 사상계에 미친 거대한 영향을 지적하고 동시에 저우수런의 취재의 중점이 중국 사상계와 완전히 달랐음을 지적했다. 그것은 '무정부주의'의 행동이 아니라 '개인주의'의 사상이었다는 점이다. 또한 문화의 '편향' 발전에 관한 「문화편향론」의 서술 방식은 '분학사'의 사상사에 관한 서술 양식을 모범으로 한 것이라고도 설명했다. 「유학생 저우수런과 메이지 '입센'—사이토 신사쿠를 중심으로」는 '중국에서의 입센'의 원점으로서 저우수런의 '이보성'(伊孛生, 입센)에 관한 근대 체험을 검토하고 연구의 진일보한 목표를 '사람 세우기'설의 유래로 명확히 했다. 이 글은 나의 '개인주의' 문제 연구의 가장 최근의 성과다.

또한 '루쉰과 개인주의'의 관계에 대한 검토를 착수하면서부터 나는 연구의 시점에 대하여 결정적인 조정을 시도했다. 과거의 '루쉰'이라는 연구 시점을 '유학생 저우수런'으로 조정했다. 이 조정은 관찰 시각의 교체일 뿐이다. 루쉰의 유기적 구성 요소로서의 유학생 저우수런을 루쉰이라는 연구 대상에서 잘라 내어 루쉰 바깥에 있는 독립된 또 다른 존재로 바꾸는 것을 의미하는 것이 아니라 유학생 저우수런이 당시에 처했던 그 역사적 현장으로 되돌려줌으로써 '루쉰'이 된 이후의 '루쉰'에 관한 방대한 해석이 이전 부분에 대한 역사적 관찰 측면에 미치는 영향을 최대한 줄이고자 하는 것이다. 이런 까닭으로 이 책에서 '저우수런'과 '루쉰'은 각각 명확한 의미로 정의된다. 「광인일기」 발표 이전의 '루쉰'은 모두 '저우수런'이라 칭하고 '루쉰'이라고 한 것은 모두 「광인일기」 이후와 관련된다. '저우수런에서 루쉰으로'는 '루쉰'이 어떻게 확립되었는가 하는 과정을 드러낸다. 「'저우수런'에서 '루쉰'으로—유학 시절을 중심으로」(2018)는 중국사회과학원 문학연구소의 동료에게 나의 연구를 소개하고 동시에 이 구상을 설명한 글이다.

'루쉰의 탄생'의 상징은 물론 「광인일기」다. 이 작품이 어떻게 만들어진 것인가는 줄곧 루쉰 연구의 중점 중의 중점이었다. 이 문제는 '루쉰'의 탄생에 관계된 것일 뿐만 아니라 '오사 신문학'의 확립과도 연관되기 때문이다. 나의 연구 구상은 우선 「광인일기」의 기본적 구성 요소를 확인하고, 다시 이러한 요소들의 출처와 작품에 이르는 변화 과정을 정리하고 더불어 이것으로써 이 작품의 생성 기제를 해석하는 것이다. '식인'은 작품의 주제 이미지고 '광인'은 인물 형상이자 작품의 주인공이다. 주인공은 '광인' 특유의 방식으로 '식인'의 세계를 폭로하고 동시에 자신의 처한 곤경을 드러낸다. 이러한 전제 아래 '식인'이라는 주제 이미지는 어떻게 온 것인가, '광인'에 관해서는 또 어떤 언설사가 있는가, 문학작품 속의 '광인' 형상은 국외에서 국내로 몇 겹의 경계 넘기의 변화를 거쳤는가, 저우수런은 이러한 변화 및 구성과 어떤 관련이 있는가,라는 것들이 자연스럽게 검토해야 할 문제가 되었다. 이런 문제에 대한 해답은 바로 이 책에 수록된 「광인일기」를 토론한 세 편이다. 이 세 편은 「광인일기」의 창작 기제를 연구한 나의 도달점으로, 이번에 한꺼번에 편집하여 나의 기본 구상과 문제틀을 집중적으로 드러냈다. 그중 하가 야이치(芳賀矢一, 1867~1927)의 『국민성 십론』과 저우 씨 형제의 관계에 관한 상세한 설명은 이전에 발표한 '식인' 언설에 관한 글에서 구체적으로 전개하지 못한 내용으로 이번에 보충하여 함께 편집했다. 「광인일기」와 중국 신문화운동 더 나아가 신문학의 관계에 관해서 나는 『문학평론』 편집자가 졸고를 위해 쓴 '편집 후기'에 동의한다. "백 년이 지난 지금, 뒤돌아보면 신문화운동의 경전적 저작이 경전이 된 데에는 도타운 온축과 함양의 결과가 아닌 것은 하나도 없다." "「광인일기」는 중국 현대문학이 첫걸음을 딛는 순간부터 피상적인 것과 평범한 것을 꿰뚫는 예술적 풍격을 창조했다. '사상이 작품으로 진입하는 것'과 '경험이 예술이 되는 것'의 문제는 「광인일기」에서부터 이미 완전히 해결되었다." 나는 외래문화는 중국 현대문학의 일부분이고 최초의 작품으로서의 「광인일기」도 당연히 이런 유전적 특징을 가지고 있다고 생각한다. 이것은 「광인일기」 연구에서 마땅히 갖추고 마땅히 제공해야 하는 인지적 차원이다.

독서사에 관하여 처음으로 쓴 글은 「루쉰과 일본책」(2011)이다. 2019년 중국 방문 연수 중 몇몇 대학에서 이 제목으로 강연했다. 물론 보충한 것도 많은데, 그중 가장 중요한 것은 다음 두 가지다. 우선 루쉰은 문학가, 사상가, 혁명가, 학자 등등 각종 '가'라는 이름으로 불린다. 이러한 익숙한 이름은 모두 문인으로서 혹은 주로 문인으로서의 실천 활동을 통하여 얻은 것이다. 문인은 글자 그대로 보면 문자와 교섭하는 사람이다. 문인적 지성의 탄생으로 말하자면 어떠한 문인도 다음 두 가지 측면의 작업과 분리할 수 없다. 하나는 글쓰기고 다른 하나는 독서다. 독서와 글쓰기는 문인으로서 설 수 있는 두 발이다. 그런데 통상적으로 절반은 볼 수 있으나 나머지 절반은 보지 못한다. 볼 수 있는 절반은 글쓰기의 결과로서 남겨진 문자다. 한 편의 글, 한 권의 책, 혹은 한 질의 전집 같은 것들이다. 이런 것들은 모두 독자의 독서 대상이자 작가의 지성적 생산이 최종적으로 외부 세계를 향해 드러낸 측면이다. 다른 한 측면은 보아 내기 쉽지 않은데, 그것은 바로 독서다. 독서가 없으면 글쓰기가 없다. 독서가 글쓰기로 전환되는 기제는 물론 영감과 사고를 포함한 대뇌의 복잡한 활동이다. 작가가 어떻게 사고하고 대뇌가 어떻게 움직이고 작품이 어떻게 형성되는가에 대해서는 통상적으로 작품의 해석을 통하여 설명한다. 그런데 이러한 역추리식의 해석과 비교하면 한 문인 혹은 작가의 독서사를 분석하는 것은 창작 과정을 간취하는 훨씬 효과적인 경로일 것이다. 그러나 이 방법을 사용하는 데는 한 가지 전제 조건이 있다. 그것은 바로 이 사람이 도대체 어떤 책들을 읽었는지를 확실하게 알아야 한다는 것이다. 그렇지 않다면 이 방법을 적용하는 것은 쉽지 않다. 이것은 또한 통상적으로 한 작가와 그의 작품을 독서사로 분석하거나 평가한 것을 거의 보지 못하는 원인이기도 하다. 기존의 루쉰 연구 또한 마찬가지로 독서사의 시각으로 파고든 것은 거의 없다. '루쉰과 독서'의 관계로 보여 주고자 하는 것은 바로 이러한 시각 아래서의 발굴이다.

루쉰의 독서라고 한다면 물론 중국의 것을 포함하고 외국의 것도 포함한다. 저우쭤런의 「루쉰의 국학과 서학」魯迅的國學與西學에는 루쉰이 18세 이전 고향에서 책을 읽던 시기의 국학 도서의 목록과 저자 이름이 나열되어 있는데, 모두 30여 종에 달한다. 루쉰은 16세 이전에 사서오경을 읽었고, 이 아홉 경전 외에 일반 사람들이 읽지 않았던 『이아』爾雅 등이 있고, 초사, 당시, 잡서[2] 등은 더 말할 것도 없다. 국학 서적 독서로 말하자면 루쉰은 동시대 독서인들과 기호의 편중을 제외하고는 그다지 커다란 차이점이 없다. 우리가 지금 치중해서 이야기하고자 하는 것은 루쉰과 서학, 곧 외국 책과의 관계다. 일반적으로 외국 책을 이야기하면 언제나 그렇다면 루쉰과 국학책은 어떤 관계가 있는가, 라는 질문을 받는다. 루쉰은 그 시대의 중국 독서인이고 중국책을 읽는 것은 너무나 당연하고 이것은 통상적 상황 아래서의 중국 지식인의 정신적 원형질이다. 이 점은 문제가 되지 않는다. 그런데 본질적으로 말하자면 '저우수런'에서 '루쉰'으로의 전화는 그의 정신의 원형질인 중국에 변화가 발생한다는 것이 아니라 외래 사상과 문화에서 이질적 내용을 흡수함으로써 더욱 고차원적인 문화적 자각으로 승화한다는 것이다. 소, 양을 먹는 것으로 비유하면, 자신을 소나 양으로 바꾸는 것이 아니라 영양을 보충하고 자신의 성장을 촉진하는 것이다. '가져오기'(拿來)라는 점에서 그는 적극적이고 용감했다. 심지어는 '가져오기주의'조차도 함께 가지고 왔다. 예컨대 나는 어떤 토론에 대답하면서 메이지시대에는 모든 것을 '가져왔'고 '인종'조차도 주저하지 않았다는 이야기를 거론했다. 후쿠자와 유키치(福澤諭吉, 1834~1901)는 자신의 제자 다카하시 요시오(高橋義雄, 1861~1973)가 쓴 『일본인종 개조론』(1884)을 적극 지지하고 이 책의 서문을 써 주었다.

---

2 [역자 주] '잡서'(雜書)는 소설, 잡기, 필기 등 과거시험과 관련이 없는 책을 말한다.

이 책의 4장에는 “비난하는 사람이 서양인과 결혼하면 서양화를 초래할 수도 있다고 말한다면, 소고기를 먹으면 신체가 소로 변할 수 있다는 말이냐고 그것에 답한다”라고 했는데, 이것은 ‘가져오기’를 반대하는 것을 반박하는 말이다. 이러한 ‘가져오기주의’는 바로 그 시대 유학생 ‘저우수런’들에게 제공한 영양이었고 그들 또한 조금도 소홀하지 않게 ‘가져오기주의’를 함께 ‘가져왔다’. 당시는 ‘참조’와 ‘모방’을 언급하는 것이 ‘거대한 상상력’을 흩어지게 한다거나 더 나아가 루쉰이 ‘중국’의 것인지를 의심하는 것이라고 걱정하지 않았다.

물론 ‘가져오기’라고 해서 모든 것이 다 맛있고 다 잘 넘어가는 것은 아니다. 화하(華夏)의 ‘원형질’이 이역의 ‘이형질’과 만날 때 일어나는 저항과 배척은 불가피한 것이다. “오늘날에 이르러 대세가 다시 변하여 특이한 사상과 기이한 문물이 점차 중국에 전해지자 지사들은 위기의식을 느끼고 서로서로 뒤를 이어 유럽과 미국으로 달려가 그들의 문화를 채취하여 조국으로 들여오고자 했다. 무릇 젖어 든 빛나는 기운은 완전히 새로웠고 만난 사조도 완전히 새로웠다. 그런데 그들의 혈맥에 도는 것은 여전히 염제(炎帝)와 황제(黃帝)의 피였다”(「파악성론」). 이것은 ‘서양화’ 능력의 결핍에 대해 쓴웃음을 지은 것이라기보다는 강렬한 배척 반응에 대해 개탄한 것이라고 할 수 있다. 훗날 “내가 다른 나라에서 불을 훔쳐 온 본의는 나 자신의 육신을 삶고자 하는 데 있었다”(「‘억지 번역’과 ‘문학의 계급성’」‘硬譯’與文學的‘階級性’) 라고 말한 것도 이런 것이다. 그렇다면 어떻게 해야 할까? “명철한 인사들이 반드시 세계의 대세에 통달하여 가늠하고 비교하여 그 편향을 제거하고 그 정신을 취해서 그것을 나라에 시행하면 빈틈없이 잘 들어맞게 될 것이다. 밖으로 세계의 사조에 뒤지지 않고 안으로 고유의 혈맥을 잃지 않고, 오늘의 것을 취해 옛것을 부활시킴으로써 따로 새로운 종파를 세운다"(「문화편향론」)라고 했다. 자신감으로 충만한 이 대답은 넓은 도량과 높은 수준의 자각을 보여 준다. "오늘의 것을 취해 옛것을 부활시킴으로써 따로 새로운 종파를 세운다"라고 하는 당시 저우수런의 지향은 최종적으로 '루쉰'이라는 형식으로 완성되었다. 따라서 여기서는 '중국책'의 문제는 그다지 고려하지 않고 '저우수런'이 '루쉰'으로 변신하는 과정에 수반된 외국 도서 목록에 대해 검토했을 따름이다.

2022년 12월 28일 교토 무라사키노(紫野)에서

차례

문제의 소재

진화

91

『물경론』에 관하여

123

'천연'에서 '진화'로

개인

386

유학생 저우수런과 메이지 '입센'

광인

445

메이지시대 '식인' 언설과 루쉰의 「광인일기」

509

광인의 탄생

555

'광인'의 경계 넘기 여정

問題所在

문제의 소재

루쉰과 일본책

1. 외국어: 장서의 절반, 업적의 절반

"나의 의견을 묻는다면, 이렇다. 중국책을 덜 보거나—혹은 차라리 보지 말고—외국 책을 더 많이 보아야 한다."[1] 루쉰(魯迅, 1881~1936)이 이 말을 한 이래로 이것을 어떻게 이해하느냐에 대한 논쟁은 지금까지도 계속되고 있다. 그런데 그의 실천 행위로 보면 최소한 절반 즉, 뒤에서 말한 "외국 책을 더 많이 보아야 한다"라는 말은 '맞다'.

『루쉰 수고와 장서 목록』[2]에 근거해서 따져 보면 루쉰이 소장한 중국어, 외국어 서적과 잡지는 3,760종이다. 이 중에서 중국어는

1 魯迅, 「這是這麼一個意思」(1925), 『魯迅全集·集外集拾遺』 제7권, 人民文學出版社, 2005, 274쪽.
[역자 주] 이하 루쉰 문장의 번역은 루쉰전집번역위원회, 『루쉰전집』(그린비)의 번역을 참고하여 수정하였다.

2 北京魯迅博物館 編, 『魯迅手跡和藏書目錄』, 내부 자료, 1959.

1,945종, 외국어는 1,815종으로 52% 대 48%의 비율로 거의 반반이다. "외국 책을 더 많이 보"고 외국 책을 번역하고 심지어 일본어로 글을 쓴 것은 중국 현대문학을 개척한 작가 루쉰의 커다란 특징이다. 이런 작가는 지금도 흔하지 않다. 동시대 작가 중에서는 어쩌면 저우쭤런(周作人, 1885~1967)만이 그와 비견될 수 있을지도 모른다. 나는 2003년 여름 중국현대문학관을 방문했다. 전시장에는 작가들의 전용 장서 서가가 있었다. '루쉰 전시장'이 다른 작가와 가장 다른 점은 대량의 외국어 장서를 보유하고 있다는 것이다. 다른 중국 현대문학 작가의 서가에서는 거의 볼 수 없는 모습이었다. 거기에는 기껏해야 몇 권의 외국어 사전이나 일본어 교재 같은 것이 있을 뿐이었다. 이 발견은 예전에는 의식하지 못한 커다란 수확이었다. 루쉰의 업적은 사실 그의 장서 수량으로부터 얻은 물리적 성과물이라고 할 수 있다. 마찬가지 이유에서 다른 작가들이 왜 최소한 번역으로라도 루쉰과 같은 업적을 남기지 못했는가를 입증한다고 할 수 있다. 한 통계에 따르면 루쉰의 번역 작품은 "15개 국가, 110여 명의 작가를 포괄하고 300만 자에 가깝다".[3]

최근 30년 동안 통용된 루쉰 텍스트는 1981년 인민문학출판사에서 출판한 16권 본 『루쉰전집』으로 2005년 같은 출판사에서 수정본을 내면서 18권으로 늘어났다. 1938년 상하이 '고도'(孤島)에서 처음으로 출판된 『루쉰전집』과 비교해 보면, 이 두 판본은 수정이 자세하고 주석이 믿을 만하기는 해도 엄격한 의미에서 '전집'이라고 할 수 없다.

3 顧鈞, 『魯迅飜譯硏究』, 福建教育出版社, 2009.

내용적으로 완전하지 않을 뿐만 아니라 루쉰의 번역을 포함하지 않았기 때문이다. 어쩌면 번역은 포함 안 해도 된다고 여겼을지도 모른다. 상대적으로 '고도'판 『루쉰전집』 20권은 적어도 루쉰의 저술 업적의 특징을 '온전'하게 보여 주는데, 앞 10권은 루쉰의 창작이고 뒤 10권은 번역이다. 1958년 인민문학출판사는 이를 분리하여 각각 10권 본 『루쉰전집』과 10권 본 『루쉰역문집』을 출판했다. 그런데 이 '분리' 출판은 큰 문제가 되기도 했다. 닉슨이 방문했을 때 저우언라이(周恩來)가 『루쉰전집』을 선물로 보내려고 했으나 '온전'한 전집이 없어서 최초의 '고도' 판본을 찾아서 수정하고 다시 찍을 수밖에 없었다고 한다. 이것이 바로 인민문학출판사가 1973년에 출판한 20권 본인데, 인쇄 부수가 많지 않아서 지금은 전체를 구하기는 매우 어렵다. 작년에 20권 본 『루쉰저역편년전집』[4]이 출판되었다. 이것으로 '온전함을 추구한다'는 의미에서 '루쉰전집'의 편집, 교정은 마침내 새로운 걸음을 내딛게 되었다. 루쉰의 저서와 번역서의 전체 면모를 알 수 있을 뿐만 아니라 생애에 따른 작업의 역정을 이해할 수 있고, 판본학과 문헌학적 의미는 말할 필요도 없다. 그중에서 과거의 판본이 은폐하거나 중시하지 않았던 절반에 달하는 번역은 앞으로 루쉰 연구에 새로운 과제를 던져 줄 것이라는 점은 의심의 여지가 없다. 최소한 지금까지 루쉰의 번역 문헌에 관해서는 연구에 필요한 주석조차도 부족하다는 것을 알 수 있다. (이런 의미에서 이제까지 '억지 번역'[硬譯]을 포함한 루쉰의 번역에 대한 비평은 대체로 무시해도 좋다. 비평의 기초로서 텍스트 검

4 王世家·止庵 編, 『魯迅著譯編年全集』, 人民出版社, 2009.

토라는 전제도 빠져 있기 때문이다.) 이것이 지금 루쉰과 외국 책의 관계를 제기하는 까닭이다. 루쉰이 외국 책을 읽지 않았다면 자신의 창작을 훨씬 넘어서는, '전집'의 절반을 차지하는 번역 문헌이 존재할 리 만무하다. 외국 책에 대한 루쉰의 독서와 번역 실천이 그의 창작에 어떤 영향을 미쳤는지는 훨씬 더 깊은 층위의 문제다.

요컨대 루쉰의 업적의 절반은 총수량의 절반을 차지하는 외국어 장서와 그의 "외국 책은 더 많이 보아야 한다"에서 그것에 상응하는 답안을 찾을 수 있다.

2. 일본어책과 그것의 의의

루쉰의 외국어 장서에서 두드러진 사실은 일본어책이 태반이라는 점이다. 앞서 언급한 '장서 목록'에 근거하면 "일본어 총 993종, 러시아어 총 77종, 서양어 총 754종"이다. '서양어'는 독일, 프랑스, 영국, 그리고 기타 언어를 가리키는데, 러시아어까지 합치면 모두 831종이다. 일본어책과 기타 언어의 비율은 54% 대 46%이다. 일본어는 루쉰이 가장 잘한 외국어로서 그가 얻은 외국어 정보도 태반은 일본어에서 나왔다. 따라서 루쉰에게 있어서 일본어책의 의미는 말할 필요도 없다. 작년 중국과 일본의 몇몇 학자들은 한 가지 연구 계획을 제출했다. 베이징루쉰박물관 '장서 목록'을 근거로 '루쉰의 일본어 장서 연구'를 시작한 것인데, 이 또한 루쉰에게 있어서 일본어책의 중요성을 의식한 것이다.

또 다른 한 가지 상황도 주의를 기울일 만하다. 그것은 바로 '장서 목록'에는 보이지 않으나 루쉰이 읽었고 루쉰에게 흔적을 남긴 서적들이다. 이것은 루쉰이 실제로 본 서적이 그가 남긴 '소장'보다 더 많음을 의미한다. 이런 상황은 일본어책에서 특히 두드러진다. 나카지마 오사후미(中島長文, 1938~) 선생의 통계에 따르면, 루쉰이 '직접 본 일본책'으로 '확증'된 것은 1,326종이다.[5] 이 연구 성과는 루쉰이 실제로 본 일본어책이 '장서 목록' 993종보다 333종 더 많고 33.5% 상회함을 보여 준다. 나카지마 오사후미 선생의 역작은 25년 전에 쓴 것이다. 최근 조사에서 얻은 나의 소견에 따르면 '루쉰이 직접 본 도서 목록'에 포함되지 않은 '일본책'이 결코 적지 않다는 것이다. 특히 메이지 시대 출판물이 그렇다. 여기에서 몇 가지 사례를 들어 보자.

첫째, 대일본 가토 히로유키의 『물경론』(저우쭤런 일기 1902년 정월 30일, 양력 3월 9일). 루쉰이 유학 가기 직전 저우쭤런에게 보낸 양인항(楊蔭杭) 번역본으로 『역서휘편』 1901년 제4, 5, 8기에 처음으로 연재되었다. 저우 씨 형제가 본 '양장'본은 역서휘편사에서 1901년에 출판한 단행본 가운데 제1판이나 제2판일 것이다. 문제는 적지 않은 연구자들이 이 번역본이 가토 히로유키의 『인권신설』人權新說을 번역한 것이라고 여겼으나, 잘못이다. 진짜 저본은 같은 작가의 또 다른 저작인 『강자의 권리의 경쟁』[6]이다.

둘째, 시부에 다모츠(澁江保, 1857~1930)의 『폴란드쇠망전사』波蘭衰

---

5 中島長文, 『魯迅目睹書目 一日本書之部』, 私版, 1986.

6 加藤弘之, 『强者の權利の競爭』, 哲學書院, 1893.

亡戰史(저우쭤런의 같은 날 일기). 저우쭤런이 루쉰으로부터 받은 것으로 그에게 부단히 반복해서 "읽어라"라고 했고, "읽고 나서는 저도 모르게 여러 번 탄식했다"라고 했다(저우쭤런 3월 19일 일기). 이 책은 도쿄 역서휘편사 1910년 판의 중국어 번역 단행본이다. 원서는 도쿄 하쿠분칸의 『만국전사』萬國戰史 총서 24권 중의 제10편으로 1895년 7월에 출판했다. 이것은 분명 저우 씨 형제의 초기의 핵심어인 '폴란드'의 출처 중의 하나다. 또 다른 핵심어 '인도' 역시 출처를 찾을 수 있는데, 바로 『만국전사』 중의 제12편 『인도잠식전사』印度蠶食戰史다. 저우쭤런의 일기에는 보이지 않으나 당시 학생들이 널리 읽었던 출판물이다. 『중국의 일본책 번역 종합목록』[7]에 따르면 항저우역림관(杭州譯林館)에서 1902년에 출판한 단행본이 있다.

또 다른 한 권은 『누란 동양』(원서는 『累卵の東洋』)으로 오하시 오토와(大橋乙羽)가 쓴 정치소설이다. 당시 일시 풍미했으며 하쿠분칸과 도쿄도(東京堂)에서 나온 두 종의 단행본이 있고 모두 1898년에 출판되었다. 인서관애선사(印書館愛善社)에서 1901년 5월 중국어 번역본을 출판했고 번역자는 유야쯔(憂亞子)다. 저우쭤런은 루쉰이 일본에 가고 얼마 되지 않아 이 책을 구입했다. 오랜 시간을 들여 간간이 읽었고 번역이 조악하다고 생각했다. 일기에는 앞으로 번역할 때 이 책을 경계로 삼아야 한다고 스스로 다짐하는 말이 나온다.

이상 세 가지 사례는 베이징루쉰박물관의 '장서 목록'에 포함되

7 藤惠秀 監修, 譚汝謙 主編, 小川博 編輯, 『中國譯日本書綜合目錄』, 香港中文大學出版社, 1980.

지 않았고 『루쉰이 직접 본 도서 목록』에도 보이지 않으나 저우 씨 형제가 실제로 읽은 책이다. 이에 근거하여 추론하면 루쉰이 유학 이전, 유학 도중, 유학 이후에 읽은 일본어책은 현재 알고 있는 범위를 훨씬 넘어선다는 것이다. 나카지마 오사후미 선생이 말한 바와 같이 훗날 '도서 장부'가 존재하는 시기처럼 유학 시기에 읽은 도서 목록의 '복원'을 상상하는 것은 상당히 곤란하다. 하지만 방법이 전혀 없는 것은 아니다. 앞으로 이야기하고자 하는, 루쉰의 유학 시절의 텍스트에서 찾아내는 선배들의 기본적으로 '딱딱한' 방법 말고 새로운 시도로도 새로운 수확을 얻을 수 있다. 예컨대 지금 교토대학에서 공부하고 있는 베이징대학 중문과 박사과정 학생 리야쥐안(李雅娟)은 최근 '바보' 같으나 실제적인 의미가 있는 작업을 하고 있다. 그것은 바로 『저우쭤런 일기』에서 일본어 도서 목록을 하나하나 찾아내는 것이다. 리 동학이 열거한 1902년에서 1934년까지의 도서 목록을 보면, 이 기간에 저우쭤런이 읽은 일본어책은 대략 1,480종이다. 나는 1923년 형제간에 불화가 생기기 전까지 저우쭤런이 읽은 일본어책 중 상당수는 잠재적으로 '루쉰이 직접 본 도서 목록'으로 가정해도 무방하다고 생각한다.

다음으로, 앞서 언급한 세 가지 사례는 어느 정도 청말 학생들의 일반적인 독서 상황과 이른바 '서학동점'(西學東漸)이라는 배경 아래서의 지식의 전파 경로를 보여 준다. '중서'라는 큰 틀로 근대의 새로운 지식을 탐구하는 것은 일반적으로 '큰 방향'에서는 틀림이 없다. 그런데 큰 틀에만 의지하는 것은 겉핥기가 되거나 구체적인 역사적 과정에서 이탈할 수 있다. 사실상 저우 씨 형제를 포함한 그 시대의 독서인들이 유학 전에 읽은 '서학'은 대부분 중국어로 번역한 일본어책이고, 유학 이후에는 차츰 일본어의 도움을 빌려 읽었다. 내용적으로 말하면 어떤 것은 '서양책'이 일본어로 번역되고 다시 중국어로 번역되었고, 어떤 것은 일본의 '여과'를 거친 서학이다. 앞에서 언급한 3종에서 『물경론』과 『누란 동양』은 일본인이 서학을 흡수한 후에 창작한 것이고 '폴란드'와 '인도' 두 종류는 서학에 대한 정리와 역술(譯述)이다. 이러한 지식 구성과 전파 경로는 적어도 루쉰의 유학 시절에는 시종일관 거의 어떤 변화도 일어나지 않았다. 이런 의미에서 나는 근대 지식 개념을 담지한 어휘에 대한 어휘 연구자들의 견해에 동의한다. 그것은 바로 '서학은 동방에서 왔다'라는 것이다. 서학 지식은 아주 상당한 정도로 일본을 거쳐서 돌아왔다.[8]

그렇다면 루쉰에게 있어서 '일본책'은 무엇을 의미하는가? 대답은 바로 그가 새로운 지식 즉, 광의의 '서학'을 획득한 주요 통로였다는 것이다. 루쉰에게 있어서의 '중서 문화'에 관해 탐구하고자 하는 지금의 연구자들은 루쉰에서부터 '서학'을 향해 걸쳐 있는 '절차'에 대해 반드시 살펴보아야 한다. 이 '절차'를 빼면 이른바 서학동점의 역사는 구체적인 고리를 잃게 될 것이다. 이것이 루쉰과 일본책의 관계를 검토하는 또 다른 의미다.

8　沈國威, 『近代中日語彙交流研究』, 中華書局, 2010.

3. 시부에 다모츠의 일역본 『지나인 기질』

한 친구가 언젠가 루쉰은 그렇게 많은 일본어책을 읽고 소장했는데, 왜 이 책이 아니면 안 되느냐고 질문한 적이 있었다. 나의 대답은 이러했다. 당신 서가에 꽂힌 책들처럼 아무리 많은 책이 있어도 최종적으로 당신에게 결정적인 영향을 주는 것은 이렇게 몇 권, 심지어는 단지 한 권뿐일 수 있고 어쩌면 한 권도 없을 수도 있다. 이것은 '사람을 사귀는 것'과 그리 다르지 않다. 『지나인 기질』처럼 루쉰에게 남긴 거대한 영향을 '확증'할 수 있는 일본책은 그야말로 많지 않다. 그렇다면 왜 이 책이 아니겠는가?

이 책은 '서양책'의 일본어 번역이 중국어로 다시 번역된 전형적인 사례다. 원서는 아서 스미스가 지은 *Chinese Characteristics*로 1890년 상하이에서 초판이 나왔다(나는 하버드대학 도서관에서 이 판본을 확인했다). 그런데 이 책은 중국에서는 이목을 끌지 못했으나 서양 독자로부터는 커다란 반향을 얻어 1894년 뉴욕 플레밍컴퍼니의 '삽화 수정' 판 즉, 'REVISED, WITH ILLUSTRATIONS'가 나왔다. 이것은 제2판으로 원서에는 'SECOND EDITION'이라는 글자가 있다. 이 판본이 세계적으로 유포되었기 때문에 일부 학자들은 이 판본을 제1판이라 여겼지만, 옳지 않다. 2년 후인 1896년 도쿄 하쿠분칸은 뉴욕판을 저본으로 한 시부에 다모츠의 일역본을 『지나인 기질』支那人氣質이라는 제목으로 출판했다. 1903년 상하이 쭤신사(作新社)에서 시부에 다모츠의 일역본을 번역하여 『지나인의 기질』支那人之氣質이라는 제목으로 중역본을 출판했다(정확하게 말하자면, 앞표지와 앞표지의 뒷면에 붙인 제목이다. 목차, 본문의 첫째 쪽과 마지막 쪽에 나오는 제목에는 일역본과 같이 '의'(之)가 없다). 영어 원서에서 일역본이 나오고 다시 중역본이 나오기까지 '서에서 동으로 향'하는 과정은 10년이 소요되었다. 앞서 서술한 바와 같이 중국은 곧장 서에서 취한 것이 아니라 동을 거쳐 빌렸다.

이후 100년 동안 이상 3종의 판본은 중국에 거의 흔적을 남기지 않았다. 20세기 90년대 이후에야 비로소 '스미스'와 그의 책에 관하여 떠들썩해지기 시작했다. 나의 소견에 따르면 현재까지 *Chinese Characteristics*의 중역본은 17종을 밑돌지 않는다.[9] 무엇 때문에 세기 교차기에 이 판본의 '대이주'가 발생한 것인가? 대답은 루쉰 연구학자 장멍양(張夢陽) 선생이 20세기 80년대 초에 시작한 연구와 관련이 있다. 그는 솔선해서 '스미스와 루쉰'의 관계를 제기하고 스미스의 책이 루쉰의 '국민성 개조 사상'에 미친 영향 탐구에 착수했다.[10] 또 그는 다른 연구자와 함께 스미스의 뉴욕판 원서를 번역하고 체계적인 연구를 보여 주는 「번역 후의 비평」을 책 뒤에 덧붙였다.[11] 이 연구가 새로운 길을 열었다는 것은 의심할 여지 없다. 우선 대량의 텍스트적 성과를 수반했다. 스미스 원서를 번역한 각종 중역본의 출판을 제외하고도 가장 중요한 것은 1903년 쭤신사 중역본의 발견과 그

9 이 글을 쓰기 시작할 때인 2011년의 통계다. 2018년에 이르면 중역본은 50종 이상에 달한다.

10 西北大學魯迅研究室, 『魯迅研究月刊』, 陝西人民出版社, 1980; 北京魯迅博物館魯迅研究室, 『魯迅研究資料11』, 天津人民出版社, 1983년 참고.

11 張夢陽·王麗娟 譯, 『中國人氣質』, 敦煌文藝出版社, 1995.

것을 정리하고 교주(校注)하여 출판한 것이다.[12] 둘째, 후속 연구를 가져왔고 새로운 연구 패러다임을 열었다. 그것은 바로 어느새 '스미스와 루쉰'='서방과 동방'이라는 사고틀을 구축했다는 것이다. 뒤이은 연구자들은 알게 모르게 이 틀 안에서 자신의 사고를 전개하게 되었고 텍스트의 운용은 '영어와 중국어' 사이에 갇히게 되었다는 것은 말하지 않겠다. 예컨대 "한 명은 외국 선교사고 다른 한 명은 중국 계몽가였다…", "스미스의 책은 … 공교롭게도 루쉰의 국민성 사상의 주요 출처다"라는 등의 서술은 매우 흔히 보인다.[13] 앞서 언급한 '교주본'도 이 번역본의 정확한 출처—즉 지금은 잘 알고 있는 시부에 다모츠의 번역본—를 표기하지 못했고 앞표지에 '[미] 밍언푸(明恩溥, Arthur H. Smith) 저'라고 표시했을 따름이었다. 앞서 말했듯이 '서학동점'이라는 '큰 방향'은 정확하다. 그러나 이것을 '덧씌우는 것'만으로는 루쉰의 실제에 부합하지 않는다. 장멍양 선생은 당시 루쉰이 읽은 것이 "물론 시부에 다모츠의 일역본이지 영어 원본이 아니다"라는 것을 이미 알고 있었음에도 일역본을 찾지 못했기 때문에 연구를 더 진전시킬 수 없었다.

이것이 내가 시부에 다모츠의 『지나인 기질』이라는 일역본과 이 번역본에서 나온 쭤신사의 중역본을 중시하는 이유다. 일역본과 원서의 가장 큰 차이는 언어의 전환에만 있는 것이 아니다. 더욱 중요한 것

12 劉禾, 宋偉傑 等 譯, 『跨語際實踐 — 文學, 民族文化與被譯介的現代性(中國, 1990~1937)』, 生活·讀書·新知三聯書店, 2002; 明恩溥, 佚名 譯, 黃興濤 校注, 『中國人的氣質』, 中華書局, 2006.

13 孫郁, 『魯迅與周作人』, 河北人民出版社, 1997; 劉禾, 宋偉杰 等 譯, 같은 책.

은 그것이 원서에 없는 내용을 담고 있다는 점이다. 21장의 그림, 중국어로 번역하면 글자 수 3만 자를 초과하는 547개의 미비, 403개의 협주와 미주는 모두 원서에 없는 것이다.[14] 그것은 이미 '다른 것'이다. 이러한 것들이 본문과 합쳐져서 루쉰과 '서학'의 구체적인 연관을 만들었다. 일역본과 그것의 번역자 연구, 루쉰 텍스트와의 비교 연구 그리고 해당 판본의 '일-중 번역' 문제는 아직도 나의 미완성 연구 과제다. 루쉰이 쮜신사 중역본을 직접 보았을 가능성을 배제할 수는 없다고 생각하는데, 이 문제는 따로 논의할 필요가 있다.

4. 루쉰의 '진화론'

대학에서 공부하던 시절 류보칭 선생의 『루쉰과 일본문학』을 통해서 중국 현대문학에 '일본'이라는 문이 있음을 깨달았고, 이토 도라마루 선생 등의 책에서 유학 시절의 '루쉰'에게 그토록 선명한 '유럽'과 '니체'(Friedrich Wilhelm Nietzsche, 1844~1900)가 있음을 알고서 깜짝 놀랐다. 또 기타오카 마사코(北岡正子, 1936~) 선생의 『「악마파 시의 힘에 대하여」 취재원 고찰』을 읽고는 그야말로 '충격'을 받았다.[15] '고한

14 [역자 주] 미비(眉批)는 책이나 서류 등의 윗부분에 써넣는 비평이나 주석, 협주(夾註)는 문장 속에 작은 글자로 삽입한 주석을 이르는 말이다.

15 劉柏靑, 『魯迅與日本文學』, 吉林大學出版社, 1985; 伊藤虎丸, 李冬木 譯, 『魯迅與終末論 ―近代現實主義的成立』, 生活·讀書·新知三聯書店, 2008; 北岡正子, 何乃英 譯, 『「摩羅詩力說」材源考』, 北京師範大學出版社, 1983.

어'(古漢語)의 경계에 갇혀 있는 해석과 전혀 달랐고 일반적인 문헌에서 보지 못했던 풍부하고 광범위하고 깊이 있는 '근대'를 보여 주고 있었다. 거꾸로 말하면 텍스트 저자의 한 점, 한 방울의 선택, 저작, 음미가 자신의 의식과 문장 속에 융합되어 있었다. 많은 선배 연구자들의 유사한 작업은 유학 시절 '저우수런'이 어떻게 훗날의 '루쉰'이 되었는가에 대한 구체적인 과정과 필요조건을 보여 준다. '일본책'이라는 고리의 출현은 결코 의식적으로 만든 것이 아니라—다케우치 요시미(竹內好, 1910~1977)는 루쉰이 일본의 '근대'를 거절하고 배척했다고까지 생각했다—객관적인 연구로 발견한 '우연'한 사실이었다.

언제인지 모르겠으나 나 역시 어느새 이 '찾기'의 행렬로 들어갔다. 우선 '메이지시대'의 '일본책' 중에서 량치차오에서 루쉰에 이르기까지 당시 사람들의 '사상 자원'을 찾았고 더 나아가 그들이 이러한 자원들을 어떻게 정합, 운용하여 자신의 주체 의식으로 만들어 냈는지를 검토했다. 루쉰의 '진화론'에 관한 연구도 이런 측면의 과제 중의 하나였다.

먼저 부딪힌 문제는 루쉰의 '진화론'이 도대체 어디에서 왔느냐는 것이었다. 일반적으로 표준적 대답은 '옌푸에게서 왔다'는 것이다. 20세기 80년대 이후에는 '부분적으로 일본에서 왔다'라는 것을 인정했으나 일본에서 온 것이 얼마나 되는지는 명쾌하지 않았다. 지금의 단계에서 결론짓자면 '지식'으로서의 진화론은 주로 일본에서 왔고 옌푸와의 관계는 지식 체계를 보다 확충하고 이해를 심화시키는 과정이었다는 것이다. 나는 이러한 과정을 '천연에서 진화로'라는 말로 개괄하고자 한다. 이 연구에 관한 종합적 보고는 교토대학 인문과학연구소의 「번역 개념의 중국에서의 전개에 관한 연구」[16]에 나온다. 그것의 결론을 뒷받침하는 것은 다음 두 가지다. 하나는 나카지마 오사후미 선생의 연구다. 그는 루쉰의 「인간의 역사」(1907)를 예로 들며 '취재원'이 『천연론』인 것은 겨우 두 곳이고 나머지 57곳은 모두 일본의 진화론에서 나왔다고 지적했다.[17] 또 다른 하나는 나의 오카 아사지로(丘淺次郎)에 관한 연구다. 그의 텍스트와 루쉰 텍스트를 비교하고 얻은 '실증'적 결론은 진화론 지식을 제외하고도 양자의 '문제의 발상', 소재의 운용 심지어 글쓰기의 분위기까지 모두 상당한 유사성을 띠고 있다는 것이다. '오카 아사지로'의 '조각'들은 각 시기의 '루쉰' 속에 산재해 있다. 한마디 덧붙이면 개인적으로 다음과 같이 생각한다. 번역을 제외하고도 여러 정황에서 루쉰 텍스트에서 언급된 사람이나 책은 대체로 그와 모종의 '거리'가 있는 반면, 일언반구도 거의 혹은 전혀 언급하지 않은 것들이 도리어 그와 훨씬 더 가까웠을 것이다. 눈앞의 것만 꼽아도 야스오카 히데오(安岡秀夫), 『지나인 기질』, 오카 아사지로를 대표로 들 수 있다. '오카 아사지로'는 루쉰의 그림자 아래에서 사라졌고 여태까지 언급된 적이 없다.

16 李冬木, 「關於飜譯概念在中國的展開之硏究」, 『近代東アジアにおける飜譯概念の展開』, 2013.

17 中島長文, 「藍本「人間の歷史」」(上, 下), 『滋賀大國文』 제16, 17호, 滋賀大國文會, 1978, 1979.

5. '식인'과 기타…

지면을 다 썼으나 아직 못다 이야기한 '일본책'이 많이 있다. 최근 하가 야이치의 『국민성 십론』國民性十論 번역을 끝내고 4년이 걸린 이 작업을 위해 해제를 쓰고 있다.[18] '국민성'이라는 일반적 문제를 제외하고도 루쉰의 '식인' 주제의 창안과 이 책 및 동시대 담론과의 관련을 구체화할 수 있었다. 제재에 있어서 꽤 '우물쭈물'하는 『고사신편』故事新編에 대해서도 당시의 출판물—물론 일본책이다—이 언급되지 않는데, 이 문제에 대해서는 따로 기회를 봐서 이야기하고자 한다.

결론적으로 루쉰에게서의 '일본책'의 문제를 검토하는 근본적인 의미는 '피근대화' 과정에서 주체가 어떻게 이 '근대'를 수용하고 재구성하는지를 드러내는 데 있다. 루쉰이 '중국 근대'를 대표할 수 있다고 한다면 그가 보여 주는 것은 '피식민화'의 사례가 아니라 주체 재구성의 사례다.

2011년 8월 3일 오사카(大阪) 센리(千里)에서

18 芳賀矢一, 『國民性十論』, 東京富山房, 1907; 李冬木·房雪霏 譯, 『國民性十論』, 生活·讀書·新知三聯書店, 2020.

‘저우수런’에서 ‘루쉰’으로

유학 시절을 중심으로

머리말

주지하다시피 1918년 『신청년』新青年 잡지 제4권 제5호에 단편소설 한 편이 발표되었다. 「광인일기」狂人日記라는 작품인데, 이로부터 중국 현대문학은 최초의 작품을 가지게 되었고 ‘루쉰’이라는 작가가 이로부터 탄생했다. 본명은 저우수런(周樹人)이고 루쉰은 「광인일기」를 발표하면서 처음으로 사용한 필명이다. 다시 말하자면, 이전에는 작가 루쉰은 없었고 훗날 작가가 될 저우수런이라는 사람이 있었을 따름이다.[1] ‘루쉰’ 탄생 이후의 루쉰은 지금까지 중국 현대문학 가운데서 가

1 이 글은 2017년 5월 26일 중국사회과학원 문학연구소와 불교대학이 공동으로 주최한 ‘지구화 시대의 인문과학의 제문제 연구—당대 중일, 동서 교류의 계발’을 주제로 한 국제심포지엄에서 발표했다. 토론자가 “훗날 작가가 될 저우수런이라는 ‘사람’이 있었을 따름이다”라는 표현에 대하여 의문을 제기했다. 그가 유학할 때 적지 않은 필명을 사용하지 않았는가? 어째서 “…저우수런이 있었을 따름이다”라고 할

장 열렬히 읽히는 작가일 뿐만 아니라 가장 인기 있는 연구 대상이다. '루쉰'에 관한 해석과 설명은 인기 학문이라고 할 수 있을 정도로 차고 넘친다. 이 방면에서 나는 어쩌면 더 새로운 내용을 여러분에게 제시하지 못할지도 모른다. 내가 주목하는 문제는 이것이다. 왜 루쉰이라는 작가가 탄생할 수 있었는가? 익히 잘 알고 있는 역사적 배경, 시대적 환경, 개인의 이력과 같은 기본적인 요소 외에 내가 집중적으로 검토하려는 것은 한 작가가 만들어지는 내재적 정신기제다. 따라서 엄격한 의미에서 내가 주시하는 대상은 사실 '루쉰'이 아니다. 적어도 사람들이 통상적으로 가리키는 '루쉰' 탄생 이후의 그러한 범주 속의 루쉰이 아니라 그 이전이다. 그 이전에는 '루쉰'은 없었고 저우수런이 있었을 뿐이다. 따라서 나의 과제는 다음과 같이 제한할 수 있다. '저우수런에서 루쉰에 이르는 내재적 정신기제는 무엇인가?' 혹은 '저우수런이 어떻게 루쉰이 되었는가?'라고 말할 수 있다.

이것은 선배 학자들이 물려준 과제고 나는 이것을 이어 가는 것에 불과하다. 방법론으로 말하자면 수많은 선배 학자들이 수행한 실증 연구의 방법을 열심히 배우는 것이지만, 문제의식과 관찰 시각의 측면에서는 조정이 있다. 그것은 바로 '저우수런'과 '루쉰'을 상대적

수 있느냐는 것이다. 이 질문으로 나는 이에 대하여 다시 한번 사고했고(여기에서 토론자에게 감사를 표한다), 이 표현과 이 글에서 취하고 있는 '저우수런과 루쉰을 상대적으로 구분'하는 것은 연구 방법과 의미에 있어서 일치함을 확인했다. '저우수런'과 '루쉰'은 각각 작가가 되기 이전과 작가가 된 이후를 상대적으로 구분하는 표준개념이자 대(大)개념이다. 이 두 단계에서 사용한 다양한 필명은 결코 동일한 층위에 있지 않다. '루쉰'이라는 명칭이 훗날의 모든 필명을 포괄하는 것처럼 '저우수런'은 '루쉰'이 되기 전의 모든 필명의 통칭이다.

으로 구분하고, 작가 탄생 이후의 루쉰으로 이전의 저우수런을 해석하지 않는다는 점이다. 이렇게 하려면 두 가지를 고려해야 한다. 하나는 저우수런이 처했던 당시의 역사 현장으로 되돌아가는 것이다. 이로써 루쉰에 관한 방대한 해석이 그 이전 부분의 역사 관찰에 끼치는 영향을 가능한 한 줄이는 것이다. 둘은 지금의 지식 층위에 서서 아래를 내려다보는 해석이 아니라 저우수런 만큼의 높이에서 그가 처한 역사적 환경, 사상·문화적 자원과 시대정신을 마주하는 것이다.

루쉰이 「광인일기」를 발표했을 때 그는 이미 37세였다. 그가 저우수런으로 존재한 37년은 대체로 세 단계로 나눌 수 있다. 첫째 단계는 18세 이전 고향 샤오싱(紹興)에서 생활하면서 전통적 교육을 받은 단계다. 둘째 단계는 외지에 나와 학문을 탐구한 단계다. 18세부터 22세까지 난징(南京)에서의 3년 남짓과 이후 일본에서 유학한 7년 남짓한 생활을 포함한다. 셋째 단계는 귀국부터 「광인일기」 발표까지다. 익히 알고 있는 것처럼 이 세 단계에서의 다양한 경험은 그가 작가로 탄생하는 데 중대한 영향을 미쳤을 것이다. 그런데 한 작가의 지성의 성장, 특히 구(舊) 문인들과 완전히 다르고 따라서 과거의 문학적 전통과 판이한 신문학의 길을 개척한 근대 작가로서의 정신 전체의 구성으로 말하자면, 1902년에서 1909년 즉, 메이지 35년에서 42년까지 일본에서 유학한 7년 남짓한 이력은 특히 주목할 만하다. 가타마야 도모유키(片山智行) 선생은 50년 전에 '원(原) 루쉰'[2]이라는 명제를 제출했

2 片山智行, 「近代文學の出發 ―'原魯迅'というべきものと文學について」, 東京大學文學部中國文學研究室 編, 『近代中國思想と文學』, 1967.

다. '루쉰과 메이지 일본' 역시 루쉰 연구에서 끊임없이 나오는 주제다. 연구가 깊어짐에 따라, 특히 견실하고도 힘 있는 실증 연구가 제공하는 대량의 사실로부터 나는 '저우수런에서 루쉰으로'의 정신적 비밀의 대부분이 '루쉰'이 되기 전의 유학 단계에 감추어져 있음을 확신하게 되었다.

예컨대 사람들은 루쉰의 사상적 깊이에서 다음 세 가지 즉, 진화론, 국민성 개조, 개성주의를 귀납해 냈다. 이것들은 모두 루쉰의 문학관 구성에 작용하거나 혹은 루쉰의 '근대'를 구성하는 기초라고 말한다. 정신적 원류로 말하자면, 이 세 가지 사상 더 나아가 문학관의 원류는 '예로부터 가지고 있던'(古已有之) 중국의 전통 사상이 아니라 외래 사상이다. 외래 사상을 흡수하고 자신의 정신적 이념으로 구성하기 위해서는 하나의 과정이 필요하다. 지금까지의 내 생각은 저우수런에게 있어서 이 과정은 기본적으로 그의 일본 유학 시기와 포개지고 이후의 진일보한 전개는 이 구성 과정의 연장이자 연속이라는 것이다. 따라서 그것들의 구체적인 출처와 저우수런에게서의 생장 기제를 이해하지 못한다면 훗날 루쉰의 사상과 문학을 깊이 있게 이해하고 파악하기는 매우 어려울 것이다. 예를 들어 이러한 사상이 루쉰이 나중에 만난 계급론, 마르크스주의와 어떤 관계를 구성하는가의 문제는 지금까지도 여전히 학술계를 곤혹스럽게 하고 있다.

나의 연구는 일본 유학 당시의 저우수런과의 구체적인 대면에서 시작하고 실증 연구를 통하여 전개할 것이다. 이제 아래와 같이 나누어 서술하고자 한다.

1. 루쉰과 진화론

루쉰의 진화론 관념은 기본적으로 저우수런으로서 학문을 탐구하던 시기에 형성되었다. 일반적으로 이 문제를 이야기하면 우선 옌푸의 『천연론』을 떠올린다. 저우수런이 처음으로 『천연론』과 만난 것은 이 책이 출판되고 3년이 지난 1901년, 난징의 광무철로학당(鑛務鐵路學堂)에서 공부하던 시절이다.[3] 그가 말한 것처럼 이 책은 그에게 거대한 영향을 미쳤다.[4] 그런데 그의 진화론 지식의 기초를 구성한 것은 『천연론』뿐만은 아니다. 『천연론』 이외에 다른 진화론 저작 또한 그에게 중대한 영향을 미쳤다. 알려진 바에 따르면 저우수런이 학문을 탐구하던 시기의 진화론 독서 목록은 다음과 같이 나열할 수 있다.

1. 영국 찰스 라이엘 저, 맥고완 제롬 공역,[5] 『지학천석』地學淺釋, 장난제조국(江南制造局), 1873년.
2. 옌푸 역술, 『천연론』, 후베이 옌양 루씨 신기재목각판(湖北沔陽盧氏愼基齋木刻板), 1898년.
3. 가토 히로유키 저, 양인항 역, 『물경론』, 역서휘편사(譯書彙編社), 1901년.
4. 이시카와 지요마츠(石川千代松) 저, 『진화신론』進化新論, 게이교샤(敬

3 北京魯迅博物館魯迅研究室編, 『魯迅年譜』 제1권, 人民文學出版社, 1981, 78~80쪽.

4 魯迅 「瑣記」, 『魯迅全集·朝花夕拾』 제2권, 人民文學出版社, 2005, 306쪽.

5 [역자 주] 맥고완 제롬((MacGowan, Daniel Jerome, 1814~1893)이 구역(口譯)하고 화형방(華蘅芳, 1833~1902)이 필술(筆述)했다.

業社), 1903년.

5. 오카 아사지로 저, 『진화론강화』進化論講話, 도쿄가이세이칸(東京開成館), 1904년.

6. 찰스 다윈 저, 도쿄가이세이칸 역, 오카아사 지로 교정, 『종의 기원』種の起源, 1905년.

7. 오카 아사지로 저, 『진화와 인생』進化と人生, 도쿄가이세이칸, 1906년.

8. 헤켈 저, 오카노우에 료(岡上梁)·다카하시 마사쿠마(高橋正熊) 공역, 『우주의 수수께끼』宇宙の謎, 유호칸(有朋館), 1906년.

저우수런은 1909년에 귀국한 이후에도 진화론에 관해 지속적으로 관심을 가졌고 1936년 사망 전까지 계속해서 일본에서 출판된 진화론 관련 서적을 구매했다. 그러나 지금 나의 연구는 그의 유학 시기에만 집중하기로 한다.

위에 나열된 8종의 진화론 서적은 저우수런이 학문을 탐구하던 시기에 읽은 전부는 아닐 수 있다. 지금까지 알고 있는 전부일 따름이다. 이 중에서 1~3은 그가 1902년 일본으로 유학 가기 전에 읽은 것으로, 진화론에 충격을 받고 더 나아가 진화론 지식을 수용하는 준비 단계다. 4~8의 5종은 일본 유학 시기에 읽은 것으로 비교적 계통적으로 진화론 지식 체계를 수용하는 단계다. 이 5종은 모두 당시 가장 대표적이고 가장 영향력 있는 진화론 저작이다.

루쉰에 관한 지금까지의 지식 체계를 가지고 말하자면, 1~3은 체계 내 지식으로 루쉰연보, 전집 주석(1981, 2005), 『루쉰대사전』(인민문학출판사, 2009) 등의 기본 연구 자료에 나오는 것이다. 5~8은 이러한 자료들에서 전혀 찾을 수 없는 것으로 루쉰에 관한 지식의 공백이라고 할 수 있다. 주제 연구로서 나는 양인항 번역의 『물경론』, 루쉰과 오카 아사지로의 관계에 집중하고자 한다. 상술한 도서 목록의 3, 5, 6, 7에 해당한다. 4와 8에 관해서는 나카지마 오사후미 선생이 40년 전에 진행한 훌륭한 연구가 있으므로 그의 연구 성과를 참고하기 바란다.[6]

『물경론』은 저우수런이 『천연론』에 이어 중국에서 읽은 또 다른 진화론 저작으로 일본으로 떠나기 전 이 책을 난징에서 계속 공부하는 저우쭤런에게 보냈다. 저우쭤런의 일기에는 그가 이 책을 부단히 읽었다는 기록이 있다. 루쉰연보에서 이 책을 언급한 것은 이를 근거로 한 것이다. 그런데 『물경론』이 도대체 어떤 책인지에 관해서는 오랫동안 일본과 중국의 학자들 사이에서 오해가 오해를 낳는 모습을 보여 준다. 예컨대 이 번역서의 원서에 관하여 스즈키 슈지(鈴木修次, 1923~1989)의 『일본 한자어와 중국』(1981, 213~214쪽), 류보칭의 『루쉰과 일본문학』(1985, 49~50쪽), 판스성(潘世聖)의 『루쉰·메이지일본·소세키』(2002, 49쪽) 등에서 모두 가토 히로유키의 『인권신설』(鼓山樓, 1882)이라고 했으나, 이것은 옳지 않다. 원서는 가토 히로유키의 또 다른 저술인 『강자의 권리 경쟁』強者の權利の競爭(도쿄철학서원, 1893)이다. 이 책은 '강자의 권리가 바로 권력'임을 주장하는데, 번역자인 양인항은 서문에서 '강권론'으로 번역해도 무방하다고 했다. 이 책의 내용은

---

6 中島長文, 「藍本「人間の歷史」」(上, 下), 『滋賀大國文』 제16, 17호, 滋賀大國文會, 1978, 1979.

『천연론』 이후 중국 독서인들을 더욱 자극하고 그들의 위기의식을 더욱 심화시키는 데 도움을 주었으나 진화론 자체에 대한 보다 깊은 이해에는 도움이 되지 못했다. 이 점에 대해서는 나의 「『물경론』에 관하여」라는 논문에서 밝힌 바 있다.[7]

더욱 중요한 작업은 오카 아사지로와의 관계에 관한 것이다. 이 연구는 중일 양국의 근대 진화론 전파의 배경, 형태 그리고 유학생이 매개된 상호작용과 관련이 있다. 또한 오카 아사지로의 진화론의 내용, 특징, 역사적 위치를 깊이 탐구하고 실증 연구를 통하여 그와 저우수런 사이의 밀접한 텍스트적 관계를 입증하는 것이다. 이로써 저우수런의 진화론 지식 구조와 이로 인해 갖게 된 그의 역사발전관과 사고방법 등을 더욱 깊이 있게 이해하는 데 새로운 플랫폼과 경로를 제공하고, 저우수런이 '천연'에서 '진화'로 가는 진화론 지식 체계의 갱신의 필연성을 보여 주는 것이다. 이것은 동시에 중국의 근대 진화론의 전체 수용 과정 문제와도 관련이 있다. 저우수런이 유학 시절에 섭렵한 일련의 일본의 진화론과 이전에 숙독했던 옌푸의 『천연론』의 관계는 여전히 계속해서 검토해야 할 문제다. 지금까지의 연구에서 도달한 기본적인 관점은 다음과 같다. 이른바 '계급론'을 수용하는 루쉰의 시기에도 저우수런이 학문을 탐구하던 시절에 받아들인 진화론적 사고는 결코 그렇게 단순하게 '폭파'되지는 않았다는 것이다. 적어도 오카 아사지로의 진화론은 일종의 사유 방법으로서 현실을 직면하는 그의 현실주의 속에 깊이 삼투되어 있었다. 이것이 내가 일련의 연구

7 이 책의 「『물경론』에 관하여」와 「'천연'에서 '진화'로」 참고.

를 통해 도출한 결론이다.

2. 루쉰의 국민성 개조 사상

루쉰의 국민성 개조 사상에 관해서는 쉬서우상(許壽裳)이 가장 먼저 설명했다.[8] 동시대인이자 가까운 친구로서 루쉰과 고분학원(弘文學院)에서 했던 국민성 문제 토론에 관한 그의 회상은 의심의 여지 없이 「후지노 선생」藤野先生에서 저자가 자술한 "내 생각은 달라졌다"[9] ―즉, 의학을 버리고 문학에 종사하기로 한 선택―와 「『외침』 자서」에 나오는 "우리의 첫 번째 중요한 일은 그들의 정신을 바꾸는 데 있었다"[10]라는 국민성 개조 사상에 권위적인 증거를 제공했다. 기타오카 마사코 교수는 다년간의 세밀한 조사 연구를 통하여 루쉰과 쉬서우상이 그해 고분학원에서 했던 국민성 문제 토론은 사실 교장 가노 지고로(嘉納治五郎, 1860~1938)와 당시 함께 고분학원에서 유학하고 있던 연장자이자 '공생'(貢生)이었던 양두(楊度, 1875~1931) 사이에 벌어진 '지나 교육 문제'에 관한 토론이 불러온 '파동'의 결과임을 발견했다.[11] 이

8 許壽裳, 「懷亡友魯迅」(1936), 「回憶魯迅」(1944), 「亡友魯迅印象記六 辨雜誌·譯小說」(1947), 魯迅博物館·魯迅硏究室·魯迅硏究月刊 編, 『魯迅回憶錄』(上中下), 北京出版社, 1997, 443, 487~488, 226쪽.

9 魯迅, 「藤野先生」, 『魯迅全集·朝花夕拾』 제2권, 人民文學出版社, 2005.

10 魯迅, 「自序」, 『魯迅全集·吶喊』 제1권, 人民文學出版社, 2005, 439쪽.

11 北岡正子, 「六 嘉納治五郎 第一回生に與える講話の波文」, 『魯迅 日本という異文化なかで ―弘文學院入學から'退學'事件まで』, 關西大學出版部, 2001; 李冬木 譯, 「另一種國民

사건은 바로 루쉰이 국민성이라는 문제의식을 갖게 되는 구체적인 환경적 접촉을 제공했다. '국민성'은 당시 시대적 공유성이 아주 컸던 문제의식이었다. 한 개인의 사상 속에서 그것이 일종의 이념으로 승화되는 데는 수많은 복잡한 촉매 요소가 있기 마련이다. 예컨대 량치차오의 '신민설'(新民說) 및 이로 말미암아 함께 움직이기 시작한 사상계와 루쉰의 국민성 개조 사상의 생장 관계는 아주 중요한 문제다. 그런데 문제의식, 이념과 별도로 그것들을 실행의 층위로 실현하려면 즉, 창작 속으로 녹아들게 하려면 구체적인 현실적 경험과 풍부한 독서가 있지 않으면 안 된다. 그렇다면 이 측면에서 저우수런이 읽은 것은 어떤 책인가? 이것이 나의 문제의식이다. 여기서 나는 두 가지 방면의 연구를 소개할 생각이다.

내가 우선 주목한 것은 장멍양 선생의 연구다. 그는 처음으로 '루쉰과 스미스'라는 명제를 제출했으며(1981), 루쉰과 스미스(Arthur Henderson Smith, 1845~1932)의 *Chinese Characteristics* 즉, 『중국인 기질』

性的討論 — 魯迅·許壽裳國民性討論之引發」, 『吉林大學社會科學學報』, 1998년 제1기.

[역자 주] '고분학원'은 일본의 교육자 가노 지고로(嘉納治五郎, 1860~1938)가 중국 유학생을 위해 도쿄에 세운 학교이다. 1902년에 세웠고 19019년에 문을 닫았다. 학제는 3년, 주로 교양과 일본어를 가르쳤다. 양두(楊度)는 청말 량치아오(梁啓超) 등 유신파의 영향으로 1902년 자비로 일본에 유학 가서 고분학원에서 공부했다. 반년 후 수료식에서 교장 가노 지고로가 청나라 사람을 비판하자 그 자리에서 국민성과 교육 문제에 관해 격렬하게 논쟁했다. 이후 「지나 교육」이라는 제목으로 량치차오의 『신민총보』(新民叢報)에 발표한 글은 유학생들의 지지를 받았다. '공생'은 성(省)에서 치르는 제1차 과거시험에 합격한 사람을 부르는 말이다.

(1995)에 관한 연구는 후속 연구를 낳았다.[12] 지금까지 이 책의 중역본은 50종 이상 출판되었는데, 이 중 95% 이상은 장멍양 이후에 출판된 것이다. 특히 스미스에 관한 중국 연구의 추동으로 재작년 즉, 2015년 8월에는 일본에서도 『중국인의 성격』[13]이라는 제목으로 유사 이래 세 번째 일역본이 출판되었다. 이 책은 354개의 역주와 62쪽에 달하는 번역자의 해설과 후기를 덧붙임으로써 이전까지의 연구를 비교적 전면적으로 정리했다.

그런데 내가 주목하는 문제는 스미스의 영어 원서가 저우수런에게 도달하기까지의 중간 고리다. 이것은 이른바 '동방'의 저우수런이 '서방'의 스미스를 만나는 데 반드시 이행해야 하는 일련의 절차다. 메이지 29년 즉, 1896년 일본의 하쿠분칸에서 출판한 시부에 다모츠(澁江保)의 번역 『지나인 기질』은 저우수런과 스미스의 관계를 검토하는 데 주요한 연구 대상이다. 일역본과 원서는 커다란 차이가 있다. 번역자는 각종 역주 900여 개를 달고 25쪽에 달하는 중국에 관한 헤겔의 논술을 덧붙였다. 동시에 원서의 그림 17장 대신에 완전히 다른 21장의 사진을 실었다. 이런 까닭으로 일역본을 통해서 알게 된 '스미스'와 그가 기술한 '중국인 기질'은 원서와 아주 많이 달라졌다. 일역본의 출판 배경, 번역자 그리고 그의 역사적 지위와 저술 활동이 중국에 끼친 영향, 번역본이 이후 일본인의 중국관에 끼친 영향, 특히 이후

12 張夢陽, 「魯迅與斯密斯的『中國人氣質』」, 『魯迅研究資料』(11), 天津人民出版社, 1987년 7월; 張夢陽·王麗娟 譯, 『外國人的中國觀察 — 中國人氣質』(敦煌文藝出版社, 1995)과 이에 덧붙여진 「譯後評析」 참고.

13 石井宗晧·岩崎菜子 譯, 『中國人的性格』, 中央公論新社, 2015.

루쉰 텍스트와의 관계는 나의 관련 연구를 참고하기 바란다.[14]

또 다른 연구는 하가 야이치의 『국민성 십론』(1907)에 관한 것이다. 하가 야이치는 일본 근대 국문학 연구의 개척자로 나쓰메 소세키(夏目漱石, 1867~1916)와 같은 배를 타고 유럽에 가서 유학했다. 당시 베스트셀러였던 『국민성 십론』은 최초로 문화사의 관점에서 풍부한 문헌을 근거로 국민성론을 전개했다. 갑오전쟁부터 러일전쟁까지 유행했던 일본의 국민성에 관한 토론을 조정하는 데 중요한 역사적 역할을 했으며, 그 영향은 지금까지도 이어지고 있다. 한마디 덧붙이자면 '국민성'으로 책 제목을 짓는 것은 이 책에서 시작되었고, nationality라는 단어를 '국민성'(國民性)이라는 한자어로 바꾸는 데 결정적인 '고착화' 작용을 했다.[15] 나는 이 책의 중역본 원고를 2008년에 이미 출판사에 넘겼으나 현실적인 문제로 말미암아 110년 전의 책이 아직도 출판되지 못하고 있다.[16] 이것은 정말 유감스러운 일이다. 그러나 번역본에 쓴 해제는 「하가 야이치의 『국민성 십론』과 저우 씨 형제」라는 제목으로 발표되었다.[17] 이 책은 저우 씨 형제가 함께 직접 본 책으로 형제 두 사람에게 각각 다른 측면과 다른 정도로 영향을 끼

14 졸고, 「'國民性'話語的建構 ─ 以魯迅『支那人氣質』之關系爲中心」과 「魯迅怎樣 '看'到的 '阿金'? ─ 兼談魯迅『支那人氣質』關系的一項考察」을 참고할 수 있다.

15 '국민성'이라는 단어의 어원과 변화에 관한 연구는 다음의 졸고를 참고할 수 있다. 「'國民性'一詞在中國」, 「'國民性'一詞在日本」, 佛教大學, 『文學部論集』 제91호, 2007년 3월. 제92호, 2008년 3월. 두 편은 『山東師範大學學報』 2013년 제4기에도 재수록했다.

16 이 책의 중국어 번역본은 2020년에 출판되었다.

17 李冬木, 「芳賀矢一『國民性十論』與周氏兄弟」, 山東社會科學院, 『山東社會科學』 2013년 제7기.

쳤다. 공통적인 영향은 문예를 통하여 국민성을 고찰하는 것이다. 상대적으로 영향을 더 많이, 더 전면적으로 받은 인물은 저우쭤런이다. 『저우쭤런 일기』에는 이 책의 구매, 독서, 이용에 관한 기록이 충실하게 남아 있다. 1918년에 한 그의 유명한 강연 「일본의 최근 30년 동안의 소설 발달」은 이 책을 참고로 하는 데서 시작한다. 그의 '일본연구상점'[18]은 개점부터 폐점까지 시종 이 책이 안내자로서 함께 참여했다고 할 수 있다. 이 책은 물론 형 저우수런이 그에게 소개했다. 저우수런의 이 책에 대한 섭취는 그와 다른 점이 있다. 문예를 통하여 국민성을 고찰하는 사상적 방법 말고도, 그는 이 책에 나오는 '식인'에 관한 언설로부터 영감을 얻었다. 그로 하여금 『자치통감』資治通鑑에 기록된 사실을 통하여 '중국인은 아직도 식인 민족'임을 깨닫고 더 나아가 「광인일기」의 '식인' 주제를 끌어내도록 했다. '식인' 언설은 메이지 이후 일본의 문화인류학에 빈번하게 출현하여 일종의 '언설사'를 구성했다. 하가 야이치는 이러한 사상적 자원을 계승하고 그것을 저우수런에게 전달하여 그로 하여금 국민성이라는 문제의식 아래 자국의 과거 기록을 주목하고 발굴하여 「광인일기」의 주제와 서사적 내용을 만들어 내게 했다.

이상 두 종류의 책을 통하여 루쉰의 국민성 개조 사상을 살펴보면 동시대의 사상적 자원에 대한 그의 선택에는 자신만의 독특한 눈과 섭취 방식이 있고 선행자인 량치차오의 「신민설」을 훌쩍 넘어선다

---

18 [역자 주] '일본연구상점'(日本研究小店)은 저우쭤런이 자신의 일본 연구를 겸양으로 표현한 말이다.

는 것을 발견할 수 있다. 량치차오가 진행한 것이 주로 이념과 이론적 해석이라고 한다면, 저우수런이 찾은 것은 자신의 사상과 문예활동의 실천에 직접 도움이 되는 자원이었다. 이런 까닭으로 외부 자원의 선택에 있어서 그는 일찌감치 량치차오에게 구애되지 않았다. 그가 찾고자 한 것은 자신의 민족에 대한 이해였는데, 바로 그가 말한 손과 발의 소통이다.[19] 이러한 의미에서 『지나인 기질』과 『국민성 십론』은 자국의 국민성을 인식하는 효과적인 굴절을 제공했으며, 중국의 국민성을 객관적으로 대상화하는 효과적인 참조가 되었다.

량치차오와 루쉰의 국민성 문제에 관한 논술을 메이지의 사상사적 배경 아래 두고 살펴보면 더욱 많은 발견이 있을 것이다. 나는 량치차오와 루쉰을 중심으로 중국 근대의 국민성 의식의 형성 발전사를 설명하는 것을 다음 단계의 과제로 삼을 생각이다.

3. 루쉰의 개성주의 사상

진화론, 국민성 개조 사상에 비교하면 개성주의 사상 문제는 훨씬 더 복잡하다. 훨씬 많은 '서방'의 사상적 자원을 섭렵해야 할 뿐만 아니라 사상 구성의 과정에서 앞선 양자와의 관계와 그것이 처한 사상적 위치 문제까지도 섭렵해야 한다.

저우수런의 학문 탐구 시기에 옌푸의 『천연론』, 량치차오의 '신

19 魯迅, 「俄文譯本「阿Q正傳」序及著者自敍傳略」, 『魯迅全集·集外集』 제7권, 83~84쪽.

민설'로 대표되는 진화론과 국민성 사상은 이미 최소한 청말 중국 지식계의 일반 상식이었다. 저우수런은 자신이 유학한 메이지 문화의 환경 속에서 그것들에 대해 한 걸음 더 나아가 추적, 공부하고 독자적으로 선택, 사고함으로써 '진화'와 '국민'에 관한 자신의 이념을 확립했다. 그러나 전체적으로 말하자면 이 두 가지는 중국 지식계의 '이미 알려진' 사상적 플랫폼에 놓여 있었다. 저우수런이 이 기초에서 결코 더 멀리 나아간 것은 아니었다. 바꾸어 말하면 그는 여전히 일반 상식의 언설적 환경 속에 있었다. 이러한 상황을 타파한 것은 개성주의 — 혹은 개인주의라고도 한다 — 와의 만남이었다.

> 개인이라는 말이 중국에 들어온 지는 아직 삼사 년이 채 안 된다. 시대를 잘 안다는 사람들은 자주 그 말을 끌어다가 (다른 사람을) 매도하고, 만일 개인이라는 이름이 붙여지면 민중의 적과 같아진다. …[20]

개인주의 사상은 그와 중국 사상계 사이에 명확한 경계선을 긋도록 했다. 한쪽은 중국 사상계고 다른 한쪽은 저우수런이다. 이 사상은 그로 하여금 환골탈태하여 '신생'(新生)을 얻도록 했을 뿐만 아니라 동년배와 동시대인들 가운데서 우뚝 솟은 외로운 별이 되게 했다. 이토 도라마루는 그것을 '단독'(個)의 사상으로 개괄하고 루쉰이 파악한 서양 근대의 신수(神髓)라고 했다.[21] 확실히 적어도 나의 독서 범위

20 魯迅, 「文化偏至論」, 『魯迅全集·墳』 제1권, 51쪽.

21 伊藤虎丸, 『魯迅と日本人 — アジアの近代と「個」の思想』, 朝日出版社, 1983. 중국어 번

안에서는 저우수런과 동시대 중국 사상계에서 이러한 사상은 거의 보지 못했다. 위에서 인용한 "개인이라는 말이 중국에 들어온 지는 아직 삼사 년이 채 안 된다"라는 구절은 당시 중국 사상계의 현실이 아니라 저우수런이 일본의 '개인주의' 토론에 관한 사상적 자원을 빌려 진행한 자아의 정신 훈련이 그러하였다는 뜻이다.

이러한 사상의 출처를 언급할 때면 사람들은 자연스럽게 저우수런이 유학 시기에 쓴 논문을 근거로 일련의 이름을 나열한다. 헤겔, 쇼펜하우어(Arthur Schopenhauer, 1788~1860), 슈티르너(Max Stirner, 1806~1856), 키르케고르(Søren Aabye Kierkegaard, 1813~1855), 니체 그리고 악마파 시인들…. 통상적 습관에 따라 그들의 사상을 '서방 사상'으로 통칭해도 크게 틀린 것은 아닐 것이다. 그런데 저우수런의 당시 독서 실천과 사상의 실제에 비추어 보면 신 신고 발바닥 긁는 격으로 지나치게 두리뭉실하다.

가장 많이 논의된 '니체'를 가지고 말해 보자. 그가 만난 것은 도대체 어떤 니체인가? 중국어의 니체인가 아니면 외국어의 니체인가? 외국어라면 독일어인가? 영어인가? 아니면 일본어인가? 이런 문제들은 지금까지도 뒤죽박죽이다. 구체적인 텍스트로 실증 연구를 전개하지 않는다면, 저우수런이 개인주의를 구성하는 과정에서 니체가 어떤 모습이었는지에 대해서 분명하게 말하기 어렵다. 다음에서 우리는 구체적 '니체'의 사례를 볼 수 있다.

역본은 李冬木 譯, 『魯迅與日本人 — 亞洲的近代與'個'的思』, 河北教育出版社, 2000.

독일인 니체(Fr. Nietzsche) 씨는 차라투스트라(Zarathustra)의 말을 빌려 말했다. 나는 너무 멀리까지 걸어와 짝을 잃어버리고 혼자가 되었다. 되돌아 저 지금의 세상을 바라보니 그것은 문명의 나라요 찬란한 사회다. 하지만 그 사회는 확고한 신앙이 없고, 대중들도 지식에 있어서 창조적으로 만드는 성질이 없다. 나라가 이와 같다면 어찌 머무를 수 있는가? 나는 부모의 나라에서 추방되었다! 잠시나마 바랄 수 있는 것은 오로지 자손들뿐이다. 이것은 그가 깊이 생각하고 멀리 주시하여 근대 문명의 허위와 편향을 보아낸 것이고, 또한 지금의 사람들에게 바라지 않고 어쩔 수 없이 후손을 염두에 둔 것이다.[22]

「문화편향론」(1908)의 이 단락은 줄곧 니체의 『차라투스트라는 이렇게 말했다』의 '문화의 땅' 장에 대한 루쉰의 개괄로 간주되었다. 그렇다면 다음 단락과 비교하면 어떠한가?

14. 문화의 국토 　　　나는 너무 멀리 걸어서 거의 혼자가 되었고 짝이 없어졌다. 그래서 다시 되돌아 현대의 세계를 보았다. 그런데 현대의 세계는 사실 문화의 국토이고, 사실 다양한 색채를 띤 사회다. 그러나 이 사회는 우선 확실한 신앙이 없고 사람들의 지식에는 창작의 성질을 조금도 갖추고 있지 않았다. 우리는 이러한 국토에 머무를 수가 없다. 나는 사실 부모의 국토에 의해 쫓겨났다. 그런데 오직 한 줄기 희망을 기탁할 수 있는 것은 다만 자손의 국토뿐이다.

---

22 魯迅, 「文化偏至論」, 『魯迅全集·墳』 제1권, 50쪽.

이것은 현대 문명에 대한 비난이다.[23]

이상은 구와키 겐요쿠(桑木嚴翼, 1874~1946)의 『니체 씨 윤리설 일단』(1902)에 나오는 『차라투스트라는 이렇게 말했다』의 '문화의 국토' 부분에 대한 개괄이다.

다시 '슈티르너'의 사례를 보자. 저우수런의 「문화편향론」이다.

독일인 슈티르너(M. Stirner)가 먼저 극단적 개인주의를 내걸고 세상에 나타났다. 그는 진정한 진보는 자기 발아래에 있다고 했다. 사람은 반드시 자성(自性)을 발휘함으로써 관념적인 세계의 속박에서 벗어날 수 있다. 오로지 이 자성이 조물주다. 오로지 이 아(我)는 본래부터 자유에 속한다. 본래 있는 것인데도 다시 외부에서 구하는 것, 이것은 모순이다. 자유는 힘으로써 얻게 되는데, 그 힘은 바로 개인(個人)에게 있고 그것은 자산이면서 권리다. 그러므로 만일 외력이 가해진다면 그것이 군주에게서 나온 것이든 혹 대중에게서 나온 것이든 다 전제(專制)다. 국가가 나에게 국민과 더불어 그 의지를 합쳐야 한다고 말한다면 이 또한 하나의 전제이다. 대중의 의지가 법률로 표현되면 나는 곧 그것의 속박을 받아들인다. 비록 나의 노예라고 말하더라도 나도 마찬가지로 노예일 따름이다. 그것을 제거하려면 어떻게 해야 하는가? 가로되, 의무를 폐지해야 한다. 의무를 폐지하면 법률은 그것과 함께 없어진다. 그 의미는 대개 한 개인의 사상과 행위는 반드

23 桑木嚴翼, 『ニーチエ氏倫理說一斑』, 育成會, 1902, 217쪽.

시 자기(己)를 중추로 삼고 자기(己)를 궁극으로 삼아야 함을 말하는 것이다. 즉, 아성(我性)을 확립하여 절대적 자유자(自由者)가 되는 것이다.[24]

다시 아래의 단락과 비교하면 어떠한가?

막스 슈티르너는 순수한 이기주의 입장에 기반한 무정부주의를 처음으로 주장한 사람이다. 그는 각 개인을 최고의 유일한 실재로 간주하고 이른바 사람, 이른바 주의는 결국 모두 개인의 인격이 아니라 일종의 관념, 일종의 망상일 뿐이라고 단언했다. 가로되 "사람들의 이상은 정령화(精靈化)될수록 더욱 신성해진다. 곧 그것에 대한 경외(敬畏)의 정이 차츰 증대할 것이다". 그런데 이것은 그들로 말하자면 이로 말미암아 거꾸로 자신의 자유 공간이 나날이 축소되어도 아무런 방법이 없게 될 것이다. 모든 이러한 관념들은 다 각 개인의 마음의 제조물에 불과하고, 다 비실재(非實在)의 가장 큰 것에 불과하다. 그러므로 자유주의가 개척한 진보는 사실 또한 미혹을 증가시킬 따름이고 퇴보를 증진시킬 따름이다. 진정한 진보는 절대로 이러한 이상에 있는 것이 아니라 각 개인의 발아래에 있다. 즉 자기(己)의 아성(我性)을 발휘하고 나로 하여금 관념 세계의 지배 아래에서 완전히 벗어나게 하는 데 있다. 아성이 바로 모든 것의 조물주이기 때문이다. 자유는 우리에게 가르쳐 주며 말한다. 당신 자신을 자유롭게 하라! 그러나 소

24 魯迅, 「文化偏至論」, 『魯迅全集·墳』 제1권, 52쪽.

위 당신 자신이라는 것이 어떤 것인지는 언명하지 않는다. 그것과 반대로 아성은 우리를 향하여 큰 소리로 말한다. 당신 자신을 소생케 하라! 아성은 생래적으로 자유롭다. 그러므로 선천적인 자유자(自由者)는 스스로 자유를 추구하고, 망상자, 미신자와 더불어 대오를 이루어 광분하는 것은 바로 자기(自己)를 망각하는 것이다. 분명한 모순이다. 자유는 자유에 도달하는 권력을 획득한 이후에만 비로소 획득할 수 있다. 그런데 소위 권력이라는 것은 결코 사람들로 하여금 외부에서 구하게 하는 것이 아니다. 권력은 매 개개인 속에만 존재하기 때문이다. 나의 권력은 결코 누군가가 부여하는 것이 아니다. 하느님도 아니고 이성도 아니고 자연도 아니고 또한 국가가 부여하는 것도 아니다. 모든 법률은 다 사회를 지배하는 권력의 의지이다. 모든 국가는 통치의 권력이 한 사람에게서 나오든 다수에게서 나오거나 혹은 전체에게서 나오든 간에 다 일종의 전제(專制)다. 설령 내가 공공연히 자기의 의지로써 기타 국민의 집합의지와 일치를 유지해야 한다고 선포한다고 하더라도, 마찬가지로 전제를 피하기는 어렵다. 이것은 곧 나로 하여금 국가의 노예로 전락하게 하는 것이고, 나로 하여금 자신의 자유를 포기하게 하는 것이다. 그렇다면 장차 어떻게 나로 하여금 이와 같은 지경에 빠지지 않도록 할 수 있는가? 가로되 "내가 어떠한 의무도 승인하지 않을 때만이 비로소 할 수 있다". 나를 속박하지 않아야만, 그리고 또한 속박할 수 있는 것이 없을 때만이 비로소 할 수 있다. 만약 내가 다시 어떠한 의무도 가지고 있지 않다면, 그렇다면 또한 다시 어떠한 법률도 승인하지 말아야 한다. 만약 이와 같다면, 그렇다면 의욕은 모든 속박을 배척하고 본래 면목의 나를 발휘할 것이다. 마찬가지로 본래부터 국가를 승인할 이치는 있을 수 없다. 자기가 없고 아성을 상실한 비루한 사람들만이 비로소 당연히 스스로 국가의 아래에 설 것이다.

슈티르너의 언설은 절대적 개인주의다. 그러므로 그는 모든 것을 개인의 의지에 기반하여 도덕을 배척하고 의무를 규탄한다.

…

결론적으로 '슈티르너'는 개인으로서의 사람이 처음부터 끝까지 인생 문제에 대하여 철학이 실제로 내린 가장 마지막이자 가장 진실한 해답이라고 말했다. 소위 행복이라는 것은 곧 매 개개인이 모두 자기를 자기의 모든 의지와 행위의 중심이자 궁극의 지점으로 간주할 때 비로소 생길 수 있는 그러한 것이다. 즉, 그는 아성으로 인간의 절대적 자유를 확립하고자 했다.[25]

이상은 게무야마 센타로의 『근세 무정부주의』(1902)에 나온다. 이 책은 당시 중국의 무정부주의 사조, 특히 청나라를 반대하기 위해 폭탄을 제조하던 혁명가들에게 거대한 영향을 미쳤으나 이 책에 나오는 슈티르너에 관심을 가졌던 사람은 한 명도 없었다. 저우수런만이 개인주의 사상 측면에서 그의 존재에 주목했고 원문 그대로 자신의 문장에 가려 번역해 넣었다. 이는 앞서 언급한 니체를 대하는 구와키

25 필명은 '분학사', 『日本人』 제157호, 1902년 2월 20일, 24~25쪽에 게재. 煙山專太郎, 『近世無政府主義』, 東京專門學校出版部, 1902, 294~302쪽.

겐요쿠의 상황과 완전히 일치한다.[26]

이것은 저우수런이 개인주의 사상을 구성하는 과정에서 진화론 사상과 국민성 사상을 구성한 것과 같은 '절차'를 이행했음을 보여 준다. 즉, 일본의 언어 환경과 출판물의 도움을 빌려 '서방'을 향해 걸어갔다는 것이다. 다시 그의 문학관을 말해 보면, 이러한 상황은 더욱 두드러지고 분명해질 것이다.

4. 루쉰 문학관의 구성

저우수런의 문학관은 1907년에 쓰고 이듬해 도쿄에서 발행한 중국 유학생 잡지 『허난』河南 제2, 3기에 연재한 「악마파 시의 힘에 관하여」에 잘 드러나 있다. 이 글의 취지는 시의 힘 즉, 문학의 역량을 설명하는 것이다. 바이런을 위수로 하는 "반항에 뜻을 세우고 행동에 목적을 둔다"라는 이른바 악마파 시인의 이력과 작품을 집중적으로 소개하고 중국에도 이러한 시인과 문학이 출현하여 '사람'으로서의 '신생'을 얻기를 희망한다. 훗날 이 글은 「광인일기」를 쓴 루쉰의 문학적 기점일 뿐만 아니라 중국 근대문학의 정신적 기점으로 간주되었다.

이 글은 '악마파'의 대표로서 4개국 8명의 시인을 소개한다. 그들은 바이런(George Gordon Byron, 1788~1824), 셸리(Perch Bysshe Shelley, 1792~1822), 푸시킨(Алекса́ндр Серге́евич Пушкин, 1799~1837), 레르

26 이 책의 「유학생 저우수런 주변의 '니체'와 그 주변」 참고.

몬토프(Михаил Юрьевич Лермонтов, 1814~1841), 미츠키에비치(Adam Mickiewicz, 1798~1855), 스워바츠키(Juliusz Słowacki, 1809~1849), 크라신스키(Zygmunt Krasiński, 1812~1859), 페퇴피(Petőfi Sándor, 1823~1849)다. 이 시인들에 관한 내용은 모두 자료의 출처가 있다. 기타오카 마사코 교수는 2015년 거의 40년에 걸친 650쪽에 달하는 자료 조사의 거작 『「악마파 시의 힘에 관하여」의 취재원 고찰』을 출판했다. 그는 「악마파 시의 힘에 관하여」의 핵심적 내용은 주로 11권의 책과 몇 편의 글에서 나왔고, 이 중에서 일본어책이 7권, 영어책이 4권임을 분명히 했다. 나는 이 기초 위에서 자료의 출처로 볼 수 있는 또 다른 한 권 즉, 사이토 신사쿠(齋藤信策, 1878~1909)가 쇼분도(昭文堂)에서 출판한 『예술과 인생』(1907)을 추가했다.[27] 이 발견으로 저우수런이 동방의 사이토 신사쿠를 통하여 서방의 입센(Henrik Johan Ibsen, 1828~1906)과 만났음을 증명하고 그들 사이의 한층 깊은 연계를 찾을 수 있었다.

사이토 신사쿠는 저우수런과 동시대인일 뿐만 아니라 나이도 비슷하나 31세로 세상을 떠났다. 요절한 문예비평가 사이토 신사쿠는 짧은 글쓰기 생애에도 불구하고 총 207편의 글을 남겼다. 공개적 발표는 100편이고 나머지 104편은 그의 문집 두 권에 수록되어 있다. 이 중 한 권이 위에서 언급한 『예술과 인생』으로 생전에 직접 편집, 출판했고 32편이 수록되어 있다. 다른 한 권은 사후에 그의 친구들이 정리해서

27 齋藤信策, 『藝術と人生』, 昭文堂, 1907; 李冬木, 「'國家與詩人'言說中的'人'與'文學'的建構 — 論留學生周樹人文學觀的形成」('文學·思想·中日關係' 국제심포지엄 발표문, 2016년 7월 30일) 참고.

출판한 것으로 제목은 직역하면 『철인(哲人)은 어디에 있는가?』다.[28] 전자에 수록된 글을 제외하면 따로 72편이 수록되어 있다.

사이토 신사쿠를 읽은 가장 분명한 느낌은 그와 저우수런 사이에 '공유'하는 것이 많다는 것이다. 이에 대해서는 선배 연구자들이 이미 언급한 바 있다. 예컨대 이토 도라마루 선생이나 류보칭 선생이 있다.[29] 나카지마 오사후미는 더 나아가 "단독(個)으로서의 인간을 확립할 것을 주장하는 언설 가운데서 루쉰의 글과의 친연성을 가장 잘 보여 주는 것은 역시 사이토 신사쿠의 글이다"[30]라고 주장했다. 그런데 실제로 읽어 보지 않으면 이 점을 이해하기 매우 어렵다. 개인, 개성, 정신, 영혼, 초인, 천재, 시인, 철인, 의지의 인간, 정신계의 전사, 진짜 사람…. 이것들은 동일한 정신적 층위에서 '개인'을 표현하는 개념을 포함하고 있고, 더 나아가 이 기초 위에서 개인의 확립을 전제로 하는 근대적 문학관을 공유하고 있다. 그렇다면 사이토 신사쿠는 어떤 인물인가? 이것은 앞으로 내가 살펴보고자 하는 과제다. 나는 사이토 신사쿠와 그 주변의 텍스트에 대하여 전면적으로 정리함으로써 잊혀진 문예비평가의 본래 면모를 전면적으로 드러내고, 다시 텍스트 층위에서 저우수런과의 정신적 연관을 밝혀 볼 생각이다.

---

28 姉崎正治·小山鼎浦 編纂, 『哲人何處にありや』, 博文館, 1913.

29 伊藤虎丸·松永正義, 「明治三〇年代文學と魯迅 ―ナショナリズムをめぐって」, 日本文學協會編輯刊行, 『日本文學』 1980년 6월호, 32~47쪽; 伊藤虎丸, 『魯迅と日本人 ―アジアの近代と'個'の思想』, 朝日出版社, 1983, 36~39쪽; 李冬木 譯, 『魯迅與日本人 ―亞洲的近代與'個'的思想』, 河北教育出版社, 2000, 14~16쪽; 劉柏青, 『魯迅與日本文學』, 吉林大學出版社, 1985, 52~60, 67~72쪽.

30 中島長文, 『ふくろうの聲 魯迅の近代』, 平凡社, 2001, 20쪽.

맺음말

저우수런이 유학하면서 서방 사상과 만난 것이 그가 훗날 루쉰으로 변신하는 지성의 구성에서 관건적인 역할을 했다고 한다면, 앞서 살펴본 상황으로 보건대 그는 결코 한달음에 곧장 서방에 도달한 것이 아니라 유학 당시였던 일본 메이지 30년대의 문화적 환경의 도움을 받았다. 크게 말하면 메이지 30년대와 시대정신을 공유했고, 작게 말하면 이러한 시대정신이 길러낸 정신적 생산품—출판물—을 탐독했다. 이런 의미에서 어쩌면 "루쉰의 서학은 주로 동방에서 왔다"라고 말해도 무방할 듯하다. 심지어는 이것은 또한 저우수런이 일본에서 유학했던 그 시대에 중국이 서학을 흡수한 기본적 경로이자 형식이라고도 말할 수 있다. 이런 까닭으로 나는 다음 한 가지 관점을 가지게 되었다. 그것은 바로 일본을 연구하는 것, 특히 메이지 일본을 연구하는 것은 중국으로 말하자면 결코 타자에 관한 연구가 아니며 자신에 관한 연구에서 빠뜨릴 수 없는 부분이라는 것이다. 이것이 바로 내가 저우수런을 메이지 문화의 배경 아래에 두고 그가 어떻게 루쉰이 되었는지를 바라보는 까닭이기도 하다. 이 작업은 이제 막 시작되었다.

2017년 5월 1일 월요일 교토 무라사키노에서 초고

2017년 6월 12일 월요일 교토 무라사키노에서 가필

進化

진화

『물경론』에 관하여

머리말

나는 루쉰의 유학 시절의 사상 형성, 특히 루쉰의 진화론에 대해 사고하면서 『물경론』 문제와 만났다. 이 문제는 다음을 포괄한다. 루쉰은 어떻게 진화론을 '읽고 이해'했는가? 즉, 루쉰이 어떻게 진화론을 수용했는가? 잘 알려진 옌푸가 번역한 『천연론』(1898)을 제외하고 그는 어떤 진화론 혹은 진화론 관련 책을 읽었는가? 동시에 동시대의 분위기로부터 어떤 영향을 받았는가? 진화론 방면의 기타 서적과 시대적 분위기는 루쉰에게서 『천연론』과 어떤 관계를 구성했는가? 어떠한 상호작용이 있었는가? 그것은 루쉰의 텍스트에서 어떻게 구현되었는가? 등등. 이러한 문제는 일일이 조사, 분석, 인증을 거쳐야 하고 그것들을 일일이 글로 정리해야 한다. 이 글에서는 분량의 제한으로 루쉰과 『물경론』의 관계에 대한 논증을 구체적으로 전개할 수는 없다. 이 문제를 토론하기에 앞서 우선 『물경론』이라는 책과 관련 상황을 분명하게 정리할 필요가 있다. 따라서 이 글이 검토하고자 하는 문제는 주로 『물경론』의 내용에 집중하고, 동시에 약간의 『물경론』과 시대, 특히 『천연론』과의 관계와 중국에 대한 영향을 언급하고자 한다.

1. 『물경론』과 그것에 관한 연구

『물경론』은 가토 히로유키가 지은 『강자의 권리의 경쟁』의 중국어 번역본이다. 번역자 양인항이 처음으로 『역서휘편』 1901년 제4, 5, 8기에 연재했다. 이 글에서 사용하는 판본은 베이징국가도서관이 소장한 『역서휘편』에 실린 3기에 걸친 연재다. 표지의 글자는 각각 다음과 같다. (1) 광서(光緒) 27년 3월 15일 / 메이지 34년 5월 3일 발행 역서휘편 재판 제4기. (2) 광서 27년 4월 15일 / 메이지 34년 6월 3일 발행 역서휘편 제5기. (3) 광서 27년 7월 15일 / 메이지 34년 8월 28일 발행 역서휘편 제8기. '광서'와 '메이지' 연호 뒤의 발행 월일의 차이는 음력과 양력의 구분이다. 그런데 앞표지 발행일과 뒤표지에 실린 발행일이 다르다. 뒤표지의 일자는 각각 '메이지 34년 5월 27일 발행', '메이지 34년 7월 14일 발행', '메이지 34년 10월 13일 발행'이다. '제4기'에는 앞에 '재판'이라는 글자가 있고 재판 일자는 '메이지 34년 8월 30일'이다.

전체는 총론, 제1장에서 제10장, 그리고 결론으로 구성된다. 『역서휘편』에 연재된 내용의 분포는 다음과 같다.

제4기: 제1장 천부(天賦)의 권리, 제2장 강자의 권리, 제3장 강권은 자유권과 나란히 실권(實權)과 관계된다는 이치를 논하다, 제4장 인류계의 강권의 경쟁을 논하다, 제5장 통치자와 피통치자의 강권 경쟁과 그 권리의 진보. 『물경론』의 편집 면은 1~46쪽이다.

제5기: 제6장 전대 계승, 제7장 귀족과 평민의 강권 경쟁과 그 권리의 진보, 제8장 자유민과 비자유민의 강권 경쟁과 그 권리의 진보, 제9장 남녀의 강권 경쟁과 그 권리의 진보. 편집 면은 47~98쪽이다.

제8기: 제10장 국가와 국가의 강권 경쟁과 그 권리의 진보, 결론. 편집 면은 99~120쪽이다.

이외에 '물경론 목차'와 역자가 쓴 '범례'가 있다. 이 글에서 인용하는 『물경론』 텍스트의 각 장의 표제와 쪽수는 이상에 따르고 특별한 경우를 제외하고 따로 주석을 달지 않기로 한다.

나의 제한적인 독서 범위에서 보면 『물경론』과 루쉰의 관계 문제를 처음으로 제기한 것은 류보칭의 『루쉰과 일본문학』이다. 이 책은 다음과 같이 지적했다. "저우쭤런의 일기 기록에 따르면 루쉰은 일본에 가기 전에 가토 히로유키의 『물경론』을 구매"했고, 『물경론』을 포함한 "일본의 진화론 관련 저술은 중국인이 진화론을 인식하는 하나의 경로였다. 루쉰으로 말하자면 또한 마찬가지였다".[1] 나는 시부에 다모츠 번역의 『지나인 기질』과 루쉰의 관계를 조사하면서 저우쭤런의 일기에 나오는 『물경론』에 관한 기록을 살펴보고 언급한 적이 있다.

1 劉柏青, 『魯迅與日本文學』, 吉林大學出版社, 1985, 49~50쪽.

쩌우전환(鄒振環)이 20세기 90년대 중반에 출판한 『중국 근대사회에 영향을 준 백 종의 번역』에도 '『물경론』의 번역본과 원서'라는 제목으로 이 책을 그중의 하나로 소개했다.[2] 이 책의 중요한 작업은 세 가지다. (1) 『루쉰과 일본문학』의 착오를 수정했다. 즉, 『물경론』의 원작이 가토 히로유키의 『인권신설』이 아니라 그의 또 다른 저작 『강자의 권리의 경쟁』이라는 것이다. (2) 『물경론』의 『역서휘편』 연재와 그 후의 단행본 발행 상황을 조사하여 선배들의 부족한 조사를 보충했다.[3] (3) 『물경론』 번역 간행 이후 "꽤 당시 학인들의 중시를 받았다"라는 반향을 소개했다.

이외에 사네토 게이슈(實藤惠秀)의 『중국인 일본 유학사』 제5장에 '일본 유학생의 번역 활동'과 제6장 '중국 출판계에 대한 공헌'에는 『물경론』을 번역 출판한 역서휘편사의 상황이 자세하게 기록되어 있어 참고해도 좋다.[4]

번역자 양인항은 자가 부탕(補塘), 필명은 라오푸(老圃), 또 다른 이름은 후터우(虎頭)로, 장쑤(江蘇) 우시(無錫) 사람이다. 1897년

2 鄒振環, 『影響中國近代社會的一百種譯作』, 中國對外飜譯出版公司, 1996, 148~152쪽

3 판본에 관하여 『中國譯日本書綜合目錄』(實藤惠秀 監修, 譚汝謙 主編, 小川博 編輯, 香港中文大學出版社, 1980)의 14쪽에 따르면, 『물경론』은 상하이 쭤신역서국(作新譯書局)에서 1902년에 단행본으로 출판, '120쪽, 22그램, 0.50위안(圓)'이었다. 쩌우전환(鄒振環)은 진일보한 조사를 통하여 『물경론』은 세 가지 단행본이 있었음을 다음과 같이 확인했다. "1901년 8월 역서휘편사(譯書彙編社)에서 출판한 단행본이 꽤 잘 팔렸고, 1902년 7월 상하이 쭤신서국(作新書局)에서 재판했고, 1903년 1월에는 쭤신사도서국(作新社圖書局)에서 제3판을 출판했다."

4 實藤惠秀, 『中國人日本留學史』, くろしお出版, 1981, 증보 제2판, 243~328쪽.

난양공학(南洋公學)에 합격하고 1899년 관비로 일본으로 유학 갔다. 1900년 양팅둥(楊廷棟), 레이베이(雷備) 등과 함께 역서휘편사를 만들어 번역 활동에 종사했다. 비교적 자세한 상황에 대해서는 양장(楊絳)의 『나의 부친을 회고하다』를 참고할 수 있다. 이 회고록은 『당대』唐代 1983년 제5, 6기에 처음으로 연재되었고 후에 후난인민출판사가 1986년에 출판한 『회고 두 편』에 수록되었다. 1994년 12월 저장문예출판사에서 출판한 『양장 산문』에도 이 글이 수록되어 있는데, '머리말'에는 1983년에 발표한 뒤 각개의 인사들이 잇달아 제공한 자료에 근거하여 "원문을 수정했다"라고 했다. 이외에 『쑤저우(蘇州)대학학보』 1993년 제1기에 발표한 쩌우전환의 「신해 이전 양인항의 저역 활동 약술」도 있다.

지금은 『물경론』을 아는 사람이 많지 않을지 모르지만 기왕의 자료에 근거하면 이 책이 당시 『천연론』을 이어 중대한 영향을 미친 번역 저술이었음을 알 수 있다. 『물경론』과 『천연론』은 어떤 관계가 있는가? 이것은 『물경론』으로 들어가기 전에 먼저 해결해야 할 문제다.

2. 『물경론』과 『천연론』

주지하다시피 토마스 H. 헉슬리의 『진화와 윤리』*Evolution and Ethics*는 1894년에 출판되었다. 옌푸 번역 『천연론』은 1898년 각각 후베이 옌양(沔陽) 루씨(盧氏) 신시기재(愼始基齋, 목판)와 톈진 기기정사(嗜奇精舍, 석인)에서 정식으로 출판했다. 다시 말하면 원서의 출판 시기는

『강자의 권리의 경쟁』이 먼저고 『진화와 윤리』가 이후지만 중국어 번역본의 출판 시기는 정반대다. 이것은 중국 독자들이 이 두 책을 수용한 시간 순서가 다름을 보여 주고 두 책 사이의 훨씬 넓고 깊은 내재적 연관을 암시한다.

『천연론』이 청 정부의 갑오전쟁 패배에 따른 직접적인 자극에서 나온 위기의식의 산물이라고 한다면[5] 『물경론』의 출현은 이러한 기초에서 복합적 성격을 띤 역사의 파생물이다. 우선 갑오전쟁 패배 이후 중국에는 『천연론』이 출판되었고 1896년부터 자신과 싸워 이긴 일본을 공부하기 위해서 유학생을 파견했다. 이렇게 해서 사네토 게이슈가 말한 대규모의 "일본 유학생의 번역 활동"이 가능해졌다. 저명한 역서휘편사의 회원 명단만 보아도 『물경론』의 번역자 양인항을 포함하여 회원은 거의 모두 당시 도쿄 각 학교에서 공부하던 유학생임을 알 수 있다.[6] 다음으로 유학생들은 옌푸가 『천연론』을 번역할 때와 마찬가지로 갑오의 통한을 잊지 않았을 뿐만 아니라 훗날의 저우 씨 형제처럼 일본에 가기 전에 『천연론』을 읽고 『천연론』의 계몽에 물들었다는 것이다. 이 점은 『물경론』의 번역문에서 분명한 예증을 찾을 수

5 王蘧常의 『嚴幾道年譜』의 '광서 20년 갑오 — 광서 22년 병신' 참고, 『嚴復研究資料』, 海峽文藝出版社, 1990, 31쪽에는 다음과 같이 나온다. "(1896년) 초여름, 영국인 헉슬리(Thomas Henry Huxley)의 『천연론』(*Evolution and Ethics*)을 번역하여 학생들에게 가르쳤다." 같은 책 176쪽에는 王栻의 「嚴復與嚴譯名著」에서 『천연론』의 "초고는 늦어도 1895년(광서 21)에 번역을 시작했고, 1894년(광서 20)일 수도 있다"라고 했다.

6 實藤惠秀, 『中國人日本留學史』 제3장 '33 일본 유학생 번역단체' 중의 '역서휘편사 사원 성씨', 259~260쪽 참고. 『物競論』 역자에 대해서 "양인항 자는 부탕 도쿄전문학교 학생"이라고 주석을 달았다.

있다. 예컨대 제10장 '국가와 국가의 강권 경쟁과 그 권리의 진보'에는 이러한 단락이 있다.

> 무릇 유럽인들이 날마다 자신의 이익을 추구하고, 야만의 각국이 그 해를 입은 것이 한둘이 아니다. 진실로 정벌의 역사가 분명하고 현저하다는 것은 사람들이 공히 아는 바다. 그렇다고 하더라도 이것이 유독 야만의 백성에게만 해당하는 것은 아니다. 즉, 반개(半開)의 백성에게도 그것이 일어난다. 근래 영국, 프랑스 두 나라가 권력 모의를 고무하여 미얀마, 안남을 탈취했다. 프랑스의 시암에 대한 것도 그러한 예이다. 또 수년 전 영국은 아프가니스탄의 일로 러시아와 분쟁을 일으켰고, 곧 병력으로 조선의 거문도를 점거했다. 당시 영국은 조선과 우호의 국가였고, 영국이 행한 바는 대개 조약을 위반한 것이다.

번역자는 이에 대해 주석을 달았다. "생각건대, 이 책은 메이지 26년에 만들어졌고 갑오 이전이다. 그러므로 갑오 이래의 시사는 대개 언급하지 않았다"(106쪽). 이 책은 갑오전쟁과 애초에 직접적인 관계가 없었으나 번역자의 이러한 '생각건대'를 거침으로써 자연스럽게 갑오전쟁 역시 원서에서 서술한 강국의 "이익 추구", 약소국이 "그 해를 입"는 세계 현실의 연장임을 연상하게 한다. 번역자가 이 책을 번역할 때 갑오에 대한 생각을 잊지 않았음을 훤히 볼 수 있다. 이 외에 옌푸의 영향이 이 번역본에서도 매우 분명하게 드러난다. 제목 『물경론』은 가토 히로유키의 원서의 제목이 아닌데, 번역자는 범례에서 이에 대하여 설명한다. "책의 원래 제목은 '강자의 권리의 경쟁'이

다. 말이 너무 늘어져서 후에 '강권론'으로 고쳤으나, '물경론'만큼 고아하지 않다고 하여 마침내 지금의 제목으로 고쳤다." 그런데 제목으로 선택한 '물경' 두 글자는 옌푸의 『천연론』에 나오는 것으로 '생존경쟁'에 대한 번역이다. 뒤에서 검토하겠지만 번역자는 결코 옌푸의 '고아'한 번역이라는 개념 체계로 『물경론』을 번역하지 않았으나 '자연 진화'라는 뜻으로 쓴 곳에는 일률적으로 '천연'으로 번역했다. 예컨대, "우리의 조상은 천연계에 살았기 때문에 날마다 다른 생물과 경쟁했다"(1쪽), "무릇 유생물은 모두 천연에서 나왔다. 천연이라는 것은…"(13쪽), "무릇 강자의 권리는 모두 천연으로 획득했고 대개 자연의 권력에서 나왔다"(24쪽) 등이다. 여기에 나오는 '천연'이라는 단어는 원서에는 모두 '유전과 적응'(遺傳ト應化)[7]으로 되어 있다. 이로써 번역자는 독서 순서로 보면 먼저 『천연론』을 읽고 그것의 영향을 받은 후에 『물경론』을 선택하여서 번역한 것이라고 단정해도 좋을 것이다. 이러한 독서 순서는 루쉰의 독서 순서와 일치한다. 이 점을 명확히 하는 것은 매우 중요하다. 그것은 『물경론』이 『천연론』 독자를 특정한 방향으로 한 걸음 더 나아가도록 인도하는 위치에 있었음을 알 수 있게 한다.

그 방향은 어느 쪽인가? 이것은 『천연론』과 『물경론』 관계의 세 번째 지점이다. 즉, 날로 심해지는 현실적 위기는 사람들의 의식을 '자연과 사람'을 이야기하는 『천연론』의 틀에서 한 걸음 더 나아가 단일하게 인류 사회의 '강자의 권력 즉, 권리'를 이야기한 『물경론』의 틀

7 加藤弘之, 田畑忍 解題, 『強者の權利の競爭』, 日本評論社, 1942, 131, 156, 168쪽.

로 향하게 했다는 것이다. 『천연론』을 이어 『물경론』이 재판을 거듭하며 사람들의 공명을 얻을 수 있었던 까닭은 나라가 나라답지 않은 과분(瓜分)의 위기가 날로 임박해진 데 있었다. 청일전쟁의 패배로 국토를 할양하고 배상을 약속한 시모노세키조약이 체결되자 열강들이 쏟아져 들어왔다. 『천연론』이 정식 출판된 1898년 독일은 자오저우완(膠州灣)을 조차하고 러시아는 뤼순, 다롄을 조차하고 프랑스는 광저우만을 점령하고 푸젠, 윈난, 광시로 세력 범위를 넓히고 영국은 주룽(九龍)반도와 웨이하이웨이(威海衛)를 조차했다. 위기를 만회하고자 했던 무술변법도 진압되었다. 1901년 3월 의화단사건으로 신축조약을 체결할 때 청 정부는 이미 열강에 대해 어떤 효과적인 저항을 할 힘도 없었다. 이런 위기감은 루쉰이 1903년에 쓴 "핏발 선 눈이 터지려고 한다"와 "종의 단절"Extract species이라는 두 언어로 표현되었다.[8] 눈앞의 위태로운 현실 세계에 대한 '합리'적인, '논리 정합'이라고 불러도 좋을 만한 해석을 제공할 필요가 있었다. 『물경론』이 마침 이러한 요구를 충족시켰다. 『물경론』의 내용은 어떤 것인가? 그것은 눈앞의 현실 세계에 대해 어떤 주석을 달았는가?

3. 가토 히로유키와 그의 원저작

앞서 『물경론』의 원본은 가토 히로유키의 『강자의 권리의 경쟁』이라

8 魯迅, 「中國地質略論」, 『魯迅全集 · 集外集拾遺補編』 제8권, 18, 5쪽.

고 언급했다. 이 저작은 1893년 11월 29일 도쿄 '철학서원'에서 공개, 발행했다. 244쪽이다. 이 글에서 참조한 것은 이 판본이 아니라 일본평론사에서 1942년에 출판한 다바타 시노부(田畑忍)의 '해제'판으로 이 출판사에서 나온 6종의 『메이지문화총서』 중의 하나다.[9] 그런데 후기의 소개에 따르면 두세 곳 "글자 사용"의 기술적 처리를 제외하고는 원본 그대로 충실하게 메이지 제1판을 재현했다. 다시 말하면 이 판본은 양인항이 사용한 저본과 일치한다고 볼 수 있다.

지금 원저자 가토 히로유키는 근대사상사를 연구한 인물로 언급되는 것 말고는 일본에서도 그를 아는 일반인은 거의 드물다. 이 점은 후쿠자와 유키치와 선명한 대조를 이룬다. 일본에서 현재 통용되는 두 종의 백과사전 즉, 쇼가쿠칸(小學館)의 『일본대백과전서』(1996)와 헤이본샤(平凡社)의 『세계대백과사전』(1998)의 가토 히로유키에 대한 소개는 내용이 비슷하고 아주 간단하다. 여기서는 『일본대백과전서』를 예로 들겠다.

> 가토 히로유키(1836~1916)는 메이지시대 국법학자다. 덴포(天保) 7년 6월 23일 다지마국(但馬國), 효고현(兵庫縣) 이즈시번(出石藩)의 병학(兵學) 사범의 집에서 태어났다. 가학인 고슈류(甲州流) 군학(軍學)을 계승하기 위해 번교(藩校) 고도칸(弘道館)에서 공부하고 에도(江戶)

9 책 뒤의 광고에 따르면 나머지 4종은 『學問の權め』(福澤諭吉, 富田正文 解題), 『南國心』(竹月輿三郎, 木村莊五 解題), 『社會經濟論』(佐田介石, 木莊榮治郎 解題), 『陸軍省沿革史』(山縣有朋, 松下芳男 解題)다.

로 갔다. 전통적 병학에 만족하지 않았기 때문에 사쿠마 쇼잔(佐久間象山)의 문하에 들어가 서학을 공부했다. 1860년(만엔萬延 원년)에 번서조소(蕃書調所)의 조교를 맡았고 거기에서 서양 문명의 본질이 '무비'(武備)에 있지 않고 '정체'(政體)에 있음을 알게 되어 정치학으로 전향했다. 1861년(분큐文久 원년)에 『린초』隣草를 써서 우리 나라 최초로 입헌 사상을 소개하고 의회제도를 건립할 필요가 있다고 주장했다. 메이지 유신 이후에도 입헌제를 소개하는 데 힘을 쓰고 『진정대의』眞政大意(1870)와 『국체신론』國體新論(1875) 등의 책을 썼고 동시에 메이로큐샤(明六社)에 가입하여 계몽 활동을 계속했다.

1877년(메이지 10년)에 신설된 도쿄대학의 '총리'[10]를 맡았고 이때부터 진화론으로 경도되기 시작했다. 『인권신설』(1882)에는 진화론의 입장에서 천부인권설을 비판했다. 당시에는 '전향'했다는 비난을 받았고, 이런 까닭으로 자유민권파와 논쟁이 발생했다. 이후 원로원 의관(議官), 귀족원 의원, 추밀고문관, 제국학사원 원장 등을 역임함과 동시에 개인 신분으로 잡지 『덴소쿠』天則를 발행하여 계속해서 진화론적 입장에서 국가의 근거를 찾고자 했다. 『강자의 권리의 경쟁』(1893)과 『도덕 법률 진화의 이치』(1900) 등은 이런 방면의 성과다.

그의 최종적 입장은 『자연과 윤리』(1912)에 구현되었는데, 그것은 국가유기체설이다. 즉, '충군 애국'은 '우리 각자가 국가를 구성하는 사람이라는 이 세포의 고유성'이라고 여겼고 그가 일관되게 지지한 메

10 '총리'(總理)는 대학의 총장을 뜻한다.

이지 정부에 철학적 기초를 제공했다.[11]

이 간명한 소개에 타당하지 않은 점은 없다고 할 수 있다. 좀 보충이 필요하다고 한다면, 그것은 바로 진화론을 근거로 한 사회다윈주의(Social Darwinism)라고 부를 수도 있는 가토 히로유키의 국가사상과 서구 사상과의 동보성이다. 나의 소견으로는 가토 히로유키의 이러한 특징은 『강자의 권리의 경쟁』에 가장 잘 드러나 있다. 그는 완전히 서방 학자들이 제공한 기존의 개념과 이론틀 안에서(혹은 그것에 따라서) 서방 학자와 역사 특히, 현실 세계의 '권리' 문제를 토론하고 실증적으로 대조하고 이론적으로 선택했다. 수많은 이론적 대화로부터 가토 히로유키의 이론적 구성을 볼 수 있다기보다는 서방의 이론과 행위가 가토 히로유키에게 무엇을 가르쳐 주었는지 그리고 가토 히로유키가 그가 확인한 이른바 '천칙'(天則) 가운데서 근대 일본을 위한 어떠한 생존의 길을 선택했는지를 볼 수 있다. 가토 히로유키는 '천부인권'과 기독교의 '평등 박애'를 철저하게 폐기하고 '강자 권리'의 쟁취를 유일한 선택으로 간주했다. 이것은 일본에서 벌어진 자유민권파와의 논전에서 그의 이론적 기초가 되었다. 서방 이론과의 대화, 판단, 선택은 자국의 생존을 향한 희구와 한 몸이었다는 것이 가토 히로유키의 최대 특징이자 동시에 『강자의 권리의 경쟁』의 가장 큰 특징이다. 다

---

11 小學館, 『日本大百科全書』, DATA Discman Sony DD-2001.
[역자 주] '번서조소'(蕃書調所)는 에도시대 막부가 만든 양학 학교로 서양서 번역도 했다. 도쿄대학의 전신이다.

바타 시노부의 소개에 따르면 일본어판이 공개, 발행되기 반년 전인 1893년 5월 가토 본인의 손에서 나온 독일어판(도쿄판)이 '비매품'으로 발행되었고 이듬해 독일에서 베를린판을 출판했다. 독일어판의 인용문에는 주석과 설명이 있으나 일본어판에는 주석과 설명이 모두 삭제되었다.[12] 내용은 제쳐 두고 이 점만으로도 목적에 있어서 두 판본의 이중성을 알 수 있다고 생각된다. 즉, 서방과의 '대화'는 학리적인 검토와 관점의 선택에 치중하고 일본을 향해서는 '권리' 문제에 관한 선언과 주장으로 이루어져 있다.

4. 중국어 번역본의 인명과 '서론'

그렇다면 가토는 도대체 서방의 어떤 사람들과 대화를 전개한 것인가? 이것은 가토 히로유키에 관한 연구 영역의 문제고 이 글의 문제와 분량으로 다룰 수는 있는 바가 아니다. 그러나 중국어판 『물경론』과 관계가 있으므로 최소한 기본적 상황에 대하여 언급하지 않을 수 없다. 여기서는 우선 양인항의 번역 상황부터 말해 보기로 한다.

중국과 일본의 텍스트에 대한 거친 비교를 통해 느낀 점은 양인항이 매우 '충실'하게 번역했다는 것이다. 몇몇 단어와 구절의 번역에 대해 토의할 만한 것들(예컨대 『물경론』 67쪽의 '균산당'(均産黨)이 원

12 加藤弘之, 田畑忍 解題, 『強者の權利の競爭』, 58쪽.

문에서는 지금 통용되는 '공산당'으로 되어 있다[13])을 제외하면 전체적으로 원저에 충실한 번역이라고 해야 한다. 이 점은 옌푸의 "이따금 어수선한 데가 있으면 덧붙이고 글자의 인접성, 문장의 순서에 구애되지 않았"고 "문장 전체의 신리(神理)를 마음에 녹아들게 했다"라는 이른바 '달지'(達旨)의 번역 방법과는 크게 다르다.[14] 어쩌면 "나를 배우는 자는 병폐가 있을 것이다"라고 한 옌푸의 충고를 따랐는지도 모른다.

쩌우전환은 「『물경론』의 번역본과 원작」에서 번역자 양인항이 범례에서 한 말을 소개하고 여기에 나오는 인명에 대하여 상응하는 주석을 달았다.

> 그는 해당 번역본의 범례에서 『물경론』의 저자는 "일본의 유신 이래 독일학을 연구한 자의 태두다. 그러므로 이 책에서 논의하는 바는 독일의 유명한 사학자 하이얼웨이얼(지금 번역은 헤켈, 1834~1919)의 설[을?] 위주로 하고[,?] [그?] 외에 당대의 석학 거무(다윈으로 추정, 1809~1882), 포라오(밀로 추정, 1806~1873), 이[예?]링(지금 번역은 예링, 1818~1892), 스포러(지금 번역은 슈브뢸, 1786~1889), 쓰빈솨이얼(지금 번역은 스펜서, 1820~1902)의 설 또한 취했다"라고 지적했다.[15]

---

13 加藤弘之, 田畑忍 解題, 『強者の權利の競爭』, 234쪽.

14 嚴復, 「『天演論』·譯例言」, 劉夢溪 主編, 『中國現代學術經典·嚴復卷』, 河北教育出版社, 1996, 9쪽.

15 鄒振環, 『影響中國近代社會的一百種譯作』, 150쪽. 이 책은 2008년 같은 제목으로 장쑤(江蘇)교육출판사에서 재판을 발행했고 따라서 내용에 변화가 있을 수 있다. 나의 수

꺾쇠 괄호는 내가 붙인 것으로 어떤 곳은 탈자로 의심되고 또 어떤 것은 끊어 읽기가 타당하지 않다고 의심되는 곳이다. 어쩌면 쩌우 씨가 본 판본과 내가 본 판본이 달라서일지도 모른다. 이런 것들은 문제가 안 되므로 인명에 관한 주석부터 보기로 하자. 우선 '하이얼웨이얼'을 '헤켈'로 단정할 수 있는지가 문제다. 원서의 '서론'과 본문에는 모두 일본어 히라가나 'へるわるど'인데, 발음은 'Heruwarudo'로 'Haeckel'과 발음이 다르다. 특히 '서론'에서 가토는 이 사람을 "독일의 저명한 사학자"이자 『개화사』의 저자고 "강자 권리라는 주의가 대부분" 이 책 등"에서 나왔다"라고 소개했다.[16] 이것이 바로 『개화사』를 지은 "독일의 저명한 사학자"가 독일의 동물학자 헤켈(Ernst Heinrich Haeckel, 1834~1919)이 아닐 수 있다고 의심하는 까닭이다. 이에 관해서는 검토가 필요하다.[17] 다음으로 '거무'와 '포라오'는 끊어 읽기 오류로 두 사람이 아니라 한 사람이다. 가토 히로유키의 원문은 'ぐむぷろゐッつ'이고 일본어 발음은 'Gumupuroittsu'다. 발음과 내용으로부터 이 사람은 오스트리아의 사회학자이자 정치학자인 루드비히 굼플로비치(Ludwig Gumplowicz, 1838~1909)임을 알 수 있다.

'이예링'(원문은 ゑいりんぐ이고, 일본어 발음은 Eyiringu , 서양 문자로는 Rudolf von Jhering , 1818~1892, 독일의 법학자)과 '쓰빈솨이얼'(원문

중에 이 책의 재판본이 없고 동시에 2000년 이 글을 쓸 당시의 내용을 보존하기 위해서 1996년판을 저본으로 했다.

16 加藤弘之, 田畑忍 解題, 『強者の權利の競爭』, 128쪽.

17 '하이얼웨이얼'은 프리드리히 폰 헬발트(Friedrich von Hellwald, 1842~1892), 오스트리아 역사문화학자이다.

은 すぺんせる, 일본어 발음은 Shipenseru, 서양 문자로는 Herbert Spencer, 1820~1903, 영국의 사상가)에 관해서는 쩌우 글의 주석이 맞을 것이다. 그러나 '스포러'에 관한 주석은 문제가 있는 듯하다. 원문은 しぇふれ이고 일본어 발음은 Shefure다. 발음으로는 지금 번역인 '슈브뢸'[18]과 통하나 다른 사람일 것이다. 나의 견해로는 당시 사회학자, 재정학자, 경제학자로 독일에서 활약한 셰플레(Albert Eberhard Friedrich Scähffle, 1831~1903)가 아닐까 한다. 이 사람은 사회학의 입장에서 생물유기체설로 사회현상을 분석하는데, 이것은 가토 히로유키의 주장과 일치하기 때문이다. 연구가 더 필요하다.

그런데 문제는 이것만은 아니다. 가토 히로유키가 원저에서 인용하고 반박하고 언급한 서방 학자는 70여 명에 달한다. 일본어 텍스트에서 히라가나로 발음만 표시되고 주석이 없던 인명은 양인항의 손을 거쳐 중국어로 번역될 때 한자가 내키는 대로 쓰였다. 이것은 지금뿐 아니라 번역명이 통일되지 않았던 당시에도 독서에 커다란 장애가 되었을 것이다. 나는 근대 서방 학설이 중국에 불철저하게 들어온 것은 통일되지 않은 번역명이 가져온 혼란과 커다란 관계가 있다고 생각한다. 『물경론』은 이런 측면의 예증을 거듭 제공한다. 요컨대 『물경론』의 인명을 맞추어 보는 것은 힘들고도 매우 중요한 조사가 될 것이다. 이것은 그들과 가토 히로유키의 관계뿐만 아니라 그들과 중국 근대와의 관계에도 연관되기 때문이다. 나도 물론 미력하나마 노력을 다하

---

18 [역자 주] 슈브뢸(Michel Eugene Chevreul, 1786~1889), 프랑스 화학자, 노인의학의 개척자이다.

겠지만 동시에 각 방면 식자들의 가르침을 희망한다.[19]

이어서 중국어판에는 없는 '서론'에 대해 이야기하고자 한다. 사실 위에서 살펴본 번역자 양인항의 범례는 기본적으로 원저자가 일본어판에 쓴 서론에서 나온 것인데, 양인항은 이 서론을 번역하지 않았다. 2001년은 『물경론』 출판 100주년으로 이 길지 않는 서론을 번역하는 것 또한 하나의 기념이 될 수 있을 것이다. 인명은 아직 최종적으로 확인되지 않았으므로 양의 번역명을 따르기로 한다.

> 자연법학이 시작된 이래 우리의 권리는 천부(天賦)에서 나온다고 생각하는 주의가 크게 성행했다. 마침내 프랑스대혁명 시기에 이르러 이 주의가 명확하게 헌법에 기록되었다. 근래의 학자들은 점점 그것이 아님을 깨달았으나 아직 적지 않은 사람들이 그것에 대하여 의심

19 『물경론』의 각 장에 등장하는 인명은 다음과 같다. 총론: 太洛, 皮賽, 奧斯來特, 配魯太, 失弗勒, 海淪罷, 耶氏. 제1장: 路索, 海爾威爾, 師丕翕, 拉恩罷, 伯倫知理, 加爾奈理, 拉因, 師脫老司, 皮賽, 奧夫內耳. 제2장: 대부분은 서방 학자의 관점에 대한 인용이다. 百魯脫而, 聖葛意得, 失來爾, 師秘諾薩, 伯倫知理, 葛姆潑老, 黑勒爾, 林弗爾持, 失弗勒, 拉因, 伊耶陵, 樸師得, 海爾威爾, 斯拖勒克, 皮賽, 孛夫內爾, 斯賓率爾 등. 제3장: 堪德, 海格爾, 裏勃爾, 伯倫知理, 路索, 法蘭玆, 歡勒勃爾, 斯咄格爾, 伊耶陵. 제4장: 葛姆潑老, 葛雷牟, 羅吉斯. 제5장·제6장: 斯賓率爾, 海爾威爾, 失弗勒, 裏勃爾, 伯倫知理, 薄師德, 拔奇霍, 馬克來, 太洛爾, 孟德斯鳩. 제7장: 脫師登, 葛姆潑老, 海爾威爾. 제8장: 德倫都司, 威辟脫, 雪耳師, 太奇篤斯, 環益玆, 海爾威爾, 葛姆潑老, 配魯太, 白格爾, 亞立斯度德爾, 伯倫知理. 제9장: 拔霍亨, 配失爾, 海爾威爾, 薄師德, 海爾威爾, 斯賓率爾, 富雷益, 鮑意默爾, 菲爾梅爾, 彌勒約翰, 孛夫內爾, 皮孝夫, 奧登根, 亞爾倫, 拉登蒿孫, 拉蒲勒, 彌爾約翰, 伯倫知理, 法蘭玆, 惠慶根. 제10장: 伯倫知理, 葛洛久斯, 葛姆潑老, 海爾威爾, 歡路孛爾(歡勒勃爾?), 加師樸爾, 堪德, 翁德, 斯賓率爾, 穆爾.

없이 깊이 신뢰한다. 또 많은 학자는 이 천부주의를 믿지 않는다고 해도 여전히 우리의 권리는 오로지 공정하고 선량한 성질을 지닌다고 여기고 그것의 근원과 성질은 완전히 다르다고 여긴다.

나는 이 두 주의에 대하여 모두 아니라고 생각한다. 게다가 무릇 우리의 권리는 그 근원이 모두 권력(강자의 권리)에서 나온다고 믿는다. 대개 우리 사회에 권력을 행사하여 승리한 권력은 반드시 소수의 패배한 권력의 인가를 받는다. 그러므로 승리한 권력은 마침내 이로 말미암아 제도적으로 당연한 권리로 변화한다. 우리의 권리는 즉, 인가를 획득한 권리이지 결코 다른 게 아니다. 그러므로 무릇 권리는 우리가 보기에는 공정, 선량함과 사악함의 구분이 있는 것 같지만 권리 그 자체에는 결코 구별되는 것이 없다.

내가 이 책을 지은 것은 앞서 서술한 이유를 상세히 설명하고자 하는 뜻에서 비롯되었다. 강자 권리의 주의는 대부분 독일의 저명한 사학자 하이얼웨이얼 씨의 『개화사』의 논술에서 취했고, 또한 굼플로비치, 예링, 셰플레와 스펜서 등 기타 여러 석학의 설에서 취한 것도 적지 않다. 그리고 나는 이 저술에서 공허한 이론을 힘써 배척하고 오로지 우리의 사회 발달의 사적에서 증거를 가져와서 그것을 논변했다. 그러므로 나는 이 책을 사회학에 속하는 법리학 저작이라고 스스로 칭하고자 한다.

이보다 앞서 얼마 전에 독일어로 세상에 간행되었고 지금 또 나라의 문자로 대중에게 공개한다. 독자들의 비평을 받게 된다면 영광을 이기지 못할 것이다.

이 글에서는 비록 도덕, 법률 혹은 이기심, 이타심의 의미에 대해 많이 언급하고 있으나 이 책은 원래 이러한 문제에 대한 논술을 주안점으로 삼지 않았다. 따라서 혹 지나치게 간략하여 이해하기 어려운 곳이 있을 수 있다. 가까운 시일에 다시 작은 책자를 써서 도덕과 법률을 주제로 앞서 서술한 의미를 밝히고자 하니 독자들은 양해해 주기 바란다.

메이지 26년 11월 문학박사 가토 히로유키 쓰다[20]

이 '서론'으로부터 가토 히로유키의 사상의 부분적 출처를 알 수 있을 뿐만 아니라 더 나아가 이 책의 착안점이 결코 자연계의 진화와 권리문제가 아니라 인류 사회의 권리문제임을 명확히 할 수 있다. 가토 히로유키가 이 책이 법리학을 설명하는 사회학 저작으로 간주하길 희망했던 까닭도 여기에 있다. 이 점은 절반은 자연계를 이야기하고 절반은 사회윤리적 내용을 이야기하는 『천연론』의 구조와 커다란 차이가 있다.

아래에서는 나의 이해와 문제의 범위에서 『물경론』의 내용에 대하여 귀납해 보고자 한다.

5. 강자의 권리 즉, 권력

내용으로 말하자면 일어판 서론의 요지는 책 전체의 관점을 대단히

20　加藤弘之, 田畑忍 解題, 『強者の權利の競爭』, 127~128쪽.

명확하게 말하고 있다. 이것은 『인권신설』에 이어 다시 한번 '천부인권설'을 향해 질문을 던지는 저작이다. 논점은 보다 더 집중적이고 분명하다. 한마디로 개괄하면 '강자 권리 즉, 권력'이다. 책 전체의 내용은 전적으로 이 관점에 따라 전개된다. 그중 '총론'과 제1, 2, 3, 4장은 이론적 문제로 모두 '총론'으로 간주해도 무방하다. 제5, 6, 7, 8, 9, 10장은 '각론' 즉, '통치자와 피통치자', '귀족과 평민', '자유민과 비자유민', '남과 여', '국가와 국가'의 관계에 대하여 총론에서 설명한 '강자 강권의 경쟁' 문제를 구체적으로 다루고 있다.

진화론은 가토 히로유키 법리학의 기초다. 따라서 '총론'(1~7쪽)은 '천연계'의 인류와 기타 동물의 경쟁으로부터 이야기를 시작한다. 인류는 "언어를 사용할 수 있"고 "직립보행을 할 수 있다"라는 "보잘것없는 장점"에 기대어 자연계의 생존경쟁에서 "홀로 승리하"고 "오만하게 만물의 영장으로 자칭했다." 그러나 인류도 만물과 마찬가지로 결코 우주의 "천칙(天則)이 관할하는 바"를 넘어서지 못했고 기타 동물과 비교하면 "이른바 천칙을 탐구하여 만물을 더 잘 이용할 수 있"을 따름이다. '천칙'에는 이익을 좇고 해를 피하는 것, "오로지 이익이 되는 것만 도모한다"라는 생물적 본성을 포함한다. 인류는 어떤 맹수보다도 훨씬 이러한 본성을 잘 갖추고 있었으므로 비로소 약육강식의 생존경쟁에서 두각을 나타내어 완전한 승리를 얻을 수 있었다. 이런 의미에서 '오스와르도'가 말한 것처럼 "날마다 자기에게 이익이 되는 것을 추구하였더니 실제로 진화에 도움이 되었"던 것이다.[21]

21 [역자 주] '오스와르도'의 원문은 '奧斯來特'이다. 저자에게 누구인지 문의한 결과 가

여기에서 생물진화론 부분이 끝난다. 이어서 완전히 "인류계의 생존경쟁"으로 바뀌는데, 많은 자료를 인용하여 증명하고 다양한 시각에서 생존경쟁의 합법성을 설명한다. 그것의 도덕적 표준은 경쟁에 유리한가로 판단한다. "저 어진 군자들은 번번이 자신이 손해 보고 남들을 이롭게 하는 것을 수신(修身)의 중요한 임무로 여기나 공언(空言)으로 귀결될 따름이다. 대개 이런 사람들도 부지불식중에 경쟁 상황으로 몰리게 되면 자신의 이익을 도모할 것이다. 이것은 필연적인 천부적 재능으로 어진 군자들 또한 그 범위를 넘어서지 못한다"(5쪽).

각종 격렬한 경쟁 가운데 최대의 경쟁은 "권력의 경쟁만 한 것은 없다." 이로써 책 전체의 주제로 들어간다.

> 이른바 권력의 경쟁에서 무릇 강자의 권리가 반드시 완전히 승리한다는 것은 진실로 말할 필요도 없다. 그런데 강자의 권리는 권력 바깥에 있는 것이 아니다. 이른바 권력의 경쟁, 이른바 강자 권리의 경쟁, 그것의 의미는 하나다. 어째서 그런가? 강자의 권리는 반드시 강자 권리의 경쟁에서 승리하기에 충분하다. 대개 생존을 도모하려고 경쟁하고자 하고 경쟁으로 말미암아 생존을 획득하는 자는 그것의 힘이 모두 경쟁을 제압하기에 충분하다.
>
> 무릇 우리의 권리, 자유는 모두 강자 권리의 경쟁으로 인하여 진보한 것이다. 유럽 각국 인민의 권리, 자유는 최근에 이르러 크게 진보했

토 히로유키의 글에는 'おすわるど・かェいれる'로 되어 있으나 아직은 특정하지 못한 상태라는 답변을 받았다. 이에 일어 발음으로 표기했다.

다. 대개 강자의 권리 경쟁이 진실로 그렇게 만든 것이다. 저 법리학자는 번번이 권리, 자유가 천부(天賦)로 말미암은 것이라고 말하지만 진실로 오류다. 권력의 경쟁이 강자 권리의 경쟁이라는 것은 진실로 말할 필요도 없다. 게다가 권력이라는 것은 한 개인으로 그것을 말하자면 진실로 세운(世運)의 진보를 따라 진보하는 것이다. 그런데 결코 공리(公理), 공의(公義)가 그렇게 하도록 한 것이 아니라 모두 강자의 권리가 그렇게 하도록 한 것이다(6~7쪽).

제1장은 '천경(天競)의 권력'(7~13쪽)으로 번역되었으나 원문은 '천부인권'이다. 제목에서 알 수 있듯이 이 장은 오롯이 루소에서 시작된 '천부인권설'을 반박한다. 인류 사회에 강약 우세, 빈부귀천이 존재하는 이상 천부인권은 "빈말"과 "물거품"에 불과하고 만물계와 인류의 법정 권리는 "강자의 권리에 불과할 따름이다." 이 장에서 토론하는 '권리' 문제는 매우 다양하다. 국가 권리, 사형 폐지, 빈민 구제 등을 포함한 생존권 그리고 인류의 평등불가침의 권리, 행위와 교제 자유의 권리, 각자의 믿음을 고수하는 데 방해받지 않을 권리, 언론 자유와 사상 자유의 권리, 삶을 도모할 자유의 권리 등등이 있다. 가토는 부정적으로 그것들이 "단연코 하늘이 준 것에서 나오는 것이 아니"라 모두 "인위적 권리"라고 말한다. 그 까닭은 이렇다. "인류와 동물은 전혀 권리의 차등이 없"는데 어째서 인류가 동물의 권리를 박탈할 수 있었는가? 결론은 인류가 강자의 권리를 가지고 있기 때문일 뿐이라는 것이다. 주목할 만한 것은 가토가 만물의 영장이라고 불리는 인류에게도 문명과 야만의 구별이 있고 지금 말하는 천부인권은 결코 보

편성을 가지는 것이 아니라 경쟁 속에서 강자가 된 유럽인종의 권리에 불과하다고 강조했다는 것이다.

제2장 '강자의 권리'(13~21쪽)에서 주로 논술하는 것은 '강자의 권리' 탄생의 필연성과 절대성이다. 자연계의 천칙이 생존경쟁, 우승열패인 이상 승리한 인류의 권리도 당연히 '강자의 권리'다. 마찬가지로 이런 이치는 완전히 인류 사회에 적용된다. 경쟁이 있는 이상 강약과 우열의 구분이 있고 이른바 '권리'는 바로 강자의 권리다. 즉 강한 자, 우월한 자가 다른 사람들을 제압하고 약한 자와 열등한 자는 다른 사람의 권리에 의해 제압된다. 이 장은 가토 히로유키의 말로 하자면 "하이얼웨이얼과 굼플로비치를 최고로 간주하"고 "두 사람을 기반으로 한 것이 많다." 이런 까닭으로 가토 히로유키 본인의 관점은 많지 않고 "간간이 또한 자신의 의견을 은근히 보탠 것"일 뿐이다(19쪽). 그가 유일하게 강조한 것은 권리는 야만국과 문명국에서 표현 형식에서의 구별 즉, "강포함"과 "고상함"이라는 구별이 있으나 본질과 존재적 절대성에서는 결코 어떤 다른 점이 없다는 것이다.

제3장 '강권은 자유권과 나란히 실권과 관련된다는 이치를 논하다'(21~31쪽)는 주로 이른바 '자유권'과 '실권'(원문은 "真诚ノ[法定ノ]权利"), 그리고 '권력', '권세' 등이 실제로는 모두 '강자의 권리'임을 논증한다. 말하는 방법은 다르지만 "그것의 의미는 본래 같은 것에 속한다." 그 관점은 다음에서 나왔다. (1) "칸트와 헤겔은 군주의 전제권, 귀족의 특권, 인민의 자유권을 모두 통일적으로 자유권이라 명명했다. 그들은 우리의 자유는 문명의 진보로 인하여 곧 차츰 소수의 손에서 다수의 손으로 이동했다고 했다. 대개 옛날에는 군주 일인이 자유권

을 가지고 있었을 뿐이고 후세에는 귀족 몇 명이 자유권을 가지고 있었을 뿐이나 근세에는 무릇 인민이 되는 자는 모두 자유권을 가지게 되었다." (2) "리이베루는 말했다. 무릇 행위의 자유는 우리에게만 해당하는 것은 아니다. 동물이라고 해서 어찌 자유로워지고자 하지 않았겠는가? 그러므로 전제를 좋아하는 군주는 자유를 제창하는 인민들과 더불어 모두 자유로워지고자 하는 자들이다. 다른 점은 하나는 바라는 것이 사사로운 데서 나온 것이고 다른 하나는 바라는 것이 공공적인 데서 나온 것이다. 그러므로 그것이 자유를 추구한다는 것은 같지만 자유를 추구하는 까닭의 마음은 같지 않다"[22](22쪽).

실제적으로 가토 히로유키는 매우 분명하게 말한다. "무릇 강자의 권리는 모두 천연(天演)으로 말미암아 획득하고 대개 자연의 권력에 나온다." 즉, '강자의 권리'는 생존경쟁의 힘의 대비 속에서 자연스럽게 형성된 권력으로 귀결한다. 이런 의미에서 가토 히로유키는 블룬칠리, 루소, 프란츠, 프뢰벨, 스토릿케루, 예링 등이 권리의 탄생을 '공정'과 '선량'의 결과로 간주하는 것을 하나하나 반박했다.[23] 주목할 만한 것은 가토 히로유키는 절대적 자연 권력 속에서라고 하더라도 현실 중의 권리는 실력으로 쟁취한 것으로 여겼다는 점이다. "그러므

22 [역자 주] '리이베루'의 원문은 'りいばる'이다. 마찬가지로 저자가 특정하지 못한 인물이다.

23 [역자 주] 블룬칠리(Bluntchlí Johann Caspar, 1808~1881)는 스위스의 정치가이자 법학자, 프란츠(Franz von Liszt, 1851~1919)는 독일의 형법학자이다. '프뢰벨'의 원문은 'ゆりうす・ふろェいべる'이다. 저자는 독일의 지질학자이자 광물학자, 언론인, 정치가였던 율리우스 프뢰벨(Carl Ferdinand Julius Fröbel, 1805~1893)로 추정했다. '스토릿케루'의 원문은 'すとりッける'로 저자도 특정하지 못했다.

로 내가 보기에 한 사람은 강자의 권리를 점유하고 다른 한 사람은 그 권리를 억압하고자 한다. 그런데 억압하려 해도 억압하지 못하면 결국 할 수 없이 실제로 가지고 있는 권리를 인정하게 된다. 진실로 권리는 이로부터 생겨나지 않으면 모두 유명무실한 것이다"(25쪽). 즉 권리는 힘의 산물이다.

제4장 '인류계의 강권 경쟁을 논하다'(32~37쪽)에서는 앞 4장의 내용을 개괄하고 인류 사회의 경쟁에서 강약은 변할 수 있고 이에 따라 권리의 분배도 바뀔 수 있음을 주장한다. 그는 유럽 각국의 권리의 평균이 바로 "상호 충돌, 상호 평균, 상호 인정한 것"의 산물이라고 했다(35쪽). 가토는 권리 경쟁에서 "감히 진취적이고자 하"는 유럽인종의 역할을 강조한다. 그는 유럽인은 "고유한 성질"과 "계승한 성질"이 "다른 인종보다 더 우월"하고, "따라서 강자 권리의 진보가 온갖 진화의 일과 더불어 다른 종을 훨씬 넘어섰다"고 여겼다. 그리고 "유약하고 위축되어 압제를 달게 받는 인종"은 강권에 저항할 힘을 갖추지 못함으로써 강포한 권력은 불의를 더 많이 행사할 수 있게 된다(37쪽).

여기에서 총론은 끝나고 각론으로 바뀌어 인류의 5대 경쟁을 제시한다. 통치자와 피치자, 귀족과 평민, 자유민과 비자유민, 남과 여, 국가와 국가의 강권 경쟁이다. 가토는 그것들을 다음과 같이 귀납한다. "첫째부터 넷째는 한 군체 속에서의 경쟁이고 다섯 번째는 군체와 군체의 경쟁이다."

6. 강권 경쟁은 진보에 유리하다

제5장부터 제10장까지 각종 권리 관계에 관한 각론에서 전체적인 이론의 전제는 인류 문명의 진보는 각종 권리 경쟁과 재분배의 결과라는 것이다. 반복적인 설명의 근거는 사실 하나인데, 그것은 바로 "우리의 권리는 매번 사람들이 나의 권리를 인정하는 데서 나오고, 인정하지 않을 수 없는 형세가 있다. 이른바 강자의 권리다. 대개 타인이 나에게 권리를 베푸는 것은 진실로 매우 용이하다. 그런데 한 사람의 권리가 권리를 누리기에 부족하면 획득한 권리는 또한 유명무실해지고 그것을 사용할 수 없게 된다. 이것이 강자의 권리가 귀중한 까닭이다"(119쪽). 이 관점은 권리는 쟁취하는 것이지 하사받는 것이 아니라는 것으로 개괄할 수 있다.

제5장 '통치자와 피통치자의 강권 경쟁과 그 권리의 진보'(37~46쪽)와 제6장 '계승'(46~57쪽)은 주로 군권과 민권 문제를 이야기한다. 아시아에서의 군권의 편중과 유럽에서의 군권과 민권의 평균을 이야기하고 민권의 확대는 쟁취하여 그것을 인정받은 결과라고 여겼다. 그러나 최종적으로 현실에서 필요한 것은 군주입헌이라고 했다.

> 지금 세상에서 통치자와 피치자의 권력은 진실로 양강(兩强)이 서로 마주하고 있는 형세에 처해 있다. 그런데 대체로 보건대 통치자는 여전히 강한 처지에 있고 피치자는 여전히 약한 처지에 있다. 대개 그렇지 않으면 국가는 하루도 존재할 수 없다. 진실로 그렇지 않을 수 없는 것은 오늘날뿐 아니라 어쩌면 다른 날도 피하기 어렵다.. 대개 국가

의 주권은 반드시 통치자의 손에 있다. 만약 통치자에게 이러한 큰 권력이 없으면 국가는 반드시 망한다는 것은 정해진 이치다(56쪽).

제7장 '귀족과 평민의 강권 경쟁과 그 권리의 진보'(57~69쪽)는 인도, 이집트의 등급제와 일본, 중국의 사농공상에서부터 유럽의 귀족과 평민의 권리 분배에 관해 이야기한다. "그런데 귀족과 평민 사이에 상호 충돌이 발생했다. 즉, 양자의 권리는 상호 균등한 것이 옳다고 생각했다. 평민인 자는 이전의 억압에서 벗어나 상당한 권리를 잡았고 귀족인 자는 자신의 특권을 버리거나 자신의 특권을 제한하여 적당한 권리로 바꾸었다. 이것은 평민이 강자의 권리를 점유함으로써 귀족에게 승리한 것이고 마침내 부득이 법률 제도적으로 실제로 가지는 권리로 여기게 되었다. 이것은 제약을 받던 자들이 통치자에게 승리한 것과 그것의 이치는 조금도 다를 것이 없다. 이로써 권리라는 것은 모두 부득이하여 타인의 인허를 받는 데서 나오는 것임을 알 수 있다"(65쪽). 그런데 사회의 불평등은 진보에 유리할 뿐만 아니라 필연적이라고 여겼다(68~69쪽).

제8장 '자유민과 비자유민의 강권 경쟁과 그 권리의 진보'(69~84쪽)에서는 주로 인류 사회의 노예 문제, 특히 근대사회의 흑인 노예 문제를 다룬다. 논지에는 변화가 없는데, 가장 뛰어난 부분은 흑인 노예의 현실로 그럴듯하게 꾸민 천부인권과 기독교의 평등, 박애를 공격하는 것이다. "아메리카 주에는 또 새로운 노예가 출현했다. 새로운 노예라는 것은 무엇인가? 즉, 아프리카의 흑인이 그것이다. 이 노예는 고대의 노예와 다르고 대개 인종으로 구분한다. 그러므로 미주

의 백인은 그들을 금수로 보았고 대우의 잔혹함은 고대의 같은 종류의 노예와 진실로 비교가 되지 않는다. 그런데 이것은 백인이 신봉하는 기독교의 종지와는 실제로 크게 어긋난다. 그렇게 된 까닭은 대개 사람들이 모두 이기심이 있기 때문이다. 진실로 자신에게 이롭지 않다면 어찌 기꺼이 다른 사람을 이롭게 하겠는가? 이것은 실제로 틀림없는 천칙이다. 기독교라고 하더라도 또한 어떻게 할 수 없는 것이 있다"(73~74쪽). 가토는 미국이 노예를 해방한 것은 아무런 의미가 없다고 여겼다. 그 까닭은 두 가지다. (1) 흑인 노예의 권리는 쟁취한 것이 아니고, 따라서 유명무실하다. (2) 과거의 노예를 해방했지만 새로운 노예가 생겨났다. 예컨대 지나, 인도의 "쿨리"(苦力)와 일본의 "고진"(工人) 같은 것이다(82~83쪽).

제9장 '남녀의 강권 경쟁과 그 권리의 진보'(84~98쪽)에서는 주로 남녀의 자연적 불평등으로 유럽의 여권운동에 관해 이야기한다. 중국, 일본의 '일부다처'의 사례를 이야기하면서 번역자는 다음과 같이 주석을 달았다. "생각건대, 일본인은 서양의 폴리가미를 일부다처제로 번역하고 일본인은 서양어 모노가미를 일부일처제로 번역한다. 사실 폴리가미는 한 남자가 여러 여자를 취한다는 뜻이다. 우리 나라 풍속에는 처가 있고 첩이 있는데, 서양인은 폴리가미로 본다. 그런데 일부다처제로 번역하고 있으나, 우리 나라는 처 말고는 모두 첩이라고 하므로 일부다처로 보는 것은 우리 나라 사람으로서는 설복되지 않는 바가 있다. 또 모노가미는 실제로 일남일녀를 말하는 것이다. 지금 일부일처로 번역하고 있으나, 우리 나라에서는 반드시 오해하여 우리 나라 법이 모노가미라고 여길 것이다. 그러므로 일본인의 번

역에서 한문을 사용하는 것은 전혀 타당하지 않으나 달리 적당한 글자로 번역하는 것은 일시에 갑자기 되는 것이 아니다. 억지로 고쳐 쓰면 일역의 순통함만 못하므로 부득이 그렇게 하니 널리 박학한 사람들의 수정을 기다린다"(87쪽). 이 말은 일역 어휘가 어떻게 중국에 들어왔는지를 연구하는 데 참고할 만하다. 가토는 최종적으로 남녀평등을 실현하는 것은 불가능하다고 여겼다. 유럽의 창기와 터키의 더 많은 축처축첩이 가장 강력한 증명이기 때문이다.

제10장 '국가와 국가의 강권 경쟁과 그 권리의 진보'(99~118쪽)에서는 주로 『만국공법』과 현실에서의 '국권' 문제를 토론한다. 가토는 확고하게 『만국공법』이 결코 기독교의 평등 박애와 인류 세계의 도덕적 진보의 산물이 아니라 "강권의 경쟁으로 말미암아 나왔으며 대개 양강이 서로 대치하면 부득이 서로가 권리를 인정하게 된다"라고 여겼다. 즉, 소수 유럽 국가의 "권력의 평균"의 산물이라는 것이다(101~102쪽). 그것의 강력한 논변은 유럽 문명국가의 이중 기준에 대한 비판에 있다. 예컨대 다른 사람에게 손해를 입히고 자신을 이롭게 하는 것이 "무릇 세상 만물이 생을 도모하는 종지"(宗旨)인 바에야, "고상하게 도덕을 이야기하는 자는 매번 이익은 잘못된 것이라고 하는데 또한 오류가 아니겠는가?" 유럽은 약소국을 만국공법 바깥으로 배제했다. "그리고 그것을 억압하고 그것을 짓밟는 데 힘을 아끼지 않았다. 그런데 이것은 실제로 기독교의 박애의 취지, 천부인권의 취지, 그리고 각국 평등의 취지에 크게 위배된다. 그러나 이른바 천칙의 당연함은 어떻게 할 수 없으며, 이것은 개탄할 만하다"(104쪽).

또 유럽에서는 비록 각국의 평등에 뜻을 둔 『만국공법』이 통용된다고 해도 "야만의 나라 혹은 반개(半開)의 나라를 만나면 곧 그 토지를 약탈하고 그 인민을 몰아내어 식민지로 삼는다. 억압할 수 있는 것이라면 힘을 아끼지 않는다. 이것이 실로 유럽인의 종지다. 대개 그 종지는 먼저 자신을 이롭게 하는 데 있다. 그리고 이른바 야만국, 반개국은 자신의 생명, 재산의 권리를 돌보기에는 부족한 바가 있고, 그것의 독립적이고 속박받지 않는 권력을 말하기에는 부족한 바가 있다. 그것의 의미는 대개 우리 유럽의 문명인에게 유리하면 그것으로 충분하다는 것이다"(106쪽). 중국인에 대해서 말하자면 이것은 그야말로 눈앞의 생존 문제가 되었다.

그런데 가토는 또한 『만국공법』이 소수 강국의 '공법'이라고 해도 여전히 전 지구에 통용될 수 있는 '공법'이라고 여겼다. "문명이 강대한 국가들이 연합하여 한 국가가 되면 이미 만국을 통치하고 그 권력을 장악하기에 충분하다. 그렇게 되면 즉, 천하통일국이라고 불러도 안 될 게 없다"(116쪽). 여기에서 가토는 『만국공법』을 근거로 "천하통일국" 구상을 제시한다. 이것은 한시라도 현실과 유리되지 않고 한시라도 "우리 사회 발달의 사적(事跡)"과 유리되지 않은 책 전체의 내용 중에서 유일하게 '상상' 혹은 '전망'이라고 할 수 있는 부분이다. 그렇다면 무엇을 '전망'했는가? 가토는 다음과 같이 썼다.

> 그러므로 이른바 천하통일국은 세계 만국이 각각 평등한 권리로써 자유롭게 상호 협의해서 이루어지는 것이 아니라, 구미 각국과 기타 대륙의 한두 문명의 국가가 맹렬함이 서로 같아서 만들어지는 것일 따름이다(115쪽).

나는 이 '전망'으로부터 가토가 근대 일본을 위해 선택한 위치를 찾을 수 있지 않을까 한다.

7. 중국에서의 가토 히로유키

이상 두 부분으로 『물경론』의 내용을 간단하게 귀납했다. 『천연론』이 자연계의 '물경'과 '천택'(天擇)으로 현실 세계에 대한 일종의 '문학적' 암시를 했다고 한다면, 『물경론』은 '천칙' 혹은 '공리'라는 형식으로 인류 사회 자체는 바로 이러한 약육강식, 우승열패의 '강자 권리=권력'인 세계임을 적나라하게 알려 준다. 이것은 당시 중국의 현실에 대해 가장 잘 주석을 다는 화법이었을 것이다. 둘째, 권리는 실력으로 쟁취하는 것(즉 '인허'받지 않을 수 없는 것)이지 하사받는 것이 아니라고 하는 그가 반복해서 강조하는 관점은 『천연론』의 "하늘과 우승을 다툰다"라고 하는 관념과 부합한다. 셋째, 현실을 근거로 한 천부인권과 기독교의 평등 박애에 대한 그의 힘 있는 반박과 폭로는 액운을 호소할 길 없는 중국 독자들의 동조를 이끌었다. 그런데 가토가 선택한 강자 찬양의 입장과 "다른 사람에게 손해를 입히고 자신을 이롭게 한다"라는 불요불굴의 도덕적 주장에 대해 중국의 독자들은 어떻게 느꼈을까? 적어도 루쉰에게는 어떠했을까? 이에 대해서는 따로 글을 써서 토론해 보려고 한다.

아마도 『물경론』의 영향으로 가토 히로유키의 주요 저작이 중국에 소개되었을 것이다.[24] 영향을 가장 많이 받은 인물이라면 량치차오(梁啓超)를 언급해야 한다. 량치차오와 관련이 있는 20세기 90년대 중반까지의 문헌을 찾아보면[25] 그가 『물경론』뿐만 아니라 다른 저작도 읽었음을 알 수 있다. 심지어 10여 편의 글에서 가토 히로유키를 대대적으로 인용하고 전문적으로 소개하기도 했다. 따라서 량치차오를 연구하는 학자들은 가토 히로유키를 량치차오의 국가 사상의 형성에 가장 큰 영향을 미친 사상가 중의 하나로 간주한다. 그런데 이것은 이 글의 범위를 넘어서는 문제다.[26]

2000년 5월 오사카 야마다(山田)에서

---

24 『中國譯日本書綜合目錄』의 124쪽에는 『人種新說』이라고 되어 있으나 '종'(種)은 '권'(權)의 오류로 생각된다. 연구가 필요하다.

25 『著名學者光盤檢索系統·梁啟超專集』, 北京大學出版社, 1998.

26 『물경론』의 원시 자료 조사는 베이징언어문화대학출판사 허우밍(侯明) 여사로부터 많은 도움을 받았다. 여기에서 감사를 표한다.

‘천연’에서 ‘진화’로

루쉰의 진화론 수용과 전개를 중심으로

머리말

‘천연’과 ‘진화’는 각각 근대 중국과 일본이 진화론을 수용하는 과정에서 생겨난 어휘로 영어 evolution에 대한 번역이다. ‘천연’은 옌푸가 『천연론』을 “만들”(做)[1] 때 사용한 독창적인 어휘고, ‘진화’는 가토 히로유키가 ‘입론’ 과정에서 만든 ‘일본식 한자어’(和制漢語)다.[2]

---

1 [역자 주] 魯迅, 「隨感錄二十二」, 『魯迅全集·熱風』 제1권, 44쪽. 루쉰은 옌푸의 『천연론』이 단순한 번역이 아니라 창작(‘做’)에 맞먹는 작업이라는 의미에서 이 단어를 사용했다.

2 스즈키 슈지(鈴木修次)는 다음과 같이 말했다. “영어 evolution에 기초한 ‘진화’라는 단어와 그것과 함께하는 ‘진보’, 더 나아가 evolution 속성을 지닌 ‘생존경쟁’, ‘자연도태’, ‘우승열패’ 등의 단어가 언제부터 가토에 의해 분명하게 사용되었는지는 확정하기 어렵다. 그런데 이러한 용어들은 모두 가토가 입론의 과정에서 독자적인 노력으로 창작해 낸 것이라는 점은 거의 틀림 없다”(189쪽). 그런데 ‘진화론’(evolution theory)이라는 번역어에 관해서 “결코 가토에서 시작된 것이 아니다”라고 했다(『日本

'천연'과 '진화', 두 단어가 중일 양국의 근대사상사에서 상징적 의미가 있다는 것은 말할 필요도 없다. 한자의 형태 자체가 다를 뿐만 아니라 더욱 중요한 것은 양국의 언어에서 생성된 '진화론'의 '개념 장치'와 지식 체계에 중대한 차이가 있음을 의미하다.

중국에서 진화론이 옌푸에서 시작되었다는 것은 이미 정설이 되었다. 진화론을 이야기하면 반드시 옌푸의 『천연론』과 그것의 동시대 및 훗날에 미친 심원한 영향을 언급해야 한다. 그런데 어휘와 개념사의 시각에서 말하자면 옌푸가 번역한 진화론 단어는 시작부터 일본의 진화론 번역어와 '경쟁' 관계에 있었던 것 같다. 예컨대 왕궈웨이(王國維, 1882~1927)는 당시 '천연'과 '진화'를 대결 위치에 놓고 번역어로서 양자 중에 "어느 것이 득이고 어느 것이 실인지", "어느 것이 분명하고 어느 것이 애매한지"에 대해 평가했다.

漢語と中國』, 中央公論社, 1981, 182~183쪽). 『漢字百科大事典』(佐藤喜代治 等 6人 編集, 明治書院, 1996, 980쪽)에는 "진화: 영어 evolution, 가토 히로유키의 조어"라고 했다. 선궈웨이(沈國威)는 "'진화'는 다윈의 진화론을 일본에 소개한 가토 히로유키의 조어다. 가토가 주관한 도쿄대학 학술잡지 『학예지림』(學藝志林)에 처음 나온다. 이 잡지 제10책(1878)에는 한 학생의 번역 논문 「종교와 이학은 서로 모순되지 않는다」가 실렸다. 여기에 '진화'라는 용례가 있다. 이와 동시에 사용한 것으로 '화순'(化醇)이 있는데, 진화는 언제나 더 완전함과 복잡함을 향한 형식의 변화를 의미하기 때문이다. '진화'는 이후 『철학자휘』(哲學字彙, 1881)에 수록되어 학술적 어휘로 보급되고 고정되었다"라고 했다(『近代中日詞彙交流研究 ―漢字新詞的創制, 容受與共享』, 中華書局, 2010, 166~167쪽). 이외에 야스기 류이치(八杉龍一)은 evolution이라는 단어에 대하여 "다윈이 『종의 기원』을 쓸 때는 결코 evolution을 사용하지 않았다. 이 단어는 『종의 기원』의 재판 과정에서 사용된 것이다"라고 했다(『進化の歷史』, 岩波書店, 1969, 서문).

그런데 '천연'은 '진화'에 대한 것이고 '선상감'(善相感)은 '동정'에 대한 것인데, 그것이 'Evolution'과 'Sympathy'의 본의에 대하여 어느 것이 득이고 어느 것이 실인지, 어느 것이 분명하고 어느 것이 애매한지는 무릇 조금이라도 외국어 지식을 가진 자가 있다면 어찌 한나절이나 기다려야 결정되는 것이겠는가?[3]

결과적으로 일찍이 학자들이 지적한 바와 같이 옌푸가 '진화론' 체계를 들여올 때 사용했던 대부분의 독창적인 단어는 훗날 일본의 진화론 단어로 대체되었다.[4] 일부 실증적 연구 또한 이 점을 끊임없이 증명하고 있다. 예컨대 스즈키 슈지가 서술한 바에 따르면 표 1과 같은 일람표를 얻을 수 있다.

선궈웨이(沈國威)는 더 나아가 옌푸가 "『천연론』에서 이미 여러 차례 '진화'를 사용했다"고 해도 "진화론, 경제학, 논리학의 인용 소개에서 일본어 역서의 실제적 역할이 일련의 옌푸가 번역한 명저보다 훨씬 더 컸다"[5]라고 했다.

---

3 王國維, 「論新學語之輸入」, 『王國維學術經典集』(上), 江西人民出版社, 1997, 103쪽.

4 슈월츠(Benjamin I. Schwartz)는 "그런데 우스꽝스러운 것은 그가 만든 신조어 대부분이 모두 일본에서 만든 신조어와의 생존경쟁에서 패배하여 사라져 버렸다는 것이다"라고 했다((平野健一郎 譯, 『中國の近代化と知識人 ― 嚴復と西洋』, 東京大學出版會, 1978, 93쪽). 스즈키 슈지는 "옌푸가 고심해서 만든 번역어는 비록 일시 일부 지식인들에 의해 애용되었으나 현재 중국에서는 거의 모두 '사어'가 되고, 일본어 단어들이 보편적으로 사용되고 있을 따름이다"라고 했다(『日本漢語と中國』, 200쪽).

5 沈國威, 『近代中日詞彙交流研究 ― 漢字新詞的創制, 容受與共享』, 中華書局, 2010, 116, 395쪽.

표 1 『일본 한어와 중국』(日本汉语と中國)의 번역어 대조

원 단어	옌푸 번역어	일본 번역어	일본 번역어 출처
evolution	천연(天演) / 진화(進化)	화순(化醇), 진화(進化), 개진(開進)	철학자휘(哲學字彙) I, II
		진화(進化), 발달(發達)	철학자휘 III
theory of evolution		화순론(化醇論), 진화론(進化論)	철학자휘 I, II
evolutionism		진화주의(進化主義), 진화론(進化論)	철학자휘 III
evolution theory	천연론(天演論)	진화론(進化論)	동물진화론(動物進化論)
struggle for existence	물경(物競)	경쟁(競爭)	철학자휘 I
		생존경쟁(生存競爭)	철학자휘 II
selection		도태(淘汰)	철학자휘 I
natural selection	천택(天擇)	자연도태(自然淘汰)	철학자휘 I
artificial selection	인택(人擇)	인위도태(人爲淘汰)	철학자휘 I
survival of the fittest		적종생존(適種生存)(生)	철학자휘 I
		적종생존(適種生存)(生), 우승열패(優勝劣敗)	철학자휘 II
		적자생존(適者生存)(生), 우승열패(優勝劣敗)	철학자휘 III

옌푸의 진화론 번역어가 일본의 진화론 번역어로 대체되었다는 것은 역사적 사실이자 역사적 과정이었다. 이 글에서 나는 '천연'과 '진화'라는 두 상징적 단어로써 '천연'에서 '진화'로의 과정을 살펴보고자 한다. 이 과정을 검토하는 것은 다음과 같은 많은 문제를 포괄한다. 예컨대 (1) 그것의 역사적 과정 중에 발생한 역사적 사실은 어떠했

나? 또 우리가 지금까지도 잘 모르는 것은 어떤 것이 있는가? (2) 왜 '천연'에서 '진화'로의 변화가 발생했는가? (3) 선택의 주체로서 중국의 근대 지식인은 옌푸를 통하여 어떤 것들을 받아들였는가? 또 일본의 진화론 체계를 통하여 어떤 것들을 획득했는가? 어휘와 개념의 변화에 따라서 그들의 지식 구조와 사상에는 어떠한 변화가 발생했는가? (4) 옌푸를 어떻게 평가해야 하는가? (5) 중국 근대 진화론 사상의 원류는 어떤 것인가?

'근대 중국과 진화론'이라는 틀에서 이런 문제는 모두 새로운 문제는 아니라고 할 수 있다. 기존의 근대사, 근대사상사 연구, 어휘사 연구 등 많은 영역에서 다양하게 다루었다. 특히 역사적 인물이라면 옌푸, 캉유웨이(康有爲), 량치차오, 장타이옌(章太炎) 그리고 루쉰이 가장 집중적으로 검토되는 대상이다. 그런데 위에서 언급한 문제들은 진정으로 해결되었는가? 나는 가장 집중적으로 검토된 루쉰을 통하여 이 점을 새롭게 확인할 생각이다. 이전의 연구와 다른 점은 이 글이 루쉰의 진화론 수용을 '천연론' 아래에 두고 보는 것이 아니라 '천연'에서 '진화'로라는 역사적 과정 중에 두고 본다는 것이다.

1. 루쉰에게서 보이는 것

루쉰 연구에서 진화론을 언급할 때면 반드시 옌푸와 『천연론』을 언급한다. 하나는 옌푸의 『천연론』이 중국 근대에 미친 거대한 영향 때문이고 둘은 루쉰의 진화론 수용은 분명 『천연론』에서 제일 먼저 시작되었기 때문이다.

루쉰은 일찍이 자신이 난징의 광무철로학당에서 공부하던 시절 “거친 전병, 땅콩, 고추를 먹고 『천연론』을 보”던 상황을 묘사했다.

> 신서를 보는 분위기가 유행하기 시작했고 나도 중국에 『천연론』이라는 책이 있다는 것을 알게 되었다. 일요일이면 책을 사러 성 남쪽으로 달려갔다. 흰 종이에 석인(石印)의 두꺼운 책으로 가격은 500원(文)정이었다. 열어 보니 아주 잘 쓴 글이었다. 시작은 이렇다.
>
> “헉슬리는 홀로 방에 있었다. 영국 런던의 남쪽에서 산을 등지고 밭을 바라보고 있었다. 울타리 밖의 여러 경치가 마음속에 역력했다. 2천 년 전 로마 장군 카이사르가 아직 도착하지 않았을 때를 상상했다. 이곳은 어떤 모습이었을까? 생각건대, 하늘이 혼돈을 만들고…”
>
> 아! 이 세상에는 필경 서재에 앉아 그러한 생각을 하는 헉슬리라는 사람이 있었다. 게다가 얼마나 신선한 생각을 하고 있었던 것인가? 단숨에 읽어 내려갔다. ‘물경’, ‘천택’도 나오고 소크라테스, 플라톤도 나오고 스토아도 나왔다.[6]

루쉰이 『천연론』을 읽을 때 느꼈던 “신선”함의 감각은 단락, 단락 암송할 수 있을 정도로 『천연론』의 열성 독자가 되게 했다. 바로 이런 까닭으로 루쉰과 옌푸의 관계는 루쉰의 진화론 수용을 검토하는 기본적 전제가 된다. 『천연론』은 시종 문제의 초점이었다. 이 방면

6 魯迅, 「瑣記」, 『魯迅全集·朝花夕拾』 제2권, 305~306쪽.

의 논문은 아주 많다. 장멍양의 『중국 루쉰학 통사』[7]에서 관련 연구 상황을 알 수 있고 관련 연구사 자료의 색인을 얻을 수 있다. 그런데 현재까지의 도달 지점으로 말하자면 다음 세 권의 책이 특히 주목할 만하다. 하나는 푸젠교육출판사에서 2014년 출판한 10권 본 『옌푸전집』(부록 1권 포함)인데, 제1권에 『천연론』 5종의 교감을 수록했다. 또 다른 하나는 기타오카 마사코가 쓴 『루쉰 구망(救亡)의 꿈의 행방—악마파 시인으로부터 「광인일기」를 논하다』이다. 여기에 수록된 '보론' 「옌푸 『천연론』」은 영문 원서, 옌푸와 다종의 일역본에 대한 새로운 대조와 검토다. 결론은 다음과 같다. "극히 간단하게 『천연론』의 주지를 이야기하면, 청말에 처한 망국적 상황을 하늘의 행위(天行)로 파악하고 이 위기의 해결은 사람이 능동적으로 행동하여 하늘과 싸워 이기는 것 즉, '승천위치(勝天爲治)에 있다는 것이다." "루쉰은 옌푸의 『천연론』에서 가장 커다란 영향을 받았다. 이 책이 그에게 알려 준 것은 바로 사람이 사회를 움직이는 주요 요인이고 그것의 작용이 얼마나 중요한가이다. 따라서 그로 하여금 사람은 응당 능동적인 행동자여야 하고, 이렇게 해야 하늘과 싸워 이길 수 있음을 알게 하였다."[8] 셋째는 선궈웨이가 쓴 『한 가지 이름의 결정, 한 달의 망설임—옌푸 번역어 연구』다. 여기에는 옌푸가 evolution을 어떻게 '천연'으로 번역

---

7 張夢陽, 『中國魯迅學通史』(전 6권), 廣東教育出版社, 2005.

8 北岡正子, 『魯迅 救亡の夢のゆくえ —惡魔派詩人論から「狂人日記」まで』, 關西大學出版部, 2006, 92~93쪽; 李冬木 譯, 『魯迅 救亡之夢的去向: 從惡魔派詩人論到「狂人日記」』, 生活·讀書·新知三聯書店, 2015, 88~90쪽.

하게 되었는지에 관한 상세한 조사가 있다.[9] 이상 세 권의 책은 지금까지 연구의 진척을 살펴볼 참조로 삼을 만하다.

그런데 루쉰에게 있어서 옌푸가 중요한 의미가 있다는 것을 인정하면서도 동시에 문제의 또 다른 한 측면을 지적하지 않을 수 없다. 그것은 바로 옌푸의 의미를 지나치게 강조하여 『천연론』을 루쉰의 진화론과 동등하게 취급하는 것이다. 문제는 옌푸의 영향이 유일하냐는 것이다. 루쉰의 '천연에서 진화로'를 '『천연론』+일본의 진화론'으로 가정해 본다면, 『루쉰전집』(16권본)의 관련 어휘 검색을 통해 약간의 증거를 제공할 수 있을 것 같다.

표 2로부터 『루쉰전집』에서 '진화'(101회), '생존'(82회), '인위'(135회)가 출현 횟수가 가장 많은 세 단어임을 알 수 있다. 이것들은 모두 일본어에서 나왔고, 이 중 '진화'의 출현 횟수는 '천연'의 출현 횟수보다 10배나 높은 101:10의 비율이다. 이외 '물경'과 '경쟁'의 비율은 1:21로 21배가 차이 난다. 이러한 관련 단어를 보는 것만으로도 루쉰이 '천연'에서 '진화'로 가는 '개념 장치'의 전환적 상황 속에 놓여 있었음이 분명하게 드러난다. 사실상 루쉰이 일본 유학 기간(1902~1909)에 쓴 글에는 '천연'이라는 단어를 한 번도 사용하지 않았고 통상적으로 사용한 것은 모두 '진화'였다. 예컨대 「중국지질약론」(1903)에는 3회, 「인간의 역사」(1907)에는 17회, 「악마파 시의 힘에 대하여」(1908)에는 4회, 「파악성론」(1908)에는 5회 사용했다. 바꾸어 말하면 루쉰의 '천연'에서 '진화'로의 과정은 그의 유학 시절에 시작되었다. 그런데 어

9 沈國威, 『一名之立, 旬月踟躕 — 嚴復譯詞研究』, 社會科學文獻出版社, 2019.

표 2 『루쉰전집』 진화론 관련 단어 검색

검색어	빈도	편수
천연(天演)	10	7
진화(進化)	101	46
물경(物競)	1	1
경쟁(競爭)	21	18
생존경쟁(生存競爭)	4	4
적자생존(適者生存)	1	1
적자(適者)	2	2
생존(生存)	82	55
천택(天擇)	4	1
자연도태(自然淘汰)	2	2
도태(淘汰)	14	9
인택(人擇)	4	1
인위도태(人爲淘汰)	0	0
인위(人爲)	135	104
우승열패(優勝劣敗)	1	1
우승(優勝)	7	7
열패(劣敗)	6	2

휘로만 판단하면 옌푸의 역할은 낮게 평가할 수 있다 해도, 동시에 도대체 일본의 어떤 진화론의 내용이 루쉰에게 영향을 미쳤는지는 판단할 수 없다. '진화'라는 단어를 제외하면 기타 '생존경쟁', '적자생존', '우승열패', '자연도태', '인위도태' 등 일본 진화론의 고유명사는 청년 시절의 저우수런이나 훗날의 루쉰이 결코 많이 사용하지 않았기 때문

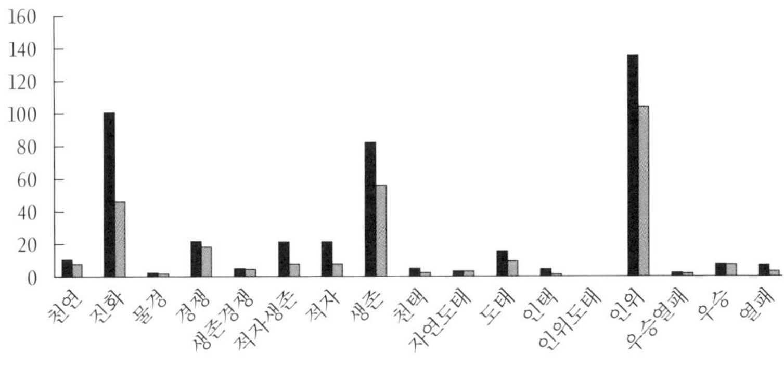

이다. 이에 근거한 판단 역시 어쩌면 일본 진화론의 영향을 지나치게 낮게 평가한 것일 수도 있다. 이것은 어휘사 혹은 개념사 연구의 한계라고 생각한다.

그렇다면 루쉰에게서 왜 이상에서 본 '천연'에서 '진화'로의 단어 변화가 발생했는가? 이 문제를 명확히 하기 위해서는 우선 루쉰의 진화론 수용이 어떻게 이루어졌는지를 분명히 해야 한다.

2. '진화'는 어째서 '천연'을 대체했는가?

우선 생각해 볼 수 있는 것은 중국과 일본에서 진화론을 도입할 때 거대한 '격차'가 존재했다는 것이다. 관련 자료를 함께 펼쳐 놓고 비교해 보는 것만으로도 분명히 알 수 있다. 중국의 진화론 수용은 시간이 늦었고 서적이 적었다고 한다면, 일본은 시간이 빠르고 서적이 많았다. 진화론의 대표작인 다윈의 『종의 기원』은 1859년에 출판, 발행되자 즉시 독일어, 프랑스어, 이탈리아어 등으로 번역되고 유럽에서 거대한 반향을 불러일으켰다. 이후 '진화론'은 서구에서 탄생한 위대한 '근대사상'으로써 '서력동점'(西力東漸)이라는 대추세를 한층 더 조장했다. 그런데 진화론이 중국에 들어온 것은 대단히 늦었다. 옌푸의 『천연론』이 톈진의 『국문휘편』國聞彙編에 연재된 것은 1897년이고,[10] 단행본인 '후베이 옌양 루씨 신시기재 목각본'과 '톈진 기기정사 석인판'의 출판은 1898년이다.[11] 다윈의 『종의 기원』보다 근 40년 늦다. 게다가 『천연론』은 다윈의 원서가 아니고 진화론에 관해 "말하는 것이 결코 분명하지 않"[12]은 헉슬리의 두 편의 논문이다. 옌푸 이후에는 일본의 진화론 서적을 번역한 것을 제외하면, 류보칭이 지적한 바와 같이 중국에서 "『천연론』이 세상에 나온 이후 10여 년간 두 번째 진화론 책은 나오지 않았다."[13]

일본 메이지시대의 진화론 도입에 관해서는 논자들의 의견이 대체로 일치한다. 전체적으로 말하면 "다윈주의라기보다는 스펜서주의의 측면이 더욱 두드러졌다고 해야 한다."[14] 구체적으로 말하면 두 가지 비평으로 정리할 수 있다. 하나는 생물학으로서의 진화론이 늦게

10 方漢奇, 「嚴復和『國聞報』」, 『嚴復研究資料』, 海峽文藝出版社, 1990, 157~169쪽.

11 東爾 編, 「嚴復生平著譯大事年表」, 『嚴復研究資料』, 91쪽.

12 周啟明, 『魯迅的青年時代』, 中國青年出版社, 1959, 50쪽.

13 劉柏青, 『魯迅與日本文學』, 吉林大學出版社, 1985, 51쪽.

14 八杉龍一, 「解説日本思想史における進化論」, ピーター·J·ボウラー, 鈴木善次 外 譯, 『進化思想の歴史』(上), 朝日新聞出版, 1987, 7쪽.

소개되었을 뿐만 아니라 충분하지 않았다는 것이고, 둘은 스펜서주의에 지나치게 편중되었다는 것이다. 일본 사상사로 말하자면 이 두 가지 점은 사실일 것이다. 그런데 중국과 비교해서 보면 옌푸가 『천연론』에서 의도적으로 '스펜서'를 강조한 것이 일본의 진화론과 모종의 같은 경향을 보여 주는 것을 제외하면, 중국 근대사상사에서 일본과 유사한 진화론 도입사는 거의 찾아보기 어렵다.

1877년 6월 18일 미국의 생물학자 모스(Edward Sylvester Morse, 1838~1925)가 배를 타고 일본에 도착하여 요코하마에 올랐다. 그의 일본 방문 목적은 완족류 동물을 조사하는 것이었고 이후 3년간 매년 여름 일본에서 조사할 계획도 가지고 있었다. 그런데 다음날부터 예기치 않았던 두 가지 사건의 발생으로 모스는 계획을 바꾸게 되고, 일본에서 지내면서 주요한 성과를 거두었다. 한 사건은 6월 19일 요코하마에서 도쿄로 가는 도중 우연히 '오모리 패총'(大森貝塚)을 발견한 것이고 다른 한 사건은 도쿄에 도착하고 얼마 되지 않아 도쿄대학의 동물학, 생리학 교수로 초빙된 것이다(7월 12일 부임).[15] 모스는 도쿄대학에서 많은 선도적인 일을 했다. 그중에서 가장 중요한 것은 두 가지인데, 하나는 '오모리 패총'의 발굴 조사 논문을 완성한 것이고 다른 하나는 '연속강의'[16] 형식으로 진화론을 강의한 것이다. 모스는 최초로 일본

15 E·S·モース, 近藤義郎·佐原真 編譯, 『大森貝塚』, 192쪽. 八杉龍一의 『進化論の歴史』에는 모스가 '1878년'에 일본에 온 것으로 되어 있다(168쪽).

16 마쓰나가 도시오(松永俊男)는 다음과 같이 소개했다. "이해 10월 모스가 도쿄대에서 진화론을 세 차례 연속 강의했다. 이 세 차례의 강의는 다윈의 진화론을 처음으로 일본에 소개한 강의였다. 다음 해인 1878년 모스는 또 일반 청중을 대상으로 에기(江

에 체계적으로 진화론을 소개한 것으로 공인된 인물이다. 그의 연속 강의는 강의를 들은 제자 이시카와 지요마츠(石川千代松, 1860~1935)가 강의실의 필기를 정리하여 1883년 『동물진화론』動物進化論이라는 제목으로 출판되었다. "이시카와가 1891년 쓴 『진화신론』은 진화론이 일본 학자에 의해 소화된 방식으로 시대를 소개하고 혹은 토론하는 첫 걸음을 내딛었음을 상징한다."[17] 한마디 덧붙이자면 나카지마 오사후미의 연구에 따르면 루쉰이 유학 시절에 쓴 「인간의 역사」(1907)에는 이 책을 '저본'으로 한 곳이 15곳이나 된다.[18]

그런데 일본에서 생물진화론보다 더 빨리 소개된 것은 사실 사회진화론, 구체적으로는 스펜서다. 일반적으로 일본에서 가장 먼저 스펜서와 사회진화론을 강의한 사람은 어니스트 프란시스코 페놀로사(Ernest Francisco Fenollosa, 1853~1908)라고 생각한다. 이 사람은 훗날 일본 미술을 연구한 사람으로 유명해지지만 1878년 도쿄대학에 초빙되었을 당시에는 주로 철학, 정치학, 경제학을 강의했다. 강의 내용은 스펜서의 『사회학 원리』 제1권(1876)에 근거한 사회진화론 강의였는데, 그를 도쿄대학에 소개한 이가 바로 다윈의 진화론을 강의한 모스라고 한다. "페놀로사는 1878년 에기(江木)학교에서 한 모스의 진화론

木)학교에서 강연회를 열어 다윈의 진화론에 관하여 연속해서 네 차례 강의했다. 다음 해인 1879년 모스는 또 도쿄대에서 아홉 차례 연속 진화론을 강의했다." 『近代進化論の成り立ち ―ダーウィンから現代まで』, 創元社, 1988, 149쪽.

17 八杉龍一, 『進化論の歷史』, 岩波書店, 1969, 168쪽.

18 中島長文, 「藍本「人間の歷史」」(下), 『滋賀大國文』 제17호, 滋賀大國文會, 1979, 52~62쪽.

강의를 이어 연속해서 세 차례 종교론을 강연했다. 이것 역시 스펜서에게서 나온 것이다."[19]

다시 말하면 모스의 도쿄대학 생물진화론 강의를 이어서 페넬로사가 스펜서의 사회진화론을 강의했다는 것이다. 그러나 지금까지 알려진 바에 따르면 스펜서에 대한 소개는 이것보다 조금 더 이르다. 1877년 12월 게이오기주쿠(慶應義塾)출판사는 오자키 유키오(尾崎行雄)가 '역술'한 '영국 스펜서'의 『권리제강』權利提綱(2권)을 출판했고, 1888년이 되면 '스펜서의 일역본'과 그것과 관련된 소개가 이미 마쓰나가 도시오(松永俊男)가 말한 '21개'를 훨씬 넘어서서 31개에 이른다.[20] 메이지시대 진화론의 도입 과정에서 확실하게 뚜렷한 것은 '스펜서 경향'이다. 그런데 생물진화론의 소개는 고즈 센자부로(高津專三郎)가 번역한 3권의 『인조론』人祖論(1881)이 있었을 뿐이라고 하나[21] 꼭 그렇지는 않다. 1888년까지 『인조론』 외에 적어도 앞서 언급한 『동물진화론』, 1879년 이사와 슈지(伊澤修二)가 『생물원시론』이라는 제목으로 번역한 헉슬리의 강연집(1889년 개정판은 『진화원론』으로 제목을 바꿈), 야마가타 데이자부로(山縣悌三郎)가 "다윈 씨가 지은 『인조론』 *The Descent of Man*과 헤켈의 『창조사』創造史, *Schöpfungsgeschichte*를 참조, 인용"하여 지은 『남녀도태론』과 닛타 게이지로(仁田桂次郎)가 부분 번역한

19 松永俊男, 『近代進化論の成り立ち ―ダーウィンから現代まで』, 創元社, 1988, 151쪽.

20 이 숫자는 일본 '國會圖書館近代デジタルライブラリー'에서 'スペンサー'(스펜서)로 검색한 결과다.

21 松永俊男, 『近代進化論の成り立ち ―ダーウィンから現代まで』, 152쪽. 이 책에는 번역자 이름을 '高津專三郎'라고 했으나, 영인본에는 '神津專三郎'로 되어 있다.

『인류성래논강』人類成來論綱(일명 『인조론강』人組論綱, 中近堂, 1887)이 있다. 1896년 가이세이칸(開成館)에서 출판한 다치바나 센자부로(立花銑三郎)의 번역 『생물시원』生物始源은 일본 최초의 『종의 기원』 번역본이다. 옌푸의 『천연론』은 바로 이 해에 번역을 착수했다. 일본과 중국의 진화론 소개에는 근 20년의 시차가 존재한다.

그런데 이상은 '생물진화론'의 각도에서 일본의 진화론 도입을 개관한 것일 따름이다. 사실상 진화론은 도입과 동시에 생물학의 영역에 국한되지 않았고 "사람에게도 관계"되는 "구미의 진보 사상"으로서 보편적인 관심과 환영을 받았다. 과학평론가 쓰쿠바 히사하루(筑波常治)가 지적한 것처럼 "모스를 도쿄대에 추천한 사람은 사회학자이자 스펜서 학설의 열렬한 지지자인 도야마 마사카즈(外山正一)다. 이 사실은 하나의 상징이라고 할 수 있다. 일본의 진화론은 생물학과 사회학적 방식을 횡단하면서 보급되었다". 이상에서 언급한 생물학 저작과 대조적으로 1882년 당시 도쿄대학 총장 가토 히로유키가 내놓은 '사가판'(私家版)의 『인권신설』, 1883년 아리가 나가오(有賀長雄, 1860~1921)의 『사회진화론』, 1885년 다카하시 요시오의 『일본인종개조론』, 1893년의 가토 히로유키의 『강자의 권력의 경쟁』 등은 모두 스펜서주의를 고취한 대표작으로 근대 일본에서 진화론이 담당했던 사회 이론의 역할을 했다.

요컨대 생물진화론, 사회진화론을 막론하고 모스가 일본에 온 지 10년 안에 근대사상으로서의 '진화론'은 명실상부한 하나의 '언설'로서 신속하게 보급되기 시작했다. '일본 국회도서관 근대 디지털 라이브러리 영인본'을 검색해 보면 1912년까지 '진화론' 관련 책이 96개,

'다윈' 관련 책이 22개다. 중복을 제거하면 양자의 합계는 111개다. '스펜서' 관련 책은 80개인데, '가토 히로유키'(관련 책 75개, 그중 저술 34개), '아리가 나가오'(관련 책 97개, 그중 저술 71개) 등을 더하면 관련 책의 수량은 훨씬 더 볼 만할 것이다. 이를 전제한다면 진화론은 메이지시대에 이미 상대적으로 완전한 지식 체계가 형성되었다고 말하는 것도 결코 지나친 것은 아니다. 『천연론』 이후 10년간은 중국 유학생이 집중적으로 일본에서 유학하던 시기다. 일본 진화론의 지식 환경 아래 일본어를 통하여 '진화론'을 수용한 것은 어쩌면 일본어를 통해서 옌푸의 『천연론』을 소화한 것이라고 말해도 무리가 없다고 하겠다. 중국어의 '천연' 개념 체계가 일역한 진화론 개념 체계에 의해 대체된 것은 바로 진화론을 수용하는 지식 환경에 근본적인 변화가 발생한 결과다.

그러나 주의해야 할 점이 하나 있다. 진화론과 관계되는 지식 체계와 개념의 변화는 결코 고립된 현상이 아니라 정치, 경제, 문화, 사상, 철학, 종교 등 각 영역의 변화와 상호 연동되어 있다는 것이다. 이러한 변화가 구체적으로 유학생들이 대량으로 일본어책을 번역하는 것으로 드러났다고 하다면, 그것의 직접적인 결과는 청말민초 일본 근대가 만든 조어가 대량으로 중국어 속으로 들어왔다는 것이다. 이 점에 관해서는 선행 연구가 충분하므로 여기서는 구체적으로 논의하지 않았다. 지적하고자 하는 것은 신조어의 수입에서 일본 진화론의 번역과 단어의 도입이 매우 중요한 경로였다는 것이다.

이외에 '진화'로 대표되는 일본어 단어 체계가 '천연'으로 대표되는 '옌역'(嚴譯)[22] 단어 체계를 대체한 것도 중국 지식인이 진화론의 수용 주체로서 자율적으로 선택한 결과다. 옌푸 번역 『천연론』은 당시 독서인들에게 어떤 단어는 "고아하기도 하고 음역이기도 한 쌍관"[23] 번역이라는 깊은 인상을 주었다는 것은 의문의 여지가 없다. 양인항은 가토 히로유키의 『강자의 권리의 경쟁』을 번역하면서 '옌역'의 개념을 거의 사용하지 않았다. 다만 중국어 번역본의 제목을 고려할 때, 원서의 제목이 "너무 수다스럽다"라고 느끼고 최종적으로 '옌역'의 '물경'으로 번역서의 제목을 지어 『물경론』이라고 했다.[24] 루쉰은 유학 시절의 논문에서 습관적으로 '관품'(官品: 「인간의 역사」, 「파악성론」), '성해'(性解: 「악마파 시의 힘에 대하여」) 등과 같은 '옌역' 어휘를 사용했다. 그런데 이런 것들은 기본적으로 언어 습관에서 비롯된 개별적인 현상이다. 훨씬 많은 경우에 유학생들은 옌역 어휘를 선택하지 않았고 일본어 번역어를 사용했다. 이 측면에서 보면 루쉰이 말한 바와 같이 "노(老) 옌 선생의 이러한 '자휘'"는 너무 고루해서 "대개 부활해서 돌아올 수 없었"[25]고 사용하기에 불편했던 것이다. 또한 당시 사용자들의 주관적 의도에서 보건대 '진화'로 '천연'을 대체한 것은 '진보'를 추구하는 사상이 작용한 결과다. 예컨대 『신세기』 제20기(1907년

22 [역자 주] 옌푸의 번역에 관한 태도가 하나의 번역 이론으로 자리 잡음으로써 '옌역'(嚴譯, 옌푸 번역)이라는 고유명사가 생겨났다.

23 魯迅, 「難得糊塗」, 『魯迅全集·准風月談』 제5권, 393쪽.

24 楊蔭杭 譯, 「凡例」, 『物競論』, 譯書彙編社, 1901.

25 魯迅, 「難得糊塗」, 『魯迅全集·准風月談』 제5권, 393쪽.

11월 2일)에 실린 필명 '전'(眞)[26]의 「진화와 혁명」은 '진화'와 '천연'의 '다름'에 대하여 분석했다. 지금의 눈으로 보면 이 분석은 '진화'와 '천연', 이 양자의 구별에 대해 분명하게 말하지 못했을 뿐만 아니라 도리어 이 두 어휘를 동시에 사용하는 것으로 인한 개념적 혼란을 드러내고 있다.[27] 그러나 한 가지 점은 분명하게 말하고 있는데, 그것은 바로 '진화'와 '혁명'은 모순 없이 나란히 간다는 것을 강조한 것이다. "진화라는 것은 전진함에 그침이 없고 변화함에 무궁한 것을 말한다.

---

26 나는 이 글의 일본어판에서 필명 '전'(眞)은 '우즈후이'(吳稚暉)라고 했다. 그런데 마리코 다케가미(武上真理子) 선생이 제공한 자료의 도움으로 우즈후이가 아니라 '리스쩡'(李石曾)임을 확인했다. 『李石曾先生文集』에 이 글이 수록되어 있다(中國國民黨中央委員會黨史委員會 編輯, 中央文物供應社, 1980, 65~75쪽).

27 '진화'와 '천연'의 차이에 관한 '구분'은 다음과 같다. "진화의 속력, 강력의 정도는 과거의 것으로써 가늠하는 것이 아니라 동시기의 것과 비교한다. 동물 중에는 원숭이를 개와 비교하면 원숭이는 이미 선(善)을 다하여 반드시 다시 나아갈 것 같지 않다. 그런데 천연은 그렇지 않다. 원숭이와 원숭이를 비교하면 비교적 선한 것과 비교적 선하지 않은 원숭이의 구분이 있다. 그리고 이후 사람에 이르게 되나, 그런데 사람은 진실로 그 진화를 아직 다 하지 않았다. 반드시 때때로 나아가고 나날이 나아가는 것이 무궁무진하다. … 사회의 진화와 모든 것의 진화는 모두 이와 같다. 공화와 왕국을 비교하면 공화는 이미 선을 다해서 반드시 다시 나아갈 것 같지 않다. 그런데 천연은 그렇지 않다. 그러므로 공화는 날로 진화하여 정부가 없어진다. 그리고 갑이 되고, 을이 되고, 병이 되고, …되고, 요컨대 모든 사물과 모든 사건은 선을 다할 수 없다. 그것은 선을 다할 수 없다고 말해도 되고, 늦게 오는 것과 비교하여 선하지 않다고 말해도 된다. 한마디로 말하면 '무궁무진'이 진화의 공례(公例)다. 그러므로 아는 자는 나아감에 그침이 없고 선에 이르지 못하는 것이 일반적인 상태이며, 이를 일러 진화라고 한다. 그러므로 진화의 이치는 천변만화의 원리이고 혁명은 보수의 원수다." 張枬·王忍之, 『辛亥革命前十年間時論選集』(제2권 下冊), 三聯書店, 1041~1042쪽.

나아가지 않는 것은 하나의 사건, 하나의 사물도 없다. 이것은 천연의 자연이다. 나아가지 않거나 혹 나아가되 느린 것은 사람에게 있어서는 그것을 병(病)이라고 하고 사물이라면 그것을 폐(弊)라고 한다. 무릇 병과 폐는 모두 사람이 바꾸고자 하는 것이다. 병과 폐를 바꾸는 것은 다른 것이 아니다. 즉, 이른바 혁명이다. 혁명은 진화를 저해하는 것을 바꾸는 것이다. 따라서 혁명 또한 진화를 추구하는 것일 따름이다."[28] '혁명'과 '진화'의 관계에 대한 이러한 이해는 바로 '진화'를 '진보'로 간주하는 인식의 전제를 기반으로 한다. 마쓰나가 도시오의 소개에 따르면 evolution은 만물의 진보를 주장한 스펜서의 철학 용어이다. 스펜서의 의미로만 본다면 evolution을 '진화'로 번역하는 것은 타당하다. 그런데 다윈이 transmutation(변이) 혹은 descent(유래)에서 보여 준 것처럼 생물 변이가 모두 '진보'인 것은 아니다. 이시카와 지요마츠 등은 당초 evolution을 '변천'으로 번역했다. 그런데 '진화'라는 번역으로 말미암아 생물 '진화'는 사회 '진보'와 손쉽게 연결되었다.[29] 그리고 위의 『진화와 혁명』의 인용문에서 알 수 있듯이 중국 지식인은 일본 진화론을 통하여 '진화'라는 단어를 수용했고, 바로 이 단어에 포함된 '진보', 더 나아가 '혁명'이라는 개념을 중시했다.

루쉰도 당연히 마찬가지로 일본 진화론에 포함된 '진보' 더 나아가 '혁명'의 암시를 수용했다. 그렇다면 이것을 제외하고 '천연'에서 '진화'로의 전환 과정에서 그는 또 구체적으로 어떤 것들을 접촉하고

28 張枬·王忍之, 『辛亥革命前十年間時論選集』(제2권 下冊), 1041쪽.

29 松永俊男, 『近代進化論の成り立ち ―ダーウィンから現代まで』, 152쪽.

수용했던 것인가?

3. 루쉰과 일본의 진화론

루쉰과 일본 진화론의 관계 문제는 옌푸의 『천연론』을 읽은 이후 '『천연론』을 제외한' 진화론 지식에 대한 루쉰의 접촉과 흡수를 포괄한다.

루쉰과 일본 진화론의 관계 문제를 처음으로 명확하게 제시한 사람은 저우치밍(周啓明, 즉 저우쭤런, 1885~1967)이다. 그는 「루쉰의 국학과 서학」이라는 글에서 루쉰의 진화론 사상의 수용에 대하여 아래와 같이 지적했다.

> 루쉰은 이곳에서 『천연론』을 보았는데, 이것은 바로 국학 방면의 『신멸론』神滅論처럼 그에게 절대적인 영향을 주었다. 『천연론』은 원래 다만 헉슬리의 한 편의 논문이고, 제목은 『윤리와 진화론』이다(혹은 『진화론과 윤리』라고도 하는데 알 수 없다). 결코 전적으로 진화론을 이야기한 것은 아니고, 따라서 말하는 것이 전혀 분명하지도 않다. 루쉰이 헉슬리의 『천연론』을 본 것은 난징에서이나 도쿄에 가서 일본어를 배운 뒤에서야 비로소 다윈의 진화론을 이해했다. 루쉰은 오카 아사지로(丘淺次郎)의 『진화론 강화』를 보았기 때문에 진화학설이 도대체 무엇인지를 이해했다. 루쉰은 도쿄에서 고분학원에 들어가서 2년 동안 공부했다. 과학 방면에서는 이미 배운 것을 반복했을 뿐이고 결과적으로 배운 것은 일본어 하나에 불과했으나 이것은 그가 진화론으

로 들어가도록 인도했다. 그러하다면 이것의 쓸모 역시 또한 적지 않았다.[30]

저우쭤런은 왜 특별히 일본의 진화론을 언급했을까? 여기에는 모종의 겨냥하는 것이 있었을 것이다. 그것은 바로 그가 옌푸의 역할을 절대화하는 것에 동의하지 않았고 그것을 루쉰 진화론의 주요하거나 심지어는 유일한 출처로 보는 관점에 동의하지 않았다는 것이다. 이상의 단락을 정리하면 다음 몇 가지 의미가 있다. 첫째, 그는 『천연론』이 루쉰에게 "절대적인 영향을 주었다"는 것을 인정했다. 둘째, 그런데 『천연론』은 '진화와 윤리'를 논한 한 편의 논문일 뿐이고 진화론을 결코 분명하게 말하지도 않았다. 거꾸로 말하면 루쉰은 결코 『천연론』을 통하여 진화론을 이해한 것이 아니다. 셋째, 루쉰의 진화론 이해 즉, "다윈을 이해"하고 "진화론이 도대체 무엇인지를 이해"한 것은 도쿄에 유학 가서 "일본어를 배운 뒤"의 일이다. 넷째, 일본어를 통해 배운 진화론은 구체적으로 오카 아사지로의 『진화론 강화』다. 이렇게 루쉰이 『천연론』을 이어 다윈의 진화론에 도달한 길은 유학→일본어→오카 아사지로의 『진화론 강화』라는 하나의 연쇄로 개괄할 수 있다. 한마디로 루쉰은 일어책을 통하여 진화론을 이해했다.

그런데 저우쭤런이 제기한 문제는 중국에서 오랫동안 주목하지 않았다. 1985년이 되어서야 비로소 인식을 수정한 학자가 나왔다. "중

30 周啟明, 『魯迅的青年時代』, 50쪽. '이곳에서'는 장난(江南)수사학당 부설 광무철로학당을 가리킨다.

국인이 진화론 사상을 인식하고 파악하는 데 있어서 초기에는 옌푸의 『천연론』이 중요한 경로였으나 유일한 경로는 아니었다. 진화론에 관한 일본의 논술 또한 하나의 경로였다." 따라서 루쉰도 예외가 아니다. 그의 "진화론 사상의 출처는 헉슬리와 옌푸뿐만 아니라 동시에 일본의 진화론도 있었다."[31] 그런데 '일본의 진화론' 중에서 오카 아사지로와 그의 『진화론 강화』에 대한 연구는 없다. 지금까지 루쉰 연구의 기본자료—『루쉰전집』, 『루쉰저역편년전집』, 『루쉰연보』, 『루쉰대사전』을 포함하여—에서 오카 아사지로 혹은 『진화론 강화』는 보이지 않는다.

일본 학자들 중 가장 먼저 루쉰과 일본 진화론의 관계에서 오카 아사지로를 언급한 사람은 나카지마 오사후미다. 「「인간의 역사」 저본」은 20여 년 전에 발표된 것이나 지금까지도 루쉰이 「인간의 역사」를 쓸 때 참조한 '저본'에 관하여 가장 상세하고 설득력 있는 조사라고 할 수 있다. 그는 이 글에서 「인간의 역사」의 내용의 90%가 세 권의 일본 진화론에서 나왔다고 지적했다. 오카 아사지로의 『진화론 강화』에서 나온 것이 12곳, 이시카와 지요마츠의 『진화신론』에서 나온 것이 30곳, 오카노우에 료와 다카하시 마사쿠마가 공역한 『우주의 수수께끼』에서 나온 것이 30곳으로 문장 전체의 "백분의 구십에 가까운" 내용이 각각 당시 일본에서 출판된 세 권의 책에서 나왔다.

그것의 주요 골간 부분을 구성하는 것은 이미 알고 있는 것과 같이

---

31 劉柏青, 『魯迅與日本文學』, 49쪽.

『우주의 수수께끼』의 일본어 번역본이다.

『우주의 수수께끼』: 오카노우에 료·다카하시 마사쿠마 공역, 메이지 39년 3월 6일 도쿄 혼고(本郷) 유호칸(有朋館) 발행, 가토 히로유키·모토라 유지로(元良勇次郎)·이시카와 지요마츠·와타세 쇼자부로(渡瀬莊三郎)의 서문, 본문 362쪽, 부록 「생물학설 연혁 약사」, 「헤켈 소전」, 「일본어·독일어 대조표」, 정가 금 1엔.

그중 제5장 '인간의 종족발생학'에서 인용한 부분은 원문 전체의 근 40%를 차지하고 책 전체에서 인용한 것은 43~44%를 차지한다.

… 이어지는 설명 부분은 신체에 해당하는 부분이다. 소견에 따르면 아래 두 책이다.

『진화신론』: 이시카와 지요마츠 저, 메이지 25년 10월 6일, 메이지 30년 2월 15일 수정 증보 재판, 도쿄, 게이교샤(敬業社) 발행(후에 쇼와 11년 8월 도쿄 고분샤(興文社)의 『이시카와 지요마츠 전집』에 수록).

『진화론 강화』: 오카 아사지로 저, 메이지 37년 1월 5일, 도쿄 가이세이칸(開成館) 발행(후에 쇼와 44년 3월 도쿄 유세이도(有精堂)의 『오카 아사지로 저작집』 제5권 개정판으로 발행)[32]

그런데 본문 중에서 옌푸에게서 나온 것은 겨우 두 곳뿐이다.

생물의 증가는 기하급수적으로 드러난다. 이것은 당시 생물학의 각종 책에서도 알 수 있다. 특히 『천연론』 상권의 3 '분기'(趨異) 항의 옌푸

32 中島長文, 「藍本「人間の歴史」」(上).

> 의 주석에는 상세한 설명이 있다. 오카는 『강화』에서 한 걸음 더 나아가 이 점을 이후에 출현하는 '자연계의 균형'이라는 방향에서 전개했다. 루쉰의 우승열패와 방향이 일치하지 않았으므로 여기에서 어쩌면 다음 절과 관련되는 『천연론』을 인용해야 했을 것이다.
>
> 나는 이 부분이 앞 절에서 거론한 『천연론』의 아래와 같은 서술을 저본으로 했다고 생각한다. 『천연론』은 생물의 기하급수적 증가를 논술한 뒤에 이렇게 말한다. "경쟁에서 홀로 생존하는데, 그 까닭은 비록 알 수 없으나 미약하나마 추측하여 그것을 논할 수는 있다. 한 무더기의 씨앗이 한 구역에 함께 들어갈 때를 가정해 보자. 그중 하나가 유독 일찍 발아한다면 반나절 혹은 몇 시간으로도 고액을 다 흡수하기에 충분하고, 나머지 씨앗은 더 성장할 수 없게 만든다. 이것이 유독 일찍 발아한 까닭은 가지를 떠난 것이 상대적으로 빨라서일 수도 있고 포막이 상대적으로 얇아서일 수도 있는데, 모두 그렇게 자라도록 하는 데 충분하다. 포막이 얇아서 일찍 발아한 씨앗이 있다고 가정해 보자. 그렇게 되면 훗날 그것의 씨앗 또한 포막이 얇은 것이 있게 되고, 이런 까닭으로 경쟁에서 승리한다. 이와 같은 것이 오랫동안 지속하면 이 포막이 얇은 것이 종(種)으로 전해지게 된다. 이것이 다윈 씨가 말한 천택(天擇)이다."[33]

지금 명확히 할 수 있는 것은 최소한 「인간의 역사」에서 루쉰이 사용한 주요 참고 자료는 옌푸로부터 나온 것이 아니라 일본의 진화

33 中島長文, 「藍本「人間の歷史」」(下).

론에서 나왔다는 것이다. 이 글에서 구체적으로 검토하고자 하는 오카 아사지로의 『진화론 강화』를 제외하고도 이시카와 지요마츠의 『진화신론』과 헤켈의 『우주의 수수께끼』 일역본도 있었다. 「「인간의 역사」 저본」은 적어도 「인간의 역사」에서 루쉰과 오카 아사지로 관계에 대한 충분한 증거를 제공한다고 할 수 있다. 나의 독서 통계에 따르면 『진화론 강화』에서 나온 부분은 12곳이다. 『우주의 수수께끼』의 근 30곳, 『진화신론』의 15곳과 비교하면 『진화론 강화』의 출현은 세 번째이나, 여기에서 출발하여 더 나아가 루쉰과 오카 아사지로의 관계를 검토하는 전제로는 충분하다. 나카지마 오사후미가 편집한 『루쉰이 직접 본 도서 목록—일본책 부분』도 주목할 만하다. 이 책의 21쪽에는 오카 아사지로의 저작 두 종 즉, 『진화론 강화』와 『원숭이 군체에서 공화국으로』가 나온다.

류보칭이 쓴 『루쉰과 일본문학』도 이 과제와 관련 있는 중요한 저작이다. 내가 여기에서 얻은 바는 적지 않다. 이 책의 소개로 나카지마 오사후미의 연구를 알게 되었고 중요한 실마리를 얻었다. "중국인이 진화론 사상을 인식하고 파악하는 데 있어서 초기에는 옌푸의 『천연론』이 중요한 경로였으나 유일한 경로는 아니었다. 진화론에 관한 일본의 논술 또한 하나의 경로였다." 따라서 루쉰도 예외가 아니다. 그의 "진화론 사상의 출처는 헉슬리와 옌푸뿐만 아니라 동시에 일본의 진화론도 있었다." 나의 소견으로는 이 관점은 지금 보아도 정확하고 명철하다. 이외에 이 책은 "루쉰이 도쿄 고분학원에서 공부할 때 오카 아사지로가 강의한 진화론 과목을 들었다"라고 했다. 이것은 루쉰과 오카 아사지로의 '접점'을 구성하는 중요한 실마리임이 틀림없다. 그런데 유감스럽게도 이 실마리의 구체적인 출처를 제시하지 않았기 때문에 지금도 판단을 내리기는 어렵다.[34]

이와 관련하여 기타오카 마사코는 「독일어전수학교에서 공부한 루쉰」에서 루쉰이 '독일어전수학교'에서 공부하던 기간의 '교사 명단'에 대한 주석을 달았다. 이 글의 주석 31번은 다음과 같다.

> 『(눈으로 보는 독협) 백년』 72쪽. 독일어 외의 과목으로는 하가 야이치(국어), 쓰다 소키치(津田左右吉, 역사), 도기 뎃테키(東儀鐵笛, 음악), 오카 아사지로(생물), 기모토 헤이타로(木元平太郎, 생물) 등의 이름을 볼 수 있다.[35]

이로부터 루쉰이 오카 아사지로의 생물학 강의에 나타났을 것이라고 추론할 수 있다. 하지만 이 정도로 추론할 수 있을 뿐 루쉰이 반드시 오카 아사지로의 과목을 들었다고 확정할 수는 없다.

루쉰이 오카 아사지로의 영향을 받았는가에 대해서는 다른 의견들이 존재한다. 예컨대 이토 도라마루는 중일 양국이 진화론 수용에서 차이가 있었다는 의미로 오카 아사지로를 언급했다. 그는 『루쉰과 일본인』에서 옌푸의 『천연론』으로 대표되는 중국의 진화론 수용은 약자의 입장이고 가토 히로유키로 대표되는 일본의 진화론 수용은 강자의 입장이라고 했다.

---

34 劉柏青, 『魯迅與日本文學』, 48~50쪽.

35 北岡正子, 『魯迅研究の現在』, 汲古書院, 39쪽.

스펜서가 빈민 구제법을 반대했다는 것은 유명하다. 그런데 메이지 37년 초판본 오카 아사지로의『진화론 강화』중의 '기타 학문 분과와의 관계' 장에서 스펜서와 같은 관점을 볼 수 있다. 저자는 국제 간(인종 간) 혹은 사회 개인 간에 발생하는 생존경쟁을 '부득이'하다고 긍정했다. 게다가 다음을 제출했다. "필요한 것은 경쟁을 그만두는 것이 아니라 자연도태를 방해하는 제도를 바꾸어 생존경쟁이 가능한 한 공평하게 진행될 수 있도록 하는 것이다." 이것은 옌푸의 위기감과 정반대다. 진화론을 일본의 '팽창'과 아시아 침략의 이론적 근거로 간주했다고 해도 무방하다. 바로 루쉰이 말한 것과 같다. "대개 수성(獸性)의 애국지사는 반드시 강대한 나라에서 생겨난다. 세력이 강해지고 위세가 천하를 업신여기기에 충분하면 홀로 자국을 높이고 다른 나라를 멸시한다. 진화는 훌륭한 것을 남긴다는 말을 고집하고 약소한 것을 공격함으로써 욕망을 드러낸다…(「파악성론」)."[36]

이토가 루쉰과 오카 아사지로의 이상과 같은 '구분'을 지적한 것은 대단히 중요한 의미가 있다. 그러나 나는 이러한 '구분'이 바로 그들이 상호 '연계'를 구성하는 형식이지 상호 분리를 구성하는 형식은 아니라고 생각한다. 다시 말하자면 상호 '연계'가 상호 '구분'의 전제라는 것이다. 그들 간의 연계를 충분히 발굴해야지만 그들 간의 구분을 더 잘 설명할 수 있다.

36 伊藤虎丸, 李冬木 譯,『魯迅與日本人 —亞洲的近代與'個'的思想』, 河北教育出版社, 2000, 76~77쪽.

요컨대 이상의 연구는 이 글이 이 과제를 한 걸음 더 나아가게 하는 플랫폼을 만들어 주었다. 아래 몇 가지 문제는 모두 여기에서부터 전개된다. 먼저 만나게 되는 문제는 이것이다. 루쉰이 진화론을 수용하는 순서에서 오카 아사지로는 어떠한 위치에 있었던 것일까? 이상의 연구 성과를 수용해서인지 학습연구사(學習研究社)의 일본어판 『루쉰전집』 제1권 39쪽에는 오카 아사지로에 관한 주석이 있다. 나는 루쉰과 일본 진화론의 관계를 검토하는 하나의 고리로써 루쉰과 오카 아사지로의 관계를 조사하여 연구 논문 「루쉰과 오카 아사지로」(상, 하)를 발표했다.[37] 논문은 이러한 연구의 연장선에서 자료를 새로 정리하고 부분적으로 보충하고 약간의 문제에 관하여 좀 더 나아간 해석을 내놓았다.

이외에 『물경론』에 관하여 여기에서 조금 보충하고자 한다. 이 책은 『천연론』을 이어 루쉰이 일본 유학 이전에 보았던 또 다른 진화론 관련 도서다. 저우쭤런의 일기에 따르면 1902년 3월 루쉰은 일본으로 가기 전 몇 권의 신서를 저우쭤런에게 보냈는데, 그중에 "대일본 가토 히로유키의 『물경론』"이 있었다.[38] 저우쭤런이 받은 "대일본 가토 히로유키의 『물경론』"은 1901년 『역서휘편』 제4, 5, 8기에 연재된 후 같은 해 8월 역서휘편사에서 출판한 단행본으로 생각된다. 여기서는 한 가지만 지적하고자 한다. 이 번역본의 원서에 관해 스즈키 슈지

37 「魯迅と丘淺次郎」(上, 下), 佛教大學, 『文學部論集』 제87, 88호, 2003년 3월, 2004년 3월; 李雅娟 譯, 「魯迅與丘淺次郎」(上, 下), 山東社會科學院, 『東嶽論叢』 2012년, 제4, 7기.

38 魯迅博物館 所藏, 『周作人日記(影印本)』(上), 大象出版社, 1996, 317쪽.

의 『일본한어와 중국』(1981, 213~214쪽), 류보칭의 『루쉰과 일본문학』(1985, 49~50쪽), 판스성의 『루쉰·메이지 일본·소세키』(2002, 49쪽) 등에서는 모두 가토 히로유키의 『인권신설』(谷山樓, 1882년 10월)이라고 되어 있으나 이것은 옳지 않다. 원서는 가토 히로유키의 또 다른 저술 『강자의 권리의 경쟁』(東京哲學書院, 1893년 11월)이다.[39] 이 책은 '권리는 곧 권력'임을 주장하는데, 번역자 양인항은 서문에서 "강권론"으로 번역해도 무방하다고 했다. 위에서 언급한 저우쭤런의 진화론에 관한 관점에 따르면, 이 책의 내용은 당시 중국 독서인들의 위기의식을 가중시키는 데는 도움이 되었으나 진화론 자체에 대한 이해를 심화시키는 데는 도움이 되지 않았다고 할 수 있다.

옌푸의 『천연론』 출판, 발행에서 루쉰이 일본 유학을 마치고 귀국하기까지 10년 동안은 진화론이 중국에서 가장 광범위하게 소개되고 따라서 가장 '유행'하던 시기였다. 진화론에 관한 어휘 체계에서 발생한 '천연'에서 '진화'로의 변화는 바로 이 시기에 일어났다. 나카지마 오사후미와 쩌우전환의 선행 연구[40] 그리고 나의 조사에 따르면, 루쉰은 이 기간에 적어도 화형방(華蘅芳, 1833~1902)이 쓴 『지학천석』, 옌푸가 역술한 『천연론』, 양인항이 번역한 『물경론』, 이시카와 지요

39 鄒振環은 『影響中國近代社會的一百種譯作』(中國對外飜譯出版公司, 1996, 149쪽)에서 류보칭의 『魯迅與日本文學』이 『인권신설』을 『물경론』의 원서로 오인했다고 지적했다(같은 책 10쪽 주석). 나는 여기에서 류보칭처럼 이를 오인한 다른 두 저작을 함께 명기했다.

40 『지학천석』, 『천연론』, 『물경론』 외에 나머지 책은 나카지마 오사후미가 편찬한 『魯迅目睹書目 — 日本書之部』(1986, 개인 출판)을 참고했다. 『지학천석』에 관해서는 쩌우전환의 『影響中國近代社會的一百種譯作』(70~74쪽)을 참조했다.

마츠가 쓴 『진화신론』, 오카 아사지로가 쓴 『진화론 강화』와 『진화와 인생』, 오카 아사지로가 교정한 『종의 기원』과 독일 헤켈 박사가 쓰고 오카노우에 료와 다카하시 마사쿠마가 공역한 『우주의 수수께끼』 등의 진화론 방면 서적과 접촉했다.

루쉰은 1909년 귀국한 후에도 진화론에 관한 관심을 유지했다. 뿐만 아니라 1930년대 그가 사망하기 전까지 일본에서 출판된 진화론 방면의 서적을 계속해서 구매했다. 루쉰의 유학 당시와 그 이후의 '일본의 진화론'과의 관계를 전체적으로 비교 연구하는 것은 대단히 의미가 있고 흥미로운 과제가 되겠지만, 이 글에서는 문제를 루쉰과 오카 아사지로의 관계 측면에 집중하고자 하다.

4. 오카 아사지로에 관하여

오카 아사지로의 생애에 관해서는 쓰쿠바 히사하루의 1974년의 '해설'과 '연보'가 가장 상세하다. 1974년 당시 "오카 아사지로에 관한 전기와 평전은 한 권도 없다"[41]라고 했는데, 지금도 상황은 변화가 없다. 일본 『세계대백과사전』(1998)의 '오카 아사지로' 항목은 쓰쿠바 히사하루의 손에서 나왔다. 일반 독자들은 오카 아사지로라는 인물에 대하여 익숙하지 않으므로 그의 일단이라도 알 수 있도록 아래와 같이 번역해 두기로 한다.

41 筑波常治「解說」·「編輯」, 『近代日本思想大系 9·丘淺次郎集』, 筑摩書房, 1974, 454쪽.

오카 아사지로(丘淺次郎) 1868~1944. 메이지 후기에서 쇼와 초기의 생물학자, 문명비평가. 일반적으로 진화론 소개자로 알려져 있다. 도쿄대학 이학부에서 동물학을 전공했다. 독일 유학에서 돌아와서 도쿄고등사범학교에서 가르쳤다. 우렁쉥이류, 거머리류 등 수생동물의 비교형태학 연구를 전공하여 많은 새로운 종의 발견을 포함한 국제적 업적을 남겼다. 『진화론 강화』(1904)는 처음으로 일반인을 대상으로 당시의 최신 학설을 설명한 책이다. 이후 다윈 학설에 근거하여 독자적인 문명 비평을 전개했고 생물 경쟁에서 유리한 형질이 과도하게 진화하면 종속(種屬)의 멸망을 초래할 수 있다고 여기고 인류에 관한 비관적 미래관을 이야기했다. 그는 특정 사상의 절대화를 배척하고 어떠한 사물에 대해서도 회의하는 습성을 가질 것을 목표로 하는 교육개혁론을 주장했는데, 지금도 주의 깊게 들어 볼 만하다. 주요 저작은 『생물학 강화』(1916), 평론집 『진화와 인생』(1906), 『번민과 자유』(1921), 『원숭이 군체에서 공화국으로』(1926) 외에 동물학 교과서 등 다수가 있다. 전집으로 『오카 아사지로 저작집』 전 6권이 있다. 이밖에 한동안 필명을 '센지로'(淺治郎)라고 쓰기도 했다.[42]

조금 보충하자면 나는 다른 자료를 조사하다가 우연히 『인류학회보고』(후에 『도쿄인류학회보고』東京人類學會報告, 『도쿄인류학회잡지』東京人類學會雜誌로 개명) 잡지에서 '오카 아사지로'를 보였다. 이것은 지금까지 관련 생애 자료 혹은 연보에 나온 적이 없는 자료였다. 1886년 2월

42 『世界大百科事典』(제2판 CD-ROM판), 平凡社, 1998.

출판한 이 잡지 '제1호'에는 28명의 최초 '회원 성명'이 "입회 순서대로 등록"되어 있는데 '오카 아사지로'가 11번째로 올라 있었다. 같은 호 '기사'(記事) 중의 '제15회 회의'에 "지난 회의 후 본회에 기증한 물품과 기증자" 명단에 오카 아사지로가 있다. "무사시(武藏) 에바라군(荏原郡) 미네무라(峰村) 패총의 조개, 뼈, 토기. 오카 아사지로(丘淺二郞) 군, 쓰보이 쇼고로(坪井正五郞, 1863~1913) 군"이라고 되어 있는데, '오카 아사지로'(丘淺二郞)가 오카 아사지로(丘淺次郞)다. 연보에는 형제 중 차남으로 되어 있다.[43] '연보'에 따르면 1886년 오카 아사지로는 19세의 나이로 "7월 도쿄제국대학 이과대학 동물학을 전공했다." 오카 아사지로가 "도쿄제국대학 이과대학 동물학 전공"으로 입학하기 전 '인류학회' 초대 회원으로서 이미 패총의 조사와 발굴에 참여하여 수확을 올렸다는 데서 오모리 패총을 발굴한 모스의 영향 아래 생물학의 길을 간 당시 수많은 학생 중의 하나였음을 알 수 있다. 『도쿄인류학회보고』 제215호(1904년 2월 20일)에는 "오카 박사가 지은 『진화론강화』"에 관한 소개가 실려있다. 그런데 같은 해 '도쿄인류학회 회원 숙소 성명부'(제224호 부록)에는 '오카 아사지로'라는 이름이 없는데, 학회를 탈퇴했는지는 알 수 없다.

지금 일반적으로 볼 수 있는 오카 아사지로의 저작과 그것에 대한 주요 해설 문헌 자료는 아래와 같다.

1. 저작자 오카 아사지로(丘淺治郞), 발행자 니시노 도라키치(西野虎吉),

43 筑波常治, 「(丘淺次郞)年譜」, 『近代日本思想大系 9·丘淺次郞集』, 456쪽.

『진화론 강화』, 오사카 가이세이칸(開成館), 1904.

2. 저작자 오카 아사지로(丘淺次浪), 발행자 니시노 도라키치, 『증보 진화론 강화』, 도쿄 가이세이칸, 1904, 1914년 수정 제11판에서 저자 이름 '지'(治)를 '지'(次)로 고쳐 씀.

3. 『오카 아사지로 저작집』(전 6권), 유세이도(有精堂), 1968~1969. 각 권의 제목과 해설은 다음과 같다. I. 『진화와 인생』 쓰쿠바 히사하루 해설, II. 『번민과 자유』 쓰쿠바 히사하루 해설, III. 『원숭이 군체에서 공화국으로』 쓰루미 슌스케(鶴見俊輔) 해설, IV. 『인류의 과거 현재 및 미래』 이마니시 긴지(今西錦司) 해설, V. 『진화론강화』 쓰쿠바 히사하루 해설, VI. 『생물학강화』. 이 중에서 I, III, V의 저본은 초판본이 아니다.

4. 『근대일본사상대계 9 · 오카 아사지로 집』, 지쿠마쇼보(筑摩書房), 1974. 1904년 초판 『진화론 강화』가 수록되어 있다. 오스기 사카에(大杉榮)의 「오카 박사의 생물학적 인생사회관을 논하다」와 연보, 참고문헌 등 다수 자료가 수록되어 있다.

5. 『진화와 인생』(상, 하), 고단샤(講談社), 1976. 야스기 류이치(八杉龍一)의 해설, 오카 히데미치(丘英通)의 「아버지를 회상하다」 등의 문헌 자료가 있다.

6. 『생물학적 인생관』(상, 하), 고단샤, 1981. 야스기 류이치의 「일본인의 사유 방식에 큰 영향을 준 책(상)」과 「해설: 동물행동학의 선구적 사상」이 수록되어 있다. 이 책의 '범례'에 따르면 "이 책은 오카 아자지로 저작집 VI 『생물학 강화』(유세이도, 1916)를 저본으로 하고 도쿄 가이세이칸 제4판(1926년 간행, 초판 1916년)을 필요에 따라 참조"했고,

“책 제목은『생물학 강화』에서『생물학적 인생관』으로 바꾸었다.”

7.『진화론 강화』(상, 하), 고단샤, 1976. 와타나베 마사오(渡邊正雄) 해설.

8. 히로이 도시오(廣井敏男)·도가시 유타카(富樫裕),『일본에서의 진화론의 수용과 전개 — 오카 아사지로의 경우』, 도쿄경제대학,『인문자연과학논집』 제129호, 2010.

5. 오카 아사지로의 위치

위에서 서술한 바와 같이 진화론은 메이지 일본에서 '다윈 생물학'으로써, 그리고 '스펜서 사회학'으로서 거의 동시에 전개되었고 모두 '새로운 학설'로 수용되었다. 그런데 전체적 경향을 보면 스펜서주의가 주류를 차지했다. 그렇다면 이러한 전파 과정에서 오카 아사지로는 어떤 위치에 있었는가?

개인적으로 단순하게 '생물학' 혹은 '사회학'으로 오카 아사지로를 구분하는 것은 의미가 별로 없다고 생각한다. 그는 완전하게 양자를 겸비하고 있었기 때문이다. 일본 근대 전체에서 오카 아사지로 같이 두 가지 신분을 겸하고 거대한 영향을 끼친 제2의 진화론 언설가는 찾을 수 없을지도 모른다. 이 점은 이미 진화론사 연구자들에 의해 언급된 바다. 예컨대 다윈에 대해서든 스펜서에 대해서든 진화론에 대한 소화가 매우 불충분하던 시기에 “오카 아사지로가 지은『진화론 강화』가 등장했다. 이 책은 모스의 이전 원서의 수준을 훨씬 뛰어넘었고, 다시 다윈으로 회귀하여 다윈 학설 자체를 원저작으로부터 새롭게 이식한다는 의미가 있었다. 게다가 단순한 복권이 아니라 다윈 학설 활용에 있어서 이론 체계의 요점을 엄밀히 하는 동시에 저자 자신의 왕성한 창조력, 풍부한 예증과 유머감이 충만한 문장으로 다윈 학설의 재구성을 훌륭하게 완성했다. 이 책의 출현으로 일본의 진화론은 그때까지의 피상적 소개에 머문 것에서 벗어날 수 있게 되었다. 이 책을 통하여 당시 절대다수의 지식인들이 처음으로 진화론의 정수에 접촉할 수 있게 되었다고 해도 결코 과언이 아니다."[44] 뿐만 아니라 다른 한편 사회사상의 전파로 말하자면, "오카의 진화론은 메이지 말기에서 다이쇼(大正)시대까지 인생론과 사상 방면에 끼친 영향은 대단히 컸다".[45]

영향의 넓이와 깊이에 대하여 횡적 비교를 해 본다면, 어떤 의미에서 오카 아사지로는 동시기 중국에서의 옌푸의 위치와 대단히 흡사하다. 그런데 앞서 지적한 바와 같이 옌푸가 『천연론』을 번역할 때까지 중국에는 메이지시대 일본과 같은 진화론 도입의 역사가 존재하지 않았다. 여기에서 지적하고자 하는 것은 오카 아사지로가 '생물진화론'과 '사회사상'이 상호 합류하는 위치에 있었다는 것이다. 1904년 『진화론 강화』의 등장은 진화론 도입 이래 다윈과 스펜서라는 두 흐름에 대한 한 차례의 효과적인 정합이었다고 할 수 있을 것이다. 적어도 당시 대표적인 관련 서적의 출판 순서로부터 이러한 '합류'와 '정

44 筑波常治, 「進化論講話解說」, 『丘淺次郎著作集 V』, 有精堂, 1969, 390쪽.

45 八杉龍一, 『解說 日本思想史における進化論』, 7쪽.

합'의 대체적인 맥락을 볼 수 있다. 표 3을 참고하기 바란다.

오카 아사지로의 『진화론 강화』를 가운데 걸쳐 둔 까닭은 내용 때문이다. 진화론 전파의 역사에서 이 책은 시대의 획을 긋는 저작이다. 앞선 소개에서 알 수 있는 바와 같이 『진화론 강화』는 일본에서 최초로 진화론을 소개한 저작은 아니다. 오카 아사지로 자신의 저작 생애에서도 첫 번째 책은 아니다. 『근세 생리학 교과서』(가이세이칸, 1898), 『근세 동물학 교과서』(가이세이칸, 1899), 『교육과 박물학』(가이세이칸, 1901) 등은 모두 『진화론 강화』 이전에 나온 저작이다. 이 중 『근세 동물학 교과서』는 "광범위하게 채택된 교과서"[46]이나 진화론을 보급한 계몽서로서의 영향으로 말하자면 『진화론 강화』에 비견될 수 있는 책은 없다. 『진화론 강화』의 초판은 814쪽, 20장으로 구성되어 있다. 제1, 2장은 총론, 제3장부터 제8장은 다윈의 자연도태설, 제9장부터 제17장은 해부학, 발생학, 분류학, 분포학, 고생물학, 생태학 등의 방면에서 생물진화론에 대하여 전면적으로 소개한다. 제18장부터는 자연계에서의 인류의 위치, 진화론과 각 학문 분과의 관계를 논술한다. 이 책의 구성으로부터 주로 진화론을 소개하는 내용임을 알 수 있다. '자연과학서'로서의 독립적인 가치는 말할 필요도 없다. 마지막 세 장은 사회사상으로서의 해석으로 앞선 17개 장의 기초에서 '생물진화론'을 전제로 전개한다. 이런 의미에서 저우쭤런이 루쉰은 오카 아사지로를 통하여 진화론을 이해했다고 한 것은 합당하다. 1905년 가이세이칸이 다윈의 원서 『종의 기원』을 번역한 것도 오카 아사지로의

46 筑波常治, 「(丘淺次郎)年譜」, 『近代日本思想大系 9·丘淺次郎集』, 457쪽.

표 3 메이지, 다이쇼 시기 일본 진화론의 양대 흐름과 오카 아사지로의 위치

년도	생물학 방면	사회학 방면
1859(안세이 6년)	다윈, 『종의 기원』	
1877(메이지 10년)		스펜서, 『권리제강』權理提綱
1878(메이지 11년)	모스 도쿄대 강의	페놀로사 도쿄대 강의
1879(메이지 12년)	이사와 슈지(伊澤修二), 『생물원시론』生物原始論	
1881(메이지 14년)	고즈 센자부로(神津專三郎), 『인조론』人祖論	스펜서, 『여권진론』女權眞論
1882(메이지 15년)		스펜서, 『사회조직론』社會組織論
		스펜서, 『상업이해론』商業利害論
		가토 히로유키(加藤弘之), 『인권신설』人權新說
1883(메이지 16년)	이시카와 지요마츠(石川千代松), 『동물진화론(動物進化論)』	『인권신설박론집』人權新說駁論集
		스펜서, 『사회학』社會學
		스펜서, 『대의정체론복의』代議政體論覆義
		스펜서, 『도덕의 원리』道德之原理
		스펜서, 『정체원론』政體原論
1884(메이지 17년)		아리가 나가오(有賀長雄), 『사회학』社會學 1~3권
		다카하시 요시오(高橋義雄) 『일본인종개량론』日本人種改良論
		스펜서 『정법철학』政法哲學
		스펜서 『사회평권론』社會平權論
		스펜서 『철학원리』哲學原理
1885(메이지 18년)		스펜서 『교육론강의』教育論講義
1886(메이지 19년)		스펜서 『교육론』教育論
		스펜서 저, 마쓰다 슈헤이(松田周平) 역, 『종교진화론』宗教進化論

<table>
<tr><td rowspan="2">1887(메이지 20년)</td><td>닛타 게이지로(仁田桂次郎) 부분 번역,
『인류성래논강』人類成來論綱</td><td>야마가테 데이자부로(山縣悌三郎)
『남여도태론』男女淘汰論</td></tr>
<tr><td>헉슬리, 『통속진화론』通俗進化論</td><td>스펜서, 『철학요의(哲學要義)』</td></tr>
<tr><td rowspan="2">1891(메이지 24년)</td><td>이시카와 지요마츠(石川千代松),
『진화신론』進化新論</td><td rowspan="2"></td></tr>
<tr><td>고토 세이타로(五島清太郎) 역,
『다윈 씨 자전』ダーウィン氏自傳</td></tr>
<tr><td>1893(메이지 26년)</td><td></td><td>가토 히로유키(加藤弘之),
『강자의 권리의 경쟁』強者の權利の競爭</td></tr>
<tr><td rowspan="2">1896(메이지 29년)</td><td>다치바나 센자부로(立花銑三郎) 역,
『생물시원』生物始源</td><td rowspan="2"></td></tr>
<tr><td>미야케 기이치(三宅驥一),
『다윈』ダーウィン</td></tr>
<tr><td>1898(메이지 31년)</td><td></td><td>[중국, 옌푸(嚴復), 『천연론』天演論]</td></tr>
<tr><td>1899(메이지 32년)</td><td>오카 아사지로(丘淺治郎),
『근세 동물학 교과서』近世動物學教科書</td><td>가토 히로유키(加藤弘之),
『천칙백화』天則百話</td></tr>
<tr><td rowspan="2">1900(메이지 33년)</td><td>오카 아사지로(丘淺次郎),
『중학 동물 교과서』中學動物教科書
미쓰쿠리 가키치(箕作佳吉),
『동물학 교과서』動物學教科書</td><td rowspan="2">가토 히로유키(加藤弘之),
『도덕법률진화의 원리』道德法律進化の理</td></tr>
<tr><td>이치무라 쓰쓰미(市村塘),
『근세 동물식물학 교과서』近世動植物學教科書</td></tr>
<tr><td rowspan="2">1901(메이지 34년)</td><td rowspan="2">야자와 요네사부로(矢澤米三郎),
『중학 신식물 교과서』中學新植物教科書</td><td>엔도 류키치(遠藤隆吉),
『현금의 사회학』現今之社會學</td></tr>
<tr><td>[중국, 양인항 「물경론」]</td></tr>
<tr><td>1902(메이지 35년)</td><td></td><td>[중국, 량치차오,
「진화론 혁명가 벤자민 키드의
학설」進化論革命者頡德之學說]</td></tr>
</table>

1904(메이지 37년)	오카 아사지로(丘淺次郎), 『진화론 강화』進化論講話	
		다조에 데쓰지(田添鐵二), 『경제진화론』經濟進化論
1905(메이지 38년)	도쿄 가이세이칸(開成館) 역, 『종의 기원』種之起原(오카 교정) 도토키 와타루(十時彌), 『진화론』進化論	가토 히로유키(加藤弘之), 『자연계의 모순과 진화』自然界の矛盾と進化
		하쿠분칸(博文館), 『종교진화론』宗教進化論
1906(메이지 39년)		기타 데루지로(北輝次郎), 『국체론 및 순정사회주의』 國體論及び純正社會主義
		오카 아사지로(丘淺次郎), 『진화와 인생』進化と人生
1907(메이지 40년)		사카이 도시히코(堺利彥, 고센枯川), 『사회주의강요』社會主義綱要
1909(메이지 42년)	다나카 시게호(田中茂穗), 『인류의 유래 및 자웅도태로 보는 남녀 관계』人類の由來及び雌雄淘汰より見たる男女關系	오야마 도우스케(小山東助), 『사회진화론』社會進化論
1911(메이지 44년)		오카 아사지로(丘淺次郎), 『진화와 인생』進化と人生 증보개정판
1912(메이지 45년)	사와다 준지로(澤田順次郎), 『다윈 언행록』ダーウヰン言行錄 고이와이 가네테루(小岩井兼輝), 『다윈 씨 세계일주 학술탐험실기』 ダーヰン氏世界一周學術探檢實記	
1914(다이쇼 3년)	오스기 사카에(大杉榮) 역, 『종의 기원』種の起原	
	오카 아사지로(丘淺次郎), 『증보 진화론 강화』增補 進化論講話	
1921(다이쇼 10년)		오카 아사지로(丘淺次郎), 『진화와 인생』進化と人生 증보 4판.

교정을 거쳤다. 이로써 오카 아사지로의 사회사상 전개와 문명 비평이 기타 사회진화론 저작과 가장 큰 차이점은 그가 다른 논자들에게는 볼 수 없는 생물진화론이라는 견실한 기초를 갖추고 있다는 것이라고 할 수 있다. 그는 진정으로 생물진화론을 이해한 사회비평가였다. 그가 『진화론 강화』 출판 3년 후에 내놓은 『진화와 인생』 역시 기타 같은 종류의 저작에서 볼 수 없는 사상적 특색을 갖추고 있다.

『진화론 강화』가 어째서 거대한 시대적인 영향을 미칠 수 있었는가에 관해서는 더 많은 검토가 필요하다. 그런데 가장 소박한 대답은 『진화론 강화』의 출현 이전에는 『진화론 강화』보다 더 좋은 책이 없었다는 것이다. 당시 상황과 저자의 의도는 다음과 같다.

> 대개 진화론은 19세기 인간의 사상에 가장 위대한 변화를 가져온 학문의 원리고, 오늘날 보통교육을 받은 사람의 필수 소양이다. 그런데 우리 나라에 진화론을 이야기하는 서적이 너무나 적다는 것은 유감이다. 지금 일어로 쓴 진화론 간행물은 이시카와 지요마츠 군이 지은 『진화신론』뿐인 듯하다. 이 책은 국내외 전문 학자들의 저서와 논문을 광범위하게 참고했고 최근까지의 가장 깊이 있는 학설을 논술하고 있다. 생물학을 공부하는 사람으로 말하자면 아주 귀중한 서적이다. 그런데 그 심오함 때문에 일반 사람들이 이해하기에 상당히 어렵다. 그러므로 지금 외국 책에 기대지 않고 진화론의 요지를 이해하고자 한다면 거의 다른 길은 없는 것 같다. 잡지 등에 가끔 짧은 초록이 실리기는 하지만 그러한 '두부 덩어리'에 기대는 것만으로는 결국 진화론의 전부를 정확하게 오해 없이 이해할 수 없다. 저자는 이러한 상

황을 목도하고 깊은 유감을 느낀 나머지 기어코 붓을 들어 이 책을 쓰기 시작했다.[47]

나의 소견에 따르면 결정적인 요소는 그것의 내용에 있다. 위에서 서술한 바와 같이 메이지 이래 일본의 진화론 소개에는 '생물학'과 '사회학'이라는 두 흐름을 보이는데, 오카 아사지로에 이르러 실질적으로 역사적 합류점에 진입한다. 『진화론 강화』는 '집대성'의 형식으로 두 흐름을 고도로 종합한 진화론이다. 다윈을 맹목적으로 답습하는 번역도 아니고 스펜서주의의 단순한 원용도 아닌 독창성이 풍부한 오카 아사지로의 단독 제조물이다. 오카 아사지로의 독창성을 새롭게 인식한다는 의미에서 나는 쓰쿠바 히사하루의 관점에 대단히 찬성한다. 즉, 오카 아사지로는 "독창성"과 "풍부한 예증", 그리고 "유머가 충만한 문장"으로 다윈의 이론체계의 "재구성"을 성공적으로 실현했다.[48] 그런데 나는 『진화론 강화』가 진화론을 자연과학 이론으로 "재구성"한 것과 동시에 "사회 진보에 유익"한 사회사상으로 주장한 것에 대해 더욱 주목하고자 한다. 초판 '권두언'에서 오카 아사지로는 다음을 명확히 했다. 진화론의 영향은 생물학에만 국한되지 않는다. "진화론은 근본적으로 인간에 대한 사고를 바꾸고, 이로 말미암아 사상 전체에서 현저한 변화를 가져오며 사회의 진보, 개량과 아주 커다란 관계가 있다." 바로 이런 의미에서 오카 아사지로는 진화론의 보급

47 丘淺次郎, 「序言」, 『丘淺次郎著作集 V·進化論講話』, 有精堂, 1904, 1~3쪽.

48 筑波常治, 「解說」, 『丘淺次郎著作集 V·進化論講話』, 390쪽.

을 생물학자의 사명으로 간주했다.[49]

『진화론 강화』는 '생물학'과 '사회학'이라는 두 가지 의미의 진화론을 겸비함으로써 그 시대를 얻을 수 있었다. 당시 『진화론 강화』의 판매 상황은 끊임없는 재판과 개정판의 기록만으로도 확인할 수 있다. 1904년 초판부터 따지면 10년 후 1914년 증보판에 이르기까지 제11판이 나왔다. 그 사이의 개정판의 상황에 대해서는 저자 본인의 설명에 따르면, "메이지 40년 제7판은 그때까지 사용하던 4호자를 5호로 바꾸어 쪽수를 줄이고 그림을 더 보탰다. 메이지 44년 제10판은 수정을 더 하고 새로운 그림을 더 보탰다."[50] 4호자를 5호자로 바꾸어 쪽수를 줄인 것은 원가와 판매가를 낮춘 것을 의미하고 이렇게 만들어진 보급판은 더욱 많은 독자를 확보할 수 있었음을 의미한다. 『종의 기원』의 세 번째 일역본(1914)의 번역자는 저명한 사회활동가인 오스기 사카에다.[51] 그는 '가난한 학생' 시절 이 보급판의 열성 독자 중의 한 명이었다. 훗날 오카 아사지로에 대해 평가하면서 당시의 상황을 이렇게 기억했다.

> 그렇다. 그것은 내가 19, 20살 때였다. 일찍부터 너무나 기다렸던 『진화론 강화』가 마침내 손에 들어왔다. 사실 오카 박사의 책을 살 때면 언제나 '마침내'라는 감각에 휩싸이는 것은 어쩔 수 없었다. 5호자

49 丘淺次郎, 「序言」, 『丘淺次郎著作集 V · 進化論講話』, 1904, 3~4쪽.

50 丘淺次郎, 「増補はしがき」, 『増補進化論講話』, 開成館, 1914, 5쪽.

51 1914년 大杉榮의 번역본 『物種起源』이 출판되기 이전 1896년 立花銑三郎의 번역 『生物始源』과 1905년 開成館의 번역본 『物種起原』이 있었다.

로 인쇄하면 한 권에 그저 45센 혹은 많아도 7, 80센이었으나 4호 혹은 3호의 큰 글자로 되면 가격은 놀랄 만큼 비싸서 2엔 50센 혹은 3엔 50센을 내지 않으면 손에 넣을 수 없었다. 이것은 출판 상인이나 저자에게는 좋은 일일 수 있으나 가난한 서생으로서는 감당할 수 없었다. 그런데 여하튼 간에 『진화론 강화』는 당시 신서 가운데서 가장 높이 평가되던 책이었다. 즉시 읽기 시작했고 너무나 재미가 있었다. 매 한 행마다 미지의 아름답고 놀라운 세계가 눈앞에 펼쳐져서 눈이 모자랄 지경이었다. 결국 하루 밤낮으로 다 읽어 버렸다.[52]

나는 이 단락이 루쉰이 묘사한 『천연론』을 처음 읽었을 때의 상황과 비슷하다고 생각한다. 저우 씨 형제가 당시 오카 아사지로도 읽었고 오스기 사카에도 읽었던 상황을 고려하면, 루쉰이 『천연론』을 읽고 한 말은 오스기 사카에의 위의 말로부터 나왔는지도 모른다. 1923년 9월 16일 오스기 사카에가 헌병에 의해 살해된 '아마카스 사건'(甘粕事件)이 발생하자 얼마 후 저우쭤런은 침통한 마음으로 쓴 추도문에서 그의 죽음은 "일본 대지진 이후 가장 놀랄 만한 사건"이고, 그는 "일본의 영광이라고 말하지 않을 수 없다"라고 했다.[53] 오스기 사

52 大杉栄, 「丘博士の生物學的人生社會觀を論ず」(『中央公論』, 1917년 5월호), 『近代日本思想大系 9 · 丘淺次郎集』에 수록.

53 荊生, 「大杉榮之死」(『晨報副鐫』, 1923년 9월 25일), 『周作人文類編 7 · 日本管窺』, 630~631쪽. 이외에 「大杉事件的感想」(『晨報副鐫』, 1923년 10월 17일), 『周作人文類編 7 · 日本管窺』, 632~633쪽을 참고할 수 있다.
[역자 주] '아마카스 사건'은 1923년 관동대지진 직후 좌익 활동에 참여했다는 이유로 헌병 대위 아마카스 마사히코(甘粕正彦)가 오스기 사카에 등 3명을 살해한 사건이

카에는 오카 아사지로의 영향을 받은 세대 중에 가장 먼저 그에게 의문을 제기했던 인물로 결코 "오카 박사의 생물학적 사회인생관"에 동의하지 않았으나[54] 결코 자신이 오카 씨의 영향을 받았음을 부정하지 않았다. 오카 씨의 관점은 전후 일본의 대표적인 진화론 학자들로부터 인정을 받지 못했다고 하더라도 진화론의 보급과 이로 말미암아 사상계에 미친 지대한 공헌에 대해서는 모두가 인정했다. 예컨대 도쿠다 미토시(德田御稔)는 "오카 아사지로가 일본의 진화론사에 남긴 자취는 정말로 거대하다. 그가 얼마간 이론적인 착오를 범했다고 하더라도 일본에서의 진화론 보급은 많은 부분 그에게 의지했다"라고 말했다.[55] 야스기 류이치(八杉龍一)는 『진화론 강화』를 포함한 오카 아사지로의 저작은 "메이지 말기부터 다이쇼 시대를 거쳐 쇼와 초기에 이르기까지 일본인의 사물에 대한 사고방식에 매우 큰 영향을 미쳤다"라고 여겼다.[56] 쓰쿠바 히사하루는 "진화론에 관한 해설서를 찾고자 한다면 『진화론 강화』처럼 진화론의 본질을 훌륭하게 귀납하고 복잡한 사실을 통속적이고 이해하기 쉽게 표현한 책을 찾을 수 없을 것이다. 이 책은 진화론 개론으로서 전무후무한 존재 가치를 보여 주고 있다"라고 평가했다.[57]

다. 이 일로 아마카스는 징역 10년을 선고받았으나 1926년에 가석방된다. 이후 그는 만주국 건설에 관여했으며 1945년 일본의 패망 직후 자결했다.

54 丘淺次郎, 「增補はしがき」, 『增補進化論講話』, 5쪽.

55 德田御稔, 『改稿進化論』, 岩波書店, 1975, 9쪽.

56 八杉龍一, 「對日本人思考事物的方式給予巨大影響的書」, 丘淺次郎, 『生物學的人生觀』(上), 講談社, 1981, 5쪽.

57 筑波常治, 「解說」, 『丘浅次郎著作集Ⅴ·進化論講話』, 391쪽.

내가 아는 바에 따르면 전후의 유명한 학자 중에서 이마니시 긴지(今西錦司)만이 그가 오카 아사지로의 '영향'을 받았음을 인정하지 않았다. 그런데 그는 고등학교에서 대학에 진학하면서 곤충학을 선택했고 일반 생물학에 대한 향학열이 가장 왕성했던 시기 책장에 오카 씨의 세 권의 책이 꽂혀 있었고 그중에 『진화론 강화』가 있었음을 인정했다. 게다가 그는 오카 아사지로가 "사상가"임을 인정했다.

> 오카 아사지로 이후의 진화론 연구자로 고이즈미 마코토(小泉丹), 도쿠다 미토시, 야스키 류이치 등을 거론할 수 있겠으나, 진화론의 입장에서 현대 문명을 비평하고 현대 문명뿐 아니라 더 나아가 인류의 미래를 논한 이로는 이후, 이전 할 것 없이 오카 아사지로를 제외하고 제2의 일본인을 찾을 수는 없을 것이다. 쓰쿠바 히사하루는 오카 아사지로가 위대한 사상가라고 했는데, 이것에 대하여 나는 이의가 없다.[58]

『진화론 강화』가 출판된 이후 20여 년 동안 오카 아사지로의 거대한 영향에 비하면 그가 사라진 것은 좀 이해하기 어렵다. 그는 1944년에 병으로 사망했으며 향년 77세였다. 그런데 1931년 『중앙공론』에 「인류의 하강설을 재론하다」을 발표한 이후 다시는 사회 평론을 발표하지 않았는데, 그의 영향은 생명과 함께 역사 무대에서 퇴출된 것 같다. 이제는 전문적으로 진화론이나 생물학을 연구하는 사람

---

58 丘浅次郎, 今西錦司 解說, 『人類の過去現在及び未來』, 有精堂, 1968, 197~198쪽.

외에는 사상가로서의 오카 아사지로를 아는 사람이 거의 없다. 심지어는 '진화론'이라는 전문적 영역에서도 더 이상 언급되지 않는 듯하다. 예컨대 1990년 2월 벳사츠 다카라지마(別冊寶島) 편집부에서 편한 『진화론을 즐겁게 읽는 책』[59]에서 '진화론 독본 259종'을 열거하고 있는데, 여기에는 "생물학 속의 진화론에서 문학, 철학, 평론까지" 포함하고 있고, "만약 전부 다 읽는다면 당신은 뛰어난 진화론 학자다"라고 했으나 259종 중에 오카 아사지로의 책은 한 권도 없으며 『진화론강화』도 예외는 아니다. 그런데 오카 아사지로를 다시 한번 읽어 본다면 그야말로 '잊혀진 미래 사상가'임을 발견할 수 있을 것이다.

오카 아사지로 사후 최대 규모의 정리는 20세기 60년대 말 메이지 100년 기념 때였다. 그 성과가 『오카 아사지로 저작집』(전 6권)이다. 최근의 정리로는 70년대 중반의 『오카 아사지로 집』인데, 지쿠마쇼보(筑摩書房)에서 출판한 36권본 『근대일본사상대계』 중의 제9권이다. 쓰쿠바 히사하루는 해당 권을 편집, 정리하고 앞으로의 계획에 대해 "계속해서 진일보한 조사의 기초 위에서 정식 평전, 전기를 완성할 것이다"라고 했다. 그러나 2002년 지금까지 오카 아사지로의 생애, 전기에 관한 연구는 거의 진전이 없이 당초와 마찬가지로 "지금까지 정리된 전기와 평전은 한 권도 없다." 따라서 『오카 아사지로 집』에 수록된 쓰쿠바 히사하루의 '해설'과 '연보'는 그의 생애와 사상에 관한 가장 상세한 연구가 되었고 이후에 나온 비평과 해설은 모두 여기에 어떤 새로운 내용도 보태진 것이 없다.

---

59 원래 제목은 『進化論を愉しむ本』이다.

본 주제의 시각에서 보면 생물학자, 교육자, 문명비평가로서의 오카 아사지로의 생애에는 주목할 만한 몇 가지가 있다. 우선 생물학자로서의 공헌이다. 오카 아사지로는 주로 수산동물 비교해부학 방면의 연구에 종사했다. 주제는 우렁쉥이류와 거머리류의 비교형태학이고 대학 졸업논문부터 1934년까지 거의 매년 이 전문 영역의 논문을 각종 학술 잡지에 발표했다. 이외에 기타오카 마사코의 최근 저작으로부터 1901년 도쿄 수도관에서 거머리 재해가 발생했을 때 당시 신문에 "고등사범학교 교수 오카 아사지로 교수가 요토바시(淀橋) 정수장 현장에 와서 조사하다"에 관한 보도가 실렸음을 알 수 있다.[60] 오카 아사지로 자신의 소개에 따르면, 동물학에서 국제적으로 그의 이름으로 명명된 동물이 7종이고 이러한 명명은 "싸구려 일본제가 아니라 그야말로 상등의 박래품이다."[61] 탁월한 성과를 낸 생물학자로서 오카 아사지로의 사회사상은 일반적인 사회다윈주의와 비교하면 훨씬 견실한 근대과학으로서의 생물학적 기초를 갖추고 있다.

둘째, 오카 아사지로가 세상 사람에게 진화론 사상의 장관을 보여 줄 수 있었던 것은 그의 훌륭했던 외국어 교육 환경, 재능과 밀접한 관계가 있다. 부친 히데오키(秀興)는 영어를 잘했고 오카 아사지로가 3세 때 오사카 조폐국 책임자로 일했다. 5세 때 부친을 따라 ABC를 공부하기 시작했다. 조폐국은 외국인 기술자가 모이는 곳이고 오

---

60 北岡正子,『魯迅 日本という異文化のなかで ―弘文學院入學から「退學」事件まで』, 關西大學出版部, 2001, 316쪽.

61 丘淺次郎,『猿の群れから共和國まで』,『丘淺次郎著作集 III』, 1968, 169쪽.

카 일가는 외국인 기술자와 같이 관사에서 지냈기 때문에 어려서부터 외국어와 접촉하는 환경에 있었다. 12세 때 오사카 영어학교에 들어갔는데, 그는 훗날 "이 학교는 명실상부하게 영어가 위주였고 지리, 역사, 대수, 기하 모두 영어 교과서를 사용했고 교사들도 외국인이 많았다"라고 회상했다.[62] 따라서 이 학교에서 대단히 정식적인 영어 교육을 받았다고 할 수 있다. 쓰쿠바 히사하루가 쓴 연보에 따르면 오카 아사지로는 23세에 발표한 졸업논문을 영어로 썼고 거의 동시에 독자적인 '국제어'인 'Jí·rengo'를 발명하는 데 열중했다. 독일에 유학 가서 세계어가 있음을 알고 그만두었지만, 이로 말미암아 세계어를 가장 먼저 할 수 있게 된 일본인 중의 한 명이 되었다. 오카 아사지로는 1891년에서 1894년까지 3년간의 독일 유학을 제외하고는 외국 생활을 하지 않았으나 잘 아는 외국어는 '12종 이상'이었다.[63] 다수 언어에 능통한 것은 메이지라는 시대를 상징하는 것이라고 할 수 있겠으나 오카 아사지로 개인으로 말하자면 그가 진정으로 동서를 융합, 관통하는 위치에 있었음을 의미한다. 서양 문헌에 대한 자유로운 취사선택과 "나의 학설"에 대한 자신감—"찬성 의견을 표하는 학자는 지금까지 한 사람도 없"고, 혹은 "대부분이 묵살된다"고 해도 상관하지 않았다—설령 어떤 비평가라도 가벼이 여기지 않고 그와 더불어 변론하는 자신감은 오카 아사지로의 '통섭'적인 특징을 보여 준다.[64] 그런데

62 丘淺次郎, 「趣味の語學」, 『婦人之友』, 1938년 4월호.

63 筑波常治, 「年譜」, 「解說」, 『近代日本思想大系 9·丘淺次郎集』, 각각 456쪽, 436쪽.

64 丘淺次郎, 「子孫を愍む」, 『丘淺次郎著作集 III·猿の群れから共和國まで』, 30~31쪽. 이 글에서 그는 '비평'에 대하여 아래와 같이 답변답지 않은 '답변'을 했다. "인류의 미

불가사의한 것은 오카 아사지로가 메이지시대 외국어를 가장 많이 알았던 인물임에도 불구하고 한 권의 외국 책도 번역하지 않은 저술가라는 점이다.[65]

셋째는 오카 아사지로가 소년 시절에 겪은 불행이다. 연보를 통해 오카 아사지로는 5년 만에 앞뒤로 여동생, 부친, 모친, 형 등 모든 가족을 잃고 겨우 16세에 고아가 되었음을 알 수 있다. 루쉰은 소년 시절에 겪은 "집안의 몰락" 경험이 "세상 사람의 진면목을 보게 했다"고 했는데, 이와 거의 같거나 더욱 불행했던 이력으로 오카 아사지는 어떤 처지에 놓였던 것일까? 이것은 매우 흥미로운 문제이나 지금은 알 수가 없다. 그러나 나는 오카 아사지로의 저작집을 읽고 나서 야스키 류이치(八杉龍一)의 오카 아사지로 사상의 특징에 대한 개괄에 상당히 동의하게 되었다. "오카의 사상을 구성하는 축은 현실을 직면하는 것

래에 관한 나의 학설은 지금까지 이미 단편적으로 수차례 발표했다. 대부분은 묵살되었으나 이것에 대하여 비평하고 반대 의견을 발표한 사람도 몇 명 있기는 하다. 지난 9월 10일 다른 두 사람과 함께 군인에 의해 참살당한 저명한 오스기 사카에 씨가 본 잡지에 비평을 실었다. 또 작년 본 잡지에 벗 오노 슌이치(小野俊一) 군이 장문을 발표하여 만신창이가 되도록 나의 학설을 공격하였다. 오스기 사카에 씨는 나는 본 적이 없으나 나의 저서를 읽고 만사를 알게 되었다는 의미에서 나의 제자로 자칭했고, 따라서 후에 종종 오스기 사카에가 당신의 제자냐고 묻는 사람들이 있었다. 나로 말하자면 제자로 칭하는 사람은 물론 하나도 없다. 만약 학문적인 사정이라면 나는 누구라도 평등한 연구를 진행할 수 있다고 생각한다. 오노 군의 의론에 대하여 결론적으로 가볍게 이야기해 볼 기회조차 없었고 여기서도 아무것도 이야기하지 않겠다."

[역자 주] 'Ji·rengo'는 '우리의 말'이라는 뜻이다.

65 筑波常治, 「解說」, 『近代日本思想大系 9·丘淺次郎集』, 446쪽.

이다. 즉, 모든 것은 현실에 복종하고 인간 사회의 모든 문제를 미화의 방식으로 보지 않는 태도다."[66] 나는 이런 특징을 루쉰에게로 가져가면 그의 '청성(淸醒)한 현실주의'로 치환할 수 있을 것이라 생각한다.

넷째는 오카 아사지로의 생애 자료에 대한 약간의 보충이다. 쓰쿠바 히사하루는 1975년 '해설'의 결말 부분에서 다음과 같이 말했다.

> 오카 아사지로가 은거한 이듬해 중일사변이 발생했다. 이후는 태평양전쟁이었다. 만년의 몇 해는 이러한 역경 속에서 지냈다. 이런 사태에 관하여 아사지로는 어떻게 보았을까? 이것이 내가 알고 싶은 점이다. 그러나 아사지로는 그의 은퇴 선언과 함께 시종 내내 침묵을 유지했다. 적어도 공개 장소에서는 어떤 의견도 발표하지 않았다.[67]

최근 1939년 3월 출판된 『제1차 만몽(滿蒙) 학술조사연구단 보고』의 '제5부 제1구 제1편 제1집'에서 오카 아사지로의 연구 보고서가 발견되었다. 제목은 「러허성(熱河省)의 지네류」다. 오카 아사지로의 학술 생애에서 이것은 아마도 유일하게 중국과 관계 있는 연구로 루거우차오사건 이후에 발표된 것이다.[68] 그렇다면 오카 아사지로가 중국을 방문한 적이 있다는 것인가? 결론은 아마도 부정적이다. 이유는 첫째, "러허성에서 온 채집품 중에 이하 3종의 지네류가 포함되어 있다"

---

66 八杉龍一, 「解説·動物行動學の先駆的思想」, 『生物學的人生觀』(下), 講談社, 1981, 332쪽.

67 筑波常治, 「解說」, 『近代日本思想大系 9·丘淺次郎集』, 454쪽.

68 [역자 주] 루거우차오(蘆溝橋)사건은 1937년 7월 7일 루거우차오에 주둔해 있던 일본군과 중국군이 충돌한 사건으로 중일전쟁의 발단이 되었다.

라는 구절로부터 알 수 있는 것처럼 이 보고서는 중국에서 가지고 온 표본을 연구한 것이다. 둘째, 보고서의 목차 앞쪽에 삽입된 '제1차 만몽 학술조사 연구단원'의 명단에 오카 아사지로의 이름이 없기 때문이다.

그렇다면 중국 유학생 '저우수런' 즉, 훗날의 루쉰은 오카 아사지로에게서 어떤 영향을 받은 것일까? 루쉰은 『진화론 강화』와의 만남으로 그 시대의 이론적 수준에 도달할 수 있었다고 할 수 있다. 게다가 이후 진행하게 될 일련의 전문적 연구 테제로부터 진화론의 이론적 수준에 있어서 옌푸의 『천연론』이 비길 수 있는 바가 전혀 아니었음을 알 수 있다. 나는 루쉰이 훗날 "더 이상 옌푸에 대해 탄복하지 않는다"[69]라고 한 원인이 여기에서 비롯되었다고 생각한다. 『진화론 강화』는 그로 하여금 무엇이 진정한 생물진화론이고 이 이론의 적용 범위인지를 이해할 수 있게 했다. 이렇게 보면 오카 아사지로의 영향은 일본에 그친 것이 아니라 중국에까지 이어졌다. 나는 오카 아사지로의 영향이 루쉰이라는 고리를 제외하고도 그와 중국의 기타 방면의 관계 특히, 그와 중국 생물학과의 관계 또한 대단히 검토해 볼 만한 과제라고 생각한다. 지금 알고 있는 자료만 보더라도 그의 주요 작품은 모두 중국어로 번역되었기 때문이다.[70]

---

69 周啓明, 『魯迅的青年時代』, 77쪽.

70 實藤惠秀 監修, 譚汝謙 主編, 小川博 編輯, 『中國譯日本書綜合目錄』(香港中文大學出版社, 1980)에 실려 있는 오카 아사지로 저작의 번역서는 다음과 같다. 『由猴子到共和國』(馬廷英 譯, 上海北新書局, 1928), 『生物學』(薛德焴 等 譯, 上海商務印書館, 1926), 『動物學教科書』((日)西師意 譯, 上海廣學會, 1911), 『進化與人生』(劉文典 譯, 上海商務印書館, 1920),

이외에 표 3의 다윈의 『종의 기원』 일역본과 관련된 사료 문제를 여기에서 제시할 필요가 있다. 루쉰은 「번역을 위한 변호」(1933)에서 '중역'(重譯)의 사례를 거론하며 다음과 같이 말했다. "다윈의 『종의 기원』는 일본에 두 종류의 번역본이 있다. 먼저 나온 것은 착오가 꽤 많고, 뒤에 나온 책이 좋다. 중국에는 마쥔우(馬君武, 1882~1939) 박사의 번역만 있는데, 그가 근거한 것은 일본의 나쁜 번역본으로 사실 따로 번역할 필요가 있다."[71] 여기에서 일본의 번역 두 종은 어떤 것인가? 이에 대하여 신판 『루쉰전집』(2005)의 주석자는 다음과 같이 썼다. "구판에서는 주석을 달지 못했다. 1981년 일본 학자들이 집단적으로 번역하고 주석을 단 일역본 『루쉰전집』에도 주석을 달지 못했다. 신판 276쪽에 나는 연구 조사에 근거하여 다음과 같이 주석을 달았다. '먼저 나온 것은 메이지 38년(1905) 8월 도쿄 가이세이칸에서 출판한 것으로 가이세이칸이 번역하고 오카 아사지로가 교정한 것이다. 뒤에 나온 것은 다이쇼 3년(1914) 4월 도쿄 신초샤(新潮社)에서 출판하고 오스기 사카에가 번역한 것이다.' 이것은 분명 매우 필요한 주석이다. 다윈 저작의 일역본에 대한 루쉰의 숙지 정도를 보여 줄 뿐만 아니라 일본, 중국에서의 진화론 전파에 관한 중요한 사료를 제공해 준다."[72]

그러나 표 3에서 알 수 있듯이 메이지, 다이쇼 연간 다윈의 『종의 기원』은 3종의 번역본이 있었다.

『進化論講話』(劉文典 譯, 上海亞東圖書館, 1927), 『煩悶與自由』(張我軍 譯, 上海北新書局, 1929).

71 魯迅, 「爲飜譯辯護」, 『魯迅全集·准風月談』 제5권, 274쪽.

72 陳福康, 「新版『魯迅全集』第5卷修訂略」, 『魯迅研究月刊』 2006년 제6기, 82쪽.

1. 다치바나 센자부로 역, 『생물시원』生物始源(일명 『종원론』種源論), 경제잡지사(經濟雜志社), 1896년.
2. 오카 아사지로 역문 교정, 도쿄 가이세이칸 역, 『종의 기원』種之起原, 가이세이칸, 1905년.
3. 오스기 사카에 역, 『종의 기원』種の起原, 신초샤, 1914년.

오카 아사지로 교정본에 "나쁜 번역본"이라는 오명을 씌운 것은 '위화감'을 느끼게 한다. 외국어 능력으로나 문장 능력으로나 "나쁜 번역본"이 오카의 손에서 나왔다는 것은 상상하기 어렵기 때문이다. 마쥔우는 1901년에서 1906년까지 일본에서 유학했다. 지금 내 수중에 마쥔우의 번역본 『물종원시』物種原始(중화서국, 1920)[73]는 없으나 그가 1919년 7월 24일 『물종원시』를 번역하고 쓴 "일단의 소사(小史)"를 보면 『물종원시』의 첫 번째 단계의 번역 출판은 그의 일본 유학 시기와 거의 맞물린다는 것을 알 수 있다. 그는 다음과 같이 말했다. "내가 이 책을 처음 번역하기 전 약사(略史) 한 절을 임인년 요코하마의 『신민총보』에 실었다. 이듬해 이 책의 제3장과 제4장을 다시 번역하여 단행본으로 만들었는데 널리 전해졌다. 곧 제1, 2, 5장을 이어 번역하고 약사와 함께 인쇄하여 『물종유래』物種由來 제1권이라는 이름으로 1904년 봄에 출판하고 1906년에 재판을 냈다. 이듬해 나는 유럽으로 유학

73 魯迅, 『魯迅全集 · 准風月談』 제5권, 276쪽, '馬君武' 주석. 예두좡(葉篤莊)의 '수정 후기'에 따르면 마쥔우 번역본은 "1918년 문언체로 번역했다"(『物種起源』, 商務印書館, 1997, 574쪽).

을 갔기 때문에 이 책을 다시 살펴볼 겨를이 없었다. …"[74] 이로써 마쥔우가 참고한 것이 1905년 9월에 출판한 오카 아사지로의 교정본일 리가 없음을 알 수 있다. 일본어판을 참조했다면 다치바나 센자부로의 일역본일 것이다. 마쥔우가 말한 "임인년 요코하마의 『신민총보』"는 1902년 『신민총보』 제8호다. 여기에 게재된 그의 번역문에는 다윈의 『종의 기원』을 '종원론'(種源論)[75]으로 표기했는데, 제목이 다치바나 센자부로의 번역본 『생물시원』과 완전히 일치하므로 마쥔우 번역본은 다치바나 센자부로의 번역본에 근거한 것이라는 유력한 증거가 된다. 이런 까닭으로 루쉰이 지적한 "나쁜 번역본"은 오카 아사지로의 교정본이 아니라 다치바나 센자부로의 일역본이고, 오카 아사지로의 오명도 이로써 깨끗이 씻을 수 있다. 그런데 앞서 언급한 나카지마 오사후미의 『루쉰이 직접 본 도서 목록 — 일본책의 부분』의 오류가 먼저인 것 같다. 루쉰의 「번역을 위한 변호」와 관련하여 언급한 것이 위에 나열한 것 중 뒤의 2종의 일역본이기 때문이다.[76] 후배들도 당연히 '둘 중 하나를 선택'하면서 오카 아사지로의 교정본을 "나쁜 번역본"으로 판정했다. 지금 보면 다치바나 센자부로의 번역본인 『생물시원』을 '루쉰이 직접 본 도서 목록'에 넣어야 마땅하다.

이외에 마쥔우의 『물종원시』에 관해서는 쩌우전환의 「오사 신문

74 「『達爾文物種原始』譯序」, 馬君武, 莫世祥 編, 『馬君武集』, 華中師範大學出版社, 1991, 384쪽.

75 馬君武 글의 제목은 「新派生物學(即天演學)家小史」이고, "이것은 다윈 씨가 지은 종원론(種源論) 중의 한 장으로 번역하면 아래와 같다"라는 말이 있다.

76 中島長文, 『魯迅目睹書目 — 日本書之部』, 宇治市本幡御藏山, 私版, 1986, 21쪽.

화운동 중에 번역된 『다윈의 물종원시』」[77]에도 비교적 자세하게 소개되어 있으나 마쥔우의 최초의 책이 사실 일역본에 근거했다는 점은 알지 못했던 것 같다.

6. 오카 아사지로와 루쉰에 관하여

루쉰은 오카 아사지로를 언급한 적이 없고 루쉰의 텍스트에서도 오카 아사지로라는 이름은 보이지 않는다. 그런데 나는 두 사람의 텍스트에서 적어도 50개는 되는 예를 찾아서 두 사람의 텍스트의 밀접한 관계를 증명하고 루쉰이 오카 아사지로를 읽었을 뿐만 아니라 그의 영향을 깊이 받았음을 증명했다. 이러한 예는 다음과 같은 핵심어로 귀납된다. 오카 씨가 진화론을 이야기하면서 말한 "요점"(要點)과 "눈썹"(尾毛), 그리고 루쉰이 소설을 이야기할 때의 "눈"(眼)과 "머리카락"(頭髮), 오카 씨의 "원숭이의 호기심"과 루쉰의 단편소설 「조리돌림」. 오카 씨의 "기생벌"(寄生蜜), "지가바치벌"(似我蜂)과 루쉰의 「늦봄의 한담」의 "나나니벌"(細要蜂). 오카 씨의 "노예근성"과 루쉰의 "노예와 노예주", "폭군 치하의 신민", 그리고 서민의 "우군(愚君) 정책". 오카 씨의 "위인", "불교, 기독교, 이슬람교의 종교 비조(鼻祖)"와 루쉰의 "공자, 석가, 예수 그리스도". 그리고 두 사람 공통의 "신인과 구인(舊人)", "장래", "미래", "황금 세계" 등이다.

---

77 鄒振環, 『影響中國近代社會的一百種譯作』, 269~275쪽.

(1) "요점"과 "눈썹", 그리고 "눈"과 "머리카락"

우선 『진화론 강화』 초판 서문부터 보기로 하자. 앞서 소개했듯이 『진화론 강화』의 초판은 1904년 1월에 나왔고 1914년 11월에 증보판이 출판되었다. 초판과 증보판의 차이에 관하여 저자는 아래와 같이 설명한다.

> 이번 개정판은 전체적인 구조에서 조금 변화가 있고, 특히 후반부를 고쳐 썼다. 간략하게 최근의 연구 성과를 보탬으로써 작금의 시대에 부합하도록 힘썼다.[78]

어떻게 수정했는지는 양자를 맞추어 가며 철저하게 따져보지 않았으므로 분명하게 정리하기 어려우나 대강 살펴본 결과 비교적 크게 고친 부분은 적어도 다음 세 곳임을 알 수 있었다. 첫째, 증보판은 서문을 새로 써서 초판의 서문을 교체했다. 둘째, 목차에 부분적인 변화가 있다. 셋째, 초판 부록 「진화론과 관련 있는 외국 책」에서 나열한 도서 목록과 오카 아사지로의 설명은 10개의 항목이 있는데, 증보판에는 같은 제목의 부록에서 도서 목록이 20개의 항목으로 늘어났다. 1969년 판은 증보판을 저본으로 했으나 "구판 권말 부록의 참고문헌은 모두 지금 거의 찾기 힘든 외국 책이므로 생략했다."[79]

지쿠마쇼보의 『근대일본사상대계 9 · 오카 아사지로 집』에 수록된

78 丘淺次郎, 「增補はしがき」, 『增補進化論講話』, 開成館, 1914, 5쪽.

79 丘英通, 「『進化論講話』再刊に際して」, 『進化論講話』, 有精堂, 1969, 2쪽.

『진화론 강화』는 초판을 저본으로 했으나 초판의 부록은 수록하지 않았다. 고단(講談)문고판 『진화론 강화』(상, 하)는 초판을 저본으로 하고, 초판 서문은 수록하고 부록은 수록하지 않았다. 초판 서문과 증보판 서문은 내용에 있어서 큰 차이가 있으나 이 글의 주제와 관련이 있는 부분은 양자가 완전히 같다.

> 또, 여기에서 설명해야 할 것은 이 책을 쓴 것은 가능한 많은 사람에게 생물진화론의 요점을 전해 주고 싶어서라는 것이다. 이런 까닭으로 간혹 사소한 지점은 통일적으로 서술했고 간혹 글을 쓰기 좋도록 설명할 때 드물게 보이는 예외는 생략했다. 그런데 사람의 얼굴을 그리면서 그의 눈썹 하나하나를 다 그릴 필요가 없다. 두 개의 점을 찍어 콧구멍으로 간주해도 내내 신경 쓸 필요가 없는 것과 마찬가지로 대체적인 것을 보여 주는 것만으로도 괜찮고 지장이 없다. 각각의 눈썹을 너무 자세하게 말하다가는 도리어 전체의 요점을 드러내지 못하게 된다.[80]

오카 아사지로가 여기에서 말하는 것은 『진화론 강화』의 글쓰기 방법이다. 사실이 증명한 것처럼 이 방법은 진화론의 요점을 전달하는 데 커다란 성공을 거두었다. 루쉰이 훗날 소설을 창작할 때 이런 방법을 본보기로 삼아 인물의 특징을 부각함으로써 마찬가지로 성공을 거두었다는 것은 의심의 여지가 없다. 루쉰은 만년에 자신의 창작 경

80 丘淺次郎, 『進化論講話』, 開成館, 1904, 6~7쪽.

험을 말하면서 다음과 같이 말했다.

누가 말한 것인지는 잊어버렸다. 요약하면 최대한 생략하여 한 사람의 특징을 그리고자 한다면, 가장 좋기로는 그의 눈을 그리는 것이라고 했다. 나는 이 말이 너무나 옳다고 생각한다. 머리카락 전부를 그린다면 핍진하게 세밀하다고 해도 아무런 의미가 없다. 나는 언제나 이 방법을 배우고자 하지만 아쉽게도 잘 배우지 못했다.[81]

루쉰의 창작 문제를 언급할 때 자주 인용되는 단락이다. "누가 말한 것인지는 잊어버렸다"에서 "누가"에 관한 『루쉰전집』의 주석이다.

이것은 동진(東晉) 고개지(顧愷之)의 말이다. 남조 송 유의경(劉義慶)의 『세설신어·교예』世說新語·巧藝에 보인다. "고장경(顧長卿, 즉 고개지)이 사람을 그리는데 수년이 지나도 눈을 그리지 않았다. 사람들이 그 까닭을 묻자, 고는 '손발이 곱거나 미운 것은 본래 묘처(妙處)와 관계가 없다. 진수를 그리는 것은 바로 아두(阿堵)에 있다'라고 했다. 아두는 당시의 속어로 여기라는 뜻이다."[82]

루쉰의 "누가"는 오히려 오카 아사지로에 훨씬 가깝다. 동진의 고개지를 가져와 참조했다는 것도 아니라고 할 수 없으나 가까운 것을

81 魯迅, 「怎麼做起小說來」, 『魯迅全集·南腔北調集』 제4권, 527쪽.

82 魯迅, 「怎麼做起小說來」, 『魯迅全集·南腔北調集』 제4권, 529~530쪽.

버리고 멀리서 찾은 것이라고 할 수 있다. 오카 아사지로가 말한 "요점"을 루쉰의 말 중에서 "특징"과 "눈"으로 치환하고 다시 오카 아사지로가 말한 "눈썹"을 "머리카락"으로 치환하면, 두 사람은 표현의 의미나 표현의 방식에서 완전히 일치한다. 이로부터 진화론 자체를 넘어서서 글쓰기 방법에서도 계발을 받았다고 할 수 있다. 다시 말하면 루쉰은 오카 아사지로의 묘사 방법으로부터 계발을 받았고 소설의 창작 실천에서도 그의 방법을 배우고자 했다는 것이다.

(2) "원숭이의 호기심"과 「조리돌림」

또 다른 예는 『진화론 강화』에 소개된 다윈이 동물원에 간 이야기다. 이 이야기는 각각 초판 18장과 증보판 제19장에 나온다. 제목은 "인간의 자연계에서의 위치"로 같고 내용도 완전히 같다.

> 동물도 호기심이 있다. 다윈은 어느 날 런던의 동물원에 가서 새끼 뱀을 종이봉투에 넣어 원숭이 우리의 한 귀퉁이에 끼워 넣었다. 즉시 한 원숭이가 걸어가 종이봉투를 찢어 보더니 갑자기 놀라 소리 지르고 던지는 것이 보였다. 원숭이는 천성적으로 뱀을 무서워한다. 장난감으로 만든 가짜 뱀을 가져다 해 봐도 깜짝 놀라 당황하며 도망갔다. 그러나 설령 이렇다고 하더라도 원숭이는 또한 마음이 근질거리는 것을 견디지 못하고 결국 이른바 '이 물건이 얼마나 놀라게 하는가'의 맛을 한 번 느껴 보고자 한다. 따라서 얼마 되지 않아 다시 꾸물꾸물 걸어와 틈으로 봉투 속을 보려고 했다. 게다가 우리 속의 다른 원숭이도 모여들어 (원숭이를) 따라서 틈으로 바라보았다. 전전긍긍하면서

도 돌아가는 것을 잊고 머물러 있었다. 한 인력거꾼이 순경에게 끌려가 조사받고 훈계를 듣고 있다면, 그의 주위에는 틀림없이 전혀 상관도 없는 많은 무리의 사람들이 새까맣게 모여들어 구경할 것이다. 호기심의 정도로 말하자면 이것은 원숭이들이 종이봉투 주위에 모여드는 것과 막상막하다.[83]

오카 아사지로는 인간이 '만물의 영장'이라는 설을 부정했다. 인간은 동물의 일종일 뿐이고 뇌와 손에서 어느 정도 우세한 것을 제외하면 다른 동물보다 더 뛰어난 것은 아니라고 여겼다. 뒤집어 말해 인간이 가지고 있는 것은 일반 동물도 모두 가지고 있다는 것이다. 예컨대 위에서 언급한 사례는 '동물도 호기심이 있다'는 것을 말한다. 사실 이것은 다윈의 주장이다. 훗날 루쉰이 쓴 글을 살펴보면 그가 다윈-오카 아사지로의 이 주장을 받아들였다고 하겠다.

여기에서 강조하려는 것은 인간을 '유인원에 속'하는 동물로 보는 진화론의 이 관점은 사실상 루쉰이 중국의 '구경꾼'을 관찰하고 보여 주는 척도가 되었다는 것이다. 원숭이의 호기심이 구경꾼과 막상막하라는 의미에서 인간은 결코 진화하지 않았다. 이상과 같은 오카 아사지로의 뛰어난 묘사는 루쉰의 '저본'을 구성하는 충분한 이유를 가지고 있다. 분량의 문제로 여기에서 인용하기는 어렵지만『방황』에 수록된 소설「조리돌림」(1925)은 "한 인력거꾼이 순경에게 끌려가 조사받고 훈계를 듣"는 장면을 펼쳐 보여 준 것이라고 생각한다. 물론

83 丘淺次郎,『進化論講話』, 開成館, 1904, 708~709쪽.

소설에는 원숭이가 등장하지는 않으나 소설의 배후에는 원숭이를 관찰하는 다윈의 눈이 있고 다윈의 원숭이 관찰을 통하여 인간을 관찰하는 오카 아사지로의 눈이 있다. 루쉰은 진화론적 의미에서 이처럼 끊임없이 연장하는 시선을 빌려 국민을 향해 눈빛을 던지고 국민을 가장 잘 대표하는 '구경꾼'을 향해 던졌다. 다만 이 시선의 배후에 훨씬 심각한 초조와 곤경을 투사했을 따름이다.

이상의 사례에서 두 사람의 '발상'의 일치와 오카 씨가 루쉰에게 남긴 깊은 흔적, 그리고 루쉰의 한 걸음 더 나아간 진전을 분명하게 볼 수 있다. 전체적으로 말해서 텍스트의 관련은 내용으로 보자면 진화론이라기보다는 진화론과 유관한 어떤 사례들과 '생물학적 인생관'에 기초하여 전개한 사회 비평과 문명 비평이라고 말해야 한다. 여기에는 '문예성'의 요소가 중요한 유대 작용을 했을 것이다. 오카 씨는 당시 정평 있는 문필가였고 그의 문장은 문부성의 "독본과 교과서 편찬자"에 의해 "국문 모범"으로서 학생들에게 추천되었다.[84] 따라서 통속적이고 이해하기 쉬울 뿐만 아니라 사물을 꿰뚫는 깊은 통찰, 분명한 문맥과 상세한 예증, 논리가 엄격하면서도 유머를 잃지 않는 것, 흥미진진한 문장 등이 문장가 루쉰의 흥미를 불러일으켰을 것이라고 해도 이상할 게 없다. 오카 씨 글의 내용과 문필의 아름다움은 류원뎬(劉文典)의 번역을 통해서 증명되었다. 후스(胡適)는 그해 류원뎬이 번역한 오카 아사지로의 『진화와 인생』을 보고 그에게 『진화론 강화』를 "번역하지 않는 것은 사회의 커다란 손실이다"라고 말하며 다시 번

84 丘淺次郎, 「落第と退校」, 『近代日本思想大系 9 · 丘淺次郎集』, 390쪽.

역하라고 권유했고, "그 결과 『진화와 인생』이 출판된 지 7, 8년 만에 『진화론 강화』가 출판되었다."[85]

(3) "기생벌"과 "나나니벌"

오카 씨는 『진화론 강화』 '제14장 생태학적 사실'에서 "기생벌"의 사례를 제시했다. 나는 이 사례가 루쉰의 「늦봄의 한담」에 나오는 "나나니벌"의 사례와 통한다고 생각한다. 그런데 『진화와 인생』에는 더욱 직접적인 사례 하나가 있다.

> 위에서 서술한 바와 같이 이 사례는 어떤 것은 재산을 전적으로 소유주 본인의 직접적인 사용으로 제공하는 것을 말하기도 하고, 어떤 것은 일부분을 내어 자녀를 양육하고 나서 저축한 것에 대하여 본인에게는 전혀 사용하지 않고 다만 자녀를 위해서 재산을 경영하는 사례를 말하기도 한다. 예컨대 벌들 가운데 '지가바치벌'(似我蜂)이라는 종류가 있다. 매번 아주 먼 곳으로 날아가 거미나 기타 작은 벌레를 모아 벌집으로 가져와서 각 씨알 위에다 약간씩 보태 준다. 이렇게 하면 벌의 육친이 죽더라도 알에서 부화한 유충은 자신 곁에 준비된 먹이가 있게 된다. 옛사람들은 너무 대충 관찰했다. 벌이 거미 따위를 잡아 벌집으로 옮기는 것을 보고 벌이 거미를 자식 삼아 기르고 그것에 '나를 닮았다'[似我]라는 이름을 붙이고 벌집으로 들어가기만 하면 결국 벌 종류로 변화하고, 이로써 길러 준 어버이의 가업을 계승할 수

85 劉文典, 「譯者序」, 『劉文典文集』(제4책), 安徽大學出版社, 1999, 529쪽.

있게 된다고 상상했다. 따라서 이 벌을 '지가바치벌'(나를 닮은 벌)이 라고 불렀다. 이 장면은 바로 아버지가 고생스럽게 일군 재산 일체를 자손에게 남겨 주고 자손은 아버지의 이러한 비호 아래 독립적으로 생활할 수 있을 정도까지 안전하고 즐겁게 성장하는 것이다.[86]

루쉰은 「늦봄의 한담」에서 "프랑스 곤충학자 파브르"를 언급하지만, 그에게 가장 먼저 "나나니벌"에 관한 지식을 알려 준 것은 이상에서 서술한 오카 아사지로의 두 텍스트다. 루쉰의 문장과 위의 문장을 비교해 보면 양자 사이의 텍스트적 전승 관계는 명료하다. 생물학의 최신 지식으로 과거의 오랜 전설을 새롭게 살펴보는 것은 두 사람이 완전히 일치하는 지성의 유전자다. 물론 두 사람의 출발점과 동기는 다르다. 한 명은 한 생물의 생존 특성을 소개하고 다른 한 명은 생물학 지식을 빌려 문명 비평을 전개했다.

베이징은 마침 늦봄이다. 어쩌면 내가 성격이 너무 급해서겠지만 여름 기분이 느껴졌다. 그래서 갑자기 고향의 나나니벌이 생각났다. 그때는 아마 한여름이었고 파리가 그늘막 밧줄에 모여들었다. 새까만 나나니벌이 뽕나무 사이나 담 모퉁이의 거미줄 근처를 오가며 날아다녔다. 어느 때는 작은 애벌레를 물고 갔고 어느 때는 거미를 잡았다. 애벌레든 거미든 우선은 끌려가지 않으려고 버티지만 끝내 힘이

86 丘浅次郎, 「動物の私有財産」(1907), 『丘浅次郎著作集I·進化と人生』, 有精堂, 1968, 162~163쪽.

모자라서 비행기를 탄 것처럼 물린 채로 공중으로 날아올랐다.

노(老) 선배들은 내게 그 나나니벌은 책에서 말하는 과라(果蠃)인데, 순전히 암컷이고 수컷이 없어서 반드시 명령(螟蛉)을 잡아서 자손을 잇는다고 가르쳐 주었다. 그것은 작은 애벌레를 둥지에 가두고 자신은 바깥에서 밤낮으로 두드리면서 '나를 닮아라, 나를 닮아라'라고 축원한다. 며칠 지나면 — 나도 기억이 분명하지는 않지만 대략 칠칠이 사십구 일일 것이다 — 그 애벌레도 나나니벌이 된다. 따라서 『시경』에서는 '명령이 새끼를 낳으면 과라가 그것을 업는다'라고 했다. 명령은 뽕나무 위의 작은 애벌레다. 거미는? 그들은 말하지 않았다. 나는 몇몇 고증학자가 일찍이 이설(異說)을 세웠던 것을 기억한다. 그것은 사실 스스로 알을 낳을 수 있고 애벌레를 잡아 둥지를 채우면 부화한 어린 벌에게 줄 먹이가 된다는 것이다. 그런데 내가 만난 선배들은 모두 이 설을 받아들이지 않고 잡아가서 딸로 삼는다고 했다. 우리는 세상의 미담을 보존한다는 견지에서 이렇게 이해하는 것이 더 좋을 것 같다. 긴 여름 아무 일 없이 나무 그늘에서 더위를 피하며 두 벌레가 하나는 끌고 하나는 버티는 모습을 볼 때면 마치 자애로운 어머니가 가슴 가득한 호의로 딸을 가르치고 있는 모습을 보는 것과 같다. 그런데 애벌레가 이리저리 뒹굴거리며 버티는 모습은 사리 분별없는 계집아이 같다.

그런데 결국 오랑캐는 밉살스럽게 기어이 무슨 과학을 이야기하려고 한다. 과학은 우리에게 수많은 놀라움을 가져다주었으나 우리의 수많은 아름다운 꿈을 짓이겨 버렸다. 프랑스의 곤충학자 파브르(Fabre)의 자세한 관찰로부터 어린 벌에게 먹이로 주는 일은 사실로 증명이 되었다. 게다가 나나니벌은 평범한 살인자일 뿐만 아니라 매우 잔인한 살인자기도 하고 학식, 기술 모두 대단히 고명한 해부학자기도 하다. 나나니벌은 애벌레의 신경 구조와 역할을 알고 신기한 독침으로 운동신경구를 향해 한 번 찌르면 그것은 죽은 것도 산 것도 아닌 상태로 마비된다. 이렇게 되면 그것의 몸 위에 알을 까고 벌집 속에 가둔다. 애벌레는 죽은 것도 산 것도 아니므로 움직이지 못하지만 산 것도 죽은 것도 아니므로 나나니벌의 자식이 부화할 때까지 썩지 않고, 먹이는 잡히던 그날과 똑같이 신선하다.[87]

이외에 나나니벌에 관하여 검토할 만한 자료 두 가지가 있다. '천연'에서 '진화'로는 이 과제의 일어판 논문을 완성한 뒤 나와 함께 '근대 동아시아에서의 번역 개념의 전개' 연구반에 속해 있는 다케가미 마리코(武上真理子) 교수(교토대학 인문과학연구소)가 그녀의 연구 영역에서 보았던 두 자료를 제공해 주었다. 그녀는 쑨중산(孫中山)의 과학 사상을 연구했고 최근에 새 저서를 출판했다.[88] 두 자료 중에서 하나는 일본 근대의 저명한 박물학자인 미나카타 구마구스(南方熊楠, 1867~1941)가 1894년 5월 10일 영국 『네이처』*Nature* 잡지 제50권 1280호에 발표한 논문 "Some Oriental beliefs about Bees and Wasps", 일본어로는 「벌에 관한 동양의 속설」이라는 제목으로 번역된 논문이

87 魯迅, 「春末閑談」, 『魯迅全集·墳』 제1권, 214~215쪽.

88 武上真理子, 『科學の人·孫文 — 思想史的考察』, 勁草書房, 2014.

었다.[89] 중국어로 직역하면 「동방의 꿀벌과 말벌에 관한 신앙들」이다. 다른 하나는 쑨중산의 『건국방략』建國方略 중의 「쑨원학설 — 알기는 어려워도 행하기는 쉽다」 제5장 '지행총론'(知行總論) 중의 한 단락이다. 두 자료는 모두 근대생물학의 발견을 근거로 중국 고대 문헌에 기록된 과라와 명령에 관한 전설을 언급하고 이를 새롭게 검토하고 비평하고 있다. 이로부터 곤충학에서 막시류 구멍벌과에 속하는 나나니벌은 생물학적 명사에서 과학사상으로 올라갔고 더 나아가 사회사상으로 확장된 하나의 실례임을 알 수 있었다. 쑨중산은 과라가 "마취약의 기술을 발명하여 명령에게 사용한다"라는 새로운 지식을 빌려 "수천 년 동안의 사상과 견식"의 "철저한 오류"를 비판했다.[90] 루쉰은 더 나아가 하나의 이미지로써 자신의 사회 비평에 적용했다. 예컨대 나나니벌이 잔인한 살인자일 뿐만 아니라 학식, 기술 모두 대단히 고명한 해부학자라고 한 것 등이다.

나나니벌에 관한 지식의 측면에서 오카 아사지로 외에 또 미나카타 구마구스에서 쑨원, 다시 루쉰에 이르는 경로 문제가 존재하는가에 대해서는 앞으로의 연구를 기다린다.[91] 그런데 "나나니벌"이 동아시아 근대 지식의 연쇄와 사상에서 보편적 의미를 지닌 소재가 되었다는 사실 자체로도 흥미를 불러일으킨다고 하겠다.

---

89 飯倉平照 監修, 松居龍五·田村義也·中西須美 譯, 『南方熊楠英文論考「ネイチャー」誌篇』, 集英社, 2005, 67~70쪽.

90 中國社科院近代史所, 『孫中山全集』 제6권, 中華書局, 1981, 200~201쪽.

91 武上真理子, 『科學の人·孫文: 思想史的考察』, 170~174쪽, 247쪽 주석 74.

(4) "노예근성", "위인", "신인", 그리고 기타

오카 아사지로의 저작에서 "노예근성"이라는 단어는 일반적인 용어가 아니라 하나의 중요한 문제로 토론되고 있다. 그는 노예근성이라는 단어를 통하여 그의 독특한 사회 비평을 전개하고 "인류의 과거, 현재와 미래"를 분석하고 해석한다. 동시대 사상가와 비평가 가운데서 오카 아사지로처럼 직접적으로 노예근성을 논술하고 독창적인 결론을 내린 사람은 많지 않다. 따라서 이 단어는 오카 아사지로 진화론의 많은 특징을 포함하고 있을 뿐만 아니라 오카 씨의 그것에 대한 논술을 통하여 많은 시대적 특징을 읽을 수 있다. 이 핵심어를 통하여 오카 씨와 루쉰의 어떤 연계와 차이를 읽을 수 있을 것인가? 나는 이하 몇 가지 측면에서 보는 것도 괜찮다고 생각한다.

우선 두 사람은 무엇에 대하여 노예근성이라는 개념으로 이해했는가? 오카 아사지로의 노예근성에 대한 정의는 아래와 같다.

> 여기에 잊어서는 안 되는 것이 있다. 그것은 바로 노예근성의 표면과 이면 두 측면이다. 윗사람에게 굽실거리고 자신을 아무리 비천하게 만들어도 당신이 하는 말은 맞고 당신이 나리라고 하는 웃는 얼굴로 받든다. 이것은 노예근성의 표면이다. 이 측면은 누구의 눈으로 보더라도 분명한 노예근성이다. 거꾸로 아랫사람에게 횡포를 부리는 것은 노예근성의 이면이다. 윗사람에게 굽실거리는 것이나 아랫사람에 대해 횡포를 부리는 것은 세상을 몇 개의 등급으로 구분하기 때문이며, 따라서 정신의 방식에는 조금도 다름이 없다. 그런데 세상 사람들은 언제나 노예근성의 표면은 노예근성으로 여기면서도 이면 또한 노예

근성이라는 것은 망각한다. 노예근성이라는 것은 사람의 계급 차별을 중시하기 위한 근성이다. 이런 까닭으로 계급의 정신이라는 또 다른 명칭을 붙여도 무방하다. 이러한 뜻에서 말하자면 우쭐거리는 것도 물론 노예근성의 범위에 속한다.[92]

복종성 또한 계급의 정신 혹은 노예근성이라고 부를 수 있다.[93]

이른바 노예근성은 사회를 몇 개의 계급으로 구분하고 한 계급 위에 불과하더라도 절대적으로 복종하고 한 계급 아래에 불과하더라도 한없이 권위를 부리는 계급의 정신을 가리킨다.[94]

이른바 노예근성은 바로 독립자존이 결핍된 정신이다.[95]

이상의 말을 종합하면 오카 씨는 노예근성이라는 것은 계급 차별의 기초에서 구축된 정신 상태로 여겼음을 알 수 있다. 가장 현저한 특징은 윗사람에게는 비굴하게 복종하고 아랫사람에게는 횡포를 부리고 제멋대로 하는 것이다. 그리고 이러한 "복종과 횡포는 서로가 표면과 이면이 되는 동일한 것에 지나지 않"[96]고 그것의 본질은 "독립자

92 丘淺次郎, 「新人と舊人」(1918), 『丘淺次郎著作集 II · 煩悶と自由』, 1968, 55쪽.

93 丘淺次郎, 「自由平等の由來」(1919), 『丘淺次郎著作集 II · 煩悶と自由』, 1968, 44쪽.

94 丘淺次郎, 「追加二 所謂偉人」,(1921), 『丘淺次郎著作集 I · 進化と人生』, 254쪽.

95 丘淺次郎, 「追加二 所謂偉人」, (1921), 『丘淺次郎著作集 I · 進化と人生』, 260쪽.

96 丘淺次郎, 「新人と舊人」, 『丘淺次郎著作集 II · 煩悶と自由』, 1968, 64쪽.

존이 결핍된 정신이다." 오카 씨는 또한 세상 사람들은 '표면'은 노예근성이라고 여기면서도 '이면' 또한 노예근성이라는 것을 망각한다고 일깨운다. 사용하는 상황과 논의하는 문제에 따라 노예근성이라는 단어는 오카 씨의 문맥에서 '계급의 정신', '복종성', 더 나아가 '협조 일치' 등의 용어로 바꾸어 쓸 수 있다.

『루쉰전집』에서 "노예근성"이라는 단어는 단 한 곳 나온다.[97] 그런데 단순한 비교만으로도 루쉰의 노예근성이라는 개념에 대한 파악과 이해에서 오카 아사지로와 '공통 지식'이 있을 뿐만 아니라 어느 정도의 '공통 인식'이 있음을 알 수 있다. 공통 지식이라고 하는 것은 그들이 모두 "노예근성"이 가지고 있는 노예가 되거나 주인이 되는 양면적 특징을 파악했다는 것이고, 공통 인식이라고 하는 것은 그들이 노예근성의 구체적인 표현과 그것의 해악 모두에 대하여 깊이 들어가 구체적으로 해부하고 논술했다는 것이다. 루쉰에게는 다음과 같은 명제가 있다. 그것은 이토 도라마루 선생에 의해 "노예와 노예주는 서로 같다는 명제"[98]로 개괄되었다. 이 명제는 다음 문장을 통하여 알 수 있다.

폭군 치하의 신민은 대개 폭군보다 더 포악하다. 폭군의 폭정은 종종 폭군 치하에 있는 신민의 욕망을 실컷 채워 주지 못한다.

중국은 거론할 필요도 없을 것이므로 외국의 한 사례를 들어 보기로

97 魯迅, 「說胡須」, 『魯迅全集·墳』 제1권, 184쪽.

98 伊藤虎丸, 『魯迅と日本人 ―アジアの近代と'個'の思想』, 朝日出版社, 1983, 170쪽.

하자. 사소한 사건으로는 Gogol의 희곡 『검찰관』에 대하여 군중들은 모두 그것을 금지했으나 러시아 황제는 공연을 허가한 것을 예로 들 수 있다. 중대한 사건으로는 총독은 예수를 석방하려고 했으나 군중들은 그를 십자가에 못을 박기를 요구한 것을 예로 들 수 있다.

폭군의 신민은 폭정이 타인의 머리에 떨어지기만을 바란다. 그는 즐겁게 구경하며 '잔혹'을 오락으로 삼고 '타인의 고통'을 감상하거나 위안거리로 삼는다.[99]

Th. Lipps는 그의 『윤리학의 근본 문제』라는 책에서 이런 뜻의 말을 한 적이 있다. 바로 대개 사람의 주인은 쉽게 노예로 변한다는 것이다. 그가 한편으로 주인이 될 수 있음을 인정한 이상, 다른 한편으로 당연히 노예가 될 수도 있음을 인정하기 때문이다. 그래서 위세가 일단 추락하면 군말 없이 새 주인 앞에서 굽신거리게 된다. 이 책은 애석하게도 내 손에는 없고 대의를 기억하고 있을 따름이다. 다행히도 중국에 번역본이 있다. 부분 번역이기는 해도 이런 말이 틀림없이 들어 있을 것이다. 사실로 이 이론을 증명할 수 있는 가장 뚜렷한 예가 손호(孫皓)다. 오나라를 다스릴 때 그토록 오만방자하고 잔혹한 폭군이었는데, 일단 진나라에 항복하고는 그토록 비열하고 파렴치한 노예가 되었다. 중국의 속담에 아랫사람에게 오만한 자는 윗사람을 섬길 때는 반드시 아첨한다는 말이 있는데, 역시 바로 이러한 속임수를 간

99 魯迅, 「六十五 暴君的臣民」(1919), 『魯迅全集·熱風』 제1권, 384쪽.

파한 것이다.[100]

독재자의 반대쪽 얼굴은 노예다. 권력이 있을 때는 하지 못하는 것이 없고 권력을 잃었을 때는 곧 노예성으로 가득 찬다. … 주인 노릇을 할 때는 모든 다른 사람들을 노예로 간주하고, 주인이 생기면 어김없이 노예로 자처한다.[101]

이 명제를 오카 아사지로의 화법으로 바꾸면 "복종과 횡포는 서로가 표면과 이면이 되는 동일한 것에 지나지 않는다"라는 것이다. 나는 '주인'과 '노예'가 서로 표면과 이면이 된다는 것은 루쉰이 노예근성을 사고할 때의 인식의 전제라고 생각한다. 이 전제가 있고서야 비로소 더 나아가 "폭군 치하의 신민은 폭군보다 더 포악하다"라는 제기 방식이 있을 수 있고, 비로소 "대개 주인은 쉽게 노예로 변한다"라는 인식으로 이끌어 갈 수 있고, 더 나아가 비로소 '먹음'과 '먹힘'의 도식, 그리고 "노예가 되고 싶어도 될 수가 없는 시대"와 "잠시 노예 노릇을 안정적으로 할 수 있는 시대"라는 역사적 순환이 있을 수 있다.[102] 결론적으로 루쉰은 중국의 실제와 결합하여 "노예근성"에 대하여 깊이 있게 해석하고 확장했다. 그런데 그것의 전제로서의 개념적 기초 즉, 노예근성의 함의에 대한 파악에서는 오카 아사지로와 함께

100 魯迅, 「論照相之類」(1925), 『魯迅全集·墳』 제1권, 193~194쪽

101 魯迅, 「諺語」(1933), 『魯迅全集·南腔北調集』 제4권, 557쪽.

102 魯迅, 「燈下漫筆」, 『魯迅全集·墳』 제1권, 225쪽.

한다.

그런데 위의 인용문과 같이 '주인'과 '노예'는 쉽게 역전될 수 있다는 생각은 립스의 『윤리학의 근본 문제』에서 왔다. 루쉰은 이에 대하여 매우 명확하게 이야기했다. 어쩌면 립스가 오카 아사지로와 루쉰이 "노예근성"을 문제로 다루는 공통의 배경이었을지도 모른다. 이 책의 아베 지로(阿部次郎)의 일역본은 1916년 이와나미서점에서 출판했다. 그런데 독일어에 정통했고 번역보다 원문을 더 중시한 오카 씨가 이 번역본을 읽었을지는 의문이다. 거꾸로 루쉰이 양창지(楊昌濟)의 번역본으로 립스를 읽었을 가능성이 더 짙다고 보아도 무방하다. 립스의 『윤리학의 기본문제』에 관한 『루쉰전집』의 주석은 아래와 같다.

> Th. Lipps(1851~1941), 독일의 심리학자이자 철학자. 그는 『윤리학의 근본 문제』의 제2장 「도덕상의 근본 동기와 악」에서 다음과 같이 말했다. "대개 타인을 노예로 삼으려는 사람은 그 자신도 노예근성을 가지고 있다. 폭군이 되기를 좋아하는 독재자는 도덕에 있어서 자부심이 결핍된 사람이다. 대개 오만함을 즐기는 사람은 자기보다 강한 자를 만나면 언제나 비굴해진다"(양창지 번역에 따름. 베이징대학출판부 출판).[103]

이 주석과 위에서 인용한 오카 씨의 노예근성에 관한 정의를 비

103 魯迅, 「論照相之類」, 『魯迅全集·墳』 제1권, 198쪽 주석.

교하면 나는 오카 씨의 말이 루쉰을 이해하기 위한 당시의 담론적 배경이 될 수 있다고 생각한다. 다시 시야를 좀 더 넓히면 두 사람의 텍스트의 정신적 특징에서 서로 통하거나 유사한 곳을 더욱 많이 발견할 수 있을 것이다.

둘째, 오카 아사지로가 노예근성을 경고하면서 언급한 많은 내용이 루쉰의 텍스트에도 나온다. 주지하다시피 노예근성 문제는 루쉰의 국민성 개조 문제의 핵심이라고 말할 수 있다. 그는 평생 이 문제를 탐구했고 이것은 「아Q정전」으로 대표되는 문학작품과 대량의 잡문에서 십분 표현했다. 여기에서 이를 충분히 설명하기는 어렵고 이 글과 관련 있는 사례만 살펴보기로 한다. 아래의 단락을 예로 들 수 있다.

> 그리고 그때의 교육도 오로지 계급제도를 유지하고 그것의 뿌리가 되는 노예근성을 키우는 데 힘을 다했다. 이로써 한 단계 윗 계급에 있는 자에 대한 절대적인 복종을 최고의 도덕으로 간주하고 윗사람을 위하여 목숨을 버리는 것을 선미(善美)의 극치로 찬양한다. 윗사람의 자식을 구하기 위하여 나의 아들을 대신 죽이고, 윗사람에게 보답하기 위하여 장기간의 고생을 견디며 마침내 원수의 머리를 취하는 것 등등은 모두 선행의 모범으로 간주하여 널리 퍼뜨린다. 노래로도 부르고 연극으로도 공연한다. 그것의 여파로 가정에서의 계급 차별도 아주 심각하다. 한 등급 윗사람에게는 절대로 감히 고개를 들지 못한다. 특히 여자 같으면 복종을 강요당하고 아무리 정리(情理)에 안 맞더라도 그녀들은 시집을 가기도 전에 이미 '시어머니는 너무 억지를 쓰는 사람이다'라고 이끌려 말하게 된다. 그런데 자신이 시어머니가

되면 또 힘을 다해 며느리를 업신여기고 젊을 때 받은 화를 모두 쏟아 낸다.[104]

사카구치 안고(坂口安吾, 1906~1946)가 『타락론』에서 주인을 대신해서 원수를 갚는 사례를 인용하여 같은 문제를 설명한 것으로부터[105] 오카 씨의 노예근성에 대한 비판은 훗날 큰 영향을 미쳤음을 알 수 있다. 그런데 며느리가 시어머니로 변한 사례는 루쉰도 여러 번 언급하였다.

사람들은 망각할 수 있으므로 스스로 점점 자신이 받은 고통에서 벗어날 수 있게 된다. 마찬가지로 망각할 수 있으므로 종종 앞사람의 실수를 똑같이 다시 저지른다. 학대받은 며느리가 시어머니가 되면 여전히 며느리를 학대한다. 학생을 혐오하는 관리는 모두 이전에 관리를 욕하던 학생이었다. 지금 자녀를 억압하는 사람도 어떤 때는 바로 10년 전의 가정혁명가였다.[106]

그리고 수많은 며느리는 중국의 역사 이래 절대다수의 며느리가 힘들게 절개를 지켜온 시어머니의 발아래 있었던 것처럼 암담한 운명으로 결정되어 있다.[107]

---

104 丘淺次郎, 「新人と舊人」, 『丘淺次郎著作集 II · 煩悶と自由』, 59쪽.

105 坂口安吾, 『堕落論』, 角川文庫, 1990.

106 魯迅, 「娜拉走後怎樣」(1924), 『魯迅全集 · 墳』 제1권, 169쪽.

107 魯迅, 「'碰壁'之後」(1925), 『魯迅全集 · 華蓋集』 제2권, 76쪽.

중국이라고 해도 물론 해방의 기미는 있다. 중국 여성이라고 해도 물론 자립의 경향도 있다. 무서운 것은 다행히 자립하고 나면 또 바뀌어 아직 자립하지 못한 사람을 학대한다는 것이다. 마치 민며느리가 시어머니가 되면 그녀의 나쁜 시모처럼 악랄해지는 것과 같다.[108]

오카 아사지로는 "제복"으로 노예근성을 말하기도 했다.

안자(晏子)의 시종은 주인의 위광(威光)에 기대어 득의만만했는데, 이것은 노예근성이 가장 유감없이 폭로된 것이다. 그런데 일급 승진하여 제복이 바뀌면 즉시 그것을 입고 나와 떠벌리는 인간의 근성과 그가 떠벌리는 모습을 보고 흠모하는 사람의 근성은 이것과 터럭만치도 차이가 없다.[109]

이상은 루쉰이 신해혁명 이후 샤오싱 혁명당원의 "모피 두루마기"에 관한 묘사를 연상시킨다.

관아 안의 인물 중에 무명옷을 입었던 사람은 열흘도 넘기지 않고 대개 모피 두루마기로 바꿔 입었다. 날씨도 아직 그다지 춥지 않았다.[110]

108 魯迅, 「寡婦主義」(1925), 『魯迅全集·墳』 제1권, 282쪽.

109 丘淺次郎, 「新人と舊人」, 『丘淺次郎著作集 II·煩悶と自由』, 63쪽.

110 魯迅, 「範愛農」(1926), 『魯迅全集·朝花夕拾』 제2권, 325쪽.

이런 정신과 유사한 사례는 아직 더 있다. 예컨대 상하로 구성된 등급 관계에서 아랫사람이 윗사람을 대하는 '지혜'에 관한 이야기는 두 사람이 매우 일치한다.

> 특히 지휘 계급 중간에 있는 사람이 보기에는 추장이 평범하면 오히려 훨씬 좋은 일이다. 이로 말미암아 차츰 한 가지 경향이 생겨난다. 진정한 실권자들은 세습 추장을 받들기 시작한다. 한편으로는 피지배 계급으로부터 더없는 존경을 받고 또 한편으로는 부하에게 이용당하는 것에 불과하다. 당초 추장의 실력을 믿고 절대적으로 복종했던 노예근성은 이렇게 해서 결코 실력이 수반되지 않은 텅 빈 지위의 인물에게 무릎 꿇고 절하는 것으로 변하게 된다.[111]

이러한 상황에 대하여 루쉰은 "우군(愚君) 정책"이라고 했는데, 이것에 관하여 쓴 글이 「황제를 말하다」(1926)이다.

셋째, 이것과 관련된 이른바 "위인" 문제를 통하여 두 사람의 공통점을 살펴볼 수 있다. 오카 씨가 보기에 이른바 "위인" 혹은 "영웅호걸"은 모두 "세상에 만연한 절대복종하는 노예근성"이 만든 것에 불과하고, "만들어진 자와 (일반) 사람들의 평균을 비교하면 결코 닿지 못할 정도로 걸출한 것은 아니다"라고 했다.[112]

---

111 丘淺次郎, 「新人と舊人」, 『丘淺次郎著作集 II · 煩悶と自由』, 58쪽.

112 丘淺次郎, 「追加二 所謂偉人」, 『丘淺次郎著作集 I · 進化と人生』, 253~254쪽.

이런 근성으로 가득한 사회에서는 각 개인은 모두 자신의 주인을 대단하게 만드는 것이 바로 자신을 대단하게 만드는 것으로 생각하고 끊임없이 힘껏 자신의 머리 위에 있는 계급의 사람을 크게 만든다. 따라서 일정 계급 이상으로 두각을 나타내는 사람들은 언제나 끊임없이 아래쪽에 의해 위로 올려져서 자연스럽게 영웅호걸이 된다.[113]

오카 씨가 거론하는 예는 불교, 기독교, 이슬람교의 "종교의 시조"로 불리는 사람들이다.

종교의 시조라는 것은 모두 시대가 오래됨에 따라서 위대해진 것이다. 나는 사람들이 말하는 것을 들었다. 못 박혀 죽은 예수의 십자가 파편으로 간주하여 보존해 온 세계 각지의 목판을 수집하여 몇 척의 거대한 범선을 만들고, 석가의 사리라고 하는 것을 함께 모아서 몇 개의 네 말짜리 단지를 가득 채웠다고 한다. 그런데 이런 것들이 훗날 점점 늘어나기 시작하여 전기(傳記)와 마찬가지로 어느 부분이 진짜 이야기인지, 가짜 이야기는 또 어디에서 시작하는지를 판단하기 매우 어려워졌다. 신자가 시조를 숭배하도록 하는 것은 해당 종교의 승려로 말하자면 아주 유리한 것이다. 따라서 후세의 승려는 모두 끊임없이 신자가 시조를 더욱 숭배하도록 만들려고 노력한다. 신자가 더욱 숭배하도록 만들자면 시조를 더욱 높이 올리는 수밖에 없다. 대개 타인을 숭배하는 경우는 그 사람과 자신의 현저한 차이가 필요하다. …

113 丘淺次郎, 「追加二 所謂偉人」, 『丘淺次郎著作集 I · 進化と人生』, 254쪽.

보통 사람과 교조(教祖) 사이에 커다란 거리가 있도록 하려면 교조를 아주 대단한 사람으로 만드는 수밖에 없다. 따라서 이 종파의 밥을 먹는 승려들도 점점 교조를 받들어 위인으로 만들고 끊임없이 여러 가지 이야기를 꾸며내어 그의 몸에 덧씌운다. … 후세의 스님이 덧붙인 거짓말을 전부 제거한다면, 시조는 어쩌면 당시의 사람들과 대동소이할지도 모른다. 지금 검은 머리카락을 묶고 산양의 수염을 늘어뜨리고 거기다 훈장(勛章) 벨트처럼 새하얀 목화로 어울리게 하고 걸어 나와 내가 예언자, 내가 메시아(구세주, 예수 그리스도)라고 말하는 사람이 있다고 하자. 그가 다수의 신자를 얻을 수 있다면, 수천수백 년 후에 그는 석가, 예수 그리스도와 같은 위대한 인물로 간주될 것이다.[114]

이상을 루쉰의 논술과 대조해 보는 것도 좋겠다.

불교가 처음 들어왔을 때는 크게 배척당했다. 이학(理學) 선생이 선(禪)을 이야기하고 화상이 시를 쓰는 때가 도래하자 '삼교동원'(三教同源)의 기운도 성숙해졌다. 듣자니 지금 오선사(悟善社)에는 신주가 이미 5개가 있다고 한다. 공자, 노자, 석가모니, 예수 그리스도, 무하마드.[115]

예언자는 먼저 깨달은 사람이다. 매번 고국에서 받아들여지지 않았고

114 丘淺次郎, 「追加二 所謂偉人」, 『丘淺次郎著作集 I·進化と人生』, 252~253쪽.

115 魯迅, 「補白」(1925), 『魯迅全集·華蓋集』 제3권, 109~110쪽.

또한 매번 동시대인으로부터 박해를 받았다. 대(大)인물도 언제나 이러했다. 그가 사람들의 아첨과 칭찬을 얻고자 한다면 반드시 죽어야 하거나 혹은 침묵하거나 혹은 앞에 있어서는 안 된다.

…

공구(孔丘), 석가, 예수 그리스도가 아직 살아 있다면 교도들은 피치 못하게 공황에 빠질 것이다. 그들의 행위에 대하여 교주 선생이 얼마나 개탄스러워할지는 정말 모르겠다.

따라서 살아 있다면 그를 박해할 수밖에 없다.

위대한 인물이 화석이 되고 사람들이 다 그를 위대한 사람이라고 부를 때 그는 이미 꼭두각시로 변해 버렸다.

같은 부류의 사람에게 위대함과 미미함을 말하는 것은 그가 자신에게 줄 수 있는 이용 효과의 대소를 가리켜 말한 것일 따름이다.[116]

예수교가 중국에 전해 오자 교도들은 스스로 종교를 믿는다고 여겼으나 종교 바깥의 어린 백성들은 모두 그들이 '종교 밥을 먹는다'고 했다. 이 말은 정말로 교도의 '정신'을 잘 짚어 냈다. 대다수 유, 석, 도교 부류의 신자를 포괄할 수도 있고, '혁명 밥을 먹'는 많은 노(老) 영웅에게도 적용할 수 있다.[117]

다시 말하자면, 우상 특히, 우상의 탄생과 그것이 사람들에 의해

116 魯迅, 「無花的薔薇」(1926), 『魯迅全集·華蓋集續編』 제3권, 272~273쪽.

117 魯迅, 「吃教」(1933), 『魯迅全集·准風月談』 3권, 328쪽.

어떻게 이용당하는가에 관하여 루쉰과 오카 아사지로의 인식은 완전히 일치한다.

넷째, 이른바 "신인"(新人)과 "구인"(舊人)의 관점에 대해서도 두 사람의 일치를 볼 수 있다. 예컨대 오카 씨는 노예근성의 유무로 "신인"과 "구인"을 구별했다. 그는 다음과 같이 지적했다.

> 노예근성이 없는 사람은 자기 머리 위에 타인을 이고 있는 것을 참지 못하고 타인이 자신의 발아래 기는 것도 싫어한다. 한마디로 말하면 횡포를 부리는 것과 횡포를 허락하는 것은 모두 노예근성이 있는 구인의 성격이다. 자신도 횡포를 부리지 않고 다른 사람의 횡포도 허락하지 않는 것은 당연히 노예근성이 없는 신인의 특징이다.
>
> 구인은 윗사람에게는 위엄을 받들고, 아랫사람에게는 위엄을 능멸한다. 그러나 자신이 위엄을 드러내지도 않고 타인이 위엄을 부리는 것도 허락하지 않는 것이 진정한 신인의 특징이다.[118]

특히 주목할 만한 것은 "신인"처럼 보이는 것에 대한 오카 씨의 경계이다.

> 구인이 반드시 덴포(天保) 연간에 태어난 노인은 아니다. 신식 양복을 입고 서양어 책을 품고 걸어오는 청년들 속에도 매우 낡은 사람이 많

---

118 丘淺次郎, 「新人と舊人」(1918), 『丘淺次郎著作集 II·煩悶と自由』, 55, 67쪽.

이 있다.

그저 새로운 사상을 그 자리에서 사고파는 사람들은 말하는 것과 쓰는 것이 모두 표면적으로 새것일 뿐이고 그것의 실질은 대단히 낡은 것이다. 예컨대 세상을 동등한 다수와 특등의 소수로 구분하고 언제나 자신을 특등으로 간주하여 전횡을 부리고 발호하는 사람들이 이러한 상황에 속한다. 다수 사람들이 모인 곳에서 자신이 군계일학이 되어 다른 사람들의 존경을 받는다면 누구도 나쁜 감정을 가질 수가 없다. 그런데 이것은 마음속에 계급 정신을 간직하고 있기 때문이다. 따라서 이런 정신이 많이 발생하는 사람은 곧 확실히 구인으로 간주해서 보아야 한다. 하이쿠에서도 '민주와 큰북은 나도 있다'라고 한 것처럼 새로운 일들을 이야기하는 것이 유행하는 시절에는 누구라도 앞다투어 새로운 것을 말한다. 그런데 마음속의 계급 정신이 사라지지 않으면 그들은 도금한 신인에 불과하다.[119]

루쉰의 관점도 이와 다르지 않다. 그는 노예근성의 유무로 사람을 보았다. 특히 표면적으로는 새로우나 뼛속으로는 낡은 사람에 대해 다루었다. 이것은 '혁명 문학' 논쟁과 좌련 내부와의 논쟁에서 충분하게 드러났다. '혁명 문학가'들이 마르크스주의 이론을 권위로 간주하고 호피로 큰 깃발을 만들어 안하무인으로 횡포를 부릴 때, 루쉰이 본 것은 바로 그들이 다 벗지 못한 노예근성이었다. 분량의 제

119 丘淺次郎, 「新人と舊人」(1918), 『丘淺次郎著作集 II·煩悶と自由』, 55, 66~67쪽.

한으로 인용하기는 어려우나 이 점에 대해서는 「상하이 문예의 일별」(1931)과 「쉬마오융(徐懋庸)과 항일통일전선에 관한 문제에 답함」(1936) 등 몇 편을 참고하는 것만으로도 분명해질 것이다.[120]

요컨대 노예근성에 관한 문제에서 루쉰과 오카 아사지로는 서로 통하거나 비슷한 지점을 많이 보여 준다. 나는 '동시대성' 혹은 '우연한 일치'만으로는 그들이 보여 주는 풍부하고도 구체적인 연관을 해석하기에 충분하지 않다고 생각한다. 앞서 말했듯이 '노예근성'의 문제는 루쉰의 국민성 개조 사상의 중요한 내용이자 그가 평생 탐색했던 주제다. 오카 씨의 『진화론 강화』를 읽은 루쉰이 같은 문제에서 오카 씨의 관점을 거울로 삼은 것은 지극히 자연스러운 일이다. 여기에서 내친김에 노예근성이라는 문제에 대하여 루쉰과 오카 씨가 완전히 일치하는 것은 아니라고 해도 위에서 말한 '어느 정도의 공통 인식'이라고 한 것은 바로 이러한 의미임을 지적하고자 한다.

오카 씨에게 있어서 노예근성은 생물학적 자연사관에서 사회 비평으로 안내한 개념이다. 그는 사람을 포함한 단체 생활을 하는 동물에게 있어서 단체 경쟁의 필요에서 나온 '복종성', '협조 일치', '노예근성'은 생존경쟁의 불가피한 윤리적 요구라고 여겼다. 이런 까닭으로 노예근성이라고 하는 것은 인류 역사의 발전에 수반하여 길러진 것이다. 근대에 이르러 경쟁 속의 단체 멸망 계수가 감소함에 따라 노예근성이 퇴화하기 시작했고 점차 자유사상으로 대체되었다. 따라서 가치판단에 있어서 노예근성은 하나의 상대적인 개념이다. 오카 씨는

120 魯迅, 『魯迅全集』 제6권 298쪽, 제4권 546쪽.

한편으로 노예근성의 퇴화와 소멸이 피할 수 없는 "자연의 대세"고 "한 번 전진한 후에는 다시 후퇴하지 않는 역사적 조류의 하나"임을 명확히 지적했다.[121] 그가 독립자존을 강조하면서 노예근성에 대해 강력하게 경고한 것은 앞서 소개했다. 그런데 다른 한편으로 그의 비판은 유보적이다. "노예근성은 듣기에는 대단히 비열하고 비천한 느낌이 들 수도 있으나, 계급형의 단체로 말하자면 생존에 있어서 가장 중요한 것이다. 그것이 발달한 단체일수록 적과의 경쟁에서 승리할 가능성은 더욱 커진다." 따라서 "이러한 단체에서 노예근성은 실제로 최고의 도덕으로 존중되어야 한다."[122] 나는 이것이 오카 씨의 견해의 모순 지점이라고 생각한다.

분명 루쉰에게 있어 노예근성은 이러한 상대적인 특징을 가지는 것이 아니라 철저하게 부정적인 개념이다. 따라서 루쉰의 그것에 대한 공격의 깊이와 넓이, 진력 등은 모두 오카 씨가 비교할 수 있는 것이 아니다. 이로써 루쉰의 오카 씨에 대한 취사선택을 알 수 있다.

(5) "황금 세계"

오카 아사지로의 현저한 특징은 그의 논설 중 많은 내용이 '미래'와 관련이 된다는 것이다. 예컨대 『진화와 인생』 중의 「전쟁과 평화」(1904), 「인류의 생존경쟁」(1905), 「인류의 장래」(1910)부터 『번민과 자유』의 「전후 인류의 경쟁」(1918), 「번민의 시대」(1920), 「현대 문명 비

121 丘淺次郎, 「一代後を標準とせよ」, 『丘淺次郎著作集 II·煩悶と自由』, 188쪽.

122 丘淺次郎, 「新人と舊人」, 『丘淺次郎著作集 II·煩悶と自由』, 57, 59쪽.

평」(1920)까지, 다시 그가 쓴 글 가운데서 미래에 관한 관점이 가장 완전하게 전개된 『인류의 과거, 현재와 미래』(1914)와 『원숭이 군체에서 공화국으로』(1926)까지, 오카 아사지로의 문제의 지향점은 미래를 겨냥한 것이라고 말할 수 있고, 그는 '미래론자'라고 해도 지나치지 않는다. 사회 비평의 시각에서 보면 앞서 언급한 그에 대한 이마니시 긴지(今西錦司)의 그에 대한 평가를 참고할 수 있다.

오카 씨의 '미래'에 관한 관점은 어떠한가? 이 문제에 관하여 여기에서 충분히 다루기는 어렵고, 쓰쿠바 히사하루의 관점으로 매듭짓고자 한다. 그는 다음과 같이 지적했다.

> 오카 아사지로의 미래에 대한 예측에서 사람들은 그에게 농후한 염세 사상의 그림자가 있음을 느낄 수 있다. 이 그림자는 다윈에게도 있다. 진화론을 인생관이라는 관점에서 보면 진화론은 낙천과 염세 두 조류로 나눌 수 있다. 전자는 진화는 진보에 가깝다고 보는 것으로 인류의 장래에 더욱더 찬란한 발전이 있을 것이라고 기대한다. 후자는 반대로 생존경쟁에서 약육강식으로 번영하는 종속(種屬)의 그림자 아래에서 멸망하는 종속과 개체를 중시한다. 다윈은 후자의 경향을 대표한다고 말할 수 있다.[123]

또 다음을 지적했다.

123 筑波常治, 「解說」, 『近代日本思想大系 9 · 丘淺次郎集』, 447~448쪽.

사상사의 견지에서 진화론을 관찰하면 두 가지 조류로 크게 구분할 수 있다. 하나는 진화는 대체로 진보와 동등하고 인간을 포함한 생물은 저절로 좋은 방향으로 변화한다고 여긴다. 이런 까닭으로 장밋빛으로 미래에 대한 낙천적 입장을 그린다. 다른 한 조류는 이와 반대로 변화 과정에서 반복적으로 출현하는 생존경쟁에 주목하고 약육강식의 각축장은 생물이 피하지 못하는 숙명이라고 여기고 염세적 입장을 취한다. 오카 아사지로—일본인 중에서 매우 드물다—는 후자의 입장에서 전자를 대표하는 스펜서주의를 비판했다.[124]

나는 쓰쿠바 히사하루가 사상사의 시각에서 오카 씨의 미래에 관한 관점을 개괄한 것은 아주 정확하다고 생각한다. 오카 씨의 '미래' 개념에서 낙관적 내용은 거의 찾기 어렵고 확실히 비관적 혹은 염세적이라고 말할 수 있다. 그러나 나는 오카 씨의 저작 전체를 통독하고 평정심을 가지고 사고한 뒤 오카 씨의 미래에 관한 '염세' 혹은 '비관'적 예측 뒤에 한층 더 깊은 함의가 있는 것 같다고 느꼈다. 분량의 제한으로 따로 기회를 잡아 토론해 볼 생각인데, 여기서는 그저 잊지 않기 위한 노트 작업이나 해 보고자 한다. 나는 오카 씨의 예측에서 사지에 몰아넣어야 살아난다는 의미가 담겨 있다고 생각한다. 그는 미래의 위기를 강조하는 것을 통하여 사람들이 현실의 선택을 하지 않을 수 없도록 만든다. "절망의 허망함은 바로 희망과 같다"[125]라고 한 루

124 筑波常治, 「解說」, 『丘淺次郎著作集·進化と人生』, 309~310쪽.

125 魯迅, 「希望」, 『魯迅全集·野草』 제2권, 182쪽.

쉰의 말로 오카 아사지로를 해석해도 크게 문제 되지 않을 것 같다.

미래를 적극적으로 토론한 오카 아사지로와 비교하면 루쉰이 사람들에게 주는 감각은 아주 다른 것 같다. 그가 더욱 중시한 것은 현재였고 장래를 토론하는 것에 대해서는 그다지 흥미가 없었던 것 같다. 우리는 그가 현재를 구원하지 못한다면 장래는 아무래도 상관없다고 보았다는 것을 잘 알고 있다. "현재를 죽이는 것은 장래도 죽이는 것"이기 때문이다.[126] 그런데 이것도 루쉰에 대한 인상일 따름이다. 자세히 살펴보면 뜻밖의 지점이 보일 것이다. 예컨대 나의 엇비슷한 통계에 따르면 『루쉰전집』에서 '장래'라는 단어는 모두 595회 나온다. 의미가 거의 비슷한 '미래'가 나오는 74회를 보탠다면 빈도는 근 700회다. 이 숫자는 '현재'(3,455회 출현, '목전' 112회 출현)의 출현 회수에 비하면 훨씬 적다. 하지만 '과거'(268회 출현, '종전' 96회 출현)에 비하면 한 배 가까이나 된다. 다시 말하면 루쉰이 '미래'를 언급한 곳은 사실상 아주 많다는 것이다. 그렇다면 루쉰의 '미래관'은 어떠한가?

전체적으로 말하자면 비관적 예측이 낙관적 동경을 훨씬 넘어선다. 미래에 대한 우려와 경고도 예상을 훨씬 넘어선다. 물론 루쉰의 '미래'관에는 변화가 있고 역사적 시기에 따라 표현되는 내용도 같지 않다. 그런데 전체적 추세로 말하자면 비관이 낙관보다 크고 청년 시절의 낙관에서 비관으로 방향을 바꾼다. 루쉰은 본질에서 비관적이라고 말한다면 꼭 그렇다고는 할 수 없겠으나 적어도 그의 말들에서 보면 그렇다. 예컨대 유학 시절에는 미래가 꿈과 연결되어 있었기 때문

126 魯迅, 「五十七 現在的屠殺者」, 『魯迅全集·熱風』 제1권, 366쪽.

에 대체로 동경과 낙관이 보인다. “나는 절대로 바야흐로 오는 것을 엄청나게 기대하지는 않는다”와 “문화는 항상 심원함으로 나아가고 사람의 마음은 고정된 것을 편히 여기지 않는다. 20세기 문명은 반드시 심오하고 장엄하여 19세기 문명과는 다른 취향에 이를 것이다”[127] 라는 말로 개괄할 수 있다. 오사 시기에 이르면 다시 한번 미래에 대한 열정이 생겨나지만 이미 그렇게 믿지는 않았다. “사람을 먹지 않은 아이가 혹시나 있을까?”도 그렇고, “현재를 죽이는 것은 또한 장래도 죽이는 것이다—장래는 자손의 시대다”도 그렇고, 미래는 이미 공허하고 무력하게 변해 버렸다.[128] 만년에도 미래에 관한 열정이 있었고 “오로지 신흥하는 무산자만이 비로소 장래가 있다”[129]라고 말했다고 해도, 이러한 낙관적 표현은 그야말로 아주 드물고 개별 사례로 간주할 수 있을 뿐이다.

그런데 비관이 낙관보다 많고 절망이 희망보다 많았던 것은 루쉰이 처한 현실과 관계가 있다. 그는 눈앞의 어둠 속에서 미래의 광명을 유추할 수 없었다. 미래에 대한 관점과 비관적 결론의 유추 방식에서 루쉰과 오카 아사지로 사이에는 본질적인 차이가 없다. 유일한 구분은 후자가 미래에 대하여 더 많이 긍정적으로 서술했다면, 루쉰은 미래에 대해 긍정적으로 이야기한 것이 아주 드물었다는 것이다. 나는

127 魯迅, 「破惡聲論」, 『魯迅全集·集外集拾遺補編』 제8권, 25쪽; 「文化偏至論」, 『魯迅全集·墳』 제1권, 56쪽.

128 魯迅, 「狂人日記」, 『魯迅全集·吶喊』 제1권, 454쪽; 「五十七 現在的屠殺者」, 『魯迅全集·熱風』 제1권, 366쪽.

129 魯迅, 「序言」, 『魯迅全集·二心集』 제4권, 195쪽.

'미래'에 대한 비관적 관점, 혹은 '미래'에 대한 아름다운 승인을 거절한 데서 오카 아사지로와 루쉰은 하나의 핵심어로 연결할 수 있다고 생각한다. 이 단어는 바로 "황금 세계"다.

우선 오카 씨에게 있어서 이른바 '황금'은 유토피아 세계에서는 경시하는 황금, 그리고 '이상'과 함께 연결되어 있다. 따라서 "황금 세계"는 유토피아 세계 혹은 환상의 대명사에 지나지 않는다.

> 대개 세상의 진보를 추동하기 위해서는 이상이 진실로 중요하다. 그런데 이상에는 충분히 실현할 수 있는 이상과 실현할 수 없는 이상이 있다. 오로지 이상으로서는 유토피아에서 쓴 것처럼 황금으로 요강과 죄인의 족쇄를 만들어 세상 사람들이 황금을 경시하는 습관을 기르도록 하는 것이다. 이러한 생각도 물론 무방하나 실제로 할 수 없는 이상이라면 아무런 소용이 없다.[130]

오카 씨는 환상적 경향이 있는 사물을 표현할 때 항상 "황금 세계"를 사용한다. 예컨대 그는 진정한 인도(人道)나 평화는 있을 수 있다고 여기지 않았다.

> 생각해 보라. 인도 같은 것이 실제로 존재하는가? 어쩌면 유령처럼 전설에 그치고 실제로는 존재하지 않는 것인가? 사람마다 모두 인도를 실행한다면 세상에는 장차 경쟁은 전혀 없어지고 진정한 평화와

130 丘淺次郎, 「人類の誇大狂」(1904), 『丘淺次郎著作集 I · 進化と人生』, 7쪽.

극락의 황금 세계가 될 것이다.[131]

인정과 풍속은 진실로 물질문명이 진보한다고 해서 좋게 바뀌지는 않을 것이다. 우리의 생각에 따르면 앞으로 만민이 의식이 풍족하고, 불평등이 전혀 없는 황금 세계는 점점 더 멀어질 것이다.[132]

또 예를 들자면, 오카 씨는 사회혁명에 대하여 회의적이었다.

역사적으로 사회현상에 대한 불만으로 대혁명을 발동한 예는 많이 있다. 언제나 사회제도를 탓하고 인간이 어떠했는지는 망각하고 제도를 바꾸기만 하면 황금 세계로 변할 수 있다고 생각한다. 따라서 혁명 이후에는 지난날 권력과 무력을 행사하던 자의 패배를 보고 잠시 유쾌한 감정을 좀 느껴 보는 것 말고는 결코 어떤 이야기할 만한 의미가 있는 것은 없다. 세상은 예전처럼 야박하고 경쟁은 이전처럼 격렬하다.[133]

따라서 오카 씨는 미래에 대한 실제에 부합하지 않는 상상을 "황금 세계"라는 단어로 사정없이 비판하였다. 다음 두 단락을 다시 살펴보자.

---

131 丘淺次郎, 「人道の正體」(1906), 『丘淺次郎著作集 I·進化と人生』, 55쪽.

132 丘淺次郎, 「戰爭と平和」(1904), 『丘淺次郎著作集 I·進化と人生』, 96쪽.

133 丘淺次郎, 『進化論講話』, 開成館, 1904, 601쪽.

무슨 피안, 무슨 미래, 무슨 천국, 무슨 영혼 세계, 각각 이름은 다 다르나 이 보이지 않는 우주를 요약해서 말하면 우주 위쪽의 한 층임을 알 수 있다. 흥미로운 것은 이 2층 객실이 언제나 1층 객실과 대단히 흡사하다는 것이다. 사람들은 상상에 근거해서 이미 알고 있는 사물을 여러 가지로 조합할 수는 있으나 완전히 다른 별개의 것을 생각하지는 못한다. 어느 나라를 막론하고 천국은 모두 하계의 사물로 만든 것일 뿐이고 하계 사물의 이상화일 뿐이다. 한 농부는 그가 국왕이 되면 반드시 황금으로 변기통에 금테를 두르겠다고 했다. 천국 또한 이런 것이다. 에스키모인의 천국에는 반드시 비단으로 짠 것 같은 바다표범이 헤엄친다. 인도의 천국에는 반드시 차바퀴 같은 크기의 연꽃이 활짝 피어 있다. 아프리카의 천국에는 오랑우탄과 사자가 대체로 모두 아주 온순하다. 남양의 천국에는 공중에 바나나가 가득 걸려 있을 것이다. 이러하다면, 영혼 세계의 재료는 모두 자기 주위에 보이는 우주에서 선택한 것이다. 이러한 상황은 저능한 작가가 아무리 노력해도 저능한 소설 이외의 작품을 쓸 수 없는 것과 다름이 없다.[134]

자신이 사는 사회를 좋게 만들기 위해서라면 당연히 누구라도 노력해야 한다. 사람들이 모두 노력한다면 반드시 그 노력의 효과는 있을 것이다. 그러나 더 나은 뛰어난 방법을 찾지 못한다면 아르치바셰프 소설의 노동자 셰빌로프가 말한 것처럼, 그저 이러한 결과를 볼 수 있을 따름이다. 즉, "새로운 세계는 올 것이다. … 하지만 결코 더 나은

134 丘淺次郎, 「追加三 我らの哲學」(1921), 『丘淺次郎著作集 I · 進化と人生』, 291~292쪽.

세계는 아니다."[135]

나는 "황금 세계" 문제에서 루쉰과 오카 아사지로의 사상이 일치하는 지점이 훨씬 더 많이 있다고 생각한다. 중국어판 『루쉰전집』(1981) 중에서 루쉰 본인이 "황금 세계"라는 단어를 사용한 글은 「노라는 집을 나간 뒤 어떻게 되었나」, 「늦봄의 한담」, 「그림자의 고백」, 「갑자기 생각나다(7~9)」, 그리고 『먼 곳에서 온 편지(4)』이다. 같은 의미로 "황금 세계"라는 단어가 나오는 글은 「머리카락 이야기」, 「이번은 '다수'의 농간이다」이다. "황금 세계"라는 단어의 유래는 기타오카 마사코가 지적한 바와 같이 루쉰이 독일어에서 번역한 아르치바셰프의 소설 『노동자 세빌로프』로 생각된다.[136] 흥미로운 점은 우연의 일치일 수 있으나 루쉰의 글을 오카 아사지로의 위의 글과 비교해 보면 아르치바셰프에 대한 이해가 일치한다는 것이다.

> 그러나 절대로 장래의 꿈을 꾸어서는 안 됩니다. 아르치바셰프는 일찍이 그가 쓴 소설을 빌려 장래의 황금 세계를 꿈꾸는 이상가를 힐문했습니다. 그 세계를 만들기 위해서는 우선 수많은 사람을 일깨워 고통을 받게 해야 하기 때문입니다. 그는 말했습니다. "당신들은 황금 세계를 그들의 자손에게 약속합니다. 하지만 그들에게는 무엇을 줄 수 있습니까?" 있기는 있습니다. 바로 장래의 희망입니다. 그러나 대

135 丘淺次郎, 「自由平等の由來」(1919), 『丘淺次郎著作集 II · 煩悶と自由』, 53쪽.

136 (일역본) 「娜拉走後怎樣」, 『魯迅全集 · 墳』, 學習研究社, 1984, 228쪽, 역주 1번 참고.

가가 너무 큽니다. 이 희망을 위하여 사람들로 하여금 감각을 예민하게 만들어 자신의 고통을 더 깊이 느끼게 하고 영혼을 일으켜 자신의 부패한 시신을 보게 합니다. 이런 시절에는 오로지 허풍을 떨고 꿈을 꾸는 것이 위대해 보입니다. 따라서 나는 길을 찾을 수 없다면, 우리가 필요로 하는 것은 바로 꿈이지만, 그러나 장래의 꿈은 필요 없고 다만 지금의 꿈이 필요할 뿐이라고 생각합니다.[137]

오카 씨가 "황금 세계"를 부정했던 것처럼 루쉰도 단연코 거절하였다.

내가 원하지 않는 것이 천당에 있다면 나는 가고 싶지 않다. 내가 원하지 않는 것이 지옥에 있다면 나는 가고 싶지 않다. 내가 원하지 않는 것이 당신들 장래의 황금 세계에 있다면 나는 가고 싶지 않다.[138]

위에서 사람들의 미래에 대한 상상에 관한 오카 씨의 논술을 인용했는데, 루쉰 역시 똑같은 의미로 이야기했다. 오카 씨의 글에는 농부가 국왕의 "변기통의 테두리"는 황금으로 만들었다고 상상한다고 했는데, 이것은 루쉰이 이야기한 저장 서부 "고향 여인의 무지를 비웃는 우스개"와 비교할 수 있다.

137 魯迅, 「娜拉走後怎樣」(1924), 『魯迅全集·墳』 제1권, 167쪽.

138 魯迅, 「影的告別」(1924), 『魯迅全集·野草』 제2권, 169쪽.

몹시 뜨거운 날 정오였다. 한 농촌 아낙이 힘겹게 일하다가 문득 탄식했다. "황후 마님은 얼마나 즐겁게 생활할지 정말 모르겠네. 지금 아직 침대에서 낮잠을 자고 있는 것이 아니라면 일어나면서 '태감 곶감 가져오게!'라고 소리를 지르겠지."[139]

오카 씨가 말한 "2층 객실"의 의미와 서로 대응되는 대단히 유사한 사례가 루쉰에게도 몇 가지 있다.

우리에게 이런 전설이 있다. 대략 2천 년 전 유(劉) 선생이라는 사람이 있었다. 수많은 각고의 노력으로 신선이 되어 그의 부인과 함께 하늘로 날아 올라갈 수 있게 되었다. 그런데 그의 아내는 원하지 않았다. 왜인가? 그녀는 살고 있는 오래된 집, 기르던 닭과 개를 안타까워했다. 유 선생은 하느님에게 방법을 마련하여 오래된 집, 닭, 개도 그들 두 사람과 함께 하늘로 올라가게 해 달라고 애원하지 않을 수 없었다. 이렇게 하고서야 비로소 신선이 되었다. 이것 역시 커다란 변화이기는 하나 사실상 전혀 변화가 없는 것과 같다.[140]

천재들이 아무리 큰소리를 치더라도 결론적으로 보면 그래도 아무런 근거 없이 창조할 수는 없다. 신선을 묘사하고 귀신을 그리는 것은 서로 맞추어 볼 수 있는 것이 아예 없으므로 본래 오로지 상상력에 의존

139 魯迅, 「'人話'」(1933), 『魯迅全集·僞自由書』 제5권, 80쪽.

140 魯迅, 「中國文壇上的鬼魅」(1934), 『魯迅全集·且介亭雜文』 제6권, 156쪽.

해도 괜찮다. 이른바 '천마가 하늘을 날아가'는 것처럼 휘두르며 쓰는 것이다. 그런데 그들이 써낸 것 역시 눈 세 개, 긴 목에 불과하다. 바로 항상 보던 인체에서 눈 하나를 보태고 목을 두세 자 늘린 것일 뿐이다. 이것이 무슨 재주고 이것이 무슨 창조라고 할 수 있는가?[141]

나는 일찍이 쓸데없는 일에 잘 참견했고 아는 사람들도 많았다. 이 사람들은 모두 한 가지 큰 소원을 품고 있었다. 큰 소원은 원래 사람마다 다 가지고 있는 것이다. 그런데 어떤 사람들은 모호해서 자신도 뭔지 모르고 말로 표현하지도 못한다. 그들 중 가장 특별한 사람이 둘 있었다. 한 명은 천하의 사람들이 다 죽고 자신과 예쁜 아가씨, 그리고 큰 빵을 파는 사람만 남기를 소원했다. 또 다른 한 명은 가을 해 질 무렵 약간의 각혈을 하고 시종 두 명의 부축을 받아 비실비실 계단 앞으로 가서 해당화를 보는 것을 소원했다. 이런 포부는 얼핏 이상한 듯하나 사실은 아주 빈틈없이 고려한 것이다.[142]

(6) "도중"과 "중간"에 관하여

그런데 오카 씨의 진화론 사상은 그 자체로 루쉰과 관련이 있는가? 대답은 그렇다는 것이다. 개인적으로 적어도 두 가지 문제에서 루쉰은 오카 씨가 전개한 진화론을 통하여 그의 철학을 이해하고 수용했다고 생각한다. 첫째는 오카 씨가 설명한 "도중"과 "중간" 개념을 수용하여

141 魯迅, 「葉紫作「豐收」」(1935), 『魯迅全集 · 且介亭雜文二集』 제6권, 227쪽.

142 魯迅, 「病後雜談」(1934), 『魯迅全集 · 且介亭雜文』 제6권, 167쪽.

자신의 역사관으로 만들었고, 둘째는 오카 씨의 "경계 없는 구별"(境界なき差別)의 설을 이해하고 소화했다. "도중"과 "중간"은 오카 아사지로가 진화론과 그의 인간에 관한 '생물학적 관점'을 설명할 때 자주 사용한 중요한 개념이다. '상대적'인 것을 표시한다는 점에서 이 두 개념은 가깝다. 그런데 "도중"은 주로 '진화' 혹은 '퇴화'라는 세로좌표에서 사용하고 어떤 한 통과 지점을 표시한다면, "중간"은 가끔 '세로 방향' 묘사에 사용되기도 하나 주로 사물과 사물 사이의 '구별'을 묘사할 때 사용한다.

우선, "도중" 개념은 생물의 진화 과정에 대한 묘사에서 나왔다. 예컨대 "현재 생존하는 수십만 종의 생물 중에서 이상에서 서술한 변천 순서의 도중에 위치하는 것은 일일이 셀 수가 없다."[143] "인류가 유인원류에 속한다는 것은 해부학과 발생학에서 매우 명확할 뿐만 아니라 혈청 실험으로도 명확하게 실증할 수 있다. 인류도 기타 유인원류와 마찬가지로 유인원류 공동의 선조가 점차 분기하여 탄생한 것이라면, 선조에서 지금의 인류에 이르는 도중의 화석이 어쩌면 아직도 지층 속에 얼마간 잔존하고 있을 수도 있다."[144]

다음으로, 특히 인간이 자연계에서 처한 위치를 묘사하는 데 사용했다. 이 점에서 오카 아사지로가 다윈, 헉슬리, 헤켈의 관점을 계승한 것이 분명하다.[145] 하지만 이 기초에서 한 걸음 더 나아갔다. 그의

143 丘淺次郎, 「生存競爭と相互扶助」, 『丘淺次郎著作集 I·進化と人生』, 241쪽.

144 丘淺次郎, 『進化論講話』, 573쪽.

145 丘淺次郎, 『進化論講話』 제15장, 'ダーウィン以後の進化論' 참고.

말로 이야기하자면 "생물학적 관점"으로 인간을 보는 것이다. "생물학적 관점"이라는 것은 오카 아사지로가 만든 독창적인 이름으로 "한마디로 말하면 이것은 인간을 생물의 일종으로 간주하는 것이다." 그는 계속해서 말했다.

> 다시 말하자면 인간을 기타 생물과 완전히 괴리된 일종의 특별한 것으로 간주하는 것이 아니라 단순하게 생물의 일종으로 간주하여 보는 것이다. 인류 사회의 현상 또한 생물계 현상의 일부분으로 간주하여 관찰하고 세균 같은 간단한 미생물부터 원숭이와 인간 같은 고등동물이 모두 함께 모여 있는 상황을 상상하여 전체를 총체적으로 보는 것이지 단지 인간만을 보는 것이 아니다. 이것을 연극 구경에 비유하면 흡사 다음과 같다. 모든 생물 즉, 세균, 아메바에서 원숭이, 오랑우탄까지 모두 일렬로 늘어놓아 이를 무대배경으로 삼고, 다시 인간을 앞쪽으로 끌고 와서 부세(浮世)의 교겐(狂言)을 상연한다. 그런 다음 인간은 다시 신속하게 무대를 떠나 구경꾼의 좌석으로 달려가 감상한다. 이러한 마음으로만이 비로소 공평한 관찰이 있을 수 있다. 인류 가운데 많은 부분은 이렇게 관찰해야 비로소 의미가 분명해진다.[146]

이러한 관점에서 '무엇이 인간인지'와 인간이 처한 위치를 이해하고, 동시에 이전의 '인간'에 관한 관점과 학문—철학, 윤리학, 교육

146 丘淺次郎, 「生物學的の見方」, 『丘淺次郎著作集 I · 進化と人生』, 40쪽.

학, 사회학, 종교학 등—이 얼마나 터무니없는 것이었는지를 발견한다. 『진화론 강화』는 진화론을 이야기한 뒤 각각 제19장 '인간의 자연계에서의 위치적'와 제20장 '진화론이 사상계에 준 영향'에서 이에 관해 설명한다. 그것의 결론은 이렇다. "지금 보는 것처럼 수십만 종의 동식물이 있는데 인간은 그중 한 종일 뿐이고, 다른 동물과 완전히 동일한 법칙을 따르고 동일한 진화 원리에 기초하여 발달했다. 오늘도 바로 변화의 도중에 있다."[147]

오카 아사지로는 "도중"이라는 개념으로 '인간은 만물의 영장'이라는 것을 부정하고 철저하게 상대화된 관념으로 인간에 관해 그의 독자에게 알려 준다.

> 생물학 진보의 결과로 인간도 포유류의 일종임을 분명히 알게 되었다. 이것은 천문학 진보의 결과로 지구가 태양계 중의 하나의 행성임을 알게 된 것과 대단히 유사하다. 천문학이 발달하지 않았던 시대에는 40만 킬로미터도 안 되는 달이든지 1억 5천만 킬로미터 떨어진 태양이든지 혹은 태양보다 몇천 배 몇만 배 멀리 떨어진 별들도 다 한곳에 모아 그것들이 있는 곳을 '하늘'이라고 명명하고 '땅'과 서로 대응되게 했다. 우리가 사는 지구가 돌고 있는 것도 모르고 해, 달 별이 돌고 있다고만 여겼다. 천문학이 발전함에 따라 비로소 차츰 달이 지구를 둘러싸고 돌고 지구와 기타 행성이 태양을 둘러싸고 돌고 있음을 알게 되었다. 그리고 하늘에서 볼 수 있는 다른 별들은 거의 다 태양

147 丘淺次郎, 「人類の誇大狂」, 『丘淺次郎著作集 I·進化と人生』, 5쪽.

과 같은 성질을 가지고 있고 우주에서의 지구의 위치도 얼마간 분명해졌다. 지동설이 막 출현했을 때 예수교도 사이에 일어난 소동은 정말로 대단했다. 교회는 온갖 수단으로 이런 이단의 설이 전파되지 않도록 했다. 이것 때문에 얼마나 많은 사람이 죽었는지 모른다. 그런데 진리는 결국 영원히 억압할 수 없다. 지금은 소학에 다니는 아이들도 지구가 태양을 둘러싸고 돌고 있다는 것을 안다.

자연계에서의 인류의 위치에 대하여도 얼마간 이것과 비슷한 모습이다. 처음에는 인간이 일종의 신묘하고 특별한 생물이라고 여기고 하늘, 땅, 인간은 대등하다고 느껴 '삼재'(三才)라고 이름 붙였다. 거의 어떤 구조도 없는 하등 생물이든, 인간과 같은 구조를 가진 원숭이나 오랑우탄 등이든 모두 일괄적으로 이 땅에 귀속시켰다. 이러한 상황은 지구를 1.5초 광도 거리의 달, 8분 남짓한 광도 거리의 태양, 더 나아가 몇 혹은 몇십 광년의 별과 동등하게 보는 것과 어떤 차이도 없다. 그런데 생물학의 진보에 따라 먼저 인간을 동물계에 두고 포유류 중의 특별한 일종으로 간주하고, 그런 다음에 다시 유인원류로 같은 목(目)에 편입하고 더 나아가 유인원류 중에서 인류는 동반구의 유인원류와 같은 아류로 배치하여 '협비원류'(狹鼻猿類)로 이름 붙였다. 그리고 인간이 비교적 가까운 어떤 시기에 유인원류에서 분리되었음을 알게 되었다. 자연계에서의 인류의 위치는 이로 말미암아 비로소 분명하게 되었다. 이런 상황은 지동설로 말미암아 지구의 위치가 명확해진 것과 전혀 다르지 않다.[148]

---

148 丘淺次郎, 「第十八章 自然における人類の位置」, 『進化論講話』, 561~563쪽.

『진화론 강화』가 출판된 이후 그는 또 위에서 서술한 내용을 기초로 독특한 사상 비판을 전개하고 생물로서의 인간의 사상과 정신의 한계를 명확히 했다.

> 오늘날의 철학, 윤리, 교육, 종교 등의 서적을 보면 과대망상증의 징후를 드러내지 않는 것은 거의 한 권도 없다. 특히 철학이라고 불리는 것은 기껏 자신의 세 근짜리의 아직 진화 도중에 있는 뇌수 활동에 기대어 우주 만물을 해석한다. 과대망상증 중에서도 가장 심각한 종류라고 할 수 있다.[149]

> 철학자는 시작부터 자신의 뇌의 힘만은 완전무결하다고 확신하는 것 같다. 고개를 돌리며 겨우 사변에 의지하여 우주의 진리를 간파하고자 할 뿐, 대뇌의 발육 변천 따위에 대해서는 전혀 마음에 두지 않는다. 그런데 각종 동물의 대뇌를 비교하고 인류 대뇌의 진화 경로를 탐색하고 그것을 다른 동물과 상대적으로 대조하여 인류의 전체를 총체적으로 고려하면, 무지의 미신을 믿는 사람이든 저명한 철학가든 사실 다 오십보백보다. 이 사이에 아주 큰 차이가 있음을 인정한다고 해도 동일한 조상으로부터 발생했기 때문에 동일한 방향을 향하여 발전하고 모두가 여전히 앞으로 한 걸음 더 나아갈 수 있는 진화의 도중에 있다. 곧 결코 절대적으로 완전하지 않다는 점에서 똑같은 것

149 丘淺次郎, 「人類の誇大狂」, 『丘淺次郎著作集 I·進化と人生』, 5~6쪽.

이다.[150]

나는 이것이 오카 아사지로 사상 중에 가장 뛰어난 부분이라고 생각한다. '진화'의 차원에서 우주와 자연계에서의 인간의 위치를 철저하게 상대화하고 인간의 정신과 사상을 철저하게 상대화했다. 어떤 '절대'와 '권위'도 부정한다는 의미에서 인간과 '인간의 역사'를 현실 자체로 되돌리고 과학 실험을 전제로 하는 근대적 현실주의 정신을 구현했으며 새로운 시대를 연다는 의미에서 혁명 사상을 갖추고 있다. 이 사상의 혁명성은 바로 같은 시기 일본에 소개되었으며 마찬가지로 루쉰에게 중대한 영향을 미쳤던 니체와 똑같다고 하겠다. 「니체 씨의 철학」은 당시 '철학사에서의 제3차 회의론'으로 소개되었다. 소개자는 기존의 철학에 대한 니체의 도전을 이렇게 서술했다.

> 니체는 가는 곳마다 고금의 철학자에 대해 난장판으로 욕을 하고 철학자 몸에는 유전적 오류가 존재한다고 주장했다. 그들이 말하는 절대, 그들의 말하는 진리는 움직일 수 없다고 여기는 것은 대체로 그야말로 우습기 그지없다! 인류의 유한한 부분을 가져와 기껏 구구한 4천여 년의 사적으로 일찍이 판단의 근거로 간주하고 보편적 원리로 만들었으니, 이것보다 더 이치에 맞지 않는 것이 있겠는가? 바로 과거의 철학자들이 인류가 시작도 없고 끝도 없는 전화(轉化) 중의 하나의 점임을 인정하지 않았던 것과 같다. 무릇 이 점을 인정한다면 인

150 丘淺次郎, 「脳髓の進化」, 『丘淺次郎著作集 I·進化と人生』, 21쪽.

류가 갖추고 있는 인식능력 또한 이 변화의 회오리 중의 하나의 포말로 간주할 것이다. 그런데 저 철학자들은 이와 같은 인식력에 기대어 진리를 말하고 절대를 노래하니, 어찌 어리석기 이를 데 없지 않겠는가? 그들은 이러한 인식력을 믿는가? 그들은 구구한 4천여 년을 영원이라고 여기는가? 우리는 시작도 없고 끝도 없는 전화 중의 사실 기껏 하나의 점을 차지할 뿐이다. 어찌 이 하나의 점에 기대어 진리를 구할 수 있겠는가? 우리가 말하는 절대자라는 것은 어떠한가? 대저 절대는 얻을 수 있는 것인가?[151]

바로 이런 전제 아래 유학 중 이미 근대 과학 정신 즉, "배움은 곧 구상을 사실로 검증해야만 반드시 시대와 더불어 나아가 함께 올라갈 수 있다"[152]는 것을 이해했던 루쉰은 자연스럽게 오카 아사지로의 "도중"과 "중간" 개념을 수용하고 그것을 자신의 언어로 바꾸었다.

나는 종족의 연장 — 곧 생명의 연속 — 은 분명 생물계의 사업 가운데 중요한 부분이라고 생각한다. 어째서 연장하고자 하는가? 진화를 바라는 것임은 말할 필요도 없다. 그런데 진화의 도중에는 언제나 신진대사가 필요하다. 따라서 새로운 것은 즐겁게 앞을 향해 나아가야 하는데, 이것이 바로 건장함이다. 낡은 것도 즐겁게 앞을 향해 나아가야

151 吉田静致, 「ニーチユエ氏の哲學(哲學史上第三期之懷疑論)」(『哲學雜誌』 1899년 1월), 高松敏男·西尾幹二, 『日本人のニーチェ研究譜 ニーチェ全集 別巻』, 白水社, 1982, 308~309쪽.

152 魯迅, 「科學史教篇」, 『魯迅全集·墳』 제1권, 26쪽.

하는데, 이것은 바로 죽음이다. 각각 이렇게 걸어가는 것이 바로 진화의 길이다.[153]

(나는) 모든 사물은 변화 중에 있고 언제나 얼마간 중간물이 있다고 생각한다. 동식물 사이에, 무척추와 척추동물 사이에 모두 중간물이 있다. 혹은 그야말로 진화의 사슬에서 모든 것은 중간물이라고 말할 수 있다.[154]

루쉰의 "중간물" 개념에 관해서는 이미 중국 학자들의 설명이 매우 많고 독자들도 매우 익숙하므로 여기에서는 더 논의하지는 않겠다. 그런데 이와 관련 있는 오카 씨의 "중간"이라는 단어의 용례는 아래의 논의에서 볼 수 있다.

(7) "경계 없는 구별"에 관하여

"중간"이라는 단어는 "도중"이라는 단어와 함께 자주 쓰이나 '물질계'의 구별—즉 오카 아사지로가 말한 "경계"—을 표시하는 데 더 많이 사용된다. 예를 들자면 아래와 같다.

일찍이 네덜란드령에 속했던 인도에서 원인(猿人, Pithecanthropus)이 발견되었다. 이것은 원숭이와 인간의 중간 위치에 있는 동물이다. 뇌

153 魯迅, 「隨感錄四十九」, 『魯迅全集·熱風』 제1권, 354~355쪽.

154 魯迅, 「寫在墳後面」, 『魯迅全集·墳』 제1권, 301~302쪽.

수를 채우는 두개골강의 크기와 넓이 또한 바로 원숭이와 인간의 중간에 끼어 있다.[155]

무슨 학과든지 실험으로 즉시 증명하지 못하는 가설이 필요하다. 이것은 마치 등불로 밝게 비출 수 있는 곳과 등불이 전혀 비추지 못하는 어두운 곳의 중간에 있는 반은 밝고 반은 어두운 지대에 있어서 절반은 상상에 의거하여 설명할 수밖에 없는 것과 같다. 물론 그것은 완전히 긍정적인 것은 아니나 장래에 연구방침을 제정할 때 많은 참고가 된다. 이런 까닭으로 학술의 진보를 가속화하는 데는 상당히 효과가 있다.[156]

내게 내가 생각한 것을 그대로 말하라고 한다면, 자연에는 미도 있고 추도 있고 미와 추의 중간에 끼어 있는 것도 있고 미와 추 이외의 것도 있다. 따라서 자연을 이야기할 때 자연의 미만 말하는 것은 극히 편파적이고 결코 정당하다고 할 수 없다.[157]

분명 "중간"도 '상대적'인 것을 표시하는 개념이다. 그런데 진화의 사슬에서 '상대'적인 것을 표시하는 "도중"과 달리, "중간"은 주로 물질과 물질 사이의 구별을 표시할 때의 '상대'적인 것에 사용된다.

155 丘淺次郎, 「脳髓の進化」, 『丘淺次郎著作集 I·進化と人生』, 19쪽.

156 丘淺次郎, 「脳髓の進化」, 『丘淺次郎著作集 I·進化と人生』, 25~26쪽.

157 丘淺次郎, 「所謂自然の美と自然の愛, 『丘淺次郎著作集 I·進化と人生』, 139~140쪽.

심지어는 이것으로 '경' 혹은 '계'가 나누어지는 '경계'를 부정한다. 이것은 오카 아사지로의 독특한 인식론이다. 그의 말로 개괄하면 "경계 없는 구별"이다. "이 두 종 사이에 확연히 보이는 경계가 있는 것 같지만, 많은 실물(實物)을 함께 모아 보기만 해도 두 종의 중간 성질을 가지고 있는 것이 매우 많이 있음을 발견할 수 있다." "구별이 극히 분명한 종류 사이에도 자세하게 조사만 한다면, 이 사이에 반드시 중간 성질의 물질이 있고 최종적으로는 그것들을 경계 지을 수 없다는 것을 알 수 있다."[158]

"경계 없는 구별"이라는 인식이 제일 먼저 나온 것은 『진화론 강화』다. 제11장 '분류학에서의 사실'의 시작은 "종의 경계는 명확하게 구분할 수 없다"는 것을 이야기한다. 훗날 이 문제에 관해 더 나아간 연구를 하는데, 제목이 "경계 없는 구별"이다.

> 이 제목을 보고 매우 변태적이라고 생각하는 사람이 있을 수도 있다. 구별이 있다면, 중간은 반드시 경계가 있기 마련이다. 경계가 없다면 양측의 구별도 있을 리가 없으므로 이 경계 없는 구별이라는 제목에는 모순이 포함되어 있다고 여길 수 있다. 그런데 여기에서 말하고자 하는 사정은 그저 '구별은 있어도 경계는 없다'라는 한마디로도 전부 다 말할 수 있다. 다시 더 적합한 제목은 붙일 수가 없다.[159]

158 丘淺次郎, 「境界なき差別」, 『丘淺次郎著作集 II · 煩悶と自由』, 139, 140쪽.

159 丘淺次郎, 「境界なき差別」, 『丘淺次郎著作集 II · 煩悶と自由』, 139쪽.

오카 아사지로는 먼저 생물학을 예로 들어 그의 관점을 설명한다. "실물에 관해, 자연물 연구에 종사하는 사람은 끊임없이 경계 없는 구별을 만나게 될 것이다." 그는 거머리와 거머리, 거머리와 지렁이, 어류와 짐승류, 척추동물과 무척추동물, 동물과 식물을 예를 들며 그들 사이에 "구별은 있어도 경계는 없다"는 것을 설명한다. 이어서 일상생활에서 "구별은 있어도 경계는 없다"는 사례를 든다. 맑은 날과 비 오는 날, 무지개의 일곱 색깔, 춘하추동, 낮과 밤, 고체와 액체, 깨어남과 잠듦, 유의식과 무의식, 총명과 우둔, 건강과 질병, 늙음과 젊음, 신과 구, 큰 것과 작은 것, 가벼움과 무거움 등, "이런 상대적인 명칭을 둔 사물은 양 끝단을 비교해 보면 구별하고 판별할 수 있으나 그들 사이에 경계선을 그리기는 매우 어렵다."[160]

오카 아사지로가 보기에 "구별은 있어도 경계는 없다는 것은 우주의 진짜 모습이다". 이런 전제 아래 그는 인류 인식에 존재하는 오류를 지적한다. 즉, "구별이 있는 것을 구별 없는 것으로 간주하는 오류, 경계가 없는 것을 경계 있는 것으로 간주하는 오류"다. "이런 까닭으로 무엇을 논의하더라도 근본적 사실을 잊어버리지 말아야 한다. 그것은 바로 구별은 있어도 경계는 없다는 것이다. 이 두 가지 측면을 주의하지 않으면 일방적인 오류로 빠져드는 것을 피하지 못한다."[161]

그렇다면 인류는 왜 위에서 언급한 인식에서의 오류가 생겨나는가? 오카 아사지로가 보기에 그것의 원인은 전적으로 인류가 사용하

160 丘淺次郎, 「境界なき差別」, 『丘淺次郎著作集 II · 煩悶と自由』, 140~143쪽.

161 丘淺次郎, 「境界なき差別」, 『丘淺次郎著作集 II · 煩悶と自由』, 147쪽.

는 언어에 있다.

본래 사물의 명칭은 모두 다른 사물과 구별하기 위해서 만든 것이다. 따라서 전적으로 상호 간의 구별에 기반하여 이름을 짓고 잠시 이 중간의 변화에 대해 그리 개의치 않는다. 무지개의 일곱 색깔의 명칭이 가장 적합한 예다. 특징이 대단히 분명한 부분을 제외하고는 결코 이름을 붙이지 않는다. 분명하게 높이 솟은 곳은 무슨 산이라고 이름 붙이고 지면이 분명하게 광활한 곳에 무슨 평원이라고 이름 붙이는 것 말고는 경계가 모호한 곳은 잠시 그리 중시하지 않는다. 자신의 신체를 보고도 각 부분에 이름을 붙인다. 무슨 손이다, 팔이다, 어깨다, 목이다, 라고 붙인다. 그러나 그것들 사이에는 결코 엄격한 경계가 없다. 그런데 경계를 짓지 않아도 각 부분을 이름으로 나누면 무슨 팔을 다쳤다, 목이 부었다와 같은 일상 회화에서 지체가 없어진다. 실물을 눈앞에 두고 조사, 연구하는 사람은 사물의 명칭과 해당 성질을 갖춘 모든 사물의 관계를 잊어버릴까 봐 걱정할 필요가 없다. 그런데 실물을 떠나서 언어에만 의지하여 사고하는 사람들은 언어에 하나하나 정의를 내리고 그것의 내용 범위를 확정하고 서로 이웃하는 어휘와 경계를 그을 것이다. 마치 이렇게 하지 않으면 사상을 정리할 수 없는 것처럼 도처에 경계를 만들면 훗날 생각에 폐단이 생겨서 이러한 경계는 시작부터 있었다고 여기고 마침내 사물과 사물 사이에 반드시 경계가 있지 않으면 안 된다는 지경에 이르게 된다.[162]

---

162 丘淺次郎, 「境界なき差別」, 『丘淺次郎著作集 II·煩悶と自由』, 147~148쪽.

인간에 대해 말하자면 언어가 얼마나 중요한지는 굳이 논술할 필요가 없다. 이과든 아니면 문학, 종교, 예술이든 간에 언어를 떠나서는 결국 발달하지 못한다. 그런데 거꾸로 말하자면 언어에 의해 잘못 인도되어 언어로 인하여 말할 수 없는 번뇌가 일어난다. 이런 일은 결코 소수가 아니다. 이른바 언어에 의해 잘못 인도된다는 것은 경계가 없는 곳에 경계가 있다고 깊이 믿는 것이다. 지금까지 얼마나 많은 위대한 학자들이 이로 말미암아 얼마나 많은 쓸모없는 설전을 벌였는지 모른다.[163]

상대화를 강조하고 전체로부터 사물을 보기를 강조하는 오카 아사지로의 인식론은 훗날 루쉰에게서도 분명하게 나타난다. 예컨대 "사람들이 늘 섣달그믐과 설날 아침 사이에 뚜렷한 경계를 긋지 못해 안달하는 것"에 대해 오카는 사람들의 통상적인 사고 습관이라고 지적했는데, 루쉰은 '설날'에 관하여 "설날은 본래 무슨 깊은 의미가 있는 것이 아니었다. 아무렇게나 어느 날이어도 좋다"[164]라고 여러 차례 말했다. 오카 씨가 이상과 같이 "언어에 의해 잘못" 인식하는 것을 지적했다면, 루쉰은 "인생에서 글자를 아는 것이 우환의 시작이다"라는 소식(蘇軾)의 말을 빌려 "인생에서 글자를 아는 것은 흐리멍덩함의 시작이다"라고 하고, "스스로 글에 통달했다고 여기지만 사실 통달하지 못했다. 스스로 글자를 안다고 여기지만 사실 알지 못했다. … 그런데

163 丘淺次郎, 「境界なき差別」, 『丘淺次郎著作集 II·煩悶と自由』, 150쪽.

164 魯迅, 「序言」, 『魯迅全集·且介亭雜文二集』 제6권, 225쪽.

아무리 흐리멍덩한 글을 쓴 저자라도 그가 말하는 것을 들으면 대체로 분명하고 알아들을 수 없는 지경에 이르지는 않는다 — 일부러 재주를 뽐내는 강연을 제외하면 그렇다. 이 '흐리멍덩함'의 기원은 글자를 아는 것과 책을 읽는 것에 있다"라고 지적했다.[165]

오카 씨는 다른 시각에서 문제를 보면 다른 인식의 결과가 나올 수 있음을 강조했다.

> 모든 사물은 관점의 차이로 말미암아 각종 다른 것으로 간주된다. 같은 사물을 보아도 관점이 바뀌면 완전히 다른 별개의 사물로 바뀔 수 있다. 예컨대 여기에 물잔 하나가 놓여 있다고 치자. 위에서 보면 동그랗고 옆에서 보면 네모 모양이다. 날마다 발생하는 세계의 사물에 대하여 어떤 사람은 도덕 측면에서 보고 어떤 사람은 정치 측면에서 보고 어떤 사람은 교육 측면에서 보고 어떤 사람은 위생 측면에서 본다. 무릇 이런 가지가지 보는 측면이 다르다. 따라서 모든 측면에서 본 결과를 종합해야지만 비로소 사물의 진상을 이해할 수 있다. 한 측면에서만 보고 다른 측면에서 보는 것을 잊으면 결코 정확한 관념을 얻을 수 없다.[166]

똑같은 인식론이 사람들의 『홍루몽』 평가에 관한 루쉰의 글에도 보인다.

---

165 魯迅, 「人生識字胡塗始」, 『魯迅全集·且介亭雜文二集』 제6권, 306쪽.

166 丘淺次郎, 「生物學的の見方」, 『丘淺次郎著作集 I·進化と人生』, 39쪽.

『홍루몽』은 중국의 많은 사람이 알고 있다. 적어도 이 제목의 책은 안다. 누가 저자고 속자(續者)인지는 잠시 논하지 않기로 한다. 주제만 해도 독자의 눈에 따라 다양하다. 경학가는 『역』易을 보고 도학가는 음란함을 보고 재자(才子)는 구성짐을 보고 혁명가는 배만(排滿)을 보고 유언비어를 만드는 사람은 궁중의 비사를 본다….

나는 보옥(寶玉)에게서 그가 수많은 죽음을 목도한 것을 본다. 사랑하는 사람이 많으면 큰 고뇌에 맞닥뜨리게 된다는 것을 증명한다. 세상에는 불행한 사람이 많기 때문이다. …

지금 천멍사오(陳夢韶) 군이 이 책으로 사회가정 문제극을 쓰는 것도 물론 안 되는 것도 아니다.[167]

이상에서 보건대 오카 씨와 루쉰은 사람에 따라 사물을 다르게 본다는 것을 주장했다는 점에서 완전히 일치한다고 할 수 있다. 이외에 오카 아사지로와 루쉰의 관계에서 언급해야 할 또 다른 중요한 하나가 있다. 그것은 바로 '퇴화' 문제에 관한 두 사람의 관련성과 차이점이다. 그러나 분량의 문제로 생략하고 따로 기회를 잡아 발표할 생각이다. 여기에서 이 글에 대한 소결을 맺고자 한다.

167 魯迅, 「『絳洞花主』小引」, 『魯迅全集·集外集拾遺補編』 제8권, 179쪽.

맺음말: 동아시아 근대의 '지층'(知層)

이 글에서 중국이 진화론 사상을 수용하는 과정에서 개념의 담지체로서의 단어가 옌푸의 『천연론』으로 대표되는 '천연' 체계에서 가토 히로유키로 대표되는 '진화' 체계로 변화했음을 확인하고 이러한 배경 아래에서 진화론이 루쉰에게 수용되는 과정을 검토했다. 즉, 옌푸가 『천연론』으로 헉슬리를 번역한 것에서 양인항이 『물경론』으로 가토 히로유키를 번역하고, 다시 루쉰이 일본어로 직접 일본의 진화론을 읽기까지를 살펴보았다. 일본의 진화론과 루쉰의 관계에 대해서는 오카 아사지로와 루쉰의 관계를 중점적으로 토론했다.

루쉰의 진화론 수용 과정에서 '옌푸 이외'의 진화론이 그에게 미친 역할과 영향은 무시해서는 안 된다. 이런 의미에서 '일본의 진화론과 루쉰'이라는 문제를 제출한 것은 이전의 연구들에 대한 모종의 보충과 수정을 의미한다. 왜냐하면 이러한 연구가 시작된 지 오래되지 않았고 앞으로 시간을 더 들여 더 깊이 연구를 진행해야 하기 때문이다. 물론 이것은 옌푸의 영향과 역할을 무시하거나 폄하해도 좋다는 것이 아니라 옌푸와 그의 『천연론』이 진화론에 관한 새로운 지식의 배경으로 들어가 인식되고 평가되는 것을 의미한다. 옌푸에 관한 새로운 인식은 앞으로의 논의 속에 포함될 수 있을 것이다.

나는 루쉰과 오카 아사지로의 관계에는 그와 일본 진화론의 관계에 관한 주요한 내용을 담고 있다고 생각한다. 문헌 조사 결과로 보건대 오카 아사지로와의 관계는 요시다 도미오가 지적한 바의 유학생

'저우수런'에 그치는 것이 아니라[168] 훗날의 문호 '루쉰'에게까지 이어진다. 바꾸어 말하면 루쉰은 유학을 다녀온 이후에도 오카 아사지로 대한 관심, 독서, 사고를 지속했다. 루쉰 텍스트에 대량의 '단편'(斷片)이나 '흔적'을 남길 수 있었던 일본의 저술가와 저작은 오카 아사지로를 제외하면 다른 인물은 찾기 어렵다. 앞서 인용한 저우쭤런의 말처럼 루쉰은 오카 아사지로를 통해서 진화론을 진정으로 이해했다. 『진화론 강화』의 중국어 번역자 류원뎬은 이 책을 읽으면 "힘을 들이지 않아도 진화론의 대략적인 내용을 이해할 수 있다"라고 했다.[169] 루쉰이 『진화론 강화』를 통하여 진화론을 이해했다는 것은 분명하다. 비단 여기에 그치는 것만은 아니다. 루쉰은 오카 아사지로를 통하여 진화론에 기반하여 '인생'에 관한, '인류의 과거, 현재 및 미래'에 관한, 사상에 관한, 사회에 관한, 윤리 등의 방면에 관한 구체적인 발상을 획득했다. 오카 씨의 표현 방식을 빌렸고 오카 씨가 사용했던 예증을 사용하기도 했다. 오카 씨의 저작은 조리가 분명한 진화론 사상과 뛰어난 수필로서의 높은 수준의 문장 표현이 상호 통일되어 있다. 어쩌면 바로 이러한 점으로 인하여 루쉰은 그와 깊은 관계를 맺었을지도 모른다. 그런데 이 글의 마지막 두 장 즉, 6장과 7장에서 중점적으로 토론한 것은 '상대화' 인식론 측면에서의 그들의 관계이다. 이것은 오카 씨의 진화론이 '근대 과학철학'으로써 루쉰에게 끼친 가장 큰 영향일

168 吉田富夫, 「周樹人の選擇 —'幻燈事件'前後」, 『佛教大學總合硏究所紀要』, 1995년 제2호; 李冬木 譯, 「周樹人的選擇 —'幻燈事件'前後」, 『魯迅硏究月刊』 2006년 제2기.

169 劉文典, 「譯者序」, 『劉文典文集』 제4권, 安徽大學出版社, 1999, 529쪽.

것이다.

'오카 아사지로'라는 연구 주제에 대해 말하자면 마지막 문제는 아마도 이것일 것이다. 어떻게 옌푸와 오카 아사지로를 '통합'할 것인가? 구체적으로는 이 두 사람은 루쉰과 어떤 관계를 구성했는가?

앞서 소개한 것처럼 루쉰과 옌푸의 『천연론』과의 관계에 관한 연구는 장멍양의 『중국 루쉰학 통사』에 아주 자세하게 소개되어 있다. 가장 최근의 연구라면 우선 기타오카 마사코의 『루쉰 구망의 꿈의 방향—악마파 시인에서 「광인일기」까지』라는 책을 추천해야 할 것 같다. 그는 영문 원본, 옌푸 번역, 일역본과 루쉰의 텍스트를 대조한 후 다음과 같이 결론을 내렸다.

> 가장 간단한 말로 『천연론』의 주지를 개괄하면, 청말의 망국 상황을 하늘의 행위(天行)로 파악하고 이 위기를 타파하는 것은 바로 인간이 능동적으로 행동을 전개하여 하늘과 싸워 이기는 데 있다는 것이다. 즉, '하늘과 싸워 이기는 것이 다스림이다'(天勝爲治). … 루쉰이 옌푸의 『천연론』에서 받은 가장 큰 영향은 바로 이 책이 그에게 사람이 사회를 움직이는 주요인이고, 그것의 작용이 얼마나 중요한지를 알려줌으로써 그로 하여금 사람이 당연히 주동적 행위자이고 이렇게 해야지만 하늘과 싸워 이길 수 있다는 것을 인식하게 했다는 것이다.[170]

---

170 北岡正子, 李冬木 譯, 『魯迅: 救亡之夢的去向 — 從惡魔派詩人到「狂人日記」』, 生活·讀書·新知三聯書店, 92~93쪽.

이것은 이전의 많은 연구자의 결론이기도 한데, 기타오카 마사코는 실증 연구를 통하여 그것을 다시 입증했다. 그런데 이를 전제로 오카 아시지로를 본다면, 똑같은 진화론이면서 같은 의미이지만 오카 아사지로가 루쉰에게 가르쳐 준 것은 정반대인 듯하다. 옌푸는 하늘과 싸워 이기는 것이 다스림이다, 사람은 반드시 하늘과 싸워 이긴다, 무소불위의 장력에 대해 말했다고 한다면, 오카 씨는 인류의 '과대망상증' 상태에서 무엇은 안 되고 무엇은 할 수 없고 무엇은 한계라고 하는 맑은 정신, 더 나아가 이로 말미암아 생기는 비관을 일깨우고자 했다. 이제는 두 사람 모두 루쉰에게 영향을 미쳤다는 것을 알게 되었다. 그렇다면 이를 어떻게 보아야 하는가? 이것은 확실히 문제다. 우선 여기에서 충분히 성숙하지 않은 결론을 제시해 본다면, 루쉰 사상의 발전 방향은 대체로 이렇게 정리할 수 있다. 옌푸가 『천연론』에서 호소한 "하늘과 싸워 이기는 것이 다스림이다"라는 정신 즉, 인간의 주관 능동 작용에 대한 강조는 루쉰이 유학에 간 이후에 생각한 "절대의지를 갖춘 선비"와 "악마 시인"으로 이어졌다.[171] 이로써 그가 참신한 정신적 담지체를 찾을 수 있도록 도와주었을 뿐만 아니라 더 나아가 그에게 "하늘과 싸우고 속됨에 저항한다"(爭天抗俗)라고 하는 낭만적 격정을 부여해 주었다. 오카 아사지로가 루쉰에게 제공한 것은 진화론에 관한 지식 체계뿐만 아니라 보다 더 중요한 것은 과학 실험을 전제로 하는 인식 방법이다. 그것은 루쉰이 훗날 자신의 본령을 발휘하게 될 현실주의를 적극적으로 촉진하는 역할을 하는데, 이 점은 두

171 魯迅, 「文化偏至論」, 「摩羅詩力說」, 『魯迅全集·墳』 제1권, 56, 65~120쪽.

사람이 대단히 비슷한 기질을 가지고 있음을 보여 준다. 그것은 바로 깨어 있음(淸醒)과 '현재' 없는 '장래', 더 나아가 "황금 세계"를 절대로 믿지 않는다는 것이다. 영향을 미친 시기로 보면 옌푸는 주로 유학 시절이고 오카 아사지로는 은연중에 감화되어 「광인일기」의 발표로 이어지고 이후에는 루쉰의 주요 특징으로 두드러진다.

여기에서 설명해야 할 것이 있다. 오카 씨는 생물은 경쟁을 피할 수 없다고 여겼다. 이것이 자연계의 '천'(天)—'천'이라는 개념으로 오카 씨의 말을 설명한다면—인데, 이런 의미에서 오카 씨의 '천'은 옌푸의 '천'과 다른 점이 있다. 그는 '천'은 무너뜨릴 수 없는 것이라고 여겼다. 생물은 생존경쟁을 떠날 수 없고 생존경쟁은 생물의 생존 방식이고 현존하는 생물은 모두 역사적으로 경쟁에서의 승리자이기 때문이다. 이 점에서 오카 씨의 진화론은 기타 진화론과 그리 다르지 않다. 그런데 분기점 또한 이로 말미암아 시작된다. 그는 인류는 과거의 생존경쟁을 통하여 생물계의 정점이 되었고 인류가 집단적 방식으로 경쟁을 거쳐온 것은 이후 인류의 하강 심지어는 멸망을 초래하게 될 것이라고 여겼다. 과거 생존의 수단이었던 경쟁이 극치의 지점까지 발전한 이후에는 자멸의 수단으로 변화한다는 것이다. 이것이 오카 씨의 변증법이자 그의 독특한 점으로 그의 비통함도 이로 말미암아 생겨난 것이다.

나는 루쉰과 『천연론』에 관한 기존의 관점 즉, 루쉰이 실제로 수용한 것은 스펜서의 '이원론'—즉 자연계와 인류 사회를 구별하여 각각 '우주 과정'(Cosmic Process)과 '윤리 과정'(Ethical Process)으로 명명한 것—이라는 데 동의한다. 루쉰은 '우주 과정'을 인정함과 동시에

'윤리 과정' 중에서의 사람의 확립을 보다 더 추구함으로써 옌푸가 말한 '하늘과 싸워 이기는 것'(勝天)='강함을 도모하는 것'(圖强)이라는 목적에 도달하고자 했다. 루쉰은 일본에 유학 간 후에도 이 점은 바뀌거나 약화되지 않았고 도리어 더욱 강화되었다. 오카 아사지로를 포함한 일본 진화론의 주류인 일원화된 '유기체설'이 '국가 간의 경쟁의 불가피함'과 '우승열패'일 수밖에 없는 '진화 윤리'를 주장할 때 루쉰은 이러한 강자의 논리에 대하여 '아니라고 말했다'. "살육과 약탈을 좋아하고 천하에 자신의 나라의 위엄을 확대하고자 하는 것은 수성(獸性)의 애국이다. 사람이 금수나 곤충을 넘어서고자 한다면 이러한 생각을 흠모해서는 안 된다."[172] 이 근본적인 지점에서 '천연'에서 '진화'로의 진화론 어휘 체계의 전환 그리고 오카 아사지로는 『천연론』이 루쉰에게 부여했던 '우주 과정'에서 '윤리 과정'을 강조하는 기본적인 내핵—즉, 인간에 관한 윤리 개념—의 변화는 만들어 내지 못했던 것이 분명하다.

이것은 루쉰과 오카 아사지로의 가장 큰 차이점이다. 오카 아사지로가 루쉰에게 어떤 영향을 미쳤든지, 또한 루쉰이 어떻게 오카 아사지로를 수용했든지 간에 이 '개념'에서 두 사람 사이에는 분명 명확한 분계선이 있다. 이것은 진화론 수용에서 '강자 입장'과 '약자 입장'의 차이로 인한 것이다. 오카 아사지로는 청일, 러일전쟁에서 승리하고 '문명국'의 행렬에 발을 들이기 시작한 일본에서 살았으므로 '경쟁'의 '합리성'을 긍정하고 '경쟁'의 불가피성과 '우승열패'의 필연성

172 魯迅, 「破惡聲論」, 『魯迅全集·集外集拾遺補編』 제8권, 34쪽.

을 강조하고자 했다. 다만 그에게는 당시 일본의 '국민'들이 보편적으로 가지고 있던 '전승'에 대한 열광이 전혀 보이지 않고, 반대로 모종의 우려를 드러냈을 따름이다. 그는 일본이라는 국가(단체)가 다음 전쟁에서 승리할 수 있을까를 걱정했고 이전의 '생존경쟁'에서 승리한 인류가 스스로 자멸할 수도 있다는 것에 대한 더욱 큰 공포를 느끼고 있었다. 앞서 이야기했듯이 그가 보기에 인류는 앞으로의 경쟁에서 자신의 강대함 때문에 과거의 공룡과 매머드처럼 '상승하는 시대'에서 '하강하는 시대'로 미끄러지고 더 나아가 멸망을 향해 가고 있었다.[173] 이것이 오카 아사지로가 '생물학적 인생관' 위에 구성한 '문명론'이다.

그렇다면 루쉰의 상황은 어떠한가? 그는 중국이 열강의 과분이 가장 심각하던 시기에 오카 아사지로와 접촉했다. 이런 까닭으로 그는 당시 각성한 많은 중국의 독서인과 마찬가지로 우승열패의 생존경쟁이라는 현실에서 고통스러워하고 번민하고 초조해하면서도 눈앞에서 벌어지는 경쟁의 합리성을 수용하기 어려웠고 경쟁 실패의 결과는 더더욱 받아들일 수 없었다. 루쉰은 강권 진화론에 대하여 "진화가 우량종을 남긴다는 말에 집착하고 약소한 것에 대한 공격으로 욕심을 드러낸다"[174]라고 명확하게 비판했다. 그런데 그가 상상한 구국은 "입헌 국회를 만들어 상의"하는, 이른바 문명론을 주장하는 것과 달리 "사람 세우기"(立人)를 주장했다. "이런 까닭으로 천지 간에 생존하려

173 丘淺次郎, 「人間だけ別か」, 『丘淺次郎著作集 III·猿の群れから共和國まで』 참고.

174 魯迅, 「破惡聲論」, 『魯迅全集·集外集拾遺補編』 제8권, 35쪽.

면 열강과 각축을 벌이는 것은 임무다. 그것의 우선은 사람을 세우는 데 있다. 사람이 서고 나면 이후에는 모든 일이 흥성한다. 그것의 묘법은 곧 반드시 개성을 존중하고 정신을 신장하는 것이다."[175] 따라서 그가 강조하는 것은 '윤리'와 '정신'이며 이에 기대어 현실을 타파할 가능성을 탐색했다.

이상에서 서술한 두 사람의 차이는 더 많은 의미에서 그들이 직면한 상황의 차이를 뜻한다. 두 사람을 둘러싼 상황의 차이가 진화론에 대한 취사선택의 어긋함을 가져왔다. 이 점에서 두 사람의 차이를 절대화하고 완전히 대립적으로 보아서는 안 된다. 어느 입장으로 진화론을 수용했건 간에 모두 '생존의 도모'와 '강함의 추구'라는 거대한 역사틀을 결코 넘지 못했기 때문이다. 이런 의미에서 오카 아사지로와 루쉰 사이의 '분계선'은 동시에 두 사람을 맞물리게 하는 '결합선'이라고 할 수 있다. 진화의 윤리를 예로 들어 보자. 오카 아사지로가 가장 중시한 것은 단체 내부 구성원의 복종성과 협조일치다. 그가 보기에 단체(민족 혹은 국가)의 경쟁은 경쟁의 최고 형식이다. "단체 간의 경쟁에서 적과 싸워 이기기 위해 가장 필요한 성질은 협조일치다. 단체의 강함은 이 단체 속의 개체가 하나하나 협조일치할 수 있는가에 달려 있다. 이런 까닭으로 이 점에서 조금이라도 적을 따라잡지 못하면 경쟁에서 승리할 수 없다." "협조일치에 대해 실제 모습을 말한다면 복종성일 수밖에 없다."[176] 물론 루쉰은 이 윤리를 받아들이지

---

175 魯迅,「文化偏至論」,『魯迅全集·墳』 제1권, 58쪽.

176 丘淺次郎,「自由平等の由來」,『丘淺次郎著作集 II·煩悶と自由』, 32, 40쪽.

않았다. "싹이 뽑히고 조짐이 끊어진" 현실 속에서 "정신계의 전사"가 출현하여 "오염된 평화"를 타파하기를 기대했다.[177] 이를 위해서 "개인에게 중임을 맡기고 무리를 배척하기"[178]를 강조했다. 이 점으로만 본다면 오카 아사지로와 루쉰은 정반대인 듯하나 그들 사이에는 윤리 자체의 대립이 아니라 윤리가 직면한 상황의 차이가 있을 따름이다. 오카 아카지로가 근대 국민국가라는 단체의 전제 아래 생존을 도모하고 강함을 추구했다고 한다면, 루쉰은 혁명이라는 전제 아래 동일한 목표를 추구했다. 두 사람이 모두 윤리를 강조했다는 점에서는 근본적인 차이가 없다. 이런 의미에서 오카 아사지로의 진화론은 최종적으로 루쉰 진화론의 윤리의 내핵 그 자체를 바꾸지는 못했다고 해도 윤리에 관한 지식구조와 그것에 관한 모종의 인식 측면에서 루쉰의 진화론을 대단히 충실하게 하고 풍부하게 했다.

중국과 일본을 포함한 동아시아의 근대적 사상문화의 교류에는 분명 하자마 나오키(狹間直樹)가 지적한 이른바 "지층"(知層)[179] 현상이 존재한다. '번역 단어'와 '번역 개념'이 바로 이 지층에서 유동한다. 제조자, 수용자, 사용자의 주체적 선택을 통하여 어떤 것들은 모종의 개념으로써 수용되고 어떤 개념은 또 새로운 어휘로 표현되어 지금까지 동아시아의 언어와 사상에 영향을 미쳤다. '진화론'이라는 '배수관'으로 역사를 종적으로 탐색해 보는 것만으로도 동아시아 지층이 일찍

177 魯迅, 「摩羅詩力說」, 『魯迅全集·墳』 제1권, 65, 87, 102, 70쪽.

178 魯迅, 「破惡聲論」, 『魯迅全集·集外集拾遺補編』 제8권, 47쪽.

179 狹簡直樹, 「東亞近代文明史上的梁啟超」, 淸華大學國學硏究院에서의 강의(2012년 10월 18일~12월 6일). 그가 말한 '지층'(知層)은 잠재적 '지식 지층(地層)'을 가리킨다.

이 가지고 있었던 풍부한 사상의 유동을 알 수 있다. 이것은 결코 어떤 학자들이 묘사한 것처럼 '서방 식민주의'에 대한 피동적 수용이 아니라 바로 다양한 주체에서 비롯되는 지성의 창조를 구현하고 있다. 이러한 '배수관'으로서의 루쉰은 우리를 동아시아 근대 '지층'이 만들어낸 생동적인 역사의 현장으로 데리고 가서 동아시아 근대에 관한 우리의 지식을 풍요롭게 만든다. 동시에 그곳에서 나오는 반사된 빛으로부터 루쉰에 대한 우리의 이해와 인식은 더욱 깊어질 것이다.

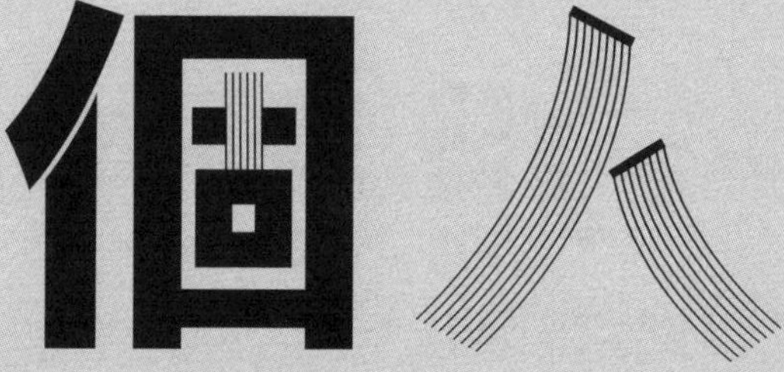
個人

개인

『일곱 사형수 이야기』와 아Q의 '대단원'

1. "한 권 사 오기 바라고, 잊지 말게"

1919년 4월 18일에서 5월 17일까지 저우쭤런은 지인을 만나러 일본을 방문했다. 그는 한발 앞서 상하이에서 배에 올랐고, '수'(樹) 형은 4월 19일 밤 그에게 편지를 쓰고, 20일 아침에 또 특별히 편지 마지막에 '추신'을 붙였다. "안드레예프(Леонид Николаевич Андреев, 1871~1919)의 『일곱 사형수 이야기』 일역본을 아직도 구할 수 있으면 한 권 사 오기 바라고, 잊지 말게."[1] 루쉰은 그가 각별하게 "잊지 말게"라며 부탁한 책을 읽었을까? 나카지마 오사후미가 편집한 『루쉰이 직접 본 도서 목록 — 일본책 부분』에는 이 책의 제목은 있으나 "봤는지는 분명하지 않다"라고 했다.[2] 나는 여기에서 하나의 가설을 세우고자 한

---

1 魯迅, 「190419 致周作人」, 『魯迅全集·書信』 제11권, 373쪽.

2 中島長文, 『魯迅目睹書目 — 日本書之部』, 私版, 1986, 78쪽.

다. 루쉰은 이 소설을 읽었을 뿐만 아니라 「아Q정전」을 창작할 때 참고하기도 했다는 것이다.

저우쭤런은 4월 23일 아침부터 5월 12일 황혼까지 도쿄에서 20일간 체류했다.[3] 그의 일기에 근거하면 도착 이튿날 바로 "마루젠(丸善)과 나카니시야(中西屋)에 가서 책 17권을 샀다". 5월 9일까지 그는 도쿄에서 총 75권을 구매했고 이 중에는 '수핑'(叔平), '쥔모'(君默) 등 친구를 위해 대신 구매한 도서도 포함되어 있다. 구매처, 권수, 일부 책의 제목 등 통계는 아래와 같다.

표 1 저우쭤런의 4월 23일~5월 12일 도서 구매 통계

날짜	서점	권수(도서명)
4월 24일	마루젠(丸善), 니카니시야(中西屋)	17권
4월 25일	간다(神田)	4권
4월 26일	간다	4권
4월 28일	간다, 혼고(本鄕)	6권, 8권
4월 29일	혼고	9권 (『과학의 문법』科學之文法)
5월 3일	마루젠, 난요도(南陽堂)	5권, 2권, 1권 (5월호 『신조』新潮)
5월 5일	후루혼야(古本屋)	1권 (『민주주의 방향으로』民主々主義方へ)
5월 6일	마루젠, 벤쿄도(勉強堂)	5권, 1권 (『세계연보』世界年譜)
5월 7일	후루혼쇼(古本書)	3권, 2권
5월 8일	니카니시야, 후루혼야	1권(『유대(猶大)』), 1권(『본능의 신기』本能之奇異)
5월 9일	혼고	4권, 1권(『유행가 변천사』流行唄變遷史)

3 魯迅博物館 소장, 『周作人日記(影印本)』(中), 大象出版社, 1996, 23~26쪽 참고.

5월 14일 배에서 『산호수』珊瑚樹, 『제2독보집』第二獨步集을 읽고 5월 16일에는 "알렉세예프(エレサエフ)가 쓴 『전기』戰記"를 읽었다. 5월 18일에는 "『유럽문학사강』 11권, 『거미』蜘蛛와 『꿀벌』蜜蜂 각 1권이 들어 있는, 마루야마에서 부친 두 꾸러미"를 받았다고 했다.[4] 이상에서 알 수 있듯이 저우쭤런은 이 여행에서 75권을 구매했고 대다수는 책 제목을 기록하지 않았는데, 이 중에는 '수' 형이 구매를 부탁했던 두 권이 포함되어 있다. 사실 '추신'에서 언급한 『일곱 사형수 이야기』 외에 편지에서 또 다른 책 한 권의 구매를 부탁했다. 편지의 마지막 단락이다.

> 하쿠분칸에서 나온 『서양문예총서』에는 헤르만 주더만(ズーデルマン)이 지은 『죄』가 있는데, 보고 싶으니 자네가 돌아올 때 기선을 탄다면 짐이 좀 무거워도 괜찮을 것이니 한 권 사 오기 바라네.
> 이 밖에 다른 일은 없네. 나는 다시 도쿄로 편지를 보내지는 않겠네. 자네가 언제 도쿄에서 출발하는지가 결정되면 편지로 알려 주기 바라네.[5]

부탁 끝에 "이 밖에 다른 일은 없네"라는 말은 부탁의 중요함을 드러낸다. 인용문에서 언급한 하쿠분칸에서 출판한 『죄』에 관해서 『루쉰전집』의 주석은 정확하지 않다. 주석은 아래와 같다.

4 魯迅博物館 소장, 『周作人日記(影印本)』(中), 26~27쪽.

5 魯迅, 「190419 致周作人」, 『魯迅全集·書信』 제11권, 373쪽.

(14) 하쿠분칸(博文館)은 도쿄의 인쇄국이다.

(15) ズーデルマン 주더만(H. Sudermann, 1857~1928)은 독일의 극작가, 소설가. 저서로 희곡 「영광」, 「고향」과 소설 『우수(憂愁) 부인』 등이 있다. 『죄』는 『소돔(죄악의 도시)의 종말』을 가리키는 듯하다.[6]

하쿠분칸은 일본 근대사에서 가장 유명한 출판사 중 하나다. 오하시 사헤이(大橋佐平, 1835~1901)가 1887년 도쿄 혼고(本鄉)에 세웠고 1947년에 업무를 중단했다.[7] 60년의 역사 동안 도서, 잡지의 대량 출판과 발행으로 인한 하쿠분칸의 거대한 영향은 『일본대백과전서』에서 '하쿠분칸 시대'[8]로 이름 붙인 한 시기의 역사를 만들었다. 하쿠분칸에서 출판된 많은 출판물은 당시 유학생 저우수런의 독서 대상이었다. 『죄』의 원본은 주석에서 "가리키는 듯하다"라고 한 『소돔(죄악의 도시)의 종말』이 아니라 Der Katzensteg(직역하면 '고양이 다리')다. 주더만이 1889년에 출판한 장편소설로 고미야 도요타카(小宮豐隆, 1884~1966)가 일본어로 번역하면서 처음에 '부모의 죄'(親の罪)로 제목을 달았다가 "너무 심한 조롱이다"라고 느껴 '죄'로 고쳤다.[9] 일본어판은 1914년 하쿠분칸에서 '근대서양문예총서' 제8권으로 출판하였다.

루쉰은 이 책을 알고 대단히 읽고 싶어 했다. 그런데 이상에서 서

6 『魯迅全集』 제11권, 375쪽.

7 지금도 도쿄에는 '博文館新社'와 '博友社'라고 하는 직계 혹은 방계 출판사가 있으나 1947년 해산하기 이전의 하쿠분칸의 성격은 남아 있지 않다.

8 小學館, 『日本大百科全書』, 1996, SONY DATA Discman DD-2001.

9 ズウダアマン, 小宮豊隆 譯, 『罪』, 博文館, 1914, 1쪽 역사 서문 참고.

술한 바와 같이 "봤는지는 분명하지 않다"라고 한 『일곱 사형수 이야기』는 루쉰이 '직접 본 도서 목록'에 있으나 이 책은 들어가 있지 않다. 사실상 저우쭤런이 이 두 권을 구매했는지와 루쉰이 결국 읽었는지는 완전히 같은 층위의 문제로 각각 깊이 있게 논의할 필요가 있다. 저우수런의 도서 구매 기록에는 이 두 권의 제목이 보이지 않으므로 이미 알려진 기록으로부터 추론할 수밖에 없다. 4월 27일 "베이징 21일 편지 받음". 이 편지는 루쉰이 '19일 밤'에 쓰고 '20일 추신', 그리고 '21일 아침'에 덧붙인 편지라는 것은 의심의 여지 없이 분명하다. 저우쭤런은 '28일', 곧 이튿날 바로 움직여 "오전에 신덴에서 6권을 사고, 오후에 또 혼고에서 8권을 샀다". 이렇게 보면 저우쭤런이 루쉰의 부탁에 응하여 책을 구매한 기록이라고 추론해도 괜찮지 않을까? 이 추론이 성립한다면, 『죄』와 『일곱 사형수 이야기』는 오전의 '6권'이나 오후의 '8권'에 포함되었을 가능성이 아주 크다. 이것이 지금 할 수 있는 최대치의 추론이다. 물론 관련성을 입증하기 위해서는 텍스트가 가장 중요하다. 텍스트의 교섭 여부야말로 관련성의 가장 강력한 증명이다. 『죄』에 관해서는 따로 검토할 생각이므로 여기서는 잠시 내려 두고자 한다. 이 글에서는 인물 형상화의 시각에서 『일곱 사형수 이야기』와 루쉰의 관련성을 살펴보고자 한다.

2. 이반 얀슨

『일곱 사형수 이야기』는 현재 중국어로는 『일곱 명의 교살된 사람들』[10]로 번역된다. 『루쉰전집』(2005)에는 이 작품의 판본과 내용에 대한 주석이 없다. 안드레예프의 이 작품의 일역본은 처음에는 신문과 잡지에 부분적으로 실렸다. 1910년 3월 17, 18, 19일 『요미우리신문』 제5면 '형장에 도착하다'라는 제목으로 구사노 시바지(草野柴二)가 번역한 마지막 장이 실렸고[11], 11월 13일 일요판에서는 옥살이 중의 한 절이 다시 실렸다.[12] 소마 교후(相馬御風)의 『일곱 사형수 이야기』는 일본 최초의 완역본으로 1911년 4월 1일에 발행된 『와세다문학』早稻田文學 제60호에 처음으로 실렸고, 1913년 5월 해외문예사가 '해외문예총서'에 넣어 단행본으로 출판했다. 단행본은 『와세다문학』 판에 있던 후기를 삭제하고 '서언'을 넣었다. 이것이 바로 루쉰이 구매를 부탁한 『일곱 사형수 이야기』의 일역본이다. 판본의 정보는 다음과 같다.

> 안드레예프(アンドレーエフ) 작, 소마 교후(相馬御風) 역, 일곱 사형수 이야기(七死刑囚物語), 해외문예사(海外文藝社)
> 다이쇼 2년 5월 14일 인쇄, 5월 17일 발행, 234쪽.

이 글에서는 이 단행본을 대조 텍스트로 삼고자 한다. 다이쇼 2년

10 이 글에서 참고한 판본은 다음과 같다. 列·安德烈耶夫, 陸義年·張業民 譯, 王庚年 校, 『七個被絞死的人』, 漓江出版社, 1981; 靳戈·顧用中 等譯, 『七個被絞死者的故事』, 『外國文藝』編輯部 編, 等 『安德利耶夫中短篇小說集』, 上海譯文出版社, 1984.

11 草野柴二 譯, 「刑場到着」(アンドレーエフ)「七死刑囚」(最後の一章)(上, 中, 下), 『讀賣新聞』 제11790, 11791, 11792호, 1910년 3월 17, 18, 19일.

12 アンドレエエフ、白露生 譯, 「時の進行」(七死刑囚物語の一節), 『讀賣新聞』(日曜日) 제12031호, 1910년 11월 3일.

은 1913년이다. 이후 이 일역본은 여러 차례 재판을 찍었다. 1921년 5월 15일 사토출판(佐藤出版)이 또『일곱 사형수』라는 제목으로 미야하라 고이치로(宮原晃一郎)가 단행본으로 번역했고, 이 판본 또한 이후 재판을 찍었다. 이것은 모두 뒷이야기다. 다시 소마 교후 번역의 단행본으로 돌아가 보자. 역자 서문의 소개에 따르면 이 작품의 러시아어 원문은 안드레예프의 'Рассказ о семи повешенных'이고, 일역본은 영어판 'The seven who were hanged'를 저본으로 '중역'했고 역자는 제목에 "특별히 '이야기'(物語)라는 글자를 덧붙였다".[13]

루쉰에게 있어서 안드레예프의 의미에 관해서는 많은 연구가 있으므로 여기에서 덧붙일 필요는 없다. 비교적 전면적인 것으로는 후지 쇼조(藤井省三) 교수의 저술이 있고, 최근에는 텍스트와 창작의 교섭에 관한 새로운 발견과 연구를 담는 졸고가 나왔다.[14] 여기서 지적하고자 하는 것은「광인일기」와「약」藥 등 "안드레예프 식의 음랭(陰冷)이 있"는 작품이 세상에 나온 이후 루쉰이 흡사 자발적으로 안드레예프 '반추' 시기에 들어간 듯하다는 점이다. 10여 년 전 일본 유학 시절에 시작한 안드레예프에 대한 수집, 독서, 번역이 귀국 후 장기간 중단되었다가 다시 시작되었다. "잊지 말게"!—1919년 4월 20일『일곱 사형수 이야기』를 수소문한 것은 상징적인 의미가 있다. 1920년 3월 20일 상하이 췬이서사(群益書社)의『역외소설집』중인을 위한 서

13 アンドレーエフ, 相馬御風 譯,『七死刑囚物語』, 1쪽. 판권 면에는 '昌治'라고 서명.

14 藤井省三,『ロシアの影 —夏目漱石と魯迅』, 平凡社, 1985. 언급한 '졸고'는 이 책에 수록된「광인의 경계 넘기 여정 — 저우수런과 '광인'의 조우에서 그의「광인일기」까지」를 가리킨다.

문(저우쭤런의 이름으로 서명, 이듬해 출판)을 쓴 것은 그가 이전의 「거짓」, 「침묵」, 「혈소기」를 통하여 안드레예프와 다시 만났음을 의미한다. 1921년 9월 8일에는 안드레예프의 단편 「어두운 안개 속에서」의 번역을 끝내고 「번역 후기」를 썼고, 사흘 뒤인 9월 11일에는 안드레예프의 단편소설 「책」의 번역을 끝내고 「번역 후 부기」를 썼다. 이때부터 1935년 3월에 『중국신문학대계』 소설 2집 서문을 쓸 때까지 그의 글이나 서신에는 줄곧 안드레예프에 관한 화제가 매우 높은 비율을 차지했다. 루쉰이 저우쭤런에게 보낸 편지에서 "잊지 말게"라고 한 부탁은 그의 『일곱 사형수 이야기』에 대한 관심의 정도를 보여 준다. 이 점은 그의 소장 도서 중에 10년 후에 출판된 이 책의 중국어 번역본이 있다는 것도 증거가 될 수 있다.[15] 안드레예프는 전에도 그랬던 것처럼 이 책으로 다시 한번 세계에 충격을 가져다주었다.

사형 선고를 받은 사람은 처형되기 직전 어떠한 심리 상태일까? 뛰어난 예술적 재현으로 말하자면 세계문학사에서 안드레예프의 『일곱 사형수 이야기』는 틀림없이 대표작의 위치에 놓일 것이다. 이 소설은 전체 12장이고 일곱 사형수에 관해 쓴 것인데, 그중에는 남자 3명 여자 2명 총 5인의 혁명가, 살인강도 1명과 일시적 흥분으로 자신의 주인을 살해한 고농(雇農)이 포함되어 있다. 그들은 모두 교수형을 받았고 17일 후인 금요일에 함께 교수대로 갈 예정이다. 사형을 마주한 이 일곱 명은 각각 다른 대응과 심리 상태를 보인다. 어떤 사람은 순결

15 俄國安特列夫, 袁家驊 譯, 『七個絞死的人』, 上海北新書局, 1929년 초판; 北京魯迅博物館編, 『魯迅手跡和藏書目錄』, 內部資料. 1959, '一 哲學, 宗教' 42쪽.

한 순교자처럼 자신의 아름다운 죽음을 상상하고 어떤 사람은 충만한 모성애로 사형을 앞둔 동지들이 두려워할까 염려한다. 또 어떤 사람은 체조로 자신의 육체가 직면한 생사의 경계를 확인한다. 어떤 사람은 괴로움과 공포로 온종일 모퉁이에 웅크려 벌벌 떨고 있다. 어떤 사람은 완전히 담담하게 최대치의 내면의 자유를 유지하고 생사가 오가는 지점에서도 아름답고 광활한 대해를 보고 있는 것처럼 큰 소리로 노래한다. 어떤 사람은 어떻게 탈옥해서 예전으로 돌아갈까 생각하고 최소한 그를 교사하는 사람이 풋내기는 아니어서 자신에게 통쾌함을 가져다주어야 한다고 바란다. … 요컨대 이 사람들은 사형에 대하여 모두 명확한 의식이 있고 죽음의 의미를 이해하고 있었다. 오로지 한 사람만이 판결이 선고될 때 눈앞에서 무슨 일이 일어나고 있는지 분간하지 못한다.

"그의 눈은 웅장한 법정을 멍하니 바라보고 잔금이 가득한 손가락으로 코를 후볐다."[16] 교사형을 선고받을 때 그는 재판장을 향해 한마디 한다.

> "그녀는 우리를 죽일 거라고 말했어요, 저 여자가."
>
> "저 여자? 당신은 누구를 말하는 것입니까?" 재판장은 탁하고 낮은 목소리로 물었다.
>
> 얀슨은 손으로 재판장을 가리키고 실눈으로는 다른 쪽을 바라보며 화를 내며 대답했다.

---

16 アンドレーエフ, 相馬御風 譯, 『七死刑囚物語』, 44쪽.

"바로 당신요!"

"그랬군요!"

이번에는 얀슨이 한 재판관을 향해 눈길을 돌렸다. 점점 더 힘센 목소리로 방금 한 말을 반복했다.

"저 여자가 우리를 목 졸라 죽일 거라고 말했어요. 우리가 어떻게 그녀가 목을 조르도록 놔두겠어요!"

"피고를 데리고 나가시오!"

얀슨은 여전히 동요하지 않고 고개를 쳐들고 똑같이 강경하게 말하였다.

"우리가 어떻게 그녀한테 죽임을 당하겠어요!"[17]

고농 '이반 얀슨'이다. 그가 다른 사람과 다른 까닭은 죽음에 대한 두려움이 없어서라기보다는 완전히 마비된 정신 때문이라고 보아야 한다. 그의 출신은 대단히 모호하다. 러시아어를 못하고 그의 에스토니아어를 이해하는 사람도 없어서 사람들과 거의 말을 하지 않는다. 고향에서 편지 한 통이 왔으나 글자를 몰라서 그 자리에서 버린다. 그는 이 농장에서 저 농장으로 고농으로 일하고 있다. 다른 고농과 그리 다른 점은 없으나 다만 폭음을 즐긴 뒤에 가축을 학대한다. 그도 아내를 맞이할 생각을 하기도 했다. 농장주에게 고용된 여자가 마음에 들었으나 유감스럽게도 자신의 왜소한 체구, 주근깨 가득한 얼굴을 '원망'하며 돌아왔다. 어느 겨울밤 갑자기 고용주가 그에게 한 욕설이

17 アンドレーエフ, 相馬御風 譯, 『七死刑囚物語』, 45~46쪽.

생각이 나서 등 뒤에서 핀란드칼로 고용주를 미친 듯이 찔렀다. 또 여주인에 대한 사념으로 무례하게 굴다가 여주인이 반항하자 도리어 목이 꺾이고 깜짝 놀라 도망치다가 결국 붙잡히고 말았다.[18] 그런데 그는 건망증이 심해서 수감 판결을 받은 뒤로는 잘 먹고 잘 자고 창밖의 설경도 즐기면서 매우 흡족하게 지낸다. 태어나고부터 지어 본 적이 없는 웃음을 짓기도 한다. 사형 날짜가 임박해지자 비로소 두려움을 느끼기 시작하나 입으로는 여전히 이렇게 중얼거린다. "어째서 우리를 죽이려 하지?" "우리가 죽임을 당할 리는 없어!" 여전히 흐리멍덩해도 죽음의 공포는 한 걸음 한 걸음 가까이 다가와 마침내 사형장으로 압송되는 길에서 최고조에 이른다. 스스로 감방에서 걸어 나왔으나 기어코 마차에서 안 내리려고 두 손으로 죽자고 문 손잡이를 놓지 않는다. 끌려 내려온 뒤에는 마차 바퀴를 꽉 잡고 안 놓다가 어깨에 들려 나가게 된다. "처음에는 두 발의 발바닥이 그래도 바닥에 붙어 있었으나 뒤이어 무릎이 접혔다. 전신의 무게가 순경의 어깨를 짓누르고 취한 것처럼 두 발끝으로 바닥을 쓸면서 목제의 사형대로 끌려갔다."[19] 종국에는 혁명가에게 잡혀 교수대로 걸어가는 순간, 그는 마침내 겁에 질려 분명하게 의식하게 된다. "우리가 이렇게 죽임을 당하게 되는구나!"[20]

---

18 アンドレーエフ, 相馬御風 譯, 『七死刑囚物語』, 수감 되기 전의 얀슨은 36~44쪽 참고.

19 アンドレーエフ, 相馬御風 譯, 『七死刑囚物語』, 196~197쪽.

20 アンドレーエフ, 相馬御風 譯, 『七死刑囚物語』, 230쪽.

3. "여러 부류의 사람을 잡다하게 취한 것" 가운데 한 사람

"아Q의 영상은 내 마음속에서 분명 벌써 여러 해 된 것 같다."[21] 저우쭤런이 도쿄에서 책을 구매해서 돌아온 뒤 2년 반이 지나고 루쉰은 '바런'(巴人)이라는 필명으로 『천바오부간』晨报副刊에 「아Q정전」을 연재하기 시작했다(1921년 12월 4일에서 1922년 2월 12일까지).

오랫동안 '아Q'를 마음속에 숙성시켰고 또 "여러 부류의 사람을 잡다하게 취해"서 "하나로 만드는"[22] 창작 방법을 사용한 이상, '이반 얀슨'에게서 다시 한번 안드레예프의 '음랭'함을 섭취한 후 이 인물의 어떤 요소를 아Q에게 녹아들도록 한 것 역시 지극히 자연스럽다. 예컨대 출신이 모호한 고농 신분에 흐리멍덩하고 읽고 쓸 줄 모르고 건망증으로 쉽게 개운해지고 여성에게 구애하다 거절당하고 사형이 뭔지도 모르고 잠시 마음을 놓았다가 마지막 처형 직전에 죽음의 공포를 깨닫는 것, 특히 "서 있을 수가 없어서 저도 모르게 쪼그려 앉았고, 마침내 여세를 몰아 무릎을 꿇는" 것,[23] 나는 아Q의 이러한 특징은 모두 안드레예프의 '이반 얀슨'과 모종의 관련성이 있다고 생각한다. 물론 루쉰이 말한 것처럼 타자를 향한 공부는 "소고기를 먹는다고 해서 자신이 결코 소고기로 변할 리가 없는 것과 같다".[24] 아Q의 '대단원'은 완전히 자신의 성격과 중국 사회가 그에게 부여한 특별한 결말이

---

21 魯迅, 「「阿Q 正傳」的成因」, 『魯迅全集·華蓋集續編』 제3권, 396쪽.

22 魯迅, 「「出關」的'關'」, 『魯迅全集·且介亭雜文末編』 제6권, 538쪽.

23 魯迅, 「阿Q正傳」, 『魯迅全集·吶喊』 제1권, 548쪽.

24 魯迅, 「關於知識階級」, 『魯迅全集·集外集拾遺補編』 제8권, 228쪽.

자 루쉰의 대체 불가능한 예술적 창조다. 아Q는 반드시 죽임을 당해야 했다. 그는 마음먹은 대로 되지 않았으나 동그라미를 반드시 동그랗게 그리려고 했고, "20년 흘러 또 한 명…"을 생각함으로써 '정신승리법'을 끝까지 진행했다. 이것은 그의 성격의 결말이다. 바로 이런 까닭에 '이반 얀슨'과 비교하면, 아Q의 죽음에 대한 공포, 다시 말해 생에 대한 자각은 너무 늦게 왔다. 그가 '살려주세요'라고 외치고자 했을 때는 이미 곧 죽을 판이었다. 그런데 "이 찰나"[25]의 각성은 그를 둘러싼 구경꾼들의 눈에서 비롯되었다. 이것은 광야에서 아무도 모르게 교사형을 당하는 '이반 얀슨'보다 훨씬 더 끔찍하다. 아Q는 구경꾼들의 눈빛에서 두려움을 느끼나 구경꾼들은 아Q가 두려워하고 있다는 것을 알지 못한다. 이것이 바로 루쉰이 말한 "자신의 손도 자신의 발을 거의 잘 모르"[26]는 비극이다.

이상의 분석을 통하여 루쉰이 「아Q정전」을 창작할 때 일본어판 『일곱 사형수 이야기』를 참고했을 확률이 대단히 높다는 것을 알 수 있다. 마음에 느낀 감응으로 흔적 없이 녹여 냄으로써 따로 새롭게 창조하여 자각적이고 자신 있게 탁월한 '나래주의'(拿來主義)[27]의 능력을 구현했다고 할 수 있다. 「아Q정전」의 소재의 출처를 구성하는 요소는 대단히 복잡하고 한두 마디로 분명하게 말할 수 없다. 여기에 결코 『일곱 사형수 이야기』 한 편만 있을 리는 없겠지만, '이반 얀슨'의

25 魯迅, 「阿Q正傳」, 『魯迅全集·吶喊』 제1권, 551쪽.

26 魯迅, 「俄文譯本「阿Q 正傳」序及著者自敘傳略」, 『魯迅全集·集外集』 제7권, 84쪽.

27 魯迅, 「拿來主義」, 『魯迅全集·且介亭雜文』 제6권, 39~42쪽.

인생 경험과 성격적 요소는 루쉰이 적극적으로 가져온 부분이라고 할 수 있다. 바로 이 점에서 오늘날 「아Q정전」의 창작 기제를 새롭게 사고할 때 분명 대단히 중요한 작품이라고 할 수 있다.

4. 루쉰의 착안점

러시아든 일본이든 안드레예프의 『일곱 사형수 이야기』의 해석의 중점은 거의 5명의 '혁명가'에 기울어져 있고 '혁명', '사망', '사법' 등 현실의 정치 문제와 사회 문제를 비춰 본다. 일본어판 번역가 소마 교후는 번역 동기에 대해 이렇게 말했다. "작가의 목적은 사형은 어떤 조건 아래서든 모두 공포고 불공정하다는 것을 보여 주는 것이다. 그런데 우리가 독자로서 받는 인상은 사형 문제뿐만 아니라 더욱 광범위한 의미에서 인생에 대한 암시가 있다는 것이다. 이 책이 작가 자신이 목적으로 삼은 사형 문제만 묘사하고 있다면, 나는 아마도 이렇게 힘을 들여 번역하지 않았을 것이다."[28] 번역자에게 다른 목적이 있었던 것은 분명하다. 그는 안드레예프가 쓴 일곱 명의 교수형을 받은 사형수 이야기로 같은 해 1월 '대역사건'(大逆事件)으로 교수형을 받은 고토쿠 슈스이(幸德秋水, 1871~1911) 등 12명의 사형수를 포개 놓고자 했다. 선행 연구에서 지적한 바와 같이 "(일역본) 『일곱 사형수 이야기』는 대역사건에서 사형의 부당함을 묘사하고 고발한 유일한 문학이

28 アンドレーエフ, 相馬御風 譯, 「緒言」, 『七死刑囚物語』, 1쪽.

되었다".[29]

그런데 러시아에서 이 작품은 어떻게 해석되었는가? 그것의 중점은 혁명가가 어떻게 죽음이라는 '시험'에 대면하는가의 문제다. 『러시아문학사』는 이렇게 썼다.

> 『일곱 교수형 범죄자 이야기』에서 안드레예프는 혁명 테러분자, 형사범, 암살을 도모하는 고관, 귀족들로 하여금 그가 자주 사용하는 '사망' 시험에 부딪히게 했다. 타인에 대한 사랑의 마음으로 충만한 사람만이 비로소 이 시험을 견딜 수 있다. 독자들은 사형에 직면한 혁명가들은 민중을 위한 봉사, 자신의 혁명에 대한 책임 그리고 미래의 승리를 생각할 것이라고 느낀다. 안드레예프의 소설은 이런 층위에서 그들을 만족시키지 않는다. 그런데 작가가 소설을 낭독했을 때 최초의 일부 명망 있는 청중들 즉, 당시 이미 사형선고를 받은 실리셀부르크의 범인은 사형수의 감정과 생각에 대한 묘사가 진실하다는 것을 깨달았다. … 안드레예프는 언제나 권면론을 두려워했다. 그의 글 속의 혁명가들은 일반적으로 자신의 '사업'을 직접적으로 사고하지 않는다. 모든 것은 이미 정해진 형국이다. 그런데 사형을 기다리는 공포의 시각에 그들 저마다의 생명과 타인을 대하는 태도가 드러나고, 그들을 공훈을 세운 인물로 바꾸는 사람들은 그들이 죽음의 공포를 극복

29 田村欽一, 「『七死刑囚物語』をめぐって」, 日本文學協會 編輯發行, 『日本文學』 제29권, 1980년 제10호, 30쪽. '대역사건'과 안드레예프의 관계에 관해서는 藤井省三의 「第二章 大逆事件とアンドレーエフの受容」(『ロシアの影 ―夏目漱石と魯迅』) 참고.

하도록 돕는다.

소설은 동시대 사람들에게 강렬한 인상을 남겼다. 그것은 3년 동안 여러 차례 출판되었고 즉시 외국에 번역되었다. 일찍이 사형에 대하여 이처럼 힘 있게 예술적 항의를 한 러시아 작가는 한 사람도 없었다. 논쟁이 격렬하게 진행되던 당시 이 작품을 저평가했던 루나찰스키와 고리키도 훗날 그것의 숭고한 사회적 의미를 지적했다.[30]

소마 교후의 일역본에 관한 일본에서 나온 최초의 평론은 혼마 히사오(本間久雄, 1886~1981)가 쓴 「『일곱 사형수 이야기』를 읽고」다. 이 서평은 인물의 분류에 착안하여 얀손이 고리키 작품에 나오는 "방랑자"와 "같은 전형"이고, 강도 또한 고리키가 작품 속의 주인공의 "야만성"을 가지고 있다고 했다. 그런데 평론가가 "가장 흥미를 느꼈"던 곳은 이 두 인물이 아니라 "다섯 명의 테러분자"의 교양과 운명으로 그들을 구체적으로 "돈키호테 형"과 "햄릿 형"으로 구분했다.[31] 그런데 중국 학자들은 '혁명'의 측면에 착안했고, 심지어 '혁명'의 정도에 따라 그들을 낮은 곳에서 높은 곳으로 가는 세 개의 "계단"으로 구분하고, '농민 얀손'은 물론 가장 낮은 "첫 번째 계단"에 세웠다.[32]

이 작품을 읽는 루쉰의 착안점은 완전히 달랐다. 그가 관심을 가

---

30 尼·伊·普魯茨科夫 主編, 『俄國文學史』, 科學出版社列寧格勒分社, 1983, 357~358쪽. 원문은 러시아어, 자료와 번역문을 제공해 준 난징사범대학 왕제즈(汪介之) 교수에게 감사를 표한다.

31 本間久雄, 「『七死刑囚物語』を讀む」, 『讀賣新聞』(日曜日) 제12974호, 1913년 6월 15일.

32 周啟超, 「『七個絞刑犯的故事』藝術特色管見」, 『外國文學研究』, 1986, 제3기 참고.

진 것은 사람들이 통상적으로 주목한 다섯 명의 혁명가가 아니라 그 중 가장 혁명적이지 않은 '이반 얀슨'이었다. 뿐만 아니라 그는 이 인물로부터 그가 찾고자 하는 것을 찾았다. 이것은 가장 혁명적이지 않은 '아Q'에 대한 그의 관심, 더 나아가 형상의 구상과 완전히 일치한다. (이로써 「약」에서 루쉰의 화라오솬(華老栓) 일가에 관한 관심이 혁명가 샤위(夏瑜)를 훨씬 넘어선다는 것을 연상할 수 있다.) 혹은 루쉰의 마음속에 줄곧 흔들거리는 아Q의 '영상'이 있었기 때문에 비로소 그의 『일곱 사형수 이야기』를 해석하는 독특한 시각과 흡수가 있을 수 있었다고도 말할 수 있다. 따라서 이런 의미에서 보면 「아Q정전」의 독특성은 『일곱 사형수 이야기』에 대한 루쉰의 독특한 독서의 착안점과 밀접한 관계가 있다. 다시 말하면 작품의 독특한 구성은 관찰하고 취재하는 단계에서 이미 시작되었다는 것이다. 루쉰의 독서사에서 소재를 어떻게 관찰하고 처리하는지를 검토하는 것은 루쉰의 창작 기제를 분석하는 하나의 경로가 될 수 있다. 이것이 바로 「아Q정전」 탄생 100년을 기념하는 이 글을 쓰면서 든 나의 생각이다.

2021년 8월 22일 일요일 교토 무라사키노에서

2022년 10월 15일 토요일 교토 무라사키노에서 수정

유학생 저우수런 주변의 '니체'와 그 주변

머리말: '저우수런' 시점에서의 '니체'

'루쉰과 메이지 일본'은 이전의 '루쉰과 니체'라는 연구틀 중의 한 범주다. 이 글에서 검토하려는 문제도 이러한 범주 속에 있으므로 이 범주에 속한 문제에 대한 검토의 연속이다. 그런데 아래에 언급하는 두 가지는 이전 연구와 다른 점이라고 할 수 있다.

첫째는 연구의 시점 조정이다. 구체적으로 말하면 과거의 '루쉰'이라는 연구의 시점을 '유학생 저우수런'으로 조정한다. 이 조정은 관찰 시각의 전환일 따름이지 결코 유기적 구성 부분인 유학생 저우수런을 루쉰이라는 연구 대상으로부터 잘라 내어 루쉰 밖의 독립적인 또 다른 존재로 바꾸는 것을 의미하는 것이 아니라, 유학생 저우수런이 당시에 처했던 역사적 현장으로 되돌려 놓기를 시도하는 것이다. 이렇게 함으로써 '루쉰'이 된 이후의 '루쉰'에 관한 방대한 해석이 이전의 역사에 대한 관찰에 끼치는 영향을 가능한 한 경감시키고자 하는 것이다. 역사적 인물의 이야기는 역사의 당사자 본인에게 돌려주어야 한다. 이 글에서는 유학생 저우수런이 역사적 이야기의 주인공 즉, 당사자다.

관찰 시각의 조정에 따라 동일한 틀에 있는 '니체'에도 자연스럽게 변화가 발생한다. 이 변화는 직접적으로 니체에 관한 질문을 수반한다. 즉, 그해 청나라 유학생 저우수런이 실제로 대면한 것은 도대체 어떤 니체인가? 저우수런의 시각에서 이 문제를 명확하게 제시하고 밝히고자 하는 것은 이 글이 이전의 연구와 또 다른 점일 것이다.

방법으로 말하자면 이 글은 '주변'이라는 개념을 도입한다. 이것은 상대적인 개념이다. '니체'를 모종의 틀 속의 문제로 간주할 때, '니체'는 비로소 저우수런 주변에 떠오르는 하나의 초점이 될 뿐만 아니라 스스로 하나의 주변을 거느리게 된다. 그런데 사실상 문제틀을 다소 조정하여 다른 문제로 눈을 돌릴 때, 저우수런의 주변에 또 다른 수많은 초점이 응집하고 부유하고 있음을 발견할 수 있다. 그리고 이 초점들의 주위는 또 각각 상응하는 주변을 거느리고 있다. 작은 돌멩이 한 주먹을 고요한 수면을 향해 던졌을 때 보이는 그러한 모습과도 같다. 구체적으로 인물을 가지고 말하자면, '니체'라는 초점과 나란히 나열되는 것은 하나의 긴 행렬이다. 톨스토이(Lev N. Tolstoi, 1828~1910), 쇼펜하우어, 슈티르너, 입센, 키르케고르, 바이런, 셸리, 레르몬토프, 푸시킨, 페퇴피 등등. 이론적으로 말하자면 저우수런이 센다이(仙台)에서 도쿄로 돌아와서 쓴 논문 즉, 「인간의 역사」, 「악마파 시의 힘에 대하여」, 「과학사교편」, 「문화편향론」, 「페퇴피론」과 「파악성론」에서 언급한 인물과 사건은 기본적으로 모두 저우수런이 자신의 주변에서 선택하여 그중의 다양한 관심 대상에 귀납한 것으로 볼 수 있다. 이른바 '문제의식'을 그중의 어떤 한 지점으로 향하게 하면, 그것은 모두 '초점'이 될 수 있다. 달리 말하자면 이 글이 취하는 것은 저우수런 주변의 하나의 초점 즉, 메이지 '니체'와 그 주변이며, 그것과 주위와의 상호 영향은 필요할 때만 언급할 것이다. 이 글은 주변을 선택, 조사, 정리, 서술함으로써 주체를 부각하고 뚜렷하게 하는 방식으로 저우수런과 그의 '니체'를 드러낼 것이다.

1. 구체적 문제: "니취"가 "(…)의 말(을 빌려) 말했다"는 어디에서 나온 것인가?

이것 또한 『루쉰전집』의 한 주석과 관련이 있다. 제1권에 수록된 「문화편향론」은 1907년에 쓴 글이다(1908년 8월 『허난』 잡지 제7호에 발표, 필명은 '쉰싱'(迅行)). 여기에는 "니체"가 "(…)의 말(을 빌려) 말했다" 라고 하는 단락이 있는데, 유학 시기에 쓴 루쉰의 글 가운데서 니체를 언급한 일곱 곳 중의 하나다.[1] 물론 당시에는 '니체'(尼采)가 아니라 '니취'(尼佉)라고 썼다.

독일인 니취(Fr. Nietzsche) 씨는 차라투스트라(Zarathustra)의 말을 빌

1 발표 순서대로「摩羅詩力說」(1908년 3월)에 2회, 「文化偏至論」(1908년 2월) 4회, 「破惡聲論」(1908년 12월) 1회, 총 7회 나온다.

려 말했다. 나는 너무 멀리까지 걸어와 짝을 잃어버리고 혼자가 되었다. 되돌아 저 지금의 세상을 바라보니 그것은 문명의 나라요 찬란한 사회다. 하지만 그 사회는 확고한 신앙이 없고, 대중들도 지식에 있어서 창조적으로 만드는 성질이 없다. 나라가 이와 같다면 어찌 머무를 수 있겠는가? 나는 부모의 나라에서 추방되었다! 잠시나마 바랄 수 있는 것은 오로지 자손들뿐이다. 이것은 그가 깊이 생각하고 멀리 주시하여 근대 문명의 허위와 편향을 보아 낸 것이고, 또한 지금의 사람들에게 바라지 않고 어쩔 수 없이 후손을 염두에 둔 것이다.[2]

"니취(Fr. Nietzsche) 씨"가 "차라투스트라(Zarathustra)의 말"을 빌렸다는 것의 출처에 관하여 1981년판 『루쉰전집』은 다음과 같이 주석을 달았다.

차라투스트라(察羅圖斯德羅)는 통상적으로 자라투스트라(札拉圖斯特拉)로 번역한다. 여기에서 인용한 말은 니체의 주요 철학 저술인 『차라투스트라는 이렇게 말했다』 제1부 제36장 '문명의 땅'에 나온다(원문과 조금 차이가 있다). 차라투스트라는 기원전 6, 7세기 조로아스터교의 창시자 조로아스터(Zoroaster)다. 니체는 이 책에서 그를 빌려 자신의 주장을 펼치고 있고 조로아스터교의 교리와는 무관하다.

인민문학출판사 2005년판 18권본 『루쉰전집』 역시 이 주석을 그

2 魯迅, 「文化偏至論」, 『魯迅全集·墳』 제1권, 50쪽.

대로 가져왔다. 따라서 원문의 출처 정보는 마찬가지로 "『차라투스트라는 이렇게 말했다』 제1부 제36장 '문명의 땅'"[3]으로 되어 있다. 그런데 지금, 문제는 30여 년을 지속한 이 주석이 믿을 만한가다.

내 수중에 있는 몇 종의 『차라투스트라는 이렇게 말했다』의 텍스트를 조사해 본 바에 따르면, '제1부' 혹은 '권의 1'에 '제36장'은 없고 '문명의 땅'이라는 명칭도 없다. 최근 일역본 『루쉰전집』을 살펴보다가 '역주'에서 우연히 다음을 발견했다. 「문화편향론」의 일역과 역주 작업을 맡은 이토 아키오(伊東昭雄) 교수가 30년 전에 이미 나와 같은 고민에 부딪혔다는 것이다. 그는 "『차라투스트라는 이렇게 말했다』에는 제1부 제36장이라는 장이 없"고, 이어 "'문명의 땅'은 제2부 제14장 '교양의 나라(Vom Lande der Bildung)에 관하여'다"라고 지적했다.[4] 다른 번역본과 대조해 보면 쉬판청(徐梵澄) 번역본은 '권의 2'의 '문화의 땅', 인밍(尹溟) 번역본은 '제2부'의 '문명의 나라', 첸춘치(錢春綺) 번역본은 '제2부'의 '문화의 국가', 일역으로는 이쿠다 조코(生田長江) 번역본은 '문명의 국토', 히가미 히데히로(氷上英廣) 번역본은 '교양의 국가', 소노다 무네토(薗田宗人) 번역본도 '교양의 국가' 등 대개 이렇게 되어 있다.[5] 내용적으로 보면 확실히 「문화편향론」에서 서술한 것과

3 魯迅, 「文化偏至論」, 『魯迅全集·墳』 제1권, 61쪽.

4 伊藤虎丸 等 譯, 「文化偏至論」 주석 12, 『魯迅全集 墳·熱風』 제1권, 學習研究社, 1984, 93쪽.

5 尼采, 徐梵澄 譯, 『蘇魯支語錄』, 商務印書館, 1992, 117~120쪽; 尹溟 譯, 『查拉斯圖拉如是說』, 文化藝術出版社, 1987, 142~144쪽; 錢春綺 譯, 『查拉圖斯特拉如是說』, 三聯書店, 2007, 134~137쪽; ニーチェ, 生田長江 譯, 『ツァラトウストラ』, 新潮社, 1911, 209~214쪽; 氷上英廣 譯, 『ツァタトゥスラはこう言った』(上, 下), 岩波書店, 1967,

대체로 비슷한 의미가 포함되어 있다. 이에 근거하면 위에서 언급한 『루쉰전집』의 『차라투스트라는 이렇게 말했다』의 텍스트 출처에 관한 주석은 수정해도 좋다. 최소한 '제1부 제36장'이라고 한 것은 위에서 언급한 범위로 수정되어야 한다.[6]

그런데 이것만으로 문제를 해결한 것은 아닌 것 같다. 위에서 언급한 각 텍스트의 관련 부분을 자세히 대조해 보면 「문화편향론」의 "니취(Fr. Nietzsche) 씨"가 "(…)의 말(을 빌려) 말했다" 부분이 "원문과 약간 차이가 있"는 것에 지나지 않을 뿐만 아니라 아주 큰 차이가 존재함을 알 수 있다. 최소한 형식만 하더라도 그것은 『차라투스트라는 이렇게 말했다』에 대한 인용이나 인용 서술이 아니라 기껏해야 몇 마디 말로 이 장을 개략적으로 서술한 것이라고 할 수 있을 뿐이다. 이렇게 해서 문제가 발생한다. 이 '개술'(槪述)은 '쉰싱'이라는 필명의 저자가 원서에 기반하여 쓴 것인가, 아니면 타인의 서술이나 개술을 참고하여 인용, 서술한 것인가? 그런데 어느 상황이라고 해도 '원본' 문제는 언급해야 한다. 전자라고 한다면, '쉰싱'은 어떤 종류의 『차라투스트라는 이렇게 말했다』에 근거하여 개술했는가? 후자라고 한다면 '쉰싱'은 어떤 종류 혹은 어떤 관련 문헌을 참고했는가? 이러한 구체

205~209쪽; 薗田宗人 譯, 『ツァラトストラはこう語った』, 『ニーチェ全集』 제1권, 白水社, 1982, 177~180쪽.

6 『차라투스트라는 이렇게 말했다』는 4부로 나뉘어 있고 각 부 아래 '장'에는 번호가 없다. 번역자들은 독자를 위해서 토마스 커먼(Thomas Common)의 영역본처럼 각 장에 번호를 매겨 두었다. 『루쉰전집』의 주석에서 'Vom Lande der Bidung'이 '제1부'에 있다고 한 것은 분명 잘못이다. '36장'이라고 한 것은 제1부 제1장부터 계산한 번호이다.

적 문제를 겨냥한 연구의 부재는 직접적으로 루쉰 주석의 조잡함과 연구의 모호함을 초래했다. 예컨대 많은 사람이 루쉰 초기 텍스트 속의 "니취 씨"라는 것이 "태반은 당시 유행하던 관점을 그대로 모방"[7] 한 것임을 의식했을 수 있으나, 실증할 수 있는 세부 사항의 결핍으로 말미암아 이 '판단' 역시 '추정'에 그칠 수밖에 없었고, 또한 도대체 어떠한 "당시 유행하던 관점"이 초기 니체의 중국 도입을 촉진하고 영향을 미쳤는가에 대해서도 대답을 할 수 없었다.

내가 읽은 바로는 위에서 서술한 루쉰 텍스트에 보이는 차라투스트라에 대한 '개술' 단락을 유일하게 문제 삼은 이는 오노에 가네히데(尾上兼英, 1927~2017)다. 이 학자는 20세기 50, 60년대 일본 '루쉰연구회'의 지도적 인물이자 '루쉰과 니체'라는 연구시각을 제출하고 가장 먼저 실천한 사람이다. 이토 도라마루는 "우리의 사령관"이라고 칭했고 그의 학술을 총결하며 그의 공헌을 명확히 하였다.

> '루쉰에게서의 니체의 운명'이라는 시각에서 유학 시절 평론부터 『고사신편』까지 루쉰 사상을 통관(通觀)하는 것은 당시 우리의 '사령관' 오노에 가네히데가 「루쉰과 니체」(1961년 『일본중국학회보』 제13집)에서 가장 먼저 제출한 시각이다.[8]

---

7 錢碧湘, 「魯迅與尼采哲學」, 郜元寶 編, 『尼采在中國』, 上海三聯書店, 2001, 542쪽.

8 伊藤虎丸, 李冬木 譯, 『魯迅與日本人 —亞洲的近代與'個'的思想』, 河北教育出版社, 2000, 186~187쪽.

오노에 가네히데는 “「문화편향론」의 니체에 대한 인용 방식으로 보건대, 그것의 의미를 취하고 그것의 요점을 귀납하여 새롭게 구성한 것이다”라고 여겼다. “『차라투스트라는 이렇게 말했다』 제2부 ‘교양의 국가’의 원문과 비교해 보면 비유적 표현을 삭제하고 이 장의 주제를 간결하게 귀납함으로써 자신의 주장을 보강했다.” 다시 말하자면, 오노에 가네히데가 보기에 「문화편향론」의 ‘니체’ 단락은 ‘루쉰’이 『차라투스트라는 이렇게 말했다』 제2부 ‘교양의 국가’의 원문을 해석하고 귀납, 개괄, 정리한 결과라는 것이다. 바로 이러한 인식의 기초에서 그는 한 걸음 더 나아간 분석을 할 수 있었다. “그런데 실제 중점을 두는 곳에서 양자 사이에 차이가 존재함을 주목하지 않을 수 없다.” 이리하여 “니체의 장소”가 어떠했는지, “루쉰의 눈에서”는 또 어떠했는지 등에 관한 연구가 시작되었다.[9]

오노에 가네히데의 연구 논문은 지금부터 반세기 전 1961년에 발표되었다. 「문화편향론」에 나오는 ‘니체 텍스트’에 대한 중시만 해도 대단한 공헌이다. 애석하게도 이 성과는 두 판본의 『루쉰전집』(1981, 2005) 주석에 반영되지 않았다. 그렇지 않았다면 장, 절 표시를 소홀히 하는 일은 일어나지 않았을 것이다. 나도 최근에서야 이 논문을 읽었다. 공부가 된 것은 물론이고 이전의 연구를 반성하는 기회가 되었다. 반성 중의 하나가 바로 앞서 언급한 ‘연구 시점’에 대한 것이다. 다케우치 요시미에서 시작된 전후 일본의 루쉰 연구는 줄곧 다음과 같은 기본적인 사고를 받들고 있었다. 그것은 바로 루쉰으로 대표되는 중

9 尾上兼英, 「魯迅とニーチェ」, 『魯迅私論』, 汲古書院, 1988, 56, 57, 57~58쪽.

국의 근대로 일본의 근대를 비교하고 반성하는 것이다. '사령관' 오노에 가네히데도 물론 그중 하나다. 거대화된 '루쉰'은 그로 하여금 텍스트와 관련된 질문을 자발적으로 포기하게끔 했고 루쉰의 이름 아래 놓인 텍스트의 독창성에 대하여 의심 없이 믿도록 만들었고 심지어는 그가 마주하고 있는 것이 루쉰이 아니라 당시 공부 중이던 유학생 저우수런이 남긴 텍스트라는 점을 망각했다. 루쉰의 텍스트이므로 당연히 그가 창작했다고 생각했다. 그게 아니라면 어떻게 루쉰이 "그것의 의미를 취하고 그것의 요점을 귀납하여 새롭게 구성했다"라고 단정할 수 있었겠는가? 어떻게 루쉰이 "비유적 표현을 삭제하고 이 장의 주제를 간결하게 귀납했다"라고 단정할 수 있었겠는가? 지금 선배 연구자의 반세기 이전의 연구를 탓하자는 것이 아니라 지금의 상황을 이야기하는 것이다.[10] 최근 중국 현대문학사라는 틀에서 같은 실수가 보이는 것도 전혀 이상할 것이 없다.

다시 본론으로 돌아가자. 「문화편향론」에 나오는 '니체' 단락은 필자 '쉰싱' 혹은 '저우수런'의 니체 '원문'에 대한 귀납이나 개술이 아니라 다른 사람이 한, 기존의 귀납과 개술이다. 더 정확하게 말하자면 다른 사람의 귀납과 개술을 중국어로 번역한 것이고, 자신의 글 속으로 '가져온'(拿來) 결과물이다. 원본은 구와키 겐요쿠의 『니체 씨 윤리설 일단』 137쪽으로 직역하면 아래와 같다.[11]

10 이 문제에 관해서는 졸고, 「歧路與正途 — 答「日本魯迅研究的歧路」及其他」(『中華讀書報』, 2012년 9월 12일)와 『文學報』(2012년 9월 13일 제31기) 제20면 '新批評' 참고.

11 桑木嚴翼, 『ニーチエ氏倫理說一斑』, 育成會, 1902, 137쪽.

14. 문화의 국토   나는 너무 멀리 걸어서 거의 혼자가 되었고 짝이 없어졌다. 그래서 다시 되돌아 현대의 세계를 보았다. 그런데 현대의 세계는 사실 문화의 국토고, 사실 다양한 색채를 띤 사회다. 그러나 이 사회는 우선 확실한 신앙이 없고 사람들의 지식에는 창작의 성질을 조금도 갖추고 있지 않았다. 우리는 이러한 국토에 머무를 수가 없다. 나는 사실 부모의 국토에 의해 쫓겨났다. 그런데 오직 한 줄기 희망을 기탁할 수 있는 것은 다만 자손의 국토뿐이다.

이것은 현대 문명에 대한 비난이다.

이 단락은 구와키 겐요쿠가 니체의 『차라투스트라는 이렇게 말했다』를 소개한 '경개'(梗概) 중의 한 절로 '경개' 장의 '4. 그것의 제2편'에 나온다. 주요 단락의 내용은 니체 원서 '제2편'의 '14. 문화의 국토' 부분에 대한 구와키 겐요쿠의 귀납이고, 마지막 문장은 이 부분에 대한 비평이다. 저우수런은 뛰어난 문장으로 거의 한자도 빼지 않고 주요 단락을 번역하여 "니체가 (…)의 말을 (빌려) 말했다"를 한층 더 힘있고 단단하게 만들었다. 마지막 비평 역시 원래의 의미 그대로 받아들였으나 기세가 부족하다고 여기고 더욱 강력한 자신의 독후감을 보충하여 자신이 논의하고 있는 '편향'이라는 문맥에 부합하도록 했다. 「문화편향론」과 대조해 보면 더욱 일목요연하다.

독일인 니취(Fr. Nietzsche) 씨는 차라투스트라(Zarathustra)의 말을 빌려 말했다. 나는 너무 멀리까지 걸어와 짝을 잃어버리고 혼자가 되었다. 되돌아 저 지금의 세상을 바라보니 그것은 문명의 나라요 찬란한 사회다. 하지만 그 사회는 확고한 신앙이 없고, 대중들도 지식에 있어서 창조적으로 만드는 성질이 없다. 나라가 이와 같다면 어찌 머무를 수 있는가? 나는 부모의 나라에서 추방되었다! 잠시나마 바랄 수 있는 것은 오로지 자손들뿐이다. 이것은 그가 깊이 생각하고 멀리 주시하여 근대 문명의 허위와 편향을 보아낸 것이며, 또한 지금의 사람들에게 바라지 않고 어쩔 수 없이 후손을 염두에 둔 것이다.

이 발견은 우선 텍스트 층위에서 저우수런 즉, 훗날의 루쉰과 메이지 '니체' 텍스트 사이에 존재하는 뗄 수 없는 관계를 입증하고, 저우수런과 시대적 환경의 연관에 하나의 항목을 더 보태는 확실한 '실증'으로 간주할 수 있다. 그것의 의미는 다음과 같이 분명하다. 우선 이것은 저우수런이 마주한 것이 도대체 어떤 니체인가, 지금까지 우리는 이 니체의 실태를 어느 정도로 파악했는가를 사고하도록 일깨우기에 충분하다. 다음으로 저우수런과 구와키 겐요쿠의 텍스트적 연관은 이것 말고 다른 것은 없는가? 그리고 구와키 겐요쿠 이외에 훨씬 많은 다른 인물들은? 우리가 다시 새롭게 저우수런의 시점으로 돌아가도록 촉진하는 또 다른 한 가지가 있다. 그것은 바로 그의 언어능력, 예컨대 일본어에 대한 파악의 정도 같은 것이다. 이 발견은 우리로 하여금 정확한 판단을 할 수 있는 실증적 자료를 획득하게 한다. 텍스트 대조로부터 이 유학생의 일본어에 대한 이해와 파악이 대단히 정확하고 번역이 간결하고 유창하고 문체가 지극히 풍부하고 담백한 원문을 분방하고 힘 있게 번역하여 완전히 다른 문체로 재생했음을 알 수 있다. 이 점은 매우 중요하다. 이른바 "따로 다른 나라에서 새로운 소리를 찾아낸다"[12]에서 "새로운 소리"(新聲)는 이러한 문체의 재생을 거치지 않고는 나올 수 없다. 위의 텍스트 번역의 예증으로부터 니체가 하나의 이미지로서 어떻게 저우수런의 신체에 세워지기 시작했는지를 이해할 수 있고 심지어는 대체적인 윤곽을 그려 낼 수도 있다.

2. 누가 "끌어다가 매도한다"는 것인가?

다시 「문화편향론」이다. 네 번째 단락의 첫머리는 다음과 같다.

> 개인이라는 말이 중국에 들어온 지는 아직 삼사 년이 채 안 된다. 시대를 잘 안다는 사람들은 자주 그 말을 끌어다가 (다른 사람을) 매도하고, 만일 개인이라는 이름이 붙여지면 민중의 적과 같아진다. 그 의미는 깊이 알거나 분명하게 살펴보지도 않고 남을 해치고 자기를 이롭게 한다는 뜻으로 잘못 이해한 것이 아니겠는가? 공정하게 그 실질을 살펴보면 전혀 그렇지 않다.[13]

분명 이상은 "개인이라는 말"의 정명(正名)을 위한 변론이다. 그런데 여기에서 당시 '개인' 혹은 '개인주의'를 둘러싸고 일어난 사상적 파란을 감지할 수 있다. 여기에 근거하여 저자도 그 속으로 밀려

12 魯迅, 「摩羅詩力說」, 『魯迅全集·墳』 제1권, 68쪽.

13 魯迅, 「文化偏至論」, 『魯迅全集·墳』 제1권, 51쪽.

들어 갔는지는 단언할 수 없어도 적어도 이것을 사상적 파란의 굴절로 볼 수는 있다. 예민한 연구자라면 이 굴절된 물보라를 포착하여 그것의 근원을 탐색할 것이다. 둥빙웨(董炳月)는 그의 새로운 저술 『'동문'(同文)의 현대적 전환 — 일어 차용어 중의 사상과 문학』에서 이러한 작업을 시도했다. 이 책 제3장은 '개인과 개인주의'라는 제목으로 "청말민초 약 20년간의 중국의 '개인/개인주의' 담론을 정리했다". 여기에서 「문화편향론」을 "중국 현대 사상문화사에서 개인주의 사상을 긍정적으로 서술한 첫 번째 글"로 간주하고 이상 인용문에 나오는 "개인이라는 말이 중국에 들어온 지는 아직 삼사 년이 채 안 된다"라는 구절로 자신의 관점을 제시했다. 즉, "그는 '개인'이라는 말을 외래어로 간주하고 '개인'이라는 말이 중국에 전해진 시간을 1903~1904년 사이로 확정했다". 그리고 "루쉰의 이른바 '개인이라는 말이 중국에 들어온 지는 아직 삼사 년이 채 안 된다'에서 '중국'은 완전한 의미에서의 '중국'이 아니라 당연히 그가 있었던 일본의 중국인 언론계다"라고 했다. 이런 전제 아래 둥빙웨는 "20세기 초 도쿄를 중심으로 하는 일본 화교의 언론 상황"을 고찰했으며, 두드러진 성과는 '일본의 중국인 언론계'의 '개인' 담론의 장관을 드러냈다는 것이다. 더 중요한 의의는 이러한 작업이 도리어 중국인 언론계에는 '개인' 혹은 '개인주의'가 "남을 해치고 자신을 이롭게 하도록 잘못 이끌"고 "끌어다가 (다른 사람을) 매도"하는 상황은 존재하지 않았음을 입증했다는 데 있다. 1902년 량치차오의 글, 1903년에 출판한 『신이아』新爾雅, 더 나아가 1904년 상하이에서 창간된 『동방잡지』東方雜誌의 관련 글에서 "끌어다가 (다른 사람을) 매도"하는 언론은 찾을 수 없었다. 물론 해석상의 차이는 있을 수 있으나 둥빙웨의 량치차오 연구에서 얻은 결론을 빌려어 여기서의 결론으로 삼아도 무방하다. 바로 그것들은 모두 "결코 「문화편향론」에서 말한 '개인'을 '끌어다가 (다른 사람을) 매도'하는 정도는 아니었다"라는 것이다.[14]

이제 다시 돌아가 계속 질문하고자 한다. 그렇다면 도대체 누가 "개인이라는 말"을 "끌어다가 (다른 사람을) 매도"했는가?

이 글에서 제시하고자 하는 구상은 다음과 같다. 이른바 '언론계'의 범위는 꼭 글자 그대로의 '중국'이라는 두 글자에 구애되지는 않는다는 것이다. 반드시 '중국'이라는 두 글자를 가지고 가야 한다면 도쿄의 '중국인 언론계' 주위를 둘러싼 일본의 언론계라고 해야 한다. 후자에서만이 비로소 '개인' 혹은 '개인주의'에 대한 분석이 필요한 상황이 존재하기 때문이다. 「문화편향론」에 보이는 것은 니체의 개인주의를 둘러싸고 전개된 일본 언론계의 논쟁이 저우수런에게 투사된 것으로 보아야 한다. "공정하게 그 실질을 살펴보면 전혀 그렇지 않다"라는 그의 판단은 이 논쟁을 통하여 확립된 '개인주의'의 가치에 대한 선택이다. 어떤 의미에서는 이러한 재료를 거울로 삼아 스스로 만들고 있었다고도 말할 수 있다.

이것은 사실 이 글에서 도출하고자 하는 결론 중의 하나다. 미리

---

14 董炳月, 『'同文'的現代轉換 — 日語借詞中的思想與文學』, 昆侖出版社, 2012, 215, 174, 175쪽. 이상은 내가 둥빙웨의 저서를 읽고 얻은 최대의 수확이다. 여기에서 저자가 보내 준 책과 제공해 준 정보에 대해 깊은 감사를 표한다.
[역자 주] 『신이아』(新爾雅)는 청말민초 일본의 중국 유학생들이 편찬한 신조어 사전이다. 서양의 인문, 자연과학과 관련한 신개념과 용어가 수록되어 있다.

말하자면 저우수런은 자신 주변의 니체에 관한 파동 중에서 도덕적 입장에서 나온 '니체의 개인주의'에 대한 공격을 배제하고 니체를 '도학(道學) 선생들'의 이른바 '이기주의'라는 저주로부터 분리하여 자신의 마음속 "정신계의 전사"로 확립했다. 이른바 "비교가 주밀해야 자각이 생긴다"[15]라는 것은 주변의 니체를 마주한 저우수런의 선택에도 적용된다.

이상 두 장의 제목은 모두 루쉰 텍스트에 근거하여 만들어진 문제 제기라고 할 수 있으며 이어서 구체적으로 전개하고자 한다. 그런데 저우수런 주변을 둘러싼 '메이지 니체'를 구체적으로 서술하기 전에 나는 우선 '루쉰과 메이지 니체'라는 이 과제를 간단히 정리함으로써 이 글의 출발 지점으로 삼고자 한다.

3. '루쉰과 메이지 니체'에 관한 선행 연구

물론 정리라고 하지만 개인적 시야에서 한 정리에 불과해서 누락 부분이 부지기수임은 말할 필요도 없다. 루쉰과 니체의 관계는 '루쉰' 탄생 시점부터 이미 그의 신변의 동시대인들에 의해 포착되었을 것이다. 그게 아니라면 류반눙(劉半農, 1891~1934)이 어떻게 그에게 훗날 널리 알려진 "톨스토이·니체의 문장, 위진의 풍골"[16]이라는 대련을 선물

15 魯迅, 「摩羅詩力說」, 『魯迅全集·墳』 제1권, 67쪽.

16 孫伏園, 「'托尼文章, 魏晉風骨'」(1941년 10월 21일 重慶『新華日報』), 郜元寶 編, 『尼采在中

할 수 있었겠는가. 루쉰 만년에 취추바이(瞿秋白, 1899~1935)는 「『루쉰 잡감선집』 서언」이라는 유명한 글에서 다시 한번 '루쉰과 니체'의 관계를 언급했다.[17] 이후 오래지 않아 이러한 관계에 대해 중외의 학자들도 주목했다. 예컨대 리창즈(李長之, 1910~1978)의 『루쉰 비판』과 다케우치 요시미의 『루쉰』에는 수차례 니체를 언급하며 루쉰이 니체의 영향을 받았고 "니체를 열애했다"라고 했다.[18] 곧 이들에 이어 궈모뤄(郭沫若, 1892~1978)는 더 나아가 '루쉰과 왕궈웨이'의 니체에 대한 열중은 20세기 초 일본 학술계의 니체 사상과 독일 철학의 대유행과 관계가 있다고 했다.[19] 애석하게도 암시로 가득한 이러한 깨달음이 훗날 연구자들의 시선을 루쉰과 일본 학술계의 니체에 대한 구체적 관심으로 이끌지는 못했다. 그런데 '루쉰과 니체'의 관계에 관한 연구는 대단한 기세로 전개되었다. 장자오이의 말을 빌리면 "관련 연구 저작은 차고 넘치고 지금까지도 사그라지지 않고 있다". 다행히도 장멍양의 『중국 루쉰학 통사』의 거시적 서술과 장자오이의 '루쉰과 니체' 연구사에 대한 체계적 정리는 이 글의 논의에 많은 수고를 덜어 주었다.[20]

다시 문제를 '루쉰과 일본의 니체'라는 과제에 집중하고자 한다.

國』, 上海三聯書店, 2001, 297~298쪽.

17 中國社會科學院文學硏究所魯迅硏究室 編, 『1913年~1983年 魯迅硏究學術論著資料彙編』 제1권, 中國文聯出版公司, 1986, 821쪽.

18 李長之, 『魯迅批判』, 上海北新書局, 1936, 131, 223쪽; 竹內好, 李冬木·孫歌·趙京華 譯, 『近代的超克』, 三聯書店, 2005, 59, 64, 69, 107, 114, 115쪽.

19 郭沫若, 「魯迅與王國維」, 『1913~1983 魯迅硏究學術論著資料彙編』 제4권, 281~286쪽.

20 張釗貽, 『魯迅: 中國'溫和'的尼采』, 北京大學出版社, 2011, 20~54쪽; 張夢陽, 『中國魯迅學通史』(총 6권), 廣東敎育出版社, 2005.

이 연구의 시각이 보여 주는 니체는 루쉰 즉, 당시 저우수런이 실제로 마주한 니체지 결코 훗날의 전문적 혹은 간접적 연구에서 보여 주는 니체와 같을 수 없다는 것이다. 후자의 개입은 종종 니체에 관한 해석을 깊이 있게 만들어 주지만, 동시에 역사의 진상에 접근하는 것을 방해한다. 목전의 『루쉰전집』의 니체에 관한 주석만 보더라도 이러한 상황은 자명하다. 이러한 연구의 시각에서 보면 오노에 가네히데 교수의 개척은 높이 평가해야 한다.

이어지는 것은 이토 도라마루의 작업이다. 그는 『루쉰과 일본인』에서 "루쉰과 메이지 문학의 '동시대성'"이라는 연구틀을 세우고 루쉰의 '니체에 대한 수용'을 이러한 틀 속으로 집어넣었다.[21]

> 예컨대, 사람들은 보편적으로 유학 시기 루쉰의 사상은 니체로부터 강렬한 영향을 받았다고 여긴다. 그런데 이러한 상황은 그의 유학 시기가 마침 니체가 일본에서 처음으로 유행하던 시기라는 것과 무관하지 않다. 니체에 대한 그의 이해가 일본문학에는 보이지 않는 특징을 지니고 있다고 하더라도, 그러나 니체를 진화론자로 간주하고 반(反)과학·반도덕·반국가주의와 문명비평가로 이해하는 틀 같은 것은 일본문학과 공유하는 것이다. 그의 당시의 평론을 읽어 보면, 그것들은 그때 『제국문학』, 『태양』 잡지에 실린 글과 동일한 단어 선택과 표현 방식을 가지고 있음을 더 잘 느낄 수 있다. 혹은 농후한 서로 통하

21 伊藤虎丸, 李冬木 譯, 『魯迅與日本人 —亞洲的近代與'個'的思想』, 河北教育出版社, 2000, 8, 23쪽.

는 시대적 분위기를 지니고 있다고 말할 수도 있다.[22]

그는 하시카와 분조(橋川文三, 1922~1983)의 다카야마 조규(高山樗牛, 1871~1902)에 대한 해석과 기타 일본 근대사상사 연구의 성과를 빌려 위에서 서술한 것과 관련되는 '함의'에 대하여 검토하고 메이지 30년대 '니체의 유행'과 다카야마 조규, 도바리 지쿠후(登張竹風, 1873~1955), 아네사키 조후(姉崎嘲風, 1873~1949), 사이토 노노히토(齋藤野の人, 1878~1909) 같은 이 시기의 대표적 인물들을 구체적으로 섭렵했다. 또한 이노우에 데쓰지로(井上哲次郎, 1856~1944), 구와키 겐요쿠, 하세가와 덴케이(長谷川天溪, 1876~1940), 쓰보우치 쇼요(坪內逍遙, 1859~1935)를 언급했다. 그런데 그가 중점적으로 다룬 것은 다카야마 조규와 도바리 지쿠후 이 둘과의 연관이다.[23] 이토 도라마루의 이 저술은 1983년에 출판되었다. 훗날 그의 연구와 연구틀은 1975년에 출판된 『루쉰과 종말론』에서 이미 시작했고 1980년에 발표한 「메이지 30년대 문학과 루쉰」이라는 글을 거치면서 확정되었음을 알게 되었다.[24] 다행히도 지금 중국어 번역판이 있으므로 참고할 수 있다.

이러한 연구는 실질적으로 다케우치 요시미가 설정한 관념틀—

22 伊藤虎丸, 李冬木 譯, 『魯迅與日本人 — 亞洲的近代與'個'的思想』, 11쪽.

23 伊藤虎丸, 李冬木 譯, 『魯迅與日本人 — 亞洲的近代與'個'的思想』, 34쪽.

24 伊藤虎丸, 李冬木 譯, 『魯迅與終末論 — 近代現實主義的成立』; 伊藤虎丸, 「明治30年代文學與魯迅 — 以民族主義爲中心」, 孫猛·徐江·李冬木 譯, 『魯迅, 創造社與日本文學 — 中日近現代比較文學初探』, 北京大學出版, 2005, 219~237쪽. 원문은 伊藤虎丸·松永正義, 「明治三〇年代文學と魯迅ーナショナリズムをめぐってー」, 『日本文學』, 1980년 6월호, 32~47쪽.

즉, 루쉰이 일본 근대문학의 영향을 그렇게 받지 않았다 — 의 속박을 돌파했고, 따라서 오노에 가네히데의 시각에서의 연구를 한층 확대하고 한층 구체화된 지향성을 갖추게 했다. 그런데 지금에 와서 보면 단점도 분명하다. 첫째, 실제적 연관에 대한 구체적 검토, 특히 텍스트적 연관에 대한 검토의 결핍으로 무엇이든 담을 수 있는 만능의 큰 보따리처럼 '동시대성'이라는 것에 분명한 경계가 없었다. 둘째, 루쉰과 메이지 30년대의 '동시대성'을 검토하는 동시에 루쉰과 후자의 관계를 우기는 데 급급했던 것도 니체와의 관계에 대한 깊이 있는 토론을 방해했다.

개인적인 독서 경험으로 말하자면 류보칭 교수의 공헌을 언급해야 한다. 그는 20세기 80년대 초 비교적 시의적절하고도 완전하게 동시기 일본 학자들의 중국 현대문학의 연구 성과를 중국에 전해 준 학자 중의 한 명이다. 1983년 그는 일본학술진흥회의 요청으로 두 달 동안 일본을 방문하여 수십 명의 학자와 접촉했다. 그들의 책과 논문을 들고 귀국하여 번역 출판을 조직하고 류중수 교수와 함께 지린(吉林) 대학 대학원에 중국 현대문학 속의 '일본학'이라는 분과를 열었다. 이토 도라마루의 『루쉰과 일본인』은 그때 강의실에서 처음으로 알고 가지게 된 책이다. 류보칭 교수가 『루쉰과 일본문학』[25]에서 제기한 루쉰의 '진화론', '국민성' 그리고 '개성주의'라는 세 주요 사상과 일본 메이지 시기의 사상, 문학과의 대응관계 구조는 대단히 뛰어난 학술적 성과다. 여기에는 '루쉰과 니체'에서 이 '니체'가 메이지 일본에서 온

25 劉柏青, 『魯迅與日本文學』, 吉林大學出版社, 1985.

것이라고 하는 명확한 문제 지향성이 있다. 나카지마 오사후미 교수는 그가 읽은 것 중에서 가장 뛰어난 중국 학자의 "중일 근현대문학 관계" 저작이라고 높이 평가했다.

이토 도라마루를 이어 적지 않은 학자들이 '동시대성'이라는 틀로 '니체'에 대해 한 걸음 더 나아가 추적했다. 그들은 일본의 니체 연구의 많은 성과를 빌려 더 큰 개척을 일구었을 뿐만 아니라 구체적 문제에서도 상당한 정도의 깊이를 가지게 되었다. 나의 제한된 독서 범위 안에서 주제넘은 평가를 해 보자면, 다음 3종의 저작을 언급하지 않을 수 없다. 하나는 장자오이의 『루쉰: 중국의 '온화'한 니체』(2011), 둘은 판스성의 『루쉰·메이지 일본·소세키』(2002), 셋은 슈빈(修斌)의 『근대 중국에서의 니체와 메이지 일본—'개인주의' 인식을 중심으로』(2004)다.[26] 이 중에서 가장 개척적인 의미가 있는 것은 장자오이의 책 제2장에 서술된 내용으로 1997년에 발표한 글이다.[27] 여기에는 니체의 '동점'(東漸) 과정에서의 "일본의 네 가지 경로"를 상세하게 소개하고 이전 연구보다 훨씬 구체적으로 '미적 생활 논쟁' 중의 관련 텍스트를 섭렵하고 이 기초에서 대단히 검토해 볼 만한 문제 즉, "'미적 생활'의 니체와 루쉰의 니체"를 제기했다. 판스성의 저작은 니체와의 관련을 논술한 것 말고도 루쉰과 메이지 일본의 관계를 파노라마로 보여 주고자 하는데, 류보칭의 『루쉰과 일본문학』의 후속작이라고

26 潘世聖, 『魯迅·明治日本·漱石』, 汲古書院, 2002; 修斌, 『近代中國におけるニーチェと明治日本—'近代個人主義'認識を中心に』, 星雲社, 2004.

27 張釗貽, 「早期魯迅的尼采考—兼論魯迅有沒有讀過勃蘭兌斯的「尼采導論」」, 『魯迅研究月刊』, 1997년 제6기.

할 만하다. 슈빈의 공헌은 '개인주의' 문제를 둘러싸고 니체를 언급한 보다 많은 메이지 텍스트를 해석했다는 것이다. 실제 적용의 층위에서 보면 이 세 사람의 공통점은 일본의 연구 성과를 빌려 니체 도입사를 서술하고, 동시에 루쉰의 초기 텍스트를 전자와 대조함으로써 서로 간의 상호 연관을 찾아냈다는 것이다. 그것들은 관련 배경 자료를 제공하여 후배들의 시야를 열어 줌과 동시에 거울로 삼을 만한 깨달음을 주었다. 그것은 바로 루쉰의 초기 텍스트를 해석하는 데 있어서 잘 정리된 기존의 일본 니체 도입사가 어느 정도 유효하냐는 것이다. 나는 상당한 정도로 유효하다고 보지만, 그것의 한계도 명확하다. 루쉰의 초기 텍스트로 '니체' 이름 하의 학술사와 문헌사를 억지로 맞추다 보면 분명 역사적 현장에 존재했고 실제로 역할을 했을 뿐만 아니라 오늘날에도 계시를 주는 많은 세부 항목을 희생시킬 수 있기 때문이다.

이런 전제에서 앞서 서술한 바와 같이 이 글은 시점을 '루쉰'에서 '저우수런'으로 조정하여 유학생 저우수런의 시야에서 그가 당시 마주한 니체로 되돌리고자 한다. 이것은 이전의 연구와 가장 큰 차이점일 것이다. 일본의 니체학 역사는 맥락이 분명하고 자료가 충실하다. 이 글의 근거 역시 기존의 것과 동일하고 그 범위를 넘어서지 않는다. 그런데 '저우수런'이라는 시점으로 보면 일본의 니체학 역사에도 분명한 변형이 일어날지도 모른다. 예컨대 '독일어와 니체' 같은 것 말이다.

4. 변형된 메이지 '니체 도입사'

일본의 니체학 역사는 대개 '독일어'에서부터 이야기를 시작하지는 않는다. 그런데 저우수런과 니체를 말하자면 반드시 독일어로부터 시작해야 한다. 이것은 니체에 대한 관찰 시점을 저우수런으로 설정할 때 발생하는 문제다. 저우쭤런은 자신의 형과 '독일어책'의 관계에 대해 언급한 적이 있다. "루쉰은 독일어를 공부했다. 하지만 독일문학에 대해서는 그다지 흥미가 없었다." 수중에는 하이네 시집만 있었고 괴테 시는 읽기는 했어도 그리 중시하지 않았다. 그런데 "니체는 예외라고 할 수 있다. 『차라투스트라는 이렇게 말했다』는 여러 해 동안 그의 책장에 꽂혀 있었다. 1920년 전후 그는 이 글을 번역하여 잡지 『신조』新潮에 발표했다".[28] '독일어'와 독일어판 『차라투스트라는 이렇게 말했다』의 관계로 말하자면, 저우수런이 니체와 형성한 관계는 대체로 일본 메이지시대 '독일어' 및 '니체'의 관계와 포개진다. 한 시대의 교양 구조가 저우수런의 신체에서 재현된 것이라고 할 수 있다.

일본 근대의 서학 도입은 어학 경로로 보면 '난학'이 먼저고 그 후는 '영학'이고 다시 그 후가 '독일학'이다. 따라서 독일학 또한 '메이지 사건의 시작' 중의 하나다. 메이지 문화사 학자 이시이 겐도(石井研堂, 1865~1943)의 기록에 근거하면, 일본 근대 최초로 독일어를 배운 사람은 가토 히로유키다. "가토 히로유키는 덴포(天保) 7년(1836) 다즈

28 周遐壽, 「魯迅的故家」, 魯迅博物館 等 選編, 『魯迅回憶錄專著』(中冊), 北京出版社, 1999, 1,056~1,057쪽.

마(但馬)의 이즈시(出石)에서 태어났다. 스승 쓰보이 이슌(坪井爲春)으로부터 난학을 배웠다. 막부 번서조소(蕃書調所)[29] 시대 니시 아마네(西周, 1829~1897)와 함께 교사로 일했다. 만엔(萬延) 원년(1860) 25세 전후에는 서양 각국 중에서 독일의 학술이 뛰어나다는 것을 깨닫고 독학으로 독일어를 공부하기 시작했다. 당시에는 독일어를 공부하는 사람이 없었고 이치카와 사이구(市川齋宮)만이 그와 함께 공부했다. 프로이센이 본국과 조약을 체결하기 위해서 특명전권공사를 파견하면서 '국왕이 막부에 전신 기계를 선물하고자 하니 공사가 묵고 있는 여관에 독일어를 배울 사람을 파견하기를 청한다'라고 말했다. 이에 가이세이조(開成所)의 가토가 동료 이치카와와 함께 여관에 가서 독일어를 배웠다. 가토는 훗날 그가 독일어를 배운 이력을 회상하면서 지금에 와서 다행스러운 것은 네덜란드어에서 독일어로 바꿔 배우면서 그가 이치카와 등 두세 명 길을 함께하는 사람들이 독일어를 열심히 연구하기 시작한 것이라고 했다. 물론 교사는 없었다. 유일하게 도움이 된 것은 네덜란드어와 독일어 대역(對譯)사전이었다. 공부는 고생스러웠으나 우리 나라 독일학의 시작이었다."[30]

가토 히로유키는 훗날 도쿄제국대학의 초대 총장이 되었고 진화론이 동양을 휩쓸던 시대 일본 근대의 나침반으로 칭해진 저술 『강

29 [역자 주] '번서조소'(蕃書調所)는 1856년 에도(江戶)막부가 설립한 양학 교육연구기관이다. 1857년 개교했다. 1862년에는 '양서조소'(洋書調所)로 이름을 바꾸었다가 1863년에 다시 '가이세이조'(開成所)로 이름을 바꾸었다.

30 石井研堂, 「獨逸語の始」(『中外醫事新報』 제9호, 1880년 여름), 『明治事物起源 4·第七編 教育學術部』, 筑摩書房, 1997, 297쪽.

자의 권리의 경쟁』(1893)을 썼다. 훗날 양인항이 중국어로 번역하여 1901년 『역서휘편』 잡지에 연재하고 역서휘편사에서 단행본으로 출판했다. 저우 씨 형제는 출국 이전에 이 번역본을 읽었다. 여기서 말하려는 것은 이 책은 일본판이 출판되기 반년 전에 독일어판이 베를린에서 먼저 출판되었다는 점이다. 이로써 메이지 언설에서 독일어의 위치를 알 수 있다.

"메이지 4년(1871) 이후 본국 의술은 도이치파가 으뜸이고 도이치가 학계의 중시를 받았다. 메이지 14년(1881) 9월 15일 제국대학 문2과에서 처음으로 독일어를 필수어로 삼았다. 과거에는 영어가 위주였고 독어와 불어는 선택과목으로 2년 안에 두 언어 중 하나를 이수하면 되었다. 그런데 오늘에 이르러서는 독일어가 더욱 득세했다." 도쿄대학은 1877년 개교하여 1880년 '법·이·문' 세 학부가 만들어졌다. "세 학부가 만들어진 뒤 영어 연설회만 있었고 독일어 연설회는 없는 것에 대해 식자들은 유감으로 생각했다. 최근 의학부 학생들이 독일어 연설회를 개최하기 시작했다. 이미 한두 회 개최했고 오늘 이후로는 매월 2회 개최한다. 앞으로는 더 이상 뜻으로 공부하는 독서가들은 있을 수 없을 것이다(메이지 13년(1880) 여름 발행, 중외의사신보 제9호)"[31]

이와 동시에 독일어 혹은 독일학도 일본 근대 철학의 구성에 함께하고 참여했다. '철학'이라는 두 글자로 'philosophy'를 번역한 니시 아마네[32]를 이어 "'진화론' 어휘 중에 중요한 것은 대체로 가토 박

31 石井研堂, 「獨逸語の始」, 『明治事物起源 4·第七編 教育學術部』, 298쪽.

32 西周, 『百一新論』, 『明治文學全集』(3), 筑摩書房, 1967.

사가 정"[33]했고, 이후 메이지 14년(1881) 『철학자휘』의 출판은 메이지 근대 철학의 체계적 구성이 처음으로 형태를 갖추게 되었음을 보여준다. 이것이 바로 역사가들이 말하는 '철학 연구의 시작'이다. "철학은 변화를 거쳤다. 최초에는 영미에서 전해졌고 그에 따라 영미의 도이치파의 영향을 받았다. 13, 4년부터 도이치파로 전향하기 시작했다. 이후 20년부터 완전히 도이치로만 국한되었다. 14년 1월 이노우에 데쓰지로가 와다가키 겐조(和田垣謙三), 아리가 나가오와 함께 소책자로 된 『철학자휘』를 썼다. 미학으로는 『베롱 씨 미학』維氏美學, 하르트만(Eduard von Hartmann, 1842~1906)의 심미강령 등이 출판되었다."[34]

저우수런이 "의학을 버리고 문학에 종사"하기로 한 후에 들어간, 『루쉰연보』에 기록된 '독일어학교' — 일본 학자의 연구에 따르면 '독일어전수학교'임이 증명되었다 — 의 모체는 '독일학협회'이다.[35] 『철학자휘』가 출판되고 철학계가 "도이치파로 바뀌기 시작"한 메이지 14년 즉, 1881년 9월에 만들어졌다. 협회의 구성원은 약 200명이었고 위로 황족에서 아래로 평민까지 있었다. 니시 아마네, 가토 히로유키 등이 주요 발기인이었다. 그것의 취지는 "영, 미, 불의 자유주의를 견제하고 도이치의 법률, 정치 학문을 도입함으로써 견실한 군주국 일

33 井上哲次郎의 대화 초록, 石井研堂, 「精神科學の譯語」, 『明治事物起源 4』, 220쪽 참고.

34 石井研堂, 「獨逸語の始」, 『明治事物起源 4』, 279쪽.

35 魯迅博物館魯迅硏究室, 『魯迅年譜』 제1권, 人民文學出版社, 1981, 119쪽; 魯迅, 尾崎文昭 譯, 『魯迅全集』 제20권, 學習硏究社, 1986, 40쪽 주석; 吉田隆英, 「魯迅と獨逸語專修學校 — 獨逸學協會と周邊」, 『姬路獨協大學外國語學部紀要』 제2호, 1989; 北岡正子, 「獨逸語專修學校に學んだ魯迅」, 『魯迅硏究の現在』, 汲古書院, 1992.

본의 미래를 구성한다"는 것이었다. 이로써 위의 사학자의 기록이 거짓이 아님을 방증한다. 독일의 학제를 모방하여 '독일학협회학교'(Die Schule des Vereins für deutsche Wissenschaften)를 세웠고 '독일학협회'가 이후 진행할 주요 "사업 중의 하나"였다. 그것이 독일어 보급과 독어학 교육에서 얻은 성과는 뚜렷하다. 전기에는 "국가 체제에 대한 정비"에 "직접적인 효과"가 있었고 후기에는 "교양주의적 어학 교육"에서 중요한 역할을 했다.[36]

니체는 이러한 독일학과라는 배경의 역사적 포진 아래 동쪽으로 건너왔다. 주지하다시피 니체는 1844년에 태어나 1900년에 사망했다. 1872년 『비극의 탄생』의 출판부터 1889년 정신착란이 발생하기까지 그의 주요 저술 활동은 16, 7년 지속했다. 그가 세계적으로 알려지기 시작한 것은 발작 이후 그의 저술의 재판과 평론의 증가에 따른 것이었다. 니체의 저술 활동과 그가 세계적으로 명성을 알린 시기는 메이지시대(1867~1912) 전체와 중첩되고, 메이지시대와 '동시대성'을 갖추고 있다고 할 수 있다.

연구사에 따르면 니체가 메이지 일본으로 들어온 것은 주로 네 경로를 통해서다.[37] 장자오이가 이를 상세하게 소개했으므로 여기서는 반복하지 않겠다.[38] 다시 더 깊이 발굴하면 새로운 경로가 발견될 수도 있겠으나 다시 새로운 것을 보탠다고 해도 가장 중요한 경로는 바뀌

36 北岡正子, 「獨逸學協會學校五十年史」, 『魯迅硏究の現在』, 38, 13, 15쪽.

37 高松敏男의 「日本における'ツァラトストラ'の受容と飜譯史」, 『ニーチェから日本近代文學へ』, 幻想社, 1981 참고.

38 張釗貽, 『魯迅: 中國'溫和'尼采』, 150~152쪽.

지 않을 것이다. 그것은 바로 국가 아카데미즘에 속하는 경로로 구체적으로 말하면 도쿄대학 철학과다.

앞서 서술한 바와 같이 19세기 80년대부터 일본 철학계의 관심은 "완전히 도이치로만 국한되었다"라고 한다면, 그것의 주요 담지자는 도쿄대학 철학과, 즉 관학(官學)이다. 일본 학자들은 니체 도입사를 서술할 때 구와키 겐요쿠의 『니체 씨 윤리설 일단』 서언에 나오는 회고를 자주 인용한다. 기본적으로 독일인 교수 라파엘 쾨베르(Raphael von Köber, 1848~1923)의 강의실 수업(1895, 1896년 전후)을 메이지 니체의 시작으로 간주한다. 도쿄대학이 당시 니체 전파의 중심이었다는 점에 대해서는 이론이 없다.[39] 쾨베르는 1893년 6월 일본에 와서 주로 하르트만과 쇼펜하우어를 강의하면서 일본 학계를 향해 신학과 종교를 연구할 필요성을 역설했다.[40] 구와키 겐요쿠에 따르면 그의 동학 중에 이미 니체에 관한 논문을 쓰기 시작한 사람이 있었다.[41] 니체가 사망한 이듬해인 메이지 34년(1901)에는 '니체 열풍'이 폭발했다. 그것의 상징적 표지는 한 차례의 논쟁과 두 권의 니체에 관한 전문 저술이 처음으로 출판된 것이다. 논쟁이라고 함은 바로 다카야마 조규의 두 편의 논문으로 인해 촉발된 '미적 생활 논쟁'을 가리킨다. 한 편은 「문명비평

39 高松敏男, 「日本における'ツァラトストラ'の受容と飜譯史」, 『ニーチェから日本近代文學へ』, 5~6쪽.

40 茅野良男, 「明治時代のニーチェ解釋 ― 登張·高山·桑木を中心に三十年代前半まで」, 實存主義協會 編, 『實存主義』, 理想社, 1973, 3쪽.

41 桑木嚴翼, 『ニーチエ氏倫理說一斑』, 2쪽.

가로서의 문학가」이고, 다른 한 편은 「미적 생활을 논하다」이다.[42] 이후 이 논쟁에 끼어들어 '개시자' 다카야마 조규 편에 선 주요 인물은 도바리 지쿠후와 아네사키 조후다. 이 세 사람의 연장선에서 훗날 다카야마 사후 '개인주의'를 고취한 인물로 사이토 노노히토가 있다. 이 네 사람 중 두 명이 도쿄대학 철학과를 졸업했는데, 조규와 조후는 같은 해에 입학한 같은 반 학생으로 메이지 29년(1896)에 졸업했다. 다른 두 사람은 도쿄대학 '독일문학 전수(專修)' 즉, 독일문학 전공으로 졸업했는데, 지쿠후는 메이지 30년(1897)에 졸업했고 노노히토는 조금 늦은 메이지 36년(1903)에 졸업했다.[43] 두 권의 전문 저술 중 한 권은 도바리 지쿠후의 손에서 나온 『니체와 두 시인』[44]이고, 다른 한 권은 구와키 겐요쿠의 손에서 나온 앞서 소개한 『니체 씨 윤리설 일단』이다. 구와키 겐요쿠는 다카야마 조규와 아네사키 조후와 마찬가지로 도쿄대학 철학과를 나왔고 같은 반 학생이었으나 니체에 대해 취했던 태도는 크게 달랐다.[45] 다시 말하자면 메이지 '니체 열풍'은 어떤 한 시각에서 보면 사실 도쿄대학 철학과와 독일문학과 출신의 몇몇 엘리트가 그들이 강의실에서 만난 니체를 사회라는 큰 무대에 올려 계속 단

---

42 필명 高山林次郎의 「文明批評家としての文學者」(本邦文明の側面評)(『太陽』 제7권 제1호, 1901년 1월 5일)과 필명 樗牛生의 「美的生活を論ず」(『太陽』 제7권 제9호, 1901년 8월 5일)이다. 이 글에서 참고한 것은 『明治文學全集 40·高山樗牛 齋藤野の人 姉崎嘲風 登張竹風集』(筑摩書房, 1967)이다.

43 이 4인의 학력에 대해서는 『明治文學全集 40·高山樗牛 齋藤野の人 姉崎嘲風 登張竹風集』의 '연보' 참고.

44 登張竹風, 『ニイチイと二詩人』, 人文社, 1902.

45 『明治文學全集 80·明治哲學思想集』의 '年譜·桑木嚴翼' 참고.

련하여 세상의 주목을 끌어낸 결과다. 그들은 독일어를 통해서 메이지 일본을 향해 니체를 직접적으로 수송했고 한 시대를 이끈 니체에 관한 언설을 구성했다. 그들은 메이지 근대국가 교육 체제 아래의 '수익자'였으나 그들이 내놓은 니체는 분명 메이지 국가 체제에 도전하는 에너지를 축적하고 있었다. 어쩌면 그들은 니체를 빌려 그때까지 자신이 의탁하고 있던 '소여의 현실'—나날이 공고해지고 강대해지는 메이지 국가 일본—을 향해 개인의 자유를 요구하고자 기도했다고 할 수 있다. 즉, 이역 타자의 '개인'을 빌려 자국에서의 '개인'의 공간을 개척하고자 한 것이다. 이것 역시 그 시대의 이른바 '이율배반'일지도 모른다.

화제를 저우수런 쪽으로 조정하기로 하자. 앞에서 실증을 통하여 구와키 겐요쿠의 『니체 씨 윤리설 일단』이 저우수런이 니체에게 다가간 교과서임을 확인할 수 있었다. 또 다른 한 권 도바리 지쿠후의 「니체와 두 시인」은 어떤가? 대답은 말할 필요도 없다는 것이다. 이토 도라마루의 30년 전 연구의 결론을 빌리자면 "당시 루쉰의 몇 편의 평론에는 도바리 지쿠후가 이 책의 중심 부분을 차지하는 장문 『프리드리히 니체론』에서 니체의 입을 빌려 외친 19세기 물질문명 비판, 반국가주의, 반도덕주의, 반과학주의, 반실리주의, 반민주주의에 관한 정보를 원문 그대로 볼 수 있다. 앞서 지적한 루쉰과 사이토 노노히토의 공통점은 여기에서 지쿠후와 루쉰이 받아들인 니체와의 공통적인 영향으로 전부 그대로 치환할 수 있다. 확실히, 루쉰과 그의 유학 시절의 일본문학은 공통적으로 19세기 문명 비판자라는 니체의 형상을 가지

고 있었다".[46]

이런 전제에서 장자오이는 다시 한번 도바리 지쿠후의 텍스트를 깊이 있게 검토하여 양자 사이에 존재하는 영향과 수용 관계에 대한 결론을 더욱 명확히 했다. 그런데 앞선 연구의 결론에 영향을 지나치게 받아서인지 장자오이는 『망우 루쉰인상기』에서 쉬서우상(許壽裳)이 언급한 고분학원 시절 "루쉰이 가지고 있던 '니체의 전기'는 당연히 도바리 지쿠후의 『프리드리히 니체론』에 수록된 「니체와 두 시인」이다"라고 여기고, 따라서 루쉰이 구와키 겐요쿠의 책을 읽었을 가능성을 배제했다. 나도 애초에는 장자오이 선생과 똑같은 생각으로 구와키 겐요쿠를 배제할 뻔했다. 또 다른 배제 이유도 있었다. 즉, 어느새 사학자들의 언론의 영향을 받아 구와키 겐요쿠는 다카야마 조규와 도바리 지쿠후 같은 니체에 대한 '공감'과 '열정'이 부족했으므로[47] 다카야마 조규, 도바리 지쿠후와 의기투합한 루쉰이 중시했을 리가 없다고 생각했다. 이것이 바로 내가 마지막에 가서야 비로소 구와키 겐요쿠를 찾아본 이유다. 이제 와서 보니 철저하게 수정해야 할 것 같다. 즉, 유학생 저우수런은 '니체의 전기' 두 종류를 모두 가지고 있었다. 가지고 있었을 뿐만 아니라 모두 읽었다. 읽었을 뿐만 아니라 니체의

46 伊藤虎丸, 李冬木 譯, 『魯迅與日本人 — 亞洲的近代與'個'的思想』, 34쪽.

47 니시오 간지(西尾幹二)는 일본의 '니체학사'에서 구와키 겐요쿠와 그의 『니체 씨의 윤리설 일단』에 대하여 혹평했다. 니체에 대한 그의 이해는 저급하고 공허하다는 것이다. 그렇게 된 까닭은 "구와키 자신이 니체에 대한 공감이 부족하고 심지어는 조규와 지쿠후 같은 문학자의 열정도 없었"기 때문이라고 했다. 「この九十年の展開」, 高松敏男·西尾幹二 編, 『日本人のニーチェ研究譜 ニーチェ全集』(別巻), 白水社, 1982, 516~518쪽.

관련 부분 전체를 번역하거나 혹은 그것의 대강을 골라 기록하였다. 이렇게 해서 두 책의 내용을 자신의 글에 집어넣어 『신생』新生 잡지(창간 실패 후 『허난』에 투고)를 위해 장문으로 '정제'해 내고, 동시에 자신의 언설을 구성했다.

도쿄대학이라는 학원 시스템은 저우수런에게 니체에 관한 주요한 지식 플랫폼을 만들어 주었다. 그는 이 플랫폼의 도움으로 동생 저우쭤런이 목격한 독일어 원서 『차라투스트라는 이렇게 말했다』에 "파고들었다". 당시 고분학원의 커리큘럼에서 1, 2학년 중국 유학생의 외국어 과목은 일본어만 있고 3학년이 되어야 '영어'가 개설되었음을 알 수 있다.[48] 저우수런이 고분학원에 입학하고 졸업하기까지는 만 2년(1902년 4월 30일~1904년 4월 30일)이었으므로 일본어 말고는 다른 외국어 과목은 들은 적이 없음을 알 수 있다. 정식으로 독일어를 공부한 것은 당연히 그가 1904년 9월에 센다이(仙台)의학전문학교에 들어간 이후다. 저우수런은 센다이에서 1년 반을 공부하고 "의학을 그만두고 문학에 종사"하기 위해 1906년 3월 센다이를 떠나 다시 도쿄로 갔다. 6월에는 "학적을 도쿄독일어학회에서 세운 독일어학교로 옮겼다. 센다이의전에서 배운 것을 기초로 독일어를 계속 공부했다. 독일어 읽기와 각국의 작품을 번역하는 데 더욱 잘 이용하기 위해서였다".[49] 독일어학교란 앞서 말한 독일어전수학교다. 다시 말하면 『허난』에 발표

48 北岡正子, 『魯迅 日本という異文化の中で —弘文學院入學から'退學'事件まで』, 關西大學出版部, 2001, 78~84쪽.

49 魯迅博物館魯迅研究室, 『魯迅年譜』 제1권, 119쪽.

한 논문을 쓰던 때는 저우수런이 독일어와의 접촉 전후로 3년 남짓한 시간이 흐른 뒤였다. 이 글들을 준비한 시기부터 따져 보면 독일어와 접촉한 시간은 더욱 짧아질 것이다. 수준은 어떤가? 센다이의학전문학교 1학년 성적표에 따르면 의과생 외국어로서의 '독일학'(즉 독어)의 두 학기 성적은 모두 60점, 따라서 1년 평균 성적도 60점이다.[50] 이 출발점에서 『역외소설집』(1909)에 수록된 몇 편의 독일어로 된 작품을 번역하기까지, 저우수런의 독일어 수준은 비약적으로 발전했다고 추론할 수 있다.

> 루쉰이 번역한 안드레예프의 「침묵」과 「거짓」, 가르신의 「나흘」을 나는 독일어 번역본을 대조하며 읽은 적이 있는데 한 글자 한 글자 충실하다고 느꼈다. 조금도 소홀히 하지 않았고 멋대로 더하거나 삭제하는 병폐가 없었다. 그야말로 신시대를 개척한 번역계의 기념비였으므로 나는 대단히 흥분했다.[51]

쉬서우상의 이 말은 이 시기 저우수런의 학습 능률을 실증한다. 독일어전수학교에서의 루쉰의 학습 상황에 관한 이 글은 전적으로 기타오카 마사코가 「독일어전수학교에서 공부한 루쉰」[52]에서 보여 준

50 仙台における魯迅の記録を調べる會 編, 『仙台における魯迅の記録』, 平凡社, 1978, 104쪽.

51 許壽裳, 『亡友魯迅印象記』, 魯迅博物館 等編, 『魯迅回憶錄·專著』(上冊), 北京出版社, 1999, 255쪽.

52 北岡正子, 「獨逸學協會學校五十年史」, 『魯迅研究の現在』, 5~43쪽.

주밀하고 상세한 조사에 근거한다. 이 연구 보고서에는 훗날 루쉰에게서 보이는 요소들이 의심의 여지 없이 충분히 재현되어 있다. 루쉰은 센다이를 떠나 도쿄에 도착하고 얼마 지나지 않아 학기 도중에 입학하여 1909년 6월 귀국하기 전까지(8월에 출발) 일곱 학기 동안 독일어전수학교에 적을 두고 있었다. 이 중 '보통과'를 제외하면 '적어도 세 학기는 고등과에서 공부했다'. 고등과에서 사용한 교재에는 "당시 그가 경도되어 있었던 입센과 쾨르너의 작품"[53]이 있었다. 공교롭게도 야마구치 고타로(山口小太郎, 1867~1917)의 니체의 『차라투스트라는 이렇게 말했다』에 관한 강의를 열심히 들었을 수도 있다. 후인의 비평에서 '천하일품'으로 이야기되는 강의다. 더욱 중요한 점은 전교생 모두가 독일어 공부 필독서인 '세 타로 문전(文典)'[54]의 훈련을 받았을 것이라는 점이다. 따라서 결론은 "루쉰의 독일어 능력의 기초는 독일어전수학교에서 길러진 것으로 '문예운동'을 추동하는 힘이 되었다".[55] 이 결론은 믿을 만하다 해도 저우쭤런의 회상에서 서술한 것을 고려하면 조금 '에누리'해도 괜찮을 듯하다. 온전히 출석한 상황에서만 백퍼센트 신뢰할 수 있기 때문이다. 저우쭤런은 자신의 형이 "'독일어학협회' 부설학교에 이름만 걸어 두고 기분 좋을 때 몇 번 들으러 가는

53 [역자 주] 테오도르 쾨르너(Carl Theodor Korner, 1791~1813)는 독일의 시인이자 극작가이다. 1813년 나폴레옹에 반대하는 의용군에 참가, 전사했다. 시집 『하프와 칼』(Leier und Schwert)이 있다.

54 당시 세 명의 교수 즉, 오무라 진타로(大村仁太郎), 야마구치 고타로, 다니구치 슈타로(谷口秀太郎)가 편찬한 『독일문법교과서』 등의 독일어 교재를 가리킨다.

55 北岡正子, 「獨逸學協會學校五十年史」, 『魯迅研究の現在』, 36쪽.

것"[56]을 보았다. 기타오카 마사코의 조사와 추측을 빌리면 "관비(官費) 유학생 루쉰은 7개 학기 동안 최소한 제명되지 않을 정도의 출석률을 담보했다".[57] 그런데 출석률의 '에누리'는 신중함에서 비롯된 것일 뿐이다. 아무리 에누리한다 해도 기타 시간의 자습과 실천을 통해 도달한 저우수런의 높은 수준의 독일어 해석 능력을 부인할 수는 없다. 게다가 출석률이 제한적이었다고 해도 또 다른 두 명의 교과 담당 교사와 만났을 가능성을 배제하기 어렵다. '국문'을 가르친 하가 야이치와 생물학을 가르친 오카 아사지로다.[58] 만약 이러하다면 루쉰에게 있어서의 독일어전수학교의 의미와 공헌은 훨씬 더 중요하게 평가해야 할 것이다.

화제를 독일어와 니체로 되돌려 보자. 저우수런의 독일어와 일어 수준을 종합적으로 평가해 보면, 지금 일본에서 유행하는 말에 따르면 '달인'이라고 할 수 있다. 그러나 독일어를 아무리 잘한다고 해도 일본어에 대한 파악과 응용의 능숙함을 뛰어넘었을 리는 없다. 이러한 상황은 저우수런이 교육을 받던 환경과 부합한다. 니체에게 가까이 다가간 것을 가지고 말해 보자. 저우수런이 일본어와 독일어라는 두 종류의 언어 통로를 가지고 있었다고 말한다면, 분명 일어가 중심이고 독일어는 보조였다. 이것이 바로 저우수런이 마주한 니체를 결정했다. 그것은 두 종류의 언어 거울상의 교체로 나타났고, 훨씬 많

56 周啟明, 『魯迅的青年時代』, 中國青年出版社, 1957, 51쪽.

57 北岡正子, 「獨逸學協會學校五十年史」, 『魯迅研究の現在』, 34쪽.

58 北岡正子, 「獨逸學協會學校五十年史」, 『魯迅研究の現在』, 39쪽 주석 31.

은 부분을 차지한 것은 일본어라는 통로를 통해 굴절되어 나온 니체다. 저우수런이 자신의 텍스트를 제작하기 위해 수행한 니체 수집 역시 당연히 이러한 경관 속에 있었다.

5. 마루젠서점과 '니체'

위에서 말한 것은 메이지의 독일어 교육과 니체와의 관계에 대한 것으로 저우수런이 당시 적어도 니체와 관련된 3종의 저술을 읽었거나 가지고 있었음을 알 수 있다. 이제 시선을 다시 서적 구매로 옮길 필요가 있다. 도바리 지쿠후의 『니체와 두 시인』은 정가 35센, 구와키 겐요쿠의 『니체 씨 윤리설 일단』는 정가 50센이다. 독일어전수학교의 학비가 매월 1엔(100센)이었음을 고려하면 당시 학생들로서는 적지 않은 가격이라고 할 수 있다. 또 다른 독일어 원서 『차라투스트라는 이렇게 말했다』의 가격은 지금으로서는 조사할 길이 없지만 수입 원서인만큼 가격은 훨씬 비쌌을 것이다. 저우수런은 검소한 생활을 했음에도 책을 사는 데는 기꺼이 돈을 썼다. 이 점은 아마도 메이지시대 '서생 기질'에 아주 부합하는 것이었을 듯하다.

『차라투스트라는 이렇게 말했다』의 독일어 원서를 말하는 데 마루젠서점(丸善書店)을 언급하지 않을 수 없다. 어디에서 구매했을까? 저우쭤런의 회상에서는 언급하지 않았으나 십중팔구는 확실하다. 이어서 증거를 찾아보고자 한다. 마루젠은 메이지시대 서양 서적 직판 전문점이다. 유학 시절부터 만년에 이르기까지 루쉰은 이 서점에서 책을 구매하고 교류했다. 전집에는 '마루젠에 부탁'하여 책을 구매한 것과 관련된 서술이 많이 나온다. 서신, 일기, 책장부 기록을 보태면 마루젠이 백 곳은 출현한다. 따라서 마루젠도 저우수런 주변의 니체와 서로 교차하는 것으로 결코 가볍게 볼 수 없다. 그런데 여기에서 시각을 바꾸어보는 것도 좋겠다. 우선 일본의 메이지 서생들에게 마루젠은 어떤 곳이었을까?

> 19세기 유럽 대륙에서 팽배한 사조 역시 마루젠의 2층에 스며들어 원동(遠東)의 고도(孤島)를 쉬지 않고 가볍게 두드렸다.
> 마루젠의 2층, 그 협소하고 어두운 2층, 그 피부가 희고 다리가 불편한 서점 주인, 먼지 가득한 책꽂이, 이과 책, 여행 책과 문학 종류의 책이 모두 유리 책장에 진열되어 있었다. 이 2층에는 또한 시도 때도 없이 유럽을 놀라게 한 명성이 자자한 저작이 진열되어 있었다.
> …
> 졸라의 강렬한 자연주의, 입센의 겉모습을 꿰뚫어 깊이 들어가 보여 주는 인생, 니체의 그 강대한 사자후, 톨스토이의 피와 육신, 『아버지와 아들』에서 보여 주는 허무주의(Nihilism), 하이제의 여성 연구, … 원동의 이 고도의 새로운 처녀지에서 이러한 씨앗은 뿌리지 않으려 해도 그렇게 되지 않았다.
> 젊은 사람들은 주문으로 구매한 『아버지와 아들』을 오랜 이별 끝에 만난 연인처럼 품고 마루노우치(丸の内) 궁성 부근의 길을 걸었다. 또 어떤 젊은이들은 마루젠 2층 책꽂이에 진열된 『안나 카레니나』를 뚫어지게 바라보다 지갑을 몽땅 털어 안에 있는 한 달 용돈 전부를 꺼내

> 기쁜 마음으로 그것을 구매했다. 알퐁스 도데의 명랑하고 동정이 풍부한 예술, 피에르 로티의 입센주의, 미국 작가 캘리포니아 시인 브렛 하트(Francis Bret Harte, 1836~1902)의 광산을 소재로 한 단편 등은 모두 청년 독자들이 즐겨 읽은 것들이었다.
>
> 발자크의 예술도 광범위하게 읽혔다. 문학청년들은 『고리오 영감』, 『외제니 그랑데』 등의 염가판 책을 손에 들고 대로를 걸었다.
>
> 독일의 파울 하이제, 고트프리트 켈러(Gottfried Keller) 등도 읽혔다. 니체, 입센의 도래는 이로부터 조금 후의 일이다. 단풍이 병들어 시드는 때는 하르트만과 주더만의 이름도 우리 같은 문단 청년들의 입가에 늘 올라왔다.
>
> 결론적으로 유럽 대륙의 주요 사조의 진입 형태는 흥미로웠다. 3천 년 동안의 섬나라 근성, 무사도와 유학, 불교와 미신, 의리와 인정, 굴욕적 희생과 인내, 타협과 사교의 소소한 평화 세계, 이러한 상황에서 니체의 사자후가 들어오고 입센의 반항이 들어오고 톨스토이의 자아가 들어오고 졸라의 해부가 들어와 위대한 장관을 드러냈다.[59]

이상은 메이지시대의 유명한 소설가 다야마 가타이(田山花袋, 1872~1930)가 훗날 「마루젠의 2층」이라는 제목으로 마루젠서점과 '나'가 한 일을 회고한 것이다. "19세기 유럽 대륙에서 팽배한 사조", "니

---

59 田山花袋, 「丸善の二階」(『東京の三十年』, 博文館, 1917), 『明治文學全集 99·明治文學回顧文學集(二)』, 筑摩書房, 1968, 64~65쪽.

[역자 주] 하이제(Paul Johann Ludwig von Heyse, 1840~1914). 독일 작가로 1910년 노벨 문학상을 받았다.

체의 사자후" 등이 어떻게 마루젠의 "그 협소하고 어두운 2층"에서 일본 전국으로 스며 들여 "3천 년 동안의 섬나라 근성"을 동요시켰는지에 대한 상황을 분명하고 오류 없이 드러내고 있다.

신문기자이자 세태 기록으로 유명한 수필가 우부카타 도시로(生方敏郎, 1882~1969)는 저우 씨 형제와 동시대인으로 거의 같은 시기에 도쿄에서 '서생' 노릇을 한 매우 유사한 이력을 가지고 있다. 그는 회상에서 여러 차례 '서양 책'과 '마루젠'을 언급했다. "물론 그것은 일본식 책방이었다. 다다미가 깔려 있고 책방 사장은 난로를 끼고 거기에 앉아 있었다." "2층 서양식 책장에는 대량의 서적이 진열되어 있었다. 거기에서 우연히 나의 눈을 과거로 이끈 것은 소형의 남색 겉표지에 My Religion이라고 인쇄된 톨스토이의 저작이었다."[60] 우부카타 도시로는 톨스토이에 매혹된 것으로 유명하다. 사실 그의 회상은 같은 상황을 실증한 것에 지나지 않는다. 즉, 서양으로 인해 마음이 움직이고 새로운 지식을 탐구하기를 갈망했던 '서생'들은 모두 마루젠에서 자신의 마음에 드는 원서를 찾을 수 있었다는 것이다.

저우수런과 저우쭤런은 각각 1902년, 1906년에 도쿄에 왔다. 두 형제는 적어도 '마루젠의 2층'에서 동시대 메이지 청년들과 합류하는 지점에 도착했고 이국 사조의 세례를 받았다. 수년 전 베이징 산롄(三聯)서점에서 『근대의 초극』을 증보, 인쇄하던 때가 생각난다. 나는 여기에 수록된 다케우치 요시미의 『루쉰』의 중국어 번역본에 독일어 '레클람' 문고에 관한 주석을 보탰는데, 아래에 옮겨 둔다. 독일어문고,

60 生方敏郎, 「明治時代の學生生活」, 『明治大正見聞史』, 中央公論社, 1978, 89, 159쪽.

마루젠서점과 당시 학생들과의 관계의 일단을 살펴보기 위해서다.

일본어 원문 '레쿠라무판'(レクラム版)은 '레쿠라무(レクラム) 총서'의 일본에서의 속칭이다. 정식 명칭은 Reclam Universal Bibliothek, 중국어로는 지금 『레클람 만유문고』(雷克拉姆萬有文庫)로 번역된다. 1828년 독일인 레클람(Anton Philipp-Reclam)이 라이프치히에서 레클람출판사(Reclam Verlag)을 세웠고 1867년부터 레클람만유문고를 발행하기 시작했다. 이 문고는 황색 표지, 좋은 물건 싼 가격으로 유명하다. 내용은 문학, 예술, 철학, 종교에서 자연과학까지 섭렵 범위가 대단히 광범하다. 독일어권에 광범위하고도 지속적인 영향력을 발휘했을 뿐만 아니라 메이지 이후의 일본에서도 대단히 환영받은 문고로써 당시 일본의 지식인, 특히 청년 학생들이 서방의 새로운 지식을 획득하는 중요한 경로 중의 하나였다. 일본에서 레클람문고를 취급한 곳은 주로 마루젠서점이다. 마루젠은 후쿠자와 유키치의 제자 하야시 유테키(早矢仕有的, 1837~1901)가 1869년 요코하마에 세운 것이다. 문구, 특히 '서양서'를 취급한 것으로 유명했다. 언제부터 레클람문고를 수입했는지 지금으로서는 알 수 없다. 그런데 『마루젠 백년사』(마루젠, 1980)의 소개에 근거하면 19세기 말과 20세기 초, 다시 말해 저우씨 형제가 유학하던 시절 그 문고의 최대 소비자와 수혜자는 "이로 말미암아 훗날 문단의 사람들이나 낡은 옷과 찢어진 모자를 쓴 일고(一高)[61] 학생들이었다". 저우쭤런은 「루쉰에 관하여 2」(1936)에서 그

61 [역자 주] '일고'(一高)는 '제일고등학교'를 가리킨다. 메이지 10년(1877)에 설립된 도

와 루쉰이 마루젠서점과 레클람문고를 통하여 서방 문학작품을 수집한 정황을 처음으로 언급했고 더불어 그 문고의 일본어 가타카나 '레쿠라무'(レクラム)를 '루이커란무'(瑞克蘭姆)로 번역했다고 했다.

여기에서 한 가지를 더 보충하면, '레클람'은 루쉰의 텍스트에는 "라이커랑 씨(莱克朗氏) 만유문고"로 표기되어 있다.[62]

저우 씨 형제는 지식에 목말라 있었고 마루젠은 그들에게 상당한 정도의 만족을 주었으므로 잠시라도 중단되면 정신적으로 매우 편치 않았을 것이다. 예를 들어, 저우수런은 귀국하고 2년 가까이 지난 1911년 5월 저우쭤런의 귀국을 재촉하기 위해 도쿄에 갔다. 그때 마루젠에 들어서면서 온몸이 자연스럽지 않다는 것을 느꼈다. 도쿄에서 "반 달 지내면"서 "친구 한 사람도 찾지 않고 유람 한 번 하지 않았고 마루젠에 진열된 책을 보았을 뿐이었네. 전부가 다 원래 있던 책이 아니었고 가지고 싶은 것이 너무 많아서 아예 한 권도 구매하지 않았다네. 월(越) 땅에서 문을 닫고 지내며 오랫동안 새로운 것을 접하지 않았더니 채 2년도 못 되어 촌사람이 되어 버린 셈이니, 스스로 비탄에 빠질 가치도 없다네".[63] 마루젠에 대한 저우쭤런의 유대감 역시 형에게 조금도 손색이 없었다. 표현이 형만큼 격렬하지 않고 훨씬 부드럽고 담담할 뿐이다. 그의 '도쿄를 그리워하다' 계열의 산문 중 「도쿄의

쿄대학 예과의 전신으로 메이지 19년에는 제일고등중학, 메이지 27년에는 3년제 고등학교가 되었다.

62 魯迅, 「爲了忘却的記念」, 『魯迅全集·南腔北調集』 제4권, 495쪽.

63 魯迅, 「110731 致許壽裳」, 『魯迅全集·書信』 제11권, 348쪽.

서점」은 사실 태반이 마루젠을 그리워하는 내용이다.

도쿄의 서점을 말하자면 첫 번째로 생각나는 것은 언제나 마루젠(Maruzen)이다. 그것의 원래 이름은 마루젠 주식회사고 번역하면 마루젠 유한공사다. 우리와 관련이 있었던 것은 사실 서적부의 일부분일 따름이다. 최초로 개인이 연 상점의 이름은 마루야젠시치(丸屋善七)인데, 이 상점에는 가본 적이 없다.

1906년에 처음으로 가본 곳은 일본 바시도리(橋通) 산쵸메(三丁目)의 마루젠이었다. 마루는 깔렸으나 여전히 구식 이층집이었다. 민국 이후에 화재로 새로 지었고, 민국 8년 도쿄를 방문했을 때 가보니 양옥이 되어 있었다. 그 후 대지진으로 전부 무너졌다.

재작년에 다시 가보니 양옥이 원래 자리에 세워져 있었고 지명은 일본 바시도리 니쵸메(二丁目)로 바뀌어 있었다. 내가 마루젠에서 책을 사던 때로부터 이미 30년이나 지났으니 오래된 고객인 셈이다. 비록 거래는 아주 미미했을지라도 말이다.

나중에는 일본책과 중국의 고서를 사야 하느라 구매력은 더욱 분산되었지만, 이 얼마 안 되는 양서(洋書)는 내게 아주 큰 영향을 주었다. 따라서 마루젠은 하나의 법인이라고 해도 나에게 있어서는 사우(師友)의 정이 있다고 할 수 있다.

내가 1906년 8월 도쿄에 도착하고 마루젠에서 구매한 최초의 책은 세인츠베리(G. Saintsbury)의 『영문학 소사』 한 권과 텐의 영역본 네 권이다. 책꽂이에는 지금도 이 책들이 꽂혀 있으나 그때 산 원서는 아

니다.[64]

저우쭤런은 서두에서 30년 "오래된 고객"의 신분으로 흥미진진하게 그의 마루젠에 대해 이야기한다. 여기에서 그를 대신해서 조금 보충해도 좋을 듯하다. 그것은 바로 평생토록 잊지 못한 처음으로 마루젠에서 책을 샀을 때 틀림없이 '형'이 그를 데리고 갔을 것이라는 점이다. 저우쭤런이 도쿄에 도착했을 당시 저우수런과 쉬서우상은 이미 마루젠의 단골이었고 다야마 카타이가 말한 "한 달 용돈 전부를 털어" 낸 학생들과 마찬가지로 주머니를 털어 책을 샀다. "주머니에 돈이 있기만 하면 '밑천을 다 걸어도' 아쉽지 않았다. 매번 품속의 돈을 다 비우고 돌아와 마주 보고 한숨 쉬며 말했다. '또 가난뱅이가 되었다!'"[65] 저우쭤런은 이러한 한숨 소리 속에서 '유학 선배' 두 명과 함께 마루젠으로 향하는 길을 걸었을 것이다. 이때 맺어진 인연은 결코 일반적이지 않다.

사람들은 연애 경험에서 특히 첫사랑은 쉽게 잊지 못하는데, 다른 일도 이와 같을 수 있다. 따라서 최초의 인상은 아주 중요하다. 마루젠 서점은 몇 차례 변화가 있었다. 내가 기억하는 것은 아무래도 그 최

---

64 周作人, 「東京的書店」(『宇宙風』 제26기, 1936년 10월. 후에 『瓜豆集』에 수록), 鍾叔河 編, 『周作人文類編 7 · 日本管窺』, 湖南文藝出版社, 1998, 77쪽.
[역자 주] 이폴리트 텐(Hippolyte Adolphe Taine, 1828~1893). 프랑스의 철학자, 비평가, 역사가다. 실증주의적 방법으로 문학을 연구했다.

65 許壽裳, 『亡友魯迅印象記』, 魯迅博物館 等 編, 『魯迅回憶錄 · 專著』(上冊), 233쪽.

초의 오래된 2층 건물이다. 위층은 그리 크지 않았고 사방 벽은 책장이고 가운데 긴 테이블에 늘어놓은 새로 도착한 책은 손님 마음대로 자유롭게 펼쳐 보았다. 가끔 귀퉁이 책장 뒤에 서서 한나절 책을 들추어보아도 아무도 주목하지 않았다. 한두 권을 골라 계산하려 해도 사람을 찾을 수 없었다. 큰 소리로 점원을 오라고 부르거나 혹은 걸음이 불편한 시모다(下田) 군이 몸소 다가와 아는 척했다. 손님을 그리 감시하지 않는 이런 태도는 기분 좋은 일이었다. 훗날 개축한 뒤에도 물론 그대로였으나 내가 회상을 할 때는 언제나 옛 서점이 배경이었다.[66]

이 모습은 위에서 본 다야마 가타이, 우부카타 도시로의 기록과 더불어 마루젠에 관한 기억의 완전한 인증이다. 그들은 같은 시대에 있었고 같은 마루젠을 경험했다. 저우쭤런은 3,500자에 못 미치는 단문에서 34명의 저자와 24종의 저작을 언급했다. 이 중에서 24명과 15종의 저작이 마루젠과 직접 관련이 있다. 이 책들은 모두 그가 유학 시절 읽고 체험한 것의 일부일 뿐만 아니라 형과 함께 번역한 『역외소설집』 같은 역저 활동 속에 스며들어 갔다. 저우쭤런은 이런 책들의 계몽적 의미도 언급했다. 예컨대 엘리스(Henry Havelock Ellis, 1859~1939)의 『성 심리 연구』 7권은 "읽고 나면 안구의 막이 홀연히 떨어져 나가 인생과 사회에 대한 한 가지 견해를 세우도록 만들었

66 周作人, 「東京的書店」, 『周作人文類編 7·日本管窺』, 80쪽.

다".[67] 마루젠에 관한 독서인의 회상록에서 이처럼 상세한 묘사를 보기란 쉽지 않은데, 마루젠이 그해 이 글의 일어판을 서둘러 보존하여 훗날 『마루젠 백년사』의 일부가 되도록 한 것도 이상할 것이 없다.[68]

그런데 이것은 독서인과 마루젠이라는 서점의 관계를 보여 준다기보다는 그들이 마루젠을 통해 형성한 새로운 지식과 시대사조와의 관계를 보여 준다고 해야 할 것이다. 다야마 가타이와 저우쭤런의 회상은 각각 같거나 다른 측면에서 저우수런이 니체와 관련되어 있다는 방증이 된다. 전자로부터 "니체의 사자후"가 '마루젠의 2층'에서 전해졌고, 저우수런은 이 노호를 좇아 독일어판 『차라투스트라는 이렇게 말했다』를 구했음을 알 수 있다. 다시 우부카타 도시로까지 세 사람의 회상을 참조하면 '니체'는 고립된 것이 아님을 알 수 있다. 그것을 하나의 원의 중심으로 본다면 이 니체는 적지 않은 주변을 거느리고 있다. 졸라가 있고 입센이 있고 톨스토이가 있고 하이제가 있다. 발자크, 하르트만과 주더만, 영국의 수필가, 그리고 이른바 대륙문학 가운데 약소민족 문학의 작가들이 있다. 이외에도 위에서 언급한 사람들의 해설자로서 짝이 되는 브란데스가 있다.[69] 그들은 모두 니체와 뗄 수 없는 관계에 있다. 니체에 관한 거의 모든 문맥에서 니체와 더불어 같이 등장한다. 저우수런이 훗날 쓴 텍스트에서 보이는 모습처럼 니

---

67 周作人, 「東京的書店」, 『周作人文類編 7·日本管窺』, 79쪽.

68 周作人, 「東京の思い出」(『學鐙』, 1937년 4월호), 木村毅, 『丸善百年史(上卷)』, 丸善株式會社, 1980, 628~631쪽.

69 [역자 주] 브란데스(Gerog Brandes, 1842~1927). 덴마크의 문학평론가이자 문학사가로 현실주의를 주장했다.

체를 단독적인 관찰 대상으로 간주한다고 하더라도, 니체가 종래로 자신의 주변으로부터 떨어져 나간 적이 없다고 보는 근거 역시 여기에 있다. 니체로 하여금 '주변'을 거느리게 한 것은 메이지라고 불리는 시대가 니체에게 부여한 존재 형식이다. 다시 말하면 이 니체의 시대적 형식이 저우수런에 의해 완전하게 그의 텍스트 속으로 흡수된 것이다.

6. 논쟁한 것은 도대체 무엇이었나? — '니체' 파란 이후의 여파

그런데 일본어도 좋고 독일어도 좋고 마루젠서점도 좋다. 결국 모두 저우수런 주변에 삼투된 니체의 고리 혹은 파이프다. 그렇다면 무엇이 니체를 하나의 점 혹은 하나의 원의 중심으로 부각시키고 저우수런의 주의를 끌게 한 것인가?

많은 논자는 다카야마 조규를 위수로 하는 '미적 생활 논쟁'을 제기할 것이다. 이러한 관점에 동의하나 여기에는 한 가지 분명히 해야 할 것이 있다. 그것은 바로 이 논쟁이 1901년에 일어났다는 것이다. 저우수런이 일본에 도착하기 한 해 전이다. 그가 도착한 1902년에는 이 논쟁의 고조기는 이미 지나갔고 같은 해 12월 24일 선두주자 다카야마 조규가 폐병으로 사망함에 따라 이 논쟁은 사실상 끝이 났다. 다시 말하자면 이 논쟁이 니체에 대한 저우수런의 관심의 촉발과 관련이 있다고 해도 이 촉발 역시 직접 논쟁 그 자체로부터 나온 것은 아니다. 정확하게 말하자면 이 논쟁이 가져온 여파다. 사실상 이 자리는 결코 니체라는 이름 아래서의 논쟁은 아니었다. 일본의 문예계, 사상계 더 나아가 전체 독서계는 이 거대한 니체 충격을 만들어 냈고 더불어 니체는 사회 각계 특히, 청년 학생들에게 광범위하게 보급되고 삼투되었다. 니체에 대한 저우수런의 주목도 당연히 이러한 광범위한 사회적 삼투의 결과다. 저우수런은 니체에 대한 독서가 깊어짐에 따라 이 논쟁 관련 글들을 다시 찾아보았을 것이고 이로 말미암아 유학 전에 있었던 논쟁의 현장으로 가게 되었을 것이라고 추론해도 무방하다.

'미적 생활 논쟁' 과정에 관한 소개와 비평은 기본적 문헌이 충실하고 역사적 사실도 분명하게 정리되어 있다.[70] 현재 중국어 텍스트 중에는 장자오이의 저서가 상세하므로 여기서 다시 덧붙이지 않겠다. 그런데 니체 충격파가 만든 광범위한 영향과 깊은 사회적 삼투에 관해서는 따로 서술할 생각이고, 여기서는 다만 한 가지 문제를 제출하고자 한다. 그것은 바로 이것이다. 니체에 관한 논쟁에서 논쟁한 것은 도대체 무엇인가?

니체는 출현하면서부터 이해에 혼란이 수반되었다고 할 수 있다. 예를 들어 니체에 관한 최초의 글은 니체와 톨스토이를 나란히 논했다.[71] 이것은 후대의 역사가가 보기에는 자다가 봉창 두드리는 격이고

70 다음을 참고할 수 있다. 高松敏男·西尾幹二, 『日本人のニーチェ研究譜 ニーチェ全集 別巻』; 茅野良男, 『明治時代のニーチェ解釋 ― 登張·高山·桑木を中心に三十年代前半まで』; 『明治文學全集 40·高山樗牛 齋藤野の人 姉崎嘲風 登張竹風集』.

71 「歐州における徳義思想の二代表者フリデリヒ、ニツシュ氏とレオ、トウストイ伯との意見比較」(『心海』 제5호, 무기명, 1893년 12월), 「ニツシュ氏とレオ、トウストイ伯徳義思想を評す」(『心海』 제5권, 무기명. 1894년 1월), 高松敏男·西尾幹二, 『日本人のニーチェ研究譜 ニーチェ全集 別巻』, 289~298쪽.

이도 저도 아닌 접근이지만, 이후 상당히 긴 시간 지속된 '톨스토이와 니체'라는 언설 구조의 첫 번째 모델이 되었다.[72] 이러한 상황은 훗날 루쉰의 텍스트에서도 보인다. 그가 스스로에 대해 "인도주의와 개인주의 두 사상의 소장기복(消長起伏)"[73]이라고 한 화법 같은 것을 예로 들 수 있다.

다시 예를 들자면, 가토 히로유키의 『강자의 권리의 경쟁』 독일어판이 베를린에서 출판되고 서방 평론계의 혹평을 받았으나, 그는 굴하지 않고 많은 관점은 창작이라고 주장하는 글을 썼다. 이에 즉각 당신은 정말로 굴복해야 한다, 당신은 경쟁의 무정함, 비애를 주장하는 것이 아닌가, 그쪽 방면에서는 일찌감치 니체라는 사람이 벌써 그

---

72 니시오 간지(西尾幹二)는 "이 두 편의 논문(위의 주석의 두 편 — 번역자)의 내용은 니체와 톨스토이라는 대체로 친연성이 없는 사상을 함께 논하고 있다. 이 점만으로도 그것의 시대적 한계는 대단히 분명하다고 할 수 있다"라고 했다. 高松敏男·西尾幹二, 『日本人のニーチェ研究譜 ニーチェ全集 別卷』, 512쪽.

나의 독서 범위에서 보더라도 이러한 예는 아주 많다. 예컨대 다음과 같은 글이다. 大塚保治, 「ロマンチックを論じて我邦文藝の現況に及ぶ」(『太陽』 1902년 4월), 『明治文學全集 79·明治藝術·文學論集』, 筑摩書房, 308, 315쪽; 小山內薰, 「青泊君」(『帝國文學』 제12권 제7호, 1906년 7월), 『明治文學全集 75·明治反自然派文學集(二)』, 180쪽; 鳥穀部春汀, 「大隈伯と陸奧伯」(『太陽』 1902년 11월), 『明治文學全集 92·明治人物論集』, 38쪽; 白柳秀湖, 『鐵火石火(評論集)』(隆文館, 1908), 『明治文學全集 83·明治社會主義文學集(一)』, 259~260쪽; 柳秀湖, 『黃昏(小說)』(如山堂, 1909), 『明治文學全集 83·明治社會主義文學(一)』, 191쪽; 郡虎彥, 「製作について」(『時事新報』, 1912년 2월 15~20일), 『明治文學全集 76·初期白樺派文學集』, 332쪽); 木下杢太郎, 「海國雜信」(北原白秋に送る)(『朱欒』 1912년 2월), 『明治文學全集 74·明治反自然派文學(一)』, 271쪽.

73 魯迅, 「二十四」, 『魯迅全集·兩地書』 제11권, 81쪽.

렇게 말했다고 비판하는 문장이 발표되기도 했다.[74] 문호 모리 오가이(森鷗外, 1862~1922)도 같은 곤혹에 부딪혔다. 그는 마침 하르트만 소개에 열중하고 있어서 갑자기 튀어나온 니체에 대하여 그리 인정하지 않았다. "(상대적으로) 니체의 입언(立言)은 거의 철학이라고 말할 수 없다. 따라서 하르트만의 심미학은 형이상학이라는 장관을 성취했고 단일한 문제라고는 해도 현재로서는 가장 완전한 것이다."[75]

또 예를 들자면, 맨 먼저 니체에 주목한 분야는 종교계도 있었다. 구체적으로 말해서 불교계다. 니체가 불교계의 정신을 활성화하기를 기대하는 글이 실리자[76] 불교계의 한 인사는 미적 생활 논쟁에 드러난 니체에 대해 진지하게 주목하기 시작했으나 결과는 대실망이었다. 그는 이것은 강자의 소리가 아니라 분명 "나약한 사상의 유행"이라고 했다.[77] 이러한 혼란이 나타난 것도 결코 이상할 것이 없다. 니체의 본가인 서방이라고 해도 니체에 대한 이해는 상당히 혼란스럽기 때문이다. 듣자 하니, 위에서 소개한 것처럼 일본에서 "니체와 톨스토이라는 대체로 친연성이 없는 사상을 함께 나란히 논"할 때 베를린극장에서는 니체를 풍자하는 연극 『선악의 피안』을 상연하고 있었다.[78]

74　丸山通一, 「博士加藤君の'先哲末言'を評す」(『太陽』 1896년 5월 5일), 高松敏男·西尾幹二, 『日本人のニーチェ研究譜 ニーチェ全集 別卷』, 300~301쪽.

75　森鷗外, 「『月草』敘」(1896년 11월), 『明治文學全集 79·明治藝術·文學論集』, 248쪽.

76　저자 미상, 「ニーチェ思想の輸入と佛教」(『太陽』 1898년 3월), 高松敏男·西尾幹二, 『日本人のニーチェ研究譜 ニーチェ全集 別卷』, 302~305쪽.

77　境野黃洋, 「羸弱思想の流行」(ニイッチェ主義と精神主義)(『新佛教』 제3권 제2호, 1902년 2월), 『明治文學全集 87·明治宗教文學(一)』.

78　高松敏男·西尾幹二, 『日本人のニーチェ研究譜 ニーチェ全集 別卷』, 512쪽.

그런데 위에서 언급한 혼란을 제쳐 두면 니체를 둘러싼 논쟁의 초점은 내가 보기에는 실질적으로 니체를 수용해야 하는가의 문제다. 구체적으로 말하면 니체의 '개인주의'에 대한 이해 문제다. 수용을 주장하는 쪽은 니체의 개인주의가 어떻게 어떻게 좋고 어떻게 어떻게 필요한지를 강조했다. 수용을 반대하는 쪽도 니체의 개인주의를 겨냥해서 개인과 개인주의가 어떻게 어떻게 좋지 않은데, 그중에서 가장 큰 이유는 "니체의 개인주의는 이기주의와 같"아서라고 했다. 그런데 더욱 흥미로운 점은 니체에 관한 반대자들의 이해의 많은 부분이 니체의 지지자와 주창자의 소개에서 선택했다는 것이다. 다시 말하자면 니체의 주창자는 그의 반대자에게 개인주의에 대한 사고와 이해를 촉진하는 사상적 재료를 제공했다. 이 점은 쓰보우치 쇼요의 반격문장 「마골인언」馬骨人言에서 분명히 드러난다.[79]

여기에는 주목할 만한 것은 다음 두 가지다. 하나는 니체 도입의 주요 흐름에서 시작부터 '니체 개인주의'에 대한 이해에 불일치가 있었고 이 불일치가 마지막까지 계속되었다는 것이다. 가장 전형적인 예는 앞서 소개한 도쿄대학에서 철학을 가르친 독일인 쾨베르 본인

79 『近代文學評論大系 2·明治 II』, 角川書店, 1972. 「마골인언」은 『요미우리신문』에 1901년 10월 13일에서 11월 7일까지 연재되었다. 저자 이름이 없었으나 사람들은 쓰보우치 쇼요(坪内逍遥)의 손에서 나왔다는 사실을 곧바로 알아차렸다. '미적 생활 논쟁'에서 가장 길고 가장 이목을 끌었던 글이다. 쇼요는 이 글에서 니체 사상은 '극단적 개인주의', '이기주의', '경시주의'라고 했고 '악한 정신의 맹목적 반동'이라고 공격했다. 이 글은 해학조로 전개되었기 때문에 사회적 반향 역시 한층 더 심각했다. 그런데 내용으로 보면 이 글의 비판 대상의 1/3 가까이는 다카야마 조규와 도바리 지쿠후, 특히 후자다.

이 니체를 좋아하지 않았다. 학생이었던 구와키 겐요쿠는 졸업하고 6, 7년 후에 당시를 회상하면서 말했다. "제국대학에서 쾨베르 교수의 철학사 과목 시간에 그가 강의한 니체 철학은 아직도 기억하고 있다. 그의 문장은 비록 뛰어나나 주장은 극단적 이기주의이므로 배척해야 하는 부류라고 말했다."[80] 쾨베르의 진지한 가르침은 구와키 겐요쿠의 저작에도 영향을 미쳤다. 쾨베르와 같은 시기에 도쿄대학에서 철학을 가르치고 『철학자휘』를 편찬한 이노우에 데쓰지로 역시 같은 관점을 가지고 있었다. 그는 「철학평론」(1901)에서 "이기주의의 도덕적 가치"를 언급할 때 슈티르너와 니체를 예로 들어 "그들이 고취한 것은 자기를 중심으로 삼고 일체의 것을 자기의 자료로 바치는 극단적 이기주의를 생각했다"라고 말했다.[81]

또 다른 한 가지는 니체가 '미적 생활 논쟁'에서, 다시 말하면 일본 사상계와 정신계에서 연기한 역할이다.

니체를 둘러싼 불일치가 얼마나 많건 간에 사실상 니체가 연기한 것은 결코 철학의 역할도 아니고 문학의 역할도 아니었다. 철두철미한 윤리 역할이었다. 구와키 겐요쿠 저서의 제목 『니체 씨 윤리설 일단』에서 당시 일본에서의 니체의 처지를 알 수 있다. 니체를 우선 윤리 문제로써 처리한 것은 그 시대적 특징에 부합했다. 메이지시대처럼 그렇게 윤리를 강조하던 시대는 없었기 때문이다. 세태를 기록한 우부카타 도시로의 책에서 그것의 증거를 찾을 수 있다. "그때 학생들

80 桑木嚴翼, 「緒言」, 『ニーチエ氏倫理説一斑』, 育成會, 1902, 1쪽.

81 井上哲次郎 編, 『哲學叢書』 제1집, 集文閣, 1901, 1,074쪽.

은 종교 문제와 윤리 문제에 머리를 파묻고 있었다. … 역시 당시의 유행이었던 셈이다."[82]

메이지시대 일본의 윤리 체계는 근대국가의 정비에 수반하여 만들어졌다. 1890년에 공포한 「교육칙어」는 실제로 이 윤리 체계의 강령적 문건으로 핵심은 국민에게 무조건 천황제 국가에 충성할 것을 요구했다. 이 윤리 체계는 일본의 근대화 과정에서 거대한 응집 작용을 발휘했다. 1894~1895년 '청일전쟁'(즉 갑오전쟁)의 승리로 일본 전체는 미칠듯한 기쁨으로 빠져들었고 나라 전체가 물질부터 정신까지라고 하는 이전부터 추진했던 '거국 체제'에 더욱 미혹되었다. 따라서 국가 체제는 한층 더 강화되었고 동시에 사람들의 주의력을 전쟁 이전의 이른바 국가적 이상에서 물질적 이익으로 더 많은 관심을 돌리도록 만들었다. 이것이 바로 '일본주의'와 '시대정신'에 대한 고취에서 '개인주의'와 '본능주의'를 주장하는 것으로 다카야마 조규의 변화가 일어나는 전체적인 배경이다.

다카야마 조규는 메이지 국가를 전력으로 지지하고 온 마음으로 찬미하던 중에 날로 더욱 물질화되는 환경 속에서 거대한 압력을 느끼기 시작했다. 따라서 "문명비평가로서의 문학인"[83]의 신분으로 현실 체제와 문명에 대한 비판에 뛰어들었고 '개인 본능'에 대한 강조를 통하여 '미적 생활'을 묘사함으로써 날로 강화되는 국가 체제와 물질적

82 生方敏郎, 「明治時代の學生生活」, 『明治大正見聞史』, 100쪽.

83 高山林次郎, 「文明批評家としての文學者」(本邦文明の側面評), 『太陽』 제7권 제1호, 1901년 1월 5일.

환경 아래에서 개인의 자유와 개인의 정신 공간을 쟁취하고자 했다.[84] 이런 의미에서 말하자면 니체는 그에게 있어서 학문이 아니라 방법이었다. 그는 니체를 통하여 정신 혁명의 계기를 만들고자 했다. 이것이 바로 같은 반 학생이었던 구와키 겐요쿠와의 가장 큰 차이점이었다. 그는 구와키 겐요쿠의 『니체 씨 윤리설 일단』를 비평하면서 자신의 관심은 니체의 학문이 아니라 니체라는 사람이라고 말했다. "오호라, 우리가 관심을 가지는 것은 그의 학설이 아니라 그 사람이다. 구와키 군은 어째서 그의 이른바 윤리설에서 다시 앞을 향해 한 걸음, 백 걸음 더 나아가서 니체 그 사람을 설명하지 않는가?"[85] 그런데 다카야마 조규의 담지체는 '본능주의'였기 때문에 본능주의 생활관과 인생관에 대한 그의 지나친 묘사와 강조는 '개인주의'의 고상한 정신적 동기를 주장하고 현실 생활의 윤리 층위로 되돌아오지 않을 수 없게 하였다. 이것은 동학 구와키 겐요쿠와 더불어 윤리라는 의자에 함께 앉도록 했을 뿐만 아니라 한 무리 도학 선생들의 공격을 마주하지 않을 수 없게 만들었다.

도바리 지쿠후가 등장하여 다카야마 조규를 변호하며 '니체'를 위기로부터 구조했다. "우리가 보기에 다카야마 군의 「미적 생활을 논하다」는 분명히 니체 학설의 근거가 있"고, "다카야마 군의 「미적 생활을 논하다」를 이해하려면 니체의 '개인주의'를 이해해야 한다".[86] 이

84 樗牛生, 「美的生活を論ず」, 『太陽』 제7권 제9호, 1901년 8월 5일.

85 茅野良男, 「明治時代のニーチェ解釋 — 登張·高山·桑木を中心に三十年代前半まで」, 『實存主義』, 1973, 9쪽.

86 登张竹風, 「美的生活論とニーチェ」(『帝國文學』 1901년 9월호), 『近代文學評論大系 2·明

리하여 '니체의 개인주의'가 어떻고 어떻다는 논의가 시작되었다. 그 결과 다카야마 조규를 윤리의 진흙탕에서 구해 내지 못했을 뿐만 아니라 도리어 더욱 심각한 오해를 초래했다. "다카야마가 니체와 같다고 생각한다"[87]라거나 다카야마가 곧 니체이고 니체가 곧 다카야마라고 끌어올리는 데까지 이르렀다. 돕는다는 것이 도리어 방해가 되는 결과를 초래했다. 다카야마 조규에 대한 세상 사람들의 오해가 더욱 심해졌고 이런 오해는 니체, 더 나아가 도바리 지쿠후 본인에까지 이어졌다.

그런데 근본적으로 말하자면 이것 역시 니체 주창자들이 만든 니체 형상의 한계로 말미암은 것이다. 스기타 히로코(杉田弘子)의 연구가 보여 주는 것처럼 그들의 니체는 '독일어' 경로를 통하여 직접 들어갔음에도 불구하고 진짜 니체 원서와의 접촉은 제한적이었다. 주로 독일어 문헌 중의 니체에 대한 평론을 빌려 니체를 만들었다.[88] 이러한 니체가 불완전하고 변형된 것이라는 것은 두말할 필요도 없다.

따라서 이 니체를 겨냥한 총공격이 시작되었다. 주로 도덕 층위를 둘러싸고 있었다. 즉, 공격자들은 '개인주의' 다시 말해, '이기주의'의 '니체'를 수용할 수 없었다. 니체가 배척된 가장 큰 이유가 여기에 있었다. '도학 선생들'로 말하자면 그들은 결코 반(反)기독교적인 니

治II』 참고.

87 高松敏男, 「日本における'ツァラトストラ'の受容と飜譯史」, 『ニーチェから日本近代文學へ』, 幻想社, 1981, 11~13쪽.

88 杉田弘子, 「ニーチェ解釋の資料的研究 ─ 移入初期における日本文獻と外國文獻との關係」, 東京大學國語國文學會, 『國語と國文學』, 1966년 5월, 21~34쪽.

체'를 두려워한 것 같지 않다. 기독교는 일본에 들어와 세력을 점차 키우고 있었고 우치무라 간조(内村鑑三, 1861~1930) 같은 대표적인 인물이 있었으나 체제에 위협이 되기에는 부족했기 때문이다. 그들은 또한 '문명비평가' 니체를 두려워한 것 같지 같다. 메이지는 이른바 '문명개화'의 시대이기는 했으나 문명 비판을 전개할 만한 정도로 진화하지 않았기 때문이다. 그런데 국가 체제에 대한 최대의 위협은 윤리, 도덕 층위에서의 '개인주의적 이기주의'였다. 비판자는 주창자보다 니체 자체에 대한 이해가 부족했다. 비판자 중에는 독일어를 이해하는 사람이 매우 드물었고 기껏해야 영어로 보는 니체였다. 심지어는 영어 번역조차 읽은 적이 없고 주창자의 글 속의 니체를 읽었을 뿐이었다. 그러나 그들은 '본능'에 대해 매섭게 비난했고, 동시에 본능적으로 "다카야마 같은 사람들"이 무엇을 말하려는지 알아챘다. 게다가 사이토 노노히토가 이미 「국가와 시인」이라는 글에서 이러한 내용에 대해 분명하게 말한 적도 있었다. 즉, '시인'(개인)은 '국가'의 전제이다. '시인'(개인)이 '국가'를 위해서 존재하는 것이 아니라 '국가'가 '시인'(개인)을 위해서 존재한다. '시인'(개인)이 없으면 이른바 '국가'는 의미가 없다.

> 국가, 국민의 정신은 '사람'보다 오래 존재하고, '사람'은 또 언제나 시인으로 인하여 이름을 얻는다. 시인이 살아 있는 곳이 실제로 영광스럽고 위대한 나라다. … 국가라는 것은 방편이고, '사람'이라는 것이 이상이다. '사람'이 없는 국가는 조금도 의미가 없다. 그러므로 영혼 없는 국가, 사람 소리가 없는 국가에 대하여 우리는 그것의 존재를

덕(德)이라고 여기는 날은 하루도 있을 수가 없다. 세간에는 세계의 세력으로 자칭하고 허영과 찬미에 도취한 사람들이 많다. 그런데 불쌍하게 여겨야 할 국민이 인생의 복음을 들을 수 있을까? 오호라, 우리가 오랜 기간 우리 국어로 '사람'의 의미를 이해하지 못한다면, 우리는 장차 망국의 백성이 되고 동해를 떠도는 유랑민이 될 것이다.[89]

「악마파 시의 힘에 대하여」를 숙독한 독자라면 이상의 단락이 조금 익숙하다고 느끼지 않겠는가? 그렇다. 그런데 나는 이 이야기는 다음에 자세하게 정리하기로 하고 지금의 화제를 계속해서 이어 가기로 한다.

이러한 윤리적 논리에 따라 진행된다면, 국가에 대한 절대적 복종을 요구하는 메이지의 윤리 체계는 철저하게 동요하게 되리라는 점이 분명하다. 대문호 나쓰메 소세키가 12년 후인 1915년에서야 비로소 대중들 앞에서 그의 「나의 개인주의」를 신중하고도 온화하게 발표한 사실을 안다면, 조규와 노노히토 형제 그리고 그들의 지지자들이 얼마나 거대한 충격이었는지를 상상하기는 어렵지 않다. 이런 까닭에 혼비백산할 반격이 시작되었다. 쓰보우치 소요는 「마골인언」이라는 장편의 연재로 출전하여 "다카야마 같은 사람들"로 하여금 이 문단의 노장의 노련함과 악랄함을 실컷 맛보게 했음은 말할 것도 없다. 애초에 그들과 같은 전선에 있었던 문학가들도 니체에 대한 오해로 말미

89 齋藤野の人, 「國家と詩人」(『帝國文學』 1903년 6월호), 『明治文學全集 40·高山樗牛 齋藤野の人 姉崎嘲風 登張竹風集』, 筑摩書房, 1967, 106~107쪽.

암아 그들을 비방했다. 예컨대 요사노 뎃칸(與謝野鉄幹, 1873~1935)은 니체 때문에 자신이 만든 잡지 『메이세이』明星에 『메이세이』의 유력한 지지자들을 힘껏 비판하는 글을 발표하기도 했다.[90]

당시 일본의 주류 지식계는 대다수가 '개인주의적 이기주의'로 이해된 니체를 고도로 경계하고 있었다. 메이지 35년 즉, 1902년 초 마루젠서점은 '지식인 총동원'이라고 할 만한 설문조사를 기획했다. 70여 명의 지식계 저명인사에게 '19세기의 대저술'을 선정하게 하고 결과를 그해 『학등』學燈[91] 잡지 3월호에 발표했다. 다윈의 『종의 기원』이 32표로 제일 많이 득표했고 니체는 겨우 3표로 가장 적게 받았다. 그중에는 물론 다카야마 조규의 한 표가 포함되어 있었는데, 이 결과에 대해 그는 물론 꽤 "의외"로 생각했다.[92] 이 사건은 체제 내의 니체에 대한 평가를 반영하고 '일본'의 현실 속에서 니체가 부딪힌 곤경을 잘 보여 준다. 이 곤경은 기껏 정신적인 것에 불과한 것이 아니라 보다 물질적인 것이었고, 기껏 구두선에 불과한 것이 아니라 보다 인간사적인 것이었다. 다카야마 조규는 젊은 나이로 요절했다. 그는 저우수런이 일본에 유학 온 1902년 말 폐병으로 사망했다. 그런데 사망하기 전 그는 이미 19세기 니체에서 13세기 승려 니치렌 쇼닌(日蓮上人, 1222~1282)을 향해 달려갔다. 하시카와 분조의 말로 하자면 바로 이

90 與謝野鐵幹, 「高山樗牛に与ふ」(『明星』 1902년 2월호), 『近代文學評論大系 2·明治 II』, 248~257쪽 참조.

91 [역자 주] 1897년 3월 창간. 『學の燈』이라는 이름으로 마루젠에서 발행. 1902년 『學燈』, 1903년에는 『學鐙』으로 바꾸었다.

92 木村毅, 『丸善百年史』(上卷), 丸善株式會社, 1980, 457~473쪽.

순간 "'미래의 권리'라는 청년의 마음은 그의 영면을 기다리지 않고 일찌감치 그로부터 떠나갔다".[93]

도바리 지쿠후의 일련의 반박 글에는 공격자들을 만신창이가 되도록 비난하는 곳이 아주 많다. 예컨대 그는 쓰보우치 소요의 「마골인언」을 반박하면서 당신은 우리를 욕할 시간에 어째서 니체의 원문을 읽지 않느냐고 했다. 소요는 독일어를 몰랐고 "고육지책"[94]으로 니체를 고취하는 상대방의 글에서 "니체의 원래의 학설"을 찾아보고자 했지만 적지 않은 굴욕을 맛보았다. 그러나 이런 모든 것들도 체제의 승리와 도바리 지쿠후의 실패를 막지 못했다. 도바리 지쿠후는 당시 고등사범학교의 교수였고, 교장은 저명한 교육가 가노 지고로였다. 도바리 지쿠후가 함부로 말을 해도 "도량이 넓은 가노는 교장으로 있던 4, 5년 동안" 그의 말에 대해 한마디도 하지 않았다. "그러나 불만의 소리는 외부로부터 전해져 왔다."

메이지 39년 9월 11일, 나는 병으로 휴가를 냈다.

이튿날 가노 선생이 나에게 면담을 요청하는 편지를 보내 말했다. "급히 의논할 일이 있으니 바로 학교로 오십시오." 그래서 아픈 몸으로 서둘러 찾아갔다.

---

93 橋川文三, 「高山樗牛」, 『明治文學全集 40·高山樗牛 齋藤野の人 姉崎嘲風 登張竹風集』, 392쪽.
[역자 주] 하시카와 분죠(1922~1983). 정치학, 정치사상사 연구자이자 평론가다.

94 杉田弘子, 「ニーチェ解釋の資料的研究 — 移入初期における日本文献と外國文献との關係」, 『國語と國文學』, 1966년 5월.

"최근에 한 친구가 고위 관료가 문부성에 가서 담판을 지은 듯하다고 내게 알려 주며, 이렇게 말했답니다. '보통교육의 원천은 고등사범학교에 있는데, 이상한 말과 괴이한 논리를 펴는 사람이 있는 것 같고, 게다가 바깥으로까지 시끄럽게 하는 것 같습니다. 초인 등등을 주장하는 것 같습니다. 초인 같은 사상은 자세히 살펴보면 어찌 지극히 두려운 것이 아니겠습니까? 이러한 사람 같지 않은 사람에 대하여 문부성은 어찌 지금까지 듣지도 않고 묻지도 않습니까?' 당신의 언론과 사상이 어떤지에 대해 나는 여태껏 생각하지 않았습니다. 하지만 일은 이 지경이 되었고 교장으로서 당신을 비호하는 것은 곧 당신의 사상을 비호하는 것과 같습니다. 교장으로서 나는 이렇게 할 수 없습니다. 그런데 일은 이미 지나갔고 이미 묵은 소문입니다. 앞으로 당신이 완전히 다시는 이런 주장을 하지 않는다면 얼마간 방법을 생각해 볼 수 있습니다. 하지만 사상이라는 것은 독특한 면이 있는 것입니다. 당신의 의견이 앞으로 계속해서 선전하고 지도하는 것이라고 한다면 이것은 당신의 자유입니다만, 이러하다면 어쩔 수 없이 당신은 즉시 사직서를 제출해야 합니다."[95]

이렇게 해서 도바리 지쿠후는 "교직을 그만두었다". '미적 생활 논쟁'의 결과로써 니체의 주창자들은 중대한 좌절을 맛보게 된다. 이 점 역시 마루젠서점의 설문조사와 완전히 부합한다.

---

95 登張竹風, 「三十年前の思い出」(『人間修行』, 中央公論社, 1934), 高松敏男·西尾幹二, 『日本人のニーチェ研究譜 ニーチェ全集 別巻』, 458~459쪽.

다카야마 조규가 설문조사의 결과에 대해서 "의외"라고 느낀 것은 그 결과가 청소년들의 니체에 대한 거대한 반향에 부합하지 않는다는 것을 알고 있었기 때문이다. 『마루젠 백년사』 역시 다음과 같이 총결했다. "고등학생, 중학생이 투표했다면 니체의 득표는 학생들의 다카야마에 대한 숭배로 말미암아 급등했을 것이다."[96] 다시 말하면 체제가 승리했지만 니체는 당시 청년들의 마음을 얻었다는 것이다. 유학생 저우수런 또한 이러한 청년들 속에 있었고 그들 중의 한 명이었다.

저우수런은 '개인주의'에 관한 논쟁을 직접 경험하지는 않았다. 그러나 이 논쟁이 남긴 출렁이는 주변의 여파를 통하여 이 논쟁을 사고했고 스스로 가치를 판단하고 분명한 비판을 했다. 그것이 바로 우리가 「문화편향론」에서 보는 다음 단락이다.

> 개인이라는 말이 중국에 들어온 지는 아직 삼사 년이 채 안 된다. 시대를 잘 안다는 사람들은 자주 그 말을 끌어다가 (다른 사람을) 매도하고, 만일 개인이라는 이름이 붙여지면 민중의 적과 같아진다. 그 의미는 깊이 알거나 분명하게 살펴보지도 않고 남을 해치고 자기를 이롭게 한다는 뜻으로 잘못 이해한 것이 아니겠는가? 공정하게 그 실질을 살펴보면 전혀 그렇지 않다.

이 단락은 그의 신변에서 벌어졌던 니체에 관한 논쟁이 남긴 잔

96 木村毅, 『丸善百年史』(上卷), 丸善株式會社, 468쪽.

물결에 불과한 것이 아니라 바로 근대의 정신적 가치에 대한 그의 선택이었다고 할 수 있다. 이로부터 니체와 그의 개인주의는 마찬가지로 일종의 방법으로서 그에 의해 중국어의 문맥으로 들어갔고, 다시 훗날의 텍스트에서 끊임없이 번역, 해석, 복제되어 그와 함께 정식으로 중국에 들어갔다. 이로써 오늘에 이르기까지 이글을 포함하여 모두가 '루쉰'이라는 텍스트에서 니체에 관한 조각을 정리하고 그것들이 오늘에 남겨 준 의미를 사고하고 있는 것이다.

2012년 11월 초고

2013년 수정

2022년 10월 교정

유학생 저우수런 '개인' 문맥 속의 '쓰치나얼'

'분학사', 게무야마 센타로를 함께 논하다

머리말

저우수런의 유학 시절 '개인'에 관한 문맥에는 '쓰치나얼'(斯契納爾, M. Stirner)이 등장한다. 이 사람에 관해 『루쉰전집』에는 지금은 '슈티르너'로 통용된다는 주석이 달려 있다.[1] 이 글이 이를 문제로 삼은 것은 상호 연관된 두 계기에서 비롯된다.

우선 나의 「유학생 저우수런 주변의 '니체'와 그 주변」에 이어지는 내용이다. '마쿠스 스치루시루'(マクス·スチル子ル)―즉 '쓰치나

1 1981년판 『魯迅全集』에는 '쓰디나'(斯蒂納)로 되어 있고(제1권 60쪽, 주석 29, 31), 2005년판에는 '쓰디나'(斯蒂納), '스디나'(施蒂納)로 되어 있다(제1권 61쪽, 주석 29, 31).
[역자 주] 저자는 '슈티르너'에 관하여 루쉰이 쓴 '쓰치나얼'(斯契納爾)과 현재 중국어로 통용되는 '스디나'(斯蒂納) 혹은 '스디나'(施蒂納)를 구분해서 논의를 전개한다. 따라서 루쉰이 쓴 '쓰치나얼'과 현재 통용되는 '슈티르너'로 구분해서 번역했다.

얼'—도 유학생 저우수런 주변에 출현한 그 '니체' 주변의 사항 중의 하나인데, 니체를 중심으로 그 주변을 관찰하면 반드시 그와 만나게 된다. 앞선 글에서 나는 '루쉰과 니체'라는 연구틀로 두 가지 시도를 했다. 하나는 연구 시점의 조정이다. 즉, 뒤쪽에서 보는 '루쉰'을 앞쪽에서 보는 '저우수런'으로 조정하고, 다시 앞에서 뒤로 저우수런에서 루쉰으로 되는 과정에서의 니체의 동반 궤적과 그 영향을 살펴보았다. 다른 하나는 '청나라 유학생 저우수런'의 시각을 통하여 그가 당시에 마주한 것이 도대체 어떤 니체였는지를 확인했다. 방법론으로 말하자면 나는 여기에 '주변'이라는 개념을 도입했다.

이런 의미에서 말하자면 '쓰치나얼' 즉, 지금 통용되는 '슈티르너'는 바로 앞서 자리매김한 그 니체 주변에 관계되는 사항이다. 일반적으로 말해서 저우수런의 주목 대상 가운데서 그는 통상적으로 니체와 동행하고 니체 문제를 처리할 때 반드시 언급된다. 뿐만 아니라 저우수런에서의 니체의 상황과 마찬가지로 우선 다음 문제를 명확히 해야 한다. 그해 유학생 저우수런이 마주한 것은 어떤 모습의 '슈티르너'인가? 대답은 물론 루쉰 텍스트 중의 '쓰치나얼'에 있지, 훗날 해석된 지금의 문맥 아래서의 '슈티르너'에 있지 않다.

이 글을 서둘러 쓴 또 다른 계기는 쑤저우대학 중문과 왕웨이둥(汪衛東) 교수가 나에게 낸 문제와 이 문제를 풀기 위한 그의 노력과 성과다. 7, 8년 전 그는 나에게 '분학사는 누구인가'라는 문제를 냈다. 이것은 메이지시대의 잡지 『일본인』日本人에 나오는 필명이다. 나는 다른 과제에 쫓겨 찾아볼 겨를이 없어서 작업 목록으로 남겨 두고 있었다. 2013년 3월 난징사범대학의 '루쉰과 20세기 중국문학 국제심포지엄'에 참가하면서 다시 만났고 그의 새로운 저작 『현대적 전환의 고통스런 '육신': 루쉰 사상과 문학신론』을 선물로 받고 정말로 기뻤다. 저자는 '분학사' 관련 연구에서 각고의 노력으로 마침내 새로운 진전과 중대한 돌파를 보여 주었다. 이 책의 제3장 '자료, 해석과 전승' 중의 '루쉰의 「문화편향론」 중의 슈티르너와 관련된 취재원을 새롭게 발견하다'라는 절에서 그 성과를 보고 하고 있다. 가장 중요한 내용은 일본 텍스트의 번역, 해석을 통하여 루쉰의 텍스트와 비교하여 "루쉰의 「문화편향론」에서 슈티르너와 관련 있는 취재원"을 확증했다는 것이다. 즉, "메이지 시기 잡지 『일본인』"에 실린 "필명 분학사의 「무정부주의를 논하다」인데, 루쉰의 '슈티르너'와 관련된 언술의 취재원은 이 글에서 나왔고 뿐만 아니라 직접 중역(重譯)한 것에 속한다"고 했다. 외람되게 나는 나의 문제의 시각에서 왕 선생의 연구 성과를 검증해 보았다. 개인적으로 상술한 결론은 완전히 성립할 뿐만 아니라 근래 보기 드문 중대한 발견이라고 생각한다. "이 발견은 우리가 루쉰의 '사람 세우기'(立人) 사상의 형성과 의의를 한 걸음 더 깊이 있게 관찰하는 데 도움이 될 것이다"라는 의미에서 어떠한 평가도 지나치지 않는다고 생각한다.[2]

이 글은 이러한 성과 덕분으로 왕 선생의 노작과 공헌에 존경과 감사를 표시한다. 나는 앞선 「유학생 저우수런 주변의 '니체'와 그 주변」에서 「문화편향론」 중의 "니취 씨가 (…)의 말(을 빌려) 말했다"의

2 汪衛東, 『現代轉型之痛苦'肉身': 魯迅思想與文學新論』, 北京大學出版社, 2013, 359쪽. 「무정부주의를 논하다」의 원래 제목은 「無政府主義を論ず」이다.

취재원을 조사했고, 저우수런이 "개인이라는 말"에서 내린 정의의 유래가 되는 그를 둘러싼 '주변' 배경에 대하여 비교적 광범위하게 살펴보았다. 이번 '슈티르너'의 취재원에 대한 왕의 저술이 보여 준 확인은 '유학생 저우수런 주변'의 내용을 한층 더 충실하게 만든다. 이것은 나의 작업과 완전히 같은 방향으로써 통상적으로 말하는 '초기 루쉰'이 마주한 '서방'을 실증하는 것이다. 그것은 유학생 저우수런 주변을 둘러싼 일본 메이지 판본의 서방이다. 나는 이러한 새로운 발견이 연구자들로 하여금 그해 저우수런이 처한 역사적 현장과 그 현장에서 그가 했던 생각으로 다시 돌아가게 하고 마주 보게 하도록 재촉할 것이라 믿는다.

예컨대 「문화편향론」에 남긴 흔적에서 저우수런 주변의 역사적 현장에 있었던 '분학사'는 누구냐는 것이다. 이에 대하여 왕 선생은 "현재로서는 필자는 미상이다"[3]라는 결론을 내렸다. 위에서 서술한 바와 같이 나도 줄곧 이것을 하나의 공부 과제로 삼고 있었다. 이 글의 목적은 이 문제를 포함하여 그해 저우수런 주변의 슈티르너는 어떤 존재로 드러났는지, '쓰치나얼'은 어떤 기제를 통하여 저우수런의 '개인'에 관한 담론 속으로 진입했는지를 고찰하는 것이다. 그런데 이에 앞서 왕의 저술에 대하여 조금 더 들어가 검증하고자 한다. 새로운 연구 성과의 수용이 후속 연구의 기초인 선행 연구가 되기 위해서 반드시 거쳐야 하는 절차이기 때문이다.

3 汪衛東,『現代轉型之痛苦'肉身': 魯迅思想與文學新論』, 360쪽.

1. '분학사' 텍스트의 처리 문제

결론부터 먼저 말하면, 「문화편향론」 중 '쓰치나얼'에 관한 비평이 분명 '분학사' 텍스트에서 중역(重譯)된 것임을 인정한다는 대전제 아래 왕의 저술에 존재하는 부족한 점을 지적해야 한다는 것이다. 전체적으로 말하면 취재원에 대한 소홀한 처리가 비교적 쉽게 드러난 결함이다. 우선 지적할 수 있는 것은 '취재원'으로 간주한 이상 원문을 덧붙여야 하고 더 나아가 "문장은 『일본인』 제154호, 155호, 157호, 158호, 159호에 연재되었고 시간은 메이지 35년(1902) 1월 5일에서 3월 20일까지다"[4]라고 두리뭉실하게 서술하는 것이 아니라 보다 명확하게 취재원의 정보를 표시해야 했다.

앞서 제시한 바와 같이 분학사의 글의 원래 제목은 「무정부주의를 논하다」無政府主義を論ず인데, 왕의 저술에서는 「무정부주의 논하다」無政府主義論す로 잘못 표기되어 있다. 여기에서 이것을 수정하고자 한다. 이 글은 5기로 나누어 『일본인』 잡지에 연재되었는데 발간호, 게재일, 쪽수는 아래와 같다.

제154호, 메이지 35년 1월 1일, 26~29쪽.

제155호, 메이지 35년 2월 5일, 27~30쪽.

제157호, 메이지 35년 2월 20일, 24~27쪽.

제158호, 메이지 35년 3월 5일, 26~29쪽.

4 汪衛東, 『現代轉型之痛苦'肉身': 魯迅思想與文學新論』, 360쪽.

제159호, 메이지 35년 3월 20일, 23~26쪽.

이를 새롭게 검토함으로써 다음을 확인할 수 있었다. '『일본인』 제154호'의 게재일은 '메이지 35년(1902) 1월 5일'이 아니라 그해 1월 1일이다. 「문화편향론」 중 쓰치나얼의 취재원으로 간주되는 글은 세 번째 연재된 '제157호 메이지 35년 2월 20일 24~27쪽'에 나온다.

다음으로 분학사의 원문이 '일-중 번역' 처리 과정에서 나타나는 번역문 측면에서의 문제다. 결과적으로 보면 번역문에 보이는 문제가 최종적으로 분학사 텍스트의 관련 부분이 쓰치나얼의 취재원이라고 판단하는 데 영향을 미치지 않는다고 하더라도 기초 작업으로서 번역문의 정확성의 여부는 차후의 연구에 믿을 만한 중국어 번역 텍스트를 제공할 수 있는지에 관계되고, 오늘날 「문화편향론」 텍스트에 대한 해석과 저우수런이 그해 자료를 선택할 당시 취재원의 해석과 처리 상황에 대한 평가에 영향을 미칠 수 있다. 따라서 왕의 저술의 중국어 번역을 한번 정독하고 대조할 필요가 있다. 이에 분학사의 원문은 '부록 1', 「문화편향론」의 쓰치나얼 관련 부분은 '부록 2', '왕의 저술의 번역문과 나의 재번역의 대조'는 '부록 3'으로 이 글의 뒤에 덧붙이고자 하니 참고하기 바란다.

정독하고 대조한 결과 중국어 번역의 주요 문제는 오역과 그리 정확하지 않은 번역임을 알 수 있었다. 자세한 내용은 세 개의 부록을 참고하고, 여기서는 주요한 것만을 골라서 이야기하기로 한다. 예를 들어 분명한 오역 다섯 곳을 지적할 수 있다. 아래에 '갑, 을, 병, 정, 무, 기'로 나누어 쓰고 아래에 나의 재번역을 덧붙인다.

갑. 그는 각 개인을 지고무상의 유일한 실재로 간주하고 단언했다. "이른바 인류, 이른바 주의는 필경 개인의 일종의 관념, 일종의 망상에 존재할 수 있을 뿐이다."

[재번역] 그는 각 개인을 최고 유일의 실재로 간주하고 이른바 사람, 이른바 주의는 필경 모두 개인의 인격이 아니라 일종의 관념, 일종의 망상일 뿐이라고 단언했다.

을. 자유는 우리를 가르치고 인도한다. "너 자신을 자유롭게 하라." 따라서 그것은 또한 이른바 '너 자신'이 도대체 무엇인지를 언명할 수 있다.

[재번역] 자유는 우리에게 너 자신을 자유롭게 하라! 라고 가르쳐 주며 말하지만, 이른바 너 자신이라는 것이 어떤 것인지는 언명하지 않는다.

병. '아성'(我性)은 생래적으로 자유로운 것이다. 이런 까닭으로 선천적인 자유자는 자유를 추구하고, 망상자와 미신자와 더불어 짝을 이루어 광분하는 것은 바로 자아를 망각하기 위해서다.

[재번역] 아성은 생래적으로 자유롭다. 그러므로 선천적인 자유자는 스스로 자유를 추구하고, 망상자, 미신자와 더불어 대오를 이루어 광분하는 것은 바로 자기를 망각하는 것이다.

정. 자유는 애초에 모름지기 자유에 도달하는 권리가 있어야 하고, 그런 연후에야 비로소 도달할 수 있는 것이다. 그런데 이 권리는 결코 자유의 외부에서 얻을 수 있는 것이 아니라 개개인 속에 존재한다. 나의 권리 역시 다른 사람이 주는 것이 아니다. 신, 이성, 자연, 그리고 국가 역시 모두 사람이 준 것이 아니다.

[재번역] 자유는 단지 자유에 도달할 권리를 얻는 연후에야 비로소 획득할 수 있다. 그런데 이른바 권력은 결코 사람으로 하여금 외부에서 추구하게 하는 것이 아니다. 권력은 단지 개개인 속에 존재할 따름이기 때문이다. 나의 권력은 결코 누가 부여하는 것이 아니다. 하느님도 아니고 이성도 아니고 자연도 아니고 또한 국가가 부여하는 것도 아니다.

무. 과연 내가 모든 속박을 배척하고 본래의 면모를 발휘할 때, 나로 말하자면 국가를 승인할 이유는 조금도 없고 또한 자아의 존재도 없다. 조금도 '아성'이 없는 비천한 사람만이 비로소 홀로 국가의 아래에 서야 할 것이다.

[재번역] 만약 이와 같다면, 그렇다면 의욕은 모든 속박을 배척하고 본래 면모의 나를 발휘하고, 또한 애초에 국가를 승인할 이유가 있을 리가 없다. 다만 자기가 없고 아성을 상실한 비루한 사람들만이 비로소 마땅히 홀로 국가의 아래에 서야 한다.

기. 시작부터 각 개인은 자아에 의거하여 자아의식과 자아행위의 중심과 종점을 형성하고, 이른바 행복은 곧 이로부터 탄생한다. 그러므로 아성에 의거하여 사람의 절대 자유를 수립한다.

[재번역] 이른바 행복이라는 것은 바로 각 개개인이 모두 자기를 자기

의 모든 의지와 행위의 중심과 궁극점으로 간주할 때 비로소 탄생하는 그런 것이다. 즉 그는 아성으로써 사람의 절대자유를 확립하고자 한다.

이상의 대조에서 밑줄 친 곳은 문제가 있는 부분이다. (갑)과 (을)은 의미를 뒤집어 번역했고, (병)과 (정)은 의미가 '틀어졌'고, (무)는 뒤 구절의 앞 절반을 앞 구절과 함께 합쳐 번역하여 의미가 통하지 않게 되었다. (기)는 '의역'으로 쏠린 듯하나 원문의 정확한 의미를 전달하지 못한다. 이외에 (정)의 '애초에'와 (기)의 '시작부터' 등의 어구는 일본어의 부사 '하지메테'(始めて) 혹은 '하지메테'(初めて)로 이루어진 문형을 정확하게 이해하지 못해서 생긴 오역이다. 이 단어는 일본어 문장 구조에서 대체로 중국어 부사 '비로소'(才)에 해당하고 모종의 경험이나 상황을 겪은 후에 '비로소' 어떻게 어떻게 된다는 뜻이다.

번역문의 문제가 「문화편향론」의 관련 부분의 해석에 영향을 미치지 않는다면 문제가 되지 않는다. 그런데 사실은 그렇지 않은 것 같다. [부록 1]의 '분학사' 원문과 [부록 3]의 번역문을 대조해 보면 알 수 있다. 분학사는 슈티르너가 설명하는 '아' 혹은 '아성'과 '자유'의 관계를 매우 분명하게 번역, 소개한다. 즉 아성은 생래적으로 자유롭고 자유는 나의 천성적인 것이고 일부러 외부를 향해서 찾을 필요가 없다는 것이다. 선천적으로 자유로운 사람이 일부러 몸 밖의 자유를 추구하여 자유가 어떤 것인지 알지 못하는 사람들과 함께 짝을 이루어 광분한다면, 바로 자신의 '아'와 '아성'을 망각하는 것이기 때문이고, 자신의 몸에 생래적으로 가지고 있는 자유를 보지 못하고 도리어 외부를 향해서 찾는다면 이것은 모순이다. 저우수런은 이러한 의미를 정확하게 이해하고 파악했을 뿐만 아니라 그것을 정밀하고 적절하게 개괄했다. 즉, 「문화편향론」의 '독일인 쓰치나얼'에 관한 단락에서 "오로지 이 아(我)는 본래부터 자유에 속한다. 본래 있는데도 다시 외부에서 구하는 것, 이것은 모순이다"라는 구절이다. 사실 위에서 지적한 오역 중에서 (을), (병), (정), 이 세 곳의 내용은 모두 이 말과 관련이 있다. 그런데 유감스러운 점은 번역자가 자신의 번역문이 저우수런의 이해와 어긋나는 부분이 있음을 의식하지 못한 듯하다는 것이다. 어쩌면 거꾸로 저우수런의 취재원을 처리하면서 저우수런의 취재원에 대한 처리를 유효한 참조로 두지 않았다고 말할 수도 있다. 그 결과 분학사(일-중 번역)를 통해서든 '루쉰'(독서)을 통해서든 슈티르너의 '아성'과 '자유' 양자의 관계에 관한 해설을 정확하게 읽어 낼 수 없게 되었다. 최소한 번역문으로는 정확하게 드러내지 못했다. 이를 위해 저우수런이 그해에 묘사한 '쓰치나얼'을 새롭게 정독할 필요가 있다.

> 독일인 쓰치나얼(M. Stirner)이 먼저 극단적 개인주의를 내걸고 세상에 나타났다. 그는 진정한 진보는 자기 발아래에 있다고 했다. 사람은 반드시 자성(自性)을 발휘함으로써 관념적인 세계의 속박에서 벗어날 수 있다. 오로지 이 자성이 조물주다. 오로지 이 아(我)는 본래부터 자유에 속한다. 본래 있는 것인데도 다시 외부에서 구하는 것, 이것은 모순이다. 자유는 힘으로써 얻게 되는데, 그 힘은 바로 개인(個人)에게 있고 그것은 자산이면서 권리다. 그러므로 만일 외력이 가해진

다면 그것이 군주에게서 나온 것이든 혹 대중에게서 나온 것이든 다 전제(專制)다. 국가가 나에게 국민과 더불어 그 의지를 합쳐야 한다고 말한다면 이 또한 하나의 전제다. 대중의 의지가 법률로 표현되면 나는 곧 그것의 속박을 받아들인다. 비록 나의 노예라고 말하더라도 나도 마찬가지로 노예일 따름이다. 그것을 제거하려면 어떻게 해야 하는가? 가로되, 의무를 폐지해야 한다. 의무를 폐지하면 법률은 그것과 함께 없어진다. 그 의미는 대개 한 개인의 사상과 행위는 반드시 자기(己)를 중추로 삼고 자기(己)를 궁극으로 삼아야 함을 말하는 것이다. 즉, 아성(我性)을 확립하여 절대적 자유자(自由者)가 되는 것이다.[5]

분명 쓰치나얼 단락의 핵심적 의미는 '아성이 절대적 자유'임을 강조하는 것이다. 이 점을 확실히 하고 되돌아가 분학사 텍스트와의 관계를 살펴보면, 취재원에서의 양자의 관련이 비로소 더욱 분명하게 드러난다. 여기서는 군소리를 덧붙이지 않고 분학사의 관련 단락을 재번역해서 대조해 보고자 한다.

막스 슈티르너는 순수 이기주의 입장에 기반한 무정부주의를 처음으로 제창한 사람이다. 그는 각 개인을 최고 유일의 실재로 간주하고 이른바 사람, 이른바 주의는 필경 모두 개인의 인격이 아니라 일종의 관념, 일종의 망상일 뿐이라고 단언했다. 가로되, 사람들의 이상은 정령화(精靈化)되면 될수록 더욱 신성해진다. 곧, 그것에 대한 경외의 정

5 魯迅,「文化偏至論」,『魯迅全集·墳』 제1권, 52쪽.

(情)의 더욱 점진적인 증대를 초래할 것이다. 그런데 이것은 그들에 대해서 말하자면, 또한 이로 말미암아 거꾸로 자신의 자유 공간이 날로 축소되어도 전혀 방법이 없게 될 것이다. 모든 이러한 관념들은 모두 각 개인의 심의(心意)의 제조물에 지나지 않고, 모두 비실재의 최대자(最大者)에 지나지 않는다. 그러므로 자유주의가 개척한 진보는 사실 또한 미혹을 증가시켰을 뿐이고 퇴보를 증진시켰을 뿐이다. 진정한 진보는 결코 이러한 이상에 있지 않고 각 개인의 발아래 있다. 즉, 한 사람(己)의 아성(我性)을 발휘하는 데 있고 나로 하여금 관념세계의 지배 아래에서 완전히 벗어나게 하는 데 있다. 아성이 곧 모든 것의 조물주기 때문이다. 자유는 우리에게 너 자신을 자유롭게 하라! 라고 가르쳐 주며 말하지만, 이른바 너 자신이라는 것이 어떤 것인지 언명하지 않는다. 이와 반대로 아성은 우리를 향해 큰 소리로 너 자신을 소생하게 하라! 라고 말한다. 아성은 생래적으로 자유롭다. 그러므로 선천적인 자유자(自由者)는 스스로 자유를 추구하고 망상자, 미신자와 더불어 대오를 이루어 광분하는 것은 바로 자기를 망각하는 것이다. 분명한 모순이다. 자유는 단지 자유에 도달할 권리를 얻은 연후에야 비로소 획득할 수 있을 뿐이다. 그런데 이른바 권력은 결코 사람으로 하여금 외부에서 추구하게 하는 것이 아니다. 권력은 단지 개개인 속에 존재할 따름이기 때문이다. 나의 권력은 결코 누가 부여한 것이 아니다. 하느님도 아니고 이성도 아니고 자연도 아니고 또한 국가가 부여하는 것도 아니다. 모든 법률은 사회를 지배하는 권력의 의지이다. 모든 국가는 그 통치의 권력이 한 사람에게서 나온 것이든 다수 혹은 전체에서 나온 것이든 간에 다 일종의 전제(專制)다. 설령 나

로 하여금 자기의 의지로 기타 국민의 집합의지와 일치를 유지해야 한다고 공공연히 선포하게 하는 것이라고 해도 또한 전제를 면치 못한다. 이것은 곧 나로 하여금 국가의 노예로 전락하도록 하는 것이고, 곧 나로 하여금 자신의 자유를 포기하도록 하는 것이다. 그러한즉 어떻게 해야 나로 하여금 이러한 처지에 빠지지 않도록 할 수 있는가? 가로되, 내가 어떠한 의무도 승인하지 않을 때만이 비로소 할 수 있다. 나를 속박하지 못하게 하고 속박할 수 있는 것이 없을 때만이 비로소 할 수 있다. 만약 내가 다시는 어떠한 의무도 가지고 있지 않다면, 그렇다면 다시는 어떠한 법률도 승인하지 말아야 한다. 만약 이와 같다면, 그렇다면 의욕은 모든 속박을 배척하고 본래 면모의 나를 발휘하고, 또한 애초에 국가를 승인할 이유가 있을 리가 없다. 다만 자기가 없고 아성을 상실한 비루한 사람들만이 비로소 마땅히 홀로 국가의 아래에 서야 한다.

'슈티르너'의 언설은 곧 절대적 개인주의다. 그러므로 그는 모든 것을 개인의 의지에 기반하고 도덕을 배척하고 의무를 규탄한다.

…

결론적으로 '슈티르너'는 개인으로서의 사람이 처음부터 끝까지 인생 문제에 대하여 철학이 실제로 내린 가장 마지막이자 가장 진실한 해답이라고 말했다. 이른바 행복이라는 것은 곧 각 개개인이 모두 자기를 자기의 모든 의지와 행위의 중심과 궁극점으로 간주할 때 비로소 탄생하는 그러한 것이다. 즉, 그는 아성으로써 사람의 절대적 자유를 확립하고자 한다.

개인적으로 「문화편향론」의 쓰치나얼에 관한 단락은 유학생 저우수런이 분학사의 일본어 텍스트를 통하여 슈티르너를 수용하고 전환하고 재구성한 이른바 '역사적 현장'이라고 생각한다.

셋째, 슈티르너에 대한 루쉰의 선택을 둘러싸고 왕의 저술은 당시 '무정부주의' 사조의 배경을 서술하고 있는데, "배타적 방법"으로 루쉰의 슈티르너 관련 취재원이 동시대의 기타 무정부주의에 관한 글에서 취한 것이 아니라 오로지 분학사로부터 온 것이라고 분석한다. 취재원을 분학사로 확정한 것은 의미가 있으나 뒤집어 말하면 무의식 중에 배제하지 말아야 할 것들을 배제했음을 뜻하는 것은 아닌가? 이 문제에 관해서는 뒤에서 구체적으로 토론하고자 한다.

2. 『일본인』 잡지에서의 '분학사'

이상은 왕의 저술에서 이룬 선행 연구를 전제로 문제를 정리하고 이 글의 출발점을 마련했다는 의미에서 아전인수라고 할 수 있다. 이어지는 문제는 당연히 분학사다. 그는 누구인가? 또 어떤 것들을 썼는가? 그가 슈티르너와 저우수런 사이의 중개인이라고 한다면, 저우수런 주변의 피할 수 없는 하나의 사항이 된다.

나의 조사 역시 「무정부주의를 논하다」를 연재한 『일본인』 잡지에서 시작한다. 그런데 조사 결과는 "같은 이름의 잡지에는 같은 필명의 글이 발견되지 않는다"[6]라고 한 왕의 저술의 결론과 다르다. 나는 『일본인』 잡지에서 분학사라는 필명으로 된 다른 글을 찾았다. 「무정부주의를 논하다」의 연재를 포함하여 필명 분학사의 글을 연재 순서와 권호에 따라 나열하면 아래와 같다.

표 1 『일본인』 잡지에 발표한 '분학사'의 문장

제목	권호	시간	게재면
어리석은 생각 어리석은 감상(愚想愚感)	제117호	1900년 6월 20일	32~34쪽
뜻(志)	제132호	1901년 2월 5일	25~26쪽
동적 생활과 정적 생활(動的生活と靜的生活)	제134호	1901년 3월 5일	28~29쪽
두서없는 말(漫言)	제140호	1901년 6월 5일	41~43쪽
피서만필(消夏漫錄)	제142호	1901년 7월 20일	32~36쪽
허무주의의 고취자(虛無主義の鼓吹者)(一)	제146호	1901년 9월 5일	36~39쪽
허무주의의 고취자(虛無主義の鼓吹者)(二)	제147호	1901년 9월 20일	31~36쪽
때(時)	제153호	1901년 12월 20일	33~34쪽
무정부주의를 논하다(無政府主義を論ず)(一)	제154호	1902년 1월 1일	26~29쪽
무정부주의를 논하다(無政府主義を論ず)(二)	제155호	1902년 2월 5일	27~30쪽
무정부주의를 논하다(無政府主義を論ず)(三)	제157호	1902년 2월 20일	24~27쪽
무정부주의를 논하다(無政府主義を論ず)(四)	제158호	1902년 3월 5일	26~29쪽
무정부주의를 논하다(無政府主義を論ず)(五)	제159호	1902년 3월 20일	23~26쪽
피서만필(消夏漫錄)(一)	제167호	1902년 7월 20일	33~35쪽

다시 말하면 『일본인』 잡지에 실린 필명 분학사의 글은 9편, 14회

6 汪衛東, 『現代轉型之痛苦'肉身': 魯迅思想與文學新論』, 360쪽.

출현한다. 메이지 33년 즉, 1900년 6월 29일의 「어리석은 생각 어리석은 감상」이 가장 먼저 나왔고, 마지막 글은 메이지 35년 즉, 1902년 7월 20일의 「피서만필」이다. 두 번째로 실린 「피서만필」에 '1'이라고 표기된 것은 1년 전에 발표한 같은 제목의 글과 구별하기 위해서일 터인데, 이후에는 연재되지 않았고 같은 제목의 다른 필명의 글도 보이지 않는다. 지금까지 나의 독서 범위에서 보면 『일본인』 잡지 말고는 다른 곳에서 분학사라는 필명을 보지는 못했다.

그렇다면 분학사는 누구인가? 여기까지 찾아보고 분학사에 관한 실마리 찾기는 잠시 중단했다.

3. '분학사'와 게무야마 센타로

'분학사('蚊學士)라는 필명에는 분명 해학과 조롱의 느낌이 있다. 그것의 대상은 어쩌면 '문학사'(文學士)라는 직함일까? 당초 이 필명을 조사할 때의 막연한 추측이었다. 과연 자료를 열람하는 과정에서 문학사라는 직함이 메이지시대의 그야말로 쟁쟁한 간판이었음을 알게 되었다. 당당할 뿐만 아니라 상당히 큰 위력도 가지고 있었다. 여기에서 우치다 로안(內田魯庵, 1868~1929)의 당시에 대한 회상의 한 단락을 증거로 삼고자 한다.

> 마침 그때 쓰보우치 쇼요(坪內逍遙)가 그의 처녀작 『서생 기질』書生氣質을 발표했는데, 문학사 하루노 야오보로(春廼舍朧)라는 이름이 갑자기

우레와 같이 귀를 뚫었다. (『서생 기질』은 처음에는 청조체(淸朝體) 4호로 인쇄한 2등분 종이 열두셋 쪽 좌우의 작은 책자였다. 간다(神田) 묘진(明神) 아래 만청당(晩靑堂)이라는 책방에서 격주로 한 권씩 간행했다. 제1권의 발행은 메이지 18년 6월 24일이다.) 정치는 수년 뒤에 국회를 개설한다는 공약을 하고 막 휴식기로 들어갔다. 민심은 문학에 경도되었고 리턴과 스콧의 번역 소설이 부단히 출판되어 크게 환영을 받았다. 정치가의 창작의 빈번한 유행은 마침 새로운 상황으로 바뀌고 있었다. 따라서 하루노 야오보로의 신작은 지금의 박사보다 훨씬 중시되었던 문학사라는 직함으로 발표되었고 순식간에 인기가 비등했다. 당당한 문학사가 소설에 '손을 댄' 것은 여태까지 유희로 보았던 소설의 문학적 지위를 더욱 높히고 세간의 호기심을 더욱 불러일으켰다. 그때까지 청년의 청운의 희망은 정치로 제한되어 있었고 청년의 이상은 셋집에서 곧장 참의원(參議員)이 되고 그런 연후에 다시 태정관(太政官)이 되는 것이었다. 이런 시대였기 때문에 천하의 최고학부를 나온 사람이 하루노 야오보로라는 심히 멋진 아호(雅號)로 소설을 유희 삼아 창작한 것은 곧 변호사 딸이 배우가 되거나 화려한 가문의 식객이 영화관에 가서 표를 사는 것보다 사람들은 훨씬 뜻밖이라고 여겼다. 『서생 기질』이 천하를 뒤흔들 수 있었던 까닭은 그것의 예술적 효과 때문이라기보다는 사실인즉 문학사라는 직함의 위력 때문이었다고 말하는 것이 낫다.[7]

7　「二葉亭四迷の一生」(『おもひ出す人々』, 春秋社, 1925), 『明治文學全集 98·明治文學回顧錄集(一)』, 筑摩書房, 1980, 311쪽.

분명 '분학사'(蚊學士)는 해음(諧音)의 방식으로 '모기'(蚊)이라는 글자의 보잘것없고 미미함을 이용하여 '문학사'라는 "당당"한 간판에 대응한 것이다.[8] 그렇다면 누가 문학사라는 직함에 대해 불쾌하게 생각했는가? 이러한 '이야기'를 수많은 메이지 저술가 중의 한 개인에 대응시키는 것은 물론 쉽지 않다. 다행히도 게무야마 센타로(煙山專太郎, 1877~1954)라는 사람이 '무정부주의'에 관해 쓴 사람이라고 알려준 동료의 덕분으로 그의 생애와 저술을 찾아보았다.[9] 과연 한 회고문에서 특히 그의 '학위 문제'를 제기한 사람이 있었다. 게무야마 센타로의 제자이자 일본의 전전, 전후 모두 유명했던 국가사회주의자 이시카와 준쥬로(石川準十郎, 1899~1980)다. 그의 「게무야마 선생을 기억하며」는 1954년 4월 6, 7일 『이와테일보』岩手日報에 연재되었다. 상편의 부제가 '학위에 개의치 않는 품성'인데, 여기에 따로 '박사(학위) 문제'라는 작은 제목을 두었다. "게무야마 선생은 와세다대학에서 다년간 학위 심사위원을 맡았고 이른바 많은 박사를 '제조'했으나 그 자신은 평생토록 박사가 아니었다"라고 했다. 원인은 메이지에서 다이쇼까지 일본의 사립대학은 박사학위를 수여할 수 있는 권리가 없었고 박사학

[역자 주] 리턴(Edward Bulwer-Lytton, 1803~1873)은 영국의 소설가이자 극작가로 대표작으로 『폼페이 최후의 날』이 있다. 스콧(Walter Scott, 1771~1832)은 영국의 역사소설가로 대표작은 『웨이벌리』다.

8 [역자 주] '분학사'(蚊學士)는 '모기학사', 혹은 '문학사'라고 번역해야 마땅하나 저자가 말하는 '문학사'(文學士, 분가쿠시)의 '해음'을 살리고 '문학사'와의 구분을 분명히 하기 위해서 '蚊'의 음독을 살려 '분학사'라고 번역했다.

9 여기에서 나의 동료인 쓰지타 마사오(辻田正雄) 교수에게 감사를 표한다. 그의 도움으로 연구의 방향을 게무야마 센타로로 옮길 수 있었다.

위를 받으려면 '관학'(官學)을 통해서만이 가능했기 때문이다. 다시 말하면 "게무야마 선생은 도쿄대학 역사과에 논문을 제출하고 심사를 받아야 했다." "그런데 게무야마 선생은 '그런 사람들이 내게 학위를 주도록 해야 한다면, 아무래도 박사가 되지 않는 게 낫다'라고 말했다. 게다가 그는 박사를 하고 싶은 생각도 없었다. 다시 여러 해가 지나고 와세다대학도 박사학위를 수여할 수 있게 되었다. 선생이 보기에 자신이 박사를 육성해야 하는 시기에 제자들과 함께 박사를 한다는 것은 그야말로 너무 바보 같아서 결국 평생토록 박사를 하지 않았다." 게무야마가 그가 졸업한 모교인 도쿄대학에 박사논문을 제출하지 않으려 한 까닭은 '관학 만능시대'에 대한 저항 말고도 또 다른 중요한 원인 즉, '학벌 계파'에 대한 반감에서 비롯되었다. "게무야마 선생은 도쿄대학을 졸업했으나 역사과 출신이 아니라 철학과 출신이었다. 학생 시절 우연히 와세다대학에서 강의하던 아리가 나가오 박사—후에 중국 위안스카이정부 고문 역임—가 『외교시보』를 만드는 일을 돕게 되었다. … 그리고 전문적인 역사 연구로 방향을 바꾸고 와세다대학에 취업했다. 즉, 도쿄대 역사과로 말하자면 게무야마 선생은 애초에 학과 외부 사람, 인연 없는 사람, 이단자였다."[10] 이런 상황에서 게무야마 센타로가 모교에 박사학위를 신청할 마음이 없었던 것도 이상할 것이 없다.

물론 게무야마 센타로는 '문학사' 직함은 가지고 있었다. 이 점은 분명하다. 메이지 10년 즉, 1877년 가이세이(開成)학교와 도쿄의학

10 『岩手日報』 1954년 4월 6일 제2면.

교의 합병으로 도쿄대학이 설립되었다.[11] 당시 일본 유일의 대학으로 당연히 관이 경영하는 대학이었다. 메이지 12년(1879) 7월 10일 도쿄대학은 처음으로 학위 수여식을 거행하고 법(法), 리(理), 문(文) 3개 학부 55명의 졸업생에게 학위를 수여했다.[12] 당시 학위 명칭은 법학사, 이학사, 문학사, 의학사, 제약사 등 5종이었다.[13] 1회였으므로 학위 수여식은 성대하고 열렬하고 호화롭게 진행되었다. 55명의 졸업생이 우레와 같은 박수 소리 속에서 한 명 한 명 학위를 받았다. 각종 강연회와 전람회를 개최하고 마지막으로는 호화로운 만찬이 열렸다. 당시 국빈으로 일본 방문 중이던 미국의 전 대통령 율리시스 그랜트(Ulysses S. Grant, 1822~1885)도 이날 저녁 참석하여 축하했다. 나리시마 류호쿠(成島柳北, 1837~1884)의 「학위 수여식 관람기」에는 이날의 성황을 기록하고 있다. "둥근 등불 천 개가 높이 솟은 소나무, 측백나무 가지를 밝게 비추었다. 만 개의 깃대에서 펄럭이는 욱일기의 그림자는 누각 처마를 비스듬히 비추었다. 바깥에는 북과 피리, 환송 소리가 울렸고 안에서는 엄연한 의관에 기쁜 기색이 넘쳤다. 이것은 곧 메

---

11 石井研堂, 『明治事物起原4』, 筑摩書房, 1997, 98~99쪽.

12 石井研堂, 『明治事物起原4』, 90~92쪽.

13 일어 위키백과 '학사' 항목에는 "1879년 구(舊) 도쿄대학은 졸업생에게 학위를 수여했다. 그 명칭은 법학사, 이학사, 문학사, 의학사, 제약사다"라고 되어 있다(http://ja.wikipedia.org/wiki/%E5%AD%A6%E5%A3%AB, 2014년 5월 28일 참조). 그런데 이것의 근거가 된 黒田茂次郎·土館長言이 편한 『明治學制沿革史』(金港堂, 1906년 12월, 1108쪽)를 찾아보니 여기에는 법, 리, 의, 제약 등 4종의 '학사'만 있고 '문학사'는 없다. 石井研堂의 『明治事物起原4』에는 법학사와 이학사가 나오고 '문학사'는 없다. 언제 문학사라는 명칭이 생겼는지에 대해서는 조사가 필요하다.

이지 12년 7월 10일 밤 도쿄대학 법, 리, 문학부가 졸업하는 제군들에게 학위 수여 대전을 거행하고 있는 모습이다. 그랜트 군도 다행히 내빈으로 와서…."[14] "학위 수여"라고 한 것은 학사 학위일 뿐이나 당시 학사의 높은 지위를 알 수 있다. 위에서 말한 "문학사 하루노 야오보로"는 바로 메이지 16년(1883) 도쿄대학 문학부 정치과를 졸업한 문학사였다. 메이지 20년(1887) '학위령'의 반포에 따라 '학사'는 학위의 칭호가 아니라 제국대학 문과대학 졸업생이 얻을 수 있는 졸업 칭호였으며, 원칙적으로 제국대학 문과대학 졸업생으로 제한했다. '학사'의 보급은 근 40년 이후였다. 일본 최초의 두 사립대학 즉, 게이오기주쿠(慶應義塾)대학과 와세다대학은 1920년 2월 2일 동시에 세워졌고 졸업생들에게 '학사' 칭호를 부여하기 위해서는 다시 4년을 더 기다려야 했다.

와세다대학 전신은 일본 내각총리대신을 지낸 오쿠마 시게노부(大隈重信, 1838~1922)가 메이지 15년(1882)에 세운 도쿄전문학교다. 메이지 35년(1902) 이 학교의 개교 20주년 가을 게무야마 센타로가 부임하여 정치경제학부와 문학부 사학과에서 역사를 가르쳤다. 그의 나이 25세로 4월에 도쿄제국대학 문과대학 철학과를 막 졸업한 뒤였다. 제국대학의 "당당"한 '문학사' 직함을 가지고 있었으나 졸업 후에 사립학교에 취직했다. "청일, 러일전쟁 전후 관존민비(官尊民卑)의 시대 대다수 도쿄대 졸업생의 꿈과 진로가 어디에 있었는지를 안다면 이것은

14 石井研堂, 『明治事物起原4』, 91쪽.

사람들의 눈에 극단적인 이류(異流)로 비추어지지 않을 수 없었다."[15] 게다가 위에서 서술한 바와 같이 철학과 출신이 사립학교에 가서 전공이 아닌 역사를 가르쳤다. 이는 제국대학 사학과 쪽에서 보기에는 요즘 말로 '별종'이었을 것이다. 그러나 게무야마 센타로 쪽에서 보면 그가 연구와 교학에서 종신토록 관학과 절연하게 되는 시작이었다. 어쩌면 바로 이때부터 그는 자신을 포함한, 관학에서 수여한 '문학사' 직함을 가지고 있는 것을 대단하다고 여기지 않았고 '분학사'라는 필명으로 희롱하는 것도 불사했을 것임을 어렵지 않게 상상할 수 있다.

앞서 서술한 바와 같이 분학사의 「무정부주의를 논하다」는 같은 해 1월 1일에서 3월 20일까지 5회에 걸쳐 『일본인』 잡지에 연재되었다. 게무야마 센타로가 4월에 졸업해서 학교를 떠나기 전의 일이다. 그러면 '분학사'는 게무야마 센타로인가? 대답은 긍정적이다. 필명으로 시작한 위의 조사가 추측의 범위를 넘지 못한다고 한다면, 텍스트 대조를 통하여 이른바 분학사가 바로 게무야마 센타로임을 확증할 수 있을 것이다!

게무야마 센타로가 졸업으로 학교를 떠난 그달, 메이지 35년(1902) 4월 28일 그는 자신의 첫 번째 저술 『근세 무정부주의』를 출판했다.[16] 이 책은 도쿄전문학교출판부에서 '와세다총서'로 출판했는데, 출판계의 큰손 하쿠분칸에서 발행하고 『아사히신문』과 『요미우

15 小林正之, 「煙山專太郎先生の回想 ―早稲田學園に於ける或る歴史家(1877~1954)の面影」, 早稲田大學史學會 編, 『史觀』 제42책, 1964년 6월, 73쪽.

16 煙山專太郎, 『近世無政府主義』, 博文馆, 1902.

리신문』 같은 당시 주요 매체에 광고와 출간 소식을 실었다.[17] 이 책은 411쪽에 달하는 두꺼운 대작이다. 표지에는 책 제목과 출판기구 외에 "법학박사 아리가 나가오 교열/ 게무야마 센타로 편저"라는 글자가 인쇄되어 있다. 책은 저자 서문, 참고문헌(30종), 목차, 전편과 후편의 본문으로 구성되어 있다. 전편은 '러시아 무정부주의'라는 제목 아래 7장으로 나뉘어 있는데 제1장부터 제7장까지 각각 제목이 있고 각 장 아래 또 각각의 소제목이 있다. 후편은 '구미 열국의 무정부주의'라는 제목 아래 3장으로 나뉘어 있고 각 장의 제목 아래 모두 소제목이 있다.

이 책과 분학사가 『일본인』 잡지에 연재한 「무정부주의를 논하다」를 대조해 보면 후자의 내용이 완전히 전자에서 나왔음을 알 수 있다. 전자의 내용에 대한 '발췌'기도 하고 전자의 학술적 내용을 '논'(論)의 방식으로 일반 잡지 독자를 향해 쓴 소개와 해설이기도 하다. 따라서 '근세 무정부주의'라는 주제가 더욱 부각되어 있고 그것의 발생, 발전과 변화의 줄거리가 더욱 간결하고 명석하다. 분량의 제한으로 대조 결과를 일일이 나열할 수도 없고 그럴 필요도 없다. 여기서는 두 가지 점을 통하여 「무정부주의를 논하다」와 『근세 무정부주의』의 저자가 동일인임을 분명하게 말할 수 있을 것이다.

우선 「문화편향론」에서 쓰치나얼을 언급한 취재원 부분의 내용을 가지고 말하자면, 앞서 본 「무정부주의를 논하다」 제3회 연재에서

---

17 『朝日新聞』, 1902년 5월 3일 도쿄판 조간 제7면과 5월 27일 도쿄판 조간 제8면; 『讀賣新聞』, 1902년 5월 25일 조간 제8면.

슈티르너에 관한 단락은 기본적으로 『근세 무정부주의』 '후편' 제1장 '근세 무정부주의의 스승'의 '제2 막스 슈티르너'에서 나왔다. "19세기 중엽 라인강을 사이에 두고 강 동쪽과 강 서쪽에는 두 명의 사상가가 있었다. 그들은 모두 헤겔 철학에서 나왔지만 서로 어떠한 관계도 없었고 모두 무정부주의를 고취했다. 동쪽은 막스 슈티르너고 서쪽은 피에르 프루동(Pierre-Joseph Proudhon, 1809~1865)이다. 이들 두 사람은 근대 무정부주의의 스승이다. 전자는 개인주의적 무정부주의를 주장했고 후자는 사회주의적 무정부주의를 주장했다."[18] 이 장은 이렇게 시작하여 30쪽 분량으로 프루동과 슈티르너를 "무정부주의의 스승"으로 소개한다. '제2 막스 슈티르너' 부분은 294~302쪽인데, 잡지에 실린 논문은 이 부분의 축약으로 슈티르너의 생애 소개를 삭제했다. 논문에서 설명하는 슈티르너의 "핵심적인 특징"은 모두 이 절에서 찾을 수 있고 저술의 원문을 그대로 베낀 부분도 있다. 예컨대 저술 중의 다음 말은 거의 그대로 논문에 나온다. "이른바 사람, 이른바 정의는 관념일 뿐이고 망상일 뿐이다. 이른바 사람은 모두 절대로 개인의 인격이 아니라 일종의 관념이다." 또 있다. "진정한 진보는 우리의 발아래 있다. 그것은 오로지 자신의 아성을 발휘하는 데 있고 나로 하여금 이런 관념세계의 지배에서 벗어나도록 하는 데 있다. 아성이 곧 모든 것의 조물주이기 때문이다. 자유는 우리에게 너 자신을 자유롭게 하라! 라고 가르치며 말한다. 그러나 또한 이른바 너 자신이라는 것이 무엇인지는 보여 주지 않는다. 아성은 우리를 향해 너 자신을 소생하

18 煙山專太郎, 『近世無政府主義』, 274쪽.

게 하라! 라고 외친다."[19] 이런 예는 한둘이 아니다. 따라서 양자가 같은 작가의 손에서 나왔다는 것은 의심의 여지가 없다.

다음으로 『일본인』 잡지에 실린 필명 분학사의 글 가운데는 「허무주의의 고취자」 총 2회 연재가 있다. 1회의 부제는 '알렉산더 헤르젠'이고 2회의 부제는 '니콜라이 체르니셰프스키'다.[20] 내용은 『근세무정부주의』와 거의 완전히 일치하는데, '전편' '제2장 무정부주의의 고취자' 중의 '제1 알렉산더 헤르젠'과 '제2 니콜라이 체르니셰프스키'에 해당한다. 예컨대 저술 '제1'의 시작은 "알렉산더 이바노비치 헤르젠은 1882년은 나폴레옹 원정군이 모스크바 대화재에 직면했을 때 이 땅에 태어났다"이다.[21] 잡지에 연재된 글은 이와 완전히 일치하는데, 이 구절 앞에 "허무당의 조상"이라는 직함이 더해졌을 따름이다. 또 예를 들면, 연재 글 2회의 시작은 "러시아의 로비에스피에르라고 불리는 니콜라이 가브릴로비치 체르니셰프스키는 1829년 사라토프에서 출생했다"[22]고, 저술의 체르니셰프스키(1812~1889)에 대한 소개는 『무엇을 할 것인가』의 줄거리에서 시작하나 이어지는 체르니셰프스키의 생애 소개의 첫 번째 구절은 연재 글의 시작과 완전히 일치한다.[23] 이에 근거하면 분학사는 게무야마 센타로임이 분명할 뿐만 아니라 저술

19 煙山專太郎, 『近世無政府主義』, 295. 298쪽.

20 [역자 주] 알렉산더 헤르젠(Aleksandr Ivanovich Herzen, 1812~1870), 러시아의 정치사상가다. 니콜라이 체르니셰프스키(Николай Гаврилович Чернышевский, 1828~1889), 러시아의 소설가이자 혁명가다. 소설 『무엇을 할 것인가』가 있다.

21 「無政府主義の鼓吹者」, 煙山專太郎, 『近世無政府主義』, 32쪽.

22 蚊學士, 「無政府主義の鼓吹者(其二)」, 『日本人』 147호, 1901년 9월 20일, 31쪽.

23 煙山專太郎, 『近世無政府主義』, 49~57, 57쪽.

『근세 무정부주의』와의 관계에서 「허무주의의 고취자」와 「무정부주의를 논하다」의 차이점도 알 수 있다. 이상에서 서술한 바와 같이 「무정부주의를 논하다」는 저술 전체의 축약이자 개괄이고 「허무주의의 고취자」는 저술 중 한 장을 거의 그대로 가져왔다고 할 수 있다. 연재의 마지막에 기록된 날짜—1회는 '8월 26일'이고 2회는 9월 1일—로 보건대 저술 중의 '헤르젠'과 '체르니셰프스키' 이 두 절은 완성과 거의 동시에 잡지에 발표했다. 그해 즉, 1901년에 게무야마 센타로는 24세의 제국대학 3학년 학생이었다. 1900년 12월 집필 시작 날짜로부터 추산하면 이 저술을 기획한 시기는 기껏해야 대학 2학년이 막 시작되었을 때이다.[24]

4. 게무야마 센타로

분학사가 게무야마 센타로임을 명확히 했으므로 되돌아가 다시 필명이 분학사가 아닌 글을 찾아보기로 하자. 『일본인』 잡지에 필명 '게무야마'(烟山)로 발표한 글은 표 2와 같다.

이상에서 '게무야마 운죠'(煙山雲城)라고 서명한 1~3의 글을 제외하면 나머지는 필명이 모두 '게무야마 센타로'다. 글의 내용과 분위기

24 『近世無政府主義』 서언에서 나오는 "재작년 12월 원고를 쓰기 시작했다"를 근거로 추산했다. 이 책 마지막에 "게무야마 센타로 쓰다"의 날짜는 "메이지 35년 3월" 즉, 1902년 3월이다.

표 2 『일본인』 잡지에 발표한 필명 '게무야마'의 글[25]

제목	권호	날짜	쪽수
소가 우마코(蘇我馬子)	제66호	1898년 5월 5일	34~39쪽
세계의 양대 세력(世界の二大勢力)(一)	제67호	1898년 5월 20일	26~30쪽
세계의 양대 세력(世界の二大勢力)(二)	제68호	1898년 6월 5일	24~28쪽
조고회에서의 신중한 태도(操觚會に於ける愼重の態度)	제81호	1898년 12월 20일	23~26쪽
러시아 괴걸 포베도노스체프(露國怪傑ポビエドノスツエフ)(一)	제180호	1903년 2월 5일	12~16쪽
러시아 괴걸 포베도노스체프(露國怪傑ポビエドノスツエフ)(二)	제181호	1903년 2월 20일	16~22쪽
러시아 괴걸 포베도노스체프(露國怪傑ポビエドノスツエフ)(三)	제182호	1903년 3월 5일	13~18쪽
러시아 괴걸 포베도노스체프(露國怪傑ポビエドノスツエフ)(四)	제183호	1903년 3월 20일	18~23쪽
러시아 괴걸 포베도노스체프(露國怪傑ポビエドノスツエフ)(五)	제184호	1903년 4월 5일	13~18호
베레샤긴의 참사에 가슴 아파하다(ウェレシュチヤギンの慘死を傷む)	제210호	1904년 5월 5일	15~17쪽
암스테르담 사회당대회의 러시아 사회주의자(アムステルダム社會黨大會の露國社會主義者)	제221호	1904년 10월 20일	17~20쪽
진지하지 않음의 풍조(不眞摯の流風)	제418호	1905년 9월 5일	15~16쪽
우리 나라 장래의 외교가(我國將來の外交家)	제422호	1905년 11월 5일	12~15쪽
이타가키 백작의 오늘과 어제(阪垣伯の今昔)	제441호	1906년 8월 20일	19~21쪽

로 판단해 보면 '게무야마 운죠'는 게무야마 센타로의 또 다른 필명으로 보아도 큰 잘못일 것 같지 않다. 그렇다면 이상으로부터 『일본인』

잡지에 실린 필명 '게무야마'의 글은 9편이고 연재 횟수로 따지면 모두 14회다. 분학사라는 이름으로도 공교롭게 9편 14회였던 것을 더한다면, 게무야마 센타로는『일본인』잡지에 모두 18편의 글을 발표했고 28회 출현한다. 첫 번째 글「소가 우마코」는 '게무야마 운죠'라는 필명을 사용했고 날짜는 1898년 5월 5일이다. 마지막 글은「이타가키 백작의 오늘과 어제」로 필명 '게무야마 센타로'고 날짜는 1906년 8월 20일이다. 전후로 8년 남짓한 기간으로 21세에서 29세까지로 일본 유학 시절 저우수런의 나이와 비슷하다.[25]

게무야마 센타로가 퇴직하자 1952년 2월 와세다대학 문학부 사학회는 그를 위해 '게무야마 교수 고희 송수 기념호'를 출판하였다. 여기에는 15쪽에 달하는「게무야마 선생 저작 목록」이 있는데 1898년부터 1948년까지 50년간의『근세 무정부주의』를 포함한 저서 30종, 논문과 기타 381편이 기재되어 있다.[26] 게무야마가 사망한 후 제자 고바야시 마사유키(小林正之, 1907~2004)는 회고록 뒤에 '게무야마 센타로 선생(1877~1954) 주요 저작표'를 붙이면서 저서 목록 4종을 추가하였

25　[역자 주] 소가 우마코(蘇我馬子, ?~626)는 불교 도입에 앞장섬으로써 중국 문화와 제도의 도입을 촉진한 인물이다. 콘스탄틴 페트로비치 포베도노스체프(Константин Петрович Победоносцев, 1827~1907)는 러시아 정치가이자 법학자다. 바실리 바실리예비치 베레샤긴(Василий Васильевич Верещагин, 1842~1904)는 러시아의 종군화가로 중국 다롄에서 사망했다. 이타가키 다이스케(板垣退助, 1837~1919)는 일본 최초의 정당인 자유당의 창립자다.

26　增田富壽,「煙山先生著作目錄」, 早稲田大學文學部史學會 編,『史觀』第34, 35合冊 '煙山專太郎古稀頌壽記念號', 1951년 2월. 198~213쪽.

다.[27] 그런데 이상 두 종류의 목록에는 『일본인』 잡지에서 찾은 위에 언급한 18편은 포함되어 있지 않고 내가 따로 『태양』 잡지에서 찾은 4편의 문장과 2종의 저서도 포함되어 있지 않다.[28] 요컨대 게무야마 센타로는 대학 1학년부터 글을 발표하기 시작하여 50년간 쉼 없이 많은 글을 쓴 지극히 풍부한 저작을 남긴 학자라는 사실은 의심할 바 없이 분명하다.

지금까지 획득한 자료에 근거하면 여기에서 이 학자이자 저술가를 다음과 같이 귀납할 수 있을 것 같다. 게무야마 센타로(1877~1954)는 일본의 역사학자로 주요 연구 방향은 세계사, 특히 서방 근현대사이다. 이와테현(岩手縣) 시와군(柴波郡) 게무야마촌(烟山村)의 한 소학교 교원 가정에서 태어났다. 이와테고등소학교, 이와테현 심상(尋常)중학교 졸업 후 센다이(仙台) 제2고등학교에서 공부했다. 1898년 도쿄제국대학 문과대학 철학과에 합격하고 1902년 졸업 후 아리가 나가오의 추천으로 도쿄전문학교(와세다대학 전신)의 강사가 되어 정치경제학부와 문학부 사학과에서 역사를 가르쳤다. 1911년에 교수로 승진하고 1951년 퇴직할 때까지 와세다대학 강단을 떠나지 않았다. 생전에 많은 저술을 남겼다. 『근세 무정부주의』(1902), 『정한론 실상』

27 小林正之, 「煙山專太郎先生の回想」, 『史觀』 제42책, 1954년 6월, 70~77쪽.

28 4편의 글은 「외교가로서의 독일 황제」外交家ちしての獨逸皇帝(『太陽』 제17권 제9호, 1911년 6월 15일), 「미국독립전쟁」米國獨立戰爭, 「미국남북전쟁」米國南北戰爭, 「폴란드의 쇠멸」波蘭土の衰滅(『太陽』 제18권 제3호, 1912년 2월 15일)이고, 2종의 저서는 『영웅호걸론』英雄豪傑論(『太陽』 제19권 제10호, 1913년 7월 1일), 『카이저 빌헬름』カイゼル・ウイルヘルム(『太陽』 제25권 제9호, 1919년 7월 1일)이다.

(1907), 『도이치 팽창사론』(1918), 『서양 최근세사』(1922), 『영국 현대사』(1930), 『작금의 유태인 문제』(1930), 『세계 대세사』(1944) 등은 모두 '불후의 가치'와 '거대한 영향력'이 있다고 공인된 학술 저작이다. 이외에 일본의 러시아사와 유태인사 연구의 선구자이자 개척자다. 영어, 독일어, 불어, 러시아어 등 4개 외국어에 정통했고 그리스, 로마, 이탈리아, 스페인, 조선의 글을 읽을 수 있었다. 물론 어릴 때부터 길러진 깊이 있는 한학의 기초도 갖추고 있었는데, 이 점은 문장의 분위기로부터 쉽게 알 수 있다. 박학하고 지혜롭고 명리에 담백하고 학술적 독립을 굳건히 지켰고, 시종 당시 제국대학의 학벌주의와 거리를 유지하고 종신토록 박사학위를 거절했다.[29]

1905년 29세의 그는 모리오카(盛岡)중학교 교우회 잡지에 다음과 같은 글을 썼다. "나는 내가 시골에 은신하고 있어서 다수 세상 사람들의 구설에 오르지 않는다고 해도, 그 책임은 출세하여 존귀한 사람들과 결코 다름이 없고 그 행동의 영향이 미치는 바 또한 아주 크다고 확신한다. 나는 이것을 스스로의 몸가짐으로 간주하고 몸을 낮추어 굴복하지는 않는다."[30] "시골에 은신"한다는 것은 영달을 추구하지 않는다는 것이며 학술 저작과 대학 강단을 통하여 책임을 지고 영향력을 발휘하려는 행위와 "몸을 낮추어 굴복하지는 않는다"라는 태도

---

29 이상은 다음을 참조했다. 定金右源二, 「献呈のことば」, 『史觀』 '煙山專太郎古稀頌壽記念號'; 增田富壽, 「煙山先生著作目錄」, 『史觀』 '煙山專太郎古稀頌壽記念號'; 小林正之, 「煙山專太郎先生の回想」, 『史觀』 제42책; 盛岡市教育委員會歷史文化課, '第65回 煙山專太郎'.

30 盛岡市教育委員會歷史文化課, '第65回 煙山專太郎'.

는 게무야마 센타로의 일생을 관통했다. 전자는 미디어에 드러난 모습이 증거가 된다. 예컨대 1902년에서 1954년에 이르기까지 게무야마 센타로는 52년간 『아사히신문』에 총 56회 출현하는데, 54회는 저술가와 언론인의 자격이었고 보도의 대상이 된 것은 겨우 2회뿐이다.[31] 또 다른 주요 신문 『요미우리신문』에서도 마찬가지였다. 1902년부터 1954년까지 모두 28회 나오는데, 그중 26회는 저술가와 언론인으로서 나온다. 자신에 관한 보도는 2회 즉, 한 번은 '사망'이고 다른 한 번은 '고별식'이다.[32] '몸을 낮추어 굴복하기'를 거절하는 품성은 국가주

31 '게무야마 센타로'라는 이름이 『아사히신문』에 처음으로 나온 것은 1902년 5월 3일 조간 제7면 '신간 소개'란이다. 여기에 최신 출판된 『근세 무정부주의』가 소개되었다. 『아사히신문』에 마지막으로 등장한 것은 1954년 3월 23일 조간 제7면의 아주 짧은 보도, "게무야마 센타로 사망"이다. 『아사히신문』에는 총 56회 나온다. '신간', '광고', '출판계'란에 저역자로서 29회 나오고, 글은 18회 연재되었다. 본인이 쓴 것은 보도 2회, 담화 5회, 자신을 대상으로 한 보도는 2회다—앞서 언급한 것을 제외하면 다른 한 회는 1924년 8월 17일 유럽에서 공부한 "게무야마 센타로가 돌아오다"이다. 전체적으로 보면 서방 사상, 역사, 현대 정치 방면의 전문 학자로서 대중의 시야에 출현했다. 그의 저서와 번역은 주로 대중에게 외교와 관련된 서방에 관한 배경과 지식, 정보를 제공하는 것이다.

32 '게무야마 센타로'라는 이름이 『요미우리신문』에 처음 나온 것은 1902년 5월 25일 조간 제8면, '광고' 속의 '서적'란으로 『근세 무정부주의』 광고가 실렸다. 마지막으로 나온 것은 1954년 4월 22일 조간 제6면 사회란의 보도 "고 게무야마 센타로 고별식"이다. 같은 해 3월 24일 석간 제3면 사회란에는 "게무야마 센타로 씨가 사망하다"라는 보도가 실렸다. 게무야마 센타로는 『요미우리신문』에 총 28회 나온다. '서적 광고', '신간 잡지와 서적', '서적과 잡지'란에 저역가로서 5회 나온다. 글의 저자로서는 9회 나오는데 7회는 연재다. 담화 발표는 3회고, 문화적 상황을 보도하는 '요미우리초(抄)'란에 9회 나오는데 본인을 대상으로 한 보도는 2회다. 전체적으로 보면 『요미우리신문』에 나오는 게무야마 센타로 역시 저술가이자 서방 사학자, 와세

의 정치라는 고압적, 비정상적인 엄중한 상황에서 특히 잘 드러났다. 한 제자는 강의실에서의 그의 모습을 다음과 같이 회상했다. "내내 창밖의 어느 한곳을 응시하던 선생님이 입을 열었다. '여기는 경찰도 들어올 수 없는 곳이고 무슨 말을 해도 상관없습니다. 제군들은 전혀 걱정할 필요가 없고 자유롭게 공부해도 됩니다.' 만주사변 발생 후 이전에 사회주의 포즈를 취한 사람들을 포함한 천하의 학자와 선생들이 다 전체주의에 굴복하기 시작했을 때였다. 그러나 선생은 「공산당 선언」을 정치과의 연습 교재로 삼았다."[33] 또 다른 제자의 회상도 있다. 전시 상황에서 경찰들이 캠퍼스 부근에서 "학생을 체포"하기 시작할 때였다. "게무야마 선생님은… 어느 날 강의실에서 말투를 바꾸어 말했다. '제군들, 대학 캠퍼스 안에서는 무슨 말을 해도 어떠한 사람에게도 책임을 물을 수 없습니다. 대학은 자유로운 곳입니다.'" 1943년 10월 15일 와세다대학은 '학도병 출정'을 위한 '장행회'(壯行會)를 개최했다. "궁성 요배와 국가 제창이 시작되었다. 다나카 호즈미(田中穂積) 총장은 용사들은 출정함에 진실로 생환을 기대하지 않고 목숨을 바쳐야 호국의 신이 될 수 있다고 훈사를 했다." 그런데 이에 앞선 문학부 사학과의 '장행회'에서 게무야마는 치사를 하며 출정하는 제자들에게 말했다. "출정이라고 하지만, 제군들은 절대로 죽어서는 안 됩

다대학 교수다. 가장 존재를 드러낸 글은 두 차례의 연재다. 하나는 「중부 유럽의 금후」(1919년 10월 1, 3, 4일)이고 다른 하나는 「국민성으로부터 레닌을 보다」(1921년 1월 4, 5, 6, 7일)이다. 특히 후자는 일본인들이 관심을 가졌던 '국민성'의 시각으로 대중들에게 레닌의 혁명에 관한 정보와 독창적인 분석을 제공했다.

33 小林正之, 「煙山專太郎先生の回想」, 『史觀』 제42책, 74쪽.

니다. 반드시 살아서 돌아와서 다시 여기에서 공부해야 합니다. 아직 젊습니다. 죽기를 서둘러서는 안 됩니다. 대의명분을 위해서 죽어서는 안 됩니다. … 일본 군대는 야만적인 곳입니다. 만약 제군들이 군대에 들어가 그 야만을 얼마라도 없앨 수 있다면, 그렇다면 제군은 의무를 다한 것입니다. 절대로 죽지 마십시오. 반드시 살아서 돌아오기 바랍니다!"[34] 대세에 휩쓸리지 않은 독립적인 인격, 쟁쟁한 강골의 일단을 여기에서 볼 수 있다.

이러한 독립적인 품행은 게무야마 센타로의 학술에서도 분명하게 드러난다. 위에서 본 바와 같이 그는 관학에 대해 거리를 유지하였을 뿐만 아니라 더욱 중요한 것은 관학이 주도하는 국가주의 시대에 관학 바깥의 독립적인 학술의 가치를 창조했다는 점이다. 그의 학술의 독립적 가치의 위대함은 자신의 상상을 훨씬 넘어섰다. 『근세 무정부주의』 한 권만 보더라도 이러한 가치가 대단히 분명하게 구현되어 있다.

5. 『근세 무정부주의』의 글쓰기 동기와 영향

사회정치사상의 방향으로 말하자면, 게무야마 센타로는 결코 허무주

34 木村時夫, 「回想の煙山專太郎先生」, 早稻田大學文學部史學會 編, 『史觀』 제146책, 2002년 3월, 38, 40, 39~40쪽. 저자는 와세다대학 명예교수이자 베이징대학 객좌 명예교수다.

의나 무정부주의를 옹호하지 않았다. 그는 특히 현실 사회에서 암살이나 폭발 등의 테러 사건을 일으키는 "실행적 무정부당"에 반대했다. 심지어 『근세 무정부주의』를 편찬한 그의 목적은 일본에서 "실행적" 테러리즘이 발생하는 것을 방지하기 위해서였다. 그는 사람들에게 공포를 불러일으키는 무정부주의는 결코 구미 각국에서만 일어나는 바다 저쪽의 불이 아니었기 때문에 그것을 이해하고 충분히 중시함으로써 미연에 방지해야 한다고 보았다. 이와 같은 뜻은 저서의 서언이나 논문의 머리말에서 분명하게 썼다. 예를 들면 다음과 같다.

> 1. 최근 매번 무정부당의 폭력적 행위가 실제로 극히 참혹하고, 이것 때문에 무서워 벌벌 떠는 사람들도 있다고 들었다. 그런데 세상 사람들은 그 이름을 말할 줄 알면서도 그 실질은 알지 못한다. 이 글이 이러한 결핍에 응대할 수 있기를 기대한다.
>
> 1. 이른바 실행적 무정부당이라는 것은 그것의 흉악함과 사나움으로 말미암아 하늘과 사람이 모두 질시한다. 그런데 그것의 무지몽매함은 또한 자못 안타까워할 만하다. … 이 글은 순수 역사 연구에서 출발하여 이러한 망상자와 열광자가 현실 사회의 사실로서 어떠한 모습으로 드러나는지, 그것의 연원과 발달 과정은 어떠한지를 밝혀 보고자 한다.[35]

무정부당의 폭행이 최근 자못 빈번해지고 있다. 따라서 그 이름이 세

---

35 煙山專太郎, 『近世無政府主義』, 1~2쪽.

상에 전파된 지 이미 오래되었다. 그런데 저들은 도대체 어떠한 자인가? 그들의 성질과 진수 등에 대하여 아는 사람은 매우 드물다. 겨우 저들의 수단의 야만성과 흉악함을 보는 것에 그치고 공포를 느낄 따름이다. 나는 그것에 대하여 본래 자세하게 연구하지는 않았으나 평소 두세 권의 서책을 펼쳐 읽었고 또한 관찰한 바가 조금도 없는 것은 아니다. 이에 그것의 개요를 발췌, 기록함으로써 소개의 수고로움을 취하고자 한다. 설령 이 문제는 오로지 구미 열국이 특히 가지고 있는 것이고 우리 동양은 그것과 완전히 무관하다고 하더라도, 그것에 관해 연구하는 것은 바야흐로 지금 넓은 시야로 세계의 대국에 관심을 기울이는 자라면 어찌 잠시라도 소홀히 할 수 없는 것이 아니겠는가?[36]

무정부주의에 대하여 공포와 증오에 그치지 않고 이해할 필요가 있다는 것이 게무야마 센타로의 학술적 동기라고 한다면, "순수 역사 연구에서 출발한다"라는 입장은 『근세 무정부주의』를 시종 관통하고 있다고 할 수 있고 「무정부주의를 논하다」에서도 훨씬 더 명확하게 설명하고 있다. 이런 학술적 태도는 그로 하여금 관학과 정부와의 거리를 유지하게 했고, 따라서 자신의 학술적 독립을 확보할 수 있었다. 그가 이른바 무정부주의에 대하여 "평소에 붓을 놀려 비판하지 않았고, 대응의 방책과 처치의 기술에 관한 것은 스스로 독자의 마음속에

36 蚊學士, 「無政府主義を論ず」(一), 『日本人』 제154호, 1902년 1월 1일, 26쪽.

존재한다"[37]라고 한 것은 이를 두고 말한 것이다. 자신은 책사가 되기를 거절하고 자신의 학술을 방책과 기술로 간주하지 않았다. 만약 그의 글에서 정부에 대한 건의를 찾고자 한다면, 「무정부주의를 논하다」 종결 부분의 한 단락을 대표로 들 수 있다.

> 우리는 이러한 사실에서 정확한 의견을 추론하고 귀납할 수 있다. 다음과 같다. 정부의 태도로서는 단연코 실행적 교사(教唆)와 선동을 억압, 금지해야 하고 그 폭행의 지점을 발견해야 한다는 것은 말할 필요도 없다. 그러나 절대로 학설과 실행을 동등하게 취급해서는 안 된다. 실행적 무정부당이 각국의 국제적 합작으로 표면적으로는 제압할 수 있다고 하더라도 사상계의 일, 학문적 철리(哲理) 연구를 어떻게 제압할 수 있겠는가. 학리(學理)가 오류라면 학자들의 연구로 넘겨야 한다. 그들이 자유롭게 토론하도록 한다면, 승패는 그것의 타당함 여부에 따라서 결정된다. 만약 공연히 신기한 이름 때문에 정신을 못 차리고, 정부의 위력, 법률의 역량, 법원의 역량으로 제압하고자 한다면 졸렬 중에서도 심각한 졸렬, 어리석음 중에서도 심각한 어리석음이라고 하지 않을 수 없다.[38]

순수 학술적 입장을 견지하고 학술의 사정은 학술에 넘겨 처리해야 한다는 태도는 그로 하여금 동시대 누구와도 비길 수 없는 무정부

37 煙山專太郎, 『近世無政府主義』, 1~2쪽.

38 蚊學士, 「無政府主義を論ず(五)」, 『日本人』 제159호, 1902년 3월 20일, 24~25쪽.

주의에 관한 저술을 쓰게 했다. 후세 학자들은 『근세 무정부주의』는 "일본어로 출판된 무정부주의 연구 중 유일하게 그럴듯한 노작(勞作)이라고 할 수 있다"[39]는 것을 발견했다. 이 책은 이전에 출판된 관련 서적과 비교하면 "무정부주의 정보 방면에서 질적이든 양적이든 이전의 것보다 훨씬 뛰어나다".[40] 따라서 이 책이 거대한 영향을 미친 것 또한 당연한 이치다. 하자마 나오키, 거마오춘(葛懋春), 장쥔(蔣俊), 리싱즈(李興之), 사가 다카시(嵯峨隆), 차오스쉬안(曹世鉉) 등의 선행 연구를 종합하면,[41] 중국에서 "게무야마 센타로의 『근세 무정부주의』(도쿄전문학교출판부, 1902)는 거의 바로 다종다양하게 번역되었"고, "게무야마 센타로의 논지는 다양한 형태로" 중국인의 글과 저작에 "반영되었"음을 알 수 있다.[42] 발표 순서대로 나열하면 표 3과 같다.

표 3에서 나열한 것은 게무야마 센타로의 『근세 무정부주의』를 취재원으로 한 글과 저작인데, 지금까지 확정할 수 있는 일부에 지나지 않는다. 게무야마의 영향은 지금 알고 있는 것보다 훨씬 광범위할 것이다. 이 글에서 처음으로 정리한 『일본인』 잡지에 발표한 글은 검

39 絲屋壽雄, 「近世無政府主義解題」, 煙山專太郎, 『明治文獻資料叢書·近世無政府主義』(復刻板), 1965년, 2쪽.

40 嵯峨隆, 『近代中國アナキズムの研究』, 研文出版, 1994년, 48쪽.

41 狹間直樹, 『中國社會主義の黎明』, 岩波書店, 1979; 葛懋春·蔣俊·李興之 編, 『無政府主義資料選(上, 下)』, 北京大學出版社, 1984; 蔣俊·李興之, 『中國近代的無政府主義思潮』, 山東人民出版社, 1990; 曹世鉉, 『清末民初無政府派的文化思想』, 社會科學文献出版社, 2003.

42 狹間直樹, 『中國社會主義の黎明』, 113쪽. 嵯峨隆, 『近代中國アナキズムの研究』, 48~49쪽.

토 범위에 넣지 않았다. 따라서 이 중에 중국어로 번역된 것이 있을 수 있다는 점도 배제할 수 없다. 전체적으로 말해서 게무야마 센타로가 당시 변혁을 추구하던 중국 지식인의 무정부주의에 관한 주요한 지식의 출처였음은 의문의 여지가 없다. 하자마 나오키가 지적한 바와 같이 "게무야마의 저작은 신해혁명 시기 내내 일부 혁명가들의 주목을 받았다".[43] 랴오중카이(廖仲愷, 1877~1925)가 전형적인 사례다. "랴오중카이가 『민보』에 발표한 무정부주의를 소개한 글은 주로 독자들에게 무정부주의를 사고하는 사상적 소재를 제공하는 것이었고, 자신의 정치적 견해를 구체적으로 드러낸 것은 거의 없었다."[44] 물론 정치적 견해를 구체적으로 드러내지 않았다는 것은 결코 랴오중카이를 포함한 지식인들이 정치적 견해가 없었다는 의미와는 다르다. 그들은 자신의 견해에 따라 게무야마가 제공하는 지식과 소재를 최대한 활용했다. 그들은 무정부당의 폭력적 테러 행위의 발생을 바라지 않으면서 쓴 게무야마 센타로의 책을 "명확히 혁명운동을 추진한다는 목적에 사용했다."[45] 이른바 '의역'본의 출현은 혁명파가 『근세 무정부주의』를 "적극적으로" 자신의 운동 속으로 "동원"했기 때문이다.[46] 이것은 저자의 기대와 완전히 상반되는 독서 결과였다. 게무야마 센타로가 애초에 예상하지 못했던 것이나 독립적 학술이라면 마땅히 도달해야 하는 효과이기도 했다.

---

43 狹間直樹, 『中國社會主義の黎明』, 115쪽.

44 嵯峨隆, 『近代中國アナキズムの研究』, 58쪽.

45 狹間直樹, 『中國社會主義の黎明』, 114쪽.

46 嵯峨隆, 『近代中國アナキズムの研究』, 49쪽.

표 3 게무야마 센타로의 논지가 중국인의 저작에 반영된 상황

필명	제목
두터우(獨頭)	「러시아인이 입헌의 철혈주의를 요구하다」 俄人要求立憲之鐵血主義
	「러시아 허무당 삼걸전」 俄羅斯虛無黨三傑傳
	「러시아 알렉산드르 대제를 시해한 자의 전기」 弑俄帝亞歷山大者傳
사칭(殺靑) (번역)	「러시아의 혁명당」俄羅斯的革命黨
사칭(殺靑) (번역)	『러시아 압제의 반동력』俄國壓制之反動力
	「러시아 허무당 인쇄에 넘기다」俄羅斯虛無黨付印(광고)
위안쑨(轅孫)	「러시아 허무당」露西亞虛無黨
런커(任客)	「러시아 허무당 여걸 소피아 페로프스카야 전기」 俄國虛無黨女傑沙勃羅克傳
중국의 신민(中國之新民, 량치차오梁啟超)	「러시아 허무당을 논하다」 論俄羅斯虛無黨
장지(張繼) 등 (번역)	「러시아 황제 알렉산드르 2세의 죽음」 俄皇亞歷山大第二之死狀
장지(張繼) (번역)	「무정부주의」無政府主義
양두성(楊篤生)	「신후난」新湖南
냉혈(冷血, 천렁陳冷) (번역)	『허무당』虛無黨

간행물/출판사	발표일	출처
『저장차오』浙江潮 제4호, 제5호	1903년 4월 20일, 5월 20일	『近代中國アナキズムの研究』, 49쪽.
『대륙』大陸 제7호	1903년 6월 5일	『中國近代的無政府主義思潮』, 25쪽. 『近代中國アナキズムの研究』, 49쪽.
『대륙』 제9호		『中國近代的無政府主義思潮』, 25쪽.
『동자세계』童子世界 제33호	1903호 6월 16일	『中國近代的無政府主義思潮』, 25쪽. 『近代中國アナキズムの研究』, 49쪽. 『清末民初無政府派的文化思想』, 294쪽.
		『清末民初無政府派的文化思想』, 294쪽.
『한성』漢聲, 제6호	1903년 7월	『中國社會主義の黎明』, 114쪽. 『中國近代的無政府主義思潮』, 25쪽.
『장쑤』江蘇, 제4, 5기	1903년 7월 24일, 8월 23일	『中國社會主義の黎明』, 115쪽.
『저장차오』浙江潮, 제7기	1903년 10월 11일	『中國社會主義の黎明』, 115쪽. 『中國近代的無政府主義思潮』, 25쪽. 『近代中國アナキズムの研究』, 49쪽. 『清末民初無政府派的文化思想』, 294쪽.
『신민총보』新民叢報, 제40, 41 합간	1903년 11월 2일	『中國社會主義の黎明』, 118, 216쪽. 『近代中國アナキズムの研究』, 52, 65쪽.
『국민일일보』國民日日報	1903년	『近代中國アナキズムの研究』, 49쪽. 『清末民初無政府派的文化思想』, 295쪽.
	1903년	『近代中國アナキズムの研究』, 49쪽.
	1903年	『近代中國アナキズムの研究』, 49쪽.
상하이카이밍서점(上海開明書店)	1904년 3월	『中國社會主義の黎明』, 115쪽.

진이(金一, 진톈허金天翮) (번역)	『자유혈』自由血
	「러시아 허무당 원류고」俄國虛無黨源流考 · 「신성허무당」神聖虛無黨 · 「러시아 허무당의 참요 상황」俄虛無黨之斬妖狀
위안스(淵實, 랴오중카이廖仲愷)	「무정부주의와 사회주의」無政府主義與社會主義
위안스(淵實, 랴오중카이廖仲愷)	「허무당 소사」虛無黨小史
바오단(爆彈)	「러시아 허무당의 여러 기관」俄國虛無黨之諸機關

중국의 근대 무정부주의 사조에 미친 영향을 말하자면 두 사람을 더 언급하지 않을 수 없다. 한 명은 고토쿠 슈스이(幸德秋水, 1871~1911)이고 다른 한 명은 구쓰미 겟손(久津見蕨村, 1860~1925)이다. 전자는 일본 메이지시대 기자 출신의 저명한 사상가이자 사회주의자, 무정부주의자다. 그는 1911년 이른바 '대역사건'에 연루되어 나머지 11인과 함께 사형에 처해졌다.[47] 후자는 저명한 기자이자 자유주의 비평가다. 이 두 사람은 청말 중국의 무정부주의와 사회주의 사상의 중요한 출처로써 중국 지식계에 중대한 영향을 미쳤다. 게무야마가 언급되는 곳에는 동시에 이 두 사람도 언급되는데, 심지어는 훨씬 많이 언급되었다.

47 [역자 주] 대역사건은 '고토쿠 사건'이라고도 하는데, 1910년 사회주의자들의 일본 천황 암살 기도를 가리킨다.

동대륙도서역인국(東大陸圖書譯印局), 경진서국(競進書局)	1904년 3월	『中國社會主義の黎明』, 114쪽. 『無政府主義資選』(下), 1069쪽. 『中國近代的無政府主義思潮』, 25쪽. 『近代中國アナキズムの研究』, 49쪽. 『清末民初無政府派的文化思想』, 295쪽.
『경종일보』警鐘日報, 제28, 35, 38, 39, 40, 46, 47, 49, 50, 52, 53, 54, 64, 65기	1904년 3~4월	『中國近代的無政府主義思潮』, 25쪽. 『清末民初無政府派的文化思想』, 295쪽.
『민보』民報, 제9호	1906년 11월 15일	『近代中國アナキズムの研究』, 56쪽.
『민보』民報, 제11, 17호.	1907년 1월 25일, 10월 25일.	『中國社會主義の黎明』, 115쪽. 『近代中國アナキズムの研究』, 58쪽. 『清末民初無政府派的文化思想』, 31, 38쪽.
『한치』漢幟, 제1호	1907년 3월	『中國社會主義の黎明』, 115쪽.

그런데 이 글에서 보여 주고자 하는 것은, 관계로 보면 그들은 게무야마의 연장자이지만 게무야마로부터 영향을 받았다는 점이다. 사가 다카시가 지적한 바와 같이 고토쿠 슈스이가 1905년 '무정부주의자'로 자처했을 때 그는 무정부주의 사상의 상세한 내용에 대하여 결코 진정으로 이해하지 못했다. 이것은 그의 글에서 '허무당'을 테러분자와 동일시했다는 것에서 알 수 있다.[48] 어떤 사람은 고토쿠 슈스이가 게무야마의 책을 읽고 영향을 받았다고 회상하기도 했다.[49] 구쓰미 겟손의 『무정부주의』는 게무야마의 저서보다 4년 늦은 메이지 39년(1906) 11월 헤이민쇼보(平民書房)에서 출판했다. 무정부주의 역사에 관한 서

48 嵯峨隆, 『近代中國アナキズムの研究』, 42쪽.

49 石川準十郎, 「煙山先生を憶う」(下), 『岩手日報』 1954년 4월 7일, 제2면.

술은 서술 방식과 내용, 장과 절의 구분에서 모두 게무야마를 계승한 흔적이 분명하게 남아 있다. 예컨대 "실행적 무정부주의와 이론적 무정부주의"라는 구분, '제2장 프루동의 무정부주의'와 '제3장 슈티르너의 무정부주의'라는 장과 절의 구분과 배치는 모두 게무야마 센타로의 "편의를 위해서 우리는 실행적, 이론적 두 종류의 유형으로 구분한다…"라는 체제로부터 비롯된 것이다.[50] 고토쿠 슈스이와 구쓰미 겟손이 중국 근대사상계에 미친 영향력과 존재감을 고려한다면, 게무야마 센타로의 영향력은 어쩌면 훨씬 더 높게 평가해야 할지도 모른다.

6. '분학사'의 사상사 서술 양식과 저우수런의 「문화편향론」

화제를 저우수런으로 되돌리고자 한다. 앞선 서술로부터 그가 분학사의 「무정부주의를 논하다」의 독자였음을 알 수 있으나, 분학사가 당시 명성이 자자한 게무야마 센타로임을 알았는지는 알 수 없다. 훗날 루쉰의 도서 장부나 장서 목록에서 '분학사'를 찾을 수 없는 것처럼 '게무야마'의 서적이나 관련 기록은 보이지 않는다.[51] 이렇다고 해도 게무야마 센타로를 저우수런의 독서 범위에서 배제하는 것은 적절하지 않

50 久津見蕨村, 『無政府主義』, 平民書房, 1906, 2, 53, 114쪽; 蚊學士, 「無政府主義を論ず(一)」, 『日本人』 제154호, 28쪽.

51 『魯迅全集』의 도서 장부 외에 장서 목록은 주로 다음 두 종을 참고했다. 魯迅博物館 編, 『魯迅手跡和藏書目錄』(내부 자료), 1959년; 中島長文 編, 『魯迅目睹書目 — 日本書之部』, 私版, 1986년.

다.[52] 사실상 분학사라는 이름으로 잡지에 발표한 글을 자신의 취재원으로 삼을 수 있었다는 것만으로도 저우수런의 민감함과 광범위한 독서를 보여 준다. 게다가 그가 이미 당시 『신민총보』, 『저장차오』浙江潮, 『한성』漢聲, 『장쑤』江蘇, 『민보』 등의 잡지에 나오는 '게무야마'에 깊이 스며들었다는 점은 말할 필요도 없다. 이것은 곧 저우수런과 게무야마 센타로, 더 나아가 청말의 허무주의, 무정부주의, 사회주의 사조의 관계 문제까지 이어진다. 이 문제는 이 글의 범위를 넘어서므로 따로 글을 써서 논의할 필요가 있다. 여기에서는 다만 분학사의 사상사 서술 양식과 저우수런의 「문화편향론」을 양자의 관계 문제 중의 하나로써 제시하고자 한다.

분학사의 「무정부주의를 논하다」를 통독하고 나는 다음을 발견했다. 슈티르너의 취재원과 "실행적" 무정부주의에 대한 태도를 제외하고도 저우수런이 분학사와 가장 '근사'한 점 즉, 그가 후자를 흡수한 부분은 '문화 편향'이라는 문명사 관점과 분학사의 사상사 서술이 일맥상통한 데 있다.

주지하다시피 「문화편향론」에서 가장 유명한 문명사관은 "문명은 옛 흔적에 뿌리를 두고 발전해 나오지 않는 것이 없고, 또한 지난 일을 바로잡음으로써 편향이 생겨난다"라는 것이다. 이 구절은 "역사적 사실에 따르면 곧 예컨대 로마가 유럽을 통일한 이래로 처음으로

52 왕(汪)의 저술에는 '게무야마 센타로'를 포함한 기타 문헌이 「문화편향론」의 슈티르너의 취재원일 가능성을 배제하고 '분학사'를 유일한 취재원으로 간주했다. 363~368쪽 참고. '분학사'가 '게무야마 센타로'임을 알게 된다면 다시 생각해 볼 여지가 있을 것이다.

유럽 전체에 통용되는 역사가 생겨났다…"라고 하는 유럽 근대 문명사에 대한 개괄이다. 이 시기 역사는 '문화 편향'의 관점으로 서술했는데, 로마의 "교황은 자신의 권력으로 전 유럽을 통제했다"에서 시작하여 '19세기 말엽 문명'과 '19세기 말엽 사조'까지 이야기한다. "그런데 19세기 말에 사상이 변화하는데, 그것의 원인은 어디에 있고 그것의 실질은 어떠하고 그것이 장래에 미칠 힘은 또 어떠한가? 그것의 본질을 말하자면 바로 19세기 문명을 바로잡음으로써 일어난 것일 따름이다."[53] "사물은 극에 달하면 방향을 바꾼다"(物反於極)[54]라는 관점과 서술 방식은 분학사의 "무정부주의의 본질과 기원"과 완전히 일치한다. 후자는 유럽 근대사의 "3대 속박 반대 운동"을 소개한(이 부분도 저우수런의 서술과 포개진다) 후 이른바 무정부주의는 "19세기 물질문명의 반동"[55]이라고 분명하게 지적한다. 물론 여기에서 저우수런이 다른 문헌을 참조하여 자신의 구상을 만들어 갔을 가능성을 배제하는 것은 아닐 뿐만 아니라 한 걸음 더 나아가 조사할 필요도 있다고 생각한다. 그러나 구상에 있어서 분학사와의 근사함은 결코 우연이 아니라고 말할 수 있다.

53 魯迅, 「文化偏至論」, 『魯迅全集·墳』 제1권, 48~50쪽.

54 魯迅, 「文化偏至論」, 『魯迅全集·墳』 제1권, 52쪽.

55 蚊學士, 「無政府主義を論ず」(一), 『日本人』 제154호, 27, 28쪽.

7. 메이지 30년대 담론 중의 '슈티르너'와 저우수런의 선택

이어서 일본 메이지시대 담론 중의 '슈티르너'의 존재 형식 문제를 검토해 보고자 한다. 이것은 유학 시절의 저우수런과 슈티르너의 관련 기제를 이해하는 데 대단히 중요하고, 저우수런이 어떤 차원에서 슈티르너를 이해, 선택, 수용했는가 하는 문제를 해결하기 위한 전제기도 하다.

슈티르너라는 이름이 일본 메이지시대의 서적과 간행물에 출현하기 시작한 것은 도대체 언제부터인가? 이것은 한 걸음 더 들어간 고증을 기다려야 하는 문제다. 나의 독서에 근거하면 이 글에서 중심적으로 다루는 분학사(즉 게무야마 센타로)는 『일본인』에 「무정부주의를 논하다」를 5회에 걸쳐 연재했다. 슈티르너를 처음으로 상세하게 소개한 글은 1902년 2월 20일 발행한 '제157호'에 실린 글인데, 여기에는 「문화편향론」의 '쓰치나얼'의 취재원 부분이 포함되어 있다. 단순하게 이름을 나열한 것으로는 당시 저명한 문예평론가 하세가와 덴케이의 글에 나오는 '막스 슈티르너'가 시간적으로는 더 이르다. 메이지 32년(1899) 8월과 11월 『와세다학보』에 연재한 「니체와 철학」에서 니체 사상의 "계승"자로서 슈티르너를 나열했다. "니체 사상을 계승한, 최근 홍성하기 시작한 극단적 자아론자로는 독일의 막스 슈티르너, 루돌프, 슈타이너, 사무엘 알렉산더가 있다. 그들은 모두 니체를 소개하고 세속을 반대했다."[56] 분명한 것은 하세가와 덴케이가 '슈티르너'

56 高松敏男·西尾幹二, 『日本人のエーチェ研究譜 ニーチェ全集 別巻』, 白水社, 1982,

와 '니체'의 순서도 잘 몰랐다는 것인데, 슈티르너에 대한 정확한 이해에 대해서는 말할 것도 없다. 심지어 이 글에서 소개하는 주인공인 니체에 대한 인식 또한 상당히 얄팍해서 니체의 초인철학을 "강도, 정복, 파괴와 탐욕 등 온갖 나쁜 짓"을 능사로 삼는 "짐승"의 본능으로 단순하게 귀결한다.[57] 훗날 학자들이 지적한 바와 같이 니체를 소개한 하세가와 덴케이의 이 글은 이후 니체에 관한 그의 인식을 제한함으로써 끝내 이 글의 수준을 넘어서지 못했다.[58]

하세가와 덴케이의 니체 소개의 오류가 자료의 부족 때문이라고 한다면—그는 직접 독일어에서 가져온 것이 아니라 영어를 거쳐 가져왔다[59]—그렇다면, 니체 더 나아가 슈티르너의 정식 전파는 도쿄대학 철학과와 독일문학과가 중심이 되어 직접 독일어 문헌(꼭 원서는 아니라고 해도)을 기반으로 연구하고 번역, 소개하는 학자, 졸업생 혹은 재학생에게 기대야 했다. 일본 메이지시대의 니체와 독일어, 그리고 일본 철학계, 도쿄대학, 라파엘 쾨베르, 이노우에 데쓰지로, 다카야

332~333쪽.

[역자 주] '루돌프'는 독일의 관념론 철학자 루돌프 오이켄(Rudolf Christoph Eucken, 1846~1926)이다. 사무엘 알렉산더(Samuel Alexander, 1859~1938)는 영국인으로 창발적 진화론의 형이상학을 펼친 철학자이다. 일본어 원문은 'アレクサンデル・チルレ'이고, 저자는 누구인지 확정하지 못했으나 메일을 통해서 '사무엘 알렉산더'로 추정된다고 밝혔다.

57 高松敏男·西尾幹二, 『日本人のエーチェ研究譜 ニーチェ全集 別巻』, 331쪽.

58 杉田弘子, 「ニーチェ解釋の資料的研究 — 移入初期における日本文献の關係」, 東京大學國語國文學會, 『國語と文學』, 1966) 5월호, 31~32쪽.

59 杉田弘子의 소개에 따르면, 長谷川天溪의 「尼采之哲學」의 저본은 두 편의 영어 논문이다.

마 조규, 도바리 지쿠후, 아네사키 조후, 사이토 노노히토, 구와키 겐요쿠 등과의 관계에 관하여 앞선 글에서 상세하게 소개했으므로 여기서는 다루지 않고 화제를 슈티르너에 집중하기로 한다.

전파 경로와 과정으로 말하자면, 일본 메이지시대의 슈티르너는 니체와 거의 완전히 일치한다. 다만 니체처럼 두드러지지 않았고 그 주변의 한 존재에 속했을 따름이다. 예컨대 앞에서 서술한 '도쿄제대 관계자'는 모두 당시 가장 대표적인 니체 언설가이나 이노우에 데쓰지로, 구와키 겐요쿠, 사이토 신사쿠의 글에만 슈티르너가 반짝 나오고 상세하게 소개되지도 않는다. 당시 도쿄대학 교수였던 이노우에 데쓰지로는 슈티르너와 니체가 모두 "극단적 이기주의"의 대표라고 하는 꼬리표 하나를 붙였을 따름이다.[60] 도쿄대 철학과를 졸업한 구와키 겐요쿠는 1902년에 출판한 니체 저서에서 스승의 틀을 답습하여 '막스 슈티르너'를 니체의 "극단적 개인주의를 고취한 선배"라는 한마디 말로 지나갔다.[61] 1903년 도쿄제국대학 문과 독일문학 전공과정을 졸업한 사이토 신사쿠는 1906년 발표한 유명한 입센 평론에서 110자 분량으로 '막스 슈티르너'에 대하여 조금 구체적으로 소개하지만 마찬가지로 그가 열거한 19세기 "암흑의 문명"에 항거한 "개인주의의 천재" 행렬 중의 일원으로 입센을 부각시키는 요소 중의 하나로

60 井上哲次郎, 「哲學評論·利己主義の道德的價値」, 『哲學叢書』 제3집, 集文閣, 1901, 1073~1074쪽; 井上哲次郎, 「利己主義と公利主義を論ず」, 『巽軒論文二集』, 富山房, 1901, 2~3쪽.

61 桑木嚴翼, 『ニーチエ氏倫理學一斑』, 育成會, 1902, 178쪽.

간주했을 뿐이다.[62] 그러나 당시 슈티르너가 니체 혹은 개인주의의 조연일 뿐이라고 해도 도쿄제대 철학과나 독일어 전공 강의실 혹은 독일어 독서 교재의 모범 문장으로써 강의의 대상으로 간주했을 것이라는 점은 추측하기 어렵지 않다. 하나의 증거는 1901년 도쿄제대 문과대학 국문과를 졸업한 시인이자 일본 국문학자 오노에 사이슈(尾上柴舟, 1876~1957)는 그가 쓴 일본 근대 최초의 하이네 평전『하인리히 하이네』에서 하이네를 "문장가로서 그의 문체는 슈티르너와 비슷하다"라고 한 것이다. 이로써 슈티르너가 당시 '국문과' 학생의 독서 대상이었음을 알 수 있다. 이상의 서술을 통하여 다음 두 가지를 알 수 있다. 하나는 도쿄제대가 당시 슈티르너 언설의 주요 진원지라는 것이다. 다른 하나는 가치판단이 어떠했든 어느 쪽으로 편중되었든지 간에 '슈티르너+니체'가 일반적인(상식적인) 담론 구조였고 이러한 구조 속에서 슈티르너가 일종의 사상적 자료로 읽혔다고 할 수 있다. 뒤집어 보면 니체 또한 마찬가지였다.

게무야마 센타로는 1902년 도쿄제대 철학과를 졸업했다. 슈티르너에 대한 그의 서술 역시 지식에 있어서 '슈티르너+니체'라는 형식적 특징을 보여 준다. 예컨대 그는 슈티르너를 소개한 후 다음과 같이 니체를 끌어냈다. "도덕을 배척하고 순수한 이기주의를 확립하고 아성(我性)을 주장한다는 점에서 막스 슈티르너와 같다. 최근 사상계에

62 齋藤信策,「イプセンとは如何なる人ぞ」(『東亞の光』, 1906년 7·9·10·11월호),『明治文學全集 40·高山樗牛 齋藤野の人 登張作風集』, 筑摩書房, 1967, 123~124쪽.

서 특이한 광채를 방출하는 것은 니체 철학이다."[63] 뿐만 아니라 슈티르너가 걸음을 멈춘 곳에서 니체가 크게 한 걸음 더 나아갔다고 여겼다.[64] 그러나 이처럼 '슈티르너+니체'라는 똑같은 형식 속에서도 게무야마가 주위의 사람들과 가장 달랐던 점은 슈티르너를 니체의 조연으로 간주하지 않고 동등하거나 심지어는 훨씬 많은 분량으로 그를 독립적인 사상의 대상으로서 소개하고 해석했다는 점이다. 바로 이런 까닭에 게무야마 센타로의 특징은 다음과 같이 드러난다. 첫째, 게무야마는 그 주위의 어떤 사람들보다 더 자세하게 슈티르너를 연구했다. 둘째, 게무야마 센타로는 슈티르너의 사상을 정확하게 파악하고 처음으로 슈티르너를 내실 있게 소개하고 분석했다. 다이쇼 9년(1920) 슈티르너 원서의 최초의 일역본[65]이 출판되기까지 슈티르너에 관한 언설 수준에서 그를 따라올 사람이 없었다고 할 수 있다. 셋째, 게무야마는 그의 스승 이노우에 데쓰지로가 확정했던 윤리주의에 편중된 해석의 울타리 바깥으로 중대한 한 걸음을 내딛었다. 슈티르너를 사회윤리 층위에서의 "극단적 이기주의"자에서 진정한 철학적 의미에서의 "극단적 개인주의" 사상가로 해방시킴으로써 그의 스승과 당시 사회의 주류 사상과는 전혀 다른 가치판단을 내렸다. 넷째, 가장 중요한 점인데 게무야마가 '무정부주의 사상사'의 맥락에서 슈티르너의 위치를 확정함으로써 슈티르너 서술의 또 다른 틀을 확립했다는 것이다.

63 煙山專太郎, 『近世無政府主義』, 1~2쪽.

64 蚊學士, 「無政府主義を論ず(三)」, 『日本人』 제157호, 1902년 2월 20일, 25쪽.

65 マックス·スティルネル, 辻潤 譯, 『唯一者とその所有(人間篇)』, 日本評論社, 1920.

'무정부주의 사조에서의 슈티르너'는 게무야마에서 시작되었다고 할 수 있다. 이것은 이후 메이지 사상사에서 하나의 패러다임이 되어 훗날 무정부주의자의 언설에서 거의 그대로 재현되었다.

고토쿠 슈스이, 구쓰미 겟손은 앞에서 언급했으므로 여기서는 일본 근대의 사회활동가, 무정부주의자이자 작가를 소개하고자 한다. 이름은 이시카와 산시로(石川三四郎, 1876~1956)고 필명은 교쿠잔(旭山)이다. 일본 사이타마현(埼玉縣) 사람으로 메이지 34년(1901) 도쿄법학원을 졸업한 후 세례를 받고 기독교인이 되었다. 메이지 35년—즉, 저우수런이 일본으로 유학 간 해—26세에 사카이 도시히코(經堺利彦, 1871~1933) 등의 추천으로 『요로즈초호』萬朝報의 기자가 되었다. 이듬해 반전(反戰)을 이유로 요로즈초호사에서 쫓겨나고 같은 해 11월 헤이민샤(平民社)에 들어가 사회주의 저작을 번역, 소개하고 여러 종의 잡지의 창간, 편집, 발행에 참여하기 시작했다. 메이지 40년(1907) 4월 체포, 투옥되었다가 이듬해 5월 석방되었다. 옥중에서 완성한 『허무의 신비한 빛』은 1908년 9월 발행 전 제본을 하던 중에 당국에 몰수되었다.[66] 제목의 '허무'라는 말이 당국의 금기를 범했기 때문이라고 한다.[67] 흥미로운 점은 이시카와 산시로의 『허무의 신비한 빛』에서도 게무야마 센타로의 슈티르너에 관한 구절을 찾을 수 있다는 것이다. "그런데 정신상 무정부주의인 톨스토이와 앞서 언급한 개인적 무정부주의의 슈티르너는 모두 이상적 만족을 장래에 기대하는 것을 배척하고

66 「(石川三四郎)年譜」, 『明治文學全集 84·社會主義文學集(二)』, 筑摩書房, 1965, 439쪽.

67 「『虛無の靈光』解題」, 『明治文學全集 84·社會主義文學集(二)』, 425쪽.

자신의 발아래에서 추구하기를 주장했다는 것이다. 이 점은 대단히 흥미롭다. '미래'는 영원히 도래하지 않는 것이다. 개인의 평안은 언제나 개인의 발아래 있다."[68]

게무야마 센타로가 '근세 무정부주의'를 소개하고 나서 10년이 지난 1910~1911년 이른바 '대역사건'이 발생했다. 고토쿠 슈스이 등은 천황 암살을 모의한 대역죄로 극형에 처해졌다. 무정부주의는 다시 사람들의 주목을 받았고, 은밀한 화제가 되었다. 메이지의 문호 모리 오가이도 이에 반응하여 단편소설 「식당」을 발표했다. 식당에서 밥을 먹으면서 하는 세 사람의 대화로 무정부주의를 토론한다. 모리 오가이는 독일어와 독일 인문 사상에 정통한 대가로 슈티르너를 읽고 자신의 길로 삼았다. 예컨대 소설 속 인물의 입을 빌려 'Reclam판' 원서를 언급하고, "슈티르너는 철학사에서 아주 영향력이 큰 인물이다. 그를 무정부주의라고 하는 사람들과 한곳에 두는 것은 그야말로 그를 좀 불쌍하게 보이도록 한 것이다"[69]라고 하는 등 일반 사회의 상식과 다른 판단을 한다. 이로부터 모리 오가이를 둘러싼 사회 여론이 얼마나 강력하게 무정부주의와 슈티르너를 함께 이어 붙였는지를 알 수 있다. 이런 까닭에 그는 등장인물이 나서서 분별하도록 하지 않을 수 없었던 것이다. 그러나 최종적 결과로 보면 모리 오가이 또한 슈티르너를 무정부주의에 관한 담론에서 분리해 내지 못했다.

---

68 石川三四郎, 『虛無の靈光』, 『明治文學全集 84·社會主義文學集(二)』, 300쪽.

69 森鷗外, 「食堂」(『三田文事』, 1910년 12월호) 『明治文學全集 27·森鷗外集』, 筑摩書房, 1965, 95쪽.

이로부터 얼마 되지 않아 오스기 사카에는 1912년 「유일자—막스 슈티르너론」을 발표하여 "유일자와 그의 소유물"을 중심으로 "슈티르너의 개인주의"를 상세하게 소개했다. 이 글에서 드러나는 슈티르너는 일반 사회 언설적 층위에서의 무정부주의자가 전혀 아니며—심지어는 오스기 사카에가 그의 글에서 거의 꼭 다루는 '무정부'라는 세 글자도 나오지 않는다—고도의 사상적 층위에서의 '개인주의' 철학의 창시자와 해석자다. 그는 "근대사상의 근본은 개인주의에 있다"라는 전제 아래 '슈티르너론'을 전개한다. 그가 보기에 훗날의 니체는 결코 슈티르너의 '표절자'가 아니지만, "그러나 슈티르너의 사상은 간접적으로 니체에게 영향을 주었다."[70] 그런데 오스기 사카에가 상상하지 못한 것은 그의 글이 결코 무정부주의의 '슈티르너론'이 아니지만 거꾸로 슈티르너를 무정부주의의 틀 안에 견고하게 가두었다는 것이다. 물론 이것은 주로 오스기 사카에 본인이 일본 근대 무정부주의 사조의 대표적 인물이었기 때문에 그렇게 된 것이다. 그런데 무정부주의 계보 속 슈티르너는 게무야마 센타로에서 시작되었다. 게무야마 센타로에서 오스기 사카에까지 그들이 슈티르너를 통하여 개인주의 사상을 얼마나 정확하게 해석했든지 간에 결과적으로 모두 슈티르너에게 짙은 무정부주의의 색깔을 입혔다고 할 수 있다. 무정부주의는 당시 슈티르너의 가장 강력한 담론의 담지체였다.

일본 근대 무정부주의에 관하여 평론가 마쓰다 미치오(松田道雄,

70 大杉榮, 「唯一者 —マクス·スティルナアー論」(『近代思想』 제1권 제12호, 1912년 12월), 『アナーキズム·日本現代思想體系 16』, 筑摩書房, 1963, 132쪽.

1908~1998)는 전후에 다음과 같이 말했다. "일본의 무정부주의는 지금까지 줄곧 사상사에서 마땅히 있어야 할 자리 밖으로 배제되었다. 이것이 권력 쪽에서 권력을 부정하는 사상을 마주하면서 방위적 수단으로 채택된 결과라고 하더라도, 이러한 방어는 과잉 방어라고 할 수 있다. 메이지부터 다이쇼까지 당시 통치 권력은 자신의 법의 틀을 넘어서서 무정부주의의 거물에 대한 물리적 말살을 시행했다."[71] 이 중 가장 극단적인 사례는 앞서 서술한 '대역사건'과 1920년의 '아마카스 사건'일 것이다. 고토큐 슈스이 등은 '대역사건'으로 처형되었고 오스기 사카에는 '아마카스 사건'으로 살해되었다. 다시 말하면, 사상사에서 보면 무정부주의는 일본 메이지 30년대 이후와 다이쇼 시기 전체 즉, 20세기 최초 25년간 시종 사상의 '이단'으로 간주되고 엄혹하게 진압되었다. 이것은 사실이다. 이 사실의 또 다른 측면은 무정부주의가 집권자들을 공포스럽게 하는 담론의 장력을 지니고 있었음을 의미한다. 이른바 슈티르너는 우선 이러한 담론의 장력을 빌려 유학생 저우수런 앞에 나타났다. 앞서 서술한 바와 같이 「문화편향론」의 슈티르너는 바로 게무야마 센타로의 「무정부주의를 논하다」에서 소재를 취했다.

이상의 정리를 통하여 저우수런이 마주했던 슈티르너에 대한 지식의 차원이 대체로 명료하게 드러났다. 그것의 정식적인 전파는 도쿄제대에서 시작했고 주로 철학과와 독일문학 전공이 진원지였고,

71 松田道雄, 「日本のアナーキズム」, 『日本現代史上體系 16·アナーキズム』, 筑摩書房, 1963, 9쪽.

'슈티르너+니체'라는 담론 구조에서 서술되었다. 서술자는 주로 니체를 이야기했기 때문에 니체와 니체의 수용이라는 각도에서 보면 그것은 언제나 니체의 주변 사항에 속했고 니체의 주변의 주변이었다. 이 구조는 마찬가지로 저우수런의 텍스트에서도 드러난다. 그가 가장 많이 언급한 것은 '니취'(즉 니체)이다. 「악마파 시의 힘에 대하여」 두 곳, 「문화편향론」 네 곳, 「파악성론」 한 곳이다. '쓰치나얼'(즉 슈티르너)는 「문화편향론」에 단 한 번 "개인주의의 지극한 호걸"이자 '니취' 행렬의 선두에 선 사람 즉, "먼저 깨닫고 잘 싸우는 선비"로서 가장 먼저 출현한다.[72] 또 다른 하나는 무정부주의의 차원이다. 앞서 서술한 바와 같이 무정부주의 언설은 의심할 여지 없이 저우수런에게 슈티르너를 가져다준 충만한 장력의 담지체였다.

이러한 지식 차원의 전제 아래에서 저우수런의 작업을 어떻게 평가해야 하는가? 그의 주체성은 어디에 구현되어 있는가? 분명 「문화편향론」의 슈티르너는 '근세 무정부주의'의 변화라는 서술 틀 중의 "이론적" '무정부주의'라는 것을 따로 재구성하여 '개인주의'라는 서술 틀 속으로 직조한 결과물이다. 후자의 틀 속에 여전히 취재원의 내용이 그대로 보존되고 있다고 해도 슈티르너는 배역의 전환을 완성했다. 즉, 무정부주의 이론가에서 19세기 개인주의 정신 계보의 인솔자와 서술자로 전환되었다. 저우수런은 '개인주의' 정신의 염원 속에서 그리 주목받지 못하고 심지어는 배척당하기도 했던 슈티르너를 발견하고 그를 위한 새로운 자리를 찾아 주었다. 그는 앞서 서술한 위안스

72 魯迅, 「文化偏至論」, 『魯迅全集·墳』 제1권, 53, 52쪽.

(淵實, 랴오중카이) 등처럼 게무야마 같은 무정부주의 사상 자원을 자신이 실천하고 있는 혁명운동에 "적극적으로 동원"하는 데로 눈을 돌리지 않았다. 그 속에서 '정신'의 재건에 도움이 되는 요소를 선택하고 그것을 내재화하기 위해 애썼다. 주지하다시피 저우수런의 '혁명'은 '정신'에 보다 더 착목한 것으로 다시 말하자면 '사람'의 혁명이다. 그의 이른바 "사람 세우기"(立人)는 사람의 주체 정신의 확립이다. 이런 의미에서 그는 슈티르너의 '아성'과 그의 동반자들의 '개인주의' 정신을 정확하게 이해하고 그것에 대하여 스스로 가치를 판단하고 선택했다. 그는 슈티르너를 포함한 일련의 "개인주의의 지극한 호걸"들과 동일시했다. 그런데 저우수런의 성장 과정으로 말하자면 이 단계의 이른바 "사람 세우기"는 대외적인 것, 타자에 대한 호소라기보다는 우선 사회의 대조류 속에서 자신의 확립을 완성하는 것이라고 해야 한다. 슈티르너는 니체 등과 마찬가지로 그가 자신의 주체성을 확립하는 과정에서 가져와 흡수한 영양분이었다. 이 영양분을 소화하는 과정은 그 스스로가 이해한 '사람'의 정신을 내재화하는 과정이기도 했다. 이런 과정에서 보다 더 많이 사고했던 것은 저우수런 자신에 관한 것이었었다. 이런 까닭으로 저우수런의 논문들은 오늘날의 관점에서 보면 대단히 중요함에도 불구하고, 당시에는 주위의 각종 '혁명'와 '구국'의 책략에 비하면 물정에 맞지 않아 보였기 때문에 공명의 소리를 듣지 못했다.

저우수런이 앞서 언급한 몇 편의 "사람 세우기"에 관한 글을 쓰던 때는 마침 러일전쟁 이후 일본의 '국가주의'의 격정이 가장 왕성한 시기였다. 이전에 한 차례 출현했던 비국가주의적 개인주의, 무정부주의, 반전론 등은 주류 이데올로기에 의해 철저하게 억압되었을 뿐만 아니라 사회의 대조류에 의해 매몰되고 말았다. 개인주의로 말하자면 저우수런이 발굴한 것은 이미 '주선율'에 의해 매몰된 러일전쟁 이전의 사상 자원이었다. 게다가 "개인이라는 말이 중국에 들어온 지는 아직 삼사 년이 채 안 된다…"[73]라는 담론방식으로 개인주의는 결코 '이기주의'가 아니라고 변론했다. 이 점에 관하여 나는 「유학생 저우수런 주변의 '니체'와 그 주변」에서 이미 상세하게 서술했으므로 여기서 더 언급하지 않겠다. 슈티르너도 니체와 마찬가지로 그가 '이기주의'라는 오수에서 건져 낸 "먼저 깨닫고 잘 싸우는 선비"였고 재료는 1902년의 담론자원에서 선택했다. 재료 선택에 있어서 시의에 맞지 않은 비(非) 시대성은 저우수런 글의 분명한 특징이자 동시에 그로 하여금 당시 일본어와 중국어 언론계 외부에 '고립'되게 만들었다. 주제의 의도와 표현 방식에서 저우수런의 글과 가장 '동시대성'을 띠는 글은 독일 유학에서 돌아와 와세다대학에서 철학을 가르쳤던 가네코 지쿠스이(金子筑水, 1870~1937)의 「개인주의의 성쇠」인데, 이 글은 저우수런보다 조금 늦은 1908년 9월 『태양』 잡지에 발표되었다.[74]

동시기 도쿄의 중국어권 언론계에서 저우수런과 같은 층위에서 '개인', '정신' 그리고 '시'를 긍정적으로 해석한 글은 거의 찾을 수 없다. 이런 상황에서 슈티르너는 더욱 말할 것도 없다. 혹 다음과 같이

73 魯迅, 「文化偏至論」, 『魯迅全集·墳』 제1권, 51쪽.

74 金子筑水, 「個人主義の盛衰」(『太陽』 제14권 12호, 1908), 『明治文學全集 50·金子筑水 田中王堂 片山弧村 中澤臨川 魚住折盧集』, 筑摩書房, 1965.

말할 수도 있다. 당시 중국어권에서 일본의 무정부주의에 대하여 적극적으로 소개하고 열렬하게 반응하지 않았던가? 저우수런의 슈티르너와 그의 주위는 똑같이 하나의 게무야마 센타로라는 취재원을 가지고 있었던 것이 아닌가? 분명 이것은 문제의 복잡성을 보여 준다. 바로 결론을 내리자면, 게무야마는 꽤 요령 있게 슈티르너를 긍정적으로 소개했고, 저우수런은 '아성'의 각도에서 무정부주의 사상사 속에서 이 소재를 절취했을 뿐, 이를 제외하면 무정부주의 자체에 대하여 결코 특별한 관심을 드러내지 않았다. 저우수런은 『저장차오』, 『한성』, 『장쑤』, 『민보』, 『신민총보』 등의 잡지나 저작의 무정부주의에 관한 논의에 참여하지 않았고 중국어 언론계의 무정부주의에 관한 논의에도 저우수런의 문맥에 보이는 그러한 슈티르너는 나오지 않는다. 다시 말하면 저우수런이 다른 사람들과 똑같이 게무야마 센타로의 글이나 책을 읽었다고 하더라도 선호와 선택은 크게 달랐다는 것이다. "도쿄도 죄다 이런 꼴이었다"라고 「후지노 선생님」에서 쓴 것과 같이 청나라 유학생 저우수런은 "무리를 짓고 있는 청나라 유학생"[75]에 대해 꽤 '위화감'을 가지고 있었다. 물론 다른 쪽에서 보면 그가 별종이었고 언제나 '무리' 바깥에 고립되어 있었다.

마지막으로 몇 마디 덧붙이고자 한다. 저우수런이 '개인주의'와 '아성'이라는 시각으로 슈티르너를 절취할 수 있었던 까닭에는 게무야마라는 소재가 가지고 있는 강렬한 암시성을 제외하고 또 언급하지 않을 수 없는 한 사람이 있다. 그는 바로 사이토 신사쿠다. 앞서 언

75 魯迅, 「藤野先生」, 『魯迅全集·朝花夕拾』 제2권, 313쪽.

급한 1906년에 쓴 장문 「입센은 어떤 사람인가」는 주제와 서술 방식에서 저우수런의 모범이 되었던 것이 분명하다. 양자의 관계를 철저하게 규명해야지만 비로소 저우수런의 '개인주의' 선택에서의 주체성과 구성에서의 독특성에 대하여 분명하게 말할 수 있다. 물론 이것은 이 글에서 완성할 수 있는 것이 아니므로 다음의 과제로 넘기고자 한다. '루쉰과 사이토 신사쿠'에 관해서는 이토 도라마루, 나카지마 오사후미 등 학자들의 뛰어난 선행 연구가 있으나, 이 글에서 지적한 점은 이들의 연구에서 언급되지 않았다.

[부록 1] '분학사'의「무정부주의를 논하다」원문

意わりといふ。子楷は當今清國第一流の史家にして、其の精深淵博なること洪文卿(鈞)、李仲約(文田)二氏に過ぐといふ。近年以來、元史譯文證補の渡來あり、元聖武親征錄は巳に文求堂の重刊を經、又那珂氏の增註本にして成らば史學會より刊行せらるべく、市村氏は祕史李注を寫し、而して今猶文祕史の渡來あり、若し沈氏の蒙古源流事證にして渡來し、更に余が芸閣に求むる所元經世大典耶律鑄の雙溪醉隱集等にして渡來するに至らば、元史研究の資料は益よ豐富を加へて、其の記述する所發明する所、庶幾くはかのドーツン、ホウォルス、ブレットシュナイデル諸人と稍や頡頏するを得んか、余偏に之を先輩諸氏に望み、幷せて以て自ら勵むと云ふ。

無政府主義を論ず(續)

蚊學士

マクス・スチルチルは純乎たる利己主義の立脚地に立てる無政府主義を倡唱せる者なり。彼は各個人を以て最高唯一の實在なりとし、人間と云ひ、主義と云ふ、畢竟これベルゾーンにあらずして一の觀念のみ、妄想のみなりと斷言せり。曰、人々の理想が一層精靈的に且つ一層神聖となればなるほど、之に對する畏敬の情は次第に其大なるを致すべし。されど彼等に向ては之が爲めに己の自由の却て益〻縮少せらるゝに至るを如何せむ。すべて此等の觀念は各人心意の製造物に過ぎず。非實在の最も大なる者に過ぎず。故に自由主義によりて開かれたる進歩も實はこれ迷ひの增加のみ。退歩の增進のみ。眞の進歩は決して此等の理想にあるに非ずして各人の足下にあり。即己の我性を發揮してかかる觀念世界の支配より我を完全に飄脫せしむることにあり。何となれば我性はすべての造物主なればなり。自由は我々に敎へて云ふ、汝自身を自由にせよと。而して其所謂汝自身なる者の果して何者なるかを言明せざるなり。之に反して我性は我々に向て叫で云ふ、汝自身に蘇れと。我性は生れながらにして自由なる者なり。故に先天的に自由なる者にして自ら自由を追求し、妄想者、迷信者の間に伍して狂奔するはこれ正に己を忘るゝ者なり。明に一の矛盾なり。自由は之に達し得べき權力のあるありて始めて之を得べし。然れども其所謂權力は決して之を外に求むるを要せず。各個人の中に在て存ずればなり。余の權力は何人も之を余に與へたる者に非ず。神も、理性も、自然も、將た國家も與ふる所に非ざればなり。すべて法律は社會を支配する權力の意志なり。すべて國家は其之を統治する權力の一なると、多數なると、將た全體なるとを問はず、共に盡く一の專制なり。假令余が余の意志を以てすべて他の人々の國民的集合意志と合致せしむべしと公言したりし時に於ても亦專制たるを免れず。これ余をして國家の奴隸たらしむる者なり。余自身の自由を放擲せしむる者なり。然らば如何にせば余をして此の如きの地位に陷らざらしむるを得べきか。曰、余が何等の義務をも認めざる時に於てのみなり。余を束縛せず、又束縛せしめざる時に於てのみなり。余にして既に何等の義務をも有せざりしならば又何等の法律をも認むることなかるべし。果して然らば一切の繋縛を排斥し、本來の面目を發揮せんとする我にはもとより國家の承認せらるべきの理なく、己なく、我性なき卑陋の人間のみ、獨り國家の下に立つべきなりと。

スチルネルの言説は絶對的の個人主義なり。故に彼は一切個人の意思を基として道德を排し、義務を斥けたり。此點に於ては經濟的關融てふ社會主義的見地に立ちたる他の無政府論者の道德を推重するとは全く相反對せり。彼のクラポトキンの如き若し其『無政府黨の道德』に於て論ずるが如きを以てせば、彼はたしかに非道德説を採る者として之が例外に立つ者なりと雖、同一共產主義のヘッスや、グリュン輩に至ては全く其主張の根底に於て一の一般的道德の世に存在することを預想したり。集產主義者たるプルードンの如き殊に然り。彼が財產に向て抗擊を加へ、之を盜品なりと公言するに至りたりしは、全く其正義と相並立せざる者なりと思意せるが故にあり。彼は其上己が理想せる天國の制として一の權衡の必要なるを認め、經濟生活に於て生存競爭を許すを躊躇せり。然るにスチルネルは財產は之を占有し得べき權力ある者に當然屬すべしとして、一切正義を否認し、自然淘汰を以て社會に於ける最高唯一の支配者なりとし、プルードンが仕事は協力の成果なりと云へるに對して、最も有效なる勞力は各個人の仕事にありとし、個人の仕事は唯一に利己的立脚地によりて定めらるべき者なりと公言したり。

之を要するにマクス・スチルネルは個人的人間が哲學の最初及最終にして又實に人生の問題に向て最終最眞の解答を與ふる者なりと云ひ、所謂幸福なる者は一に各個人が己を以てすべて己の思意及行爲の中心及び終極點となすによりて初めて生ずる者なりとせり。彼は即我性によりて、人の絶對的自由を立せり。然れども若し弱き個性が強きものによりて壓せられ、即暴力が主我の念に打勝ちたる場合に於ては如何にせんと欲するか。彼の學説はこゝに至りて最早其以上を説明すること能はざるなり。ニエチエは更に此結論を推しひろめたり。彼は強者によりて弱者を壓せんと欲す。強者の寡人的支配を欲す。即權力意思を高めて之を世界の根本原理たらしめんと欲するなり。彼の主張の本づく所はショーペンハウエルにあり。而も彼は此と異りて更に個人主義を否認せず、寧ろ却て之を以て世界に於ける唯一の重要物と見做し、ショーペンハウエルの意思説と、ダーウィンの生物進化論とを調味して一の世界進化論を搆成し、權力意志を以て創造的の原理とし、これが所謂適者生存、優勝劣敗等の作用によりて常に弱き者、卑しき者を壓服し、漸次秀越せる強き個人を得るに至るべき所以を説きたり。是に於てか個人主義は自然主義と合致して自然主義的個人主義なる者を生せり。

ニエチエは又民主政及社會主義を斥け、自我のみを主として一切基督敎を否認し、眞の文化の意味は天才を作り、創作的の人を作るにありとし、人性の發展に於ける道德的進行は自然の進みにすぎずとなせり。されば彼が倫理説の預想とする所は即ダーウヰンの進化論にあり。彼は動物的本

[부록 2] 루쉰「문화편향론」의 '쓰치나얼'에 관한 부분

加之别分,且欲致之灭绝。更举黮暗,则流弊所至,将使文化之纯粹者,精神益趋于固陋,颓波日逝,纤屑靡存焉。盖所谓平社会者,大都夷峻而不湮卑,若信至程度大同,必在前此进步水平以下。况人群之内,明哲非多,伧俗横行,浩不可御,风潮剥蚀,全体以沦于凡庸。非超越尘埃,解脱人事,或愚屯罔识,惟众是从者,其能缄口而无言乎?物反于极,则先觉善斗之士出矣:德人斯契纳尔(M. Stirner)[31]乃先以极端之个人主义现于世。谓真之进步,在于己之足下。人必发挥自性,而脱观念世界之执持。惟此自性,即造物主。惟有此我,本属自由;既本有矣,而更外求也,是曰矛盾。自由之得以力,而力即在乎个人,亦即资财,亦即权利。故苟有外力来被,则无间出于寡人,或出于众庶,皆专制也。国家谓吾当与国民合其意志,亦一专制也。众意表现为法律,吾即受其束缚,虽曰为我之舆台[32],顾同是舆台耳。去之奈何?曰:在绝义务。义务废绝,而法律与偕亡矣。意盖谓凡一个人,其思想行为,必以己为中枢,亦以己为终极:即立我性为绝对之自由者也。至勖宾霍尔(A. Schopenhauer)[33],则自既以兀傲刚愎有名,言行奇觚,为世希有;又见夫盲瞽鄙倍之众,充塞两间,乃视之与至劣之动物并等,愈益主我扬己而尊天才也。至丹麦哲人契开迦尔(S. Kierkegaard)[34]则愤发疾呼,谓惟发挥个性,为至高之道德,而顾瞻他事,胥无益焉。其后有显理伊勃生(Henrik Ibsen)[35]见于文界,瑰才卓识,以契开迦尔之诠释者称。其所著书,往往反社会民主之倾向,精力旁注,则无间习惯信仰道德,苟有拘于虚[36]而偏至者,无不加之抵排。更睹近世人

[부록 3] 왕웨이둥의 번역과 나의 재번역 대조

汪著译文	李冬木重译
Max Stirner 是第一个基于纯粹利己主义立场倡导无政府主义的人。他以每个人作为至高无上的唯一实在，并断言：“所谓人类，所谓主义，毕竟只能是**存在于个人**的一种观念、妄想而已。”曰：人们的理想越精神化、越神圣，则与之相对应的敬畏之情就应该逐渐扩大。而对于他们自己，则自身的自由反而因此更加缩小了。所有的这些观念只不过是个人的精神产物，只不过是非实在的最大之物。因此，由自由主义所开辟的道路实际上也只不过是徒增迷惑并导致退步而已。真正的进步决不在理想中，而是在每个人的脚下，即在于发挥自己的“我性”，从而让这个“我”完全摆脱观念世界的支配。因为“我性”是所有的造物主。**自由教导我们：“让你自身自由吧”，于是它也能言明所谓“你自身”到底是什么。**与此相反，“我性”对我们喊叫：“复活于你自己”。**“我性”生来就是自由的，因此先天性地作为自由者追求自由，与妄想者和迷信者为伍狂奔正是为了忘却自我。**这里有一个明显的矛盾，自由，起初须有达到自由之权利，然后才能够得到的。但是这权利决不能在自由之外求得，而是存在每个人当中。**我的权利也不是别人给予之物，神、理性、自然和国家也都不是人所给予之物。**所有的法律，是支配社会之权力的意志。所有的国家，其统治意志无论是出于一个人，还是出于大多数或者全体，最终都是一种专	麦克斯·施蒂纳是基于纯粹利己主义立场之无政府主义的首倡者。他以每个人为最高唯一的实在，断言所谓人，所谓主义，**毕竟皆非个人人格**，而只是一种观念，一种妄想。曰，人人之理想，越是精灵化，越是神圣，就越会导致对其敬畏之情逐渐增大。然而，这对他们来说，也就因此会反过来导致自身自由空间的日益缩小而毫无办法。所有的这些观念，都不过是各个人心意的制造物，都不过是非实在的最大者。故自由主义所开辟的进步，其实也只是增加了迷惑，只是增进了退步。真正的进步绝不在于此等理想，而在于每个人之足下。即在于发挥一己之我性，在于使我从观念世界的支配之下完全飘脱出来。因为我性即一切之造物主。**自由教给我们道，让汝自身自由！却不言明其所谓汝自身者为何物。**与之相反，我性冲着我们大叫道，让汝自身苏醒！**我性生来自由。故先天的自由者自去追求自由，与妄想者和迷信者为伍狂奔，正是忘却了自己。**明显之矛盾也。自由**只有**获得到达自由的权力之后**才会**获得。然而其所谓权力，决不是让人求之于外。因为权力只存在于每个个人当中。**我的权力并非谁所赋予，不是上帝，不是理性，不是自然，也不是国家所赋予。**一切法律都是支配社会的权力的意志。一切国家，不论其统治的权力出于一人、出于多数或出于全体，皆为一种专制。

续表

汪著译文	李冬木重译
制。即使我明言我自己的意志与所有其他国民的集体意志相一致，此时也不免是专制。这就使我容易变成国家的奴隶，使我放弃我自身的自由。那么，我们如何才不至于陷入此种境地呢？**曰：只有在我不承认任何义务时，只有在不束缚自我时，或者在我从束缚中觉醒时。即，**我已没有任何义务，我亦不必承认任何法律。果然，当我排斥一切束缚、发挥本来面目时，对我来说，毫无承认国家之理由，**也无自我之存在。只有毫无“我性”的卑贱之人才应该独自站在国家之下。**……	即使我公然宣布应以自己的意志去和其他国民的集合意志保持一致，亦难免专制。是乃令我沦为国家之奴隶者也，是乃让我放弃自身之自由者也。然则将如何使我得以不陷入如此境地呢？**曰，只有在我不承认任何义务时才会做到。只有不来束缚我，而亦无可来束缚我时才会做到。倘若**我不再拥有任何义务，**那么**也就不应再承认任何法律。**倘果如此，**那么意欲排斥一切束缚，发挥本来面目之我，也就原本不会有承认国家之理。**只有那些没有自己，丧失我性的卑陋之人，才应该独自站在国家之下。**
……一开始，每个人依据自我形成了自我意识和自我行为的中心及终点，而所谓幸福，即由此产生。故依据我性，树立了人的绝对自由。	……（中略）…… 总之，施蒂纳说，作为个人的人，是哲学从始至终对人生问题所实际给予的最后的和最真诚的解答。**所谓幸福者，乃是每个个人都以自己为自己的一切意志及行为的中心和终极点时才会产生的那种东西。即，他要以我性确立人的绝对自由。**

유학생 저우수런과 메이지 '입센'

사이토 신사쿠를 중심으로

머리말

'입센'은 루쉰 연구의 중요한 주제다. 이 주제가 다루는 범주와 의미는 루쉰과 입센의 관계에 국한되는 것이 아니라 중국의 입센 도입사, 5·4 신문화운동사, 사상사, 문학사, 연극사에 관계되고 여성 문제, 혼인 문제, 가정 문제 등 다양한 사회 문제까지 연관되어 있다. 문학에서 사상으로, 다시 사회 세태에 이르기까지 입센은 중국 정신사에서 커다란 흔적을 남겼다. 지금까지도 '입센'이라는 핵심어로 검색해 보면 이상 여러 문제에 대한 검토가 어떻게 계속되고, 진행되고 있는지를 비교적 쉽게 알 수 있다. 입센의 중국 전파는 『신청년』과 떼어 놓을 수 없고 후스와 떼어 놓을 수 없고 입센 극작의 번역과 떼어 놓을 수 없고, 문학과 희곡 창작의 모방, 더 나아가 무대연출의 실천과도 떼어 놓을 수 없다. 다만 이상의 언설에서 루쉰을 제거하면 구조에 있어서 중대한 결함이 생기거나 심지어는 성립하지 않는다. 루쉰이 100년 전에 제출한 "노라는 집을 나간 후 어떻게 되었을까?"라는 질문은 지금도 수많은 사람이 해답을 찾고 있는 과제다. 이런 의미에서 루쉰은 여전히 '입센과 중국' 문제의 핵심적 위치에 있다고 할 수 있다. 최소한 입센 도입사의 기점으로 말하자면 그의 위치는 흔들리지 않는다.

저우수런과 메이지 입센의 관계는 이러한 '원점'이라고 할 수 있는 위치에 있다. 당시 일본에서 유학하고 있던 저우수런은 훗날 '루쉰'의 탄생까지 꽤 멀리 있었다. 그러므로 이 글은 '원점' 문제를 본래의 모습대로 처리하고 청나라 유학생 저우수런을 이 '원점'의 위치에 두고 그가 유학 기간에 어떻게 입센과 만나 자신을 위한 문학으로 만들고 지식에서 지혜를 얻었으며, 이로써 정신으로 각성하고 더 나아가 각성 이후에 처하게 된 정신적 곤경의 역정을 검증하고자 한다. 이 글은 또한 기존의 관련 연구를 정리, 재확인함으로써 저우수런이 보여준 중국의 입센 도입사의 '원점'을 충실히 관찰하고 더 나아가 "사람 세우기"(立人)[1]의 '사람'에 관한 연구가 현재 어떠한 실증적 도달점에 이르렀는지를 드러내고자 한다.

1. 「악마파 시의 힘에 대하여」의 '이보성'의 취재원

알려진 바와 같이 저우수런은 유학 시절에 쓴 두 편의 논문에서 입센을 언급했다. 「악마파 시의 힘에 대하여」에 1회, 「문화편향론」에

1 「文化偏至論」, 『魯迅全集·墳』 제1권, 人民文學出版社, 2005, 58쪽.

3회 나온다. 「악마파 시의 힘에 대하여」는 링페이(令飛)라는 필명으로 1908년 2월, 3월에 출판된 『허난』 잡지 제2호, 제3호에 나누어 연재했다. 「문화편향론」은 같은 해 8월에 출판된 『허난』 잡지 제7호에 쉰싱이라는 필명으로 게재했다. 이 두 편은 훗날 웨이밍사(未名社)에서 1927년 3월에 출판한 문집 『무덤』墳에 수록했다. 이 글에서는 인민문학출판사의 2005년판 『루쉰전집』 제1권에 수록된 판본을 사용하기로 한다.

입센은 노르웨이 극작가, 시인, 무대연출가이자 근대 연극의 창시자로 '근대 연극의 아버지'라고 불리며 그의 극작은 셰익스피어(William Shakespeare, 1564~1616)에 이어 세계에서 가장 열렬히 상연되고 있다. 현재 중국에서의 통칭은 '입센'(易卜生)이나 「악마파 시의 힘에 대하여」에는 '이보성'(伊孛生), 「문화편향론」에는 '이보성'(伊勃生)으로 되어 있다. 훗날 루쉰의 텍스트를 보면 공개적 상황에서는 『신청년』의 명명인 '입센'(易卜生)을 더 많이 사용했으나 일기, 강연, 회고, 그리고 작품 등 명백히 개인적인 문맥에서는 유학 시절에 관용적으로 쓰던 글자를 더 많이 썼다. 예컨대 1918년 7월 29일 일기에는 '이보성'(伊勃生)이라고 했고,[2] 1918년 7월 31일 일기, 「노라는 집을 나간 후 어떻게 되었을까」, 「사진 찍기 등을 논하다」, 「뇌봉탑의 붕괴를 다시 논하다」, 「웨이쑤위안 군을 기억하며」, 「아진」阿金, 「'제목은 미정' 초(5)」, 「「루베크와 이레나의 그 후」 역자 부기」 등에서는 모두 '이보

2 『魯迅全集』 제15권, 335쪽.

성'(伊孛生)이라고 했다.[3] 이러한 상황은 만년까지 계속되었는데, 젊은 시절의 서양어 '입센'(Ibsen) 혹은 일어 '이부센'(イブセン), '이푸센'(イプセン)에 대한 한자 표기가 자신의 기억에 강렬하게 고착되었음을 보여 준다. '이보성'(伊孛生)이나 '이보성'(伊勃生)이 중국어에서의 입센의 최초 출현은 아니라고 해도 입센에 관한 비교적 빠른 중국어 기록이라고 해야 할 것이다. 최소한 나의 독서에서 보면 지금까지 이보다 더 빠르거나 혹은 같은 시기의 다른 텍스트에서 입센(Ibsen)에 대한 중국어 번역은 보지 못했다.

입센의 중국 출현의 원점을 보여 주는 위치에서 입센은 어떻게 기술되었는가? 우선 「악마파 시의 힘에 대하여」 중의 한 단락에 초점을 맞추어 보는 것도 괜찮을 것이다. "노르웨이 문인 이보성"을 언급한 문장은 제5장의 시작인 '바이런'에 관한 이야기에 삽입되어 있다. 밑줄 친 곳이다.

> 자존심이 대단한 사람은 불평이 언제나 이어지고 세상에 분개하고 세속을 싫어하고 거대한 진동을 일으켜 대척하는 무리와 승패를 다툰다. 대개 홀로 존귀한 사람은 스스로 물러서지 않고 타협하지도 않으며, 의지력에 맡기고 목적을 달성하지 않으면 그만두지 않는다. 이

---

3 『魯迅全集』 제15권, 335쪽; 제1권, 165~166, 195, 202쪽; 제6권, 68, 207, 402쪽; 제10권, 312쪽.
[역자 주] 「루베크와 이레나의 그 후」는 아리시마 다케오(有島武郎)의 입센의 『우리 죽은 자가 눈뜰 때』(1899)에 관한 평론이다. 루쉰은 이를 번역하고 부기와 함께 『소설월보』(小說月報) 제19권 제1호에 실었다.

에 점차 사회와 충돌이 발생하고, 이에 점차 인간 세상의 미움을 받게 된다. 바이런 같은 자가 바로 그중 하나다. 그는 이렇게 말했다. "척박한 땅에서 우리는 무엇을 얻었는가? (중략) 무릇 사물은 습속이라는 지극히 잘못된 저울에 의해 결정되지 않음이 없다. 이른바 여론은 실로 큰 힘을 가지고 있으나, 여론은 암흑으로 전 지구를 덮어 버린다." 여기에서 그가 말하는 것은 근세 노르웨이 문인 이보성(伊孛生, H. Ibsen)의 견해와 합치된다. 이(伊) 씨는 근세에 태어나 세속의 혼미함에 분노하고 진리가 빛을 잃는 것을 슬퍼했다. 『사회의 적』을 빌려 주장을 폈는데, 작품 전체의 주인공인 의사 스토크만으로 하여금 진리를 사수함으로써 우둔함에 항거하게 하여 마침내 군중의 적이라는 이름을 얻게 했다. 자신은 지주(地主)에게 쫓겨났고 그의 아들 역시 학교에서 배척되었으나 끝까지 분투하고 흔들리지 않았다. 마지막으로 말했다. 나는 또 진리를 보았다. 지구에서 지극히 강한 사람, 지극히 독립적인 자다![4]

「악마파 시의 힘에 대하여」를 이야기하면 일반적으로 먼저 기타오카 마사코의 『「악마파 시의 힘에 대하여」 취재원 고찰』을 떠올린다. 기타오카 마사코는 이 한 편의 취재원 조사를 쓰기 위해 40여 년의 시간을 들였다. 그의 연구 성과는 일찌감치 중국에 들어왔다. 1983년 5월 허나이잉(何乃英)이 번역하고 베이징사범대학출판사에서 출판되자 학계에 널리 전파되었다. 중국어판이 출판되기 전에는

4 「摩羅詩力說」, 『魯迅全集·墳』 제1권, 81쪽.

이 책의 일어판은 출판되지 않았고 『야초』野草(중국문예연구회 잡지)에 '필기'로 연재되었을 따름이다. 첫 번째 글인 「「악마파 시의 힘에 대하여」 취재원 고찰 필기」는 1972년 10월에 출판된 『야초』 제9호에 실렸고, 1995년 8월 『야초』 제58호의 출판까지 총 24회 연재되었다. 중국어판에는 1981년까지의 15회에 걸친 연재와 필기에 넣지 않은 일부 새로 발견된 자료를 수록했다. 30여 년이 지난 2015년 6월 일본 규코쇼인(汲古書院)에서 훨씬 전면적인 내용을 담은 취재원 고찰을 출판했는데, 바로 『루쉰 문학의 연원을 탐색하다—「악마파 시의 힘에 대하여」 취재원 고찰』(이하 『취재원 고찰』)이다. 이 책은 650쪽 분량으로 중국어판의 233쪽에 비하면 2배 가까이 되고 11권의 책과 약간의 문장을 다루고 있다. 기본적으로 「악마파 시의 힘에 대하여」의 핵심 내용의 주요 취재원을 포함하고 있으나[5] 모든 출처를 포괄하고 있는 것은 아니다. 『취재원 고찰』은 5개 장으로 구성되어 있으며 일련번호를 다는 방식으로 텍스트의 각 단락을 나열하며 하나하나 취재원을 대조하고 있다. 그러나 「악마파 시의 힘에 대하여」의 취재원을 모조리 정리한 것은 아니며, 취재원이 "없다"라고 한 곳도 11곳이 있다.[6]

앞선 인용문에서 밑줄 친 부분은 일련번호 '26'이고, 그 윗 문장의 일련번호는 '25'이다. 일련번호 '25'에 관하여 기타오카 마사코는

5 다음을 참고할 수 있다. 李冬木, 「從中文版到日文版一讀北岡正子先生的『「摩羅詩力說」材觀考』」, 『文藝報』, 2016년 10월 19일 제8면.

6 北岡正子, 『魯迅文筆の淵源を探る「摩羅詩力說」材源考』, 汲古書院, 2015, 31, 37, 50, 60, 84(2곳), 96(2곳), 99, 180, 186쪽.

취재원 두 곳을 명확하게 밝혔으나[7] 일련번호 '26', 즉 '이보성'을 언급한 부분에는 "26은 취재원이 없다"라고 명확히 했다. 기타오카 마사코는 계속해서 이 단락에 관하여 다음과 같이 썼다.

> 루쉰은 '민중의 적'으로 간주된 스토크만에게서 바이런이 지적한 그러한 상황의 실례를 찾았고 — 그는 '25'에서 바이런의 말을 인용했다. "이른바 여론은 실로 큰 힘을 가지고 있으나, 여론은 암흑으로 전 지구를 덮어 버린다" — 따라서 '26'에 이러한 단락을 보충하였던 것이다.
>
> 입센은 루쉰이 사랑한 작가이고, 훗날 그는 자신의 작품에 인용하거나 언급했다.
>
> 『민중의 적』(1882)는 5막극이다. 주인공인 의사 스토크만은 고향에서 온천요양소를 개업했다. 그런데 얼마 되지 않아 그는 온천 파이프에 부패한 유기물이 유입되는 것을 발견하고 앞으로 이렇게 가다가는 요양하는 손님에게 병이 생길 수 있고 온천도 계속 경영할 수 없게 된다는 것을 알고, 이에 파이프를 교체하고 개조 사업을 시행하자고 건의했다. 그러나 그의 건의는 촌장과 온천 조합의 반대에 부딪혔다. 반대하는 사람들은 이렇게 하면 전체 온천 사업에 영향을 줄 뿐만 아니라 많은 비용을 들여야 한다고 생각하고 갖은 방법으로 진상을 은폐했다. 스토크만은 회의를 소집하여 촌민들에게 상황을 분명하게 말하려고 했으나 촌장 등의 방해에 부딪혀서 진상을 잘 모르는 다수의

7 北岡正子, 『魯迅文筆の淵源を探る「摩羅詩力說」材源考』, 58쪽.

촌민들로부터 모욕을 당하고 극심한 반대에 부딪히고 '민중의 적'이라는 낙인이 찍혔다. 당초 같은 편으로 위장했던 신문사도 반대자 행렬에 들어갔고, 스토크만은 완전한 고립에 빠졌다. 그는 온천요양소의 의사 일을 잃었고 교사 딸은 면직되었고 두 아들도 학교에 가는 것을 거절당했고 가족 전체가 집주인에 의해 집 밖으로 쫓겨났다. 한 집안이 이렇게 생활의 근거를 상실하고 타향을 떠돌 수밖에 없게 되었다. 그런데 스토크만은 최후에 다음과 같이 말했다. "지금, 나는 확실히 전 세계 최대의 강자의 행렬로 들어갔다", "… 잘 들었다. 나는 여기에서 대(大)발견을 했다!", "이른바 대발견은 무엇인가? 들어라, 최대의 강자는 고독하게 세계에 서 있는 사람일 뿐이다." 『민중의 적』은 민중의 여론, 통치계층의 당파가 어떻게 진짜 말을 하는 사람을 매장하는지를 조금도 유보 없이 이야기하고 있는 연극이다. 26에서 인용한 것은 바로 이 연극 중의 최후의 대사다.
분명 루쉰은 스토크만과 여론을 적대시하는 영웅들의 투쟁에서 바이런의 전투 정신과 통하는 것을 발견한 것이다.[8]

기타오카 마사코의 작업은 섬세하고 세밀하다. 다케야마 미치오(竹山道雄)의 일역본 『민중의 적』에 근거한 줄거리 소개는 의사 스토크만의 성격을 분명하게 보여 주고, 이로써 '이보성'이 '바이런' 문맥으로 들어가게 된 까닭을 설명하고 있다. 즉, "분명 루쉰은 스토크만과 여론을 적대시하는 영웅들의 투쟁에서 바이런의 전투 정신과 통하

8 北岡正子, 『魯迅文筆の淵源を探る「摩羅詩力說」材源考』, 60쪽.

는 것을 발견한 것이다.” 이 결론은 설득력이 있다. 이러한 정리는 물이 흘러 도랑이 되는 것처럼 자연스러울 뿐만 아니라 취재원 조사와 텍스트 해석에서 선행 연구의 도달점을 보여 준다.

이러한 기초 위에서 시미즈 겐이치로(清水賢一郎)는 「악마파 시의 힘에 대하여」의 '이보성'의 취재원에 대해 한 걸음 더 나아가 조사했다. 「국가와 시인—루쉰과 메이지 입센」이라는 제목의 논문으로 1997년 3월에 출판된 『동양문화』東洋文化 제74호에 발표했다. 시미즈의 논문은 취재원 조사를 목적으로 하지 않고 다른 주제를 다루고 있으나—뒤에서 이야기할 것이다—'이보성'의 근거를 찾는 데 많은 노력을 기울였다. 「악마파 시의 힘에 대하여」의 '이보성'의 취재원에 관한 조사에서 시미즈는 주석 39에서 상세하게 설명한다.

> 이 인용 부분(「악마파 시의 힘에 대하여」의 '노르웨이 시인 이보성'에 관한 단락을 가리킨다—리둥무 주)의 '취재원'은 지금까지 알려지지 않았다. 나의 조사를 통해 밝혀진 약간의 사실이 있으므로 여기에서 다소 장황해지더라도 조금 보충해서 설명하고자 한다.
> 나카지마 오사후미(中島長文, 1972)는 루쉰의 바이런론 70%가 기무라 다카다로(木村鷹太郎)의 「바이런—문예계의 대마왕」에서 나왔음을 실증했다. 그의 조사에 근거하면 이 단락은 루쉰의 글에는 있으나 기무라의 저작에는 없다. 이 부분은 기타오카 마사코의 노작(1972)에서도 취재원의 출처를 명확히 하지 못했다(나는 중국어판 기타오카 1983년 본을 참조함). 그런데 기껏 이 몇 행에 불과한 언급에서 루쉰이 근거한 취재원에 대하여 다음 두 가지를 생각해 볼 수 있을 것 같다.

하나는 『사회의 적』 줄거리 소개와 관련이 있다. 루쉰은 이렇게 썼다.

자신은 지주(地主)에게 쫓겨났고 그의 아들 역시 학교에서 배척되었으나 끝까지 분투하고 흔들리지 않았다.

이 '지주'(地主)라는 단어는 적절하지 않은 중국어인 듯하다. 1981년판 『루쉰전집』 주석 83에는 "집주인을 가르킨다"라고 했다. (입센) 원작을 참조하면 확실히 '집주인'이어야 한다. 그런데 이 부분은 아마도 이 글의 앞 절에서 언급한 『와세다문학』 입센 특집호(메이지 39년 7월)에 실린 고노 도코쿠(河野桐谷)의 입센 저작 「경개」梗槪에 기초한 것으로 추측할 수 있다. 여기에는 『브랜드』 이하 작품 16편의 줄거리를 기술했는데, 『민인(民人, 원문이 이렇다)의 적』(영역 제목 *An Enemy of the People*, 1882) 항목 아래 아래와 같은 기술을 볼 수 있다.

그러나 그는 모든 유혹을 거절하였고, 그의 딸 페드라는 가지고 있던 직장을 빼앗겼고 또 지주에 의해 퇴거 명령을 받았고, 그의 아이도 퇴학 조치당했고 또 먹고 마시는 길이 곤란해졌다. 그러나 그는 여전히 완강하게 자기의 주장을 견지하고 줄곧 최후까지 분투를 지속하였다.

당시 『인민의 적』을 소개한 글은 매우 적었다. 나의 소견에 따르면 '지주', '아이 퇴학' 그리고 '분투'와 같은 단어가 모두 들어간 글은 이것을 제외하면 다른 글은 없다. 특집은 입센이 유행하던 시대 첫 번째로 손꼽히는 계몽서로 간주되었다. 루쉰이 이것을 참조했을 개연성은 지극히 높다고 할 수 있다.

두 번째 취재원은 스토크만의 유명한 대사와 관련이 있다.

지구에서 지극히 강한 사람, 지극히 독립적인 자다!

이것은 다카야스 겟코(高安月郊)가 번역한 『사회의 적』(『입센이 지은 사회극』 메이지 43년 10월 수록)에서 빌려 온 것이다. 이 번역본의 결말 부분에서 스토크만은 소리치며 말한다.

내가 발견한 것은 이것이다. 지구상에서 가장 강대한 사람은 가장 독립적인 사람이다.

루쉰이 인용한 스토크만의 대사는 겟코의 번역본에 대한 정확한 번역이 아니겠는가? 여기에서 인용한 기껏 열두 글자의 루쉰 텍스트에 나오는 '지구', '독립'이라는 두 단어는 소견에 따르면 일본의 입센 소개 혹은 번역 가운데 오로지 겟코의 번역본에만 나온다(특히 '지구'는 겟코 번역의 특징적인 단어로 일반적으로는 '세계'라고 쓴다). 게다가 겟코의 제목은 당시 다른 번역에서 자주 보이는 『인민의 적』, 『민중의 적』 등이 아니라 루쉰이 「악마파 시의 힘에 대하여」에서 사용한 『사회의 적』이다. 앞 절에서 소개한 것처럼 이 책은 메이지시대 가장 유행한 번역본으로 일본이 입센을 수용하는 데 아주 큰 공헌을 했다. 루쉰이 직접 보았을 가능성은 지극히 크다.[9]

시미즈는 핵심어 즉, '지주', '아이 퇴학', '분투', '지구', '독립'의 대조를 통하여 대량의 문헌 속에서 고노 도코쿠의 「입센 저작 경개」와 다카야스 겟코가 번역한 『사회의 적』을 가려내고, "루쉰이 이것(전자)을 참조했을 개연성은 지극히 높"고, "루쉰이 (후자를) 직접 보았을

9　清水賢一郎, 「國家と詩人 —魯迅と明治のイプセン」, 『東洋文化』 제74호, 1994, 28~29쪽.

[역자 주] 여기에서 '12글자'는 루쉰의 "地球上至强之人, 至獨立者也"를 가리킨다.

가능성이 지극히 크다"라고 했다. 이것은 매우 설득력이 있고 「악마파 시의 힘에 대하여」의 '이보성' 취재원 조사의 또 다른 도달점을 보여 준다.

2. 또 다른 텍스트 대조와 "진리" 수호자의 문맥

나는 시미즈 논문의 존재를 모르고 "근세 노르웨이 문인 이보성"의 취재원으로 의심되는 것을 찾은 적이 있는데, 여기에서 함께 살펴보고자 한다.

「악마파 시의 힘에 대하여」의 '이보성' 텍스트와 또 다른 텍스트를 대조해 보기로 한다.

이 두 텍스트를 축자적으로 대조한다면 표 1과 같다.

대조 텍스트 1 『사회의 적』의 스토크만 박사는 항상 자유와 진리를 적으로 삼는 이른바 민주주의와 다수결정주의에 반항하고, 그것은 돼지 무리, 바보 무리에 지나지 않는다고 질책했다.

→ 이(伊) 씨는 근세에 태어나 세속의 혼미함에 분노하고 진리가 빛을 잃는 것을 슬퍼했다. 『사회의 적』을 빌려 주장을 폈는데, 작품 전체의 주인공인 의사 스토크만으로 하여금 진리를 사수함으로써 우둔함에 항거하게 했다.

표 1

「악마파 시의 힘에 대하여」	대조 텍스트 1
여기에서 그가 말하는 것은 근세 노르웨이 문인 이보성(伊孛生, H. Ibsen)의 견해와 합치된다. 이(伊) 씨는 근세에 태어나 세속의 혼미함에 분노하고 **진리**가 빛을 잃는 것을 슬퍼했다. 『**사회의 적**』을 빌려 주장을 폈는데, 작품 전체의 주인공인 의사 스토크만으로 하여금 **진리**를 사수함으로써 우둔함에 항거하게 하여 마침내 **군중의 적**이라는 이름을 얻게 했다. 자신은 지주(地主)에게 쫓겨났고 그의 아들 역시 학교에서 배척되었으나 끝까지 분투하고 흔들리지 않았다. 마지막으로 말했다. 나는 또 **진리**를 보았다. 지구에서 지극히 강한 사람, 지극히 독립적인 자다!	『사회의 적』의 스토크만 박사는 항상 자유와 진리를 적으로 삼는 이른바 민주주의와 다수결정주의에 반항하고, 그것은 돼지 무리, 바보 무리에 지나지 않는다고 질책했다. 결과적으로 그는 마침내 '사회의 적'으로 칭해졌다. 그의 집안사람들도 함께 배척당했다. 그러나 그는 의연하게, 결연하게 위축되는 바가 없이 그의 어린 아이들에게 말했다. "그 쓰레기 학교에 다시는 가지 말거라. 내 스스로 너희들을 가르치겠다. 나는 너희들을 자유롭게 하고 너희들을 우수한 사람이 되도록 만들겠다!" 이는 바로 **진리**와 자유를 구현한 새로운 사람이다. 바로 제3왕국의 인류다(「입센의 '제3왕국'」).

대조 텍스트 1 결과적으로 그는 마침내 '사회의 적'으로 칭해졌다.
→마침내 군중의 적이라는 이름을 얻게 했다.

대조 텍스트 1 그의 집안사람들도 함께 배척당했다.
→자신은 지주(地主)에게 쫓겨났고 그의 아들 역시 학교에서 배척되었다.

대조 텍스트 1 그는 의연하게, 결연하게 위축되는 바가 없이
→끝까지 분투하고 흔들리지 않았다.

두 텍스트는 『사회의 적』이라는 제목을 포함하여 내용과 문맥에서 완전히 일치한다. 핵심은 의사 스토크만을 "진리"의 구현자와 수호자로 부각한 것이다. '대조 텍스트 1'에서 그는 "항상 자유와 진리를 적으로 삼는" 것 등등에 "반항"하고 마지막으로 "이는 바로 진리와 자유를 구현한 새로운 사람이다"로 귀결시킨다. 「악마파 시의 힘에 대하여」에서는 그는 "진리가 빛을 잃는 것을 슬퍼하"고 "진리를 사수함으로써 우둔함에 항거"하고, 게다가 "마지막에는 나는 진리를 보았다고 말했다"라고 했다. 문맥으로만 보아도 "진리"라는 단어는 두 텍스트를 연결하는 핵심어라고 할 수 있다. 차이라면 기껏 전자는 표현이 간결한 문언문이고 후자는 문장이 긴 백화문이라는 것뿐이다. 유일하게 대조할 수 없는 것은 전자의 텍스트의 마지막 구절인 "마지막으로 말했다. 나는 또 진리를 보았다. 지구에서 지극히 강한 사람, 지극히 독립적인 자다!"이다.

마지막 구절에 대해서는 또 다른 텍스트로 대조해 보면 표 2와 같이 하나의 '퍼즐'이 완성된다.

표 2

「악마파 시의 힘에 대하여」	대조 텍스트 2
마지막으로 말했다. 나는 또 **진리**를 보았다. 지구에서 지극히 강한 사람, 지극히 독립적인 자이다!	그는 마지막으로 말했다. "나는 세계에서 최대의 강자이다. 대개 최대의 강자는 바로 고독자인 까닭이다." 오호, 강자, 용맹자는 항상 고독하다!(「입센은 어떤 사람인가」)

사실 이상 두 단락의 대조 텍스트는 모두 같은 작가의 같은 책에서 나왔다. 즉 메이지 40년(1907) 도쿄 쇼분도(昭文堂)에서 출판한 사이토 신사쿠의 『예술과 인생』이다.[10] 앞서 언급한 바와 같이 나는 시미즈의 논문을 읽지 않는 상태에서 위의 대조 텍스트를 보았다. 당시 사고하던 문제는 어떤 텍스트가 "진리가 빛을 잃는 것을 슬퍼"하고 "진리를 사수함으로써 우둔함에 항거"하는, "진리"를 발견하고 수호하는 '고독자'를 저우수런에게 가져주었을까, 라는 것이었다. 나는 2016년 봄 우연히 사이토 신사쿠의 『예술과 인생』에서 이 분명한 문맥을 읽었고, 같은 해 여름 중국사회과학원 문학연구소가 주최한 국제토론회에 참가하기 위해 베이징에 갔을 때 나의 '새로운 발견'을 발표했다.[11] 이후 선행 연구를 확인하는 과정에서 시미즈의 논문을 알게 되었다. 나는 선행 연구에 대한 정리가 충분하지 않았던 것에 얼굴이 붉어졌으나 동시에 연구 과정에서 선행자와 만난 것에 대해 회심의 기쁨을 느꼈고 너무 늦게 알게 된 것이 안타까웠다. 그야말로 길은 달랐어도 도달한 곳은 같았다. 사이토 신사쿠의 연장선에서 '국가와 시인'이라는 제목도 그와 똑같이 생각했던 것이다! 이번에 시미즈의 논문을 다시 검토하면서 '이보성'의 출처 조사에 대한 그의 결론은 정확할 뿐만 아니라 내가 제시한 출처 조사의 결론과 모순되지 않는다는 확신이 들었다. 왜냐하면 저우수런은 사이토 신사쿠가 제공한 진리를 구현하

10 齋藤信策, 『藝術と人生』, 昭文堂, 1907.

11 李冬木, 「'國家與請人'言說當中的'人'與'文學'的建構一論留學生周樹人文學觀的形成」, 中國社會科學院·日本學術振興會 연합 주최, '文學·思想·中日關係' 국제학술토론회, 2016년 7월 30일.

고 진리를 수호한다는 문맥에서 '이보성=스토크만'이라는 형상을 가려 선택한 뒤, 다시 고노 도코쿠와 다카야스 겟코의 텍스트를 찾아 읽었을 것이기 때문이다. 진실로 시미즈가 말한 것과 같이 그 '개연성'과 '가능성'은 모두 아주 높고, 아주 클 것이다.

시미즈는 내가 위에서 취재원으로 든 「입센의 '제3왕국'」 속의 한 단락을 부분적으로 인용했으나 이 단락이 「악마파 시의 힘에 대하여」의 '이보성'의 취재원으로 생각하지는 않고, 다만 "루쉰의 두 편의 논문과 서로 공명"하는 텍스트로 처리했을 따름이다.[12] 나는 이 처리의 엄격함에 존경을 표한다. 분명한 것은 '사이토 노노히토(즉 사이토 신사쿠)와 루쉰의 관계'를 힘써 증명하면서도 신중한 태도로 전자의 텍스트를 '이보성'의 취재원으로 보지 않고 대응하는 단어가 있는 다른 문헌을 따로 찾았다. 이러한 태도가 논증에는 불리하다고 해도 시미즈는 결코 회피하지 않았다—비록 이것이 '억지로 연관 짓는다'라는 조롱을 효과적으로 피할 수 있었을지라도 말이다. 그러나 나는 사방에서 날아드는 이른바 '억지로 연관 짓는다'라는 고발을 피하지 않을 생각이고 근거에 대한 나의 결론을 확신한다. 즉, 「악마파 시의 힘에 대하여」의 '이보성'에 관련된 문맥과 재료는 주로 사이토 신사쿠의 텍스트가 제공했다는 것이다. 그 까닭으로 이상에서 한 텍스트 대조 외에 몇 가지 매우 중요한 점을 들 수 있다.

우선 저우수런이 텍스트 속에 집어넣은 인물 형상들은 거의 모두 그가 작품 텍스트를 일일이 귀납, 정리한 것이 아니라 기존의 귀납된

12 清水賢一郎, 「國家と詩人 —魯迅と明治のイプセン」, 21쪽.

텍스트를 참고하고 의거했다는 점이다. 이는 이미 『취재원 고찰』에서 반복적으로 입증했다. 「문화편향론」의 "니취 씨가 (…)의 말(을 빌려) 말했다"의 도입이 연구자들이 이전에 보편적으로 생각했던 것처럼 루쉰의 니체에 대한 간명한 요약의 축도가 아니라 이미 있던 구와키 겐요쿠(桑木嚴翼)의 텍스트에서 나왔다는 것과 마찬가지 경우이다. "고독"한 "진리를 수호함으로써 우둔함에 항거"하는 '이보성' 형상 또한 루쉰이 고노 도코쿠, 다카야스 겟코의 텍스트에서 직접적으로 귀납한 것일 리가 없고[13] 누군가 그에게 이러한 '이보성'을 전해 주었을 것이다. 앞의 텍스트 대조에서 본 것처럼 사이토 신사쿠의 텍스트가 바로 이 문맥의 근거가 되는 자리에 있었다.

다음으로, 앞서 인용한 「입센은 어떤 사람인가」에는 『사회의 적』의 인물을 더욱 상세하게 개괄한 또 다른 단락이 있다. 게다가 "마지막에는 말했다. 나는 또 진리를 보았다. 지구에서 지극히 강한 사람, 지극히 독립적인 자이다"에 관한 내용도 모두 들어가 있다. 이 단락은 '이보성'에 대한 저우수런의 가장 충실한 기초 자료를 포함하고, 또한 "진리"라는 단어가 가장 많이 나온다. 이로 말미암아 저우수런으로 하여금 "나는 또 진리를 보았다"라는 말을 보태게 했다고 할 수 있다. 이 단락은 다소 길어서 부록으로 이 글 뒤에 첨부하기로 한다.[14]

셋째, '이보성'의 주요 맥락을 찾았으므로 취재원이 새롭게 늘어

---

13 나는 검증을 통해서 이 두 사람의 텍스트에는 모두 "진리를 사수함으로써 우둔함에 항거"하는 "고독자"라는 문맥이 존재하지 않음을 확인했다.

14 부록 '대조 텍스트 3' 참고.

났을 뿐만 아니라 사이토 신사쿠가 수면에 드러났다. 최소한 '루쉰과 입센' 문제를 검토할 때 그는 피할 수 없는 존재가 되었다. 사이토 신사쿠는 어떤 사람인가? 그의 텍스트가 저우수런으로 하여금 '이보성'을 만나게 했다면 그들 사이에는 어떤 관계가 있을까? 게다가 '이보성'뿐일까? '이보성'을 둘러싼 것 혹은 '이보성'을 제외하고, 그들 사이에 또 무엇이 있을까? 이것은 이 글에서 이어서 정리하고 검증해야 할 문제다.

1906년 봄 저우수런은 이른바 '문예운동'에 종사하기 위해[15] 후지노(藤野) 선생과 이별하고 센다이의전을 떠나 도쿄로 되돌아가 그의 일본 유학의 세 번째 단계를 시작했다. 이듬해인 1907년 6월 도쿄 쇼분도는 사이토 신사쿠의 『예술과 인생』을 출판했다. 저우수런이 다양한 글을 통해 사이토 신사쿠와 일찌감치 만났는지는 알 수 없으나, 이 시기에 『예술과 인생』을 만났다는 것은 틀림없다. 이것은 이상에서 살펴본 텍스트 간의 연관이 증거다. 사이토 신사쿠는 최소한 이 시기 저우수런 신변에 존재한 그와 더불어 정신적 교류를 할 수 있었던 언설자였던 것이다.

3. 사이토 신사쿠(노노히토)와 저우수런

사이토 신사쿠는 사이토 노노히토라고도 한다. 일본 야마가타현(山形

15　魯迅, 「自序」, 『魯迅全集·吶喊』, 439쪽.

縣) 쓰루오카(鶴岡) 사람으로 메이지 11년에 태어나 메이지 42년에 사망했다. 저우수런보다 세 살 많고 그가 유학을 마치고 귀국하던 해에 사망했으며 당시 겨우 32세였다. 일본 메이지 30년대 후반에 활약한 유명한 문예평론가, 사회비평가다. 그의 형 다카야마 조규(다카야마 가문의 양자로 갔기 때문에 동생과 성이 다르다)는 메이지 30년대 전반에 가장 유명했던 문예평론가이자 사회비평가로 선후로 일본주의, 낭만주의, 니체주의, 니치렌(日蓮)주의로 잇달아 사상의 광풍을 불러일으킴으로써 일본 메이지 2, 30년대 사상사에 선명한 흔적을 남겼다. 사이토 노노히토는 그의 형만큼 명성이 대단하지는 않았으나 사상계와 평론계에 독특한 국면을 만들었고 형의 강력한 지원군으로 동시기 사상사에 무게 있는 문장을 남겼다. '노노히토'는 야인이라는 뜻으로 한 여성이 그에게 지어준 아호(雅號)로[16] 그도 반감이 없었고 아예 노노히토로 자칭했으며 그의 대표작은 거의 노노히토라는 이름으로 발표했다. 이런 까닭으로 아네사키 조후는 "그의 이름은 사이토 신사쿠이나 노노히토라는 이름이 그의 인물, 일생, 업적을 가장 잘 표현한다"라고 했다.[17] 형제는 모두 도쿄제국대학을 졸업했다. 형은 1896년에 철학과를 졸업했고 동생은 1904년에 독문과를 졸업했다. 형제는 같은 운명으로 모두 32세에 폐병으로 사망했다. 재주가 많았으나 명이 짧아 꽃다운 나이에 요절한 것이다. 저우수런이 일본 유학을 가던

16 「年譜」, 瀬沼茂樹 主編, 『明治文學全集 40·高山樗牛 齋藤野の人 姉崎嘲風 登張竹風集』, 筑摩書房, 1967, 429쪽.

17 姉崎嘲風, 「嗚呼野の人彼れが追懐と彼れの意志」, 瀬沼茂樹 主編, 『明治文學全集 40·高山樗牛 齋藤野の人 姉崎嘲風 登張竹風集』, 393쪽.

해인 1902년 형 다카야마 조규가 세상을 떠났고, 유학을 마치던 해인 1909년 아우 사이토 노노히토가 세상을 떠났다. 특이한 인연이라고 할 만하다. 형제는 저우수런이 '문예운동'을 시작할 때 그의 주변에서 큰 영향을 준 언설자다. 다른 글에서 저우수런 주변의 '니체'와 그 주요 주창자 다카야마 조규 등에 대해서 이야기했으므로 여기서는 아우 사이토 노노히토와의 관계를 중점으로 살펴보고자 한다.

사이토 노노히토는 두 권의 저작이 있다. 한 권은 그의 생전에 출판된 위에서 언급한 도쿄 쇼분샤에서 1907년에 출판한 『예술과 인생』이고, 다른 한 권은 그가 세상을 떠나고 4년 후에 아네사키 마사하루(姊崎正治, 즉 조후)와 오야마 데이호(小山鼎浦, 1879~1919)가 함께 편집하여 다이쇼 2년(1913) 도쿄 하쿠분칸에서 출판한 『철인은 어디에 있는가』이다. 이외 노노히토는 다카야마 조규 사후에 『조규전집』 5권을 편집했다.[18]

'사이토 신사쿠(노노히토)와 루쉰'의 관계에 관해서는 지난 세기 70년대 일본 학자 이토 도라마루와 마쓰나가 마사요시(松永正義, 1949~)가 이를 하나의 주제로 제출하고 구체적으로 검증했다. 1982년 『허베이(河北)대학학보』에 연재한 번역문과 1985년 류보칭의 저서는 비교적 적절한 시기에 이 성과를 소개했다. 이후 90년대 시미즈 겐이치로와 나카지마 오사후미가 이 방면의 연구에 중요한 진전을 이루었고, 2000년 중국어판 『루쉰과 일본인』은 이토와 마쓰나가의 연구 성

18 高山樗牛, 齋藤信策 編輯, 『樗牛全集』, 博文館, 1904~1907.

과를 정리하여 중국어권에 번역, 소개했다.[19] 금세기에 들어와 천링링(陳玲玲)이 '루쉰과 입센'의 관계를 검토하면서 이상의 일본 학자들의 연구를 언급했다. 요컨대, 사이토 노노히토는 일본문학 연구에서든 루쉰 연구에서든 아는 사람은 알아도 모르는 사람은 아무런 느낌도 없는 존재다. 전자의 세계에서 노노히토는 이미 머나먼 일본 근대문학이라는 망망대해 속으로 사라졌고 후자의 세계에서도 지금까지 연보, 전집의 주석, 루쉰대사전 등과 같은 루쉰 연구의 기초 자료에서 사이토 신사쿠 혹은 노노히토라는 이름은 보이지 않는다. 수중에 있는 최근에 구입한 새로 출판된 『루쉰연보』[20]를 펼쳐 보아도 마찬가지다. 다시 말하면 노노히토는 루쉰 연구의 중국어 세계에 진입하지 못했고 지금까지도 영역 밖, 연구 분야 밖 '재야'에 있다. 저우수런이 당시 자신의 구성에 그를 녹여 넣었음에도 상황이 이러하다.

루쉰을 제거하면 중국에서의 입센이라는 주제는 이야기할 수 없는 것처럼 노노히토를 무시하면 「악마파 시의 힘에 대하여」, 「문화편향론」 속의 '이보성'(伊孛生)과 '이보성'(伊勃生)을 이야기할 수 없다. 그런데 노노히토는 지금까지도 열띠게 논의하고 있는 이른바 "사람 세우기"(立人)의 중요한 정신적 자원이다. 이것에 대하여 좀 더 극단적으로 말해도 무방하다. 노노히토의 참여를 제거한다면 "사람 세우기"에 관한 어떠한 토론도 막연한 추측을 맴돌 뿐이다. 최소한 기존의

19 伊藤虎丸, 『魯迅と日本人-アジアの近代と「'個'」の思想』, 朝日出版社, 1983; 李冬木 譯, 『魯迅與日本人-亞洲近代與'個'的思想』, 河北教育出版社, 2000.

20 黃喬生, 『魯迅年譜』, 浙江大學出版社, 2021.

선행 연구가 이러한 점을 분명히 보여 주었다. 이것이 바로 내가 선행 연구에 대하여 정리하고 점증하게 된 동기이기도 하다.

앞선 취재원 검증으로부터 '노노히토와 루쉰'의 텍스트 관계에 관한 검토는 지난 세기 70년대에 시작되었음을 알 수 있다. 위에서 서술한 바와 같이 이토 도라마루와 마쓰나가 마사요시가 이 방면의 연구를 개척했다. 그들의 연구 성과는 「메이지 30년대 문학과 루쉰—민족주의를 둘러싸고」라는 제목으로 『일본문학』 1980년 제6기에 발표했다.[21] 중국어판은 『허베이대학학보』 1987년 제2기에 실렸다. 류보칭이 1985년에 출판한 『루쉰과 일본문학』에서 이 논문과 『루쉰과 일본인』의 성과를 인용함으로써 사이토 노노히토가 처음으로 중국의 루쉰 연구자의 문맥 속에 출현했다.[22] 일본 학자의 중국 현대문학 연구와 중국 학자의 번역, 소개에 대해서는 지난 세기 80, 90년대 다양한 찬사가 있었으므로 여기에서 덧붙이지는 않겠다.

그렇다면 이토와 마쓰나가의 연구는 도대체 무엇을 발견했고 그것의 의의과 공헌은 어디에 있는가?

우선, 그들은 러일전쟁 시기의 '민족주의' 배경 아래 당시의 루쉰과 일본의 젊은 시인 이시카와 다쿠보쿠(石川啄木, 1886~1912)가 시

21 伊藤虎丸·松永正義, 「明治三〇年代文學と魯迅-ナショナリズムをめぐって」, 『日本文學』 제6기, 1980, 32~47쪽; 任可謙·石輪 譯, .「明治三十年代文學與魯迅 —以民族主義為中心」, 『河北大學學報(哲學社會科學版)』 제2기, 1982, 82~93쪽. 이 번역문은 이후 孫猛·徐江·李冬木 譯, 『魯迅, 創造社與日本文學一中日近現代比較文學初探』(北京大學出版社, 1995, 2005)에 수록했다.

22 劉柏靑, 『魯迅與日本文學』, 吉林大學出版社, 1985, 67~72쪽.

와 문학을 논의할 때 같은 소재를 사용했을 뿐만 아니라 유사한 표현이 있다는 것을 발견했다. 구체적으로 「악마파 시의 힘에 대하여」에 나오는 '타이퉈카이나'(台陀開納) 즉, 지금 번역으로 쾨르너(Theodor Körner)와 다쿠보쿠가 「시부타미무라(澁民村)에서 부치다」에서 쓴 "애국 시인 교루네루(キヨルネル)"가 같은 사람을 가리키고, 그것은 모두 노노히토에게서 비롯되었다는 것이다. 다음으로, 그들은 쾨르너 형상의 변화를 살펴보고 쾨르너를 묘사한 7종의 글 가운데서 노노히토의 쾨르너 형상에서 그의 위치를 찾았다. 즉, "실리와 군비"가 아니라 "마음의 소리"(心聲)를 중시한 루쉰과 서로 마주 하고 있는 쾨르너의 형상이 겹쳐지며, 따라서 노노히토는 "루쉰과 다쿠보쿠를 연결하는 매개항이다"라고 했다. 셋째, 그들은 더 나아가 쾨르너 외에 "루쉰과 노노히토는 또 공유"하는 몇 가지가 있음을 발견했다. 즉, "19세기 문명에 대한 비판", "물질주의와 평등주의에 대한 비판", "개인주의 주장", "천재 주장", "문명비평가로서의 시인의 역할과 '거짓 선비'에 대한 비판 전개", "민족혼으로서의 '시인'이 발휘하는 역할". 이러한 공통점과 여러 가지 특징은 사실 다카야마 조규, 도바리 지쿠후, 기무라 다카타로(木村鷹太郎, 1870~1931) 등의 문학가에게도 보인다. 이로부터 "루쉰과 일본 근대문학의 동시대성"에 관한 논증을 전개했다. 넷째, 상술한 전제 아래 청일, 러일전쟁 기간의 니체와 루쉰의 관계를 검토했다. 이 시기 니체 형상의 변화와 니체를 둘러싼 루쉰과 도바리 지쿠후, 다카야마 조규의 이동(異同)을 중점적으로 관찰했다.

요컨대 이 논문의 핵심어는 "공통성" 혹은 "동시대성"이다. 당시의 쾨르너와 니체에 초점을 두고 이시카와 다쿠보쿠, 사이토 노노히토, 다카야마 조규, 도바리 지쿠후, 기무라 다카타로 등과 루쉰의 관계를 고찰하고, 이로써 "메이지 30년대 문학과 루쉰" 사이의 "공통성"과 "동시대성"을 확인했다. 이러한 문제의식은 분명 다케우치 요시미의 논단을 겨냥하고 있다. 다케우치 요시미는 "루쉰은 동시기 일본문학의 영향을 전혀 받지 않았다", "유학 시절 루쉰의 문학운동은 일본문학과 교섭하지 않았다"라고 여겼다.[23] 이 점에서 그들의 연구는 획기적인 의의가 있다. 이외에 이 논문의 연구틀은 "민족주의를 돌러싸고" "개인주의와 민족주의", "서양화와 국수(國粹)"에 대한 문제 제기를 통하여 서방의 '근대'에 대하여 동아시아가 어떻게 자립했는가의 문제를 드러냈다. 여기에는 '개인'의 '자아'의 확립의 문제도 포함한다. 즉, 이후에 나온 『루쉰과 일본인』에서 제출한 "아시아 근대와 '단독'의 사상" 문제다. 그리고 이런 것들은 아직도 여전히 문제로 남아 있다.

그런데 여기에서 이토와 마쓰나가가 발견한, "루쉰과 노노히토가 공유"하는 많은 것들을 메이지 30년대 민족주의라는 주머니 속으로 집어넣는 것에 대하여 하나하나 검토하기는 어렵다. 바꾸어 말하면 그것에 대하여 새롭게 따로 살펴보고 검토할 필요가 있다고 할 수 있다.

23 伊藤虎丸·松永正義, 「明治三〇年代文學と魯迅–ナショナリズムをめぐって」, 『日本文學』 제6기, 1980, 34, 35쪽.

4. '메이지 입센'에 초점을 모으다

이토와 마쓰나가를 이어 노노히토와 루쉰의 관계를 다시 제기하고 깊이 토론한 것은 앞서 언급한 시미즈 겐이치로의 논문 「국가와 시인—루쉰과 메이지 입센」이다. 이 글은 1994년에 발표되었고 제목에서 보여 주는 바와 같이 '루쉰과 메이지 입센'이라는 시각으로 가장 노노히토적인 테제 즉, '국가와 시인'의 관계를 포착했다.[24] 시미즈는 「국가와 시인」의 마지막 단락에서 "루쉰의 담론과 가장 흡사"한 내용을 찾았다. 즉, "'사람'이 존재하지 않으면 국가는 의미가 없다. 그러므로 영혼이 없는 나라, 사람의 소리가 없는 나라에 대하여 우리는 하루라도 그것의 존재를 덕(德)이라고 여기지 않는다. … 오호라, 우리가 오랫동안 우리 국어로 '사람'의 의미를 알지 못한다면, 우리는 차라리 망국의 백성이 될 수밖에 없고 동해 위를 떠도는 사람이 될 수밖에 없다."[25] 이 글의 귀결점으로서 시미즈는 확실히 이 점에서 '노노히토와 루쉰'의 본질적 연관을 포착했다.

시미즈가 선택한 방법은 '메이지 입센'에 초점을 두고 '루쉰과 메이지 입센'의 연관을 확인하고 이 과정에서 노노히토에 도달한 것이다. 여기에 몇 가지 주목할 만한 것이 있다. 우선 '루쉰과 입센'이라는 문제의식으로 일본 메이지시대의 입센 도입사를 세 개의 시기로 나누

---

24 '국가와 시인'은 노노히토의 글의 제목이다. 「國家と詩人」, 『帝國文學』 제9권 제6호, 1903년 6월 19일.

25 清水賢一郎, 「國家と詩人 —魯迅と明治のイプセン」, 25쪽.

어 새롭게 살펴보았다는 것이다. 순서대로 논문의 제1장에서 제3장인데, 각각 '입센 수용의 여명기 — 메이지 20년대', '국민국가 속의 문학 — 메이지 30년대', '입센의 계절 — 러일전쟁 이후'다. 더불어 이 기초 위에서 이러한 도입 과정에서의 입센 형상의 변화를 정리했다. 이것은 매우 방대한 서사인데, 결론적으로 말하면 이 글이 보여 준 과정과 자료는 이토와 마쓰나가의 "동시대성"이라는 테제를 계승하고 강화했다. 그것은 바로 "루쉰이 노노히토, 다카야마 조규 등 메이지 30년대 일본문학과 공유하는 것은 입센 형상에만 그치는 것이 아니라 이러한 입센 인식이 '시대성'이 될 수 있게 했다는 것이다."[26] 이 점은 특히 관련 자료가 상대적으로 부족한 중국 학계에 참고와 거울이 될 만하다.

다음으로 이 논문은 구체적으로 메이지 30년대 전반 근대 국민국가 내지 근대문학의 확립 과정에서의 입센의 위치를 검증하고, 동시에 러일전쟁 이후 다시 말해 메이지 30년대 후반 입센이 가져온 문제의 "다양성"을 상세하게 살펴보았다. 이로써 이토와 마쓰나가가 제출한 근대 '자아'가 어떻게 이른바 "단독"(個)의 문제를 확립했는가의 문제를 이어받았다. 이 글에서 제출한 다카야마 조규가 "국민문학의 기치"를 들었을 당시 입센을 "문명비평가"로 보았다는 관점은 이어지는 노노히토에 관한 토론에서 정신적 기점에서의 연관이라는 의미가 있다.

셋째, "지극히 다성적이고 입센 언설이 들끓던 '제국의 수도' 도

26 清水賢一郎, 「國家と詩人 — 魯迅と明治のイプセン」, 22~23쪽.

쿄"에서 루쉰이 어떻게 "자신의 독특한 문맥 속에서 훌륭하게 입센을 선택하고 파악했는가"를 확인했다. 시미즈는 전면적으로 「악마파 시의 힘에 대하여」와 「문화편향론」 중의 '입센 형상'을 검증, 확인하고 이러한 전제 아래 사이토 노노히토와의 연관성을 지적했다. "루쉰의 입센 형상을 당시 일본에서 끊임없이 발표되던 다면적인 연설 속으로 새롭게 자리매김하면 하나의 텍스트 군(群)이 명확한 모습으로 떠오른다. 그것은 바로 사이토 노노히토 — 다카야마 조규의 동생 — 의 손에서 나온 일련의 입센론이다."[27]

넷째, 취재원으로 말하자면 시미즈가 뒤이어 제출한 노노히토의 3편의 입센론은 주목할 만한데, 초점 텍스트의 제시로 볼 수 있다.

(1) 「입센의 『브랜드』를 평하다」, 『개척자』開拓者, 제1권 제6호, 1906년 7월.

(2) 「입센은 어떤 사람인가」, 『동아의 빛』東亞の光, 제1권 제3, 5, 6, 7호, 1906년 7, 9, 10, 11월.

(3) 「입센의 '제3왕국'」, 『신인』新人, 제7권 제9호, 1906년 8월.[28]

앞서 서술한 바와 같이 시미즈는 「입센의 '제3왕국'」 중의 한 단락을 부분적으로 인용하면서 "서로 공명"하는 텍스트로 처리했으나 취

27 清水賢一郎, 「國家と詩人 — 魯迅と明治のイプセン」, 16~18, 19쪽.

28 원제목은 각각 다음과 같다. 「イプセンの'ブランド'を評す」, 「イプセンとは如何なる人ぞ」, 「イプセンの'第三王國'」.

재원인지에 대해서는 따지지 않았다. 이것 역시 그의 신중함이 가져온 결과다. 요컨대 선행 연구로서 시미즈의 논문은 '루쉰과 메이지 입센'이라는 시각 아래 사이토 노노히토를 도입했고 '노노히토와 루쉰' 사이에 입센을 포함한 것은 입센과의 내재적 연관에 국한되는 것이 아니라 '국민문학'의 문제, '시인'의 문제, 더 나아가 '사람'의 문제임을 보여 주었다.

시미즈 겐이치로를 이은 천링링(陳玲玲)의 「일본 유학 시기 루쉰의 입센관 고찰」은 '루쉰과 메이지 입센' 연구에서 많이 언급되지 않는 논문 중 하나다. 천링링은 시미즈가 "루쉰의 입센"과 "메이지 시기의 입센 열풍"에 대하여 "매우 분명하게 정리했다"고 인정했으나 시미즈는 루쉰이 드러낸 "일본의 입센관과 다른 선명한 개성"을 주목하지 못했다고 했다. 이 글의 주안점은 양자의 차이를 찾는 데 있고 "매우 깊은 중국의 전통문화 정신 특히, 유가적 우환 의식과 책임 의식을 지닌 현대 지식인으로서의 루쉰의 독특성에 관심을 기울였다." 이러한 높고 심원한 문제의식에 급급하여 다른 연구를 보여 주었으나 최종적으로 제목이 지시하는 "일본 유학 시기 루쉰의 입센관"의 "독특성"을 발견했는가에 대해서는 따로 논하기로 한다.[29] 그러나 선행 연구 성과를 효과적, 긍정적으로 소화하고 전달하지 못한 것은 쉽게 드러나는 문제다. 예컨대 주석 (1)에 나열된 "기타오카 마사코, 이토 도라마루, 마쓰나가 마사요시, 나카지마 오사후미, 시미즈 겐이치로 등"은 해당 주제에서 가장 중요한 학자임에도 불구하고 이름을 제외하면

29 陳玲玲, 「留日時期魯迅的易卜生觀考」, 『魯迅研究月刊』 2005년 제2기 36쪽.

그들의 연구가 무엇인지, 구체적으로 어느 정도의 성과를 냈는지를 읽어 내지 못했다. 연구의 계승이라는 측면에서 말하자면 유감스러운 지점이다. 해외의 연구 성과를 어떻게 중국어 문맥으로 가지고 올 것인가는 여전히 노력해야 할 과제다.

5. 나카지마 오사후미: "외로운 별과 고독한 현"

개인적인 독서 이력에서 나로 하여금 노노히토가 도대체 얼마나 중요한 사람인가를 알게 한 것은 나카지마 오사후미의 저서다. 제목은 『올빼미의 울음소리 — 루쉰의 근대』로 번역할 수 있고 일본 헤이본샤(平凡社)에서 2001년 6월에 출판했다. 이 책은 8개의 제목 즉, 외로운 별과 고독한 현, 루쉰과 사랑, 올빼미의 울음소리 — 주안(朱安)과 루쉰, 판아이눙(範愛農), 편지 한 통, 단편 「내일」에서부터 이야기를 시작하다, 길에서 주워들은 말 — 저우 씨 형제의 경우, 루쉰 속의 문인성, 그리고 발문과 우발문(又跋文)으로 구성되어 있다. 저자가 1972년 이래 발표한 8편의 논문을 모은 것이다. 이 글과 직접 관련이 있는 것은 첫째 글인 「외로운 별과 고독한 현」이다. 이 글이 처음으로 게재된 잡지는 1997년에 출판된 『폭풍』飈風 제33호다. 나는 지금도 이 장문의 글을 처음 읽었을 때 받았던 놀라움을 또렷하게 기억하고 있다.

> 예컨대 일본 유학 시기 가장 마지막에 쓴 「파악성론」에는 아래과 같은 단락이 있다.

미신을 타파한다는 것이 오늘날 강렬해졌다. 수시로 사인(士人)의 입에서 들끓고 있을 뿐만 아니라 이를 모아서 두꺼운 책을 만들기도 한다. 그러나 모두 바른 믿음(正信)에 대해서는 사람들에게 먼저 말해주지 않는다. 바른 믿음이 확립되지 않았으니, 또 어찌 비교를 통해 그것의 미망(迷妄)함을 알 수 있겠는가? 대저 하늘과 땅 사이에 사는 사람이 만약 지식이 혼돈이고 사유가 고루하다면 논의하지 않으면 그만이다. (그러나) 그들이 물질생활에 불안을 느낀다면 반드시 형이상학에 대한 요구가 생기게 된다. 그러므로 베다 민족은 쓸쓸한 바람에 사나운 비가 내리고 검은 구름이 빙빙 돌고 번개가 수시로 번쩍이면 인드라가 적과 싸우기 때문이라고 여기고 이를 위해 전율하고 경건한 마음을 가졌다. 헤브라이 민족은 자연계를 크게 관찰하고 불가사의함을 마음에 품었으므로 신의 강림의 일과 신을 영접하는 방법이 흥성하게 되었다. 훗날의 종교는 이를 맹아로 했다. 중국의 지사들은 이것을 미신이라고 일컫지만 나는 이것이 향상을 추구하는 민족이 유한하고 상대적인 현세를 벗어나 무한하고 절대적인 지고무상을 지향하는 것이라고 말한다. 사람의 마음은 반드시 기댈 곳이 있어야 한다. 신앙이 아니면 설 수가 없으므로 종교의 탄생은 끊어지지 않는 것이다.

이상은 "거짓 선비(僞士)는 제거해야 하고 미신은 보존해도 된다"라는 이 글의 주제와 관련이 있고 그것의 전제를 이루는 중요한 부분이며, 이어지는 거짓 선비가 농민의 신앙을 규탄한다는 내용과 호응한다. 이것으로 아래의 다음 문장과 비교해 보는 것은 어떠한가?

종교에 대한 맹신과 미광(迷狂)이 대개 국가, 사회에 해가 된다는 것은 만인이 인정하는 바다. 그런데 오인(吾人)은 종교에 맹신과 미광의 폐단이 있다고 해서 종교가 무용하고 사회를 파괴하는 독사라고 생각하지 않는다. 인류는 부단히 단순하게 형이하의 물질생활에 만족하는 것을 만족으로 간주하지 않았다. 그런데 인심이 아직도 정당한 작용을 하는 이상 그렇다면 사람이 형이상의 추구를 가진다는 것은 조금도 의문이 없다. 2천 년 전 고 희랍에서 베다 민족은 비바람이 세차게 불고 검은 구름이 하늘을 질주하고 천둥, 번개가 칠 때 이 기상 현상을 인드라가 그의 적과 전투를 벌인다고 여겼다. 이러한 인신 동형의 자연관에 대해서는 잠시 묻지 않기로 한다. 헤브라이 민족은 신의 강림을 영접하는 신앙이 있었고, 지나의 유자(儒者)는 이(理)의 궁극에 대해 마음으로 살펴보아도 알 수 없을 때는 그것을 천도(天道)라는 두 글자로 귀결시켰다. 형이상의 요구가 어떻게 모든 인류를 부추겨 그들이 그들을 둘러싼 물질 현상 위에 또 무한의 존재가 있다는 것을 보도록 했는가. 이것은 정말로 굉장하다. 인도의 철학, 종교는 현상계의 속박을 겨냥하고 해탈하여 피안에 도달하는 것을 인류의 궁극적 목적으로 간주하고, 예수교는 속죄로 구원하는 것을 종교를 세우는 커다란 근본으로 삼고, 중세 유럽 학자는 unificatio dei를 선전했다. 이러한 것들은 모두 모든 사람이 유한의 상대적 현세를 벗어나 서둘러 무한의 절대적 최정점에 가능한 한 가까이 가려고 하는 것으로 보아야 한다. … 사람에게 종교적 편안과 신앙이 없다면 어떻게 현세와 더불어 살고 어떻게 온갖 난관을 물리치고 천신만고를 견딜 수 있겠는가?

이 두 문장이 아무런 관계가 없다고 단정하는 것은 거의 불가능하다.

여기에 인용한 것은 아네사키 조후의 『부활의 서광』(1903년 12월, 유호칸有朋館)의 「물질주의의 종교」 중의 한 단락이다.[30]

시작부터 이렇게 '핵심 내용'을 제시하는 논문은 대단히 드물다! 어느 정도 읽고 어느 정도의 시간을 들여야만 비로소 이와 같은 대조 텍스트를 찾을 수 있고 이처럼 명쾌하게 텍스트를 비교할 수 있다. "이 두 문장이 아무런 관계가 없다고 단정하는 것은 거의 불가능하다"라는 결론은 여러 말 필요 없이 이 한마디로 충분하다. 자료 자체가 말하고 있기 때문이다. 노력한 만큼 강해지는 법, 이런 매서운 취재원 연구는 그야말로 존경스럽다.

몇 달 전 중국의 루쉰연례회의에 참가했을 때 "거짓 선비", "미신" 등에 대해 사고하려 애쓰는 청년 학자를 보고, "거짓 선비는 제거해야 하고 미신은 보존해도 된다"와 관계 있는 텍스트 대조가 떠올라 이렇게 뛰어난 연구 성과가 제때 중국 학계에 소개되지 않은 것은 학자의 직분을 잃은 것이라는 생각이 들었다. 이에 위와 같이 번역해 두니 참고하기 바란다.

나카지마는 "모자이크 조각"을 복원하는 방식으로 '메이지 일본과 루쉰'의 윤곽을 끼워 맞추었다. 고고학적 발굴로 나온 조각을 일일이 붙여 원래의 토기로 되돌리는 것과 같은 방식이다. 꼭 온전한 토기

---

30 中島長文, 「孤星と獨絃」, 『ふくろうの声 魯迅の近代』, 平凡社, 2001, 9~11쪽.
[역자 주] 인용문 "미신을…" 단락의 출처는 다음과 같다. 「破惡聲論」, 『魯迅全集·集外集拾遺補編』 제8권, 29쪽. 'unificatio dei'는 라틴어로 '신과의 합일'이라는 뜻이다.

를 발굴하지 못해도(물론 발굴할 수 있다면 더 좋다) 어느 정도 되는 수량의 파편을 발굴하여 윤곽을 복원할 수 있으면 된다. 빈 곳은 석고로 메워도 전체 형태에 대한 인지와 파악에는 영향을 주지 않는다. 나카지마가 선택한 것은 이러한 연구 방식이다. 그는 대량의 '조각'을 발견하고, 그런 연후에 그것들을 한 조각 한 조각 이어 붙여 연결했다. 예컨대 「악마파 시의 힘에 대하여」의 쾨르너 등을 인용한 후에 "이것은 아른트와 쾨르너를 서술한 유명한 단락이다. 아래의 단락과 비교하면 어떠한가"라고 했다. 또 예를 들어 "이 단락을 다 읽으면 루쉰이 「악마파 시의 힘에 대하여」 제3장에서 거론한 문장의 특수한 효용에 관한 단락이 연상될 것이다"라고 했다. 이처럼 세밀하고 조리 있게 대조함으로써 "일본인의 글의 조각이 이미 매우 상당한 정도로 루쉰의 글과 논지 속에 새겨 들어가 있다"라는 것이 낱낱이 드러났다.[31]

그런데 나카지마는 결코 여기에 그치지 않았다. 시각을 '조각'의 연결에서 시대정신의 맥락에 대한 정리로 확대했다. 물론 그렇다고 해서 발아래의 '조각'을 버리고 상상력을 펼쳤다고 오해해서는 안 된다. 조각의 실증이라는 전제 아래 루쉰 정신의 광맥을 탐색했다. 이러한 풍경에서 노노히토가 등장한다. 한 개인의 등장이 아니라 등장한 다수 속에 유난히 두드러진 인물이다. 나카지마 오사후미는 이로써 '노노히토와 루쉰'의 관계에 관한 교과서라고 할 만한 논증을 남겼다. 노노히토는 루쉰이 참조한 텍스트적 대상, 일종의 '취재원'이었을 뿐만 아니라 언어적 표현에서 "파장이 꼭 들어맞는" 마음이 통하는 사

31 中島長文, 「孤星と獨絃」, 『ふくろうの声 魯迅の近代』, 13, 17, 18쪽.

람이었고, "루쉰의 감각이 그의 독특한 운율에 닿았다."[32] 게다가 노노히토의 텍스트는 메이지를 살았던 루쉰의 생명 체험의 한 부분이었고, 심지어 자신의 생명 체험 그 자체일 때도 있었다. 그런데 최종적으로 노노히토는 "루쉰을 살해했다". 루쉰으로 하여금 '문예'에 대한 염원을 끝내게 했다. 유학 시절 루쉰이 이런 사람을 만나는 것을 누가 본 적이 있는가? 나카지마의 연구는 우리에게 이러한 사람이 있었음을 알려 준다. 그것은 바로 노노히토다! 이를 믿지 않는 것을 선택할 수도 있겠으나 먼저 전혀 흔들리지 않는 증거들을 뒤집어야 한다. 이것이 나카지마의 '노노히토와 루쉰'의 뛰어난 점이다. 그렇다면 그는 어떻게 이것을 해낼 수 있었을까?

우선 "노노히토와 루쉰의 논설"에서 양자 사이에 존재하는 다른 누구보다 많은 연관의 조각을 찾았다. 동시에 조각의 형태를 복원할 수 있게 하는 양자 사이에 존재하는 정신적 광맥을 깊이 발굴했다. 그것은 바로 '개인주의'다. 이토와 마쓰나가의 노노히토가 '민족주의' 정신의 맥락에서 포착한 '단독'의 형상이고 시미즈의 노노히토는 '국민문학'의 틀에서 포착한 일종의 문학적 '자아' 형상이라고 한다면, 나카지마가 발굴한 노노히토는 철저한 '개인주의'적 존재다. 이것은 바로 메이지를 살았던 루쉰의 정신 광맥이다. "단독으로서의 사람의 확립을 주장하는 언설 가운데 루쉰의 문장과 가장 친연성을 보이는 것은 아무래도 사이토 노노히토의 (문장)이다."[33] 나카지마는 한편

32 中島長文, 「孤星と獨絃」, 『ふくろうの声 魯迅の近代』, 38, 39쪽.

33 中島長文, 「孤星と獨絃」, 『ふくろうの声 魯迅の近代』, 18, 20쪽.

으로는 조각을 검증하면서 다른 한편으로 이처럼 단언했다.

앞서 서술한 것처럼 시미즈는 노노히토의 「국가와 시인」의 마지막 구절로 문장을 마무리했다. 나카지마는 바로 여기에서 노노히토에 대한 깊은 탐색의 여정을 시작한다.

> 그가 문단에 등장하고 세인의 주목을 받은 것은 「국가와 시인」이라는 글이다. 이 글은 각 민족의 시인을 열거했다. 러시아의 푸시킨, 고골, 도스토옙스키, 톨스토이가 있고, 독일의 괴테가 있고 영국의 러스킨, 왓츠가 있고 프랑스의 졸라와 노르웨이의 입센 등이 있다. 그들은 모두 '사람'이고 모두 각자의 국가에 이상과 실질을 부여했다고 설명했다. 노노히토가 이후 넘치는 정력으로 전개한 논술의 논점은 거의 모두 이 글 속에 농축되어 있다. 천재주의, 개성, 개인주의, 영혼주의라고 할 수 있는 정신에 대한 중시, 예술 제일주의 즉, 시인에 대한 열망과 보편 이상에 대한 확신 등등, 이러한 것들은 훗날의 글에서 깊이 들어가고 광범위하게 논술한 주제로 이 글 속에 모두 모여 있다. 「국가와 시인」은 이렇게 말한다….[34]

이상의 단락에서 이어지는 「국가와 시인」을 인용한 문장은 많고 길다. 여기서는 몇 마디만 발췌하기로 한다. "이른바 국가라는 것에 어찌 이상이 있겠는가!" "국가는 천재가 있으므로 비로소 존재하고, 그것의 가장 큰 영광과 위엄은 천재를 벗어나지 못한다. … 천재

34 中島長文, 「孤星と獨絃」, 『ふくろうの声 魯迅の近代』, 21쪽.

의 커다란 이상은 무엇인가? 우리에게 영혼의 힘을 가르쳐 인격을 강화하고 상승하는 개성 활동의 의미를 전달하고 우리가 영원한 광명을 향하여 걷도록 인도하는 것은 바로 천재이다." "국가는 곧 방편이고 '사람'이 곧 이상이다. '사람'이 존재하지 않는다면 국가는 의미가 없다."[35] 나카지마는 이것에 대하여 다음과 같이 썼다.

> 하나의 국가에 만약 사람의 혼을 일깨우고 사람의 영혼을 움직이는 시인이 출현하지 못한다면, 만약 천재로 간주되고 확립된 인물이 출현하지 못한다면, 그렇다면 멸망하는 것이 차라리 낫다. 이것은 과격한 언설처럼 보이고 망국의 위기를 감지하고 시인의 출현으로 국혼을 진작시키기를 바랐던 루쉰과 모순되는 것처럼 보이지만 사실 결코 모순적이지 않다. 노노히토의 글은 이러한 시인을 열망하는 것이 정도에 있어서 훨씬 강렬하다. 상대적으로 루쉰이 「악마파 시의 힘에 대하여」에서 말한 시인의 소멸은 훨씬 가볍게 본 듯하지만, 실제적으로는 서술에서의 쓸쓸함의 감각은 분노에서 생겨났고 사람의 마음을 붙들어 매는 시인이 출현하기를 기대하는 울림이 있다.

그런데 '사람', '천재', '영혼의 소리', '이상', '자유', '개인주의', '개인의 활력과 역량', '영혼', '영혼 없는 나라', '사람의 소리'라는 말이 글의 내용에서 지시하고 있는 바는 루쉰이 당시에 쓴 작품과 결코 완전히 일치하지는 않는다. 하지만 핵심어로서 매우 흡사한 단어는 모두

35 中島長文, 「孤星と獨絃」, 『ふくろうの声 魯迅の近代』, 20, 22, 23쪽.

갖추고 있다.[36]

나카지마는 주밀한 정리와 분석을 거친 후 다음과 같이 지적했다. 노노히토의 '사람'은 "근대적 개인이라는 의미에서 「문화편향론」 속의 루쉰의 "사람 세우기"라는 중심적 사상과 호응"하고, 노노히토의 "영혼의 소리" "사람의 소리"는 '루쉰'의 "신생"으로 치환할 수 있다. "이러한 이해를 포함하여 루쉰은 '마음의 소리'(心聲)라는 중국의 옛 어휘에 새로운 의미를 부여했다."[37]

요컨대 나카지마는 '개인주의'를 핵심으로 한 '노노히토와 루쉰'에 관한 연구에서 풍부한 성과를 거두었다. 예컨대 "여기에서 본 노노히토의 태도는 중국의 현상에 대해 문명 비판을 전개한 루쉰의 '파악성론'으로 간주할 수 있다." "여기에는 뚜렷하고 분명한 계승 관계가 있다. 루쉰은 노노히토의 '입센론'을 읽었다. 좋게 말하면 '파악성론'의 부분적 비료가 되었고 듣기 거북하게 말하면 도용했다." "특히 노노히토는 다른 글에서도 '조용히 깊이 생각하다'(冥想沈思)라는 단어를 대량으로 사용했다. … '조용히 깊이 생각하다'와 「악마파 시의 힘에 대하여」의 마지막에 나오는 '그런즉 나는 또한 깊이 생각할(沈思) 따름이다'를 대조해서 읽어 보면 어떠한가?" "어떻게 말하더라도 노노히토의 글을 읽으면 언제나 루쉰의 글을 읽고 있다는 착각이 들 것이다." "두 사람의 글은 매우 흡사한 분위기가 있다. 노노히토와 루쉰

36 中島長文, 「孤星と獨絃」, 『ふくろうの声 魯迅の近代』, 23~24쪽.

37 中島長文, 「孤星と獨絃」, 『ふくろうの声 魯迅の近代』, 24쪽.

의 같은 점은 우선 글에서 유동하는 독특한 열기, 그리고 이로부터 나오는 운율이다" 등등.[38] 이 글 전편에 걸쳐 보이는 노노히토에 관한 논의의 단상은 사실 퇴고와 검증을 견뎌 낸 결론으로 간주해도 무방하다. 최종적으로 이 글의 결론을 다음과 같이 귀결시킬 수 있다.

> 루쉰이 당시 일본의 문화적 상황으로부터 얻은 것은 어쩌면 일본의 문화적 상황을 통하여 얻은 서방의 체험이라고 말할 수 있을 것이다. 사고 방법, 사상, 논리, 수사 표현, 문장구조, 소재에서 단어, 어휘까지 이러한 모든 것은 그의 문장에 깊은 낙인을 남겼다.[39]

다음으로 잡지 『신생』에 관한 검토다. 나카지마는 주로 노노히토를 실마리로 1904년에 창간한 『시대사조』時代思潮와 『신생』의 관계를 검토하고 이 관계를 다양한 구체적인 텍스트 층위에 적용했다. 그중 가장 주목할 만한 것은 "『시대사조』 제10호 속 왓츠의 두 폭의 권두삽화—「희망」과 「행복한 전사」—와 노노히토의 짧은 해설"과 『신생』 잡지와의 관계다.[40] 이것은 그림을 문자로 전환한 진정으로 놀랄 만한 경계 넘기인데, 노노히토가 해설한 왓츠의 그림 「희망」이 「파악성론」의 "오래된 거문고의 외로운 현을 남기고, 휑한 가을 하늘의 고독한 별을 바라본다"라는 표현의 저본임을 입증하고 이로써 "고독한

38 中島長文, 「孤星と獨絃」, 『ふくろうの声 魯迅の近代』, 28, 33, 36~37, 39쪽.

39 中島長文, 「孤星と獨絃」, 『ふくろうの声 魯迅の近代』, 38쪽.

40 [역자 주] '왓츠'는 조지 프레드릭 왓츠(George Frederick Watts, 1817~1904)이다. 영국의 화가이자 조각가로 상징주의 운동에 참여했다.

별과 외로운 현"이라는 이 글의 주제로 묶어 냈다.[41]

마지막으로 입센의 등장이다. 여기서 입센이란 당연히 노노히토판 입센이다. 그는 루쉰에게, 특히 당시 "결혼이라는 함정"에 빠진 루쉰에게 어떠한 존재였는가? "조강지처가 눈앞에 있었다. 그는 이 현실에서 도피하여 도쿄로 돌아가려 한 것 같다. 어쩌면 그는 자신의 처지에 대하여 본능적인 회피가 있었는지도 모른다. 한동안 이것은 못 본 척하고 미리 계획했던 문예운동에 종사하러 갔다." 나카지마의 이것에 대한 의문과 해답은 다음과 같다. "자신의 문제를 주체적으로 처리하지 못하면서 다른 사람을 향해 개인주의를 표방할 자격이 있을 수 있을까?" "이런 자각은 틀림없이 붓을 들고 글을 쓰는 과정에서 빠르게 도래했을 것이다. 여기에다 흡사 설상가상으로 이어진 결정적인 일격이 따라 왔다. 또 노노히토의 글이었다!"[42]

"노노히토의 글"이 가리키는 것은 「입센은 어떤 사람인가」이다. 이 글에는 "이기주의적인 사람, 자아를 상실한 무리의 결혼"에 대한 입센의 긴 논의의 맹렬한 비판이 있다. "한 편의 글이 사람을 죽일 수도 있다!" "입센의 연애관과 혼인관을 설명하면서 그의 독특한 이상주의적 자질로 로맨틱한 이상적 형상을 충분하게 묘사하여 사람들에게 보여 주었다. 그런데 루쉰은 그 자리에서 굳어졌다. 이것은 단순한 언어 문제가 아니라 자아의 존재 문제였다." 나카지마는 이것에 대해서 더 나아가 다음과 같이 해석했다. "자신의 사상 신조로 말하자면,

41 中島長文, 「孤星と獨絃」, 『ふくろうの声 魯迅の近代』, 44~50쪽.

42 中島長文, 「孤星と獨絃」, 『ふくろうの声 魯迅の近代』, 52, 53쪽.

자신의 결혼 행위가 자신의 사상 신조와 완전히 상반되는 어떤 의미가 있다는 것을 깨달은 사람이 개성, 자유, 정신이라는 제목의 글을 쓰는 것은 어떠했을까? 자신이 국민을 계발할 자격이 있는가? 정신계의 전사가 들고 있는 창은 적을 겨냥하는 것이 아니라 자신을 겨누고 있는 것일 수밖에 없다. 이러한 의식이 그의 머리에 떠오르자 그는 계속 글을 쓰려고 했던 생각을 포기했다."[43]

> 한 편의 글은 그를 사지로 몰았다. 나는 외부의 주요 원인이 확실히 매우 컸다고 하더라도 그가 문예운동을 단념한 진정한 이유는 자신의 내부에 있었다고 생각한다.[44]

나카지마 오사후미의 이 결론은 수용할 수 있는 것인가?

이상은 나카지마 오사후미의 '메이지 일본과 루쉰'의 관계에 관한 대체적인 내용과 도달점이다. 20여 년 전에 출판된 저서라고 해도 노노히토와의 연관에 관한 탐색으로 말하자면 넓이에서든 깊이에서든 정점의 위치에 있고 그 옆에 설 수 있는 사람은 아무도 없다. 그가 드러낸 것은 거의 온전한 형태에 가까운 당시 루쉰의 '단독'에 관한 '모자이크' 음화다. 내가 이 글에서 새로 발견한 취재원은 이 퍼즐에 새로 채워 넣을 입센으로부터 얻는 몇몇 '모자이크 조각'이다. 나카지마의 논지를 보강하는 의미라는 것은 두말할 필요도 없다. 그러나 나

43 中島長文, 「孤星と獨絃」, 『ふくろうの声 魯迅の近代』, 53, 55, 57쪽.

44 中島長文, 「孤星と獨絃」, 『ふくろうの声 魯迅の近代』, 57쪽.

의 노노히토에 대한 읽기로 보자면 아직 미진한 곳이 많이 있다고 느낀다. 게다가 이러한 뒷맛 또한 태반은 나카지마를 읽은 후에 남겨진 것인데 염치 불고하고 나의 구상에 따라 노노히토를 정리할 기회를 가질 수 있기를 희망한다. 나는 노노히토의 200여 편의 글을 다 읽었으나 "루쉰의 생명 체험"을 초월하는 '노노히토론'을 쓰는 것은 불가능에 가까운 힘든 작업이고 또 그럴 필요도 없다. 유일하게 할 수 있는 것은 어느 날 조용히 그것들을 번역하여 그해 저우수런 개인의 공명을 지금의 루쉰에 관한 공감으로 바꾸어 이 두 사람이 더는 "외로운 별과 고독한 현"으로 남지 않기를 희망하는 것이다. 이 방대한 계획은 물론 이 글이 감당할 수 있는 내용이 아니다. 그러므로 이 글의 주제로 돌아가고 입센으로 돌아가야 한다.

6. 사이토 노노히토: 「입센은 어떤 사람인가」

19세기부터 20세기까지 일본의 입센 도입사에 대해서는 메이지, 다이쇼, 쇼와라는 연호에 따른 분기가 있으나,[45] 입센이 일본에 미친 중대한 영향은 다음 네 단계로 파악하는 것이 통설이다.

45 번역사의 관점에서 입센 '상'(像)을 '메이지 시기 입센 상', '다이쇼 시기 입센 상', '쇼와 시기 입센 상'으로 분류하기도 한다. 「イプセン編」, 『圖說飜譯文學綜合事典·作者と作品(1)』 제2권, 大空社, 2009.

노르웨이 극작가, 근대 연극의 아버지 등으로 불리는 헨리크 입센(Henrik Ibsen, 1828~1906)은 쇼와, 다이쇼 시기의 문단, 극단에 거대한 영향을 미쳤을 뿐만 아니라 사상, 교육, 종교 영역에서 여성해방운동을 자극했고 근대 일본 사회 전체에 광범위한 영향을 미쳤다. 일본의 입센 수용사는 네 시기로 구분할 수 있다. 제1기는 메이지 25년(1892)에서 시작하여 메이지 37, 8년까지의 입센의 전입, 소개 시대다. 제2기는 입센이 사망한 메이지 39년(1906)에서 다이쇼 초기까지의 입센 유행 시대다. 제3기는 쇼와 3년(1928) 입센 탄생 100주년을 중심으로 한 다이쇼 말기에서 쇼와 10년 전후까지의 입센 재검토 시대다. 제4기는 쇼와 31년(1956) 사망 50주년을 중심으로 한 전후(戰後) 입센 재평가 시대다. 이 네 시기의 입센 수용사에서 일본 근대문학 혹은 문학가에게 가장 큰 영향을 미쳤던 시기는 제2기다. 특히 제2기는 입센의 왕성한 유행 시대다. 쓰보우치 쇼요, 모리 오가이, 나쓰메 소세키, 시마자키 도손(島崎藤村), 다야마 가타이, 하세가와 덴케이, 아리시마 다케오(有島武郎) 등에게 매우 큰 영향을 미쳤다. 동시에 마야마 세이카(真山青果), 나카무라 기치조(中村吉藏), 나가타 히데오(長田秀雄), 사토 고로쿠(佐藤紅綠), 임화(林和) 등 신진 극작가들이 입센의 연극을 모방하여 창작하던 시대기도 하다. 당시는 마침 일본 연극운동의 초창기였고 동시에 자연주의 문학의 흥성기이자 반(反)자연주의 문학의 탄생 시기다.[46]

46 藤木裕之, 「日本近代文學とイプセン」, 『日本近代文學大事典』 제4권, 日本近代文學館, 1977, 323쪽.

제1기는 “전입, 소개 시대”다. 입센에 대한 인식의 특징은 다카야마 조규의 논의가 대표적이다. 입센을 니체와 같은 개인주의자, 사회반역자, 문명비평가로 평가하고 니체를 지표로 하는 평가 기준선을 보여 준다.[47] 1906년 5월 말 입센의 사망 소식이 일본에 전해지고 입센 도입의 두 번째 시기가 열렸다. 즉 시미즈의 논문에서 이름 붙인 “입센 계절”[48]로 진입하여 문단, 극단, 논단에서 입센이 활발하게 논의되는 “왕성한 유행 시대”를 가져왔다.

입센의 사망 소식을 들은 노노히토는 장편으로 추념하며 그의 입센관과 개인주의 주장을 전면적으로 드러냈다. 이것은 이 글에서 이미 여러 차례 언급한 「입센은 어떤 사람인가」다. 이 글은 4만 단어, 8개 소제목으로 구성됐다. 즉, “1. 서론, 2. 19세기의 비(非)개인주의, 3. 개인주의 최후의 천재로서의 입센, 4. 낭만주의자로서의 입센, 5. 염세가로서의 입센과 그의 현세주의 배격, 6. 혼인 문제, 7. 낙천가로서의 입센과 그의 이상주의, 결론”이다. 1906년 7, 9, 11, 12월에 출판한 『동아의 빛』 제1권 3, 5, 6, 7호에 연재했고 이후 『예술과 인생』에 수록했다. 글쓰기 시기로 보면 메이지 입센 도입사의 제2기에 두어야 할 것이다. 그런데 난감하게도 제2기에 대한 논의에서 이 글을 언급하는 사람은 매우 드물고 제1기의 관련 소개에서도 이 글은 그림자도 보이지 않는다. 따라서 내용에 맞추어 그것의 “계절”을 귀속시킬 수밖에 없

47 高山林次郎, 「文明批評家としての文筆者」(本邦文明の側面評), 『太陽』 제7권 제1호, 1901년 1월 5일.

48 清水賢一郎, 「國家と詩人 ―魯迅と明治のイプセン」, 10쪽.

다. 이 글은 그야말로 제1기 입센 문헌에 속한다. 그의 형 다카야마 조규의 "문명비평가로서의 문학가"의 연장선에 있고 입센이 그야말로 문명비평가와 개인주의 문학가임을 보여 준다. 앞서 서술한 바와 같이 그의 입센은 같은 시기의 다카야스 겟코의 번역, 소개와 『와세다 문학』의 '입센 특집호'에서 드러내지 못했던 문맥을 충분히 보여 주고 있고 독자적 기치를 세운 입센 평론이라고 할 수 있다.[49] 이 입센은 또한 여기에서 소개한 저우수런, 즉 훗날 루쉰의 입센 원체험이기도 했다. 일본의 입센 수용사에서 이 장편이 어떤 의미가 있는지는 따로 논하기로 하고 저우수런의 원체험, 루쉰 문학, 중국의 입센 수용사로 말하자면 이 글이 지닌 의미는 두말할 필요도 없고 중국 근대정신사에서 회피할 수 없는 문헌이다. 분량의 제한으로 전문을 소개할 수는 없으므로 여기서는 내가 주목한 약간의 요점을 제시하고자 한다.

첫째는 글쓰기 방법과 니체에 관한 것이다. 노노히토의 글쓰기 방법을 한마디로 개괄하면 그는 매우 습관적으로 성질, 천성, 기질, 사상, 정신적으로 가깝다고 여기는 사람들을 하나하나 한곳으로 수렴하여 집합적 방식으로 한 때로 등장하게 하는 데 매우 능했다. "입센은 어떤 사람인가?" 노노히토는 문제를 제기하고 다음과 같이 대답한다.

> 대답하여 가로되, 그는 문명비평가고, 사회비판자고 게다가 또 이상가다. 이런 까닭으로 그의 시와 연극은 결코 현대 비판에 머무르는 것

49 다음을 참고할 수 있다. 高安月郊 譯, 『イブセン作社曾劇』, 東京専門學校出版部, 1901, 「緒言」, 「ヘイリッタ、イプセン」; 『早稲田文學·ヘイリック、イブセン』, 1906년 7월.

이 아니라 오히려 새로운 이상의 복음을 전파하는 종교, 철학이다. 즉, 그는 문명비평가인 동시에 '제3왕국'의 예언자다.[50]

이상은 총론이고 이후 각 측면에 따라 논의를 전개한다. 이렇게 해서 독자는 떼를 이룬 '정신'적 인물을 만나게 된다. "최근의 이른바 문명비평가를 들어 보기로 하자. 독일의 니체(F. Nietzsche, 1844~1900)가 있고 영국의 왓츠(G. F. Watts, 1817~1904)가 있고 러시아의 톨스토이가 있다. 그들은 모두 개인주의를 표방했고 세간을 향해 힘 있고 빛나는 새로운 복음을 전파한 사람이다." "보아라, 개인주의적 천재는 동시에 바로 가장 깊이 있는 문명비평가다!" 이어서 실러(F. Schiller, 1759~1805), 칼라일(Th. Carlyle, 1795~1881), 에머슨(Ralph W. Emerson, 1803~1882), 포이어바흐(L. Feuerbach, 1804~1872), 키르케고르, 슈티르너(Max Stirner, 1806~1856), 바그너(R. Wagner, 1813~1883) 등이 한 무리로 출현한다. 마지막으로 이러한 대열의 정점에는 "이처럼 숭고한 19세기 개인주의의 최후의 예언자로서 니체, 왓츠, 톨스토이와 입센이 출현한다."[51] 입센의 모든 측면에 대한 노노히토의 설명은 니체를 으뜸으로 하거나 니체를 정점으로 하는 글쓰기로 완성된다. 이런 의미에서 말하자면 입센은 '철인 니체' 주변의 한 존재이자 니체의 연장선에 있는데, 이는 니체 연장선에 있었던 '메이지 고리키'와 완전히 똑같다. 이런 글쓰기 방식은 「악마파 시의 힘에 대하여」와 「문화편향론」

50 齋藤信策, 『藝術と人生』, 334쪽.

51 齋藤信策, 『藝術と人生』, 341~346쪽.

을 잘 아는 사람에게는 조금도 낯설지 않고 그야말로 판에 박은 듯하다고 해도 무방하다.

둘째, '개인주의'에 관한 정의다. "입센은 니체와 마찬가지로 그는 특히 이상적 개인주의자다. 아, 개인주의, 이것은 진실로 19세기 문명의 필연적 산물이고, 동시에 또 전자에 대한 통절한 비판이다. 무엇을 개인주의라고 할 수 있는가? 이것은 바로 개인의 역량으로 개인의 위엄을 높이는 것이다. 이것은 곧 부여받은 생명의 의미를 바꾸어 스스로 창조하고 스스로 지배하고 자신의 가치를 만들 뿐만 아니라 우연과 법률 위에 군림하는 것이다. 이것은 곧 영혼의 권위로 스스로가 신이 되는 것이다. 한마디로 말하면 즉, 인신(人神)주의 즉, 이상주의 즉, 향상주의다. 이것이 바로 인생 최후의 자유, 영광, 행복이 아니겠는가?" 이것과 상반되는 것은 노노히토의 배척 대상이었다. 자본주의, 유물주의, 사회주의, 평등주의, 민주자유주의, 이것들은 모두 "영혼과 개성의 역량을 부인하므로 지금의 세상 도처에서 국민의 정신과 영혼의 활동에 독"이 되고, 특히 국가주의는 "천재와 우수한 자를 배척하여 모든 것을 노예로 만든다"라고 보았다.[52]

셋째, '이기주의와 개인주의'에 관한 분석이다. "본래 입센에게 있어서는 개인주의와 이기주의가 통상적으로 같지 않다. 이른바 개인주의는 '자기에게 충실'하고 자신의 이상을 향하여, 자유를 위하여 위로 나아가고 발전과 진보를 추구한다. 이른바 이기주의는 그저 '자아만족자'일 따름이고 유물(唯物)의 사람일 따름이고 오늘 생각으로 내

52 齋藤信策, 『藝術と人生』, 336~337, 343쪽.

일을 대신하는 것일 따름이고 현실에 탐닉하고 향락적이고 나태한 사람이다. 자아를 파멸하고 생명을 소모하는 것은 바로 이로 말미암아 나타난다."[53] 중국에는 '개인'이라는 문맥이 아직 없다는 조건 아래[54] 「문화편향론」에서 다음과 같이 말했다. "개인이라는 말이 중국에 들어온 지는 아직 삼사 년이 채 안 된다. 시대를 잘 안다는 사람들은 자주 그 말을 끌어다가 (다른 사람을) 매도하고, 만일 개인이라는 이름이 붙여지면 민중의 적과 같아진다. 그 의미는 깊이 알거나 분명하게 살펴보지도 않고 남을 해치고 자기를 이롭게 한다는 뜻으로 잘못 이해한 것이 아니겠는가? 공정하게 그 실질을 살펴보면 전혀 그렇지 않다."[55] 이 말은 틀림없이 모든 사람을 어리둥절하게 만들었을 것이고, 따라서 이러한 글에 대해 아무런 반향이 없었던 것도 이상할 것이 없다. 그런데 노노히토를 읽고 나면 분명해지는 것이 있다. 원래 저우수런의 "공정하게 그 실질을 살펴본다"라는 것은 노노히토의 '이보성'으로부터 나온 것으로, 그는 철저하게 '개인'이 결코 "남을 해치고 자신을 이롭게 한다는 뜻"이 아님을 분명히 했다. 이러한 인식의 도달점은 오늘날에도 여전히 대단히 중요하다.

넷째, 노노히토는 정신자(情神者)를 한 떼로 등장시키고 입센을 그들 사이에 두었으나 이 위풍당당한 행렬 속에 묻혀 버리게 하지 않았기 때문에 입센은 여전히 전편(全篇)의 주인공이다. 노노히토는 자

53 齋藤信策, 『藝術と人生』, 370쪽.

54 이 책의 「유학생 저우수런 주변의 '니체'와 그 주변」 참고.

55 魯迅, 「文化偏至論」, 『魯迅全集·墳』 제1권, 51쪽.

신의 문맥에서 자신의 필터를 거친 입센의 거의 모든 극작을 소개했다. 그중에는 당연히 이 글에서 저우수런 텍스트의 취재원으로 거론한 세 개의 '대조 텍스트'도 포함되어 있다. 나오는 순서에 따라 나열하면 다음과 같다. 『브랜드』, 『황제와 갈릴리 사람』, 『사회의 적』, 『솔하우그에서의 잔치』, 『외스테로트의 잉게르 부인』, 『북해 전역』, 『헤다 가블레르』, 『페르 귄트』, 『청년 동맹』, 『노라』, 『바다에서 온 여인』, 『사회의 기둥』, 『야생 오리』, 『유령』, 『건축사 솔네즈』, 『귀족 가문』이다. 이것은 같은 시기 입센의 극작에 관한 가장 전면적이고 체계적인 안내서라고 할 수 있다. 저우수런은 정말로 그가 훗날 「잡다한 기억」에서 말한 것처럼 "… Ibsen 같은 사람들은 비록 이름을 떨쳤다고 해도 우리는 크게 주의하지 않았"던 것일까?[56]

다섯째, "이른바 '제3왕국'"에 관한 것이다. 앞서 인용한 바처럼 노노히토는 입센을 "문명비평가이자 동시에 '제3왕국'의 예언자"라고 정의했다. "제3왕국"이라는 단어는 그의 글에서 이 글의 '대조 텍스트의 2' 중의 1회를 포함하여 총 13회라는 높은 출현 빈도를 보인다. 그렇다면 무엇이 "제3왕국"인가? 이것 역시 노노히토가 묻고 대답한다.

> 무엇이 제3왕국인가? 바로 희랍 문명과 기독교 문명을 융합하여 지혜와 본능을 모두 긍정하는 나라다. 바로 아름다움, 힘, 빛을 이상으로 간주하고 심신의 무구함을 기대하고 원만함을 기대하고 무한한 광명을 기대하는 나라다. 바로 고대 신의 세계처럼 의지와 행위가 서로 완

56 魯迅, 「雜憶」, 『魯迅全集·墳』 제1권, 234쪽.

전하게 결합하는 나라다. 다시 말해 로스메르가 말한 "자신의 의지로 자신을 높이고 자신을 정화하는 '귀족 가문'의 나라다." 바로 브랜드가 말한 정의와 자유로 이루어진, 온몸에 담력으로 충만한 새롭고 강대한 아담의 나라다. 바로 엘리다가 바랐던 자유와 자아의 책임을 요구하는 나라다. 바로 스토크만이 말한 진리와 자유로 만들어지는 나라다. 니체의 말로 표현하면 바로 '초인'의 나라다! 차라투스트라의 나라다! 이것은 바로 고금의 위대한 천재들의 영원한 이상이 존재하는 곳이다. 만약 실재가 비실재로 발전한다면, 또 한 걸음 더 발전하여 새로운 실재의 진리로 융화된다면 헤겔이 가르친 천고의 진리, 오호라 '제3왕국'의 출현은 어찌 인류의 최고의 환희와 신앙 아래에서 탄생하는 영원하고 항구적인 이상이 아니겠는가?[57]

노노히토를 읽을 때 저우수런의 머릿속에 싹트고 있던 하나의 단어를 빌린다면, 같은 시기 노노히토 판 "사람의 나라"(人國) 이상으로 이해해도 무방하리라 생각한다. 흥미로운 점은 저우수런이 루쉰으로 변신한 이후 여전히 그 특유의 표현 방식으로써 젊은 시절 그가 따라서 함께 동경했던 "제3왕국"에 대한 피드백을 잊지 않았다는 것이다. 바로 "제3시대"의 창조다. 이것은 대단히 멋진 화용이다.

더욱 단도직입적인 화법이 여기에 있다.

1. 노예가 되고 싶어도 될 수 없는 시대, 2. 잠시 안정적으로 노예가 되

57 齋藤信策, 『藝術と人生』, 396쪽.

는 시대, 3. 이러한 선회는 바로 '선대 유가'들이 말한 '한 번은 다스려지고 한 번은 어지러워진다'(一治一亂)라는 것이다.

…

중국 역사상 일찍이 존재하지 않았던 제3시대를 창조하는 것은 바로 현재의 청년의 사명이다.[58]

여섯째, "제3왕국"과 긴밀한 연관이 있는 또 다른 단어 "동경"(憧憬)이다. 동경이라는 단어는 노노히토가 열일곱 번 사용하는데, "희망"이라는 단어보다 아홉 번 더 나온다. 여기에 "바라다", "목을 빼고 기다리다" 등의 단어를 더하면 입센의 또 다른 면이 잘 드러난다. 그것은 바로 그가 현실적 염세가인 동시에 이상적 낙천가라는 측면이다. 이것은 적극적인 미래를 향한 지향이다. 이 지향 또한 저우수런에게 깊은 영향을 미쳤다. 「악마파 시의 힘에 대하여」와 「문화편향론」 중의 그러한 것은 낭만주의적 요소로 해석되는데, 그것은 사실 노노히토가 설명한 "입센의 낭만주의"에서 나온 것이다.[59] 이 점을 설명하자면 아주 많은 텍스트적 실례를 제시해야 하지만, 분량의 제한으로 결론만 쓰기로 한다.

저우수런 혹은 훗날의 루쉰은 "동경"이라는 단어를 수용하거나 사용하지 않았다(루쉰 텍스트에 유일하게 출현하는 사례는 다른 사람의 말에 대한 인용이다). 그런데 일찌감치 중국어 어휘 속으로 녹아 들어

58 魯迅, 「燈下漫筆」, 『魯迅全集·墳』 제1권, 225쪽.

59 齋藤信策, 『藝術と人生』, 343쪽.

가서 지금은 "동경"을 외래어로 간주하는 사람은 매우 드물다. 사실 이 단어는 노노히토의 형 다카야마 조규와 친구 아네사키 조후가 만들었고,[60] 노노히토는 이 단어를 최대한 사용한 사람이다. 따라서 이 단어의 보급도 노노히토의 많은 사용과 관계가 있다고 해야 한다. 저우수런은 이 단어를 선택하지는 않았으나 이 단어의 적극적인 이미지는 수용하고 자신의 텍스트 속의 담론으로 만들었다. "나는 미래에 대한 큰 기대를 아직 버리지 않고 있다. 그러므로 지자(知者)의 마음의 소리(心聲)에 귀 기울이고 그 내면의 빛(內曜)을 살펴보고자 한다. 내면의 빛이란 암흑을 파괴하는 것이다"[61]라고 했는데, 이것은 "동경"에 대한 저우수런의 표현이다.

일곱째, 노노히토 판 입센의 혼인, 애정관에 대한 표현이다.

> 입센은 이처럼 사회와 개인에 대하여 혹독하게 비판하는 동시에 사회의 핵심으로서의 이른바 가족의 뿌리를 그렸고 개인의 도덕을 기점으로 하는 혼인 문제는 그가 특히 잘하는 분야였다. 그는 우선 이상적 혼인과 연애를 주장하고 오늘날 사회의 혼인과 가족에 대하여 대단히 심각하고 대담한 비판을 했다. 세간을 향하여 새로운 도덕관념을 보여 주었고 그의 생애에서 가장 숭고한 전투는 이 방면에서 진행한 사회 습관과 도덕과의 전투에서 벗어나지 않는다. 그는 시력을 현대사회의 상, 하층에 관통하는 이른바 '팔려 온 혼인'을 권세 혹은 부

60 長尾宗典, 『憧憬の明治精神史 ― 高山樗牛·姉崎嘲風の時代』, ぺりかん社, 2016.

61 魯迅, 「破惡聲論」, 『魯迅全集·集外集拾遺補編』 제8권, 25쪽.

귀에 따른 혼인 매매이자 자신의 양심과 자유의지에 대한 유린이고 모든 것에 대한 애정의 희생이라고 보았다. 이러한 혼인은 통상적으로 이기주의적인 사람, 자아를 상실한 무리의 혼인이다. 입센이 보기에 이러한 팔려 온 혼인은 다시 말하면 허위의 혼인이고 바로 사회의 상, 하층이 하는 혼인이다. 현대사회와 개인이 모두 자기를 상실한 것은 진정한 이기주의 때문이다. 우리는 이로써 그의 혼인 문제에 대한 태도가 어떤지 알 수 있고 그의 심각한 비판을 엿볼 수 있다.[62]

분명 주안(朱安)이 없었다면 이런 말들은 "사람 세우기"의 취재원으로서의 선택 사항이 될 수 있었을 것이다.[63] 그러나 현실 생활에는 결코 도망칠 수 없는 주안이 있었으므로 이 "사람 세우기"를 위한 글을 계속 쓸 수 없었을 것이다. 나카지마 오사후미가 "노노히토의 글은 루쉰을 살해했다"라고 말한 것은 바로 사람의 확립을 직접 위협한 정신적 위기를 가리킨다. 이런 까닭으로 그는 루쉰이 붓을 놓은 가장 큰 원인이 자신의 외부가 아니라 내부에 있었다고 여겼다. 확실히 이러한 관점은 반박하기 어렵다. 그렇지 않으면 "사람 세우기"의 단계, 바로 자립의 단계에 있었던 저우수런이 어째서 그의 모든 글에서 이성, 애정과 관계되는 내용을 쓰는 것을 포기했던 것인가에 대해 해석할

62 齋藤信策, 『藝術と人生』, 374~375쪽.

63 [역자 주] '주안(朱安, 1878~1947)'은 저장 샤오싱(紹興) 출신으로 루쉰의 첫 번째 부인이다. 모친이 혼인을 결정했다. 1906년 7월 6일, 일본 유학 중이던 루쉰은 고향으로 돌아와 주안과 혼례를 치렀다. 사흘 후 루쉰은 주안을 남겨 둔 채 다시 일본으로 떠났다.

수 없다. 10년 후 후스를 포함한 많은 중국 청년이 『신청년』의 입센 특집호로 말미암아 자아의 해방을 도모하기 시작했을 때 그들은 자신의 신변에서 「광인일기」를 쓰고 발표한 루쉰이 10여 년 전 이미 깨달았으나 계속 나가지 못하는 곤경에 부딪혔다는 것은 알지 못했다.

노노히토의 '이보성'이 물론 그해 유학생 저우수런의 입센 체험의 전부였을 리는 없다. 하지만 「입센은 어떤 사람인가」를 포함한 노노히토의 입센 텍스트를 떠나서는 훗날의 루쉰과 입센, 루쉰과 개인주의, 루쉰의 "사람 세우기" 등의 주제는 성립되기 어렵다.

7. 맺음말: "각성한 노라가 집을 나간 이후…"

위에서 노노히토의 '이보성'이 당시 유학생 저우수런의 입센 체험의 전부일 리가 없다고 말한 것은 또 다른 의미가 있다. 최소한 우치다 로안의 '이보성'이 그의 신변에 같이 있었다.

1909년 8월 저우수런이 귀국할 때 일본은 이미 입센의 전성기에 들어서고 있었다. 2년이 지난 1911년 초여름 그는 도쿄에 가서 "반 달 지내고 돌아왔다." 이 여행 체험으로 그는 자신과 일찍이 익숙했던 도쿄 사이에 커다란 간극이 있음을 느끼고 이에 대해 비애감을 느꼈다. "그저 마루젠(丸善)에 진열된 책을 구경했을 따름이네. 모두 예전에 있던 책이 아니었네. 갖고 싶은 것이 너무 많아서 아예 한 권도 구매하지 않았다네. 월(越) 땅에 갇혀 지내며 새로운 분위기와 오랫동안 접하지 않았더니 채 2년도 안 되어 별안간에 촌사람이 되어 버렸네. 스스로 비통해 할 것도 없네."[64] 당시 도쿄는 이미 입센 담론과 실천이 전면적으로 전개되기 시작했고, 세간 여기저기 '신여성', 곳곳이 '노라'인 시대였다.

우치다 로안 — 청년들의 소설 창작에 '광인'이 이미 깜짝 놀랄 정도로 많아졌다는 것을 발견한 유명한 작가, 번역가, 비평가다 — 은 이러한 신여성을 관찰하고 사고하기 시작했다. 그는 「즉흥일기」에서 이렇게 말했다. "새로운 여인이 왔다! 우리는 이미 들어 보지 못한 새로운 여인에 관한 많은 소식을 들었다." 그 결과 그는 "사회에 보편적으로 히스테리적 경향이 존재"하고 "세기말이라 부르고 퇴폐의 시대라고 부르는 시대" 속에서 "히스테리 즉, 새로운 여성 혹은 새로운 남성"을 발견했다. 이어서 그는 "새로운 여성", '노라'에 대하여 자신의 관점을 제시했다.

> 원래 여인의 자각과 해방을 이야기하는 것은 모두 여인의 경제적 독립에 수반되는 것이다. 입고 먹는 것에 있어서 남성에게 의지하면 자각이 없고 해방도 없다. 연기자는 예술을 자신의 세상으로 간주하고 세속의 도덕을 짓밟는데, 그것은 연극배우의 연기에 의지해서 살 수 있기 때문이다. 각성한 노라가 집을 나간 이후의 생활에 대해서는 어린아이보다 훨씬 더 걱정스럽다. 남성을 이리저리 굴리고 마음대로 비판하고 공격할 수 있어도, 만약 경제적으로 독립하지 못한다면 욕설과 냉소 역시 공허한 것이 되고 말뿐이다. 신여성의 우선적 조건은

---

64 魯迅, 「110731 致許壽裳」, 『魯迅全集·書信(1)』 제11권, 348쪽.

남자에게 의지하지 않고 독립할 수 있는 여자의 직업이다.[65]

이상은 노노히토 이후의 또 다른 '이보성' 체험, 앞선 입센 체험의 시대적 파생물로 간주해도 무방하다. '이보성'은 이미 이렇게 노라를 사고하게 하는 문맥 속에 진입했다. 루쉰의 탄생 1개월 후 『신청년』의 입센이 탄생했다. 이러한 유치한 입센을 보고 노노히토라는 거대한 체험을 한 그가 또 놀라움을 느꼈을까? 노라, 노라라고 외치는 소리 속에서 그가 청년을 마주하고 「노라는 집을 나간 후 어떻게 되었나」를 강연한 것에 대해 아직도 불가사의하다고 느끼는가? 입센에 관한 '근대'적 체험으로 말하자면 그는 그 시대 중국에서 가장 먼저 경험한 사람이라고 해야 한다.

2023년 2월 22일 23시 59분 초고
2월 28일 12시 30분 수정
교토 무라시키노에서

65 魯庵生, 「氣まぐれ日記」, 稲垣達郎 主編, 『明治文學全集 24·内田魯庵集』, 筑摩書房, 1978, 308쪽. 「氣まぐれ日記」는 1912년 7월에서 12월, 『太陽』 제18권 제10호에서 제16호까지 5회에 걸쳐 연재된 글이다. '氣まぐれ'는 '멋대로', '성질에 따라'라는 뜻이다. 주로 연극 관람, 참관, 독서 등 문예와 문화와 관련이 있는 내용이다. 문체는 루쉰의 「즉흥일기」(馬上日記), 「즉흥지일기」(馬上支日記)와 일치하므로 비교 연구를 할 수 있을 것으로 생각된다.

『사회의 적』을 다시 읽어 보면 스토크만 박사는 브랜드가 말한 "나는 내가 기독교도인지는 모른다. 다만 이 지방의 골수까지 부패한 민중들을 진료하기 위해서" 고향으로 돌아온 사람이다. 그의 고향에는 온천이 있는데, 그는 배수 파이프의 결함으로 온천이 건강에 해롭고 이른바 "썩은 묘지로 가득하게 될 것"임을 발견했다. 그런데 시장과 시민들은 온천이 시의 유일한 재원이었으므로 이 사실을 공개하는 것을 원하지 않았다. 이와 반대로 스토크만은 진리를 위해서, 자유를 위해서 이 허위를 포기하고 민중들에게 사실을 공개하고자 했다. 스토크만에 대한 사회의 전투는 이로써 생겨났다. 스토크만도 브랜드와 마찬가지로 특히 사회의 다수결정주의, 민주평등주의를 증오했다. 실제로 에머슨이 말한 진리와 개성의 구현은 자신의 안전과 방종을 위하여 허위를 묵인하는 오늘날의 사회와 근본적으로 서로 용납되지 않는다는 것이다. "좋다. 세계가 멸망하더라도 내가 어찌 굴욕으로 가득한 사회의 압박에 굴종하겠는가?" 이것이 실제로 그가 품고 있는 것이다. "나는 감히 나의 양심과 진리를 위해서 일하고자 한다"라는 것은 그의 언행에서 가장 첫 번째 요지다. 따라서 그는 공공의 적으로서 외쳤다. "나는 우리의 전 시민사회가 모두 허위 위에서 세워진 것이라는 것을 보았다. 나는 정신적인 생명의 원천이 이미 부패했다는 것을 보았다." 또 말했다. "진리와 자유의 가장 위험한 적은 단결한 다수가 하는 결정이다. 바로 가련한 민주주의의 저주받아야 마땅한 다수의 결정이야말로 우리가 가장 증오하는 적이다!" 또 말했다. "누가 국가의 주민의 다수인가? 어진 자인가 아니면 어리석은 자인가? 나는 어리석은 자가 대다수라고 믿는다. 설마 가련한 어리석은 자가 현자를 지배하는 이러한 일이 있을 수 있는가? 대개 다수자는 힘이 있으나 정의는 없다. 정의는 언제나 소수인이 가지고 있다." 또 말했다. "바로 저주할 만한 다수의 결정은 우리 정신 생명의 원천에 독이 되고 우리를 파괴했다." 또 말했다. "어리석음, 빈궁, 허약, 이런 것들이 비로소 모든 타락의 근본이다. 최근 2, 3년간 인간은 도의적으로 사고하고 행동하는 능력을 상실했다." 마지막에 말했다. "허위 속에서 생활하는 자는 금수와 같이 비루하다. 전부 없애버려야 한다!" 따라서 민중은 분노하며 그를 '사회 공중의 적'이라고 불렀다. 진실로 민중이라는 것은 '돼지 떼'고, 사원의 장이 말하는 '양 떼'다. 스토크만은 다시 말했다. "사람들은 대개 당파의 노예다. 이것은 가장 나쁜 일이다!" 또 말했다. "민주자유주의라는 것은 자유로운 사람이 가장 증오하는 적이다. 당파의 단결은 생명에 적합한 진리를 파괴하고 도덕과 정의를 무너뜨리고 마침내 생명이 지옥에 떨어지게 한다. 명예롭고 자유로운 사람이 어찌 이러한 노예로 충당될 수 있겠는가!" 그는 마지막으로 말했다. "나는 세계에서 최대의 강자다. 대개 최대의 강자는 곧 고독자이기 때문이다." 오호라 강자, 용맹한 자는 언제나 고독하다. 차라투스트라가 고독한 사람인 것을 보지 못했는가? 그는 역시 이로 말미암아 더욱 강대하다(사이토 신사쿠, 『예술과 인생』, 368~370쪽).

狂人

광인

메이지시대 '식인' 언설과 루쉰의 「광인일기」

머리말: 메이지시대 관련 문맥의 도입

루쉰의 소설 「광인일기」狂人日記는 중국 현대문학의 초석이 되는 작품이자 작가가 처음으로 '루쉰'이라는 필명을 사용하여 발표한 작품이다. 1918년 4월에 쓰고 같은 해 5월 잡지 『신청년』 제4권 제5호에 실었다. 중국 현대문학과 작가 '루쉰'의 탄생과 관련하여 90여 년간 「광인일기」와 관련 연구는 중국 현대문학사와 루쉰 연구사에서 중요한 페이지를 장식했다. '중국지망'(中國知網, CNKI) 데이터베이스에 수록된 논문만 해도 1,400편이 넘고, 심지어는 '광인학사'(狂人學史)라는 이름을 붙인 문학사가의 저술도 있다.[1]

「광인일기」는 어떻게 쓰게 된 것인가? 창작 과정은 어떤가? 이

---

1 張夢陽, 『中國魯迅學通史』(全6卷), 廣東教育出版社, 2005 참고. 여기에서 개별 작품 연구로 '연구사'를 구성한 것은 「아Q정전」과 「광인일기」 두 편이다.

질문은 수많은 논문이 검토해 온 중요한 주제다. 그런데 논술의 전개는 대부분 루쉰 자신이 쓴 '설명'[2]에 근거하고 있다. 즉, 작품의 '형식'은 고골의 동명 소설로부터 빌려 왔고, '예교가 사람을 먹는다'(禮敎吃人)라는 주제는 『자치통감』에서 "깨달았다"는 것이다. 이는 루쉰 연구에서 일종의 상식으로 굳어졌다. 실증 연구 또한 사실관계에서 루쉰이 고골에게서 빌려 왔음을 보여 준다. 「광인일기」라는 작품 제목과 '일기' 형식은 1907년 잡지 『취미』趣味 제2권 제3, 4, 5호에 연재된 '하세가와 후타바테이 슈진'(長谷川二葉亭主人)이 러시아어를 일본어로 번역한 고골의 「광인일기」에서 직접 가져왔다는 것이다.[3] 그런데 작품의 주제와 관련된 지점은 아직 얼마간의 의문점을 남기고 있다. 예컨대 루쉰은 "우연히 『통감』을 읽고 중국인이 식인 민족이었다는 것을 깨달아 이 작품을 짓게 되었다"[4]라고 했는데, 그렇다면 『자치통감』의 어느 부분을 읽었고, 어떤 계기로 "우연히 『통감』을 읽"게 된 것일까? 이러한 문제는 작품 속 '식인'이라는 이미지의 창조와 밀접한 관련이

2 魯迅, 「『中國新文學大系』小說二集序」, 『魯迅全集·且介亭雜文二集』 제6권, 246쪽; 「180820 致許壽裳」, 『魯迅全集·書信』 제11권, 365쪽.

3 姚錫佩, 「魯迅初讀「狂人日記」的信物 — 介紹魯迅編定的'小說譯叢'」, 北京魯迅博物館魯迅研究室 編, 『魯迅藏書研究』, 1991. 이 글의 초고를 작성하면서 나는 잡지 『취미』(趣味)에 3기에 걸쳐 연재된 것을 확인하고 보다 상세한 판본 정보를 알아냈다. 다음과 같이 보충하고자 한다. 그리고 姚錫佩의 글에서 '메이지 40년'을 서기 '1906'으로 표시했으나 1907년으로 해야 한다.

「狂人日記」(ゴーゴリ 原作), 二葉亭主人 譯(목록의 역자명 長谷川二葉亭主人), 『趣味』 제2권 제3호(1~5쪽), 明治 40년(1907) 3월 1일; 『趣味』 제2권 제4호(1~14쪽), 제2권 제5호(151~161쪽), 明治 40년 4월 1일, 5월 1일.

4 魯迅, 「180820 致許壽裳」, 『魯迅全集·書信』 제11권, 365쪽.

있으나 아직 해결되지 않고 있다.

「광인일기」가 독자에게 가져다준 가장 큰 충격적인 독서 체험은 바로 '식인'이라는 이미지의 창조다. 주인공 '광인'을 두렵게 한 '식인' 이미지는 독자들을 강렬하게 뒤흔들었다. 전체 4,870자 가운데 '식인'라는 단어는 28번 나온다. 평균 170자에 1번 출현하여 핵심어로서 전편을 지배하고 아우르며 작품의 주제를 표현하는 핵심이다. 뿐만 아니라 바로 『열풍』熱風의 수감록 42, 54(1919)와 「등하만필」燈下漫筆(1925) 등에서 볼 수 있는 바와 같이 '식인' 이미지는 문명사 비판의 영역으로 확장되어 루쉰 전반을 관통하는 핵심어가 되었다. 그렇다면 '식인' 이미지는 왜 만들어진 것일까? 또 어떻게 만들어진 것일까? 이 글은 바로 이러한 것들에 대한 하나의 구상을 시험해 보고자 한다. 다시 말하면 일본 메이지시대의 '식인'과 관련된 언설을 하나의 문맥으로서 「광인일기」 연구에 도입하고자 한다.

결론부터 말하자면, 나는 「광인일기」의 '식인'이라는 주제 이미지는 일본 메이지시대에 이와 관련하여 논의된 '지식'의 배경 아래 만들어졌다고 생각한다. 혹은 메이지시대 '식인'에 관한 언설이 「광인일기」 창작에 하나의 '모티프'를 제공했다고도 말할 수 있다. 물론 이는 하나의 가설에 불과하다. 이 문제를 명확히 하기 위해서 「광인일기」는 잠시 접어 두고 먼저 메이지시대의 '언설' 상황에 대해 살펴보고자 한다. 그 시대에 왜 '식인'이라는 화제가 생겼으며 이 화제가 어떻게 논의되었는지를 말이다.

1. 메이지 이래 '식인' 혹은 '인육' 언설과 관련된 기본 문헌

일본어에서 '사람을 먹는다'(吃人)라는 단어는 '식인'(食人)이라고 쓴다.[5] 나는 '식인' 혹은 '인육'을 실마리로 관련 문헌을 검색하여 다음을 초보적으로 인식하게 되었다. 일본 근대 이래 식인 혹은 인육과 관련된 언설은 메이지 시기에 발생하여 형태를 갖췄고, 다이쇼 시기에 완성되어 쇼와 시기로 이어져 지금에 이르렀다는 것이다.[6] 「광인일기」와의 관련성으로 말하자면 문헌 조사의 중점은 물론 메이지시대이나 하나의 '언설'로서의 연속성과 루쉰이 이 단편소설을 창작하고 발표한 시기가 다이쇼시대와 많이 겹치므로 문헌 조사의 범위는 다이쇼 말년까지로 확대했다. 이렇게 해서 메이지와 다이쇼시대 식인 혹은 인육 언설과 관련된 문헌의 '총량의 윤곽'을 확보했다. 여기서 말하는 '총량'이란 나의 조사 범위 내에서 확보한 문헌의 총량을 가리키는 것으로 물론 불완전하고, 이렇게 도출된 것은 그저 하나의 윤곽일 수밖에

---

5 [역자 주] 저자는 이 글에서 '식인'에 해당하는 단어를 중국어 '츠런'(吃人), 일본어 '쇼쿠진'(食人)으로 각각 구분해서 사용한다. 즉, 일본 문헌과 일본 언설계의 논의를 인용하거나 설명할 때는 '쇼쿠진'(食人), 나머지는 '츠런'(吃人)으로 썼다. 그런데 이 두 단어는 출처를 제외하고 이 글의 논지 속에서 의미 혹은 기타 해석 등에 있어서 어떤 차이도 없으므로 일괄적으로 '식인'으로 번역했다.

6 일본 근대 이래 연호와 서력의 대응 관계는 다음과 같다. 메이지(明治) 총 45년 1868년 9월 8일~1912년 7월 29일. 다이쇼(大正) 총 15년: 1912년 7월 30일~1926년 12월 24일. 쇼와(昭和) 총 64년: 1926년 12월 25일~1989년 1월 7일. 헤이세이(平成) 총 30년: 1989년 1월 8일~2019년 4월 30일. 현재 연호는 레이와(令和)로 2019년 5월 1일 이후다.

없다. 그러나 윤곽이라고 하더라도 이 중에는 주요하고 기본이 되는 문헌이 포함되었다고 믿는다. 표 1을 참고하기 바란다.[7]

표 1 메이지, 다이쇼 시기 '식인' 혹은 '인육' 언설과 관련된 출판물 통계[7]

시대 \ 출판물 종류	서적	잡지	『요미우리신문』	『아사히신문』	총수
메이지 시기	34	20	22	49	125
다이쇼 시기	28	15	29	64	136
분류 합계	62	35	51	113	261

표에서 보이듯 검색 대상은 메이지와 다이쇼의 기본적인 출판물로 구체적으로 서적, 잡지, 신문으로 나뉜다. 신문은 일본의 양대 신문인 『요미우리신문』과 『아사히신문』으로 제한했다. 검색 결과에서 알 수 있듯 1875년부터 1926년까지 반세기 동안 관련 문헌은 261점이다. 이들 문헌이 이 글에서 말하는 '언설'의 기본적인 담론 내용과 그것의 경과를 구성한다. 그런데 여기서 몇 가지 부연 설명이 필요하다.

(1) 두 신문의 관련 문헌의 총합과 서적, 잡지의 관련 문헌의 총합은 164 대 97의 비율을 보이지만, 언설의 역량의 측면이나 내용의 풍부함, 체계, 깊이에서는 서적, 잡지와 비교할 수 없다. 따라서 이 글에서는 신문은 다만 참고 문헌으로 처리하고자 한다. (2) 문헌의 중심으

7 서적류의 통계 범위는 1882~1926년, 잡지류는 1879~1926년, 『요미우리신문』은 1875년 6월 15일~1926년 5월 31일, 『아사히신문』은 1881년 3월 26일~1926년 10월 29일이다.

로서 서적과 잡지는 47년에 걸쳐 있고 수량은 97점으로 평균하면 대략 매년 2점이다. 기본적으로 이 언설의 출현과 전승의 특징과 일치한다. 그것은 바로 뜨겁지도 않고 차갑지도 않았다는 것이다. 집중적인 토론은 없었으나 끊임없이 흐르는 세류처럼 지속적인 토론이 이루어진 모양새다. (3) 서적의 수량이 잡지에 실린 글보다 많은 것은 분명하지만 둘 사이에는 상호 관련성이 존재한다. 어떤 서적은 잡지에 발표한 문장을 확장한 것이고 같은 책이 재발행된 사례도 있다.

2. '식인' 혹은 '인육' 언설의 시대적 배경과 원인

왜 하필 메이지시대에 '식인' 혹은 '인육', 즉 Cannibalism의 언설이 출현한 것일까? 바꿔 말하면 왜 식인 혹은 인육을 하나의 문제로 삼고 연구하고 토론한 것일까? 시대적 배경과 화제의 배경은 어떠했는가? 물론 근원을 찾아 세밀히 연구하려면 '전사'(前史)까지 소급해야 한다. 예컨대 에도시대의 '필기' 같은 것으로 이 글의 입론을 보강할 수 있을 것이다. 그러나 여기서는 산술적인 사사오입 방식을 취하여 우선 주제를 메이지시대로 제한하고자 한다. 이렇게 보면 '문명개화'는 분명 '식인' 언설의 커다란 배경이다. 이 점은 의문의 여지가 없다. 그런데 이것을 제외하면 개인적으로 적어도 다음 세 가지 구체적 요소는 고려할 만하다고 생각한다. (1) "소고기 식용의 시작", (2) 지식의 개방, 확충, '시대 취미', (3) 모스의 오모리 패총(大森貝塚) 발견과 관련 보고.

먼저 "소고기 식용의 시작"이다. 고기를 먹은 적이 없는 사람이 '고기'에 관해 토론한다는 것은 비현실적이다. '인육'은 더 말할 나위 없다. 이런 의미에서 말하자면 메이지시대 소고기 식용의 시작과 그와 관련된 언론은 그 후의 식인 혹은 인육 언설의 물질적 전제와 잠재적 담론의 전제 중 하나를 구성했다. 당시 고기에 대한 민감도는 오늘날의 상상을 훨씬 초월한다. '문명개화'에 수반되어 고기가 왔고 소고기가 왔다. 후각적, 미각적 충격뿐만 아니라 정신적 놀라움은 훨씬 더했다. 수용할 것인가 말 것인가? 먹을 것인가 말 것인가? 이제껏 고기를 먹지 않았을 뿐만 아니라 '불결한 것'으로 보았던 절대다수의 일본인으로 말하자면 그들은 엄청난 고민과 선택의 문제에 직면했다. 훗날 일본 전체가 '먹기'를 선택하고 식탁 위의 '서양 풍습'을 마침내 받아들였지만, 그 사상의 파문은 역사의 기록에 선명하게 남아 있다. 메이지 5년(1872) 음력 정월 24일, 천황은 "고기반찬을 들이라 명하셨다". "그때 황제께서는 … 육식을 꺼리는 낡은 풍습을 혁파하고자 처음으로 고기반찬을 들이라 명했다. (이를) 들은 사람들은 황제의 결단으로 솔선하여 백성들의 미몽을 일깨우셨다고 환호하며 칭찬했다."[8] '고기 먹기'는 곧 '문명개화'와 같고, 이를 거부하고 "육식을 꺼리"는 것은 곧 "낡은 풍습"과 "미몽"으로서 "혁파"하고 "일깨워"야 할 대상으로 배치했다. 천황의 솔선수범 행위는 그 자체로 '메이지 계몽'의 한 중요한 내용을 구성했다. 이시이 겐도의 『메이지 사물 기원』明治事物起原에는 독립된 장으로 "소고기 식용의 시작"에 대해 기술하고 있

8 山田俊造·大角豊次郎, 『近世事情』(전13권) 제5편 제11권, 1873~1876, 4쪽.

는데,[9] 여기서는 더 언급하지 않겠다. 요컨대 이때부터 일본은 상하가 함께 관민이 하나로 풍속을 바꾸어 육식을 하는 '문명시대'를 열게 되었다.

당시 게사쿠(戲作) 문학가 가나가키 로분(假名垣魯文, 1829~1894)의 골계 작품 『아구라 나베』安愚樂鍋에는 다음이 기록되어 있다. "사농공상, 남녀노소, 어진 자와 어리석은 자 그리고 빈자와 부자가 앞다투어 (먹고), 소고기 나베를 먹지 않는 사람은 개화, 진보하지 않은 사람이다."[10] 훗날 루쉰이 유학생들이 "문을 닫아걸고 소고기를 삶아 먹는다"라고 조롱한 것은 그가 "도쿄에서 실제로 보았던" 것과 관련이 있는데[11] 그것의 근원을 거슬러 올라가면 애당초 '소고기를 먹는 것은 곧 문명개화와 같다'라고 한 영향의 여파라고 할 수 있다.

메이지시대 문명개화는 일본 국민을 육식 습관으로 이끌었을 뿐만 아니라 객관적으로 '고기'에 대한 민감도와 관심을 불러일으켰고, '인육'과 '인육 먹기' 또한 이런 관심의 잠재적 대상이 되었다. 예를 들어 육식이 곧 개화고 문명인 이상, 이와 긴밀하게 연결된 문제는 바로 다음 문제였다. 같은 세계에서 아직도 '인육을 먹는 인종'이 존재한다는 것을 알게 되었을 때 그들의 육식을 어떻게 평가해야 하는가? 당시의 문명론과 진화론의 상식에 따라 이들 인종을 '야만 인종'으로 규정하고 따라서 '육식하는 우리'와 '육식하는 그들'이 본질적으로 다르고

9 石井研堂, 『明治事物起原·牛肉食用之始』, 橋南堂, 1908, 403~416쪽.

10 假名垣魯文, 『牛店雜談安愚樂鍋』初編, 早稻田大學圖書館藏, 5쪽.

11 魯迅, 「雜論管閑事·做學問·灰色等」, 『魯迅全集·華蓋集續編』 제3권, 22~23쪽.

문명과 야만의 구분이 있다고 인식했으나 연이어 자기를 포함한 세계의 '문명 인종'도 '식인'을 할 수 있다는 것을 알게 되었을 때, 또 어떤 혼란이 발생했던 것일까? 나는 이러한 것들이 모두 "소고기 식용의 시작"이라는 실천 이후에 가정된 것으로 '식인' 혹은 '인육' 언설이라는 잠재적 문제까지 관련이 되며, 후자로 발전하는 중요한 암시적 성격을 갖추고 있다고 생각한다.

다음으로는 지식의 개방, 확충 그리고 '시대 취미'다. 메이지시대로 말하자면, 문명개화가 물론 육식만을 의미하지 않았다는 점은 두말할 필요도 없다. 더 중요한 것은 계몽과 신지식의 도입, 눈을 떠서 세계를 보는 것이다. 메이지 원년(1868) 4월 6일, 메이지 천황은 메이지 정부의 기본 시정방침으로 「오조서문」五條誓文을 반포했는데, 그것의 제5조는 "마땅히 세계에서 지식을 구한다"[12]이다. 니시 아마네의 '문안'(文眼)을 빌리자면 일종의 '백학연환'(百學連環)이자, philosophy로부터 '철학'(哲學)이라는 한자 어휘를 창안한 시대였다.[13] 『메이로쿠잡지』明六雜誌와 『도쿄학사회원잡지』東京學士會院雜誌에서 보인 지식 엘

12 「五箇條の御誓文」, 『太政官日誌』 제1책, 1868. 國會圖書館近代デジタルライブラリー.

13 니시 아마네는 메이지시대 계몽주의자의 선두 그룹에 속한다. 메이지 유신 이전에 네덜란드에서 유학했다. 한학(漢學)에 정통하고 난학과 서학을 배워 서방 근대의 과학 체계와 철학을 소개하는 데 획기적인 공헌을 했다. 'Encyclopedia'를 희랍 원어의 의미에 근거하여 처음으로 '백학연환'(百學連環)으로 번역했다. 『백학연환』(百學連環)은 그의 중요한 저작으로 일본 근대의 '학과'와 '과학' 철학 체계의 기초를 세웠다. 현재 일본과 중국에서 통용되는 '철학'(哲學)이란 단어 역시 니시 아마네가 'philosophy'를 번역한 것이다.

리트들의 '문명'에 대한 광범위한 관심은 두말할 나위가 없다.[14] 이 중에 '식인'에 관한 주제가 보이는데, 이 점에 대해서는 뒤에서 구체적으로 설명할 것이다. 민간 사회 역시 해내외에서 들어온 유사한 '신선한 일'에 대한 호기심과 열정으로 충만했다. 이른바 식인 혹은 인육 언설은 바로 이런 커다란 지식 배경 아래에서 출현했다. 일반 '서민'으로 말하자면 이러한 '천하의 신기한 소문'과의 접촉은 주로 잡지나 문학작품을 통해서였다. 예컨대 1875년 6월 15일 『요미우리신문』과 『아사히신문』은 같은 날 같은 소식을 보도했다. 반슈(播州)의 한 사족(士族) 관원이 하녀와 사통했고 '사이쿤'(細君) 즉, 아내가 이를 알고 관원이 외출한 틈을 타서 하녀를 살해하고 허벅지 살을 베어 내 그가 귀가하자 '사시미'로 차려 냈다는 내용이다. 『요미우리신문』은 이듬해 10월 19일 『미에신문』三重新聞의 기사를 인용했다. 피지섬에 최근 식인하는 사람이 많이 모였고 불시에 산에서 내려와 사람을 납치하고 부녀자와 아동 18명을 잡아먹었다고 했다. 이 글에서 다룰 '언설 문헌' 중에는 1882년에 출판된 시미즈 이치지로(清水市次郎)의 『회본 충의수호전』繪本忠義水滸傳이 있다. 이 문헌의 제5책 권14의 표제는 「모야차가 맹주에서 인육을 팔다」이다. 그런데 일본 서민들이 일찍부터 익

14 『明六雜誌』는 메이지 초기 최초의 계몽 단체인 메이로쿠샤(明六社)의 기관지로 1874년 4월 2일 창간하고 1875년 11월 14일 종간되었다. 총 43호가 나왔다. '문명개화' 시기의 근대 일본에 거대한 영향을 미쳤다. 『東京學士會院雜誌』는 메이로큐샤의 후속 관방 단체인 도쿄학사회원(東京學士會院)의 기관지로 과학 계몽에 중대한 영향을 미쳤다. 이 두 잡지는 근대 자연과학과 인문과학에 대한 광범위한 관심을 보여준다.

숙한 동방의 이야기에 비해 사람들의 호기심을 훨씬 더 자극했던 것은 '서양'에서 온 '인육 이야기'였던 것으로 보인다. 셰익스피어의 『베니스의 상인』은 이노우에 쓰토무(井上勤, 1850~1928)가 일본어로 번역하여 1883년 10월 도쿄의 긴코도(今古堂)에서 출판했고, 이후 3년이라는 짧은 기간에 최소 6종의 판본이 인쇄되었는데, 여기에는 잡지에 실린 것과 훗날의 원문 강독 번역본은 포함하지 않았다.[15] 이 책이 열렬하게 읽혔던 까닭은 일본 근대 '교감(校勘)의 신' 고지로 다네아키(神代種亮, 1883~1935)의 견해를 따르면 이 책의 "볼거리"는 두 가지인데, 하나는 "제목의 기이함"이고 둘은 "재판을 소재로 삼은 것"으로 이 두 가지가 당시 "유행"과 맞아떨어졌다는 것이다.[16] '제목'이라고 한 것은 지금의 일역과 중역의 번역 제목이 아니라 『서양진설 인육질입재판』西洋珍説人肉質入裁判이었다. 일본어 '질입'(質入)은 저당 잡힌다는 뜻이고 '재판'(裁判)은 법원 심판을 뜻한다. 지금 말로 직역하자면 바로 『인육저당재판』이다. 인육이 이 이야기의 볼거리였음이 분명하다. 베니스의 부상(富商) 안토니오는 친한 친구 바사니오의 혼사를 성사시키기 위해 유대인 고리대금업자 샤일록에게 살점을 저당 잡혀 빚을 지고, 이로써 혼비백산하는 재판이 벌어지게 된다. 이 소설은 당시 독자들로 말하자면 감탄하지 않을 수 없는 '서양 진설(珍說)'이었다. 고지

15 이 여섯 종의 판본은 다음과 같다. (1) 井上勤 譯, 『西洋珍説人肉質入裁判』, 東京古今堂, 1883년 10월, (2) 東京古今堂, 1886년 6월, (3) 東京誾花堂, 1886년 8월, (4) 東京鶴鳴堂, 1886년 8월, (5) 東京鶴鳴堂 二版, 1886년 11월, (6) 东京廣知社, 1886년 11월.

16 神代種亮, 「人肉質入裁判解題」, 明治文化研究會 編, 『明治文化全集 15·飜譯文藝篇』, 日本評論社, 1992, 30쪽.

로 다네아키의 말로 하면 "문명 개화기 일본인이 가지고 있던 흥취"를 보여 준 것이다. 사실상 문학작품은 이 시대의 '흥취'와 '식인' 언설의 중요한 담지체였다. 『인육질입재판』 외에 동시대에 번역된 『스콧기담』[17]과 이후의 우카센시(羽化仙史)의 『식인국 탐험』, 시부에 후메이(澁江不鳴)의 『나체여행』 등이 이 대표작이다.[18]

그런데 '인육 이야기'는 기이함과 취미의 범위에 제한되지 않고 신흥하는 과학 영역 중의 한 언설로 확장했다. 특히 미국의 동물학자 모스의 일본 방문은 일본에 '말로 전하고 행동으로 가르치'는 진화론을 가지고 왔을 뿐 아니라 '식인'에 관한 언설을 진화론, 인류학, 법학, 경제학 더 나아가 문명론의 영역으로 들어가게 했다. 이것이 바로 앞으로 소개할 모스의 오모리 패총 발견과 관련 보고에 관한 내용이다.

모스는 미국의 메인주 포틀랜드시에서 태어나 1859년부터 2년간 하버드대학에서 저명한 해양, 지질, 고생물 학자 루이 아가시(Jean Louis Rodolphe Agassiz, 1807~1873) 교수의 조교로서 교수의 강의를 청강했다. 이 시기 마침 다윈의 『종의 기원』(1859)이 출판되었고 모스는 차츰 진화론에 경도되었다. 1877년 즉, 메이지 10년 6월, 완족동물 연구를 위해 자비로 일본 현지 조사를 진행했고, 곧이어 일본 문부성의 초빙으로 도쿄대학 동물학 및 생리학 교수가 되었다. 모스는 일본

17 スコット, 『壽其徳奇談』, 1885년 11월, 内田弥八刊刻.

18 羽化仙史, 『食人國探險』, 大學館 編, 『冒険奇怪文庫』 제11, 12편, 1906. 2008년 겨울 푸단(復旦)대학의 룽샹양(龍向洋) 선생 덕분에 이 책의 중국어 번역이 있음을 알게 되었다(羽化仙史, 覺生 譯, 『食人國』, 河北粹文書社, 1907, 北京師範大學圖書館 소장). 澁江不鳴, 『裸體遊行』, 출판사 불명, 1908. 우카센시, 시부에 후메이는 모두 시부에 다모츠다.

에 진화론, 동물학, 생물학, 고고학을 전수한 최초의 서양인으로 도쿄대학 재직 중에 진행한 진화론과 동물학 강의는 제자 이시카와 지요마츠가 수업 노트에 기초하여 연이어 정리, 출판했다. 그것은 『동물진화론』과 『진화신론』으로 모두 일본에서 진화론을 설명한 초기의 중요한 문헌으로 공인되었고, 또한 루쉰이 일본 유학 중에 공부한 진화론 교과서이기도 하다.[19] 모스 최대의 공헌이자 최대 수확은 오모리 패총의 발견이다. 오모리 패총은 지금의 도쿄 시나가와구(品川區)와 오타구(大田區)가 만나는 곳에 있다. 1877년 6월 19일 모스가 기차를 타고 요코하마에서 신바시(新橋)로 가는 도중 오모리역을 지날 때 차창으로 본 벼랑에서 우연히 발견했다. 일본의 조몬(繩文)시대(지금부터 16000년 전에서 3000년 전까지)의 패총으로 원시인의 생활 흔적을 풍부하게 보존하고 있다. 모스는 같은 해 9월 16일 도쿄대 학생들을 데리고 발굴을 시작하여 대량의 조개껍데기, 토기, 토우, 돌도끼, 돌쟁기, 사슴과 고래, 사람의 뼛조각 등을 출토했는데, 이러한 것들은 훗날 일본의 주요 국가 문물이 되었다. 1879년 7월 오모리 패총의 조사와 발굴에 관한 모스의 상세 보고는 도쿄대학에서 「오모리의 패총」Shell Mounds of Omori이라는 제목으로 출판되었다.[20] 오모리 패총의 발견과 모스의 연구 보고는 당시 커다란 반향을 불러일으켰다. 그중 가장 충격적인 공포는 출토된 인골에 기초한 그의 추론 즉, 과거에 '식인 인

19 金子之史, 「モースの『動物進化論』周邊」, 『香川大學一般教育研究』 제11호, 1977; 中島長文, 「藍本「人間の歷史」」(上, 下), 『滋賀大國文』, 1978, 1979.

20 『東京大學文理學部英文紀要』 제1권 제1부.

종'이 일본에 거주했다는 것이었다. 1878년 6월 도쿄 아사쿠사(淺草) 스가쵸(須賀町)의 이부무라로(井生村樓)에 모인 5백여 명의 청중 앞에서 자신의 추론을 처음으로 꺼냈을 때[21] 문명개화한 근대화의 길을 서두르고 있던 메이지 일본에 얼마나 큰 정신적 충격을 주었는지를 상상하는 것은 어렵지 않다.

시대적 문화라는 큰 배경 외에 위에서 언급한 모스의 견해는 이후 식인 혹은 인육 언설에 관한 '과학적' 전개의 주요한 계기가 되었던 것이 분명하다.

3. 모스 이후 '식인' 언설의 전개

모스의 견해를 가장 빨리 일본어 텍스트 형식으로 공중에게 보급한 것은 메이지 12년(1879) 도쿄대학출판부가 출판한 『이과회수』理科會粹 제1질 상책이다. 『오모리 조개무지 고물편』大森介墟古物篇에 「식인종의 증명」이라는 소제목으로 모스의 추정을 명확하게 기술했다. 번역하면 다음과 같다.

> 지리멸렬 흩어진 멧돼지와 사슴 뼈 사이에서 종종 인골을 발견했다. … 질서 있게 놓인 것은 한 구도 없었고, 세계 각지의 조개무지에서

21 「大森村發見の前世界古器物について」(『なまいき新聞』 제3, 4, 5호, 1878년 7월 6, 13, 20일), 近藤義郎·佐原真 譯, 『「大森貝塚」關連資料(三)』, 岩波書店, 1983.

발견되는 식인 유적과 하나도 다를 것이 없었다. 다시 말하자면 인골의 뼛조각은 기타 멧돼지 뼈, 사슴 뼈와 마찬가지로 당시 골수를 짜내기 위해서 혹은 솥에 넣기 위해서 부러뜨려져 있었다. 그 흔적은 선명했고, 인위의 흔적은 감출 수가 없었다. 특히 인골에서 부러뜨리기 어려운 힘줄 부분은 윗부분에 가장 깊고 손상이 심각한 깎인 흔적을 볼 수 있었다.[22]

이것은 모스가 일본 상고시대에서 식인 풍속의 존재를 추정한 핵심적인 단락이다. 개인적으로 이 단락은 사상사적 의미가 고고학적 추론보다 더 중요하다고 생각한다. 왜냐하면 모스부터 시작하여 이른바 '식인'은 꼭 '타자'만의 '야만 풍습'이 아니라 일본 역사, 일본 정신사와 밀접한 관련이 있는 자신의 문제가 되었기 때문이다. 바꿔 말하면, '타자'를 '자기'로 바꾸는 문제였다. 과거 일본에도 식인 인종이 존재했는가? 또 식인 풍속이 있었는가? 이런 문제의 배후에는 자기가 식인하는 자의 후예일 수 있다는 당혹감이 깔려 있다. 사실 이후의 많은 대표적인 논문과 서적은 모스의 이런 추론을 둘러싸고 전개되었다. '모스'는 이어진 '식인' 언설의 이른바 '문제의식'이었다고 할 수 있다.

모스에 대한 반응과 관련하여 가장 주목을 끄는 것은 '인류학회'의 성립과 해당 학회의 잡지에 발표된 관련 문장이다. 인류학회는 후에 '도쿄인류학회'로 이름을 바꾸고 1886년 2월에 정식으로 발족했다.

22 矢田部良吉 口述, 寺內章明 筆記.『大森貝塚』중 '食人風習' 부분.

간행물 『인류학회보고』는 학회 명칭의 변화에 따라 『도쿄인류학회보고』와 『도쿄인류학회잡지』로 이름을 바꾸었다. 당초 주요 관심 대상은 "동물학과 고생물학에서의 인류 연구와 내외 여러 나라 사람의 풍속 습관, 구비 방언, 역사 이전이나 이후의 잘 모르는 고생물 유적 등"의 연구이고, 목적은 "인류의 해부, 생리, 유전, 변천, 개화 등을 연구하여 인류와 자연의 이치를 밝히는 것"이었다.[23] 처음에는 분명 '배움을 주로 하는'의 학생들의 동인단체였다. 그런데 생물학과 고고학 발굴 방면에 관하여 그들의 관심을 불러일으킨 것은 "대학교수 모스의 메이지 12년 오모리 패총"의 발굴, 채집, 그리고 다양한 관련 연설이었다. 발기인 중 한 명인 쓰보이 쇼고로의 소개에 따르면, 그들은 일본의 고인류 생활 유적에 대해 독립적으로 조사와 발굴을 진행하여 발견한 바가 있었고, 동시에 토론을 전개하고 매월 1회 정기회의를 개최했다. 학회가 성립되기까지 14차례 회의가 열렸고 제15차 회의의 보고가 바로 『인류학회보고』 제1호다.[24] 회원은 당초 4명의 '동호인'에서 28명으로 늘었고 이후에는 더욱 많아져서 마침내 일본의 정식 인류학 학술연구 기구가 되었다.

식인, 식인종, 식인 풍습 등은 물론 인류학이 관심을 가진 주제 중의 하나였다. 학회 잡지에 실린 주요 문장과 기사는 다음과 같다.

1. 이리사와 다쓰키치(入澤達吉), 「인육을 먹는다는 설」人肉を食ふ說, 제

---

23 『人類學會報告』 제1호, 1886년 2월. 1쪽과 '人類學會略則'.

24 坪井正五郎, 「本會略史」, 『人類學會報告』 제1호.

2권 11호, 1887년 1월.

2. 데라이시 마사미치(寺石正路), 「식인 풍습에 대해 기술하다」食人風習に就いて述ぶ, 제4권 제34호, 1888년 12월.

3. 데라이시 마사미치, 「식인풍습론 보유」食人風習論補遺, 제8권 제82호, 1893년 1월.

4. 도리이 류조(鳥居龍藏), 「야만 부락의 인두 사냥」生藩の首狩, 제13권 제147호, 1898년 6월.

5. 작자 미상, 『식인풍습고』食人風習考, 제13권 제147호, 1896년 6월. 데라이시 마사미치의 동명의 저작을 소개하는 내용.

6. 이노 가노리(伊能嘉矩), 「타이완의 식인 풍속」臺灣における食人の風俗, 제13권 148호, 1898년 7월. 이 글은 '타이완통신 제24회'에 실렸음.

7. 이마이 소조(今井聰三) 부분 번역, 「식인 풍습」食人風俗, 제19권 제220호, 1904년 7월.

1과 7은 식인에 관한 서방 학자의 조사와 연구에 대한 소개고 2, 3, 5는 모두 데라이시 마사미치(1868~1949)와 관련이 있다. 메이지시대 식인 연구에서 이론화와 체계화에 가장 뛰어난 인물 중의 하나가 데라이시 마사미치다. 그는 식인의 사례를 풍부하게 제공했을 뿐만 아니라 진화론을 적용하여 해석하려 시도했다. 다른 논자와 마찬가지로 일본이 과거에 식인을 했다는 모스의 추정에 그리 동의하지 않았으나 일본의 과거 문헌에서 식인의 예증을 가장 많이 찾아낸 연구자였다. 1898년 자신의 연구를 모아 도쿄도(東京堂) '도요총서'(土陽叢書) 제8편으로 출판했는데, 제목을 『식인풍속고』食人風俗考라고 했다. 4와

6은 타이완의 '야만 부락'(生蕃)과 식인에 관한 현지 보고로서 청일전쟁 후 일본의 타이완 점거와 직접적인 관련이 있다.

위에서 언급한 『도쿄인류학회잡지』에 발표된 문장 외에 인류학 방면의 서적과 논문 중에서 적어도 다음 두 가지는 주목할 만하다. 하나는 영국 선교사 존 배철러(John Batchelor, 1854~1944)의 『아이누인과 그 설화』고, 다른 하나는 가와카미 하지메(河上肇, 1879~1946)의 논문 「식인론 — 식품으로서의 인육을 논함」이다.[25] 배철러는 1883년부터 일본 홋카이도에서 선교 활동하면서 아이누족을 면밀하게 관찰하고 연구했다. 이 책은 그가 일본어로 쓴 아이누에 관한 전문서로서 영어로 쓴 이전의 논문의 내용을 총정리한 것으로 일본의 아이누족에 관한 연구에 미친 영향이 지대하다. 제2장 「아이누인의 본거지」의 시작에서 다음과 같이 말했다. "아이누는 최초에 일본 전역에 거주했다. 후지산은 아이누가 붙인 이름이다. 아이누는 에조(蝦夷)에 의해 쫓겨났다. 아이누는 인육을 먹는 인종이다."[26] 이로 말미암아 '인육을 먹는 것'은 아이누인의 부호가 되었다. 가와카미 하지메는 경제학자이자 마르크스주의 경제학을 동아시아에 도입한 중요한 학자로 훗날 사회주의를 추구하는 중국의 젊은 학자들에게 커다란 영향을 주었다. 궈모뤄가 『사회조직과 사회혁명』을 번역하고 다시 『자본론』을 번역한 것은 모두 그와 관련이 있다. 가와카미 하지메가 1908년에 발표한 이

25 ジエ-·バチエラ, 『アイヌ人及其説話』(上編, 中編), 1900, 1901. 河上肇, 「雜錄: 食人論 — 食料トシテノ人肉ヲ論ス」, 『京都法學會雜誌』 제3권 제12호, 1908.

26 『アイヌ人及其説話』(上編), 1900년 12월, 5쪽.

논문은 물론 "식품으로서의" 경제학적 의미를 고려한 것이 적지 않은데, 후에 그는 이 글의 이 주제를 '경제학 연구'의 '사론'(史論)에 포함시켰다.[27] 그런데 전체적으로 말하자면 그는 사실 이 논문으로 잘 모르던 인류학 영역의 토론에 참여했고, 모스의 고대 일본인의 식인풍속설을 '논파'하는 데 주요한 의도가 있었다.[28] 모스와 가와카미 하지메는 전후 장장 30년의 거리가 있다. 30년이 지나 다른 분야의 사람이 일부러 2만 자 분량의 장편 논문으로 반박한 것에서 모스의 영향을 족히 짐작할 수 있다.

이 외에도 식인 언설은 법학 영역까지 파급되어 관련 법률에 관한 사고를 불러일으켰다. 법학 잡지에는 배를 타고 표류하다가 식량 부족으로 동료를 잡아먹은 '국제 사례'가 실렸다. 노인 부양 문제를 연구한 전문서에서도 식인과 관련된 법률 문제를 많은 분량으로 다루고 있다. 전자는 하라 가메타로(原龜太郎, 1861~1894)와 기시 세이치(岸清一, 1867~1933)의 「표류로 인한 기아로 사람을 먹은 사건」이 대표적이고 후자는 호즈미 노부시게(穗積陳重, 1856~1926)의 『은거론』이 대표적이다.[29] 앞서 언급한 가와카미 하지메의 논문에서도 이 두 자료를 광범위하게 인용하고 있다.

요컨대, 식인 언설은 신문 매체와 문학작품에 실려 메이지시대

27 河上肇, 「史論: 第八章 食人俗略考」(『經濟學研究』 下篇, 博文館, 1912), 『河上肇全集』 제6권, 岩波書店, 1982.

28 河上肇, 『河上肇全集』 제6권, 305~306쪽.

29 原亀太郎·岸清一, 「漂流迫餓食人」, 『法學協會雜誌』 제2권 제71호, 1889; 穗積陳重, 『隠居論』, 哲學書院 '法理學叢書', 1891. 國會圖書館近代デジタルライブラリー.

내내 하나의 '흥미'거리로서 일반 사회로 확대되었다. 동시에 고고학, 진화론, 생물학, 인류학, 민족학, 사회학, 법학 더 나아가 문명론 등의 광범위한 영역에서 학술 문제로 다루어졌고 모스가 여기에 유력한 계기를 제공한 것은 두말할 필요도 없다. 이러한 전제 아래 이어서 이 문제를 구체화하고자 한다. 그것은 바로 메이지시대 식인 언설 중의 '지나'(支那)다.[30]

4. "지나인이 인육을 먹는다는 설"

메이지시대의 식인 언설 중에는 이른바 "지나인이 인육을 먹는다는 설"이 상당히 많은 비중을 차지한다. 어떤 의미에서는 중국 역사에 보이는 대량의 관련 사료에 기록된 '식인'이라는 화제나 토론이 풍부한

30 '지나'(支那)에 관하여 나는 『국민성 십론』 중국어 번역판 역주에서 다음과 같이 설명했다. "중국의 별칭으로서 '지나'는 불경 경전에서 가장 먼저 보이는데 '친'(秦) 자의 발음을 표시한 것이라고 한다. 일본에서 메이지 유신부터 제2차 세계대전 종전까지 보편적으로 '지나'로 중국을 지칭했다. 이 호칭은 청일전쟁 이후 점차 폄훼의 뜻을 띠게 되었고 이에 중국인들의 강력한 반감과 비판을 불러일으켰다. 일본은 2차 대전 종전 후 더는 사용하지 않았고 우리 나라의 출판물에서도 옛 문헌 속의 '지나'는 '중국'으로 고쳐 썼다. … '지나'라는 호칭을… '중국'이라는 두 글자로 바꾼다고 해서 '지나'라는 호칭이 역사 속에서 사라지는 것은 아니다. 사실, '지나'—'중국'이 아니다—는 이 책에서 작가가 사용하는 매우 중요한 참조 체계의 하나다. 이로부터 특정한 역사적 단계에서 일본 지식계가 이른바 '지나'에 대해 어떠한 이미지를 가지고 있었는지를 느낄 수 있다." 芳賀矢一, 李冬木·房雪霏 譯註, 『國民性十論』, 生活·讀書·新知三聯書店, 2020, 32쪽.

소재를 제공했다. 사실 과거 일본에 '식인 인종'이 존재했다는 모스의 추정 이후 가장 먼저 반향을 보인 논문은 바로 간다 다카히라(神田孝平, 1830~1898)의 「지나인이 인육을 먹는다는 설」인데, 1881년 12월에 『도쿄학사회원잡지』 제3편 제8책에 발표되었다.

간다 다카히라는 메이지시대 지식 엘리트의 선두 그룹의 일원으로 관료이자 학자로서 메이지 개화기의 계몽에 중요한 공헌을 했다. 그는 『메이로쿠잡지』에 재정, 국악, 민선의원, 화폐, 광산 등의 문제에 관해 광범위한 논술을 전개했다. 또한 일본학사 회원의 7명 발기인, 초대 회원 21인 중 한 명으로 부회장과 간사를 역임했다. 쓰보이 쇼고로 등 청년 학생들이 '인류학회'를 창립할 무렵에는 '효고현(兵庫縣) 사족'(士族)의 신분으로 후학을 이끌고 학회지 『인류학회보고』의 '편집 겸 출판인'을 담당했을 뿐만 아니라 이 학회지에 39편의 글을 발표하여 일본 근대 인류학의 기원과 발전을 위한 유력한 추동자였다.[31]

「지나인이 인육을 먹는다는 설」은 간다 다카히라의 대표적 논문으로 모스의 보고서를 언급하지는 않았으나 모스에 대한 간접적인 반응으로 간주된다.[32] 그가 제출한 문제는 다음과 같다. 야만인이 사람을 먹는 것은 그리 이상한 일이 아니다. 그렇다면 "옛날부터 문명국이라 불리고 인의도덕으로 스스로를 표방한" '지나'에 자고로 군신과 백성

31 간다 다카히라(神田孝平)가 『메이로쿠잡지』(明六雜誌)에 발표한 논문은 총 8편으로 제17, 18, 19, 22, 23, 26, 33, 37호에 실렸다.

32 관료학자로서 간다 다카히라((神田孝平)는 모스의 고고학 조사에 깊이 개입, 지원하고 토론에 참여했으며 고고학적 발견을 황실에 바치기도 했다. 『大森貝塚』 제13, 151, 195쪽 참고.

이 인육을 먹었다는 기록이 역사에 끊이지 않았던 것은 어떻게 해석해야 하는가? 이것은 분명 당시 인류학이 직면한 문제였고 동시에 역사학, 사회학 그리고 문명론이 직면한 문제기도 했다. 38년 후 우위(吳虞, 1872~1949)는 오사 신문화운동 시기 루쉰의 「광인일기」의 주제를 빌려 '식인'과 '예교'를 중국 역사에서 대립하면서도 병행하는 두 항목으로 제기했는데, 그 정신이 바로 이것과 같았다.[33] 그런데 간다 다카히라는 이 논문에서 이상의 문제에 대답할 마음은 없었던 것 같다. 식인의 방법과 원인, 특히 식인 사실 그 자체에 관하여 관심을 기울였다. 이것이 이 논문의 가장 큰 특징이다. 밀도 있는 문헌 인용으로 전문 2,600자에 식인 예증은 23개로 평균 100자에 하나꼴로 사례를 들고 있다. 인류학 연구에 문헌학 방법을 도입하여 이 영역에 새로운 참조 체계를 제공하고 동시에 이후 "지나인이 인육을 먹는다는 설"의 기본적 추형을 구성함으로써 식인 연구에 중대한 영향을 끼쳤다. 여기서 한 단락을 인용하여 그것의 일단을 살펴보기로 한다.

> 지나인 중에 인육을 먹는 사람은 실제로 많다. 그런데 먹는 이유는 하나가 아니다. 기아로 먹는 자가 있고 화나서 먹는 자가 있고 기호로 먹는 자가 있고 질병으로 먹는 자가 있다. 요리법 또한 다양하다. 잘게 썰어 날것으로 먹는 것은 연(臠)이라고 하는데 우리 나라에서 말하는 스시와 같다. 말리고 건조해서 먹는 것은 포(脯)라고 하는데 우리 나라에서 말하는 건어물과 같다. 삶아서 죽으로 먹거나 쪄서 먹는 것

33 吳虞, 「吃人與禮教」, 『新青年』 제6권 제6호, 1919년 11월 1일.

도 있고 가장 많은 것은 해(醢)이다. 이른바 해라는 것은 주석에 육장(肉醬)이라고 했고 또 다른 주석에는 고기를 그늘에 말린 후 잘게 썰어 누룩과 소금을 섞어 좋은 술을 부어 병에 담아 백 일을 두면 완성된다고 했다. 대략 우리 나라 오다와라(小田原)에서 만드는 젓갈과 같다. 지금 가장 비근한 역사 기록에서 몇 가지 사례를 베껴서 참고 자료로 제공하고자 한다. 지나 역사에 보이는 가장 오래된 예는 우선 은의 주왕(紂王)을 들어야 한다. 『사기』에 따르면 은 주왕이 구후(九侯)에게 분노하여 그를 해로 만들었고, 악후(鄂侯)가 이를 따지자 포로 만들었다. 유명한 폭군이 화가 나서 행한 행위라고 가정한다면 예외적임이 틀림없겠으나 평생 인육 맛을 좋아하고 그것을 먹는 데 익숙해진 것이 아니라면 어찌 그것을 해로 만들고 그것을 포로 만들어 저장했다가 먹거리로 충당하는 등의 일이 있을 수 있겠는가? 이로부터 당시 풍습 중에 인육을 먹을 수 있게 만들어 그것을 좋아하고 먹는 자가 있었음을 알 수 있다. 이후 제(齊) 환공(桓公) 또한 인육을 먹었다.

이후 일본, 중국 그리고 세계 각국의 고대 문헌에서 새로운 식인의 예증을 발견하는 연구는 간다 다카히라를 언급하지 않는다고 해도 대부분 간다의 이 선행 논문에서 비롯되었다고 할 수 있다. '지나'와의 관련성으로 말하자면 간다 다카히라를 포함하여 기타 중요한 문헌은 다음과 같다.

1. 간다 다카히라, 「지나인이 인육을 먹는다는 설」, 『도쿄학사회원잡지』 제3편 제8책, 1881년 12월.

2. 호즈미 노부시게, 『은거론』, 철학서원, 1891년.

3. 데라이시 마사미치, 『식인풍속고』, 도쿄도, 1898년.

4. 미나카타 구마구스, 「일본 문헌에 보이는 식인의 흔적」*The Traces of Cannibalism in Japanese Records*,[34] 1903년 3월 17일 영국 『네이처』*Nature* 잡지에 투고했으나 게재되지 않음.

5. 하가 야이치, 『국민성 십론』, 도쿄 후잔보(富山房), 1907년.

6. 구와바라 지쓰조, 「지나인의 인육 먹는 풍습」, 『태양』 제25권 7호, 1919년.

7. 구와바라 지쓰조, 「지나인 가운데 인육 먹는 풍습」, 『동양학보 27』 제14권 제1호, 동양학술회, 1924년 7월.

미나카타 구마구스를 제외하면 후속 연구는 두 가지 기본적인 공통점이 있다. 하나는 간다 다카히라가 제기한 사례를 반복하거나 보충하는 것이고, 다른 하나는 간다 다카히라가 제기한 문제 즉, "인육을 먹는 것은 지나의 고유한 풍습"임을 논증하고 확인하는 것이다.

「지나인이 인육을 먹는다는 설」에서 간다 다카히라의 최대 공헌은 사람들이 중국 고대 문헌에 관심을 가지도록 만들었다는 것이다. 그가 인용한 『사기』, 『좌전』, 사조제(謝肇淛, 1567~1624)의 『오잡조』 등은 이후 논자들이 반드시 인용했다. 40년 후 구와바라 지쓰조(桑原騭藏, 1871~1931)도 그의 독창적 공헌을 높이 평가했다. 호즈미 노부시게

34 영어 원문은 『南方熊楠全集』 別卷 2(平凡社, 1975)에 수록. 일어 번역은 飯倉照平 監修, 松居龍五·田村義也·中西須美 譯, 『南方熊楠英文論考(ネイチャー)誌篇』, 集英社, 2005.

표 2 각 문헌에 보이는 '지나' 사례 수량 대조표

저자	발표 년	사례 수량	비고
간다 다카히라	1881	23	『사기』, 『좌전』, 『오잡조』五雜俎 등의 기록을 처음으로 제기함
호즈미 노부시게	1891	10	일본과 세계 각지의 사례를 함께 제공
데라이시 마사미치	1898	23	일본과 세계 각지의 사례를 함께 제공
미나카타 구마구스	1903	0	구체적 사례는 없으나 나열한 문헌으로는 간다 다카히라, 레이놀드, 『수호전』, 『철경록』輟耕錄, 『오잡조』가 있음
하가 야이치	1907	12	『자치통감』에서 4건 사례, 『철경록』에서 8건 사례
구와바라 지쓰조	1919	22	1924년에 완성한 판본의 요약본
구와바라 지쓰조	1924	200 이상	서방 문헌과의 참조 및 인증
합계		288 이상	

의 『은거론』은 근대 법리학의 시각에서 일본에서 과거로부터 전승되어 내려온 '은거 제도'를 다룬 전문서다. '은거'라는 것은 구체적으로 노인이 사회생활에서 물러나는 것을 가리키는데, 노인 봉양과 가족제도를 포함한다. 제1편 '은거의 기원'은 다시 4개의 장 즉, '식인 풍속', '노인 살해 풍속', '노인 유기 풍속', '은거 풍속'으로 나뉜다. 제목으로부터 알 수 있듯이 노인이 은거할 수 있는 시대가 도래하기 전에는 대다수가 먹히거나 살해당하거나 유기되는 운명이었다. 제1편에는 지나의 사례 10건을 가져왔는데, 그렇다고 중국만 나열한 것이 아니라 일본과 세계 각국의 사례를 함께 엮었다. 위에 소개한 가와카미 하지메가 『식인론』을 쓸 때는 "지나의 식인 풍속은 자세히 몰랐"[35]기 때문에

35 『河上肇全集』 제6권, 岩波書店, 1982, 288쪽.

이 저작의 사례를 여러 곳에서 인용했다.

『식인풍속고』는 데라이시 마사미치가 『도쿄인류학회잡지』에 발표한 두 편의 논문에 기초하여 다시 정리하고 확충한 전문 저서로서 메이지시대 '식인 풍속'에 관한 연구 중에서 가장 체계적이고 이론적이다. '지나'에서 가져온 23건의 사례는 일본과 세계 각국의 사례와 함께 편집했다. 특히 언급할 만한 것은 이 책이 일본 문헌 속의 사례를 가장 많이 가져온 연구서라는 점이다. 미나카타 구마구스는 일본 근대의 저명한 박물학자이자 민속학자로 1892년에서 1900년까지 런던에서 공부했다. 1897년 쑨중산과 런던에서 만났고 쑨중산은 그를 '해외의 지기'로 생각했다. 모스, 호즈미 노부시게 그리고 데라이시 마사미치 등 선행 연구의 계도 아래 미나카타 구마구스 역시 식인 연구에 깊은 관심을 보였다. 1900년 3월 "일본인이 인육을 먹은 사건"에 대해 조사를 시작하여 6월 「일본인이 태고시대 인육을 먹었다는 설」이라는 논문을 완성했다. "인용 서적의 숫자는 71종(일본 22, 중국 23, 영국 16, 프랑스 7, 이탈리아 3)이다."[36] 위에서 언급한 「일본 문헌에 보이는 식인의 흔적」은 귀국 후 영국 『네이처』 잡지에 투고했으나 게재되지 못했지만, 일본 식인 연구사에서 중요한 위치를 점하는 논문이다. 미나카타 구마구스는 모스의 견해를 지지한 몇 안 되는 일본 학자 가운데 한 명이다.[37] 일본의 식인 문헌 조사에 대해서도 객관적인 태도를 견지했

36 『ロンドン日記』(1900년 3월 7일), 『南方熊楠全集』 別卷 2, 1975, 204, 222쪽.

37 그는 1911년 10월 17일 야나기카 구니오(柳田國男)에게 보낸 편지에서 일본의 식인에 관한 자신의 조사가 "학문적으로 모스의 억울함을 풀었다"라고 했다. 『南方熊楠全集』 제8권, 205쪽.

고 중국에 대해서도 문화적, 인종적 편견이 없었다.

하가 야이치가 제공한 12건의 '지나' 사례는 제목으로 보건대 이 책의 의도는 인류학이나 기타 학문 영역이 아니라 '국민성'을 설명하는 데 있었다. 따라서 식인 풍속을 국민성 해석의 중요 문헌으로 사용했고, 바로 이런 까닭으로 루쉰과 직접적 관련을 맺게 된다. 역사학자 구와바라 지쓰조의 연구 논문은 루쉰의 「광인일기」와 거의 같은 시기에 발표되었으나, 「광인일기」보다는 늦게 발표되었으므로 주제나 소재의 측면에서 루쉰에게 영향을 주었다고 할 수 없다. 구와바라 지쓰조를 언급한 까닭은 메이지부터 다이쇼까지 "지나인이 인육을 먹는다는 설"을 집대성한 사람이기 때문이다. 그는 자신의 연구가 동일 계열 중에서 간다 다카히라를 직접 계승했다고 인정했다.

> 지나인 중에 인육을 먹는 풍습이 있다는 것은 결코 완전히 새로운 문제가 아니다. 남송 조여시(趙與時)의 『빈퇴록』賓退錄과 원말송초에 나온 도종의(陶宗儀)의 『철경록』輟耕錄에서 시작하여 명청 시대 지나 학자의 수필과 잡록 중에는 식인의 역사적 사실에 대한 단편적 소개나 평론이 결코 적지 않게 보인다. 일본 학자 중에 이러한 역사적 사실에 대해 주의를 기울인 사람은 한둘이 아니다. 그중 『도쿄학사회원잡지』 제3편 제8책에 실린 간다 다카히라의 「지나인이 인육을 먹는다는 설」은 특히 걸출하다. 걸출하다고는 해도 물론 충분하다고 할 수 없다.[38]

38 「支那人間に於ける食人肉の風習」, 『桑原騭藏全集』 제2권, 岩波書店, 1968, 204쪽.

간다 다카히라의 "걸출"하지만 불충분한 연구의 기초 위에서 그는 "이전 사람들이 논한 것보다 진보"가 있었다. 과거에 "전해진 사실"에 대해 더욱 충분하고 설득력이 있는 해석을 내렸을 뿐만 아니라 "지나인이 인육을 먹는 풍습"에 대해 "역사적으로 규명했다".[39] 인용 사례는 200건 이상으로 간다 다카히라 사례의 여덟 배일 뿐만 아니라 기존 사례의 총합을 훨씬 초과했다. 특히 언급할 만한 것은 구와바라 지쓰조가 처음으로 서방 문헌 속의 동시대 기록을 대량으로 인용함으로써 '지나' 문헌 속의 관련 내용을 인증했다는 점이다.

이상에서 알 수 있듯이, "지나인이 인육을 먹는다는 설"은 간다 다카히라가 시작했고 구와바라 지쓰조가 완성했다. 그들은 중국 역사에서의 식인의 설을 조사하고 확인함으로써 '지나 식인' 언설에 관한 기본적인 내용의 틀을 구성했다. 『루쉰전집』에서 언급된 '식인'의 사실은 이러한 담론의 범위를 넘어서지 않는다. 소설 「약」에 묘사된 '인혈 만두'[40]를 포함하여 「광인일기」의 '식인' 이미지가 이 틀 안에서 탄생한 것은 전혀 이상한 일이 아니다.

---

39 「支那人間に於ける食人肉の風習」, 『桑原騭藏全集』 제2권, 205쪽.

40 桑原騭藏는 *Peking and the Pekingese* (Vol. II)의 243~244쪽을 인용했다. "망나니가 참수한 머리에서 뿜어 나오는 선혈을 적셔 만든 만두를 '혈만두'라고 하고, 시민들에게 팔았다." 『桑原騭藏全集』 제2권, 201~202쪽.

5. 하가 야이치의 『국민성 십론』

위에서 서술한 문헌 가운데 하가 야이치의 『국민성 십론』은 '식인 풍속'을 중점으로 다루지 않은 유일한 저술이나, 어쩌면 루쉰이 중국 역사상의 '식인' 기록에 주목하도록 일깨웠거나 혹은 암시한 핵심적인 문헌이라고 할 수 있다. 제목 그대로 이 책은 '국민성' 문제를 토론한 전문 저술로 1907년 12월에 출판되었다. 세상에 "일본만큼 자신의 국민성을 다루기를 좋아하는 국민이 없"을 뿐만 아니라 국민성 문제를 다룬 문장이나 저작이 차고 넘쳐 일일이 다 꼽을 수 없다고 한다면,[41] 『국민성 십론』이야말로 일본 근대 이래 길고 풍부한 국민성 토론의 역사 가운데 중요한 위치를 차지하는 저작으로 역대로 높은 평가를 받았고 지금까지 영향을 미치고 있다.[42] 최근의 베스트셀러 후지와라 마사히코(藤原正彦, 1943~)의 『국가의 품격』은 내용 면에서 『국민성 십론』에 기대고 있는 것이 분명하다.[43]

일본에서 '국민성' 문제는 줄곧 근대 민족국가와 함께 한 문제였다. 하나의 개념으로 보자면 메이지시대의 시작과 함께 생겨났고 시기에 따라 다른 명명법이 있었을 따름이다. 예컨대 『메이로쿠잡지』에서는 '국민 풍기(風氣)'와 '인민의 성질'이라고 했고 '국수보존주의'의 메이지 20년대에는 '국수'라고 했고 메이지 30년대에는 '일본주의'

41 南博, 『日本人論 ―明治から今日まで』, 岩波書店, 1994, 머리말 참고.

42 久松潜一, 「『日本人論』解題」, 富山房百科文庫, 1977.

43 藤原正彦, 『國家の品格』, 新潮社, 2005.

의 대명사였다. 국민성이라는 단어는 청일전쟁부터 러일전쟁에 이르는 10년 사이에 사용되기 시작했고 자리를 잡았다. 일본은 두 전쟁에서의 승리로 "국제 경쟁 마당의 일원"이 되었고 서방에 '황화론'(黃禍論)의 공포를 불러일으켰다.[44] 동시에 민족주의(nationalism)의 미증유의 팽창을 가져왔다. 국민성이라는 단어는 이러한 배경 아래 시대의 요구에 따라 생겨났다. 가장 먼저 이 단어를 글의 제목으로 삼은 것은 문예평론가 쓰나시마 료센(綱島梁川, 1873~1907)의 「국민성과 문학」으로 『와세다문학』 1898년 5월호에 발표되었다.[45] 이 글은 국민성이라는 단어를 48회 사용함으로써 단번에 이 단어가 일본에 '자리를 잡도록' 만들었다. 국민성이라는 단어를 가장 먼저 책 제목으로 사용한 것은 10년 후에 출판된 『국민성 십론』이다. 이후, 루쉰이 일본에서 유학하던 시기부터 국민성이라는 단어는 중국어 문맥으로 진입하기 시작했고, 따라서 이러한 사상 관념은 단번에 일본 유학생 속으로 퍼져 나가게 되었다.

하가 야이치는 근대 일본 '국문학' 연구의 중요한 개척자다. 일본 후쿠이현(福井縣), 후쿠이시의 신관(神官) 가정에서 태어났고 부친은

44 黃禍論(독일어: Gelbe Gefahr, 영어: Yellow Peril)은 '황인 재앙설'(黃人禍說)로도 불리며 19세기 후반부터 20세기 초까지 유럽, 북미, 호주 등지의 백인 국가에 출현한 황인종 위협론이다. 인종차별적인 이론으로 주요 대상은 중국인과 일본인이다. 황인종이 백인종을 위협한다는 논조는 청일전쟁 시기 부각되어 의화단 사건과 러일전쟁까지 10여 년, 그리고 이후 제1차 세계대전까지 지속했다. 이 언론의 대표적 인물은 독일의 황제 빌헬름 2세다.

45 「國民性と文學」, 이 책이 참고한 저본은 다음과 같다. 武田清子·吉田久一 編, 『明治文學全集 46 新島襄·植村正久·清澤滿之·綱島梁川集』, 筑摩書房, 1977.

여러 신사의 궁사(宮司, 신사에서 최고위 신관)로 있었다. 후쿠이와 도쿄에서 초등교육을 받고 미야기현(宮城縣)에서 중학교를 마치고 18세에 '도쿄대학 예비반'(고등학교에 해당)에 들어갔고 27세에 도쿄제국대학 국문과를 졸업했다. 중학교, 사범학교, 고등학교 교원을 역임하고 1899년 도쿄제국대학 문과대 조교수(부교수에 해당) 겸 고등사범학교 교수로 임명됐다. 1900년 국문과 부교수 신분으로 독일에 유학 가서 '문학사 연구'를 전공했고, 같은 배를 타고 갔던 사람이 이후 일본 근대 문호가 된 나쓰메 소세키다. 1902년(루쉰이 일본 유학을 간 해)에 귀국하여 도쿄제국대학 국문과 교수로 재임했고 1922년 퇴직했다.[46] 하가 야이치가 처음으로 서방의 문헌학을 '국문학' 연구 영역에 도입함으로써 전통적인 일본의 '국문학'이 근대 학문의 한 분야로 탄생하게 되었다. 그는 1904년 1월 『국학원잡지』國學院雜誌에 「국학이란 무엇인가?」라는 글을 발표하여 독창적인 사유를 집중적으로 보여 주었고, 유학 이전의 작업을 '촉진'하는 지점을 찾았을 뿐만 아니라 이후의 작업을 위한 참신한 학리적 기점을 세웠다. "『국어와 국문학』(제14권 제4호, 1937년 4월) 특집 '하가 야이치 박사와 메이지, 다이쇼의 국문학'에 실린 강의 제목에 따르면, 일본문학사에 관한 제목으로는 일본문학사, 국문학사(나라시대와 헤이안시대), 국문학사(무로마치 시대), 국문학사상사, 해제 위주의 국문학사, 와카사(和歌史), 일본 한문학사, 가마쿠라·무로마치 시대 소설사, 국민 전설사, 메이지 문학사 등이 있다. 작품 연구로는 겐지 모노가타리(源氏物語) 연구, 센키 모노가타리

46 久松潛一 編, 「芳賀矢一年譜」, 『明治文學全集』 44권, 筑摩書房, 1978.

(戰記物語) 연구, 고사기(古事記) 연구, 요쿄쿠(謠曲) 연구, 역사 모노가타리 연구가 있다. 문학 개론으로는 문학 개론, 일본 시가학, 일본 문헌학, 국학사, 국학 입문, 국학 초보 등이 있다. 국어학 방면으로는 국문법 개설, 국어 조동사 연구, 문법론, 국어와 국민성 등이 있다. 연습 과목에서는 『고금집』古今集, 『대경』大鏡, 『겐지 모노가타리』源氏物語, 『고사기』, 『풍토기』風土記, 『신월 사이바라』神月催馬樂와 그 외 여러 작품을 강의했고, 다이쇼 6년(1917)에는 『구미의 일본문 연구』도 강의했다."[47] 이로부터 하가 야이치가 '국어'와 '문학'을 포함한 일본 근대 '국학'을 광범위하게 밀고 나갔음을 알 수 있다. 내용의 관련성으로 말하자면 『국민성 십론』은 폭넓은 연구와 교학 문제의 지향점을 일본의 국민성에 집중했을 뿐만 아니라 상술한 실천을 바탕으로 '닥치는 대로 쓰'는 필력을 발휘했다. 하가 야이치 사후에 그의 아들 하가 마유미(芳賀檀, 1903~1991)와 제자들이 편집하고 정리한 『하가 야이치 유작』芳賀矢一遺著으로부터 그가 연구 방면에 남긴 업적 즉, 일본문헌학, 문법론, 역사 모노가타리, 국어와 국민성, 일본 한문학사 등을 살펴볼 수 있다.[48] 일본 고쿠가쿠인(國學院)대학에서 1982년부터 1992년까지 출판한 『하가 야이치 선집』 7권은 편집과 교감을 포함한 가장 최근의 수집, 정리본이다.[49]

---

47 久松潛一, 「解題 芳賀矢一」, 『明治文學全集』 44권, 428쪽.

48 『芳賀矢一遺著』 2권, 東京富山房, 1928.

49 芳賀矢一選集編集委員會 編, 『芳賀矢一選集』, 國學院大學, 1982~1992년. 제1권 『國學編』, 제2권 『國文學史編』, 제3권 『國文學篇』, 제4권 『國語·國文典編』, 제5권 『日本漢文學史編』, 제6권 『國民性·國民文化編』, 제7권 『雜編·資料編』으로 구성되어 있다.

『국민성 십론』은 하가 야이치의 대표작 가운데 하나로 사회적 영향력이 가장 큰 저작이다. 그는 이후에도 일본의 국민성에 관하여 『일본인』(1912), 『전쟁과 국민성』(1916), 『일본 정신』(1917)을 잇달아 집필했으나 성과로든 영향으로든 『국민성 십론』에는 훨씬 미치지 못한다. 이 책 내용의 일부는 도쿄고등사범학교의 요청에 따른 연속 강연에서 나왔고, 당시 '웅변'이 풍부한 서면어(書面語) 강연으로 유명했던 문체의 특징을 온전히 보전하고 있다.[50] 1907년 12월 한 권으로 묶어 후잔보(富山房)에서 출판했다.

한 일본 학자는 이 시기에 출현하였던 시가 시게타카(志賀重昻, 1863~1927)의 『일본 풍경론』(1894), 우치무라 간조의 『대표적 일본인』(1894, 1908), 니토베 이나조(新渡戶稲造, 1862~1933)의 『무사도』(1899), 오카쿠라 덴신(岡倉天心, 1863~1913)의 『차(茶)의 책』(1906)을 "부국강병, 즉 청일, 러일 고양기"의 "일본인론"의 대표로 간주하고 검토하였다.[51] 이 네 권은 지리, 대표적 인물, 무사도, 차에 관한 것으로 모두 각각 다른 측면에서 일본의 가치, 즉 국민성을 서술하고 긍정하고자 시도했다. 비록 각각의 성과가 있다고는 해도 일본 국민성에 관한 종합적이고 체계적인 서술이나 해석은 아니다. 특히 주의할 점은 이 네 권이 설정한 독자다. 시가 시게타카가 '한문투'의 일어로 쓴 것

50 小野田翠雨, 「現代名士の演説振り ―速記者の見たる」, 『明治文學全集』 96권, 筑摩書房, 1967, 366~367쪽.

51 船曳建夫, 『「日本人論」再考』, 講談社, 2010, 제2장, 50~80쪽 참조. 동시기의 대표적인 저작 『국민성 십론』에 대해서는 '은폐'하고 언급조차 하지 않았다.

을 제외하면 나머지 세 권은 애초에 영어로 쓰고 출판했다.[52] 다시 말하면 집필 동기로 보건대, 이 책들은 보통의 일본인을 대상으로 쓴 것이 아니라는 것이다. 본국의 지식인을 향해 "지리적 우세"를 호소한 첫 번째 책을 제외하면 나머지 세 권은 모두 외국인을 대상으로 쓴 것으로 목적은 세계와의 대화를 추구하고 세계 무대로 나아가는 일본인을 서방에 소개하는 것이었다. 하가 야이치의 『국민성 십론』과 상술한 저작의 가장 큰 차이점은 바로 그것은 '국민교육'의 입장에서 출발했을 뿐만 아니라 보통의 일본인에게 본국 국민성의 '진상'을 강술하는 텍스트라는 것이다. 게다가 같은 종류의 책에서 볼 수 없는 점은 문화사적 관점에서 출발하여 풍부한 문헌에 근거하여 전개한 종합 국민성론이라는 것이다. 청일, 러일 두 전쟁의 승리 후 '자아 인지'와 '자아 교육'을 새롭게 시작한 일본인의 '국민교재'로써 이 책의 집필 방법과 목적은 바로 작가 스스로 말했듯이 새로운 역사 조건 아래 "비교의 방법과 역사의 방법을 통하여 종교로, 언어로, 미술로, 문예로 민족의 이동(異同)을 논술하고 민족의 특성을 발휘하고자 힘썼"고, "자기를 정

---

52 『대표적 일본인』의 원래 제목은 *Japan and the Japanese*로 1894년 일본 민유샤(民友社)에서 출판했다. 1908년 이 책에서 일부를 골라 *Representative Men of Japan*이라는 제목으로 일본 가쿠세이샤서점(覺醒社書店)에서 출판했다. 스즈키 도시로(鈴木俊郎)의 일역본은 1948년에야 이와나미서점(岩波書店)에서 출판했다. 『무사도』(*Bushido: the Soul of Japan*)은 1900년 미국 필라델피아에서 출판했다(많은 연구자들이 '1899년' 출판이라고 했으나 잘못이다). 1908년 데이비출판사(丁未出版社)에서 사쿠라이 오손(櫻井鷗村)의 일역본이 출판되었다. 『차의 책』(*The Book of Tea*)은 1906년 미국 뉴욕에서 출판했고, 1929년 오카무라 히로시(岡村博)의 번역으로 이와나미서점에서 출판했다.

확히 알게 하는 것"이었다.[53]

이 책은 전체 10장으로 일본 국민성을 (1) 충군 애국, (2) 조상 숭배, 가족의 명예 중시, (3) 현실과 실제, (4) 초목 열애, 자연 즐기기, (5) 낙천 소탈, (6) 담박 대범, (7) 섬세 정교, (8) 청정 결백, (9) 예절 예법, (10) 온화 관대로 나누어 토론한다. 제1장과 2장은 이 책의 '대강'으로 볼 수 있다. 핵심적 관점은 바로 일본은 자고로 '만세일계'(萬世一系)로 천황, 황실과 국민의 관계는 누차 '혁명'이 발생하고 왕조가 바뀌는 동서 각국에는 없는 사례라는 것이다. 따라서 "충군 애국"은 "일찍이 유사 이전에 이미 우리 민족 골수에 깊이 스며든 잠언"이 되었고 혈연관계에 기초한 자연적 감정이다. "서양의 사회 단위는 개인이고 개인이 모여 국가를 조직"하나 일본에서 "국가는 가정의 집합체"인데, 이 집합의 최고의 구현이 황실이고 "우리 황실은 바로 국가의 중심"이라는 것이다. 나머지 8개 장은 '대강'의 '조목'으로서 각각 다른 측면에서 일본인의 성격을 서술하고 해석한다. 내용의 광범위함과 인용 문헌의 수량으로 말하자면 확실히 전대미문의 국민성론이자 일본인의 자아 형상화에 관한 성공적 시도로 볼 수 있다. 이것이 바로 지금까지도 여전히 영향력을 발휘하는 중요한 이유라 할 것이다.[54] 이

---

53 芳賀矢一, 『國民性十論』, 東京富山房, 1907, 서론과 결론.

54 중국에서 출판된 일본인이 자신에 관해 쓴 책은 니토베 이나조의 『무사도』를 제외하면 영향력 있는 책이 많지 않다. 일본과 일본인에 관한 논술에서 가장 많이 등장하는 것은 루스 베네딕트(Ruth Benedict)의 『국화와 칼』(*The Chrysanthemum and the Sword*, 1946)이고, 다음으로는 라이샤워(Edwin O. Reischauer)의 『일본인』(*The Japanese*)(1977)이다. 두 권 모두 미국인이 쓴 것으로 당연히 미국인의 눈에 비친 일본이다.

책이 국민의 '미덕' 중에 "은폐된 결점"을 회피하지 않았다고 해도 장점 토론을 중심으로 하고 있다. 분명한 것은 적극적, 긍정적 측면에서 일본 국민성을 '만들어 내는' 진술적 경향이 있다는 것이다. 제10장에 나오는 "지나 식인 시대의 유풍"의 사례는 바로 이러한 맥락에서 소개된다. 전체 면모를 엿볼 수 있도록 인용된 사례와 전후 맥락을 번역해 보기로 한다.

다른 인종에 대하여 일본은 예로부터 매우 관대했다. 하야토(準人)든 쿠마소(熊襲)든 귀순만 하면 모두 관용으로 대했다.[55] 진무(神武) 천황은 오토카시(第猾), 오토시키(第磯城)를 귀순하게 하여 오토카시를 다케다현(猛田縣) 현주로 삼았고 오토시키는 오토시키현(弟磯縣) 현주로 삼았다. 이런 관계는 하치만타로 요시이에(八幡太郎義家, 1039~1106)가 아베노 무네토(安培宗任, 1032~1108)와 맺은 관계와 같다.[56] 조선인과

55 [역자 주] '하야토'와 '구마소'는 일본 고서에 나오는 부락이다. 규슈 남부에 본거지를 둔 세력으로 720년에 야마토 정권에 대항해 반란을 일으켰다.

56 오토카시(弟猾)는 『일본서기』(日本書紀)에 나오는 호족이다. 『고사기』(古事記)에서는 '오토우카시'(弟宇迦斯)라고 했다. 나라(奈良) 우다(宇陀)의 호족이다. 진무(神武) 천황을 암살하려 한 자신의 형 '에후카시'(兄猾, 형 우카시)를 밀고하여 다케다현(猛田縣)의 현주(縣主)로 봉해졌다. 오토시키스히코(弟磯城)는 『일본서기』 나오는 호족이다. 『고사기』에서는 '오토시키'(弟師木)라고 했다. 나라(奈良) 시키현(磯城縣)의 통치자 '에시키'(兄磯城)의 동생이나 형을 따르지 않고 진무 천황에게 귀순하여 시키현의 현주로 봉해졌다.
하치만타로 요시이에(八幡太郎義家)는 곧 미나모토노 요시이에(源義家, 1039~1106)이다. 헤이안(平安) 시대 후기의 무장으로, 미츠노쿠(陸奥, 지금의 이와테岩手) 지방 세력 아베(安倍) 일족을 토벌하는 전공을 세웠다. 그의 재산을 수하의 무사들에게 나누

지나인이 와서 귀화하면 예로부터 받아들였다. 백제가 멸망할 때 귀화한 남녀 사백여 명은 오미노국(近江國)에 안치하고 전답을 주고 경작하게 했다. 이듬해 또 이천여 명이 아즈마국(東國)에 이주하자 관의 식량으로 베풀었다. 레이키(靈龜) 2년[57] 기록에서 1,790명의 고구려인들이 무사시노국(武藏國)으로 이주하자 고마군(高麗郡)을 설치했음을 알 수 있다. 이런 사례는 역사적으로 이루 다 헤아릴 수가 없고, 성씨록에는 번별(藩別) 성씨 또한 셀 수 없이 많다. 항복한 사람을 함부로 죽이거나 전쟁에서 학살한 사례는 없다. 은혜로 포용하고 마음으로 신복(臣服)하게 만드는 것은 일본이 예로부터 하던 방법이다. 백기(白起)처럼 40만의 조나라 투항 병졸을 생매장하는 잔혹한 사건 같은 것은 일본 역사에서는 찾아볼 수 없다. 지나 역사를 읽으면 인육으로 포를 뜨거나 탕을 만들어 먹었다는 기록을 볼 수 있다. 식인 시대의 유풍인 셈이다.

지나인이 인육을 먹은 사례는 드물지 않게 보인다. 『자치통감』의 '당 희종(僖宗) 중화(中和) 3년' 조목의 기록이다. "당시 민간에는 남은 것이 하나도 없었다. 도적은 사람을 잡아 식량으로 삼았고 산 채로 맷돌에 넣어 뼈와 함께 먹었으니, 식량을 배급하는 곳을 '용마채'(舂磨寨)

어주어 무사들의 신뢰를 얻음으로써 '천하제일 무인'이라고 칭해졌다. 아베노 무네토(安倍宗任, 1032~1108)는 미츠노쿠국(陸奧國)의 호족이다. 부친, 형과 함께 요시이에(源義家)와 전쟁을 했다. 부친과 형이 전사하자 투항하여 간신히 죽음을 모면하고 시코쿠(四國)와 구슈(九州) 등지로 유배되었다. 『헤이케 모노가타리』平家物語에 그가 미나모토노 요시이에에 의해 감화되는 장면이 나온다.

57 레이키(靈龜, 715~717) 2년은 서기 716년이다.

라고 했다." 이것은 사람을 맷돌에 넣어 분쇄하여 먹었음을 말하는 것으로 그야말로 한 폭의 생생한 지옥도다. 이듬해에도 '염시'(鹽屍)의 기록이 있다. "행군에 군량이 보급되지 않자 염시를 실은 수레가 따랐다." 염시란 곧 죽은 사람을 소금으로 절인 것이다. 또 광계(光啟) 3년 조목의 기록이다. "선군(宣軍)이 사람을 납치하여 마음대로 파는 지경에 이르렀고 양, 돼지처럼 몸을 묶고 베어 내는데 아무 소리도 들리지 않을 때까지 했다. 쌓인 뼈에서 흐르는 피가 저잣거리에 가득했다."[58] 그야말로 이것이 인간의 소행이라고 상상하기 어렵다.

명나라 도종의의 『철경록』의 기록이다. "천하에 전쟁이 극성일 때 회수(淮水) 서쪽 군인들은 사람을 즐겨 먹었다. 어린아이가 최상이고 부녀자가 그다음, 남자는 또 그다음이었다. 두 항아리 사이에 앉히고 밖에서 불을 지폈다. 혹은 쇠틀 위에서 산 채로 구웠다. 혹은 손발을 묶고 먼저 끓는 물을 끼얹고 대나무 빗으로 피부를 벗겼다. 혹은 자루에 넣어 커다란 솥에 넣고 산 채로 삶았다. 혹은 토막을 내어 넣었다. 혹은 남자라면 두 다리를 절단하고 여자라면 두 팔을 따로 도려냈다.[59] 혹독한 천태만상은 일일이 다 말로 할 수 없다. 통칭하여 '고기가 생각난다'(想肉)라고 한다. 그것을 먹기 위해 그것을 생각하게 한다는 것이다. 이것은 당나라 초기 주찬(朱粲)이 사람을 식량으로 삼아 맷돌에 넣어 갈고, 취한 사람을 먹는 것은 술에 담근 돼지를 먹는 것과 다를 것이 없다고 말한 것과 더불어 진실로 논할 가치가 없다." 이것은

58 『資治通鑒』 卷255, 卷256, 卷257.

59 『輟耕錄』 卷9, '두 손목'(兩腕)은 '두 유방'(兩乳)이라고 한 판본도 있다.

모두 전쟁 시기 식량의 부족을 견디지 못해서 그렇게 된 것이다. 그러나 평소에도 사람을 먹었으니 너무나 놀랍고도 놀라지 않을 수 없게 한다.

같은 책의 기록이다. "당나라 장작(張鷟)의 『조야첨재』朝野僉載에서 말했다. 무후(武后) 때 항주 임안(臨安)의 위관(尉官) 설진(薛震)은 인육을 즐겨 먹었다. 빚쟁이가 하인을 데리고 임안에 와서 객사에 도착했다. 술을 먹고 취하자 그를 죽이고 수은을 섞어서 뼈까지 녹여 마셨다.[60] 그 후 그의 아내까지 먹고자 했으나 아내는 그것을 알아채고 벽을 넘어 도망쳐 현령에게 고발했다.

이 외에도 이 책은 각종 고서에 기록된 식인의 사례를 열거하고 있다. 장무소(張茂昭), 장종간(萇從簡), 고풍(高澧), 왕계훈(王繼勳) 등은 모두 높은 관리의 신분이었으나 인육을 먹었다. 송대 금적(金狄)[61]의 난이 일어났을 때 도적, 관병, 주민이 서로 잡아먹었다. 당시 은어에는 노쇠한 남자는 '큰불 필요'(饒把火), 부녀자와 아이는 '맛있는 수프는 아님'(不美羹),[62] 어린아이는 '뼈가 부드러움'(和骨爛)이라고 불렀고, 통칭해서 '두 발 양'(兩脚羊)이라고 했다. 그야말로 놀랍기 그지없다. 이 책으로부터 명대까지 식인의 사례가 있었음을 알 수 있다. 저자가 "비록 사람이라고는 해도 사람의 심성은 없었다"라고 평한 것도 이상하지 않다.

---

60 '마시다'(飮)를 '지지다'(煎)라고 한 판본도 있다.

61 [역자 주] 남송 시기 북방 여진족이 세운 금(金) 왕조를 가리킨다.

62 '양 수프 아래'(下羹羊)이라고 한 판본도 있다. 『계륵편』(雞肋編)에는 '양이 부럽지 않음'(不慕羊), 『설부』(說郛) 권27에는 '양 수프 아래'(下羹羊)로 되어 있다.

전쟁에서 승리한 병사들이 부녀자를 능욕하고 함부로 약탈하는 일은 일본에서는 극히 드물다. 러일전쟁 전 러시아 장군이 만주인 수천 명을 헤이룽장(黑龍江)으로 몰아넣고 도살한 일은 세상 사람들이 생생히 기억하는 바이다. 스페인 사람이 남미 대륙을 정복할 때 가장 많이 남긴 것은 바로 그러한 끔찍한 이야기들이다. 백인은 종족의 구분에서 흑인은 거의 사람으로 간주하지 않았다. 이전에 로마인은 포로를 몰아서 야수에게 먹이로 주었고 러시아는 지금도 여전히 유대인을 도살하고 있다. 백인이 비록 자애를 말하고 인도를 논한다고 하나 자신들이 가장 우수한 인종이라는 선입관에 사로잡혀 다른 인종은 사람으로 간주하지 않는 잘못된 견해를 가지고 있다. 학자들의 저술에도 '아리아인과 유색인'으로 썼다. 일본은 예로부터 국내에서의 다툼이 인종 충돌이 아니었던 것이 자연히 잔혹한 일이 매우 드물게 일어난 이유다. 그런데 일본인의 솔직하고 단순한 성질은 일본인이 어떤 경우에도 극단으로 치닫지 않게 하고 극도의 잔혹함에 대해서는 견디지 못하는 마음을 갖도록 결정했다.

위에서 서술한 '잔혹' 사례는 분명 세계 각국에서 가져온 것이다. '지나'뿐만 아니라 러시아, 스페인, 고대 로마 등도 있다. '지나'에서 가져온 사례가 가장 많고 가장 구체적일 따름이다. 일본 국문학자로서 하가 야이치는 중국의 전적(典籍)에 익숙했다. 일본 근대 최초의 『일본 한문학사』는 그의 손에서 나왔으나 여기에서 예로 든 '지나 식인'은 메이지 이래 존재했던 언설에 대한 계승에 불과하고, 다만 식인의 사례 측면에서 한층 더 발전시켰을 따름이다. 그중 "백기가 40만의 조나라 투항 병졸을 생매장했다"는 출처를 밝히지 않았으나, 역시 이어서 나오는 『자치통감』에서 가져온 것이 아닌가 싶다.[63] 『자치통감』이라고 명시한 것은 3건이고 『철경록』에서 가져온 것은 8건이다. 『자치통감』은 식인을 언급한 기존의 문헌에서는 언급된 적이 없으므로 관련 문헌의 출처를 하나 더 보탰다고 할 수 있다. 『철경록』은 과거 호즈미 노부시게(1891년 1건)와 데라이시 마사미치(1898년 3건)가 인용했지만, 사례의 범위는 하가 야이치(1907년 8건)에 미치지 못한다. 동일한 문헌에서 가져왔으나 사례의 숫자는 늘어났다. 따라서 과거 인류학적 측면에서 제공한 사례와 비교하면 이들 사례는 모두 하가 야이치가 독자적으로 문헌에서 가려 뽑은 특징이 있다고 할 수 있다. 그런데 여기에서 몇 가지 설명해야 할 것이 있다.

우선 근대의 이른바 '종족', '인종', '민족' 혹은 '인류학' 등의 연구는 처음부터 '진화론', '민족국가' 이론과 맞아떨어지는 요소를 가지고 있었다는 것이다. 따라서 그것의 연구 성과나 사용된 예증은 쉽사리 국민성에 관한 토론에 운용됨으로써 문화적 편견을 띠기 마련이었다. 예컨대 1904년에 출판된 『야만 러시아』라는 책은 러일전쟁 전

63 『자치통감』(資治通鑑) 제5권에는 다음과 같은 기록이 있다. "조괄(趙括)은 스스로 정예병을 뽑아 격전을 벌였으나 진(秦)나라 사람이 화살을 쏘아 죽였다. 조(趙)나라 군대가 대패하여 병졸 40만이 모두 항복했다. 무안군(武安君, 즉 백기)이 말했다. '진이 이미 상당(上黨)을 함락했으나 상당 백성들은 진을 좋아하지 않고 조에 투항했다. 조나라 군대는 이랬다저랬다 하므로 다 죽이지 않으면 난리를 일으키지 않을까 두렵다.' 이에 속임수를 써서 모두 구덩이에 몰아넣어 죽였다." 『사기·백기왕전열전』(白起王翦列傳) 제13에도 같은 기록이 보인다.

야의 러시아를 "식인 인종에 가깝다"라고 묘사했다.[64] 하가 야이치가 "식인 시대의 유풍"을 일본 국민성의 "온화 관대"라는 '미덕'과 비교한 것은 이러한 측면의 명확한 사례다. 그런데 거꾸로 또 다른 극단으로 가는 것 즉, 식인 연구가 모두 '종족 편견'을 띠고 있었다고 보아서는 안 된다. 이런 의미에서 말하자면 미나카타 구마구스가 1903년에 완성한 연구는 대단한 성취를 이루었으나 그의 편견 없는 논문은 '종족 편견'에 의해 묻혀 버렸다.[65]

다음으로, 『국민성 십론』에서 하가 야이치는 이미 알려진 자국 문헌에 보이는 식인 사례를 알게 모르게 회피했다. 언급한다고 하더라도 가볍게 쓰거나 한마디로 지나갔다. 지금 보기에 이것은 분명 '사례 불균형 논증'으로써 논지에 매몰된 것에 불과하다는 비판 또한 피하기 어렵다. 그가 "전쟁에서 승리한 병사들이 부녀자를 능욕하고 함부로 약탈하는 일은 일본에서는 극히 드물다"라고 이야기했을 당시는 이후 일본군이 침략 전쟁 중에 벌인 일에 대해서는 물론 생각하지 못했을 것이다.

셋째, '식인 풍습'이 '지나인의 국민성'의 일부분이라고 했을 때 '지나'라고 하는 것에는 자연스럽게 폄훼의 의미가 부여된다. 이 점

---

64 足立北鷗(荒人), 『野蠻ナル露國』, 東京集成堂, 1904. 268~271쪽 참조.

65 마츠이 류고(松居龍五)의 연구에 따르면, 1900년 3월부터 6월까지 런던에 체류한 미나카타 구마구스(南方熊楠)는 '일본인 태고 식인설'을 완성했다. 발표하기 직전 런던대학 사무총장 디킨스(Frederick Victor Dickins, 1838~1915)가 제지했다. 내용이 일본에 불리하다는 이유였다(『南方熊楠英文論考(ネイチャー)誌篇』, 280~281쪽). 또 모스의 조사 성과는 다윈으로부터 긍정적 반응을 얻었으나 서방 학자들의 반대에 직면했는데 디킨스가 가장 대표적이었다. 「『大森貝塚』關連資料」 5, 6, 7, 8 참고.

은 훗날 루쉰도 명확히 의식했다. 예컨대 1929년 그는 외국에 소개될 때 중국과 일본의 비대칭에 대해서 언급했다. "중국에 있는 외국인 중에는 경서나 제자서를 번역하는 사람이 있다. 그런데 진지하게 지금의 문화생활 — 고급, 저급을 막론하고 여하튼 문화생활 — 을 세계에 소개하는 사람은 매우 드물다. 어떤 학자들은 전적 속에서 식인 풍속의 증거를 찾아내려 애쓰기도 한다. 이 측면에서 일본은 중국보다 훨씬 행복하다. 그들에게는 일본의 좋은 것을 선전하고 다른 한편으로 외국의 좋은 것을 차근차근 가르치며 수송하는 외국 손님들이 언제나 있다."[66] 루쉰은 비록 "어떤 학자들"이 "전적 속에서 식인 풍속의 증거를 찾아내려 애쓰"는 태도에 찬성하지 않았지만, 전적에 존재하는 '식인'의 사실을 부인하거나 거절하지 않았다. 심지어는 이를 기점으로 삼아 중국인의 인성을 재건하기 위해 힘썼다.

넷째, 일본의 메이지 담론, 특히 국민성 관련 담론 가운데 '지나'는 매우 복잡한 문제다. 시작부터 중국 침략 전쟁이 전면적으로 폭발한 후에 보였던 것 같은 양상은 아니었고, 그저 비방, '응징'의 대상일 따름이었다. 사실상 꽤 오랜 시간 '지나'는 줄곧 일본의 '시세 판단'의 중요한 참조였다. 예컨대 『메이로쿠잡지』에서 '국명과 지명'으로 '지나'라는 단어를 사용한 빈도는 다른 국명과 지명의 출현에 비해 더 많았다. 당시 주요 학습 대상국이었던 영국과 자국 일본도 그것에 비교되지 않는다.[67] 이것은 '타자'로서의 '지나'가 아직 완전히 '일본'의 외

66 魯迅, 「『奔流』編校後記」, 『魯迅全集·集外集』 제7권, 186쪽.

67 高野繁男·日向敏彦 監修·編輯, 『『明六雜誌』語彙總索引』, 大空社, 1998.

부에 있는 것이 아니었기 때문이다. 이런 까닭으로 서양 각국으로 '지나'를 비추어 보는 것은 종종 자신을 비추어 보는 것을 의미했고 '지나'에 대한 반성과 비판 또한 상당한 정도로 자신에 대한 반성과 비판을 의미했다. 이 점은 니시 아마네의 『백일신론』百一新論의 유교 사상에 대한 비판에서 볼 수 있고 나카무라 마사나오(中村正直, 1832~1891)가 '지나'를 변호한 「지나불가욕론」支那不可辱論(1875)에서도 볼 수 있고,[68] 후쿠자와 유키치의 『권학편』(1872)과 『문명론 개략』(1877)에서도 볼 수 있다. 어떤 의미에서 말하자면 훗날의 이른바 '탈아'(脫亞)[69]도 '타자'로서의 '지나'를 자신에게서 제거하고자 하는 문화적 결론이다. 하가 야이치의 『국민성 십론』에서 '지나'가 담당한 배역은 바로 자신에게서 완전하게 제거하지 못한 '타자'의 역할이다. 그것은 일본 이외의 국민성으로써 참조의 의미가 폄훼의 의미보다 더 큰 것이 분명하다. 최소한 일본이 과거 '지나'와 '인도' 문화를 수입하고 후에 어떻게 이 두 문화를 자신의 필요에 적합하게 만들었는지에 대해 객관적으로 서술했다. 바로 이러한 국민성의 문맥 아래에서 '식인'은 비로소 일종의 사실로써 루쉰의 시야에 들어왔다.

---

68 「支那不可辱論」, 『明六雜誌』 제35호, 1875년 4월.

69 이 말은 1885년 3월 16일 『시사신보』(時事新報)의 사설 '탈아론'(脫亞論)에 나온다. 일반적으로 이 사설은 후쿠자와 유키치(福澤諭吉)가 쓴 것으로 간주된다. 사실 후쿠자와 유키치는 '탈아' 사상에 대해 이보다 훨씬 이전에 이야기했다. 『권학편』(勸學篇)과 『문명론개략』(文明論槪略)에서 뚜렷하게 보이는데, 주로 유교 사상의 속박에서 벗어나는 것을 가리킨다.

6. 저우 씨 형제와 『국민성 십론』

하가 야이치는 저명한 학자다. 1892년 7월 12일부터 1941년 1월 10일까지 『아사히신문』에는 그와 관련된 보도와 소개, 광고 등이 모두 337건 등장하고, 『요미우리신문』에는 1898년 12월 3일부터 1937년 4월 22일까지 186건 등장한다. "문학박사 하가 야이치의 신작 『국민성 십론』"은 "청년 필독서이자 국민 필독서"[70]로 간주되었고 당시 명실상부한 베스트셀러였다. 1907년 말 초판부터 1911년까지 겨우 4년 동안 8차례 재판이 나왔다.[71] 신문광고에는 더 빈번하게 출현했을 뿐만 아니라 이후 아주 오랫동안 지속되었다.[72] 심지어 이 책의 출판과 관련된 '흥미진진한 일화'도 있다. 『요미우리신문』의 보도에 따르면 겉치레에 신경 쓰지 않는 하가 야이치 선생이 양복 한 벌 맞추려고 했는데 돈이 모자라자 양복점 주인이 『국민성 십론』 원고료로 저당 잡기도 했다.[73]

이런 상황에서 『국민성 십론』이 저우 씨 형제의 주의를 끌었던 것은 지극히 당연한 일이다. 그렇다면 형제 둘 중에 누가 먼저 하가 야이치를 알았고 주목했을까? 이것에 대한 대답은 물론 루쉰이다. 근거

---

70 『國民性十論』 광고, 『東京朝日新聞』 日刊, 1907년 12월 22일.

71 이 글에서 사용한 저본은 1911년 9월 15일 발행된 제8판이다.

72 『아사히신문』은 1935년 1월 3일까지, 『요미우리신문』은 같은 해 1월 1일까지 계속되었다.

73 「芳賀矢一博士の洋服代『國民性十論』原稿料から差し引く ユニークな店 / 東京」, 『讀賣新聞』, 1908년 6월 11일.

는 다음과 같다. 『국민성 십론』의 출판이 사회적 반향을 일으키고 하가 야이치에게 커다란 명성을 가져다주었을 당시, 루쉰은 일본에 유학한 지 5년 반이나 된 '오래된 유학생'이었다는 것이다. 자신이 관심을 가지고 있던 '국민성'과 관계된 사회적 동태에 대하여 등한시했을 리가 만무하다. 이것이 첫 번째 근거다. 둘째는 기타오카 마사코 교수의 연구를 통하여 다음을 알 수 있었다. 루쉰은 센다이를 떠나 도쿄로 돌아온 후 얼마 지나지 않아 독일어전수학교에 들어갔다. 1906년 3월 초부터 1909년 8월 귀국할 때까지 이 학교 학생으로서 한편으로는 독일어를 배우고 다른 한편으로는 '문예운동'에 종사하면서 유학 생활의 후반부를 보냈다. 이 기간에 '국어'(즉 일본어문) 교학을 담당한 외래초빙 겸 교과 교사가 바로 하가 야이치였다.[74] 이상 두 가지 점으로 미뤄 보건대, 루쉰이 하가 야이치와 직접적으로 접촉했다고는 단언할 수는 없어도 하가 야이치가 루쉰 신변에서 무시할 수 없는 존재였다고 보아도 무방하다. 사회적 명성이든 저작이든, 더 나아가 교실 수업에서든 하가 야이치는 루쉰이 주목한 독서 대상이 되지 않을 수 없었다. 이에 비교하면 1906년 여름 루쉰을 따라 도쿄에 온 저우쭤런은 유학 기간이 짧고 일어에 그리 능통하지 않았기 때문에 당시 『국민성 십론』에 대해 어떤 흥미가 있었을 것 같지 않고, 흥미가 있었다고 해도 꼭 읽었을 것 같지는 않다. 그가 이후 이 책을 진지하게 읽기 시작한

74 北岡正子, 『魯迅救亡の夢のゆくえ — 悪魔派詩人論から「狂人日記」まで』의 제1장 「『文藝運動』をたすけたドイツ語 — 獨逸語專修學校での學習」, 關西大學出版部, 2006년 3월 20일.

것은 형의 추천과 건의 때문이었을 가능성이 크다. 예컨대 서둘러 동생을 데리고 귀국하여 일자리를 찾고, 특히 '일본'에 대해 이야기하자면 어쨌거나 참고서가 좀 있어야 한다고 예상했을 것이다. 당시 저우쭤런에 비하면 『국민성 십론』이 적합한 참고서라고 판단하는 능력을 갖춘 사람은 루쉰이었고, 이 책이 일본문학의 입문서가 될 수 있음을 훨씬 더 잘 알고 있던 이도 루쉰이었을 것이다. 훗날 저우쭤런의 실천에서 보여 주는 것은 바로 이러한 과정이다.

그런데 이 책에 관한 기록을 가장 먼저 남긴 이는 저우쭤런이었다. 『저우쭤런 일기』에 따르면 『국민성 십론』을 구매한 날은 1912년 10월 5일이다. 약 1년 반 후(1914년 5월 14일)에 관련 참고 자료를 구매하고 "『국민성 십론』을 읽었"(같은 달 17일)고, 1년 4개월 남짓 지난 1915년 9월 22일 다시 "밤에 『국민성 십론』을 읽었다"라는 기록이 보인다.[75] 저우쭤런과 이 책의 관계는 1918년 3월 26일 일기에서 가장 잘 그려진 것 같다. "26일… 차오펑(喬風)이 22일에 부친 『일본문학사』와 『국민성 십론』 각각 1권을 받았다."[76] 1년 전, 즉 1917년 저우쭤런은 루쉰의 소개로 베이징대에서 일하게 되어 4월 1일 샤오싱에서 베이징의 샤오싱회관 부수서옥(補樹書屋)으로 옮겨 루쉰과 함께 지냈다.[77] 이로

75 魯迅博物館 所藏, 『周作人日記(影印本)』(上), 418, 501~502, 580쪽.

76 魯迅博物館 所藏, 『周作人日記(影印本)』(上), 740~741쪽.
[역자 주] 차오펑(喬風)은 루쉰의 둘째 동생 저우젠런(周建人, 1888~1894)이다. 다윈의 『종의 기원』, 생물학 논문 선집 『진화와 퇴화』를 번역했고 저서로 『生物進化淺說』, 『略講關於魯迅的事情』 등이 있다.

77 張菊香·張鐵榮 編著, 『周作人年譜(1885~1967)』, 天津人民出版社, 2000, 121쪽.

부터 일본문학과 국민성에 관한 『일본문학사』와 『국민성 십론』이라는 이 두 권의 책이 저우쭤런을 따라갔음을 알 수 있다. 이뿐 아니다. 1918년 4월 19일 저우쭤런은 베이징대학 문과연구소 소설연구회에서 '일본연구상점'[78]의 개장을 알리는 저명한 강연을 했다. 바로 「일본의 최근 30년 동안의 소설 발달」이다(4월 17일 작성, 5월 20일부터 6월 1일까지 잡지 연재).[79] 여기에는 『국민성 십론』의 관점과 명확히 관련이 있는 내용이 나온다. 이와 동시에 저우쭤런이 『국민성 십론』을 받은 다음 달 즉, 1918년 4월 루쉰은 「광인일기」를 쓰기 시작했고 5월에 출판 발행된 『신청년』 4권 5호에 발표했다. 주제 이미지에 있어서 앞으로 이야기하고자 하는 『국민성 십론』과의 관련성이 보이는 것은 결코 우연은 아니다.

1923년 저우 씨 형제 사이에 불화가 생기기 전까지 그들이 읽고 구매하고 소장한 책은 모두 그들이 잠재적으로 '직접 본 책'이라고 보아도 무방하다. 형제지간에 책을 공유하거나 돌려보는 것은 지극히 일반적이다. 『국민성 십론』이 저우 씨 형제에게 끼친 영향은 매우 크다. 루쉰은 "'소설로 보는 민족성'이라는 것은 좋은 테마다"라고 말했다.[80] 여기서 '소설'을 '일반 문학'으로 대체해도 좋다면, 『국민성 십론』은 바로 거의 완벽에 가까운 모범이다. 이 책에서 하가 야이치는 '국문학자'로서의 역량을 유감없이 발휘했고 '문헌학자'로서의 공력

78 周作人, 「『過去的工作』跋」(1945), 鍾叔河 編, 『知堂序跋』, 嶽麓書社, 1987, 176쪽.

79 張菊香·張鐵榮 編著, 『周作人年譜(1885~1967)』, 131쪽.

80 魯迅, 「馬上支日記」, 『魯迅全集·華蓋集續編』 제3권, 333쪽.

도 보여 주었다. 논증으로 사용된 사례만 해도 수백 건에 달하는데, 주로 일본의 신화전설, 와카, 하이쿠, 교겐, 모노가타리, 그리고 일본어 언어에서 가져왔고 더불어 『사기』, 불경, 선어(禪語), 필기 등으로 보충했다. 이로써 전개한 것이 바로 "문화사적 관점에서 전개한 미증유의 상세하고 충실한 국민성론이다".[81] 이 점이 바로 저우 씨 형제 모두에게 끼친 영향이다.

저우쭤런이 소장한 1,400여 종의 일본책 가운데 하가 야이치의 『국민성 십론』은 그의 일본 연구에서 대단히 중요한 책이었음은 의심의 여지가 없다. 사실상 이 책은 그의 일본문학사, 문화사, 민속사, 더 나아가 국민성에 관한 연구에서 중요한 입문서 중의 하나였다. 이후 그의 일본문학에 관한 연구, 논술, 번역에서도 이 책이 남긴 '나침반'의 흔적이 역력하다. 저우쭤런은 여러 글에서 하가 야이치를 인용하거나 언급했다. 예를 들어 「일본 여행 잡감」遊日本雜感(1919), 「일본의 시가」日本的詩歌(1921), 「『교겐 십번』에 관하여」關於『狂言十番』(1926), 「『교겐 십번』 부기」『狂言十番』附記(1926), 「일본 관규」日本管窺(1935), 「원원창화집」元元唱和集(1940), 「『일본 교겐 선』 후기」『日本狂言選』後記(1955) 등이 있다. 또한 그는 하가 야이치의 책을 끊임없이 구매했다. 예를 들자면 『신식 사전』新式辭典(1922년 구매, 이하 마찬가지), 『국문학사 십강』國文學史十講(1923), 『일본 취미 십종』日本趣味十種(1925), 『요교쿠 오십번』謠曲五十番(1926), 『교겐 오십번』狂言五十番(1926), 『월설화』月雪花(1933), 『하가 야이치 유작』(후잔보, 1928년 출판, 구매 시기 미상)이 있다. 전체적으로

81 南博, 『日本人論 —明治から今日まで』, 46쪽.

'문학'에서의 '국민성'이라는 대전제 아래 저우쭤런이 영향을 받은 것은 주로 '학술과 문예'[82]을 통해 일본의 국민성을 간취하는 시각을 포함한 일본문학과 문화 연구 방면이다. 여기서 몇 가지 예를 들어 보기로 하자.

저우쭤런이 스스로 이름 붙인 "일본의 사정을 말하다"[83]는 1918년 5월에 발표한 「일본의 최근 30년 동안의 소설 발달」에서 시작했다. 이 글은 오사 시기의 명문으로 핵심은 일본 문화와 문학의 "창조적 모의(模擬)" 혹은 "모방"을 설명하는 것이다. 이 관점은 하가 야이치가 말한 "모방이라는 단어는 어폐가 있다. 원숭이가 사람을 흉내 내는 것처럼 모방에는 정신이 존재하지 않는다"(제3장 현실에 주의하고 실제를 중시한다)라는 이해에 기반한 것일 뿐만 아니라 구체적인 전개이기도 하다. 그는 또 1925년부터 「『고사기』 중의 연애 이야기」를 번역하기 시작하여 1926년 「한역 『고사기』(신대권)」까지, 다시 1963년 『고사기』 완역본을 출판하기까지 『고사기』 번역은 저우쭤런 생애에서 근 40년 동안 지속한 중요한 프로젝트였다.[84] 그런데 시종일관 '신화전설'로서의 문학적 가치를 중시하고 역사서로서의 가치는 중시하지 않았다. 저우쭤런이 이 사이 수많은 일본 학자의 관점을 가져왔으나 신화를 중시하고 역사를 중시하지 않는다는 기본적인 관점은 제일 먼저

82 周作人, 「親日派」(1920), 「日本管窺之三」(1936), 鍾叔河 編, 『周作人文類編 7·日本管窺』, 湖南文藝出版社, 1998, 619~621, 37~46쪽.

83 周作人, 「『過去的工作』跋」, 『知堂序跋』, 176쪽.

84 「『古事記』中的戀愛故事」, 「漢譯『古事記』(神代卷)」은 각각 『語絲』 제9기와 제67기에 실렸다. 安萬侶 著, 周啟明 譯, 『古事記』, 人民文學出版社, 1963.

하가 야이치로부터 비롯되었다. 그는 "일본 신화를 살펴보면서 나는 상대(上代)의 역사라고 하지 않고 신화라고 하는 것을 꺼리지는 않는다"(제1장 충군 애국)라고 했다.

다시 예를 들자면, 일본 교겐의 번역도 『고사기』 번역에 필적하는 중요한 프로젝트였다. 1926년 『교겐 십번』 번역에서 1955년 『일본 교겐 선』에 이르기까지, 앞뒤로 근 30년에 이른다.[85] 일본 교겐의 대표작이라고 할 수 있는 작품 총 24편을 번역했고 여기에서 "일본 교겐의 일단을 볼 수 있다".[86] 24편 중에서 절반이 넘는 15편이 하가 야이치의 교감본을 번역한 것이다. 『교겐 십번』은 하가 교감본 『교겐 이십번』에서 번역했고(6편), 『일본 교겐 선』 또한 『교겐 오십번』에서 번역했다(9편). 저우쭤런이 처음으로 하가 야이치와 그의 교감본을 접한 것은 도쿄에서 "일본어를 배우기" 위해 "교과서"를 찾던 시기였다.

> 그때 후잔보(富山房) 서점에서 출판된 '포켓 명저 문고'에는 하가 야이치가 펴낸 『교겐 이십번』과 미야자키 산마이(宮崎三昧)가 펴낸 『라쿠고 선』落語選이 있었고, 여기에 산쿄쇼인(三教書院)의 '포켓 문고' 중에 『하이후야나기다루』俳風柳樽 초편, 2편(총 12권)을 더해, 이 네 권의 소책자 가격은 일본 돈 1엔도 되지 않았으나 나의 교과서로는 이미 충분했다.[87]

---

85 周作人 譯, 『狂言十番』, 北新書局, 1926; 周啟明 譯, 『日本狂言選』, 人民文學出版社, 1955.

86 周啟明, 「『日本狂言選』後記」, 『周作人文類編 7·日本管窺』, 365쪽.

87 周作人 著, 止庵 校訂, 『知堂回想錄·八七 學日本語續』, 河北教育出版社, 2002, 274쪽.

문학 '교과서'로써 하가 야이치는 저우쭤런에게 다른 누구보다 많은 '계몽'의 흔적을 남긴 것이 분명하다. 이는 하가 야이치의 당시 출판 수량, 문고본의 구하기 쉬운 저렴한 가격과 직접적인 관련이 있다. 일본 국회도서관에 소장된 하가 야이치 이름의 출판물은 42종인데, 후잔보에서 출판된 것이 24종, 후잔보 문고판이 7종이다. 이들 서적과 저우쭤런의 관계에 대해서는 아직 연구할 만한 것이 매우 많이 남아 있다. 특히 중요한 것은 하가 야이치가 다양한 장르의 일본 문학 작품에 대한 자신의 교감과 연구 성과를 '종합'이라고 할 수 있는 형식으로 『국민성 십론』에 구현했다는 것이다. 저우쭤런으로 말하자면 이 책은 상대적으로 완전한 "대강"(大綱)식 교본이었고 — "교본은 구했는데, 이 참고서는 정말로 대단하다"[88] — '교본'을 소화하기 위해 적지 않은 노력을 들였을 것이다. 이외에도 저우쭤런이 일본 시가를 소개하는 데 있어 하가 야이치의 영향은 매우 분명하다. 저우쭤런의 「일본의 시가」, 「잇사의 시」一茶的詩, 「일본의 소시」日本的小詩, 「일본의 풍자시」日本的諷刺詩 등에서 이야기한 일본 시가의 특징, 체재, 발전과 변화에 관한 서술과 이 책의 내용을 대조, 비교해 보는 것만으로도 바로 일목요연하게 알 수 있다.

물론 저우쭤런도 결코 『국민성 십론』의 관점을 전반적으로 수용한 것은 아니었다. 적어도 일본 국민성의 의의에 대한 저우쭤런의 취사선택은 매우 분명하다. 전체적으로 보면 책에서 서술한 "충군 애국"과 "무사도" 이 두 항목에 대해서 저우쭤런은 그럴듯하다고 여기지

88 周作人 著, 止庵 校訂, 『知堂回想錄·八七 學日本語續』, 274쪽.

않았다(「일본 여행 잡감」, 「일본의 인정미」, 「일본 관규」). 저우쭤런은 하가 야이치와 마찬가지로 일본에 대한 이해에서 '만세일계'(萬世一系)의 "중요성"을 인정하고 신민들의 '황위 찬탈' 사례가 드물다고 소개했을 뿐만 아니라(「일본 관규」), 일본 문화에 대한 해석에서 "학술과 문예"에서 "무사 문화"로 확장할 때 무사가 전사한 무사의 머리를 대하는 사례를 들어 "무사의 정"을 보여 주었다고 했다(「일본 관규 3」). 그런데 그는 이 두 가지 점에 대하여 전제 조건을 달았다. 전자에 관해서는 '충효'는 일본 고유의 것이 아니라고 여겼고, 후자에 관해서는 "무사의 정" 중에 "충서"(忠恕)의 요소를 강조하고자 했다. 『국민성 십론』에 대한 그의 평가는 다음과 같다. "무사도 정신을 찬양한 몇 편을 제외하면 여기서 말한 국민성의 장점 몇 가지, 즉 초목을 사랑하고 자연을 좋아하며 담백하고 소탈하며 섬세하고 정교하다는 것 등은 모두 매우 타당하다. 이것은 국민성의 배경이고 수려한 산수풍경이며, 여러 아름다운 예술 작품은 국민성의 표현이다. 나는 이른바 동방 문명의 이면에서 오로지 미술만이 영원하고 영원한 영광이라고 생각한다. 인도, 중국, 일본 모두 이러하지 않음이 없다."[89]

또 짚고 넘어가야 할 것은 저우쭤런이 갈수록 일본이 그에게 가져다준 문제를 더욱 느끼게 되었다는 것이다. 하가 야이치도 물론 여기에 포함되었다. 예컨대 1935년 저우쭤런은 다음과 같이 지적하였다. "일본은 자신의 서쪽에 지나가 있다는 사실이 너무, 너무 편리한 일이

89 周作人, 「遊日本雜感」(『新青年』 제6권 제6호, 1919년 11월), 『周作人文類編 7·日本管窺』, 7쪽.

었다. 자국 문화에서 조금 만족스럽지 않은 요소가 있으면 모두 지나로 떠넘겼다. 민속학을 연구하는 사토 류조(佐藤隆三)는 그의 신작 『너구리고』狸考(1934)에서 일본 동화 『가치카치야마』滴沰山에 나오는 너구리와 토끼의 잔혹한 행위는 일본 민족이 가지고 있던 것이 아니라 필시 지나에서 전해진 것이라고 하였다. 이런 화법을 나는 배우고 싶지도 않고 반박하고 싶지도 않다. 이런 자료들이 결코 없는 것도 아닌데도 말이다."[90] 사실 저우쭤런은 이런 사례에 대하여 일찌감치 알고 있었다. 왜냐하면 하가 야이치가 『국민성 십론』 제10장 "온화 관대"에서 "이것은 아마도 일본 고유의 신화가 아닐 것"이고 "지나 일대의 전설과 서로 섞여 변화되어 온 것이다"라고 했기 때문이다. 이로부터 저우쭤런은 애초부터 "이런 화법"을 "배우고 싶지 않"아 하였음을 알 수 있다.

「일본 관규 4」를 쓴 1937년에 이르면 청년 시절 하가 야이치로부터 배운 문예나 문화로 일본 국민성을 관찰하는 방법에 대해 이미 철저하게 동요하고 있었다. 현실 속의 일본은 저우쭤런으로 하여금 이 방법의 유효성을 의심하도록 만들었다. "우리는 평소 일본 문화에 대해 즐겨 말한다. 소수 현자의 정신이 의탁하는 바는 이해할 수 있어도 전체 국민을 이해하는 데는 나는 크게 쓰임이 없다고 말할 수 있다." "일본 국민성은 결국 수수께끼처럼 모르겠다."[91] 이것은 그의 "일본 연

90 知堂, 「日本管窺」(『國文周報』 제12권 제18기, 1935년 5월), 『周作人文類編 7·日本管窺』, 26쪽.

91 知堂, 「日本管窺」, (『國文周報』 제14권 제25기, 1937년 6월), 『周作人文類編 7·日本管窺』, 56쪽.

구상점의 폐점 간판 내리기"[92]를 의미한다. 저우쭤런의 일본 문화에 대한 관찰은 어쩌면 하가 야이치로부터 시작하여 하가 야이치에서 끝났다고 말할 수 있을 것이다.

전체적으로 말하면, '문학'으로 보는 '국민성'이라는 대전제 아래 저우쭤런이 받은 영향은 주로 일본의 문학과 문화 연구 측면이라면, 상대적으로 루쉰은 주로 '국민성' 측면에 있었다. 구체적으로 말하면 루쉰은 하가 야이치의 일본 국민성에 대한 해석으로 말미암아 중국의 국민성에 주목했다. 특히 중국 역사에서의 '식인' 기록에 대한 주목이었다.

루쉰의 텍스트에는 하가 야이치에 관한 기록이 남아 있지 않다. 이 점은 저우쭤런의 '상세한 장부'와 전혀 다르다. 그러나 언급하지 않거나 기록하지 않았다는 것은 읽지 않았고 영향을 받지 않았다는 것과는 다르다. 루쉰의 번역문 중에는 하가 야이치가 존재한다. 예컨대 루쉰은 구리야카와 하쿠손(廚川白村, 1880~1923)에 대하여 "자국의 결점에 대한 맹렬한 공격에 있어서는 그는 정말 수완가다"[93]라고 찬사를 보냈다. 그는 『상아탑을 나와서』에서 하가 야이치와 『국민성 십론』을 대대적으로 소개했는데, 루쉰이 이 책을 번역했다. 관련 단락은 아래와 같다.

그러나 개괄해서 말하자면 어떻게 말하든지 일본인의 내면생활의 열

92 周作人, 「『過去的工作』跋」, 『知堂序跋』, 176쪽.

93 魯迅, 「『觀照享樂的生活』譯者附記」, 『魯迅全集·譯文序跋集』 제10권, 277쪽.

> 기는 언제나 부족하다. 이것도 결코 하루아침의 일은 아닐 것이다. 와카와 하이쿠가 중심이고 간단한 이야기가 주요 작품인 일본문학이 이것의 증명이 아니겠는가? 나는 도쿄대학 하가 야이치 교수가 말한 낙천 소탈, 담박 대범, 섬세 정교 등이 우리 나라의 국민성이라고 하는 것을 읽은 적이 있는데, 매번 진실로 그러하다고 여겼다(하가 교수의 저서 『국민성 십론』, 117~182쪽 참조). 과거와 현재의 일본인은 과연 이런 특성이 있다. 이런 일본인 속에서 지금 아무리 소리친다 해도 갑자기 톨스토이, 니체, 입센이 나올 수는 없다. 하물며 셰익스피어, 단테, 밀턴이 어찌 있을 수 있겠는가.[94]

여기에 앞서 언급한 루쉰이 독일어전수학교를 다니던 시절 하가 야이치가 이 학교에서 '국어'를 가르쳤다는 사실을 더하면, 백번 양보해도 몇몇 논자들처럼 루쉰과 하가 야이치는 "아무런 관계없다"라고 말하기는 매우 어렵다고 하겠다. 사실 '루쉰이 직접 본 책' 중에 그가 조금 언급했거나 심지어 언급하지 않았어도 아주 깊은 영향을 받은 사례가 적지 않은 것이 분명하다. 하가 야이치의 『국민성 십론』도 이에 해당한다.

「광인일기」 발표 후 루쉰은 1918년 8월 20일 쉬서우상에게 보낸 편지에서 "우연히 『통감』을 읽고 중국인이 오래전에는 식인 민족이었

94 廚川白村, 魯迅 譯, 『出了象牙之塔』, 王世家·止庵 編, 『魯迅著譯編年全集』(卷6), 人民出版社, 2009, 86쪽. 원서 『象牙の塔を出て』, 永福書店, 1920. 루쉰은 1924~1925년 교차기에 중국어로 번역했고 대부분은 『京報副刊』, 『民衆文藝周刊』 등의 잡지에 잇달아 연재했다. 1925년 12월 北京未名社에서 '웨이밍총간'의 하나로 단행본으로 출판했다.

음을 깨달아서 이 작품을 쓴 것이네. 이런 발견은 심히 중요하나 아는 사람이 아직 거의 없다네"라고 했다. 말하자면 역사서에는 '식인'의 기록이 많이 있으나 「광인일기」 발표 당시에는 소수만이 그러한 사실을 알고 있고, "중국인이 오래전 식인 민족이었다"는 것을 아는 사람은 아직 거의 없다는 것이다. "아는 사람은 아직 거의 없"는 상황에서 루쉰은 "아는 사람"이었고, 쉬서우상에게 자기는 "우연히 『통감』을 읽고" "깨달았다"라고 했다. 이 화법에 따르면 『자치통감』의 식인에 관한 기록이 「광인일기」의 식인 이미지가 만들어지는 '촉발'의 계기를 구성했고 작품 주제의 맹아에 결정적인 영향을 미쳤다는 것이다.

루쉰이 읽은 것이 『자치통감』의 어떤 판본인지에 관해서는 후속 연구가 필요하다. 지금까지 확인할 수 있는 것은 루쉰과 동시대 혹은 조금 이른 시기의 중국과 일본에는 여러 종의 다른 판본이 있었다는 사실이다. 그런데 루쉰의 장서 목록에는 『자치통감』이 보이지 않는다.[95] 『루쉰전집』에 언급된 『자치통감』은 모두 책 제목일 뿐이고 어떤 구체적인 식인 기록은 언급되지 않았다. 따라서 루쉰의 텍스트만 본다면 지금으로서는 도대체 "우연히 읽은" 어떤 식인 사실이 그를 "깨닫"게 한 것인지 알 수가 없다. 한마디 덧붙이자면 루쉰의 일기에는 『자치통감 고이』資治通鑑考異를 빌려 읽고(1914년 8월 29일, 9월 12일) 구매한 기록이 있고(1926년 11월 10일), 30권 본을 소장했던 것은 분명하

95 北京魯迅博物館 編, 『魯迅手跡和藏書目錄』(內部資料), 1957; 中島長文 編刊, 『魯迅目睹書目 — 日本書之部』, 宇治市木幡禦藏山, 私版, 1986.

다.[96] 『중국소설사략』中國小說史略과 『고적서발집』古籍序跋集에서 그가 이러한 자료를 사용했음을 알 수 있지만, 식인의 사실과는 아무 관련이 없다.

이런 까닭으로 루쉰이 직접 『자치통감』 텍스트를 "우연히 읽었"을 가능성을 배제하지 않는다는 전제 아래 다음과 같은 추정해 보는 것은 어떨까 한다. 즉, 루쉰이 당시 "우연히 읽"은 것은 『국민성 십론』에서 언급한 4건의 사례일 가능성이 더 크고 『자치통감』 자체는 아니라는 것이다. 한 걸음 더 나아가서 『국민성 십론』 중의 『자치통감』으로 말미암아 『자치통감』 원본 읽기로 넘어갔을 가능성이 없는 것도 아니라고 말할 수도 있다. 그러나 위에서 말한 바와 같이 루쉰의 텍스트에서는 그가 실제로 『자치통감』을 읽었다는 증거를 찾을 수 없다.

이 외에 하가 야이치가 8건의 사례를 인용한 도종의의 『철경록』은 루쉰의 텍스트에서 두 차례 언급된다.[97] 모두 문학사의 자료로 쓰였을 뿐이고 식인 역사의 자료로 인용된 것은 아니다. "일본 호리구치(堀口)대학의 『필립 단편집』에서" 찰스 루이스 필립(Charles-Louis Philíppe, 1874~1909)의 「식인 인종의 말」을 번역하고[98] '신마소설'(神魔小說)의 자료로서 거론한 문학작품의 식인 사례를 제외하면, 루쉰의 글에 거론된 역사상의 구체적인 식인 사례는 단 하나에 불과하다. 그

96 『魯迅手跡和藏書目錄』에는 "資治通鑒考異 30권, 宋 司馬光 著, 上海商務印書館 影印, 明嘉靖刊本 6冊, 四部叢刊初編史部, 제1책에 '魯迅' 도장이 찍혀 있다"라고 되어 있다.

97 魯迅, 『中國小說史略』, 『魯迅全集』 제9권, 163쪽; 『古籍序跋集』, 『魯迅全集』 제10권, 108쪽.

98 魯迅, 「「食人人種的話」譯者附記」, 『魯迅全集·譯文序跋集』 제10권, 506쪽.

것은 바로 「몸수색」抄靶子에서 언급한 "두 다리 양"이다. "황소(黃巢)가 난을 일으키고 사람을 먹거리로 삼았다. 그런데 그가 사람을 먹었다고 말하는 것은 틀린 말이다. 그가 먹은 것은 '두 다리 양'이라고 부르는 물건이었다." 『루쉰전집』의 주석은 이에 대해 이것은 황소의 사적이 아니라고 수정하면서 다음과 같이 출처를 밝혔다. "루쉰이 인용한 이 말은 남송 장계유(莊季裕)의 『계륵편』雞肋編에 나온다."[99] 이 수정과 원시 자료의 출처는 모두 정확하나 약간의 보충이 필요하다. 원말명초 도종의의 『철경록』은 『계륵편』 속의 이 사례를 베껴 썼고, 하가 야이치도 『철경록』을 읽을 때 이것을 보고 자신의 책에 인용했다는 것이다. 개인적으로 "두 다리 양"에 관한 루쉰의 모호한 기억은 반드시 직접 『계륵편』이나 『철경록』에서 비롯된 것이라고는 할 수 없고, 하가 야이치의 이 텍스트가 그에게 남겨 준 것일 가능성이 훨씬 크다고 생각한다.

7. '식인': 사실에서 작품에 이르기까지

「광인일기」 속 '식인'은 발전하고 변화하고 있는 이미지다. 우선 현실세계의 식인에서 정신세계의 식인으로 승화하고 다시 정신세계의 식인이 현실 세계의 식인을 되돌아본다. 이후 현실과 정신이 서로 섞여 융합하고 과거와 현재가 앞뒤로 관통하고, 이로부터 물질과 정신 두

99 魯迅, 「抄靶子」, 『魯迅全集』 제5권, 216쪽.

세계를 횡단하고 고금을 종횡하는 식인의 대세계를 구성한다. 주인공의 '사람을 먹다'(吃人)와 '사람에게 먹히다'(被吃), 그리고 자신도 따라서 '먹었다'는 '대공포'가 이 세계에서 발생한다. 혹은 주인공의 '광기'는 이 공포스러운 식인 세계를 철저하게 보여 줌으로써 독자들을 크게 각성시킨다. 이것이 바로 작가와 작품이 성공을 거둔 까닭이다.

문학작품의 창작은 매우 복잡한 과정이고 어떠한 해석으로도 만족할 만한 해답을 내리기 어려운 과제기도 하다. 연구자가 제공할 수 있는 것은 우선 창작 과정에 가장 가까운 기본적 사실이어야 하고 이 기초 위에서 유도하고 분석하고 판단할 수 있다. 「광인일기」의 생성 기제로 말하자면, 최소한 다음 두 가지 기본 요소를 빠뜨려서는 안 된다. 하나는 실제 발생한 식인 사실 자체이고, 다른 하나는 작품에서 사용한 형식이다.

이 글에서 살펴본 것처럼 루쉰이 소설 「광인일기」를 발표하기까지 중국 근대에는 식인에 관한 연구사가 없었다. 우위는 「광인일기」를 읽고서 비로소 그의 유명한 식인 고증을 시작했으며 그마저도 8건의 사례를 열거했을 따름이다.[100] 위에서 서술한 바와 같이 식인이라는 주제와 연구는 메이지 유신 이후 일본에서 전개되었다. 세계 각지에서 보낸 cannibalism에 관한 선교사의 보고와 진화론, 생물학, 고고학, 인류학, 근대 과학철학의 수입은 '식인종'과 '식인 풍속'에 대한 관심을 불러일으켰다. 이 시기 '지나'는 광범위하게 수집된 세계 각국 각 인종의 사례 중 하나로서 등장하고 문명이 발달한 인종의 식인의 실례

100 吳虞, 「吃人與禮教」, 『新青年』 제6권 제6호, 1919년 11월 1일.

로 제공되었다.

문헌 사적이 풍부했기 때문에 이후 지나는 점점 단독으로 거론되었고 '식인 풍속'이 있는 '지나'에서 '지나인의 식인 풍습'으로 변화했다. 다시 그 이후에는 '지나인의 식인 풍습'이 '지나인 국민성'의 일부분으로 해석되었다. 물론 이것은 일본 근대사상사 속의 문제다. 중국으로 보자면 루쉰이 마침 일본 사상사 속의 이러한 언설과 그 과정을 계승했고 거기에서 두 가지 계발을 받았다. 하나는 역사상의 식인을 확인할 수 있었다는 것이다. 혹은 최소한 생각하고(즉 이른바 "깨달았다") 확인하는 경로를 얻었다고 할 수 있다. 다른 하나는 "중국인이 오래전에는 식인 민족이었다"라는 발견을 '국민성 개조'라는 사고의 틀 속으로 집어넣었다는 것이다.

이외에 현실에서 실제로 발생한 식인 사실도 물론 작품의 이미지 생성에 불가결한 요소였다. 서석린(徐錫麟, 1873~1907)과 추근(秋瑾, 1875~1907)은 모두 루쉰의 신변 사례였다. 전자는 실명 그대로 「광인일기」에 들어갔고 후자는 '샤위'(夏瑜)로 바뀌어 「약」에 들어갔다. "역아(易牙)가 그의 아들을 삶아 걸(桀), 주(紂)에게 먹으라고 했고, … 계속해서 서석린까지 먹었다." 다시 "서석린부터" "만터우에 피를 찍어 핥아 먹기"까지, 「광인일기」의 "사천 년 식인의 역사"는 이러한 역사와 현실 속 식인의 사실이라는 기초 위에 만들어진 것이다.

또 다른 생성 기제는 작품의 형식이다. 이 글의 도입부에서 말한 바와 같이 루쉰은 일역본 고골의 「광인일기」를 통해서 이미 만들어진 표현 형식을 배울 수 있었다.

"오늘 일은 너무 괴이하다." "어머니, 당신 아들이 지금 불행한 일을 당하고 있습니다. 당신의 아들을 구해 주세요, 나를 구해 주세요! … 어머니, 당신의 아픈 아들을 불쌍히, 불쌍히 여겨 주십시오!"[101]

루쉰이 「광인일기」 본문의 첫 행 "오늘 밤은 달빛이 너무 좋다"와 마지막 구절인 "아이를 구하라"를 쓸 때, 마음속에 떠오른 것은 후타바테이 시메이(二葉亭四迷)가 그에게 가져다준 고골의 바로 이 구절이 아닐까 싶다.

루쉰과 같은 시기에 유학한 유학생 중에 메이지 일본의 식인 언설에 주목하고 후타바테이 시메이가 번역한 「광인일기」를 들춰본 사람은 '저우수런' 한 사람만은 아니었을 것이다. 그런데 공교롭게도 이 유학생은 이를 주목했을 뿐만 아니라 기억했다. 이른바 '심유영서'(心有靈犀)[102]라고 할 수 있다.

이후 수년간 반추와 숙성을 거쳐 「광인일기」가 나왔고 중국에도 이로 말미암아 '루쉰'이라 불리는 작가가 탄생했다. 여기서 강조하려는 것은 「광인일기」의 탄생이 '지식', 더 나아가 인식 층위의 문제에 지나지 않는 것이 아니라는 점이다. 루쉰과 동시대의 일본인 중에는 메이지 이래의 식인 연구사와 '지나의 식인 풍습'에 대해 익히 잘 알고 있는 사람들이 적지 않았다. 앞에서 소개한 구와바라 지쓰조처럼

101 이 두 구절은 후타바테이 시메이가 번역한 고골의 「광인일기」의 첫 구절과 마지막 구절이다.

102 [역자 주] 마음속에 신령한 코뿔소가 있다는 뜻으로 두 사람의 마음이 잘 통한다는 것을 의미한다. 여기서는 루쉰과 고골의 마음이 서로 통했다는 뜻이다.

이 '지식'의 기초 위에서 "우리 이 사회에는 물질적으로 식인하는 사람은 없다고 해도 정신적으로 식인하는 사람은 매우 많다"라는 인식에 도달한 사람 역시 적지 않다.[103] 그러나 이와 관련된 작품은 나오지 않았다. 오로지 중국 역사에 대하여 같은 "깨달음"을 얻었던 저우수런만이 고도의 세련된 형식으로 그것을 표현해 낼 수 있는 운명에 있었다. 본질적으로는 작가의 개성적 기질이 그렇게 만들었는지도 모른다. 그런데 「광인일기」라는 이 작품에 관한 '지식'의 층위만 보더라도 '저우수런'이 '루쉰'으로 성장한 경로를 대체로 이해할 수 있다. 어쩌면 '근대'가 '루쉰'이라는 개인의 신체에 재구성되는 사례로 볼 수 있을지도 모른다.

여기까지의 논의로 한 가지는 명확해진 것 같다. 즉, 「광인일기」는 주제부터 형식에 이르기까지 모두 참조와 모방으로 탄생했다는 것이다. 이것은 바로 중국문학이 지금까지도 여전히 피해 가지 못하는 길이기도 하다.

2011년 10월 30일, 오사카 센리에서

---

103 宮武外骨, 「人肉の味」, 『奇想凡想』, 東京文武堂, 1920, 23~26쪽.

광인의 탄생

메이지시대 '광인' 언설과 루쉰의 「광인일기」

머리말: '광인' 탄생의 발자취를 찾아서

지금으로부터 100년 전 1918년 『신청년』 잡지 4권 5호에는 필명 '루쉰'의 단편소설 「광인일기」가 발표되었다. 이로써 중국 현대문학사는 최초의 작품을 가지게 되었고 하나의 상징적 인물—'광인'—을 가지게 되었고 이로부터 루쉰이라는 작가가 탄생했다. 이는 너무나 잘 알고 있는 문학사의 오래된 이야기다. 「광인일기」는 '오늘날' 어떤 의미가 있는가? 이것은 백 년간의 '광인학 역사' 내내 깊이 연구했고 앞으로도 계속해서 연구할 문제다. 100년이라는 시간이 통과하는 시점에서 이 글로써 오늘날의 관찰을 제시하고 가르침을 청하고자 한다.

여기에서 제시하고자 하는 문제는 이것이다. 루쉰의 「광인일기」의 '광인'은 어떻게 탄생한 것인가? 광인은 그의 '전생'이 있는가? 이것은 사실 광인이 어디서 왔는가에 관한 질문이다. 역사가들이 말한 바와 같이 "광인이라는 기이하고 괴이한 문학적 형상이 탄생했고 중국 정신계 전체에 충격을 가했고 오사 문화혁명의 최초의 뇌성(雷聲)이 되었다".[1] 이때부터 광인 탄생 이후의 '현생'은 독서의 역사임과 동시에 충격의 역사였다. 이것이 중국 정신계에 가져온 거대한 파문은 아직도 전혀 줄어들 기색이 없다. 이 글은 이를 전제로 위에서 언급한 문제를 다룰 것이다.

작품의 구성으로 말하자면 「광인일기」에는 두 가지 핵심적 요소가 있다. 하나는 '식인' 이미지고 다른 하나는 '광인' 형상인데, '광인'이 '식인'을 고발하고 있다. 지금은 식인이라는 주제 이미지가 태어나기 전에 그것의 길이 되어 준 아주 오랜 식인 언설의 역사가 있었음을 잘 알고 있다. 그렇다면 다음과 같이 생각해 보는 것은 어떤가. 광인의 탄생에도 마찬가지로 광인에 관한 언설적 배경이 존재하지 않았을까? 선배 학자들은 일찍이 뛰어난 연구로 저우수런의 유학 시절과 「광인일기」의 내재적 연관에 주목했다. 이토 도라마루, 기타오카 마사코, 나카지마 오사후미, 류보칭 등은 창의적 연구로 '저우수런'이 어떻게 '루쉰'이 되었는가, 라는 문제틀을 제시했을 뿐만 아니라 이 문제틀을 위해 국경을 횡단하는 보다 광활한 근대의 사상적, 문화적 배경을 보여 주었다. 이 글은 이들의 성과를 기초로 광인 언설의 정리를 통하여 저우수런 주변의 광인 현상과 그 자신, 그리고 작품과의 연관에 대해 살펴보고, 이로써 광인 형상의 생성 기제에 관한 연구의 공백을 메우고자 한다. 다시 말하면 광인 자체를 작중인물의 정신사적 배경으로 간주할 것이다.

1　張夢陽, 『中國魯迅學通史』(下卷一), 廣東教育出版社, 2005, 270쪽.

아래에서 어휘, 사회적 매체, '니체'와 '무정부주의' 담론, 문학 창작과 시대정신의 특징 등 몇 가지 측면을 통하여 이러한 배경의 존재를 드러내고, 더불어 이러한 배경 속에서 광인 탄생의 발자취 찾아보고자 한다.

1. '광'과 관련된 어휘와 '광인' 언설

우선 광인 언설은 존재했는가, 라는 것이 하나의 전제다. 대답은 당연히 그렇다는 것이다.

나는 저우수런과 그 주변에 관련된 메이지 문헌을 읽으면서 '광'과 관련된 단어와 수시로 만났다. 예컨대 '광', '광기', '광인', '광자'(狂者), '발광', '광분'… 같은 것들이다. 처음에는 그리 주의하지 않았으나 나중에 점차 이런 단어의 사용에는 특정한 범주와 문맥이 있고 특정 인물, 사건, 사물, 사상 더 나아가 문학 창작과 관련이 있고, 따라서 특정한 문맥 속에서 하나의 언설을 구성하고 있음을 발견하게 되었다. 광인 언설은 객관적으로 존재했음에도 불구하고 이제까지 발견되거나 정리되지 않았을 따름이라고 할 수 있다.

단어로 보면 '광'(狂)은 중국어의 옛 글자, 옛 낱말이다. 갑골문에 '광'자가 있고, 『설문』說文에는 "광은 제견이다"(狂, 狾犬也)라고 했는데 즉, 미친개라는 뜻이다. 나중에는 사람에게도 쓰여서 정신이상, 발광, 바보 등을 가리켰고 오만, 경망, 방탕, 방종, 사나움, 성마름 등의 뜻으로 발전했다.[2] 『강희자전』康熙字典과 『사원』辭源 등에 나열된 『상서』, 『좌전』, 『논어』. 『시경』, 『초사』 등에 나오는 단어의 용례가 가장 이른 사례는 아닐 수 있으나 이런 사례만 보더라도 이미 상당히 오래된 것이 분명하다.[3] 이백(李白)의 유명한 시구 "나는 본디 초나라의 광인, 봉황의 노래로 공자를 비웃는다"[4]로 따져보아도 지금으로부터 1,250여 년이나 된다. 어근으로서 '광'이라는 글자는 강한 조어 기능이 있어서 '광'과 관련된 어휘를 대량으로 만들어 냈다. '광'으로 시작하는 단어를 예로 들어 보면, 모로하시 데쓰지(諸橋鐵次)의 『대한화사전』에 수록된 단어는 160개, 『한어대사전』에 수록된 단어는 240개다.[5] 이것은 중국어에 '광'과 관련된 풍부한 어휘가 있음을 의미하고, 동시에 중국과 일본은 '광'자 단어를 대량으로 공유하고 있음을 보여 준다. 광인 언설은 이러한 단어들 위에서 구성되었다.

메이지시대에 이르기까지 일본어에서 '광'과 관련된 한자 단어는 기본적으로 중국에서 왔다. '광인'(狂人), '광사'(狂士), '광자'(狂者), '광자'(狂子), '광생'(狂生), '광부'(狂父) 등은 '화제한어'로 간주하지 않

2 漢語大字典編輯委員會 編纂, 『漢語大字典』(제2판) 제3권, 四川辭書出版社, 2010, 1431~1432쪽.

3 渡部溫 標注訂正, 『康熙字典』, 講談社, 1977 復刻板, 1605쪽; 商務印書館編輯部 編, 『辭源(合訂本)』, 商務印書館, 1988, 1080~1081쪽.

4 李白, 「廬山謠寄盧侍御虛舟」, 760년 작품, 『辭海』에도 이 시를 예로 들었다.

5 諸橋鐵次, 『大漢和辭典』 修訂 제2판 제7권, 大修館書店, 平成 3년(1991), 676~680쪽; 漢語大詞典編纂委員會 漢語大詞典編纂處 編纂, 『漢語大詞典』 제5권, 漢語大詞典出版社, 1990, 12~25쪽.

는다.[6] 그런데 이것은 기존에 있던 일본어의 '광'과 관련된 단어가 메이지시대 공전의 규모로 진행되었던 화제한어(和製漢語)의 조어 활동에 참여하지 않았음을 의미하지는 않는다. 후텐보인(瘋癲病院), 헨슈코(偏執狂) 등이 이런 단어다.[7] 이노우에 데쓰지로 등이 편찬한 『철학자휘』는 일본 근대사 최초의 철학사전으로 메이지 시기 3판까지 발행되었으며 메이지의 사상문화를 고찰하는 데 중요한 문헌이다. 1881년 초판에는 '광'자를 포함된 한자 단어가 5개에 불과했으나[8] 1911년 제3판에서는 '광'자가 포함된 단어가 '애국광', '진서광'(珍書狂), '마귀광' 등을 포함하여 64개로 증가했다. 단어의 의미가 '광'과 관련이 있는 것, 예컨대 '망상', '과대망상', '허무망상', '피해망상', '건망' 등 정신 상태를 표현하는 단어를 보탠다면 백 개에 가까운 단어들이 새롭게 생겨났다.[9] 한마디 덧붙이자면 새로운 한자 어휘가 전부 새로 만들어진 것은 아니며 옛 단어를 끌어다 쓴 경우도 매우 많았다는 것이다. 예컨대 'Rudeness'는 '소폭'(疎暴), '소광'(疎狂), '비야'(鄙野), '고루'(固陋), '광녕'(獷獰), '노망'(魯莽), '연광'(狷獷), '추록'(麁鹿) 등처럼 전부

6 '화제한어'(和製漢語)는 통상적으로 중국에서 온 것이 아니라 일본에서 만든 한자 어휘를 가리킨다. 佐藤武義 編, 『和製漢語』(遠藤好英 等 編, 『漢字百科大事典』, 明治書院, 1996)에 이러한 단어들이 수록되어 있지 않다.

7 遠藤好英 等 編, 『漢字百科大事典』, 983, 984쪽.
[역자 주] '후텐보인'(瘋癲病院)은 정신병원의 옛말이다.

8 통계는 다음에 근거했다. 飛田良文 編, 「哲學字彙譯語總索引」, 『笠間索引叢刊』72, 有限會社笠干書院, 1979.

9 통계는 다음에 근거했다. 井上哲次郎·元良勇次郎·中島力造 共著, 『英獨佛和哲學字彙』, 丸善株式會社, 1912.

고어를 사용해 번역했다.

기타 근대의 신조어 마찬가지로 '광'과 관련된 어휘가 대폭 증가한 것은 일반적 의미에서 서구의 사상문화를 도입하는 메이지 일본의 빠른 속도와 넓은 범위를 보여 주는 것일 뿐만 아니라 동시에 '광'이라는 정신 현상에 대한 인식의 심화와 전문화, 그리고 단어 사용의 범위가 넓어졌음을 의미한다. 메이지 30년대 말에 이르면 일본어 체계에서 기본적으로 '광'을 일종의 정신적 현상으로 인식하고 토론하는 어휘적 기초를 갖추게 된다. 이것은 최소한 두 가지 층위에서 의미가 있다. 하나는 대량의 신조어 —'광'을 사용한 단어에만 국한되지 않는다 — 의 창조와 광범위한 응용이 이 글에서 토론하고자 하는 광인 언설을 가능하게 했다는 것이다. 둘은 광인 언설이 동시에 이전과 다른 근대성을 갖추게 되었다는 것이다.

한 가지 더 지적해야 할 것이 있다. 위에서 서술한 『철학자휘』에는 '의학'이 포함되지 않는다는 점이다. 의학도라면 반드시 접촉하는 의학 용어로서 '광'과 관련된 단어를 포함한다면, 하나의 개체로서 저우수런은 광인 언설에 관여하는 훨씬 많은 어휘량과 가능성, 더 나아가 판단력을 가지고 있었음을 의미한다. 루쉰은 훗날 「광인일기」를 이야기하면서 "아마도 의지한 것은 전부 이전에 보았던 백여 편의 외국 작품과 약간의 의학적 지식일 것이다"[10]라고 했다. 여기에서 "약간의 의학적 지식"은 물론 앞서 언급한 어휘 범위 안에서 획득한 것이고, 그중에는 당시 의학도라면 반드시 들어야 했던 독일어와 독-일 대

10 魯迅, 「我怎麼做起小說來」, 『魯迅全集 · 南腔北調集』 제4권, 526쪽.

역(對譯)도 포함된다. 이 점은 그해 후지노(藤野) 선생이 수정해 준 의학 노트[11] 속의 단어 용례를 훑어보는 것만으로도 짐작하기 어렵지 않다. 이런 까닭으로 '광인'에 관련된 언설의 층위에서 말하자면 저우수런은 메이지시대와 공통의 어휘를 보유하고 있었다.

2. 사회생활 층위에서의 '광인' 언설

일반 사회생활의 층위에서 '광인'과 관련된 어휘와 담론은 어떤 모습이었을까? 위에서 서술한 바와 같이 '광', '전'(癲) 범주에 들어가는 대량의 중국어 어휘는 일찍부터 일본에 들어가 일본어 단어에 녹아들어 일본의 각종 전적과 작품에 출현했다. 예컨대 "광인이 뛰면 미치지 않은 사람도 뛴다"라는 유명한 속담 같은 것인데, 사람들은 언제나 다른 사람을 추종하고 부화뇌동한다는 것을 비유한 말이다. 이 속담은 일찍이 문집 『사석집』沙石集(1283), 요쿄쿠(謠曲) 『세키데라 코마치』關寺小町(1429년 전후), 하이카이(俳諧) 『모취초』毛吹草(1638)에 보인다.[12] 에

11 「魯迅解剖學ノート」, 魯迅·東北大學留學百年史編輯委員會 編, 『魯迅の仙台 東北大學留學百周年』, 東北大學出版會, 2004, 90~113쪽; 坂井建雄, 「明治後記の解剖學教育 ― 魯迅と藤野先生の周邊」, 日本解剖學會, 『解剖學雜誌』 제82권 제1호, 2007, 21~31쪽; 阿部兼也, 「魯迅の解剖學ノートに對する藤野教授の添削 について」, 東洋大學中國學會 編, 『白山中國學』 제12호, 2006, 3월. 17~27쪽; 解澤春 編譯, 『魯迅與藤野先生』, 中國華僑出版社, 2008.

12 日本國語大辭典第二版編輯委員會·小學館國語辭典編集部 編, 『日本國語大辭典』 제2판 제4권, 小學館, 2000~2002, 452쪽.

도시대에는 국학자 모토오리 노부나가(本居宣長, 1730~1801)가 광인을 제목으로 한 『겐쿄진』鉗狂人(1785)을 썼다.[13] 이 반론서는 훗날 일본 국학사의 중요한 문헌이 되었다. 오랜 세월 동안 일본어가 '광'과 관련된 중국어 어휘를 어떻게 흡수하고 소화했는가에 대해서는 너무 오래된 과거이고 관련 서책이 너무 많아서 살펴보기 쉽지 않다. 그런데 1879년에서 1907년까지 메이지 정부는 천 권에 달하는 백과사전을 편찬했는데, 일본 역사에 누적된 각종 지식을 전면적으로 통합, 정리하여 『고사유원』古事類苑이라는 이름 붙였다. 여기에 "전광"(癲狂)이라는 항목이 있다.

> [왜명류취초(倭名類聚鈔) 삼병(三病)] 전광, 당(唐) 율령(唐令)에는 전광, 폭음은 모두 호위관이 될 수 없다고 했다. 본 조령(朝令)으로 뜻풀이하면 가로되, 전(癲)이 발작하면 땅에 드러눕고 침을 뱉어도 모르고, 광(狂)이면 스스로 뛰쳐나가려고 하거나 성현이라고 높이 칭하기도 한다.[14]

---

13 내가 본 것은 1819년 판이다. 日本國立國會圖書館 https://dl.ndl.go.jp/titleThumb/info:ndljp/pid/2541616

[역자 주] 『겐표진』(鉗狂人)은 '광인에게 재갈을 씌우다', '재갈을 씌운 광인'이라는 뜻으로 국학자였던 도 데이칸(藤貞幹, 1732~1797)이 저술한 『쇼코하쓰』(衝口發)에 대한 반론서이다. 도 데이칸에 대해 중국과 조선의 역사서를 무비판적으로 수용하고 일본의 역사를 폄훼한 '광인'이라고 비난했다.

14 『古事類苑·方技部十八 疾病四』, 洋卷 제1권, 1472쪽.

[역자 주] 『왜명류취초』(倭名類聚鈔)는 일본 최초의 분류 체제로 만들어진 한화(漢和) 사전이다.

이어지는 내용은 '전'자가 어떻게 해서 나왔고 '광'은 또 어떤 해석의 역사와 전적이 있는지에 대한 고찰이다. 결론적으로 이 두 글자는 단독으로든 함께든 모두 "가로되, 병이다" 하고, 또 특별히 "전광"은 "광인과 같다"라는 주석을 붙였다. 더불어 대량의 증상 표현과 『사석집』, 『겐지 모노가타리』 등의 역대 전적과 작품 속의 광인 사건을 모아두고, 『간병총론』癇病總論을 덧붙였다.[15] 따라서 '광' 사건 대전이라고 할 만하다. 요컨대 이 책을 편찬하기까지 일본어에서는 '광', '전', '간' 등을 정신질환에 귀속시켰다는 것이다. 이것이 메이지시대 광인 언설의 기본적 인식의 전제다.

근대 매체의 출현과 발전으로 광인 언설은 일종의 근대적 주제로써 우선 사회적 전파의 층위에서 이루어졌다. 『요미우리신문』과 『아사히신문』, 이 두 유명한 신문을 예로 들어 보기로 한다. 1874년 11월 2일 창간한 『요미우리신문』에는 1919년 말까지 광인에 관한 기사가 100건을 초과한다.[16] 1879년 1월 25일 창간한 『아사히신문』에서는 1919년 7월 16일 조간 제5면 "광인이 스가모에(巣鴨)병원에서 도주했다"[17]라는 기사까지 광인에 관련된 기사가 540건에 달한다. 기사 숫자의 증가 추세를 살펴보자. 『아사히신문』을 예로 들면 메이지 10년

15 『古事類苑·伊呂波字類抄 毛病瘡』, 洋巻 제1권, 1473, 1475쪽. 위에서 소개한 내용은 같은 책 1472~1479쪽을 참고할 수 있다.

16 1919년 12월 19일 조간 제3판 「獨帝を情神障害者扱」을 참고할 수 있다. 이것은 104번째 광인에 관한 기사다. 『讀賣新聞』 データベース: ヨミダス歷史館.

17 제목은 「物騷な狂人逃走 昨夜巣鴨病院より 非常の暴れ者市中の大警戒」이다. 『朝日新聞記事データベース: 聞藏 II』.

대와 20년대(1879~1897) 18년 동안 140건을 보도했고, 메이지 30년대(1898~1907)에는 208건으로 급증하여 거의 이전 18년 동안의 1.5배에 달했다. 메이지 40년대는 겨우 4년 반 동안에 144건 보도되었다.[18] 이후 1919년 말부터 다이쇼시대(1912~1925)로 들어간 7년 반 동안 기껏 48건이 보도된 상황을 고려해 보면, 확실하게 다음과 같은 결론을 얻을 수 있다. 광인은 신문 등의 매체를 통하여 사회적 층위에서 화제가 되었고 주로 메이지 30년대와 40년대 15년 동안 집중되었다는 점이다(『요미우리신문』도 같은 추세를 보인다). 이 조사의 결론은 공중 담론의 층위에서 나의 앞선 추론을 입증할 증거가 된다. 즉, 일종의 언설로서 광인은 대체로 메이지 30년대 전기에 형성되었고 메이지 30년대 후기에서 메이지 40년대 전 기간에 걸쳐 팽창했다는 것이다. 중국의 역사적 단계와 사건에 비추어 보면, 때마침 무술변법에서 신해혁명에 이르는 10여 년으로 20세기 최초 10년에 해당한다. 저우수런이 일본에서 유학한 7년 반(1902~1907) 역시 이 기간에 속한다.

그렇다면 매체에 출현한 광인은 어떤 존재인가? 기사 내용으로 분류하면 절대다수가 광인의 행위와 사건에 관한 것임을 알 수 있다. 다시 말하면 매체에서의 광인은 인격적으로 대개 정신병 환자 즉, 속칭 미치광이다. 그들은 사람을 다치게 하고 죽이고 불을 지르고 훔치고 도망가고 비명횡사하고 허튼소리를 하고 더 나아가 각종 기괴한 행위를 하는 주인공이다. 동시에 의학, 의료적 담론의 대상으로 정신병원, 병원, 감옥에 출현하고 종종 총리대신 관저, 고관대작, 문부성,

---

18 통계 범위는 1879년 3월 6일부터 1897년 12월 31일이다.

경찰서 등에 출현하고 각종 "중요한 장소"에서 "큰 소란을 피우는" 주인공이다. 그들과 함께 가장 많이 등장하는 것은 경찰이나 왕왕 속수무책이고 심지어 상해를 입기도 한다. 다시 말하면 일반 공중 언설 속의 광인은 『고사유원』 중의 광인이 연기하는 "어린 광인의 방화" "전광자(癲狂者)의 범죄" "광인의 범죄" "미치고 멍청한 자의 범죄" 따위의 배역과 크게 차이가 없고,[19] 모두 '미치광이'에 속한다. 그런데 이전과 다른 점은 광인의 존재가 보편화되고 문제로서 일반 사회의 관심사가 되기 시작하고 이로 말미암아 공공 담론의 공간으로 진입한 언설이 되었다는 것이다.

광인이 서적에 출현한 시기는 잡지보다는 한두 걸음 늦었으나 증가 추세는 마찬가지다. 이 문제는 뒤에서 언급할 것이므로 여기서는 논의하지 않겠다. 결론적으로 1902년 일본에 도착한 저우수런으로 말하자면 광인이 '눈과 귀에 익숙한' 일상적인 화제는 아니었다고 해도 최소한 낯선 화제일 리는 없었다는 것이다. 예컨대 미야자키 도텐(宮崎滔天, 1871~1922)이 '광우'(狂友)를 모은 명저 『광인담』狂人譚도 저우수런이 요코하마에 오르던 그해에 출판되었다.[20]

19 「法律部四十四 下編上 放火」, 『古事類苑』, 洋卷 제2권, 785쪽; 「法律部四十五 下編上 殺傷」, 『古事類苑』, 洋卷 제1권, 855쪽; 「法律部二十三 中編 殺傷」, 『古事類苑』, 洋卷 제2권, 885쪽; 「法律部三十一 下編上 法律總載」, 『古事類苑』, 洋卷 제2권, 21쪽.

20 宮崎滔天(寅藏), 『狂人譚』, 國光書房, 1902.

3. '니체'와 '광인' 언설

메이지 33년 즉, 1900년 독일의 철학자, 문명비평가이자 시인인 니체가 사망했고, 1901년 일본에서는 '니체 열풍'이 폭발하였다. 간단하게 말하면 '니체 열풍'은 '미적 생활 논쟁'으로 말미암아 촉발되었다. 1901년 평론가 다카야마 조규는 「문명비평가로서의 문학가」와 「미적 생활을 논하다」라는 제목의 글 두 편을 발표하여 '문명 비판'을 전개하고 "인성 본연의 요구를 만족시키"는 "미적 생활"을 추구할 것을 주장하였다.[21] 이로 말미암아 논쟁이 촉발되었다. 다카야마 조규가 앞의 글에서 '니체'라는 이름을 언급하고(이름만 언급했을 뿐일지라도), 그의 원군 도바리 지쿠후가 "다카야마 군의 '미적 생활론'은 오류 없이 분명하게 니체의 설을 근거로 했다"[22]라고 선언함으로써 니체는 논쟁에 휩쓸려 들어가 그것의 초점이 되었다. 니체는 거대한 소용돌이처럼 각종 문제를 빨아들이고 각종 언설과 담론을 뒤흔들었다. 그중에서 특히 두드러진 것은 니체의 등장에 수반된 '광인' 언설이었다.

니체는 '미치광이'로서 일본 사상계에 출현했다고 할 수 있다. '발광'은 그가 스스로 단 꼬리표다. 니체가 일본에 전해진 최초의 경로 중의 하나는 1894년 의학박사 이리사와 다츠키치(入澤達吉, 1865~1938)가 독일에서 가지고 온 철학책인데, 같은 해 마찬가지로 의

21 高山林次郎, 「文明批評家としての文學者」(本邦文明の側面評)(『太陽』, 1901년 1월 5일), 樗牛生, 「美的生活を論ず」(『太陽』, 1901년 8월 5일), 『明治文學大全集 40』, 筑摩書房, 1970.

22 登張作風, 「美的生活ニイチエ」(『帝國文學』, 1901년 9월 1일), 『明治文學全集 40』, 311쪽.

사이고 독일에서 유학했던 모리 오가이가 그에게서 이 책을 빌려 읽었다고 한다. 어떤 책이었는지는 지금까지도 불분명하다. 그런데 모리 오가이가 친구에게 쓴 편지에서 언급한 니체에 관한 몇 마디는 니체가 그에게 남긴 최초의 인상을 보여 준다. "니체는 꽤 미쳤다."[23] 1899년 1월에 발표한 요시다 세이치(吉田靜致, 1872~1945)의 「니체 씨의 철학(철학사에서의 제3기 회의론)」과 같은 해 8월에 발표한 하세가와 덴케이의 「니체의 철학」은 '니체 철학'을 최초로 소개한 것으로 공인된 두 편의 논문인데, 약속이나 한 듯이 니체 철학을 그의 '전광' 혹은 '심광'(心狂)과 관련하여 소개한다. 전자는 니체는 "위대한 회의론자"이나 "듣건대 그는 당시 마침 전광증을 앓고 있었다"라고 소개했다.[24] 후자는 니체에 대한 충만한 동정으로 "그를 미치광이로 보는 것"을 원치 않았음에도 여전히 "그의 격렬한 활동과 광분하는 사상의 요동은 이 사람의 신경조직에 영향을 미쳤고 … 마침내 심광으로 인하여 에나의 정신병원에 갇히고 말았다"라고 했다.[25]

특히 언급할 만한 것은 구와키 겐요쿠가 1902년 8월에 출판한 『니체 씨 윤리설 일단』이다. 이 책은 '초인'을 소개하면서 그것을 '정신병원'과 나란히 논평한다. "스스로가 천재라고 자각한다면, 흠결투

23 入澤達吉와 森鷗外에 관한 일은 高松敏南의 『ニーチェから日本近代文學へ』, 幻想社, 1981, 7쪽 참고.

24 吉田精致, 「ニーチュエ氏の哲學」(哲學史上第三期の懷疑論)(『哲學雜誌』, 1899년 제1기), 高松敏南·西尾幹二 編, 『日本人のエーチェ研究譜·II資料文獻篇』, 『ニーチェ全集』(別卷), 白水社, 1982, 307쪽.

25 長谷川天溪, 「ニーツヱの哲學(承前)」(『早稻田學報』 제30호, 1899년 11월), 『日本人のエーチェ研究譜·II資料文獻篇』, 332, 323쪽.

성이인 사람이 스스로가 천재, 초인이라고 입증한다면, 그는 가련하게도 최초로 정신병원 속의 한 사람이 될 수 있다. 나는 실제로는 절대 존재하지 않는 초인이라는 것은 시의 일종으로서는 흥미로우나 인생의 이상으로서는 그리 가치가 없다고 생각한다."[26] 구와키 겐요쿠는 1893년 도쿄제국대학 문과대학 철학과에 입학했다. 도쿄대에서 니체를 '조술'(祖述)했던 독일 교수 라파엘 쾨베르와 도쿄제국대학 최초의 철학 교수 이노우에 데쓰지로의 제자다. 이 책을 출판한 해에는 이미 도쿄제국대학 문과대학의 조교수(즉 부교수)로 승진했고 당시 니체 해석에서 최고의 자격을 갖춘 학자 중의 한 명이었으므로[27] 그의 논평의 영향력은 두말할 필요도 없었다. 니체에 관한 전문 저술로서 설명이 완곡하고 아주 '학술'적이지만 니체를 미치광이로 간주했다는 점에서는 예외가 아니다. 더 심각한 것은 유럽의 '정신병학' 방면의 최신 연구 성과를 재빠르게 도입하여 그것으로 니체를 평가했다는 점이다. 이것이 바로 1903년 4월 12일 『요미우리신문』 일요일 부록에 발표한 「정신병학으로 니체를 평가하다(니체는 발광자다)」이다.[28] "1902년 폴 줄리어스 뫼비우스(Paul Julius Möbius, 1853~1907)는 그의 병력학 연구 보고 『니체 신상의 정신병리적 특질에 관하여』를 발표했다. 오늘날의 의학 수준에서 보면 이 보고는 거의 신뢰할 수 없으나 당시에는 영향

---

26 桑木嚴翼, 『ニーチェ氏倫理說一斑』, 育成會, 1902, 186쪽.

27 峰島旭雄 編, 「年譜」(桑木嚴翼), 『明治文學全集 80·明治哲學思想集』, 筑摩書房, 1974, 437쪽.

28 藪の子, 「精神病學上よりニイチエ評す」(ニイチエは發狂者なり), 『讀賣新聞』, 1903년 4월 12일 일요부록.

력이 대단한 책이었다."[29] 『요미우리신문』에 실린 구와키 겐요쿠의 글은 한 면 전체에 이 책의 내용을 소개했다.

군중의 입은 쇠도 녹인다. 니체는 미치광이다! 겨우 몇 해 만에 니체는 이렇게 신문, 잡지, 전문 저술의 소개와 평론을 거쳐서 공중 담론, 사상과 학술, 심지어는 정신병의학 등 다양한 층위에서 광인으로 규정되었다. 이것은 이쿠타 조코(生田長江, 1882~1936)에게도 깊은 인상을 남겼다. 그는 일본에서 가장 먼저 『차라투스트라는 이렇게 말했다』의 번역에 착수한 인물이자 훗날 『니체전집』의 일본어 번역자기도 하다. 그런데 메이지 30년대 '니체 열풍' 속에서는 한 명의 "지각한 청년"[30]이었다. 그는 메이지 36년(1903) 도쿄제국대학 문과대학 철학과에 입학했고[31] 구와키 겐요쿠보다 10년 늦은 동문이다. 그가 이 해에 본 모습은 "니체는 아직 이해되지 못"한 채로 열기는 지나가 버렸고 '광'이라는 꼬리표만 남았다.[32] 따라서 이쿠타 조코와 나이가 거의 같고 비슷한 시기에 도쿄에서 공부했던 저우수런으로 말하자면 그가 처음으로 목도한 니체는 선배 학자들이 지적했던 "적극적으로 분투하는 사람", "문명비평가", "본능주의자"[33]라기보다는 오히려 광인 니체가 훨씬 더 실제에 가까웠을 것이다.

---

29 西尾幹二, 「この九十年の展開」, 『日本人のエーチェ研究譜·II資料文獻篇』, 524쪽.

30 高松敏男, 『ニーチェから日本近代文學へ』, 13쪽.

31 伊福部隆彦 編, 「生田長江年譜」, 『現代日本文學全集 16·高山樗牛 島村抱月 片上伸 生田長江集』, 筑摩書房, 1967, 422쪽.

32 生田星郊, 「輕佻の意義」, 『明星』 卯歲 제8호, 1903년 8월, 68쪽.

33 伊藤虎丸, 李冬木 譯, 『魯迅與日本人』, 河北教育出版社, 2000, 25, 30쪽.

앞서 소개한 사회생활의 층위에서의 광인 언설을 통하여 광인으로 불리는 것은 잔혹한 지목일 뿐만 아니라 사회에서 배제되고 주변화되고 더 나쁜 처지로 떨어짐을 의미한다는 것을 알 수 있다. 따라서 니체가 광인이라는 것은 니체를 공격하거나 니체 가치 부정론자들의 강력한 무기였다. 그것의 논리는 단순하고도 직접적이었다. 당신들은 미치광이가 한 말을 신뢰하는가?

> 작년 니체의 이설(異說)이 논단에 등장하자 가볍고 부박한 문화계는 그의 기발한 언어, 격앙된 말투를 좋아했다. 혹자는 그것을 본능주의와 같다고 보았고 혹자는 그것을 자연주의와 결합했고 혹자는 그것을 쾌락주의로 해석하는 등 갑론을박이 그치지 않았다.
> 그런데 당시 마음을 비운 냉정한 두뇌의 식자들은 남몰래 그의 궤변과 편협한 설을 꺼리고 그것이 과연 건전한 사상의 산물인지를 의심하지 않을 수 없었다.
> 과연 니체는 마침내 의학상의 미치광이로 간주하기에 이르렀음을 사람들은 알게 되었다.[34]

이렇게 해서 문단의 노장이자 저명한 소설가, 평론가, 번역가, 극작가, 교육자였던 쓰보우치 소요(坪內逍遙)가 몸소 나서게 되었다. 「마골인언」이라는 제목에 익명으로 쓴 풍자와 욕설로 니체와 그 추종자를 공격했다. 단숨에 31개의 부제를 달아 『요미우리신문』에 24회에 걸

34 藪の子, 「精神病學上よりニイチエ評す」(ニイチエは發狂者なり).

쳐 연재했다.[35] 이후 니체는 메이지의 주류 이데올로기 영역, 특히 사회 여론에서는 기본적으로 평판이 엉망이었다. '천재'로 변호하고 싶어도 그저 "'사이비 천재', '가짜 천재', '흠 있는 천재', '하찮은 천재', '오염된 천재', '미친 천재', '병든 천재', '편협한 천재', '왜곡된 천재', '기형의 천재', '괴상한 천재'라고 부르니, 그렇다면 자유롭게 잘 골라 맞추어 보십시오"라고 할 수밖에 없었다.[36]

니체에 관한 논쟁에서 광인을 위해 변호한 사람은 없었던 것인가? 있기는 했으나 세력이 약해서 '미치광이'론의 습격에 저항하기에 부족했다. '미적 생활 논쟁'을 제기한 다카야마 조규 본인은 물론이고 이 논쟁의 봉홧불을 니체로 향하게 한 도바리 지쿠후와 당시 유학하고 있던 독일에서 성원을 보낸 아네사키 조후까지, 비록 그들의 논쟁이 사상계에 큰 충격을 주기는 했으나 지극히 소수였을뿐더러 그들이 직접 광인을 위해 변호한 논의도 극히 적었다. 다만 그들의 후위군 사이토 신사쿠가 1904년 11월 「천재와 현대 문명」이라는 장문을 발표하여 "천재 숭배의 의미를 명확히 한 것"[37]이 겨우 한 차례의 진지한 회답이었다고 할 수 있다.

결론적으로 말해서 광인은 일종의 언설로서 니체의 등장에 수반

---

35 「馬骨人言」은 1901년 10월 13일에서 11월 7일까지 26일에 걸쳐 『讀賣新聞』에 연재하였다.

36 「馬骨人言·天才」, 『讀賣新聞』, 1901년 11월 6일 제1면.

37 齋藤信策, 「天才と現代の文明」(天才崇拜の意義を明かにす), 『帝國文學』 제10권 제11호, 1904년 11월 10일. 후에 『藝術と人生』(昭文堂, 1907)에 수록하면서 「天才とは何ぞや」로 제목을 바꾸었다.

되어 메이지 엘리트 집단의 사상 문제 토론의 담론이 되었고, 니체의 독특한 특징의 표지가 되었다. 따라서 광인을 어떻게 이해하고 인식하는가는 또한 니체에 대한 이해, 그리고 파악과 관련되었다. 이미 알려진 루쉰의 니체에 대한, 광인에 대한 총체적 인식에 근거하면, 분명 앞서 서술한 니체와 광인의 형상과는 심각한 어긋남이 있다. 그렇다면 그는 세간의 여론이 조성한 인지의 간섭을 어떻게 극복하고 스스로 파악한 그 니체에 도달할 수 있었는가? 이것은 심히 연구해 볼 만한 문제일 뿐만 아니라 다음의 문제와도 관련이 있다.

4. '무정부주의' 담론과 '광인' 언설

메이지 30년대 '무정부주의' 담론은 니체와 마찬가지로 광인 언설을 강화했다. 19세기 80년대 이후 유럽 각국, 특히 러시아에서는 '허무당' 혹은 '무정부당'의 활동이 잦아지고 유럽과 러시아를 수차례 뒤흔들었다. 메이지시대의 관련 담론은 일본 정부와 사회의 유럽, 러시아 사태에 대한 주목과 보도에 밀접하게 관련되어 있었다. 메이지 35년(1902)까지의 통계를 보면 『요미우리신문』에 실린 1880년 2월 22일에서 1901년 10월 21일까지 유럽과 러시아의 '허무당'에 대한 기사는 55건, '무정부당'에 대한 기사는 29건, 두 항목의 총계는 84건이다. 『아사히신문』에 실린 1880년 2월 29일에서 1902년 7월 29일까지 '허무당'에 대한 기사는 140건, '무정부당'에 대한 기사는 16건으로 두 항목의 총계는 156건이다. 다시 말하자면 20여 년 동안 '허무당'과 '무정부당'에 관하여 이상 두 신문에만 해도 240건의 기사가 실렸다. 기사의 내용은 주로 허무당원과 무정부당원의 암살, 폭파, 폭동 등의 테러 활동과 각국 정부 특히 차르 정부의 그들에 대한 단속, 진압, 축출, 처형이었다. 이러한 기사가 사람들에게 가져다준 감각은 이들이 황제와 정부를 적으로 간주하는 일군의 살인 방화와 같은 악행을 저지른 범죄 집단이자 뒷일을 따지지 않는 망명자 무리와 정신착란의 미치광이라는 것이었다.

'허무주의'(Nihilism)와 '무정부주의'(Anarchism)는 원래 뜻이 다른 어휘고, 일본에 출현한 순서도 달랐다. 전자는 1881년 초판본 『철학자휘』에는 "허무론"으로 번역되어 있다.[38] 1911년 제3판에도 "허무주의" 혹은 "허무론자"(Nihilist)[39] 등의 한자 대역(對譯)이 나오고 '무정부주의'라는 단어는 찾을 수 없다. 그러나 메이지 2, 30년대 언어의 구체적인 운용에서는 허무주의와 무정부주의, 허무당과 무정부당은 단어의 의미에서 거의 호환 가능했다. 1902년 4월 일본에서 무정부주의에 관한 최초의 전문 저술인 『근세 무정부주의』가 출판되었다. 저자 게무야마 센타로는 '서언'에서 양자의 관계에 대해 아래와 같이 설명했다.

> 오늘날 무정부주의와 허무주의는 둘 사이의 성질이 비록 조금 다른 점이 있다고 하나, 이 양자는 최근의 혁명주의(우리는 감히 그것을 사

38 飛田良文 編, 『哲學字彙譯語總索引』, 『笠間索引叢刊72』, 150쪽.

39 井上哲次郎·元良勇次郎·中島力造, 『英獨佛和哲學字彙』, 103쪽.

회주의라고 부르지 못한다)로서 가장 극단적 형식으로 발전되었다. 어떤 의미에서 나는 허무주의를 무정부주의를 포함한 일종의 특수한 현상으로 간주해도 안 되는 것은 아니라고 믿는다. 그러므로 여기에서는 편리함을 고려하여 그것들을 함께 무정부주의라는 제목 아래 집어넣을 것이니 독자들은 양해해 주기 바란다.[40]

이 책은 시대의 획을 그은 저작으로 무정부주의에 대한 공포와 증오가 가지고 온 편견을 버리고, "순수 역사 연구에서 출발하여 이러한 망령자, 광신자들이 현실 사회에 드러난 하나의 사실로서 어떠한 모습이고 그것의 연원과 발전 과정은 어떠했는지를 살펴보고자 한다".[41] 이런 까닭으로 훗날 동시기 "일본어로 출판된 무정부주의 연구에서 유일한 그럴듯한 역작"으로 "무정부주의에 관한 정보 측면에서 질적이든 양적이든 모두 이전보다 훨씬 뛰어나다"라고 평가되었다.[42] 동시대 고토쿠 슈스이 같은 사회주의자, 구쓰미 겟손 같은 무정부주의자에게 영향을 미쳤을 뿐만 아니라 청말민초의 사상계에도 커다란 영향을 미쳤다. 내가 찾아본 것만 해도 동시기 중국 언론계에서 게무야마 센타로의 『근세 무정부주의』를 취재원으로 한 글과 저작은 18종에 달한다.

오늘날의 시각에서 보면 게무야마 센타로의 여러 공헌 가운데서

40 煙山專太郎, 『近世無政府主義』, 博文館, 1902, 2쪽.

41 煙山專太郎, 『近世無政府主義』, 1~2쪽.

42 絲屋壽雄, 『近世無政府主義解題』, 煙山專太郎, 『明治文獻資料叢書·近世無政府主義』(復刻版), 1965, 2쪽; 嵯峨隆, 『近代中國アナキズムの研究』, 研文出版, 1994년, 48쪽.

다음 두 가지가 특히 두드러진다. 하나는 무정부주의를 두 가지 유형으로 구분한 것이고, 둘은 두 가지로 구분하면서 '슈티르너'와 '니체'를 부각시킨 것이다. 우선 그가 보기에 무정부주의는 '실행'과 '이론', 두 종류로 구분할 수 있다. 폭력 수단을 행사하여 세간에 공포를 불러일으키고 보편적으로 주목을 받는 것은 주로 전자 즉, "실행적 무정부주의"이다. 그런데 그는 이탈리아의 범죄학자이자 정신병학자인 케사르 롬브로소(Cesare Lombroso, 1835~1909)의 유명한 관점 — 사회의 통상적인 관점이기도 한데, 즉 "실행적 무정부주의자"를 일반적으로 병리적 원인이 있는 정신병 환자와 "미치광이의 일종"으로 본다 — 에 동의하지 않고 이것은 일부로써 전체를 개괄하는 오류에 빠졌다고 여겼다.[43] 따라서 그는 자신의 책에서 이러한 무정부주의자에 대하여 보통 "열광적" 혹은 "열광자"로 묘사함으로써 무정부주의자가 생래적인 것처럼 지고 있던 광인이라는 악명을 효과적으로 약화했다. 게다가 그들을 광인의 행렬 속에서 식별해 내는 방식은 객관적으로 광인언설의 힘을 강화했다.

이뿐만이 아니다. 그는 동시에 많은 분량을 할애하여 슈티르너와 니체를 "이론적 무정부주의자"로 간주하고 상세하게 소개했다. 전자는 "근세 무정부주의의 조사(祖師)" 중의 한 명, 후자는 "최근 무정부주의"의 대표라고 했다. "슈티르너의 언설은 절대적 개인주의이다". "아성은 우리를 향하여 큰 소리로 말한다. 당신 자신을 소생케 하라! 아성은 생래적으로 자유롭다. 그러므로 선천적인 자유자(自由者)는 스

43 蚊學士, 「無政府主義を論ず(一)」, 『日本人』 제154호, 1902년 1월 1일, 28쪽.

스로 자유를 추구하고 망상자, 미신자와 더불어 대오를 이루어 광분하는 것은 바로 자기(自己)를 망각하는 것이다."[44] "슈티르너의 이 기발한 새로운 학설은 찬란한 화염과도 같이 한동안 이채를 발했다."[45] 게무야마 센타로는 『일본인』 잡지에 두 쪽을 꽉 채워 슈티르너를 소개하고 책에는 9쪽의 분량을 할애했는데, 이것은 동시기 일본에서 가장 상세하고 완전하고 정확한 슈티르너에 대한 평가다. 니체에 대한 소개는 더욱 많다. 『일본인』 잡지에 연재하며 수차례 언급한 것 말고도 『근세 무정부주의』에 14쪽의 분량을 할애했다.[46] "니체 학설은 순수 철리(哲理)적 성격의 무정부론으로 볼 수 있다."[47] "최근 사상계에서 특이한 광채를 발한 것은 니체 철학이다. … 니체 학설은 절대로 사회 개혁의 동기에서 나온 것이 아니라 순수하게 이론적으로 확립된 것이다. 이 점에서 개인주의자 막스 슈티르너의 입각점과 완전히 같"은데, "우리는 그의 주장을 조금 살펴보고자 한다".[48] 니체에 관한 소개는 이러한 머리말에 이어 시작된다. 게무야마 센타로는 동시기 '니체 열풍' 논쟁에 참여하지 않았고 훗날에 나온 일본 니체학의 역사에서도 그의 이름은 나오지 않는다.[49] 그런데 오늘날의 관점에서 보면 당

44 蚊學士, 「無政府主義を論ず(三)」, 『日本人』 제157호, 1902년 2월 20일, 25, 24쪽.

45 煙山專太郞, 『近世無政府主義』, 302쪽.

46 蚊學士, 「無政府主義を論ず(三, 五)」, 『日本人』 제157, 159호, 1902년 2월 20일, 3월 20일, 24~27, 23~26쪽; 『近世無政府主義』, 369~383쪽.

47 蚊學士, 「無政府主義を論ず(三)」, 『日本人』 제157호, 1902년 2월 20일, 26쪽.

48 煙山專太郞, 『近世無政府主義』, 369~370, 370쪽.

49 니체 연구의 기본문헌인 高松敏男, 『ニーチェから日本近代文學へ』와 高松敏南·西尾幹二 編, 『日本人のエーチェ研究譜』에 게무야마 센타로(煙山專太郞)의 니체에 대한 소개

시 니체 열풍 속에서 두드러지게 지지하거나 반대했던 '니체론'과 비교하면, 게무야마 센타로의 니체만이 사상사에서의 그의 위치와 가치를 가장 분명하게 보여 주었다고 할 수 있다.

> 대저 한쪽 극단을 겨냥한 설은 또 다른 반대의 설을 출현시킨다. 양자가 서로 조화롭게 나아가는 것이 인문 발전의 자연적 진로다. 인간 세상에 어찌 절대적인 것이 있겠는가? 충돌과 조화 상생이 그침이 없고 진실로 휴지(休止)가 없고 그 사이에는 말로 할 수 없는 의미가 존재한다. 이른바 실행적 무정부주의자가 바라는 것은 그 이상의 즉각적인 실현에 있는데, 그것의 순서에 오류가 있음은 말할 필요도 없다. 그런데 만약 그들의 주장에 대하여 배척하려고 한다면, 광자(狂者)의 공언(空言)으로 간주하고 대처해서는 불가하다. 그들이 큰 소리로 외치는 지점은 확실히 근거가 있다. … 개인주의에서 나온 슈티르너, 니체 그리고 훗날 하버드의 무정부주의는 자아 중심을 주장하고 나아가 자유의지를 숭배하고 아성(我性)과 본능의 자유를 발휘할 것을 고취하고 최종적으로 나 이외의 모든 권력을 부인하지 않았던가? … 니체 철학은 한 시대의 사상계를 흔들었고 세계 도처에 그의 신도가 있다. 대저 진보의 동기는 이상이 사람의 마음을 잡아당기기 때문이다. 이상을 추구하지 못하게 하고 현실 세속의 물질에 급급하도록 구애되게 한다면 어찌 진보가 있을 수 있겠는가? 깊이 도모하고 멀리 생각함으로써 현실의 사물을 수정하고 개선하여 자기의 마음속의 이상

는 나오지 않는다.

국에 점차 가까워지도록 하는 것이 어찌 바로 뜻을 가진 자가 은밀하게 도모하는 바가 아니겠는가?[50]

루쉰의 텍스트에 익숙한 사람이라면 이상의 단락에서 모종의 '익숙한 듯한' 느낌이 들 것이다. 그런데 광인 언설의 문제라는 시각에서 보면, 게무야마 센타로는 사실 슈티르너와 니체에 대한 해석을 통하여 광인의 가치 반전을 시도하고 있다. 광인의 말은 결코 이른바 '미치광이의 헛소리'로 단언할 수 있는 것이 아니다. "그들이 큰 소리로 외치는 지점"은 "확실히 근거가 있"고, "사람의 마음을 잡아 당기"는 이상 인류의 진보를 추동하는 가치가 있다. 누군가가 미쳤다고 한다면, 슈티르너의 말을 빌리면 바로 "선천적인 자유자(自由者)는 스스로 자유를 추구하고 망상자, 미신자와 더불어 대오를 이루어 광분하는 것은 … 자기를 망각"하는 그러한 사람이다. 철저한 개인주의자가 보기에 "자기를 망각하는 것"이야말로 비로소 참기 어려운 진정한 발광이다. 이러한 가치전환의 확인과 긍정의 흔적은 '링페이'(令飛) 즉, 저우수런이 1907년에 지은 「문화편향론」의 "외부적 원인"과 "내부적 원인"에 관한 단락에 충실하게 기록되어 있다.[51] 결론적으로 '니체 열풍'에서 광인이 부정적 형상으로 등장했던 것과 달리 무정부주의의 담론 속에서 광인은 슈티르너와 니체에 대한 긍정과 함께 따라왔다. 광인은 세간이 독창적이고 독립적인 개인에게 부여하는 하나의 시호로 감

50 蚊學士, 「無政府主義を論ず」, 『日本人』 제159호, 1902년 3월 20일, 25쪽.

51 魯迅, 「文化偏至論」, 『魯迅全集·墳』 제1권, 55쪽.

별됨으로써 — '개인주의'를 '이기주의'에 귀속시킨 것처럼 — 광인은 긍정적 의미를 내포하는 새로운 속성을 가지게 되었다.

게무야마 센타로의 무정부주의의 두 유형에 대한 구분과 광인의 가치에 대한 긍정은 이후의 논자들에 의해 계승되었다. 예컨대 1906년 11월에 출판한 구쓰미 겟손의 『무정부주의』에는 장, 절의 구분은 말할 것도 없고 서술 방식과 내용에서도 게무야마의 흔적이 분명하게 남아 있다. "실행적 무정부주의와 이론적 무정부주의" 같은 사용법은 말할 필요도 없다. 롬브로소 비판에서 광인을 위한 변호는 게무야마보다 한 걸음 더 나아갔다.[52] 그는 니체를 변호하며 다음과 같이 말했다.

> 어쩌면 그의 성격이 보통 사람과 다르고 특이한 언행이 많고 마침내 발광하여 죽었기 때문에 그가 논의한 것은 광자(狂者)의 말이고 믿을 만하지 않다고 말하는 사람들이 있을 수 있다. 그런데 천재와 광자의 거리는 기껏 한 걸음의 차이가 있을 뿐이다. … 개인의 호오에 따라서 그를 광자로 볼 수는 있다고 해도 사람 때문에 그의 말을 폐기해서는 안 된다. 그가 한 말이 미친 것도 아니고 어리석은 것도 아니고 진리를 강술하고 있다면 그것을 수용하는 것에 어찌 망설임이 필요하겠는가?[53]

52 久津見蕨村, 『無政府主義』, 平民書房, 1906, 2, 53, 114, 4~5쪽.

53 久津見蕨村, 「文部省とニイチエニズム(明治四十年五月稿)」, 『久津見蕨村集』, 久津見蕨村集刊行會, 1926, 591쪽.

이후 오스기 사카에가 「건전한 광인」을 쓸 때 광인은 불요불굴의 "인생의 가장 높은 산꼭대기를 향해 등반하는" 깨어 있고 건전한 광인으로 바뀌었다.

> 생의 최고조의 순간에 도달한 우리는 가치의 창조자이자 초인이다. 나는 이 초인의 감각을 맛보고 싶고, 또한 스스로 이러한 초인을 체험한 횟수의 중첩과 증가에 따라 한 걸음 한 걸음 초인이 되는 자격을 얻고 싶다.[54]

다시 말하면 오스기 사카에가 보기에 광인은 이상적 인격의 구현이었다. 광인은 깨어 있고 용감하고 건전하고 초월적이기 때문이다. 주지하다시피 저우 씨 형제는 오스기 사카에의 애독자였다. 그렇다면 저우수런과 이상의 무정부주의 담론, 그리고 그것이 포괄하는 광인 언설의 관계는 검토할 가치가 있는 중요한 문제라고 하겠다.

5. 문예 창작과 평론 속의 '광인'

앞서 소개한 사회적 층위와 사상적 층위 외에 총체적으로 보면 문예 창작이야말로 메이지시대 '광인' 언설을 전파하고 확산한 가장 크

---

54 大杉榮, 「正氣の狂人」(1914), 松田道雄 編, 『現代日本思想大系 16·アナーキズム』, 筑摩書房, 1963, 179, 189쪽.

고 가장 힘 있는 통로였다. 문학작품과 평론에서 광인이 번번이 등장한 것은 메이지 문학의 두드러진 현상이라고 할 수 있다. 20세기 최초 20년간 출판된 광인과 관련된 도서를 예로 들면 1900년에서 1909년까지 37종의 도서 가운데 15종이 '문학류'이고, 1910년에서 1919년까지 69종의 도서 중에서 '문학류'에 속하는 것은 42종이나 된다.[55]

다시 시간을 거슬러 올라가 보면 광인은 줄곧 문예 담론의 범위에서 자취를 남기고 있음을 발견할 수 있다. 메이지 문학 '전집' 혹은 '대계'(大系) 그 어떤 것을 훑어보더라도 작품이나 평론에서 광인을 만나는 것은 어렵지 않다. 예컨대 모리 오가이가 문단에서 명성을 떨치게 된, 그의 독일 유학 경험을 소재로 한 초기 '독일 삼부작' 중 앞 두 작품에 모두 광인이 등장한다. 「무희」(1890)의 여주인공 엘리스는 결국 치료 불가능한 광인이 되고 같은 해의 「포말의 기록」은 단숨에 세 명의 광인을 묘사했다. 이것은 후대인이 보기에는 명실상부한 '삼광'(三狂) 작품이었다.[56]

초기에는 작품과 평론 속의 광인이 '비유적인 성격'이 보다 많았다고 한다면, 후기로 갈수록 더욱 '실재성'을 갖추게 된다. 즉, '광인'의 실체적 형상이 문예 속에서 확립되었다. 광인의 실물 조각상이 나왔고 '광인의 집', '광인의 음악', '광인과 문학' 같은 종류의 제목은 도처에 있었다.[57] 특히 눈길을 끄는 것은 1902년 3월 1일 저우수런 '일행

55 통계는 일본 국회도서관(國立國會圖書館デジタルコレクション)의 소장 서적 분류에서 가져왔다.

56 長谷川泉, 「森鷗外の人と文學」, 『舞姬·山椒大夫·他四編』, 旺文社, 1970, 192쪽.

57 米原雲雪, 「狂人」(조소), 『美術新報』, 1904년 1월 12일 제5면 사진; 兒玉花外, 「狂人の

34명'이 고베마루(神戸丸) — 오사다마루(大貞丸)가 아니다 — 를 타고[58] 요코하마에 도착하기 한 달여 전 『문예구락부』 잡지에 「광인일기」라는 제목의 소설이 실린 것이다. 그런데 이것은 익히 잘 알고 있는 후타바테이 시메이가 번역한 고골의 동명 소설이 아니라 일본인의 작품으로 필명은 '마쓰바라 니쥬산카이도'(松原二十三階堂)다. 잡지 19쪽을 꼭 채운 짧지 않은 단편소설이다. 다음과 같은 시작으로 메이지문학사 최초로 광인의 일기가 모습을 드러냈다.

> 어느 날 교외를 산책할 때 들판의 나무 그늘에서 이 일기를 주웠다. 표지는 천으로 싸여 있었고 종이 수백여 쪽이 묶여 있었다. 문장은 종횡으로 구애됨이 없고 탈속적인 기상으로 내달리고 격앙된 감정이 넘쳐흘렀다. 대단한 식자의 필치임을 알 수 있었다. 이런 까닭에 여기에서 몇 장(章)을 발췌하여 임시로 광인일기라고 이름을 붙였다.[59]

이 전개 방식은 너무도 자연스럽게 루쉰의 「광인일기」를 연상하게 한다. 그런데 광인으로서 두 작품의 주인공은 전혀 같지 않다. 루쉰의 주인공이 '피해망상증'이라면, 마쓰바라 니쥬산카이도의 주인공은

家」, 『太陽』, 1908년 1월 1일, 95~96쪽; 北原白秋, 「狂人の音樂」(1908), 『邪宗門』, 『明治文學全集 74·明治反自然派文學集(一)』, 筑摩書房, 1966년 12월 10일, 23~25쪽; 「時報·狂人と文學」, 『文藝俱樂部』, 1908년 12월 1일, 318쪽.

58 北岡正子, 「魯迅の弘文學院入學」, 『魯迅 日本という異文化の中で — 弘文學院入學から'退學'事件まで』, 關西大學出版部, 2001, 35~43쪽.

59 松原二十三階堂, 「狂人日記」, 『文藝俱樂部』, 1902년 3월 1일, 129쪽.

'과대망상증'이라고 할 수 있고 '아리와라'(在原)라는 이름도 있다. 소설은 주인공 '아리와라'가 3월 3일부터 7월 10일까지 쓴 10편의 일기를 "발췌"하여 구성했다. 다음과 같이 시작된다. "나는 오늘 결심했다. 나는 오늘 단호하게 출근하고 있는 세계무역회사를 사직하려고 한다!" 이 회사는 "소인과 속물"로 가득하고 그의 "천하를 경륜하는 뛰어난 수완과 음양을 다루는 뛰어난 기량"을 보지 못하고 그에게 "부기 계산의 잡무"나 보라고 내몰았다. 이렇게 해서 주인공의 '지고무상의 천재' 의식은 그가 처한 현실과 첨예하게 충돌한다. 그는 누추한 집에 살고 여기저기 빚을 진 빚쟁이지만 스스로 큰 무역으로 엄청난 이익을 낚아채고 만경(萬頃)의 논밭을 사들이는 상상을 한다. 그는 관리 즉, "장래의 총리대신"을 희망한다. 소설은 자아가 팽창된 광인의 눈을 통하여 메이지 30년대 돈에 취한 사회의 팽창을 드러낸다. 작가 '니쥬산카이도'의 본명은 마쓰바라 이와고로(松原岩五郞, 1866~1935)다. 메이지시대 하층에 주목한 소설가이자 신문기자로 1893년에 출판한 『가장 어두운 도쿄』는 시대의 어둠을 기록한 보고문학의 명저로 평가된다. 「광인일기」는 사회 문제 소설에 속하나 메이지 문학에서 광인을 주인공으로 한 작품의 정식적인 등장의 시작을 열었다.

이로부터 5년 후인 1907년 3월 1일 잡지 『취미』에는 다시 한번 「광인일기」가 출현하여 3기에 걸쳐 연재되었다. 이것이 바로 후타바테이 슈진(즉 후타바테이 시메이)이 번역한 러시아 작가 고골의 동명 소설이다. 그런데 사람들이 잘 모르는 점이 있다. 그것은 바로 후타바테이가 『취미』 잡지에 「광인일기」를 연재하고, 동시에 같은 해 3월 『신소설』新小說에 광인을 묘사한 다른 한 편의 러시아문학을 번역하여 발표했다는 것이다. 제목은 「두 광인」[60]이다. 「광인일기」에 비하면 「두 광인」은 훗날 거의 알려지지 않았고 주목받지도 못했다. 이와나미서점에서 출판한 『후타바테이 시메이 전집』 '해설'에서도 이 작품의 원작에 대해 착오가 있다. "「구식 지주」의 부분 번역"[61]이라고 되어 있어서 마찬가지로 고골의 작품으로 오해하게 만든다. 다행히도 한 뛰어난 학자 덕분에 「실수」에 관한 실수를 알게 되었다.[62] 「두 광인」의 원작은 고리키의 「실수」ОШИБКА(1895)다. 아직 해결되지 않은 문제에 대해서는 따로 글을 써서 살펴볼 생각이고 여기에서는 다루지 않기로 한다.

후타바테이가 동시에 내놓은 '광인'에 관한 두 편의 번역 작품은 메이지시대에 광인 문학의 새로운 고조기를 만들어 냈다. 거의 같은 시기에 필명 '무쿄쿠'(無極)의 광인에 관한 첫 번째 문학평론인 「광인론」이 『제국문학』 잡지에 정식으로 등장했다.

> 이제 막 우리 문단은 후타바테이 슈진의 영묘(靈妙)한 번역으로 러시아의 세 종류의 광인을 새롭게 얻게 되었다. 그들은 고리키의 「두 광인」과 고골의 「광인일기」의 주인공이다. 「두 광인」의 심리 해부는 사

60 ゴーリキイ 原作, 二葉亭主人 譯, 「二狂人」, 『新小說』 1907년 제3월. 이 글에서 사용한 판본은 二葉亭主人, 『カルコ集』(春陽堂刊, 1908)이다.

61 河野與一·中村光夫 編輯, 『二葉亭四迷全集』 제4권, 岩波書店, 1964, 439쪽.

62 여기에서 난징(南京)사범대학 왕제즈(汪介之) 교수의 가르침에 진심으로 감사를 드린다.

람을 깜짝 놀라게 한다. …[63]

상대적으로 "「광인일기」에는 두 광인처럼 사람을 놀라게 하는 점이나 심각한 것은 없다".[64] 무쿄쿠의 독서 체험은 두 작품이 사람들에게 주는 느낌에 부합한다. 고골의 작품에 "눈물을 머금은 미소"가 있다면, 「두 광인」에는 "눈물을 머금은 미소"도 있지만 "안드레예프식의 음산"함이 훨씬 더 짙다.[65] 이런 까닭에 당시 후자의 울림과 영향력은 전자를 훨씬 넘어섰다—물론 훗날의 영향력과는 완전히 반대다. 이듬해 1908년 1월 1일 후타바테이의 번역집에 「두 광인」 등 4편만 수록되어 있고 「광인일기」가 수록되지 않는 것도 유력한 증거다. 요컨대 「광인론」은 두 작품의 내용과 창작 방법을 높이 평가하고 미학의 수준으로 끌어올려 "광인미"(狂人美)라는 개념을 처음으로 제시했다.[66] 『제국문학』은 영향력이 컸던 잡지로 이러한 소환은 더욱 의식적으로 광인을 창작하게 했다. 4년 뒤 평론가이자 번역가, 소설가인 우치다 로안은 「소설 각본으로 현대사회를 관찰하다」라는 장문을 쓰기에 착수했다. 이때 그는 "『태양』 잡지에 응모하여 수상한 소설에 대한 조사"를 통하여 "광인 소설은 이미 비율이 너무 높다고 느끼"는 정도였고 묘사한 내용 "또한 안드레예프의 『혈소기』血笑記보다 훨씬 전율을

63 無極, 「狂人論」, 『帝國文學』, 1907년 7월 10일, 140쪽.

64 無極, 「狂人論」, 『帝國文學』, 142쪽.

65 魯迅, 「幾乎無事的悲劇」, 「『中國新文學大系』小說二集序」, 『魯迅全集·且介亭雜文二集』 제6권, 384, 247쪽.

66 無極, 「狂人論」, 『帝國文學』, 145쪽.

느끼게 한다"는 것을 발견했다.[67]

그렇다면 어떠한 광인이 얼마나 많아졌는가?

6. '광인' 제조의 시대

문학작품 속 광인은 현실의 굴절에 불과하다. "광인이 날마다 증가하"고 "세계 도처에 모두 광인"이 있고 '정신병원'이 부족한 시대라고 우치다 로안은 말했다.[68] 원인은 우선 청일, 러일 두 전쟁으로 인한 것이다. 특히 러일전쟁은 일본, 러시아를 막론하고 수많은 정신이상자를 출현시켰다.[69] 우치다의 말로 하면 "이것은 국가의 명예에 광채를 더하기 위한 전쟁이 하사한 것이다".[70] 다음으로는 근대 산업사회의 발달이 가져온 사회적 환경과 정신적 중압으로 인한 것이다. "기계의 바퀴 소리가 공기를 가득 채우고 매연이 푸른 하늘을 가리고 가스와 전기가 소용돌이를 그린다. 이런 세상에서 사는 사람은 누구라도 히스테리컬해지는 것은 지극히 당연하다. 이런 까닭으로 사람들은 사회에 보편적으로 존재하는 히스테리에 대하여 세기말 혹은 퇴폐의 시대라

67 內田魯庵, 「小說脚本を通じて觀る現代社會」(初刊 『太陽』, 1911년 2월 15일), 稻垣達郎 編, 『內田魯庵集』, 筑摩書房, 1978, 257쪽.

68 內田魯庵, 「小說脚本を通じて觀る現代社會」, 『內田魯庵集』, 257쪽.

69 內田魯庵, 「樓上雜話」, 『內田魯庵集』, 295쪽.

70 內田魯庵, 「小說脚本を通じて觀る現代社會」, 257쪽.

고 불렀다."[71]

이상 두 가지를 제외하고 특별히 지적해야 하는 것은 사상, 정신적 측면에서의 광인과 그것이 만들어진 원인이다. 메이지 헌법의 반포(1889년 2월 11일)와 실시(1890년 11월 29일), 그리고 『교육칙어』(1890년 10월 30일)의 공포에 따라 일본은 천황을 핵심으로 하는 근대적 국가 체제가 정식으로 확립되고 메이지 유신 이래의 문명개화, 식산흥업, 부국강병 등의 효과가 처음으로 나타나기 시작했다. 상승기에 있는 메이지 국가는 관민 일체로 함께 추구하는 강국몽(强國夢)을 품고 있었다. 이후 오래지 않아 발발한 청일전쟁은 메이지 국가 체제와 실력을 검증했고 일본 전체가 갑자기 스스로가 '대단하다'고 느끼게 되었다. 다음 목표를 겨냥하여 다시 한번 힘을 발휘하여 제국주의의 길에서 '와신상담'하는 10년을 시작했다. 야와타(八幡)제철소가 생기고 군수산업이 생기고 함선과 대포가 대규모로 건조되고 민간 제조업도 발달하기 시작했다. 영일동맹조약(1902)의 체결로 일본은 세계 일등국과 동반자가 되었고 결과적으로 러일전쟁에서 또 승리했다. 타이완을 할양받은 후 다시 만주철도(1906)를 건설하고 조선도 합병했다(1910). 세계를 향해 기량을 드러낸 일련의 행동은 러일전쟁 전후의 이른바 '대일본제국'의 '팽창'이었다. 국가의 '팽창'은 민족주의의 기형적 발전을 초래하고 전국이 '아리와라'식의 '큰 부자'가 되는 미몽에서 다시 국가주의의 광란으로 빠져들었다. 고토쿠 슈스이가 "세상의 이른바 지사, 애국자라면 모두 머리카락을 세우고 눈을 부릅뜨는

---

71 內田魯庵, 「氣まぐれ日記」, 『內田魯庵集』, 308쪽.

때",[72] 이 시대에 남긴 가장 큰 헌사는 '광'이라는 글자였다. 그는 "우리 국민을 팽창시키고 우리 판도를 확장하고 대제국을 건설하고 우리 국가의 위엄을 발양하고 우리의 국기가 영광스럽게 휘날리게 한다"라는 고취를 "국민의 수성(獸性)을 선동"하는 "광기의 애국주의"라고 보고, 이런 사람들을 "애국광"이라고 하며 "대외적 애국주의 최고조는 내치에서의 죄악의 최고조를 의미한다"라고 날카롭게 지적했다.[73] 따라서 이른바 애국심이 강제적 성격의 노예도덕으로 변하는 때 우치다 로안이 지적한 바와 같이 "이런 도덕은 두 가지 결과를 가져올 따름이다. 즉, 국민을 타락하게 하거나 그들을 광인으로 변하게 하는 것이다".[74]

"온 세상이 국가제국주의를 향해 광분"[75]하고 "수성의 애국지사"[76]를 제조하는 광기의 시대이자 정신이 극도로 질식된 '폐색'(閉塞)의 시대다. 소수의 각성한 예민한 사람들은 "시대 폐색의 현상"[77]의 타파를 시도하기 시작했다. 그들도 일찍이 열렬히 국가와 동일시하고 충심을 가진 옹호자들이었다. 그들은 국가의 번영과 부강을 구가하고 '일본주의'를 찬미하고 문학은 "국민의 성정을 표현한다"라고 주장하

72 幸德秋水, 「廿世紀之怪物帝國主義」, 飛鳥井雅道 編集, 『幸德秋水集』, 筑摩書房, 1975, 34쪽.

73 幸德秋水, 「廿世紀之怪物帝國主義」, 36, 65, 46, 42, 42쪽.

74 內田魯庵, 「小說脚本を通じて觀る現代社會」, 258쪽.

75 登張作風, 「フリイドリヒ·ニイチエ」(『帝國文學』, 1901년 6, 7, 8, 11월호), 『明治文學全集 40·高山樗牛 齋藤野の人 姉崎嘲風 登張竹風集』, 297쪽.

76 魯迅, 「破惡聲論」, 『魯迅全集·集外集拾遺補編』 제8권, 34쪽.

77 石川啄木, 「時代閉塞の現狀」(1910), 『明治文學全集 52』에 수록.

고 "시대정신과 대(大) 문학"을 소환했다.[78] '국권'과 '민권'은 모순 없이 나란히 가는 것이고 개인 정신의 확장은 국가의 상승과 보조를 함께 하기 때문이다. 그런데 두 차례의 전쟁을 거치면서 그들의 감수성은 달라졌다. 이 국가가 자신이 원하던 국가인가? 자신을 포함한 '사람'들이 이 국가에서 어떤 위치에 처해 있는가? 이 국가에는 영혼이 있는가? 따라서 그들은 '사람' 즉, '정신과 이상' 문제를 '국가'라는 물질적 실체의 전면에 둠으로써 '개인'의 존재가치를 확립하고, 더불어 '천재', '시인', '정신', '가치 창조' 등으로 '개인'의 함의를 채워 넣었다. 그들이 마침내 '국가와 시인'에 관한 선언을 발표할 때 직접 이 미쳐 버린 국가에 대하여 큰 소리로 말했다. 사람이 없고 시인이 없으면 이 국가는 아무것도 아니다![79] 분명한 것은 이 과정에서 니체는 외부에서 도입되어 이를 빌려 '개인'을 설명하는 계시와 안내의 역할을 한 하나의 대상일 뿐이었다는 점이다.

거꾸로 세상 사람들이 보기에는 그들이야말로 헛소리를 지껄이는 미치광이 무리였다. 이것이 바로 앞에 살펴보았던 니체가 광인 취급을 받은 까닭이기도 하다. 그런데 흥미로운 점은 온 세상에 가득한 광인에 대한 성토 속에서 이런 사람들은 차라리 광인을 자인했다는 것이다. 다카야마 조규는 박해받은 일련종(日蓮宗)의 시조 니치렌(日蓮) 상인(上人)을 묘사하면서 자신과 비교했다. 그는 승려의 입을 빌

78 高山林次郎, 「日本主義を賛す」, 『太陽』, 1897년 6월 20일; 「非國民的小說をを難す」, 『太陽』, 1898년 4월 5일; 「時代の精神と大文學」, 『太陽』, 1899년 2월 20일.

79 野の人, 「國家と詩人」, 『帝國文學』, 1903년 6월 10일.

려 말했다. "오호라, 니치렌이 드디어 미쳤도다!!"[80] 같은 의미에서 국가주의를 반대한 것으로 유명한 기독교도 우치무라 간조는 수차례 스스로를 '광인'이라고 언명했다.[81] 그는 『교육칙어』를 향한 '경의'를 거절한, 이른바 '불경사건'으로 사회를 뒤흔들었다. 따라서 한 시대의 표지로서의 '광'은 또한 '개인주의'자의 정신적 특질 중의 한 부분이 되었다고 할 수 있다. "그는 만년에 이렇게 말했다. 이생의 근심과 고난을 피하는 길은 세 가지가 있다. 영원에 대한 연모, 아니면 요절, 그것도 아니라면 발광이다. … 그는 요절과 영원에 대한 연모 외에도 발광을 더했다. 오호라, 광이여! 나는 조규의 이 말에서 형용할 수 없는 애상을 느낀다."[82] 이것은 다카야마 조규의 친동생 사이토 신사쿠가 그를 위해 쓴 추도문이다. 분명 당시는 '용중'(庸衆)과 '철인'(哲人)이라는 두 종류의 광인을 만들고 후자를 섬멸하던 시대였다. 어쩌면 저우수런이 센다이의 강의실에서 귀를 찌르는 '만세' 함성을 들었을 때 그는 이미 광인에 대한 뚜렷한 감별력을 가지고 있었을지도 모른다.

7. 저우수런의 선택

이상은 '광인' 언설사에 대한 소략한 서술로 누락된 내용이 많을 것이

80 高山樗牛, 「日蓮上人とは如何なる人ぞ」(『太陽』, 1902년 4월), 『明治文學全集 40』, 88쪽.

81 內村鑒三, 「基督信徒の慰」, 『後世への最大遺物』, 『現代日本文學大系 2』, 筑摩書房, 1972.

82 齋藤信策, 「亡兄高山樗牛」(『中央公論』, 1907년 6월), 姉崎正治·小山鼎浦 編纂, 『哲人何處にありや』, 博文館, 1913, 437쪽.

라는 점은 두말할 필요도 없다. 메이지 언어사, 사상사, 문학사 더 나아가 세태와 시대정신 곳곳에 광인의 신체와 그림자가 떠돈다는 점은 논쟁의 여지가 없는 사실이다. 분명한 것은 광인 언설은 저우수런이 유학 기간 내내 정신적 세례를 받고 자아의 확립을 완성하는 과정에서 유기적 조성 부분이었다는 점이다. 총체적으로 보면 니체, 슈티르너를 지표로 하는 개인주의 담론과 문예 창작 및 평론이 그로 하여금 광인에게 다가가고 마주하도록 만들었을 가능성이 가장 크다.

우선 저우수런은 정신적으로 '메이지 니체' 논쟁에 참여했다. "공정하게 그것의 실질을 따져보는 것"[83]을 통하여 명확한 가치 선택을 함으로써 니체는 그의 텍스트에 들어가기 시작했다. 나는 2012년 가을 다음과 같은 사실을 처음으로 확인했다. 루쉰이 「문화편향론」에서 "독일인 니취 씨"를 소개하면서 인용한 '차라투스트라는 이렇게 말했다'가 포함된 유명한 단락이 결코 선배 학자들이 말한 것처럼 니체 원서의 한 장(章)에 대한 저우수런의 '뛰어난 개괄'이 아니라 직접적으로 구와키 겐요쿠의 『니체 씨 윤리설 일단』에서 베껴 온 것이다. 앞서 서술한 바와 같이 구와키 겐요쿠는 결코 니체의 가치에 공감하지 않았다. 이 책에서 니체를 긍정하는 소재를 골라 쓰려면 반드시 구와키 겐요쿠가 광인을 핑계로 니체를 부정했던 관문을 돌파해야 한다. 이 선택은 저우수런이 광인에 대한 주류 담론의 배척을 배제했음을 의미한다.

다음으로, 「문화편향론」에서 "개인이라는 말이…" 단락으로 개인

83 魯迅, 「文化偏至論」, 『魯迅全集·墳』 제1권, 51쪽.

주의를 변호한 뒤 바로 이어진 "독일인 쓰치나얼(즉, 슈티르너)…" 이하의 장장 260자의 긴 단락은 완전히 게무야마 센타로의 『무정부주의를 논하다』에서 나왔다는 것이다. 앞서 소개한 것처럼 동시기 게무야마 센타로를 번역, 소개한 중국어 텍스트는 18종에 달했다. 그러나 이 중에서 슈티르너를 발견하고 정확한 번역으로 개인주의를 분명하게 드러내는 자신의 문맥 속으로 집어넣은 사람은 저우수런 뿐이다. 그의 착안점은 당시 중국의 혁명당원들과 완전히 달랐다. 그는 이른바 '실행적' 주장을 중시하지 않고 '이론적' 힘을 중시했다. 이 점은 그가 현실 속에서 취한 행동과도 완전히 일치한다. 그는 무정부주의 담론으로부터 슈티르너를 분리함으로써 정신 혁명에서 지극히 중요한 '극단적 개인주의'를 선명하게 드러내고 이로부터 동시에 광인에 대한 긍정적 해석의 담론을 포획했다.

셋째, 저우수런과 문학세계의 광인과의 관계다. 이 글에서 언급한 것만 해도 문학세계에는 결코 일역본 고골의 「광인일기」 한 편만 있었던 것이 아님이 분명하다. 광인 역시 하급 관리 '포프리시친' 뿐만 아니라 '아리와라', '크라프초프'와 '야로슬라프체프'[84], 그리고 우치다 로안이 보았던 '전율'을 느끼게 하는 광인들도 있었다. 더불어 문학평론에서 전개한 '광인 미학론'도 있었다. 저우수런의 신변을 둘러싼 광인 가운데 고골을 제외한 나머지는 모두 저우수런과 무관한가? 분명한 것은 어느 조목, 어느 항목이든 모두 그에게 심미 대상으로서의 광인의 의미를 알려 주었고 그 또한 그것의 의미를 진정으로 파악했다

84 「두 광인」의 주인공이다.

는 점이다.

넷째, 광인이 직접 텍스트에 들어간 것은 저우수런이 광인의 가치에 대하여 최종적인 판단을 했음을 의미한다. 그는 니체와 무정부주의를 포위, 토벌하는 함성 속에서 광인이 실은 니체와 슈티르너 같은 억압 받은 '개인주의의 영웅'의 화신이며, 영웅과 용중의 대치 속에서 광인은 시종 영웅의 편에 있었음을 감별해 냈다. 바이런이 이러했고 셸리가 이러했다. 「악마파 시의 힘에 대하여」 제6장에는 셸리를 다음과 같이 소개한다. "시인의 마음에는 일찍부터 반항의 조짐이 싹트고 있었다. 훗날 소설을 써서 그 소득으로 친구 여덟 명을 대접했으나 광인이라는 이름을 지고 떠났다."[85] 기타오카 마사코의 조사에 따르면 이 말은 하마다 요시즈미(濱田佳澄)의 『셸리』 제2장에서 나왔다.[86] 루쉰이 이것을 선택한 것은 바로 광인의 가치에 대한 공감 때문이다. 이런 까닭으로 광인도 '천재', '시인', '정신계의 전사'와 나란히 그들의 담지체가 되었다.

이런 의미에서 다시 한번 사이토 신사쿠를 언급하고자 한다. 그는 메이지시대 "단독(個)로서의 사람을 확립하기를 주장한 언설 가운데서 루쉰의 글과 가장 친연성이 있"[87]는 인물이라는 것은 텍스트 층

85 魯迅, 「摩羅詩力說」, 『魯迅全集·墳』 제1권, 85쪽.

86 北岡正子, 『魯迅文學の淵源を探る —「摩羅詩力説」材源考』, 汲古書店, 2015, 111쪽.

87 中島長文, 『ふくろうの声 魯迅の近代』, 平凡社, 2001, 20쪽. 이외에 伊藤虎丸, 李冬木 譯, 『魯迅與日本人 — 亞洲的近代與'個'的思想』(河北教育出版社, 2000), 淸水賢一郎, 「國家と詩人 — 魯迅と明治のイプセン」(東京大學東洋文化硏究所 編, 『東洋文化』 74호, 1994, 3월)이 있다.

위에서 많이 입증되었다. 여기에서 다시 '천연성'의 예증을 보태고자 한다. 그것은 "광자(狂者)의 가르침"이다. "건전한 문명이라는 것은 아름다운 이름이다. 그런데 살아 있는 사람은 이 때문에 죽는다. 지금이 바로 광자의 가르침으로 새로운 생명을 찾아야 할 때가 아닌가? 어찌 알지 못하는가? 광자의 문명이란 바로 자신의 발아래 서 있는 것을 발굴하고 원천을 찾아서 새로운 이상으로서 자신이 거주할 세계를 창조하는 것을 말한다."[88] 이것은 「악마파 시의 힘에 대하여」의 서두에서 말한 "새로운 샘이 심연에서 솟아난다"와 본문에서 "악마라는 것은 진리를 말하는 자다"라는 것과 의미가 완전히 똑같다.[89] 그들은 모두 '철인', '천재', '새로운 샘'을 추구하고 있었고 이 길에서 '광인'과 '악마'를 만나서 '가르침' 혹은 '진리'라고 하는 이름의 계시를 받았다.

8. 광인의 탄생과 그 의미

이상의 고찰을 통해서 저우수런이 실제적으로 하나의 완전한 광인 추형(雛形)을 가지고 귀국했음을 알 수 있다. 이것은 그가 자신을 구성하는 과정에서 나온 생성물이다. 병리적 지식, 정신적 내핵 그리고 예술적 대상으로 표현하는 문학적 양식 등이 모두 갖추어졌다. 루쉰은 중국식 영혼이 깃든 신체 제공자가 될 피해망상증을 앓고 있는 '사촌 형

---

88 齋藤信策, 「狂者の教」, 『帝國文學』 제9권 제7호, 1903년 7월 10일, 118쪽.

89 魯迅, 「摩羅詩力說」, 『魯迅全集·墳』 제1권, 65, 84쪽.

제'가 문으로 걸어 들어오기만을 기다렸다.[90]

형식적으로 보면 루쉰의 광인은 중국 현대문학이 외국의 사상과 문예를 이식하고 그것을 토착화한 결과다. 그러나 루쉰 개인으로 말하면 내화된 "진짜 사람"을 중국으로 데려와서 또 다른 '시대의 폐색(閉塞)'을 만난 결과였다. '시대의 폐색'이 광인을 제조한 것에 대해서는 앞에서 살펴보았다. 이제 그의 순서가 되었다. 그것은 바로 그가 "적막"이라고 이름 붙인 괴로움이었다. 실제로 목매 죽은 사람이 있었던 S회관에서 옛 비석을 베끼면서 정신적으로 "숨 막혀 죽을 것 같"은 '철방' 속에 있었다. 그러나 하필이면 맑은 정신이었다. "정신의 실낱은 이미 지나간 적막했던 시절로 끌고 가"서 "완전히 망각할 수 없음에 고통스러워"했고, "이 적막은 나날이 커져, 커다란 독사처럼 나의 영혼을 휘감았다".[91] 이것은 기억 속의 "진짜 사람"이 현실과 충돌함으로써 그에게 가져다준 고통의 체험이다. 따라서 광인이 등장해서 소리를 내는 것은 "진짜 사람"이 소리를 내는 현실적 형식으로 해석할 수 있다. 나는 이것이 광인의 탄생의 내재적 논리라고 생각한다. '광인'은 한 시대의 광인 언설에 관한 응집이자, 작가가 그것을 내질화(內質化)한 이후에 재창조한 생산물이다. 그것이 가장 먼저 루쉰의 문학 정신의 인물 담지체가 된 것은 필연이었다.

작품의 끝에 "진짜 사람을 보기 어렵다"[92]라는 구절은 각성한 광

90 周遐壽, 「狂人是誰」, 『魯迅小說裏的人物』, 人民文學出版社, 1957.

91 魯迅, 「自序」, 『魯迅全集·吶喊』 제1권, 437~441쪽.

92 魯迅, 「自序」, 『魯迅全集·吶喊』 제1권, 454쪽.

인의 "진짜 사람"에 대한 기억의 소환이자 "완전히 망각할 수 없음에 고통스러워"했던 작가의 기억이다. 이 구절은 지금까지 「광인일기」 해석의 중심에 있었음에도 "진짜 사람"이 어디에서 나왔는지는 찾아내지 못한 것 같다. 이제는 분명히 할 수 있다. 작가가 당시에 열심히 읽었던 글에서 나왔다.

> 니체는 또 행복한 생활은 결국 불가능한 일에 속한다고 말했다. 사람이 도달할 수 있는 최고 경계의 생활은 영웅의 생활이고 군중을 위하여 최대의 고통과 싸우는 생활이다. 진짜 사람이 출현해야 비로소 우리로 하여금 진짜 사람이 될 수 있도록 할 것이다. 이른바 진짜 사람이란 단번에 곧장 대자연이 되는 사람이다. 그들이 자기의 사업으로 세계를 교육한다고 말하기보다는 그들은 자기의 인물을 통하여 세계를 교육한다고 말하는 것이 낫다. 사상가, 발명가, 예술가, 시인은 진실로 물어볼 필요도 없다.
>
> 이러한 사람이 바로 역사의 목적이다.[93]

이로써 광인이 "진짜 사람"과 혈맥이 통하는 친형제임을 증명할 수 있다. 광인의 탄생은 "광자의 가르침"이 중국에 출현하는 것을 의미한다. 그는 '식인'의 시대가 장차 끝난다는 것을 선포하고 더 나아가 "진짜 사람"이 반드시 탄생한다는 것을 선포한다. 이런 까닭으로

93 登張作風, 「フリイドリヒ・ニーチェ」, 『明治文學全集 40・高山樗牛 齋藤野の人 姉崎嘲風 登張竹風集』, 300쪽.

본질적으로 말하면 「광인일기」는 '사람'의 탄생의 선언이다. 이것은 백 년이 지난 지금까지도 우리가 "망각할 수 없음에 고통스러워"하는 지점이자 의미다.

광인 이전에는 루쉰을 제외하고 중국에는 '사람'에 관한, '개인'에 관한 언설이 거의 존재하지 않았다.[94] 저우수런이 니체를 발견하고 더불어 '개인'을 힘껏 변호할 당시 그의 스승 장타이옌만이 모종의 의미에서 그와 같은 주장을 했지만, 그것 역시 짧디짧은 한 마디였을 따름이다. "그런데 이른바 아견(我見)이라는 것은 스스로 믿는다는 것이지 자기를 이롭게 한다는 것이 아니며, 홀로 자신의 존귀함을 두텁게 하는 기풍이 있다. 니체가 말한 초인이 거의 근사하다."[95] 장 씨의 "광견"(狂狷)론은 논의할 만하나 여기서는 논하지 않기로 한다. 량치차오는 근대적 '국민국가'이론에 열중했으나 그의 '신민'에는 결코 '개인'이 포함되지 않았다. 그가 니체를 언급하면서 "자기중심의 설이고, 이 설의 폐단은 독일의 니체에서 정점에 달했다"[96]라고 공격한 것이 1919년의 일이므로 광인 언설은 말할 필요도 없다. 얼마 전 세상을 떠난 판보췬(範伯群) 선생은 "중국문학사는 문학적 형상 중의 '광인사'를 연구해야 한다"라고 주장했으나 1917년 이전의 근대문학에서 천징한(陳景韓, 1878~1965)의 「각성술」催醒術 한 편만이 그나마 표본이 될 수

94 이 문제에 관한 董炳月의 정리를 참고할 수 있다. 『'同文'的現代轉換 — 日語借詞中的思想與文學, '個人'與'個人主義'』, 昆侖出版社, 2012, 제13장.

95 湯志鈞 編, 『張太炎年譜長編』 卷3, 中華書局, 2013, 245쪽.

96 梁啟超, 「歐遊中之一般觀察及一般感想」(1919), 『飲冰室專集之二十三』 제7권, 中華書局, 1989, 9쪽.

있을 것 같다.[97] 다시 말하면 중국의 광인 언설사, 더 나아가 식인 언설사는 루쉰의 「광인일기」 이후에 시작되었다. 이 점은 아래의 그림이 보여 주는 바와 같이 구글의 통계에서도 알 수 있다.

구글 검색에서 나오는 '광인'과 '식인'(https://books.google.com/ngrams)

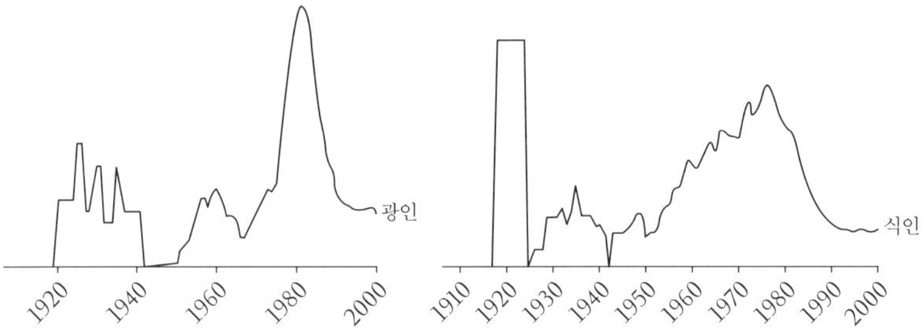

지금까지 논의로도 「광인일기」를 구성하는 두 가지 핵심적 요소 즉, '식인' 이미지와 '광인' 형상이 고립적으로 존재하는 것이 아니라 작가의 유학 시절 이역에서의 관련 언설과 밀접한 관계와 역사적 속성이 있음이 명확해졌다. 그렇다면 이 작품에 대하여 새로운 검토와 평가를 할 수 있을 것이다. 그것은 중국문학의 영토를 확장함으로써 좁고 폐쇄적인 일국적 문학사관을 타파하는 데도 현실적인 의미가 있다. 중국문학에 대하여 말하자면 「광인일기」의 개척적 의미와 기본 정신은 "가져오기주의"이고, 그것의 결과는 작가의 초심에 잘 부합했다.

97 範伯群, 「「催醒術」: 1909年發表的'狂人日記' — 兼談'名報人'陳景韓在早期啟蒙時段的文學成就」, 『江蘇大學學報(社會科學版)』 제6권 제5기, 2004년 9월.

명철한 선비가 필히 세계의 대세를 통찰하여 가늠하고 비교하여 그것의 편향을 제거하고 그것의 신명(神明)을 취하여 나라 안에 시행한다면 빈틈없이 잘 들어맞을 것이다. 밖으로는 세계의 사조에 뒤떨어지지 않고 안으로는 고유한 혈맥을 잃지 않는다. 오늘의 것을 받아들이고 옛것을 부활시킴으로써 따로 새로운 종파를 세워 인생의 의미가 심오함에 이르도록 한다. 이렇게 되면 나라 사람들은 자각이 이르고 개성이 신장하여 모래로 이루어진 나라가 이로 말미암아 사람의 나라로 바뀌게 된다. 사람의 나라가 세워지면 비로소 전례 없이 웅장하고 천하에 우뚝 홀로 드러나게 된다. 하물며 어찌 천박하고 범용(凡庸)한 사물이 있을 수 있겠는가?[98]

「광인일기」가 개조(開祖)인 까닭은 "오늘의 것을 받아들이고 옛것을 부활시킴으로써 따로 새로운 종파를 세운다"라는 진정한 자신감에 있다.

무릇 국민의 발전에 있어서 그 공은 옛것을 품는 것(懷古)에 있다고는 하지만, 그 품는다는 것도 밝은 거울에 비춰 보듯 사리는 분명하다. 시시각각 앞으로 나아가고 시시각각 거꾸로 되돌아보고 시시각각 광명의 먼 길로 나아가고 시시각각 찬란했던 과거의 것을 되새긴다. 그러므로 그 새로운 것은 날마다 새로워지고 그 옛것 또한 죽지 않는다. 그렇게 되는 까닭을 알지 못하고 함부로 과시함으로써 스스로 기뻐

98 魯迅, 「文化偏至論」, 『魯迅全集·墳』 제1권, 57쪽.

한다면 곧 긴 밤의 시작이 바로 이때가 된다.[99]

「광인일기」가 백 년 동안 시들지 않는 까닭은 이러한 "밝은 거울에 비춰 보듯 사리는 분명하다"라는 문화적 자각에 있다. 문화적 자신과 자각이야말로 「광인일기」가 백 년이 지난 현재에 보내는 최대의 계시가 아니겠는가?

2018년 5월 30일 교토 무라사키노(紫野)에서

99 魯迅, 「摩羅詩力說」, 『魯迅全集·墳』 제1권, 67쪽.

'광인'의 경계 넘기 여정

저우수런과 '광인'의 조우에서 그의 「광인일기」까지

머리말

이 글에서 서술하는 '광인의 경계 넘기 여정'이라는 것은 저우수런이 유학 시절 '광인'과 조우하고 그가 「광인일기」를 창작할 때까지, '루쉰'의 정신적 역정의 한 측면이 되었던 것을 가리킨다. 이 과정에는 시종 광인 언설로 구성된 '광인 정신사'가 수반된다. 이 글은 이런 전제 아래 초보적으로 탐색했던 "문예 창작과 평론 속의 '광인'"이라는 문제에서 한 걸음 더 발굴하고 전개함으로써 문예 속의 광인이 저우수런의 문예관, 심미 취향, 문예 실천 활동에 끼친 영향을 드러내고 이러한 문예 기제 위에서 「광인일기」로 통하는 정신 궤적을 드러내고자 한다. 일반적 의미에서 말하자면 이 역정은 통상적으로 '고골의 「광인일기」에서 루쉰의 동명의 소설로'라는 한 마디로 개괄된다. 루쉰이 1935년 3월 '중국신문학대계'라는 역사적 시각에서 그와 고골의 '관계'[1]를 공표한 이후 '고골과 루쉰'은 문학사의 상식이 되었고 시간의 추이에 따라 이러한 상식은 끊임없는 해석 과정에서 강화되었다. 그러나 '광인의 경계 넘기 여정'은 결코 한달음에 도달하는 직통이 아니라, 적어도 그 사이에 저우수런이 유학했던 '메이지 일본'과 고골의 '광인' 이외의 다른 '광인'이 자리하고 있음을 지적할 필요가 있다. 다시 말하면 지금까지의 연구는 고골과 루쉰, 이 두 텍스트 사이에 있는 일종의 관련 기제와 그 과정에 관한 분석이 결핍되어 있다. 이 글은 우선 이 공백을 메우고자 한 데서 시작되었다.

1. '고골'과 루쉰의 「광인일기」

루쉰의 「광인일기」 검토에서 '고골'은 역설적 존재인 것 같다. 두 편의 동명의 작품과의 관련성을 분명히 보여 주면서도 이것으로는 루쉰의 「광인일기」를 설명하기에는 부족하다. 루쉰은 그의 「광인일기」가 "'표현의 절실함과 격식의 특별함'이 일부 청년 독자들의 마음을 꽤 격동시켰다"라고 말했다. 그런데 '이 격동'은 사람들이 외국 문학을 이해하지 못했기 때문인데—"지금까지 유럽 대륙문학을 소개하는 데 게을렀던 까닭에"—이로 말미암아 그는 "유럽 대륙문학"이라는 이 실마리 아래 자신의 창작과 1834년 러시아 고골의 「광인일기」, 1883년 니체의 『차라투스트라는 이렇게 말했다』와의 관련성을 언급

1　魯迅, 「『中國新文學大系』小說二集序」, 『魯迅全集·且介亭雜文二集』 제6권, 246~247쪽.

했다. 그런데 그는 동시에 고골과 니체의 차이도 제시하였다. 즉, "나중에 나온 「광인일기」는 가족제도와 예교의 폐해를 폭로하는 데 의도가 있었다. 그런데 고골의 근심과 분노의 깊이와 넓이는 니체의 초인의 막막함만은 못하다"라고 하였다.[2] '차이'를 강조한 것이 이 글의 중점이다.

루쉰 신변의 주요 관계자 저우쭤런은 일찍이 고골의 주인공 '상사병 환자'는 루쉰의 피해망상증의 '광인' 형상, 주제와 다르다고 지적했다.[3] 다케우치 미노루(竹內實)는 후타바테이 시메이의 일역본 「광인일기」와 루쉰의 텍스트를 성실하게 비교하고 양자의 커다란 차이점을 발견하고 "형식이 유사"하거나 "구성이 일치"하는 곳에서도 미묘한 차이 있다고 했다.[4] 체코 학자 마리안 갈릭(Marián Gálik, 1933~)은 30년 전 "루쉰의 말과 학자들의 노력 모두 제목을 제외하고 고골이 루쉰에게 더 많은 것을 주었음을 믿게 하는 데 성공하지 못했다. 그들의 주인공, 작품의 내용과 형식이 모두 아주 다르기 때문이다"라고 단언했다.[5] 이러한 말은 조금 극단적이나 양자를 대조하며 읽어 본 후에 느끼는 실제 감각에 부합한다. 확실히 두 종의 「광인일기」는 같은 제목, 일기체 형식, 시작과 결말의 묘사가 비슷한 것을 제외하면 그야말로

2 魯迅, 「『中國新文學大系』小說二集序」, 『魯迅全集·且介亭雜文二集』 제6권, 247쪽.

3 周作人, 止庵 校訂, 『魯迅小說裏的人物·呐喊衍義·七禮教吃人』, 河北教育出版社, 2002, 18쪽.

4 竹內實, 「魯迅とゴーゴリ 二つの「狂人日記」」(『世界文學』, 1966년 3월), 『魯迅周邊』, 畑田書店, 1981, 219~237쪽.

5 馬裏安·高利克, 伍曉明 譯, 「魯迅的『呐喊』與迦爾洵, 安特萊夫和尼采的創造性對抗」, 『魯迅研究動態』, 1989, 제1, 2기.

두 주인공의 내재적 정신에서 서로 통하는 지점은 찾을 수 없다. 설령 이와 같다고 하더라도, "루쉰 창작의 발생을 고골 혹은 중러 사이의 어떤 실마리로 제한할 수는 없다"라고 해도 이 두 편의 '문제소설'에 대한 '비교, 대조 분석'은 여전히 지금도 대다수 논문이 "피하지 못하는 구상이다".[6] 그런데 루쉰의 「광인일기」의 창작 원인을 탐색하는 데 있어서 이 구상의 유효성에 의문이 제기된 것은 이미 오래전이다. 따라서 루쉰의 광인 정신과 상통하는 인물을 찾는 것 역시 자연스러운 선택사항이 되었다. 고골, 니체를 이어 안드레예프, 가르신(Всеволод Михайлович Гаршин, 1885~1888) 그리고 다른 많은 작가, 작품과 「광인일기」의 관계를 검토하게 되었다.[7] 이러한 검토는 정형화된 "피하지 못하는 구상"에서 벗어나는 개방적 의미가 있다. 그런데 동시에 그것들의 대다수는 '평행비교' 작업의 산물인 까닭에 당시의 저우수런과는 사실관계에서든 텍스트 측면에서든 모두 커다란 거리가 있다. 즉, 저우수런이 당시에 처했던 현장에서 보고 마주한 것이 어떤 광인이었는가에 대해 대답하지 못한다.

1966년 9월에 베이징루쉰박물관은 뜻밖에 첸쉬안퉁(錢玄同, 1887~1939)의 집에서 원래 그대로 보존된 문물을 확보했다. 그중에는

6 宋炳輝, 「從中俄文學交往看魯迅「狂人日記」的現代意義 — 兼與果戈理同名小說比較」, 『中國比較文學』, 2014년 제4기, 133쪽

7 마리안 갈릭이 좋은 시작을 이끌었다. 그는 원작 독서를 통하여 가르신의 「나흘」, 「붉은 꽃」과 안드레예프의 「거짓말」, 「침묵」, 「창」, 「나의 기록」 등과 루쉰의 「광인일기」를 비교하고 후자의 창작 원인이 되는 자료를 암시했다. 이것은 중국어 번역본을 참고한 가르신, 안드레예프 등과의 비교 연구를 낳았다.

"루쉰 유학 시절의 일본식 장정으로 된 두 권의 신문 스크랩북"이 포함되어 있었다. 두 권 중 하나는 러시아 작가 4명의 작품 10편을 잘라 내어 함께 묶은 것으로 루쉰이 손으로 쓴 목록이 붙어 있었다.[8] 훗날 루쉰박물관이 '루쉰 소장 도서 연구'를 하면서 거기에 잘라 붙인 '고골의 「광인일기」'가 있다는 것을 발견하고 "루쉰이 처음으로 「광인일기」를 읽은 증표"라고 소개하고 이 합본한 신문 스크랩북을 『소설역총』小說譯叢이라고 이름 붙였다.[9] '소설역총'의 상세한 내용과 스크랩 출처에 관해서는 여기에서 논의하지 않기로 하고 관련 연구를 참고하기 바란다.[10]

『소설역총』에는 고골 작품 세 편이 묶여 있다. 각각 후타바테이 시메이가 번역한 「옛날 사람」(『와세다문학』 1906년 5월호에서 스크랩), 「광인일기」(『취미』 1907년 3, 4, 5월호에서 스크랩), 니시모토 스이인(西本翠蔭, 1882~1917)이 번역한 「외투」(『문예구락부』 1906년 6월호에서 스크랩)이다. 이 세 편의 일역 작품은 당시 저우수런이 고골과 '광인'을 만난 분명한 증거이자 그가 고골과 평생토록 맺게 되는 인연의 시작이라고 할 수 있다. 루쉰은 만년에 『죽은 영혼』을 번역하고 자비로 『죽은 영혼 그림 백 편』을 출판했다.[11] 물론 훗날의 일이기는 하나 젊

---

8 陳漱渝, 「尋求反抗和叫喊的呼聲 — 魯迅最早接觸過哪些域外小說?」, 『魯迅研究月刊』 2006년 제10기, 16쪽.

9 姚錫佩, 「魯迅初讀「狂人日記」的信物 — 介紹魯迅編定的『小說譯叢』」, 魯迅博物館魯迅研究室 編, 『魯迅藏書研究』, 中國文聯出版公司, 1991년 12월, 299~300쪽.

10 예컨대 姚錫佩과 陳漱渝의 글 외에 竹內良雄, 王惠敏 譯, 「魯迅的『小說譯叢』及其他」(『魯迅研究月刊』, 1995년 제7기)를 참고할 수 있다.

11 魯迅, 「『死魂靈百圖』小引」, 『魯迅全集·且介亭雜文二集』 제6권, 462쪽.

은 시절 고골과의 조우에 대한 그의 결산이다. 메이지시대 일본어로 번역된 고골의 작품은 많지 않다. 1893년에서 1911년까지 18년간 겨우 17편이다.[12] 저우수런은 1906년 5월부터 1907년 5월까지 1년간 집중적으로 3편을 모았으므로 고골에 대하여 많은 관심을 기울였다고 하지 않을 수 없다.

여기에서 문제가 생긴다. 그의 고골에 관한 지식은 어디에서 왔는가? 혹은 도대체 무엇이 고골에 주목하게 했는가? 이 관심의 대상이 그에게 일으킨 영향의 정도는 어떠했는가?

2. '고골'에 관한 소개와 평론

작품을 제외하면 우선 생각할 수 있는 것은 고골에 관한 평론이다. 일본에서 고골의 최초 번역은 우에다 빈(上田敏, 1847~1916)이 영어판에서 번역하여 1893년 1월 『제일고등중학교 교우회 잡지』에 발표한 「우크라이나 5월의 밤」이다.[13] 같은 해 "비범하고 비상한 러시아문학"이라고 하는 평론이 나왔다. 중점은 푸시킨이었으나 "시의 대가 고골"의

12 통계는 다음을 참고했다. 「明治飜譯文學年表 ゴーゴリ編(Николай васильевич гоголь, 1809~1852)」(川戸道昭, 榊原貴教 編集, 『明治飜譯文學全集 37 ゴーゴリ集』, 大空社, 2000.

13 蔲島亙, 『ロシア文學飜譯者列傳』, 東洋書店, 2012, 162쪽. 이 책에서는 『第一高等中學校校友會雜誌』의 출판 시점을 '메이지 26년 3월'이라고 했다. 그러나 여기서는 「明治飜譯文學年表 ゴーゴリ編」을 기준으로 했다. 즉, '메이지 26년 1월'이다. 일역본의 제목은 「ウクライン五月の夜」이다.

말을 빌려 "푸시킨은 비범하고 비상한 형상이다"라고 했다.[14] 1896년 11월 사이카이시 시즈카(西海枝静, 1869~1939)가 처음으로 "러시아 문호 고골의 걸작 『감찰관』"과 그것의 창작 특징 그리고 그가 고골의 묘지를 찾아갔던 정황을 상세하게 소개했다.[15] 1년 뒤 그는 다시 고골의 『죽은 자』(즉 『죽은 영혼』)와 그것의 문학적 특징 즉, "폭로에 직언을 꺼리지 않는다", "비웃는 수완이 아주 뛰어나다", "독자가 배를 잡고 실소하도록 만든 나머지" 작중인물에 대해 사고하도록 만든다고 상세하게 소개했다.[16] 이외에는 고골에 관한 평론이 많이 보이지 않는다. 예컨대, 우에다 빈이 고골을 번역하던 시기 구와바라 겐조(桑原謙藏, 생졸년 미상)는 「러시아 최근 문학의 평론」이라는 제목의 장문을 발표했다. 취지는 "최근 50년간 러시아에서 나온 소설과 문학가"들을 소개하는 것이었고 『와세다문학』에 연속 5기에 걸쳐 연재했으나 고골의 이름은 언급하지 않았다.[17]

노보리 쇼무(昇曙夢, 1878~1958)가 등장하면서 상황은 비로소 바뀐다. 노보리 쇼무는 역사가들에 의해 일본 "메이지 38, 9년 이후 러시아문학 발흥기에 등장한" 번역가로 평가된다.[18] 그런데 평론으로 소개한 시기를 고려하면 그의 등장은 조금 더 이를지도 모른다. 그는

14 작자 미상, 「非凡非常なる露國文學の顕象」, 『裏錦』 제1권 제3호, 1893년 1월, 48쪽.

15 西海枝靜, 「露國文豪ゴゴリの傑作レウィゾルを讀む」, 『江湖文學』, 1896년 11월.

16 西海枝靜, 「露國文學と農民」, 『帝國文學』 제3권 제11호, 1897년 11월 10일, 76쪽.

17 桑原謙藏, 「露西亞最近文學の評論」, 『早稲田文學』 제31, 33, 34, 36, 41호, 1893년 1, 2, 3, 6월.

18 蒞島亙, 『ロシア文學飜譯者列傳』, 223쪽.

1904년 6월에 이미 『러시아 문호 고골』이라는 책을 출판했기 때문이다.[19] 이 책은 고골에 관한 일본 최초의 전문 저술이자 시대의 획을 그은 작품이다. 서론과 결론을 포함하여 전체 18장으로, 고골의 생애, 창작, 사상 및 사회 환경 모두를 전면적으로 소개했다. 특히, 4, 5, 6, 7, 11장은 오로지 고골의 창작과 사회적 영향을 소개하고 고골의 주요 작품을 섭렵하여 훗날 자주 인용되는 고골의 창작과 관련된 수많은 소재를 제공했다. 예컨대 『감찰관』 공연이 군중들의 불만을 낳자 황제의 명령으로 비호한 것 등이다. 한 마디 덧붙이자면 수년 후 루쉰은 「폭군의 신민」을 쓰면서 고골의 사례를 기억하였다. "외국에서 예를 하나 들어 보자. 작은 사건으로는 Gogol의 극본 『감찰관』은 군중들이 모두 그것을 금지하였으나 러시아 황제는 공연을 허락하였다."[20] 노보리 쇼무의 고골 평전은 동시기의 단편적이고 개별적인 제목 소개를 훨씬 뛰어넘었고 압도적으로 내용이 충실했다. 특히 고골 작품 중 기껏 5편이 일본어로 소개된 시대였으므로 이 점에서 매우 귀하다고 할 만하다.[21]

이 글과 관련하여 노보리 쇼무의 『러시아 문호 고골』에서 세 가지를 주목하지 않을 수 없다. 첫째 이것은 러일전쟁을 배경으로 '러시아', '러시아문학' 담론이 시끌벅적하던 상황에서 나온 '편향을 바

19 昇曙夢, 『露國文豪ゴーゴリ』, 春陽堂, 1904년 6월.

20 魯迅, 「隨感錄六十五 暴君的臣民」, 『魯迅全集·熱風』 제1권, 384쪽.

21 「明治飜譯文學年表 ゴーゴリ編」에 근거하면 昇曙夢이 『露國文豪ゴーゴリ』를 출판하기까지 上田敏, 德富蘆花, 二葉亭四迷, 今野愚公이 각각 1편씩 번역했고, 殘月庵主人이 2편 번역했다.

로 잡은' 작품이다. 저자의 의도는 러시아문학 소개에서 근본을 버리고 말단을 좇는 편향을 바로 잡음으로써 고골에 대한 명확한 문학적 지위를 결정하는 데 있었다. 즉, 그는 푸시킨과 마찬가지로 러시아문학의 "황금시대"를 대표하고 "최근 러시아문학의 원천, 전제, 기초 그리고 광명의 소재다"라고 했다. 19세기 이래의 러시아문학 발전사라는 배경에서 "그는 이전 문학과 최근 문학의 과도기에 있었"고, 그가 대표하는 방향은 "국민성의 표현자"와 "사실주의"라고 했다.[22] 다음은 고골에 관한 형상화다. "내가 이 책에서 마음을 쓴 것은 오로지 고골 문학의 뿌리와 그의 내면생활이다. 왜냐하면 나는 고골의 창작 생활과 뛰어난 천재의 주관의 역사를 서술하는 동시에 현대사조의 신수(神髓)에 닿을 수 있기를 기대하기 때문이다." 여기서 말하는 '천재', '내면', '현대사조의 신수'는 노보리 쇼무의 고골관을 대표한다. 그런데 그는 고골의 '천재' 형상을 만드는 동시에 이 '천재'가 세간에 받아들여지지 못하고 박해를 받은 측면을 강조한다. 그는 이 책으로 "근세 러시아문학이 그것의 발전 과정에서 어떻게 천재를 희생시키는 대가를 치렀는지를 엿볼 수 있기"를 희망했다.[23] 셋째, 「외투」와 「광인일기」에 관한 소개다. 이 두 편은 두 주인공이 비슷하고 "페테르부르크 중류사회의 생활의 한 측면을 묘사했다"라고 말했다. 특히 「광인일기」를 상세하게 소개하고 다음과 같이 평가했다. "나는 이 작품을 읽고 작가가 광인의 감성과 병적 상태의 깊은 통쾌함을 묘사한 것에 대

22 昇曙夢, 『露國文豪ゴーゴリ』, '자서' 1~3쪽, '서론' 2~3쪽, '결론' 195~206쪽.

23 昇曙夢, 『露國文豪ゴーゴリ』, '자서' 4쪽.

해 놀라지 않을 수 없었다." "고골은 인생의 어두운 면을 지적하는 데 중점을 두었고 웃기는 것을 자신의 임무로 간주한 문학가다. 그는 이상의 작품에서 개인을 묘사했을 뿐만 아니라 동시에 당시 러시아 관계(官界)의 절반의 어두운 측면을 지적하고 비웃음으로 사회의 자각을 촉진하고자 애썼다."[24]

이상 세 가지는 모두 저우수런과 관련 있다. 「광인일기」와 고골에 관한 저우수런의 지식이 전부 반드시 이 책에서 온 것은 아니라고 해도 이 책이나 노보리 쇼무의 소개와 분리할 수는 없다. 1년 후 1905년 8월 노보리 쇼무는 유명한 『태양』 잡지에 다시 「러시아문학의 과거」라는 장문의 글을 발표하고 10세기부터 고골까지 러시아문학의 '과거'를 소개했는데, 이것은 사실 그의 고골 평전의 문학 전사(前史)에 해당한다. 이 장문의 마지막은 이전의 저작 『러시아 문호 고골』에서의 고골에 관한 결론과 완전하게 만난다. 즉, 고골이 처음으로 개척한 "사실(寫實)의 길"을 강조했다. "최근 톨스토이 같은 대가와 고리키, 체호프(Антон Павлович Чехов, 1860~1904) 같은 천재가 배출되고 있으나 결국 이 사실주의의 길을 벗어나지 않는다."[25] 혼자는 아니었다. 노보리 쇼무가 이 장문을 발표한 같은 호 『태양』 잡지 '평론의 평론'란에는 「러시아문학의 사실주의」라는 글이 실렸다. "크로포트킨의 최근 저술 「러시아문학」에는 재미있는 논의가 있다"라고 소개하며 "사회적 요소를 문학 속으로 넣어 러시아 내부의 상태를 분석, 해부하고 비

24 昇曙夢, 『露國文豪ゴーゴリ·五 ゴーゴリの創作(其二)』, 52~54쪽.

25 昇曙夢, 「露文學の過去」, 『太陽』 제11권 제11호, 1905년 8월, 126쪽.

평적 사회관이 보태진 것으로는 고골이 효시다"라고 했다.[26] 기타오카 마사코의 조사로부터 크로포트킨의 「러시아문학의 이상과 현실」 역시 저우수런이 「악마파 시의 힘에 대하여」를 쓸 때의 취재원 중의 하나임을 알 수 있게 되었다.[27] 이 점에 관해서는 뒤에 언급하고자 한다.

노보리 쇼무는 1907년 12월 312쪽에 달하는 제2부 『러시아문학 연구』를 출판한 이후, 1908년 4월 다시 「러시아의 자연주의」를 발표하여 이전에 소개했던 고골을 당시 마침 논쟁 중이던 '자연주의문학' 담론으로 끌어들였다.[28] 1909년 4, 5월 고골 탄생 백주년을 기념하면서 『도쿄마이니치신문』에 6회에 걸쳐 「근대 러시아문학의 샛별」을 연재했고, 『태양』 잡지에는 「러시아 사실주의의 창시자」라는 제목으로 고골의 위치를 확정하고 『감찰관』과 『죽은 영혼』 두 작품을 예로 들어 일본의 자연주의 문학가들을 다음과 같이 일깨웠다. '자연주의'는 결코 있는 것을 그대로 쓰는 것을 의미하는 것이 아니라 "상상력의 작용"에 의지해야 한다. 고골은 실체 관찰의 기초에서 전적으로 그의 상상력에 의지하여 그의 작품을 구성했으므로 "우리 나라 자연파가 표방하는 객관묘사, 조롱박으로 표주박을 그리는 모사주의"와 전혀 다르다고 했다.[29] 이외에도 러시아문학을 소개한 노보리 쇼무의 글은 대

26 「露國文學の寫實主義」, 『太陽』 제11권 제11호, 1905년 8월, 220쪽.

27 北岡正子, 『魯迅文學の淵源を探る「摩羅詩力説」材源考』, 汲古書院, 2015. 이 책의 서문과 제3장 참고.

28 昇曙夢, 『露西亞文學硏究』, 隆文館, 1907. 「露國の自然主義」, 『早稻田文學(第二次)』 제29호, 1908년 4월 1일.

29 昇曙夢, 「露國寫實主義の創始者(ゴーゴリの誕辰百回紀に際して)」, 『太陽』 제15권 제6호, 1909년 5월 1일, 124~129쪽.

단히 많은데, 다른 인물까지 더하면 더욱 많을 것이다. 고골만 말하자면 그의 평론은 대체로 이상의 범위를 넘어서지는 않는다. 노보리 쇼무는 고골 지식의 주요 제공자라고 할 수 있다. 바로 이런 배경 아래에서 저우수런은 고골에 주목하고 그의 작품을 수집하기 시작했다. 앞서 언급한 『소설역총』 스크랩 즉, 「광인일기」, 「옛날 사람」, 「외투」 세 편이 모두 같은 시기에 수집된 것은 결코 우연이 아니다. 저우수런은 후타바테이 시메이의 고골 번역본을 매우 중요시했으면서도 그가 일찍이 번역한 고골의 중편 『초상화』[30]는 소장하지 않았다(혹은 수집하지 않았다)는 것도 하나의 증거다.

3. 후타바테이 시메이 이전의 「광인일기」 2종

후타바테이 시메이 이름으로 된 일역본 「광인일기」는 일본 최초의 번역이 아니라 두 번째 번역이었다. 최초의 번역은 1899년이다. 번역자는 '곤노 구코'(今野愚公)로 『천지인』天地人 잡지 같은 해 3월호에 게재되었다. 「광인일기」라는 제목 앞에는 "풍자소설"이라는 네 글자가 있고 제목 아래에는 원저자 이름을 "러시아 사람 고골 작"이라 했다. 3월호에서 6월호까지 모두 4기에 걸쳐 연재되었다. 훗날 전후 8년이 차이가 나는 두 종의 일역본을 대조한 한 연구자는 곤노 구코의 번역

30 エン·ウェ·ゴーゴリ, 二葉亭四迷 譯, 『太陽』 제3권, 제2, 3, 4호, 1897년 1월 20일, 2월 5일, 2월 20일.

에 비해 후타바테이 시메이의 번역이 정신을 더욱 잘 전달했다고 보았다.[31] 전자의 오역을 수정하고 문체에서도 섬세한 노력을 기울여 번안 색채가 짙은 전자의 '한문투'와 달리 후타바테이 시메이는 철저하게 속어화했다.[32] 곤노 구코의 일역본 「광인일기」는 저우수런과 반드시 직접적인 관련이 있는 것은 아니라고 해도 그 시대의 창작 분위기의 영향은 무시할 수 없으므로 광인 형상 출현의 배경으로 고려할 수 있다. 이른바 '광인의 경계 넘기'에서 이것이 첫 번째 정류장이었다고 할 수 있다. 고골의 광인이 일본에 상륙한 것이다.

전에 나는 줄곧 마쓰바라 니쥬산카이도의 「광인일기」가 1902년에 출현한 것에 대하여 이상하게 느끼고 이 소설을 쓴 것은 그가 형으로 여겼던 후타바테이 시메이와 관계가 있을 것이라고 추측했다. 이 관점을 유보한다는 전제 아래 지금 나는 마쓰바라 니쥬산카이도의 같은 제목의 작품이 문체에 있어서 곤노 구코의 번역체와 더 가깝다고 생각한다. 두 작품은 모두 게사쿠(戲作)의 풍격이 있다. 마쓰바라 니쥬산카이도의 본명은 마쓰바라 이와고로이고 별호는 겐콘 이치호이(乾坤一布衣)이다. 그는 메이지시대 하층에 주목한 소설가이자 신문기자로 1890년에 문단에 들어갔다. 그의 『장자 가가미』[33]는 '사회의 죄'의 폭로로 호평을 받았다. 같은 시기 후타바테이 시메이와의 친교를 통

31 秦野一宏, 「日本におけるゴーゴリ: ナウカ版全集(昭9)の出るまで」, 日本ロシア文學會, 『ロシア語ロシア文學硏究』 제15호, 1983년 9월 15일.

32 秦野一宏, 「ゴーゴリの二葉亭譯をめぐって」, 『ロシア語ロシア文學硏究』 제26호, 1994년 10월 1일.

33 松原岩五郎, 『長者鑑』, 吉岡書店, 1891.

하여 "눈앞이 반짝였고 별천지가 있다"[34]라는 감각을 느꼈다. 후타바테이의 영향 아래 그는 사회 문제에 관심을 가지기 시작했고 함께 하층사회에 깊이 들어가 조사를 진행했다. 1892년 『국민신문』國民新聞 기자가 되었고 이 신문에 각종 빈민굴에 관한 조사 보고를 연재했다. 이듬해 1월 민유샤(民友社)에서 단행본 『가장 어두운 도쿄』를 출판했다. 이 작품은 메이지시대 보고문학의 대표작으로 메이지 20년대 산업사회의 어둠의 폭로로 커다란 영향을 미쳤고 5회에 걸쳐 재판을 찍었다. '기록문학'으로서 그것은 "이른바 창작 문학이 조금도 전달하지 못한 이 시기 일본 사회의 하층을 생동적으로 기록"하여 "메이지 30년대 문학의 새로운 경향을 준비했다". 필명 '겐콘 이치호이'는 사회 문제에 관심을 가지도록 이끈 이 시대의 선구자가 되었다.[35]

마쓰바라 니쥬산카이도가 "메이지 30년대 문학의 새로운 경향에 끼친 영향"은 우선 그의 창작에서 드러난다. 그것은 바로 그가 메이지 35년(1902) 3월에 발표한 단편소설 「광인일기」다.[36] 이 소설은 보고문학 『가장 어두운 도쿄』에 이은 동일한 주제 이미지의 문학 창작이다. '어둠'을 폭로하는 넓이와 깊이는 보고문학의 예술적 판본이라고 할

---

34 松原岩五郎, 「二葉先生追想録」, 坪内逍遙·内田魯庵 編輯, 『二葉亭四迷』, 易風社, 1909, 상(上)의 124쪽.

35 松原二十三階堂의 생애와 二葉亭四迷의 관계에 관해서는 다음을 참고했다. 「松原二十三階堂」·「國民新聞」·「國民之友」·「記錄文學」, 『日本近代文學大事典』 III, IV, V, 講談社, 1978; 中村光夫, 『二葉亭四迷傳 ある先驅者の生涯』, 講談社, 1993; 山田博光, 「二葉亭と松原岩五郎·横山源之助」, 『國文學 解釋と鑑賞·特集 二葉亭四迷のすべて』, 1963년 5월호; 山田博光, 「明治における貧民ルポルタージュの系譜」, 『日本文學』, 1963년 1월호.

36 松原二十三階堂, 「狂人日記」, 『文藝倶樂部』 제8권 제4호, 1902년 3월 1일, 129~147쪽.

수 있다.

주인공 '아리와라'는 무역 주식회사에 출근하는 하급 직원으로 '과대망상증'을 앓고 있다. 이 인물의 사회적 지위와 성격은 고골의 「광인일기」의 9등 문관 '포프리시친'과 아주 흡사하다. 소설은 주인공이 3월 3일부터 7월 10일 사이에 쓴 10편의 일기의 "발췌"로 구성되어 있다. 시작은 주위에 "소인과 속물"로 가득해서 눈뜬장님처럼 '나'의 "천하를 경륜할 큰 수완과 음양을 이해하는 큰 재주"에 대하여 알아주는 사람이 없는 것에 대해서 원망한다. '나'는 경제계를 구원할 무역 계획을 제시하지만 차가운 조소와 신랄한 풍자에 부딪힌다. … 이렇게 해서 주인공의 '지고무상의 천재' 의식과 '천하에 독보적인 인걸'이라는 의식은 그가 처한 현실과 날카롭게 충돌한다. 그는 비가 새도 수리하지 못하는 셋집에서 살고 방값은 밀리고 아내는 옷을 맞추고 재봉사에게 줄 돈을 요구한다. 빚쟁이를 피해 다니는 신세지만 자신이 '신 개척지'인 홋카이도나 타이완에 가서 큰 무역으로 거대한 이익을 얻었다거나 만경(萬頃) 밭의 대지주가 되었다고 상상한다. 그런데 이 헛된 생각 사이사이 무섭고 두려웠던 사장과 책임자 등을 그보다 못한 처지로 만든다. 동시에 인색하고 옹졸했던 평소의 모습과 달리 회사의 어린 심부름꾼에게 단번에 장어밥 10인분을 사 주어 어안이 벙벙하게 만든다. 그는 모(某) 국장이 그를 관리, 아무리 못해도 '서기관'으로 배치해야 한다고 생각한다. "아, 서기관은 실제로 한 현(縣)의 총리, 현 정부의 중요한 관직이다." 사람들이 정말 모르는 것은 그가 바로 "장래의 총리대신"이라는 것이다! 소설은 이러한 '광인'의 눈을 통하여 각종 세태를 묘사한다. 그는 선후로 수차례 총리대신의 관저, 부자의 호화 주택, 광산 거물의 별장에 들어가거나 몰래 들어가거나 따라 들어간다. 이를 통해 그곳의 교만과 방종, 호화와 사치 그리고 대신, 의원, 사장의 추악한 거래를 목격한다. 그는 또 초대에 응한 파티에서 상류사회의 사물화된 사교 모임을 알게 된다. 각종 그릇, 분재, 서화, 검도와 고불상 수집 그리고 도처에 반짝이는 금이빨, 금 회중시계, 금시곗줄, 금줄 안경, 또 부자들이 함부로 부리는 마부와 주인보다 더 위세를 부리는 남자 시종도 있었다. 다른 한편 그는 고베(神户)로 가는 기차 일등칸에서 두 명의 후원하는 아가씨와 천엔이나 하는 새장, 새와 함께 있는 노신사를 보았다. 젊은 신사 한 명이 그에게 '도덕회'에 가입하고 찬조하라고 권유하고 있었다. 소설은 마지막으로 광산 대부호의 첩의 후원에서 마무리된다. 세 명의 의학사가 나는 듯이 달려왔다. 첩이 병이 나서가 아니라 새끼 고양이가 "간들간들한 숨으로 비단 이불 위에 가로로 누워 있었다. 이를 보자니 너무나 우스꽝스러웠다". 메이지 30년대 중기로 들어가는 사회 팽창의 축도와 시대정신을 자아가 팽창한 광인을 통하여 드러내고 있다.

마쓰바라 니쥬산카이도는 1892년 신문에 "도스토옙스키의 『죄와 벌』을 번역"하자고 호소하는 글을 썼다.[37] 이로써 그가 일찍부터 러시아문학에 관심을 가지기 시작했음을 알 수 있다. 그는 후타바테이 시메이와 아주 가까운 선후배 관계이고 후자가 「광인일기」를 번역한 것은 5년 이후였다. 게다가 당시 후타바테이 시메이는 이미 붓을 놓은

37 二十三階, 「ドストエフスキイの罪書」, 『國會新聞』, 1892년 5월 27일.

지 여러 해로 마침 "문학에 대한 혐오가 정점에 달했던 시기"였다.[38] 같은 해 5월 중국 하얼빈으로 떠나 현장에 있지도 않았다.[39] 이런 까닭으로 후타바테이 시메이와 비교하면, 관련성에 있어서 마쓰바라 니쥬산카이도의 「광인일기」는 3년 전에 나온 곤노 구코의 「광인일기」와 더 가깝다고 하겠다. 주인공의 사회적 지위와 성격 설계, 해학적이고 우스꽝스러운 필치, 그리고 곤노와 마쓰바라 텍스트가 보여 주는 '유사성'이 모두 이러한 점의 증거가 될 수 있다. 따라서 곤노의 번역이 러시아 광인의 일본 상륙을 의미한다면, 마쓰바라의 창작은 「광인일기」라는 작품 형식을 빌려 일본의 이야기를 서술하고 광인 주인공을 '일본 맛'이 풍부하도록 토착화했다. 그것은 사회문제 소설에 속하나 토착 주인공으로서 광인이 메이지 문학에 정식적으로 등장하는 시작을 열었다. 이것은 '광인의 경계 넘기'의 두 번째 정류장 즉, 일본의 토착화라고 할 수 있다.

마쓰바라가 이 작품을 발표하고 한 달 후 저우수런 일행이 상하이에서 '고베마루'(神戶丸)를 타고 요코하마에 도착했다. 당시 저우수런이 이 작품에 주목했는지는 알 수 없다. 앞서 그가 고골에 주목하고 자료를 찾은 것은 1906년 센다이의학전문학교를 떠나 도쿄로 돌아가 그가 말한 '문예운동'에 종사한 이후의 일임을 알 수 있었다. 그러나 이것은 훗날 그의 조사, 독서 과정에서 이 작품과 만났을 가능성이 없

38 中村光夫, 『二葉亭四迷傳 ある先驅者の生涯』, 240쪽.

39 이 시기의 二葉亭四迷에 관해서는 中村光夫, 『二葉亭四迷傳 ある先驅者の生涯·ハルビンから北京へ』 참조.

다는 것을 의미하는 것은 아니다. 이 작품을 발표한 『문예구락부』도 그의 문학적 관심의 대상이자 주요 취재원이었기 때문이다. 앞서 소개한 『소설역총』 10편의 소설 중에서 두 편이 『문예구락부』에서 스크랩한 것이다.[40] 그런데 더욱 중요한 것은 어쩌면 마쓰바라가 이 작품의 앞에 쓴 소서(小序)일지도 모른다.

> 어느 날 교외를 산책할 때 들판의 나무 그늘에서 이 일기를 주웠다. 표지는 천으로 싸여 있었고 종이 수백여 쪽이 묶여 있었다. 문장은 종횡으로 구애됨이 없고 탈속적인 기상으로 내달리고 격앙된 감정이 넘쳐흘렀다. 대단한 식자의 필치임을 알 수 있었다. 이런 까닭에 여기에서 몇 장(章)을 발췌하여 임시로 광인일기라고 이름을 붙였다.[41]

일기를 '우연히' 얻은 것과 그것을 독자에게 보여 주는 방식은 훗날 루쉰의 「광인일기」와 아주 비슷하지 않은가? 설마 이것이 우연이란 말인가?

---

40 嵯峨のや主人 譯, 「東方物語」, 『文藝俱樂部』 제11권 제13호, 1905년 10월; 西本翠蔭 譯, 「外套」, 『文藝俱樂部』 제15권 제8호, 1909년 6월.

41 松原二十三階堂, 「狂人日記」, 『文藝俱樂部』 제8권 제4호, 129쪽.

4. '고골'에서 '고리키'까지

그렇다면 위에 말한 메이지 30년대의 고골과 세 종류의 「광인일기」 텍스트는 저우수런에게 어떤 의미였을까? 우선 제목과 '광인'도 '일기'를 쓴다는 이러한 문학 형식의 본보기였다는 것은 말할 필요도 없다. 문예운동에 투신할 준비를 하고 있었던 저우수런은 오성이 매우 발달한 사람이었다. 둘째, 그가 이 시기에 유럽, 러시아, 일본의 문학에 관하여 상당한 정도의 지식이 있었고 고골을 포함한 많은 작가와 시인에 관해 관심을 가지기 시작했다고 하더라도, 당시의 문학적 선호와 자신이 구성한 정신적 소재로 말하자면 '고골의 사실주의'와 「광인일기」와 유사한 풍자 작품은 그의 관심 분야가 아니었다. 그가 주목한 것은 개성을 드높이는 낭만주의 시인이었다. 예컨대 당시 그가 가장 애를 많이 썼고 그의 문학관이 가장 잘 드러난 「악마파 시의 힘에 대하여」에는 8명의 시인으로 이루어진 '악마파' 시인의 계보가 있다. 이 계보에는 영국의 바이런부터 러시아, 폴란드, 헝가리, 셸리, 푸시킨, 레르몬토프, 미츠키에비치, 스워바츠키, 크라신스키, 페퇴피가 등장하여 장관을 이룬다. "지금 모든 시인 중에서 무릇 뜻은 반항에 있고 주지(主旨)는 행동에 있었으나, 세상이 탐탁하지 않게 여겼던 인물을 모두 포함했다." 그런데 '푸시킨', '레르몬토프'와 동시대 인물이었던 '고골'은 이중의 선택사항이 아니었다.

> 대저 슬라브 민족의 사상은 서유럽과 꽤 달랐으나 바이런의 시는 막힘 없이 질주해 들어갔다. 러시아는 19세기 초엽 문사(文事)가 비로소

새로워지고 점차 독립하고 날로 분명해졌다. 지금은 이미 먼저 각성한 여러 나라의 기개와 어깨를 나란히 한다. 지금 서유럽 인사들은 그들의 아름다움과 위대함에 놀라지 않음이 없다. 그런데 맹아를 살펴보면 실은 세 사람에 뿌리는 두고 있다. 푸시킨, 레르몬토프, 고골이다. 앞 두 사람은 시로써 세상에 이름을 날렸고 모두 바이런의 영향을 받았다. 고골은 사회 인생의 어두움을 묘사한 것으로 유명하고, 이 두 사람과 취미가 달라 여기에 속하지 않는다.[42]

위에서 알 수 있듯이 고골은 "취미가 달라"서 '선택사항'이 되지 않았고 의식적으로 '포기 사항'으로 처리했음을 알 수 있다. 기타오카 마사코의 고증에 근거하면,[43] 「악마파 시의 힘에 대하여」의 푸시킨의 취재원은 주로 야스기 사다토시(八杉貞利)의 『시종(詩宗) 푸시킨』이고, 레르몬토프는 주로 크로포트킨의 『러시아문학(이상과 현실)』을 바탕으로 노보리 쇼무의 「레르몬토프 유묵」과 『러시아문학 연구』로 보충했다.[44] 앞서 언급했듯이 『태양』 잡지에는 「러시아문학의 사실주의」가 실렸는데, 주로 "크로포트킨의 최근 저술 『러시아문학』"의 관점이 소개되었고 중점은 고골이었다. 그런데 저우수런은 이 책을 가지고 있

42 魯迅, 「摩羅詩力說」, 『魯迅全集·墳』 제1권, 68, 89쪽.

43 北岡正子, 『魯迅文學の淵源を探る「摩羅詩力說」材源考』 중의 서문과 제3장 참고.

44 八杉貞利, 『詩宗プーシキン』, 時代思潮社, 1906; P. Kropotkin, *Russian Literature (Ideals and Realities)*, London: Duckworth & Co. 1905; 昇曙夢, 「レルモントフの遺墨」, 『太陽』 제12권 제12호, 1906년 6월 1일(『露西亞文學研究』, 隆文館, 1907에 수록); 昇曙夢, 『露西亞文學研究』 중 '露國詩人と其詩 六 レルモントフ' 부분 참고.

었으면서도 레르몬토프만을 골라 자신의 소재로 삼았다. 노보리 쇼무의 『러시아 문호 고골』은 저우수런의 고골에 관한 주요 지식의 출처인데, 그는 「악마파 시의 힘에 대하여」에서 "고골은 사회 인생의 어두움을 묘사한 것으로 유명하다"라고 한 것을 제외하고는 이 방면의 지식을 거의 동원하지 않고 노보리 쇼무가 제공한 레르몬토프를 선택했다. 고골을 '포기 사항'으로 간주한 것은 물론 저우수런이 보기에 그는 8명의 악마파 시인과 "취미가 달라"서였겠지만 더욱 주요하게는 당시 그의 문학적 선호와 "취미가 달라"서였을 것이다. 바꾸어 말하자면 고골 같은 "사회 인생의 어두움을 묘사"하는 문학은 바이런 식의 반항을 숭배하는 그로서는 아무래도 훗날의 과제였던 것이다. 그런데 뒤집어 말하자면 어쩌면 바로 이때부터 '고골'은 그의 이후 문학의 계기가 되었을지도 모른다.

그렇다면 위에서 서술한 「광인일기」 외에 동시기 '광'(狂)과 관련된 작품 가운데서 훗날 루쉰의 「광인일기」와 문체가 비슷하고 기운이 맞아떨어지는 창작은 없었는가? 대답은 긍정적이다. 그것은 바로 『취미』 잡지에서 「광인일기」를 내놓을 때 잡지 『신소설』이 내놓은 후타바테이 시메이의 또 다른 번역 작품인 「두 광인」이다. 이 작품은 줄곧 역사의 먼지 아래 있었고 루쉰의 「광인일기」가 발표되고 백 년이 지나서야 새롭게 발견되었다. 여기에서 이것에 관해 조금 논의해 보고자 한다.

「두 광인」의 원작은 고리키의 「실수」고, '후타바테이 슈진'이 직접 러시아어 판을 번역했다. 같은 번역자의 손에서 나온 '역사에 이름을 남긴' 「광인일기」와 비교하면, 「두 광인」은 훗날 거의 알려지지도 않았고 중시되지도 않았다. 일본 근대문학의 전반적인 사항을 망라하는 대형 '사전'(事典)[45]에도 그것의 흔적을 찾을 수 없다. 이와나미서점에서 출판한 『후타바테이 시메이 전집』의 '해설'에도 「두 광인」의 원작을 "「옛날 사람」의 부분 번역"이라고 잘못 표기하고 있어서 고골의 작품으로 오해하게 한다. 그러나 훗날의 적막함과 완전히 대조적으로 「두 광인」은 당시 맹렬한 기세로 등장했다. 1907년 3월 1일 『신소설』 '제12권 제3호 3월호'에 실렸다. 특히 '두 광인'의 권두 삽화를 배치했을 뿐만 아니라 「고리키 인생관의 진수」라는 제목으로 노보리 쇼무가 번역한 86개의 고리키 어록을 첨부했다.[46] 앞서 소개했듯이 같은 달에 「광인일기」가 『취미』 잡지에 연재되었다. 이듬해 후타바테이의 「두 광인」을 포함하여 4편의 작품이 수록된 번역 작품집을 출판하면서 「광인일기」는 수록하지 않았다.[47] 이러한 사정은 당시 사람들이 「두 광인」을 더욱 중시했음을 보여 준다.

통계국 통계원 '키릴 이바노비치 야로슬라프체프'는 사상을 동반자로 삼은 사람이다. 그는 사상의 형식을 포착하지 못하고 사상의 속박을 벗어나지도 못한다. 처음에는 완강하게 사상과 투쟁했으나 나중에는 사상에 기대어 자신을 배치한다. 이 모든 변화는 동료의 부탁으

45 日本近代文學館·小田切進 編, 『日本近代文學大事典』, 講談社, 1978 참고.

46 ゴーリキイ, 二葉亭主人 譯, 「二狂人」, 『新小説』 제12권 제3호, 1907년 3월 2일(권두 삽화는 岡田三郎助의 그림); 昇曙夢 譯, 「ゴーリキイの人生觀真髄」, 『新小説』 제12년 제3권, 45~50쪽.

47 二葉亭主人, 『カルコ集』, 春陽堂刊, 1908년 1월 1일. 총 4편, 「ふさぎの蟲」, 「二狂人」, 「四日間」, 「露助の妻」 등 총 4편 수록.

로 정신병을 앓는 또 다른 동료를 간호하다가 일어난 것이다. 발광한 동료 '크라프초프'의 병증은 아무 말이나 끊임없이 하는 것이다. 허튼소리가 이어질 때도 있고 정확하고 이치에 맞는 명언을 할 때도 있다. 돌보는 사람이 있었으나 이틀 만에 못 견디고 통계원에게 도와 달라고 했다. 소설의 전반부는 야로슬라프체프 자신의 사상투쟁이고 후반부는 발광한 동료 크라프초프를 돕던 어느 날 밤의 두 사람의 '사상교류'다. 간호하던 사람은 마침내 간호를 받던 사람의 주장을 인정하고 미치광이가 아니라 정상인이라고 생각한다. 이튿날 아침 정신병원 의사가 사람을 데리고 와서 환자를 인계받으려 하자 간호하던 사람은 이 사람은 정상인이고 당신들은 그를 정신병원에 데리고 가서는 안 된다고 말하면서 막아선다. 그 결과 간호하던 사람도 미치광이로 간주되어 함께 끌려간다. 작품의 마지막은 두 사람이 모두 병원에서 지내는데, 스승은 빨리 호전되나 제자는 치료되지 않는다. 바람 쐬는 시간에 만나면 달려가 모자를 벗고 인사하며 스승에게 청한다. "선생님 다시 좀 이야기해 주십시오."

이 작품 속의 광인이 고골의 광인보다 훨씬 더 사람들에게 충격을 주었던 것은 분명하다. 게다가 두 사람이었다. 『제국문학』은 재빨리 이 두 작품에 대하여 필명 '무쿄쿠'(無極)의 평론을 실었다. 제목은 「광인론」이다.[48]

48 無極, 「狂人論」, 『帝國文學』 제13권 제17호, 1907년 7월 10일, 140~141쪽.

이제 막 우리 문단은 후타바테이 슈진의 영묘(靈妙)한 번역으로 러시아의 세 종류의 광인을 새롭게 얻게 되었다. 그들은 고리키의 「두 광인」과 고골의 「광인일기」의 주인공이다. 「두 광인」의 심리 해부는 사람을 깜짝 놀라게 한다. 자세히 제목 머리의 삽화를 보고 나서 약한 등불의 심지를 꼬아 흑풍이 몰아치는 창밖을 내다보면 흡사 뜰의 나무숲 사이에서 무언가 꿈틀거리는 소리가 은밀하게 비밀 이야기를 하는 것 같다. 크라프초프가 머리를 들어 하늘을 가리키고 야로슬라프체프는 그의 발아래 무릎을 꿇고 있다. 두 사람이 몸을 일으키자 푸른 눈이 무서운 빛을 내뿜으며 느릿느릿 이쪽으로 걸어온다. 그것이 창문을 붙잡고 집안을 들여다보려는 듯할 때, 나는 심지어 나도 세 번째 광인이 되지 않을까 걱정한다. 다행히 그 "걸으면 부댓자루를 걸친 거북이 같은" 9등 문관 선생이 이 배역을 맡고 있으므로 나는 비로소 마음이 놓였다.

「두 광인」의 주인공의 정신적 특징, 사상의 변화와 그것의 원인을 소개한 뒤 평론가 '무쿄쿠'는 「광인일기」와 비교한다.

「광인일기」는 결코 「두 광인」처럼 그렇게 대단하고 깊이가 있지 않다. 대개 「두 광인」의 대단한 점은 발광의 전체 과정을 묘사하는 데 있다. 독자는 시작부터 그 속의 주인공을 자신과 같은 진짜 사람으로 간주하고 그의 고민을 얼마간 가져와서 자신과 비교하고 그에 대하여 동정하고 인정하게 된다. 그런데 같은 인류 중의 한 명이 눈앞에서 점점 미쳐 가고 최후에는 마침내 이성 전체를 상실하고 오성이 크게 어지럽혀져서 빠르게 인류의 자격을 잃고 동물로 변하는 것을 보면서 처량한 감정으로 마음이 움직이지 않을 수가 없게 된다. … 죽음보다 더 무서운 결말에 생각이 미치면 누구라도 전율이 일지 않을 수 없다. 그런데 「광인일기」의 주인공은 처음부터 그야말로 광인이므로 독자는 완전히 객관적 태도로 대하고 시적 상상계의 인물로 간주하고 감상할 수 있다. 시적 대상으로 본다면, 그렇다면 광인은 일종의 묘취(妙趣)가 있다.

"전율"과 "묘취"는 이 두 편이 각각 당시 사람들에게 남긴 독서 이후의 느낌이다. 미치광이의 '의식의 흐름'의 형식과 부단한 발전으로 말하자면 분명 「두 광인」이 훗날 루쉰의 「광인일기」와 더욱 가깝다. 게다가 보기에는 미치광이의 말인 듯하나 실은 정밀한 정신의 폭로와 깊은 성찰이 담긴 문명 비판의 담론 방식은 두 텍스트에 관한 비교 연구를 하도록 만드는 이유가 되기에 충분하다. 결론부터 말하자면 비교하면 할수록 두 작품의 유사성이 대단히 크다고 느껴진다. 이것은 '고리키' 문제를 낳는다. 구체적으로 말해서 유학 시절의 저우수런과 그의 신변의 고리키는 도대체 어떤 관계에 있었던 것일까?

5. 저우수런 신변의 '고리키'와 그의 '니체 척도'

저우쭤런이 그해 "고리키는 유명했고 『어머니』도 다양한 번역본이 있었다. 그런데 위차이(豫才)는 그리 주목하지 않았다"[49]라고 말한 뒤로 고리키는 오랫동안 유학생 저우수런 주변에서 사라졌다. 루쉰의 소장 도서를 연구한 한 학자가 루쉰의 초기 장서에 6권본 고리키 소설집이 있었음을 지적하고서야 비로소 저우쭤런으로 인한 인식의 편향이 바로 잡혔고, '위차이'가 당시 실은 고리키의 작품을 "열독"했고 "또한 비교적 깊은 인상을 받았다"라는 것을 알게 되었다. 그런데 이 학자는 동시에 고리키가 "루쉰 사상에 커다란 공명을 불러일으키"지 못했고 "주로 고리키는 인물의 사상과 정신의 해부, 표현 방법에 이르기까지 당시 루쉰의 인생 탐색의 궤적과 비교적 큰 거리가 있었다"라고 했다.[50] 이러한 관점은 독단을 면치 못한 것이다.

여기서는 우선 앞서 지적한 「두 광인」과 루쉰의 「광인일기」의 "인물의 사상과 정신의 해부, 표현 방법에 이르기까지"의 아주 큰 유사성에 대해서는 논의하지 않기로 하고, 고리키가 당시 어떻게 등장했는지에 대해 살펴보고자 한다. 어떻게 등장했는지를 논함으로써 그가 "당시 루쉰의 인생 탐색의 궤적"과 "비교적 큰 거리가 있었"던 것이 아니라 매우 가까운 거리에 있었음을 발견할 수 있을 것이다. 고골에 비해 고리키는 훨씬 늦게 일본에 등장했다. 꼭 9년이나 지체되었다. 그러나 작품 번역의 수량과 출판에 기울인 힘은 고골을 훨씬 넘어선다. 1902년 3월부터 1912년 10월까지 메이지 최후 10년간 — 마침 저

49 周作人, 「關於魯迅之二」, 周作人, 止庵 校訂, 『魯迅的青年時代』, 河北教育出版社, 2001, 129쪽. 메이지시대 저우쭤런이 말한 고리키의 "『어머니』도 다양한 번역본이 있었다"라고 한 정황에 대해서는 지금까지 발견된 바가 없다.

50 姚錫佩, 「魯迅眼中的高爾基」, 『魯迅藏書研究』, 150~151, 152쪽.

우수런의 유학 시절과 맞물린다—은 일본에서 '고리키 열풍'이 일어난 시기라고 할 수 있다. 6편의 작품이 수록된 단편집을 포함하여 작품이 총 84건 번역되었다.[51] 이것은 앞서 언급한 18년간 기껏 20건이 등장한 고골과 비교하면 선명한 대조를 이룬다. 고리키는 왜 이처럼 열렬하게 읽히고 이처럼 높은 등장률을 보이는가? 당시 주요 소개자 중의 한 명이었던 노보리 쇼무에 따르면, 이것은 같은 시기에 일어난 '니체 열풍'과 직접적인 관계가 있다. 사람들은 니체를 뒤쫓아 문학계에 들어가고 고리키를 문학세계의 니체로 읽었다.

> 고리키라는 이름이 우리 나라 문단에 소개된 것은 메이지 34, 5년이다. 그때부터 그의 작품은 속속 번역되어 들어왔다. 메이지 34, 5년은 서력 1901, 1902년에 해당하는데, 바로 러시아 본국 문단에서 고리키의 명성이 정점에 도달하고 더 나아가 외국을 뒤흔들던 시기다.
>
> 당시 우리 나라 문단은 마침 낭만주의 사조의 전성기였다. 한두 해 전부터 니체의 개인주의 사상이 다카야마 조규와 도바리 지쿠후 등에 의해 대대적으로 선전되고 사상계에는 마침 광풍의 시대가 출현했다. 니체주의의 영향 아래 개성을 발양하고 자아를 확충하고 이상을 동경하는 정서가 끊임없이 문학에 새로운 생명을 주입하고 개성의 각성을 촉진했다. 이런 시대에 고리키를 영접한 것은 지극히 정상적인

51 통계는 다음에 근거했다. 「明治飜譯文學年表 ゴーリキー編(Максим Горький, 1868~1935)」, 川戸道昭·榊原貴教 編輯, 『明治飜譯文學全集·新聞雜誌編 44 ゴーリキー集』, 大空社, 2000.

일이다. 우리 나라 독서계는 처음부터 그를 니체 유파의 초인주의 작가로 수용했다.[52]

이런 까닭으로 "당시 우리 문학청년"들이 "어떠한 놀라움과 열정을 품고" 고리키를 읽었는지는 "오늘날은 상상하기 어렵다". '니체 유파'의 고리키는 당시의 문학청년들에게 무엇을 가져다주었는가?

당시 낭만적 청년과 고리키 사이에는 이상에서, 분위기에서, 욕망에서 모종의 상통하는 것이 있었다. 그들은 고리키에게서 우선 상상 속에서 위력, 용맹, 인생의 미를 전개한 낭만주의자를 보았고, 그의 작품에서 신세계에 대한 사상적 열정이 일으켜 세운 거대한 파도를 느꼈다. 그는 처음부터 몽상, 상상, 개조의 외침으로써 무료하고 산만한 생활에 웅대한 자태를 드러냈다. 이것이 당시 청년들이 심각하게 받아들인 것이다. 다시 말하자면 그들은 고리키로부터 사람으로서 마땅히 진화해서 도달해야 하는 진실한 인생과 사회를 배웠다. 따라서 그의 영향은 그때부터 대단히 뚜렷했다.[53]

이상은 노보리 쇼무가 30여 년 후에 과거 '고리키 열풍'을 회상한 것이다. 그중에는 물론 자신도 포함되어 있다. 그는 고리키의 열렬한

52 昇曙夢,「ロシア文學の傳來と影響」, ソヴェト研究者協會文學部會,『ロシア文學研究』제2집, 新星社, 1947, 243쪽.

53 昇曙夢,「ロシア文學の傳來と影響」, 245쪽.

소개자 중의 한 명이었다. 1906년에서 1912년까지 그는 고리키의 작품 3편을 번역했고 고리키에 대한 장문의 평론 5편을 썼다. 첫 번째 고리키론은 1906년 10월 발표한 「고리키 창작과 그의 세계관」으로 20쪽에 달한다. 이 글은 주로 고리키의 작품 「밑바닥」을 소개하고 작품의 내용을 빌려 "고리키 인생관의 변화"를 검토했다. 그는 당시 고리키가 낭만주의에서 "개인주의와 니체교의 대표"로 변했지만 동시에 사회도덕과 기독교를 지향했다고 보았다. "「밑바닥」은 이러한 기본 관념에서의 과도기를 보여 준다. 개인주의와 사회도덕, 니체교와 기독교의 전투가 이 희곡의 핵심을 구성하는 것은 분명하다."[54] 고리키를 '니체교'의 대표로 간주한 것은 그가 위의 인용문에서 제기한 다카야마 조규와 도바리 지쿠후 등이 제공한 '니체' 필터를 쓰고 있었기 때문이다. 그중 "상상 속에서 위력, 용맹, 인생의 미를 전개"한다는 등의 표현 방식은 바로 '다카야마식'의 문장이다.[55] 저우수런이 메이지 30년대 '니체 언설'의 정신적 참여자이고 다카야마 조규와 도바리 지쿠후의 열렬한 독자이자 흡수자였음을 알고 있는 이상, 이 문학 영역 안에서 "개인주의와 니체교의 대표"로서의 고리키가 그의 관심 바깥에 있었다는 것은 분명 논리적으로 맞지 않는다. 니체의 연장선에서 고리키와 만났다고 보는 것이 "당시 루쉰의 인생 탐색의 궤적"에 더 부합하지 않겠는가?

54 昇曙夢, 「ゴーリキイの傑作と其の世界觀」, 『早稲田文學』(第二次) 제10호, 1906년 10월 1일.

55 升曙夢는 '다카야마 조규 박사'를 위한 장문의 추도문을 썼는데, 여기에서 그와 조규와의 정신적 연계를 볼 수 있다. 「樗牛高山博士を悼む」, 『使命』, 1903년 2월호 참고.

게다가 「두 광인」은 '니체 척도'가 가장 높은 작품이다. 작품 전체에 걸쳐 황당하면서도 예지가 있는 니체 식의 문장을 읽을 수 있다.

어딜 가더라도 당신들이 없는 곳은 없다. … 당신들은 파리고 바퀴벌레고 기생충이고 벼룩이고 먼지고 돌벽이다! 당신들은 일단 명령을 받으면 바로 다양한 자세로 바꾸고 각종 모양을 만들고 각종 사건을 조사할 것이다. … 인간은 무엇을 사고하고 있는가? 어떻게 사고하는가? 무슨 목적에서 나온 것인가? 모두 하나하나 조사해야 한다.

나는 광야로 걸어가 사람들을 모으고자 한다. 우리는 정신적으로 걸인이다. … 분명히 그러하다. 우리는 신앙의 갑옷과 투구를 전쟁터에 버리고 손에는 파손된 희망의 방패를 들고 이 세간에서 물러나므로 패배가 아니라고 말할 수 없다. 그러나 당신은 지금 우리가 얼마나 놀랄 만한 창조력을 가지고 있고 또 스스로 믿는 견고한 갑옷을 두르고 있는지를 본다. 우리는 상상 속에서 행복을 마음껏 생각하고 상상 속의 청신하고 아름다운 꽃을 몸에 두르려고 하고 있다. 따라서 당신도 나의 일을 방해하지 말고 나로 하여금 이 사업의 장거(壯擧)를 완성하게 하라!

아, 제군! 제군! 당신들은 크라프초프를 어떻게 하려고 하는가? 설마 그 사람이 행복해지기를 열망하는 자, 손을 뻗어 사람을 구제하려는 자… 생활의 압박으로 동류끼리 서로 잡아먹는 가련한 사람들을 깊은 연민이 충만한 마음으로 열렬히 사랑하는 자에 대하여, 당신들의 눈에는 모두가 광인이란 말인가?[56]

이러한 '미친 소리'는 완전히 사이토 신사쿠의 글에 나오는 "광자(狂者)의 가르침"[57]으로 치환할 수 있고, 또 「악마파 시의 힘에 대하여」의 "악마라는 것은 진리를 말하는 자다"[58]라는 구절의 '악마'의 말과도 치환할 수 있다. 물론 훗날 루쉰의 「광인일기」 속의 "미치광이라는 이름이 씌워"진 '나'의 '미친 소리'로도 치환할 수 있다. 이 일맥상통하는 정신 기질로 보자면 메이지시대의 고리키는 "루쉰 사상에 커다란 공명을 불러일으킨" 존재가 되기에 충분하고, 그 반대는 아니다. 광인 관찰의 중심을 형식적 유사성에서 정신적 유사성으로 조정하고 고골에서 고리키로 조정하면 당시 자신의 정신을 구성하고 있던 저우수런이 고리키와 훨씬 더 가까운 거리에 있었음을 발견할 수 있다. 「두 광인」은 분명 고골의 「광인일기」에 의해 가려졌던 저우수런이 광인과 만나고 연관을 맺게 되는 중요한 계기였음이 분명하다. 고골의 광인이 '표면적 광인'이라면, 고리키의 '광인'은 '이면적 광인'이다. 그들은 함께 입체적 '광인'의 모범을 구성했다. 고리키의 '니체 척도'는 당시 저우수런이 소설 창작의 세태를 파악하고 자신의 심미 선택을 위한 하나의 척도였음이 분명하다. 그는 "절대 의지력을 갖춘 선비"를 추구하고 숭상했고, "언제나 오만불손한 자가 전체 국면의 주인"인 작품에

56 二葉亭主人, 「二狂人」, 『カルコ集』, 197, 200~201, 228쪽.

57 齋藤信策, 「狂者の教」, 『帝國文學』 제9권 제7호, 1903년 7월 10일, 118쪽.

58 魯迅, 「摩羅詩力說」, 『魯迅全集·墳』 제1권, 84쪽.

주목했다.[59] 이러한 실마리로부터 그가 당시에 격찬했던 입센을 살펴볼 수 있을 뿐만 아니라 훗날 그의 문예활동과 밀접한 관련이 있는 안드레예프 등도 살펴볼 수 있다.

6.「6호실」,『혈소기』와 기타

저우수런과 '광인'의 접점이라는 의미에서 「6호실」과 『혈소기』 또한 피할 수 없는 작품이다. 「6호실」은 중국어로 통상 「제6병동」第六病室, 『혈소기』는 『붉은 웃음』紅笑으로 번역된다. 이것은 체호프, 안드레예프와 관련된다. 이 두 작가와 루쉰을 비교 연구 한 논문은 아주 많은데, 특히 「제6병동」, 『붉은 웃음』과 루쉰의 「광인일기」의 관계를 언급하는 논문이 많다. 그런데 여기에서 우리는 우선 역사 현장으로, 원점으로 돌아가야 한다. 노보리 쇼무의 회상을 보자.

> 체호프의 도래는 고리키보다 한두 해 늦었다. 체호프를 소개한 첫 번째 인물은 당연히 세누마 가요(瀨沼夏葉) 여사를 꼽지 않으면 안 된다. 여사가 번역한 「사진첩」과 「미로」는 모두 메이지 36년(1903) 『문예구락부』에 발표되었다. 이것은 체호프의 최초 번역이다. … 체호프는 진주 같은 단편 형식과 뛰어난 유머로 당시 일부 작가들의 많은 성원

59 魯迅, 「文化偏至論」, 『魯迅全集 · 墳』 제1권, 56, 51쪽.

을 받았다.[60]

체호프는 고리키보다 늦게 일본에 소개되었으나 번역된 작품의 수량은 고리키보다 많을 뿐만 아니라 메이지 시기에 가장 많이 소개된 러시아 작가였다. 작품 등장의 총수는 104건에 달하고, 전체 메이지 시기 러시아문학 번역 총수의 약 15.6%를 차지하며 1903년에서 1912년 사이에 집중되었다. 『루쉰전집』을 펼쳐 보면 체호프에 대한 언급이 수십 차례에 달하고, 루쉰은 체호프 관련 책을 대량 소장했다. 이 모든 것은 이 시기에 그가 체호프와 만난 것과 결정적인 관련이 있다고 해야 할 것이다. 「제6병동」은 일본어로는 「6호실」로 번역되었고 두 종류의 번역본이 있다. 하나는 바바 고초(馬場孤蝶, 1869~1940)가 1906년 1월 『예원』藝苑 1월호에 발표한 것이고, 또 다른 하나는 세누마 가요(瀨沼夏葉, 1875~1915) 여사가 번역하여 같은 해 4월 『문예계』文藝界 4월호에 발표한 것이다. 1908년 10월에는 세누마 가요가 번역한 『러시아 문호 체호프 걸작집』이 출판되었는데, 여기에 「6호실」이 수록되어 있다.[61] 세누마 가요는 노보리 쇼무의 스승 세누마 가쿠사부로(瀨沼恪三郞, 1868~1945)의 부인으로 노보리 쇼무에 의해 "체호프를 소개한 첫 번째 인물"로 칭해졌다. 이외에 바바 고초, 오사나이 가오루(小山內薰, 1881~1928) 등이 모두 유명한 체호프 번역자들이다.

「제6병동」은 거의 같은 시기에 두 종의 번역본이 나옴으로써 체

60 昇曙夢, 『ロシア文學の傳來と影響』, 245~247쪽.

61 瀨沼夏葉 譯, 『露國文豪 チエホフ傑作集』, 獅子吼書房, 1908.

호프와 '병실 광인'은 무시할 수 없는 존재가 되었다. 이 두 종의 번역본이 나온 이듬해 후타바테이 시메이의 일역본 「광인일기」와 「두 광인」이 나온 것도 결코 우연은 아닌 듯한데, 그들의 인연 또한 검토해 볼 만하다. 앞서 서술한 1907년 『제국문학』에 발표한 「광인론」에서 "이제 막 우리 문단은 후타바테이 슈진의 영묘(靈妙)한 번역으로 러시아의 세 종류의 광인을 새롭게 얻게 되었다"라고 한 말은 광인이 문학 작품 속에 연달아 등장한 현상을 겨냥한 것이다. 이런 전제 아래 「제6병동」을 저우수런과 광인의 접점으로 고려하는 것이 '억지로 연관을 짓는' 것이겠는가? 최근 '일역본 「6호실」의 「광인일기」에 대한 영향'에 관한 연구를 보았는데,[62] 비록 이제 겨우 문제를 제출한 것이기는 하나 체호프와 루쉰의 접점을 찾고자 하는 구상은 옳다고 하겠다.

또 한 가지가 있다. 과거에는 그다지 언급하지 않은 듯한데 그것은 바로 체호프의 광인 이야기와 고리키의 광인 이야기의 구조적 동일성이다. 이 점은 고리키의 「두 광인」을 읽고 나서 비로소 의식하게 되었다. 앞서 소개했던 것처럼 「두 광인」은 한 사람이 광인의 정신에 이끌려 덩달아 미쳐가는 이야기인데, 이는 '6호실'에서 일어난 이야기와 대단히 비슷하다. '6호실'에는 5명의 정신병자가 갇혀 있다. 그런데 병원 원장은 그중의 한 귀족 출신 환자에게 정신적으로 이끌려서 이 환자의 도도한 연설이 매우 일리가 있다고 생각한다. 이에 원장

62 王晶晶, 「西方思想與中國現實的相遇 — 論「六號室」對「狂人日記」的影響」, 中國魯迅研究會·蘇州大學文學院 編, 『記念中國魯迅研究會成立四十周年學術討論會論文集』, 2019년 11월 13일~11월 15일.

도 정신병 환자로 간주되고 '6호실'에 갇혀 죽는다. 양자의 '정신의 전이' 구조는 완전히 똑같다. 체호프의 「제6병동」은 1892년에 발표되었고 고리키의 「실수」(즉 「두 광인」)은 1895년에 발표되었다. 친밀한 선후배 사이인 두 사람의 우정과 두 작품의 유사도로 볼 때 체호프가 고리키에게 영향을 주지 않았을까? 이것 역시 매우 흥미로운 문제다.

또 다른 짝이 있다. 고리키와 선후배 사이로 교류하던 안드레예프도 같은 이야기를 썼다. 그것은 바로 『붉은 웃음』, 일역본 『혈소기』다. 러일전쟁에 참가한 '나'는 전쟁터에서 사망한 핏빛의 웃는 얼굴을 보고, 후에 두 다리를 잃고 정신이상이 된다. 집으로 돌아온 지 얼마 되지 않아 그는 정신착란 속에 사망한다. 그런데 그가 전쟁터에서 가지고 온 광기는 여전히 서재를 맴돌고, 전쟁터에 가지 않았던 동생도 광기에 전염되어 발광하기에 이른다. 『붉은 웃음』은 두 선배 작가와 같은 정신의 전이 구조를 보여 준다. 3편의 작품은 모두 광인의 심리 변화를 묘사 대상으로 하는 광인 형상화의 모범이라고 할 수 있다.

안드레예프가 일본에 등장한 시기는 더욱 늦었다. 러일전쟁 종결 후에서야 비로소 작품이 번역되었다. 그런데 시간의 집중과 출판의 강도로 말하자면 안드레예프는 메이지 시기에 번역 소개된 외국 작가 중에서 첫 번째로 꼽힌다. 1906년 1월부터 1912년 11월까지 단 5년 사이에 안드레예프의 작품은 총 45건이 번역되었다.[63] 이것은 저우수런이 유학을 끝낼 즈음에 안드레예프에 관심을 가지고 번역을 시

63 통계는 다음에 근거했다. 塚原孝 編, 「アンドレーエフ飜譯作品目録」, 川戸道昭·中林良雄·榊原貴教 編輯, 『明治飜譯文學全集「飜譯家編」17 上田敏集』, 大空社, 2003.

작한 것과 시간적으로 일치한다. 바로 이런 배경이 그가 안드레예프와 접촉하는 환경과 계기가 되었다. 일본의 안드레예프 '수용'과 동시기 '루쉰'의 관계에 대해서는 이미 훌륭한 선행 연구들이 있다.[64] 나는 "루쉰이 일본의 안드레예프 열풍의 회오리 속에 있었다기보다는 그와 일본의 문학가들이 서로 경쟁하면서 번역 활동을 했다고 본다"[65]라는 인식의 도달점에 동의한다. 여기에서는 이 글의 논지와 관련이 있고 다른 연구에서는 언급되지 않는 내용만 이야기하고자 한다.

안드레예프는 러일전쟁이 끝난 뒤 일본에서 열렬히 읽혔다. 가장 중요한 원인은 그를 고리키 이후 문학 영역에 출현한 "통속화된 니체주의의 선구자"의 대표로 보았기 때문이고, "우리 나라의 한 시기 그가 환영을 받은 정도는 고리키 이상이었다".[66] '니체 척도'로 말하자면 안드레예프의 작품은 고리키보다 훨씬 더 짙었다. 이 점이 아마도 저우수런이 빠르게 안드레예프에게 다가간 중요한 원인이었을 것이다. 당시 번역, 소개된 작품 중에서 일본 문단을 가장 뒤흔들었던 것은 우선 『붉은 웃음』을 꼽을 수 있다. 후타바테이 시메이는 이 작품을 『혈소기』로 번역하여 1908년 1월 1일 『취미』 잡지 제3권 제1호에 부분 번역 즉, '전편(前編), 토막 제1'의 시작 부분을 게재하고, 같은 해 7월 7일 에키후샤(易風社)에서 완역한 단행본 『신역 혈소기』를 출판하고

64 大谷深(1963), 清水茂(1972), 川崎浹(1978), 藤井省三(1985), 和田芳英(2001), 塚原孝(2003, 2004), 安本隆子(2008), 梁艳(2013) 등이 있다.

65 藤井省三, 『ロシアの影 夏目漱石と魯迅』, 平凡社, 1985, 144쪽.

66 川崎浹, 「日本近代文學とアドレーエフ」, 日本近代文學館·小田切進 編, 『日本近代文學大事典』, 322쪽.

8월 8일에 재판을 찍었다.

러일전쟁이 남긴 후유증의 하나는 일본, 러시아 양국에서 전쟁으로 인해 미친 광인이 대량으로 나왔다는 것이다. "잔혹"의 재현으로 말하자면 『혈소기』는 강렬한 충격을 낳았고 당시 "아마도 문학이 생긴 이래로 이 소설이 효시가 될 것이다"[67]라고 하기도 했다. 이 작품은 전쟁의 광기를 일본 사회에 가져다주었고 일본 문단으로 들어가 경쟁적인 모방을 불러일으켰다. 4년 후 우치다 로안이 "소설 각본을 통하여 현대사회를 관찰하다"라는 장문 쓰기를 착수할 때, 그는 "『태양』 잡지에 응모하여 수상한 소설에 대한 조사"를 통하여 "광인 소설이 이미 비율이 너무 높다고 느끼"는 정도에 도달했고 묘사한 내용 "또한 안드레예프의 『혈소기』보다 훨씬 더 전율을 느끼게 한다"라는 것을 발견했다".[68]

"당신은 무서운가요?" 나는 가는 소리로 그에게 물었다.

지원병은 입술을 움직이며 무슨 말인가 하려고 했다. 이상하고 기괴하고 정말 말로 할 수 없는 일이 일어났다. 따듯한 바람이 나의 오른쪽 얼굴을 스쳤고 나는 잠시 멍해졌다. 기껏 이와 같았을 뿐이었지만, 그런데 눈앞에 있는 창백한 얼굴은 경련이 일더니 한 줄 선홍빛으로 찢어졌다. 마개를 딴 병의 주둥이처럼 선혈이 그곳에서 콸콸 밖으로

67 「『血笑記』の反響」, 『二葉亭四迷全集』 제4권, 岩波書店, 1964~1965, 436쪽.

68 內田魯庵, 「小説脚本を通じて觀たる現代社會」(初刊 『太陽』 제17권 제3호, 1911년 2월 15일), 稻垣達郎 編, 『明治文學全集 24·內田魯庵集』, 筑摩書房, 1978, 257쪽.

쏟아져 나왔다. 조잡한 간판에서 늘 보던 그림 같았다. 콸콸, 그 쫙 찢어진 선홍의 그곳에서 선혈이 흐르고 있었다. 이빨이 없어진 얼굴에서 맥없는 웃음이 머물러 있었다. 붉은 웃음이 머물러 있었다.[69]

이것은 안드레예프가 묘사한 '나'의 눈앞에서 탄환을 맞은 한 병사에게서 터져 나온 "붉은 웃음"의 상황이다.

안드레예프의 도래는 확실히 매우 갑작스러웠다. 위에서 서술한 바와 같이 단번에 수십 편의 작품이 번역되었고 당시 문단은 쉴 틈 없이 그것들을 영접했다. 모두 깜짝 놀랐고 어찌할 바도 몰랐다. 예컨대 노보리 쇼무가 당시에 쓴 일련의 평론으로부터 러시아문학 소개로 유명한 대가였던 그가 안드레예프를 마주하면서 느꼈던 주저와 동요를 분명하게 느낄 수 있다.[70] 우에다 빈이 안드레예프의 중편 『사상』 Мысль(1902)의 프랑스어판을 『마음』心[71]으로 번역하자 제목, 안드레예프 번역, 러시아문학과 전체 외국 문학의 번역, 오역, 중역, 일어 표현 등 일련의 문제를 둘러싸고 격렬한 논쟁이 벌어지기도 했다.[72] 유학 생활을 마무리하려던 저우수런은 안드레예프 '회오리' 곁에서 '회오리'의 파급과 영향을 받았고, 같은 보조로 판단하고 선택했다. 여기에는

---

69 アンドレーエフ, 二葉亭 譯, 『新譯血笑記』, 易風社, 27쪽.

70 예컨대 「露國新進作家に通じたる新傾向」(1909년 6월), 「露國新作家自敍傳」(1909년 8월), 「露國文壇消息」(1909년 8월) 등이 있다.

71 アンドレイエフ, 上田敏 譯, 『心』, 春陽堂, 1909.

72 이 논쟁에 관해서는 蓜島亙의 「ロシア文學飜譯者列傳」, 塚原孝의 「上田敏とアンドレーエフ」 참고할 수 있다. 『明治飜譯文學全集·飜譯家編 17 上田敏集』에 수록.

검토하고 연구할 만한 많은 문제가 잠복해 있다.

예컨대 최근 「광인일기」 발표 전후의 루쉰과 주변의 상호 영향을 자세히 조사하는 과정에서 1910년 『소설월보』에 실린 필명 '렁'(冷)의 번역 소설 『마음』을 발견하고 루쉰의 「광인일기」와 대조하며 읽은 학자가 있다. 그는 중국 근대문학 속의 '광인의 역사'에서 천징한의 「각성술」을 찾아낸 판보췬 선생을 이어 두 번째 예증을 제공함으로써 예민한 문제의식과 깊이 있는 발굴을 보여 주었다.[73] 나 또한 이로부터 얻은 바가 적지 않다. 『사상』은 안드레예프의 대표작으로 광인의 심리를 정밀하게 해부한 작품이다. 이로써 이 작품의 '광인의 경계 넘기 여정'의 노선이 분명하게 드러났다. 러시아어 Мысль(사상) → 프랑스어 L'epouvante(공포) → 일어 『心』(마음) → 렁의 번역 『心』(마음) → 지금 번역 『思想』(사상). 안드레예프의 『사상』을 「광인일기」의 비교항으로 간주하고 저우수런이 루쉰으로 성장하는 과정에서 만난 하나의 '광인'으로 간주한다면, 이 연쇄에서 그와 가장 가까웠던 것은 물론 우에다 빈의 일역본이다. 나는 우에다 빈의 일역본을 저본으로 한 '렁'의 같은 제목의 중국어 번역본을 자세히 대조함으로써 작품 전체에 오역, 누락 번역, 번역자의 창작으로 볼 수밖에 없는 '창작 번역'(?) 현상이 있음을 발견했다. 노보리 쇼무는 일찍이 러시아어 원서로 우에다 빈의 일역본을 대조하고 그중 많은 사소한 부분 — 사실 저본인 프

73 張麗華, 「文類的越界旅行 — 以魯迅「狂人日記」與安特來夫『心』的對讀爲中心」, 『中國學術』 제31집, 商務印書館, 2012. 여기에서 베이징대학 장리화 교수에게 진심으로 감사드린다.

랑스어 번역본에 문제가 적지 않다—에 대하여 생트집을 잡고 심하게 비난했다.[74] 이 표준에 따르면 '렁'의 번역본은 눈 뜨고 볼 수 없을 만큼 처참하다. "많은 이익"을 "적절한 수단"이라고 한 번역 등은 '화문한독법'(和文漢讀法)의 해악이다.[75] 이 정도의 일본어 수준으로는 긴 단락의 복잡한 심리묘사는 그저 생략하고 번역하지 않는 방법밖에 없다. 물론 문체의 독창성이나 작품으로서의 문장의 기세도 바라기 어렵다. 저우수런이 이런 번역본을 참조했을지에 대해서는 매우 회의적이다. 그런데 '광인의 경계 넘기'에서 『사상』의 위치와 의미는 대단히 토론할 만하다. '렁'이 번역한 『마음』의 발견의 의의는 『사상』의 실제 담지체로서 우에다 빈의 일역본이 존재했음을 다시 한번 일깨우는 데 있다.

상대적으로 광인 형상과의 만남이라는 의미에서 『혈소기』는 더욱 강력한 증거를 갖추고 있다. 이 작품은 저우수런의 전진 과정에서 하나의 이정표라고 할 수 있다. 그는 유학 생활을 마치기 전에 이 작품을 번역하기로 계획하고 심지어 예고도 했으나 실현하지는 못했다.[76] 그러나 이미 그와 안드레예프의 인연은 깊게 맺어졌다. 『역외소설집』에 수록된 저우수런의 손에서 나온 3편의 번역작 중에서 두 편이 안

---

74 藍島亙의 「ロシア文學飜譯者列傳」과 塚原孝의 「上田敏とアンドレーエフ」 참고.

75 アンドレイエフ, 上田敏 譯, 『心』, 159쪽; 俄國痕苔 原著, 冷 譯, 『心』, 『小說時報』 제1권 제6기, 37쪽.

[역자 주] '화문한독법'(和文漢讀法)은 일본어 문장을 중국어식으로 읽는 독법을 가리키는 말이다. 예컨대 본문에서처럼 일본어 '相當の手當'(많은 이익)을 '相當之手段'(적절한 수단)으로 번역하는 것이다.

76 魯迅, 「關於「關於紅笑」」, 『魯迅全集·集外集』 제7권, 125쪽.

드레예프의 「기만」과 「침묵」이고, 나머지 한 편은 안드레예프의 작품은 아니나 『혈소기』와 비슷한 가르신의 「나흘」이다. 「기만」과 「침묵」은 독일어판을 중역함으로써 일역본을 참조하지 않은 저우수런의 주체적인 선택을 보여 준 반면, 「나흘」은 분명 후타바테이 시메이의 일역본을 참조했다.[77] 여기서 보충하고자 하는 것은 후타바테이 시메이가 번역한 「나흘간」四日間은 두 개의 판본이 있는데, 첫 번째 판본은 1904년 7월 『신소설』에 필명 '가루신'(苅心, 즉 가르신)으로 발표한 것이고,[78] 두 번째 판본은 1907년 12월 출판한 『고리키 집』에 수록된 것이다. 앞서 언급했듯이 「두 광인」은 이 소설집에 수록되어 있다.

저우쭤런은 노보리 쇼무와 후타바테이 시메이의 번역에 대해 다음과 같이 말했다. "노보리 쇼무의 것은 그래도 성실하다고 할 수 있다. 후타바테이는 자신이 문인이므로 번역의 예술성이 더욱 높다. 다시 말하면 더욱 일본화했다. 이런 까닭으로 그것의 성실성은 훨씬 모자란다. 자료를 구하는 우리 같은 사람이 보기에는 참고 자료로나 사용할 수 있을 뿐이지 역술(譯述)의 근거로 삼기는 좋지 않다."[79] 실제적 사례를 찾고자 한다면, 아마도 「나흘간」의 첫 번째 판본을 꼽지 않으면 안 될 것이다. 이 번역본의 장면 배치는 러시아-투르크 전쟁에서 갑오전쟁의 조선 반도로 바뀌고 주인공도 일본 병사로 바뀌고 그의 눈앞에 나타난 것은 '지나 병사'다. 두 번째 판본에서는 이러한 상

77 3편의 텍스트에 관한 대조 분석은 다음을 참고하기 바란다. 穀行博, 「謾·默·四日 — 魯迅初期飜譯の諸相」(上, 下), 『大阪經大論集』 132, 135호, 1979년 11월, 1980년 5월.

78 이 판본은 불교대학 박사과정 張宇飛 군이 찾아 주었다.

79 周作人, 「七九 學俄文」, 『知堂回想錄』, 河北教育出版社, 2001, 249~250쪽.

황이 달라졌다. 저우수런이 참조한 것은 당연히 두 번째 판본이다. 그런데 안드레예프와 후타바테이 번역본에 관한 저우 씨 형제의 관점은 얼마간 노보리 쇼무의 영향을 받았음을 어렵지 않게 알 수 있다. "안드레예프의 문학은 사실주의, 상징주의, 신비주의 등 세 경향이 있다"[80]라고 한 노보리 쇼무의 판단은 더 말할 나위 없고 그의 후타바테이에 대한 평가는 훗날 저우쭤런이 한 말과 완전히 똑같다.

> 이것은 결코 후타바테이의 번역을 원망하는 것이 아니다. 나도 비판할 자격은 없으나 다만 후타바테이의 번역은 지나치게 예술화한 것이 아닌가 싶다. 그는 문장의 고수이고 뛰어난 필력은 심지어 원작자도 따라가지 못한다. 이 번역은 자연스럽게 후타바테이의 문장이 되어 버렸고 얼마간의 맛과 격조는 여기에서 제거되었다.[81]

안드레예프와 가르신이라는 이 선상에서 그 이후를 바라보면 더욱 많은 책이 보인다. 『현대소설역총』(1921)에 나오는 안드레예프의 「어둡고 고요한 안개 속에서」와 「책」, 루쉰이 도쿄에 있는 저우쭤런에게 "잊지 말고" 반드시 사서 돌아오라고 부탁한 「일곱 명의 사형수 이야기」[82], 형제 두 사람이 훗날 끊임없이 언급했던 가르신의 「붉은 꽃」 등이 있으나, 이것은 모두 훗날의 이야기다. 요컨대 체호프, 고리

80 昇曙夢, 『露西亞文學研究』. 300쪽.

81 昇曙夢, 「露西亞文學に學ぶべき點」, 『新潮』 제9권 제4호, 1908년 10월.

82 魯迅, 「190419 致周作人」, 『魯迅全集·書信』 제11권, 373쪽.

키, 안드레예프, 가르신 등의 글에 나오는 광인은 이처럼 다양한 문체의 경계 넘기를 통하여 섬나라에 들어왔고, 마침 '문예운동'에 종사하고 있던 저우 씨 형제 신변으로 모여들었고 특히, 그것은 저우수런의 심미적 선택사항이 되었다. 이들과 이전 인물들의 가장 큰 차이는 내면의 해부 형식으로 독자 앞에 나타나 어떤 한 '사상'에 집착하고 벗어나려 애써도 벗어나지 못하고 결과적으로 더욱 휘말려 들어가 훨씬 더한 '사상'의 심연으로 빠져들게 한다는 점이다. 이외에 또 한 가지 중요한 점이 있다. 그것은 바로 주인공들이 아주 보잘것없는 인물이라는 것이다. 그들은 「악마파 시의 힘에 대하여」 속의 "정신계의 전사"의 광인의 전화(轉化) 형식에 속하고 「『외침』 자서」에 나오는 "나는 결코 팔을 휘두르면 호응하는 사람들이 운집하는 영웅이 아니다"[83] 라는 인식의 도달점으로 가는 도중에 속한다는 것이다.

7. '광인미'의 발견

물론 위에서 언급한 소설들이 저우수런이 당시에 읽었던 전부는 아니다. 그의 독서량은 이 숫자를 훨씬 넘어선다. 최근 '백여 편의 외국 작품'이 도대체 어느 것인지 조사하고 대부분은 다 맞추어 본 매우 흥미로운 연구가 나왔다.[84]

83 魯迅, 「自序」, 『魯迅全集·吶喊』 제1권, 439~440쪽.

84 姜異新, 「百來篇外國作品尋繹 —留日生周樹人文學閱讀視域下的'文之覺'」(上, 下), 『魯迅

광인의 존재는 보여 주어야 할 필요가 있고 광인의 의미는 발견할 필요가 있다. 이것이 바로 광인에 관한 '평론'이 한 역할이다. 무쿄쿠의 「광인론」은 「광인일기」와 「두 광인」을 통하여 '광인미'를 발견했다. 즉, 처음으로 광인을 심미의 층위로 끌어올려 다루었다. 많은 광인의 등장과 "세간의 도덕가, 종교가, 교육가"의 비난을 마주한 평론가 하세가와 텐케이는 1909년 3월 1일 「문학의 광인」이라는 제목의 긴 평론으로 직접 회답했다. 그는 문학은 광인을 쓰는 것이고 미침이 없으면 문학이 아니라고 했다. "정신착란의 취향을 제거하면 문학사라고 하는 창고는 거의 텅 비어 버린다." 그는 유럽과 "우리 나라(일본) 문학"의 "광(狂)적 인물" 현상을 열거한 뒤 지적했다. "문학은 사회의 반응이다. 따라서 문학에 광자(狂者)가 많이 보이는 것은 실제 사회에서 광자 경향을 가진 사람이 점점 증가하고 있음을 인정하지 않을 수 없다는 것이다."[85] 이어서 그는 광성(狂性)을 만든 원인과 종류, 고금의 광인에 대한 심미관과 묘사 방식의 차이를 분석하고 마지막으로 '광'에 표현된 "인생의 의미를 긍정했다".

> 세상 사람들은 걸핏하면 광인에게는 인생의 의미를 찾을 수 없다고 말한다. 사람들은 모두 평범한 생활을 표준으로 삼기 때문이다. 나는 광인의 몸에서 얼마간 엄숙한 인생의 의미를 보았다.
>
> 사람들의 몸에는 허식, 위선, 과장 등 얼마간의 외관을 두르고 있다.

研究月刊』, 2020년 제1, 2기.

85 長谷川天溪, 「文學の狂的分子」, 『太陽』 제15권 제4호, 1909년 3월 1일, 153, 155쪽.

그런데 광은 이러한 은폐물을 제거하고 적나라한 인생을 보여 줄 수 있다. … 어떤 광인이든지 현실의 인생을 벗어나서 존재할 수는 없다.[86]

하세가와 텐케이에 호응이라도 하는 것처럼, 노보리 쇼무는 즉시 『니로쿠신문』二六新聞에 「러시아문학 속의 광인」을 3회에 걸쳐 연재했다. 이 글은 "러시아문학에는 지금까지 광인이 풍부하다"로 시작하여 도스토옙스키, 톨스토이, 고골, 고리키, 가르신 등의 광인에 대한 심리묘사를 소개하고 마지막으로 안드레예프의 「나의 일기」에 중점을 두고 "대단히 의미심장한 심리소설"이며 "도스토옙스키의 심각한 공포에 감동한 독자라면 반드시 안드레예프에게서도 새로운 전율을 느낄 것이다"라고 했다.[87]

러시아문학에는 광인이 많이 나온다고 한 노보리 쇼무의 말은 메이지시기 러시아문학에 대한 번역, 소개 과정을 회고하는 중에 나온 하나의 이론적 귀납이자 발견으로 러시아의 모종의 문학적 특징에 관한 재확인이라는 의미가 있다고 볼 수 있다. 사실상 메이지시기 도스토옙스키를 가장 빨리 번역한 인물 중 하나인 우치다 로안은 15년 전인 1894년 『학대받은 사람들』(1860)을 연재하면서 이미 도스토옙스키 작품의 '광기'에 주목하였다. "도스토옙스키는 광인을 묘사했다. 과학자가 관찰하지 못한 것을 포착하고 대단히 세밀하게 묘사했다. 그

86 長谷川天溪, 「文學の狂的分子」, 『太陽』 제15권 제4호, 180쪽.

87 昇曙夢, 「露國文學に於ける狂的分子」(上, 中, 下), 『二六暫門』 1909년 8월 5, 6. 7일.

의 『죄와 벌』은 문학계에 영향을 주었을 뿐만 아니라 과학계까지 미쳤는데, 그 영향력은 일반적이지 않았다."[88] 훗날 루쉰은 다음과 같이 말했다. 그는 "젊은 시절" 도스토옙스키의 『가난한 사람들』을 읽으면서 "그의 노년 같은 적막"에 놀랐고, "의학자가 종종 병적 상태로 도스토옙스키의 작품을 해석하"는 "롬브로소식"의 설명에 주목하고 동시에 "신경증 환자"로서의 도스토옙스키 씨의 의미를 다시 한번 확인했다. "설령 그가 신경증 환자, 러시아 전제 시대의 신경증 환자라고 해도 그와 비슷한 중압을 겪는다면 그것을 겪으면 겪을수록 그의 과장 속의 진실, 으스스한 뜨거운 열정, 곧 파열될 인내를 더 잘 이해할 수 있게 되고, 따라서 그를 사랑하게 될 것이다."[89] 『가난한 사람들』(1846)의 최초 번역본이자 메이지 시기 유일한 일역본은 『문예구락부』 1904년 4월호에 발표한 가요 여사의 『가난한 소녀』다.[90] 이것은 완역이 아닌 부분 번역으로 주인공 바르바라가 남자 주인공에게 전해준 그녀의 일기 부분이다. "젊은 시절" 저우수런이 읽은 것은 이 번역본일 가능성이 크다. 그러나 『가난한 사람들』은 신경증적인 것이 있다고 해도 결코 광기가 있는 작품은 아니다. 그렇다면 도스토옙스키가 저우수런에게 준 '신경증' 방면의 계시는 다른 작품에서 찾아야 할

---

88 不知庵主人 譯, 「ドストエースキイの 『損辱』前言」(『國民之友』 제14권, 제227호), 川戸道昭·榊原貴教 編輯, 『明治飜譯文學全集「新聞雜誌編」45 ドストエフスキー集』, 大空社, 1998. 「ドストエースキイの 『損辱』」은 『國民之友』에 1894년 5월~1895년 6월까지 연재했다.

89 魯迅, 「陀思妥夫斯基的事」, 『魯迅全集·且介亭雜文二集』 제6권, 425~426쪽.

90 ドストエースキイ, 夏葉女史 譯, 『貧しき少女』(『文藝倶樂部』 1904년 4월호), 『明治飜譯文學全集「新聞雜誌編」45 ドストエフスキー集』.

필요가 있을 것이다.

요컨대 우치다 로안, 무쿄쿠, 하세가와, 노보리 쇼무 등의 평론은 당시 '광인' 인식론의 도달점을 대표한다. 그들은 우선 광인을 발견하고 이 기초에서 광인의 특징과 의미를 해석하고 광인의 심미 의식에 관한 각성을 환기했다는 점에서 커다란 의미가 있다. 저우수런은 이 출발선에서 시작해서 계속해서 앞으로 나아갔다. 그런데 그가 한 일은 과거 「악마파 시의 힘에 대하여」를 쓸 때처럼 광인에 관한 작품론을 쓴 것이 아니라 자신이 읽은 작품 중에서 광기가 있는 작품을 선택하여 약간의 번역을 시도한 것이다. 「기만」, 「침묵」, 「나흘」, 『붉은 웃음』은 저우수런의 광인 심미 의식의 확립을 상징할 뿐만 아니라 그가 광인 형상화의 글쓰기라는 실천 과정으로 들어가기 시작했음을 의미한다. 일본어, 독일어와 기타 언어로 읽기 시작하여 원작의 언어 형상을 충분히 헤아리고 마음으로 그것의 의미를 그렸다. 다시 자신의 모어에서 가장 적절한 단어와 표현 방식을 선택하여 그것의 형식과 의미를 새롭게 구성함으로써 원어의 세계로부터 완전히 독립된 또 다른 세계가 되었다. 이것은 '외국어를 중국어로 변환'하는 언어적 층위를 훨씬 넘어서서 또 다른 문체와 또 다른 경계를 새롭게 창조하는 것이다. 서쪽에서 중국으로 불경을 들여왔을 때 세상 사람들은 모두 부처가 그렇게 말한 것이라고 여겼으나 사실 그렇지 않았다. 부처가 한 말은 결코 지금 보는 '경'(經) 속의 그러한 말이 아니다. '경'에서 하는 말은 모두 한자로 번역된 것이다. 번역한다는 것은 언어가 아니라 경계(境)이고, 언어로 경계를 만드는 것이다. 저우수런이 번역본으로 완성한 것은 이러한 '경계'의 이식이다. 이것은 그 자체로 일종의 창조다. 후스는 『역외소설집』이 "가장 뛰어난 고문으로 번역"한 소설이고, "고문으로 한 소설 번역 중에서 가장 훌륭하다"라고 했다.[91] 저우 씨 형제가 경험한 일본에서의 정신적 역정에 대하여 자세하게 이해했다고는 할 수 없어도 작품에 기반한 그의 평가는 대단히 정확하다. 저우수런은 번역과 문체의 재생을 통하여 안드레예프와 가르신 등의 광인 심리에 대한 묘사에 한층 더 익숙해졌을 뿐만 아니라 광인을 묘사하는 언어를 장악하고 어떻게 묘사하는지를 알게 되었다.

8. '광인'의 경계 넘기의 도착

저우수런은 일본 유학 생활을 마치고 중국에 돌아와 9년 뒤 '루쉰'이라는 필명으로 「광인일기」를 발표했다. 이것은 중국 '광인'의 탄생을 의미하고 작가 '루쉰'의 탄생을 의미한다. 사람들이 이 작품의 색다른 형식, 색다른 인물, 색다른 언어와 문체 등에 깜짝 놀랐다는 것은 말할 필요도 없다. 「광인일기」는 중국문학이 새로운 한 페이지를 여는 상징적 사건이 되었다. 그런데 작가 자신으로 말하자면 이것은 그가 내내 함께한 '광인의 경계 넘기' 여정의 최종적 도착에 불과했다.

우선 이 글에서 서술한 범위에서 말하면, 1899년 곤노 구코가 번역한 고골의 「광인일기」가 광인이 일본으로 넘어온 경계 넘기의 첫

91 胡適, 1958년 5월 4일 강연, 「中國文藝復興運動」, 『胡適全集·胡適時論集』 제8권, "中研院"近史所胡適記念館, 2018, 30쪽.

번째 정류장이었다고 한다면 1902년 마쓰바라 니쥬산카이도가 창작한 「광인일기」는 이 경계를 넘은 '광인'이 변신하여 토착화된 두 번째 정류장이다. 1906년 체호프의 「6호실」은 동시에 두 종의 번역본이 나왔고, 이듬해 후타바테이 시메이는 고골의 「광인일기」를 다시 번역하고 동시에 고리키의 「두 광인」을 내놓았다. 이에 문예계는 광인에 대한 대단한 관심으로 응집하기 시작했다. 『제국문학』에는 무쿄쿠의 「광인론」 같은 무게 있는 평론이 실렸고 '광인 조소', '광인 음악', '광인의 집', '광인과 문학' 등의 광인에 관한 일대 소란이 따라왔다. 이것은 광인의 경계 넘기의 세 번째 정류장이라고 할 수 있다. 다시 세분하면, 이후의 '안드레예프' 대만원 사태 — '고리키 열풍'에 바짝 이어 출현하여 그 사이의 거리는 그다지 분명하지 않다 — 와 일본 문예 청년들의 창작에서 "전율을 일게 하"는 안드레예프의 『혈소기』에 대한 모방과 유명한 문예평론가들의 문학 속의 '광적 인물'에 대한 미학적 해석은 메이지 일본에서 이미 광인을 수용하고 번식하는 토양 조건을 보편적으로 갖추었음을 의미한다. 이것은 '광인의 경계 넘기'의 네 번째 정류장이라고 할 수 있다. 물론 이 글에서 말하는 '경계 넘기'는 결코 단순하게 언어에서의 국가 간의 경계 넘기를 가리키는 것이 아니다. 보다 큰 의미에서 광인이 처한 곳의 정신적 경계, 그리고 가로지르는 변화를 가리킨다. 문예 창작의 준비라는 관점에서 말하면, 저우수런은 완전히 이 광인의 경계 넘기 과정과 함께했다. 그는 거기에 깊숙이 빠져들었고 작품의 독서 체험과 비평 훈련을 경험하고 번역이라는 작업으로 광인의 '경계'(境)를 이식했다. 저우수런이 『역외소설집』에 남긴 3편의 번역은 광인에 대한 인식이 자각의 높이에 도달한 산물이자 광인을 내면화하여 '광인의 경계'를 다시 만든 작업이 남긴 기록이다. 이것은 광인이 경계를 넘어 도착한 다섯 번째 정류장이라고 할 수 있다. 광인 형상은 번역을 통하여 저우수런의 정신적 경계에 우뚝 섰다. 이것은 광인의 중국을 향한 경계 넘기의 시작이다. 저우수런은 '그'의 안내자다. 아니, '그'는 「그림자의 고별」의 '그림자'[92]처럼 그의 뒤에 바짝 붙어 떨어지지 않았다. 중국에서 '광인'과 이 정도로 교류한 사람은 당시에도 지금도 제2의 인물을 찾기 어렵다. 이런 까닭으로 루쉰이 사람들이 그의 「광인일기」에 놀라움을 느꼈다는 것에 관해 이야기할 때, 이 글의 시작에서 인용한 말을 할 수 있는 자격을 가장 잘 갖추고 있었다. 이것은 "지금까지 유럽 대륙문학을 소개하는 데 게을리한 까닭이다".

다음으로, 여기에서 말하는 '유럽 대륙문학'은 물론 유럽, 미국, 러시아, 동유럽 문학을 포함하나 광인 작품의 주요 담지체는 아무래도 러시아문학이다. 러시아문학, 정확하게 말하면 메이지 일본에 전해진 러시아문학은 저우수런이 광인과 접촉하는 계기를 만들었다. 러시아문학의 번역, 소개는 주로 메이지 후반 20년간 집중되었다. 총 650여 건의 러시아 작품이 일본어로 번역되었다. 수많은 역자, 수많은 언어(러시아어, 영어, 불어, 독일어 등), 수많은 출처, 많은 수량, 대대적인 규모 등은 중국 현대문학 연구자의 짐작을 훌쩍 뛰어넘는다. 저우수런의 광범위한 독서가 사람들의 짐작을 훌쩍 뛰어넘는 것과 마찬가지다. 한마디 덧붙이자면 2019년 저우수런의 독서사에 관한 두 가지

92 魯迅, 「影的告別」, 『魯迅全集·野草』 제2권, 169~170쪽.

중요한 취재원이 발견되었다. 하나는 「과학사교편」의 완전한 취재원이고 다른 하나는 「악마파 시의 힘에 대하여」의 마지막에 나오는 '코롤렌코'의 취재원이다.[93] 이러한 발견은 저우수런이 도대체 어떤 것을 읽었는지가 여전히 앞으로의 과제라는 것을 의미한다. 그런데 "당시 일본의 러시아문학 번역은 아직 그리 발달하지 않았다"[94]라고 한 저우쭤런의 인상은 수정해야 할 것 같다. 러시아문학에 대한 형의 접촉, 인상과 차이를 보인다. 저우수런이 러시아문학과 맺은 문자의 인연은 거의 모두 그의 유학 시절에 시작되었고 그 이후가 아니다. 훗날 소련 문예와의 관계 역시 이 연장선에 있음은 말할 필요도 없다. 러시아문학이 대대적으로 번역, 소개된 것은 러일전쟁이라는 배경과 분리할 수 없다. 그런데 러시아 지식인의 전제(專制)에 대한 반항, 인성의 추악함과 선량함에 대한 대담한 해부, 다양한 방식으로 전개한 정신적 투쟁은 일본 지식계의 공명을 불러일으켰다. 저우수런이 유학하던 시기 일본의 지식계는 니체를 기치로 국가주의의 고압 아래에서 '자아'의 공간을 확보했다. 이런 까닭에 '개인', '개성', '정신', '영혼', '초인', '천재', '시인', '철인'(哲人), '의지력의 인간', '정신계의 전사', '진짜 사람'이 그들의 항쟁의 무기가 되었을 때 적국 러시아의 문학은 그들의 최대 원군이 되었다. '국가'와 '시인'의 대척에서 그들은 '시인'을 선택했다. 설령 적국의 '시인'이라고 하더라도 말이다. 예컨대, 노노히

93 宋聲泉, 「「科學史教篇」藍本考略」, 『中國現代文學研究叢刊』 2019년 제1기; 張宇飛, 「一個新材源的發現 — 關於魯迅「摩羅詩力說」中的'凱羅連珂'」, 『魯迅研究月刊』 2020년 제1기.

94 「關於魯迅之二」, 周作人, 止庵 校訂, 『魯迅的青年時代』, 129쪽.

토의 「국가와 시인」이 대표적이다. 그의 「국가와 시인」은 "단독으로서의 사람의 확립을 주장하는 언설 중에서 루쉰의 문장과 가장 친연성이 있다".[95]

> 누군가 소리치며 말한다. "지금의 세상에서 국가의 대(大) 이상을 구가하고 국가의 팽창을 찬미하는 시인이 있겠는가?" 우리는 감히 말한다. 이른바 국가라는 것에 어찌 이상이 있겠는가! 그곳에는 토지, 사람, 질서가 있을 뿐, 어찌 이상이 있을 수 있겠는가! 만약 국가에 이상이 있다면, 또한 국가에서 태어난 위대한 천재의 창조 외에 다른 것은 없다.
>
> 우리는 꼭 국가의 팽창과 번영을 기원하지 않는다. 그것이 장차 파괴되고 멸망하는 것도 우리가 두려워하는 바가 아니다. 그리스는 비록 망했지만 『호메로스』는 지금까지 살아 있다. 단테의 나라는 지금 비록 존재하지 않지만 『신곡』은 아직 살아 있다. 우리는 오로지 위대하고 이상적인 천재가 영원히 세상에 존재한다는 것을 선포하기를 희망한다. 국가는 천재가 있어야 비로소 살아갈 수 있고 그것의 가장 큰 영광과 위엄은 실제로 천재 외에 다른 것은 없다. … 천재의 큰 이상은 무엇인가? 우리에게 영혼의 힘으로 인격을 강화하는 것을 가르쳐 주고 위로 나아가는 개성 활동의 의미를 전해 주고 우리가 광명을 향해 걸어가도록 인도하는 자가 바로 천재다.
>
> 위대한 국가는 언제나 자신을 채찍질하고 자신의 소리를 경계한다.

95　中島長文, 『ふくろうの声 魯迅の近代』, 平凡社, 2001, 20쪽.

전제적이고 부자유한 러시아는 이처럼 자유와 개인주의를 창도하는 시인, 천재가 출현하여 러시아의 위대함을 더욱 잘 드러냈다. 대저 시인, 천재의 소리는 곧 인생의 가장 높은 영혼의 활동이다. 영혼이 활동하는 곳에서는 그곳의 땅, 그곳의 민중은 반드시 위대하고 반드시 강성하다. 러시아는 진실로 위대하다…

국가는 방편이고 '사람'이 곧 이상이다. '사람'이 존재하지 않으면 국가는 의미가 없다. 그러므로 영혼이 없는 나라, 사람의 소리가 없는 나라에 대하여 우리는 하루라도 그것의 존재를 덕(德)이라고 여기지 않는다. 세계의 세력이라고 자칭하고 허영과 찬미에 도취된 사람이 세상에는 많다. 그런데 불쌍한 국민이 끝내 인생의 복음을 들을 수 있을까? 오호라, 우리가 오랫동안 우리 국어로 '사람'의 의미를 알지 못한다면, 우리는 차라리 망국의 백성이 될 수밖에 없고 동해 위를 떠도는 사람이 될 수밖에 없다.[96]

이상은 마침 "사람 세우기"(立人)를 하고 있었던 저우수런으로 말하자면 "한 번 잡고 당기면 마음의 현이 바로 호응"하는 "사람의 마음을 어지럽히"는 소리다.[97] 니체 필터 아래 그침 없이 들어온 러시아문학은 그의 동반자가 되었다. 그가 「악마파 시의 힘에 대하여」을 씀으로써 '시인', '개인', '천재', '철인', '정신계의 전사', '진짜 사람'에 관

96 齋藤野の人, 「國家と詩人」, 『帝國文學』 제9권 제6호, 1903년 6월. 강조점은 원문에 있는 것이다.

97 魯迅, 「摩羅詩力說」, 「文化偏至論」, 『魯迅全集·墳』 제1권, 70, 58쪽.

한 자신의 정신 만들기를 완성하고 훗날의 '광인' 만들기를 위한 충분한 정신적 자질을 준비했다고 한다면, 그가 러시아문학으로부터 먼저 배운 것은 정신 해부와 언어적 측면에서의 실험이었다. 다시 말하자면 독서와 번역을 통하여 그는 현실을 관찰하는 광인의 시각과 이 시각의 표현 방법을 경험하고 학습했다. 관점을 바꾸어 다음과 같이 말할 수도 있다. 「악마파 시의 힘에 대하여」와 기타 같은 시기에 쓴 몇 편의 논문만으로는 「광인일기」를 충분히 설명하기 어렵다. 그 사이에 존재하는 참조와 방법적 실천으로서의 고리가 빠졌기 때문이다. 이 글에서 보여 준 저우수런과 긴밀하게 함께 한 '광인의 경계 넘기' 여정은 바로 이 고리의 보충이다. 이런 의미에서 내가 앞의 글에서 내린 결론을 다시 한번 반복할 수 있다. "저우수런은 실제적으로 완전한 '광인'의 추형을 가지고 귀국했"고, "이 '광인'은 한 시대의 광인 언설에 관한 응집이자, 작가가 그것을 내질화(內質化)한 이후에 재창조한 생산물이다. 그것이 가장 먼저 루쉰 문학정신의 인물 담지체가 된 것은 필연이었다".

그렇다면 광인의 경계 넘기 여정의 다섯 번째 정류장 이후 「광인일기」에 도달하기 이전 저우수런과 함께 한 광인은 '정류장'이라고 부를 수 있는 자취를 남겼는가? 저우수런이 이 시기에 남긴 글 가운데 오로지 1913년 4월 25일 『소설월보』 4권 1호에 발표한 「회고」懷舊는 주목할 만한 것 같다. 이것은 사숙에서 공부하는 '9세' 아동 '나'의 시각에서 본 이야기이다. '나'는 놀기 좋아하고 공부를 싫어하여 그에게 『논어』를 가르치는 '대머리 선생님'을 미워한다. '40여 년' 전의 '장발'은 주위 어른들에게 공포스러운 기억을 남겼다. '장발'이 올 것이라는 소리만 들려도 덜덜 떨면서 도망갈 준비를 할 정도다. 마침내 잘못 전해진 소식으로 사람들이 괜히 놀랐다는 것을 알게 되는데, '나'는 '대머리 선생님' 등을 비롯한 사람들의 낭패를 실컷 구경한다. 나의 결론은 「회고」가 「광인일기」와 어떤 관계가 있다기보다는 「광인일기」 이후에 창작된 작품과의 관련성이 훨씬 큰 것 같다는 것이다. 사숙, 향신(鄕紳), 장발, 보모, 허둥지둥 등은 훗날 다음과 같은 작품 속에 녹아들어 갔다. 「키다리와 『산해경』」, 「오창묘의 제놀이」, 「백초원에서 삼미서옥으로」, 「24효도」, 「아Q정전」 등이다. 마지막 한 편을 제외하고—'혁명당'에 관한 풍문이 가져온 공포와 낭패는 「회고」에서 허둥지둥하는 사람들을 완전히 복제했다—나머지는 모두 『아침꽃 저녁에 줍다』에 들어가 있는데, 여기서도 「회고」가 광인 계열이 아니라 "옛일을 다시 끄집어내"(舊事重提: 『아침꽃 저녁에 줍다』의 원래 제목)는 '회고' 계열에 속함을 알 수 있다. 이 작품은 저우수런이 안드레예프와 가르신을 번역한 뒤 처음으로 시도한 창작이다. 내용으로 말하자면, 그는 회상을 통하여 본토와 마주하기 시작하고 더불어 고골, 도스토옙스키, 체호프와 유사한 소설 쓰기를 시도하려고 생각했다. 하지만 당시의 그로 말하자면 이러한 것들은 잠재된 과제였던 것 같다. 이런 까닭으로 약간의 시도 후 바로 그만두고 사람들에게 내보이지 않았다—이 작품은 루쉰 생전에 수집되지 않았다. 당시 그는 아직 어제의 '악마파 시인'이 그에게 가져다준 "피와 쇠, 화염과 독, 회복과 복수"의 "피비린내 나는 노랫소리"에 침잠하고 벗어날 수 없는 "안드레예프식의 음랭(陰冷)함"에 쌓여 "적막"과 "철방"에서 숨도 못 쉴 정도의 질식 상태에 있었기 때문이다.[98] 오랫동안 축적된 생명 의지의 분출점은 광인의 외침일 수밖에 없었다. '광인의 경계 넘기'의 도착 지점에서 1918년의 저우수런을 돌이켜보면 차라리 쓰지 않든지, 만약에 쓴다면 「광인일기」를 쓸 수밖에 없었을 것이다.

98 魯迅, 「希望」, 『魯迅全集·野草』 제2권, 181쪽; 「『中國新文學大系·小說二集』序」, 『魯迅全集·且介亭雜文二集』 제6권, 247쪽; 「自序」, 『魯迅全集·吶喊』 제1권, 441쪽.

저자 후기

먼 곳의 풍경에 이끌리면 발걸음을 멈추고 과거를 돌아보거나 향수를 맛보게 된다. 어쩌면 '회갑'이 지나서인지 모르겠다. 이번 저장고적출판사의 정성 어린 요청에 응하여 이 문집을 편집하게 되었는데, 이를 빌려 나의 과거, 현재의 연구와 도달점에 대해 정리하고 회고했다.

요 몇 년간 주로 저우수런의 유학 시절 독서사를 실마리로 이 유학생이 어떻게 '루쉰'으로 '변신'(羽化)했는지에 관한 비밀을 연구했다. 문학가의 텍스트는 그가 세상에 남긴 외재적 형태자 그에게 접근하는 입구자 플랫폼이다. 그런데 한 작가의 작품, 한 작가의 텍스트가 어떻게 생성되었는지를 깊이 있게 검토하고자 한다면 작품을 읽는 것만으로는, 다시 말해 외재적 형태를 통해서 파악하는 것만으로는 충분하지 않다. 한 걸음 더 나아가 그가 창작을 위해서 어떤 것들을 읽었고 어떤 일들을 경험했고 어떤 것들이 최종적으로 그의 텍스트로 전화했는지를 검토해야 한다. 작가의 텍스트 탄생의 전사, 특히 작가의 정신 구성의 역사에 깊이 들어가야만 비로소 거꾸로 작가에게 들어

갈 수 있고, 따라서 그의 텍스트를 더욱 깊이 있게 이해할 수 있게 된다. 이는 어쩌면 늙은 서생의 상투적인 말일 뿐 무슨 경험이라고 할 것도 없다. 그런데 실제 운용의 층위에서 최근 내가 애쓴 작업은 바로 저 우수런의 정신 성장을 그가 실제로 읽은 텍스트 층위로 옮기는 것이었다. 혹은 가능하면 텍스트 층위에서 그의 정신 구성의 경로를 파악하고 그곳으로 되돌리고자 했으며, 이렇게 함으로써 추상적인 루쉰의 정신사 서술에 약간의 가시화된 내용을 보탤 수 있었다.

지금 돌이켜 보면 루쉰의 독서사 탐색에서 언급한 도서 목록은 은연중에 나의 최근 독서사의 일부분이 되었다. 그리고 '최근'이라고 한 것은 나의 시간에 대한 감각이지 실제적으로는 이 책에 수록한 글과 검토한 문제는 대부분 십몇 년, 이십몇 년 전으로 소급할 수 있다. 나 자신의 감각으로는 막 시작한 것 같으나 일종의 착각이다. 자신을 중심으로 연구하고 자신의 과제에 집중하는 것은 학인의 본분이다. 따라서 하나를 완성하면 곧 다른 하나를 시작하고, 완성한 것을 발표하는 것은 한 단락을 매듭짓는 셈이고 이후에 어떻게 될지는 신경 쓰지 않았다. 그런데 지금에서야 깨달았다. 이 한 길로 걸어오면서 비록 많이 걸어온 것은 아니라고 해도 개인의 공부로 말하자면 여러 선생님과 선배의 은혜를 입었고 대부분이 그들이 과거에 남긴 발자취를 따라갔다. 동년배 학자와 청년 세대 학자의 반응, 지원 그리고 비평 또한 은연중에 '외롭지 않게 걸어가는 길'의 조력이 되었다. 이것에 대해 나의 마음은 감격으로 충만하다.

장멍양의 「문화간 대화 속에 형성된 '동아 루쉰'」(2007)를 통해 나는 처음으로 제삼자의 거울로 나 자신의 소소한 자취를 조망할 수 있게 되었다. 청년 학자 주싱춘(朱幸純)의 「저우수런은 어떻게 루쉰이 되었는가 — 리둥무의 『루쉰 정신사 탐색』을 평하다」(2020), 장충하오(張叢皞)의 「루쉰 연구의 새로운 문을 열다 — 리둥무의 루쉰 정신사 연구와 그 영향」(2021)을 통해서 나는 타자의 주시와 해석이 종종 본인의 인지보다 훨씬 정확하고 훨씬 요령 있음을 알 수 있게 되었고, 이로써 학술적 대화의 희열을 맛보았다. 더불어 나는 이 책의 내용이 외부 세계와의 대화 기제를 만들어 냈음을 알고서 무엇보다 기뻤다.

2019년 내가 재직하고 있는 불교대학에서 1년 동안 해외 연구년의 기회를 얻어 모교 지린(吉林)대학을 방문했다. 1년 동안 각계의 배려로 나는 이 책 중의 여러 과제, 여러 대학과 연구 기구와 교류할 수 있었다. 이를 통해 기왕의 연구를 충실하고 완전하게 할 수 있었을 뿐만 아니라 새로운 과제와 연구를 전개하는 데도 자극을 받았다. 삼가 이 자리에서 2019년 이래 시간 순서대로 나의 방문과 학술 발표를 요청한 여러 대학과 연구 기구에 충심으로 감사를 표하고 싶다! 타이완 중앙연구원 근대사연구소, 상하이교통대학, 네이멍구민족대학, 지린대학, 푸단대학, 베이징제2외국어학원, 동베이사범대학, 화둥사범대학, 샤오싱문리학원, 칭다오대학, 산둥사회과학원, 산둥사범대학, 쑤저우대학, 중국루쉰연구회 2019년 회의, 베이징대학, 중국사회과학원 문학연구소, 베이징 『동방역사평론』, 불교대학, 일본화문여작가협회(Trip7 TV), 광시사범대학, 중국루쉰연구회 2022년 회의.

동시에 졸고를 게재한 학술 잡지와 출판 기구에도 감사를 표한다. 『간사이외국어대학연구논집』, 『(불교대학) 문학부논집』, 『루쉰연구월간』, 『둥웨논총』東岳論叢, 『문사철』, 『산둥사범대학학보』, 『아주(亞

洲)개념사연구』, 『현대중문연구학간』, 『지린대학학보』, 『문학평론』, 『신화문적』新華文摘, 교토대학 인문과학연구소, 홍콩삼련서점, 베이징 삼련서점, 슈웨이(秀威)정보과기주식회사, 장쑤인민출판사. 이 중에서 8년 동안 나의 '「광인일기」론' 세 편을 게재하고 세 차례에 걸쳐 '편집자 후기'로 논문의 중점을 소개해 준 『문학평론』, 그리고 거의 전문을 실어 준 『신화문적』에 대해서 깊은 감사의 마음을 새기고 있다.

마지막으로 불교대학 박사 졸업 후 시베이(西北)대학에서 박사후로서 연구하고 있는 장위페이(張宇飛) 군과 난징대학의 박사과정생이자 현재 불교대학 초빙 연구원으로 있는 탄위팅(譚宇婷) 동학을 언급해야 한다. 이 두 동학은 졸고의 교정을 도와주고 많은 귀중한 의견을 제시했다. 이렇게라도 젊은 세대의 학인들과 대화를 할 수 있었던 것은 나에게 영광이었다. 여기에서 감사를 표한다.

때는 세밑, 근처 절에서 곧 종소리가 울릴 것이다. 이 종소리가 코로나 팬데믹과의 전쟁을 종식하고 밝은 평화를 열어 주기 바란다. 눈으로 볼 수 있든 없든 간에 나는 먼 곳에서 아름다운 풍경이 펼쳐지고 있을 것이라고 믿는다. 지금 쓰는 마침표는 새로운 출발의 부호다.

리둥무

2022년 12월 31일

쿄토 무라사키노에서 쓰다

역자 후기

이 책은 일본 불교대학 리둥무 교수의 『월경: 루쉰의 탄생』(원제)의 부분 번역이다. 오랫동안 '루쉰과 일본'의 관계에 관해 연구하고 있는 리 교수의 글은 늘 주목하고 좇아 읽고 있었다. 번역을 결심하게 된 것은 이보경 선생이 2020년 초 코로나로 봉쇄되기 직전 자료 수집을 겸해 타이완을 방문한 것이 계기가 되었다. 서점을 돌아다니다 눈에 띈 리 교수의 『루쉰 정신사 탐원』魯迅精神史探源(2권)을 들고 귀국한 것이다. 이 책을 전체적으로 훑어본 서유진 선생이 번역을 해 보자고 했다. 루쉰은 물론이고 한국을 포함한 동아시아 '근대'를 해석하는 데 훌륭한 참고 자료가 될 것이라고 했다. 저자에게 번역 의사를 타진하자 마침 중국에서 이 두 권을 수정, 보완하여 새롭게 출판할 예정이니 잠시만 기다리라는 회답을 받았다. 그런데 코로나 등의 문제로 순조롭게 진행되지 않았고 일정은 하염없이 지체되었으나 그 와중에도 저자, 출판사의 편집인과 메일, 원고를 주고받으며 번역을 진행했다. 마침내 7월 중국어판이 발행되었고 한글 번역판도 바로 잇달아 나올 수 있게 되었다. 그런데 중국어판은 타이완에서 출판된 2권을 1권으로 묶고 또 새로운 글을 보태서 편집한 것으로 총 750쪽이 넘는 대작이다. 이를 한 권으로 번역해서 출판하는 것은 불가능하여 우선 절반 분량을 먼저 출판하기로 결정했다. 원저작에 실린 글은 주제별로 진화, 개인, 광인, 국민성으로 분류할 수 있다. 각각의 주제는 긴밀하게 연관되기 때문에 특정한 글을 하나의 주제로 귀속시키기는 어려우나 분량 등을 고려하여 진화, 개인, 광인 문제를 집중적으로 다룬 글을 먼저 번역했다. 『지나인 기질』을 중심으로 국민성 문제를 집중적으로 다룬 글은 내년 이맘때쯤 번역, 출판할 예정이다.

여기에는 저자가 2001년부터 2023년 4월까지 약 20년에 걸쳐 발표한 논문 11편이 실려 있다. 애초에 하나의 저술로서 기획된 것이 아니라 관련 연구 논문을 모아 편집한 것이기 때문에 약간의 중복이 있기는 하나 저자가 같은 문제의식으로 오랜 기간 진행해 온 '루쉰과 일본' 연구의 집대성이라고 하기에 결코 모자람이 없다. 문제의식의 소재는 가타마야 도모유키(片山智行)가 1967년에 제출했으나 오랜 기간 제대로 다루어지지 않았던 '원(原) 루쉰'이다. 다시 말하면 루쉰(魯迅)이라는 필명으로 살아가기 이전의 '저우수런'(周樹人)이다. 루쉰은 1902년 3월 일본 유학을 가서 1909년 8월에 귀국했다. 1881년생이니 21살부터 28살까지 7년 남짓한 기간 동안 메이지시대(1866~1912) 말기를 함께 했다. 20대는 한 개인의 생애로 보자면 그야말로 지적인 독서가 집중되는 시기로 '사상'의 기초가 뿌리내리기 시작하는 시기가 아닐까 한다. 저자의 표현을 빌리자면 저우수런에서 루쉰으로의 '변신'(羽化)를 준비하는 시기이다. 저우수런은 일본 유학 기간에 「악마파 시의 힘에 대하여」(1907), 「문화편향론」(1908) 등 '사람 세우기'(立人)과 관련된 산문을 쓰고 같이 유학하고 있던 동생 저우쭤런과 함께 7개국의 단편 16편을 번역하여 『역외소설집』(1909)을 출판했다. 그런데 지금까지 이 시기의 성과에 대하여 「광인일기」를 발표하고 문단의 '권위'가 된 그 '루쉰'으로 이 시기의 '저우수런'을 읽고 해석했다. 그가 일본에서 어떻게 생활하고 누구를 만났으며 어떤 책을 읽었는지에 대해서는 거의 고려하지 않았던 셈이다. 따라서 저자는 저우수런으로 되돌아가서 그에 대해 읽고 해석하기를 주장한다.

저자가 명시적으로 언명하고 있지는 않으나 그의 연구는 "유학 시절 루쉰의 문학운동은 일본 문학과 교섭하지 않았다"라고 언명한 다케우치 요시미의 해석을 겨냥하고 있다. 저자의 연구가 보여 준 것은 서방이 일본을 거쳐 저우수런에게 도달하는 여정이다. 따라서 메이지 30년대 도쿄의 독일어전수학교에 적을 두고 마루젠서점을 일삼아 다닌 저우수런의 장서 목록 혹은 장서 목록에는 없으나 그가 읽었음에 틀림없는 책을 통하여 그의 '주변'을 탐색한다. 저자의 연구의 길잡이가 된 것은 기타오카 마사코의 『「악마파 시의 힘에 대하여」 취재원 고찰』(2015, 1972년 관련 논문 최초 발표)이다. 기타오카는 꼼꼼한 독서로 루쉰이 「악마파 시의 힘에 대하여」를 쓸 때 참고한 '취재원'으로 추정되는 메이지 30년대 일본 문인의 글을 모자이크 퍼즐 맞추듯 하나하나 논증했다. 저자는 기타오카 등 일본 연구자들의 성과 위에서 그들이 놓친 또 다른 퍼즐을 찾아 맞춤으로써 저우수런 해석의 빈틈을 메운다. 그의 퍼즐 맞추기는 메이지 일본의 문단 및 언론계에 대한 광범위한 독서와 조사를 바탕으로 하고 있어 저우수런 뿐만 아니라 메이지의 문화의 정경을 그려 보는 데도 좋은 참고 자료가 된다. 저자의 연구의 엄밀함은 저우수런 텍스트의 취재원으로 확정한 메이지 텍스트의 원문을 일일이 자신의 중국어 번역과 함께 나란히 제시하는 데서 잘 드러난다. 저자는 저우수런의 텍스트는 메이지 텍스트를 발췌, 인용, 심지어는 도용한 것에 가깝다고 본다. 바로 이 점에서 서방의 사상, 문학을 탐독한 메이지 문단과 루쉰의 '동시대성'을 강조한 기타오카 등 일본 연구자들의 연구와 차이가 있다. 중요한 것은 일본을 거쳤다는 사실이다(번역서에는 분량과 가독성 등의 문제를 고려하여 일본어 텍스트 원문은 일괄 삭제했다).

루쉰은 유학 시절의 행적에 대한 기록을 거의 남기지 않았고 동생 저우쭤런과 벗들의 회고도 제한적이다. 따라서 저자는 저우수런으로 되돌아가기 위하여 우선 루쉰의 장서 목록에 집중한다. 그가 소장한 서적은 총 3,760종, 이중 중국어는 1,945종, 외국어는 1,815종이다. 중국 근현대 어느 작가도 이만큼의 외국어책을 소장하고 한 작가는 없다. '가져오기주의'의 현시라고 할 만 방대한 목록은 그의 번역 작품이 15개 국가, 110명의 작가를 포괄하는 까닭을 잘 보여 준다. 저자는 장서 목록에서 외국어책, 특히 외국어책의 절반을 넘어서는 일본어책에 주목하고 목록에는 없으나 그가 읽었을 것으로 판단되는 기타 일본어책까지 고려한다면 일본책은 루쉰이 새로운 지식, 광의의 '서학'을 획득한 중요한 통로였다고 주장한다. 다시 말하면 루쉰이 서방의 지식을 곧장 직접 가져온 것이 아니라는 것이다. 이제 문제는 어떻게 일본을 거쳐서 가져왔는가이다.

먼저 '진화'라는 개념어의 수용 문제이다. 루쉰은 물론이고 근대 중국에서의 진화론 수용을 이야기할 때 일반적으로 거론되는 것은 헉슬리의 『진화와 윤리』(1894)를 번역한 옌푸의 『천연론』이다. 그런데 저자는 진화론에 관한 또 다른 책으로 지금은 거의 잊혀졌으나 당시에는 중대한 영향을 미쳤던 『물경론』(1901)에 주목한다. 『물경론』은 도쿄 유학생 양인항이 가토 히로유키(도쿄제대 초대 총장)의 『강자의 권리의 경쟁』(1893)을 번역한 것이다. 가토 히로유키의 저술은 헉슬리의 것보다 일 년이 앞선 사회진화론 해설서다. 『천연론』이 자연계의 법칙으로 현실 세계에 대한 문학적 암시를 하고 있다면, 『물경론』은 인류사회 자체가 '강자 권리=권력'의 세계임을 드러냄으로써 당시 중국의 현실에 대한 훌륭한 주석의 역할을 했다. 양인항은 제목으로 '물경'이라는 옌푸의 용어를 사용한 것을 제외하면 대부분은 가토 히로유키가 쓴 개념어를 대부분 그대로 차용했다. 대표적인 것이 바로 일본에서 만든 한자어 '진화'(進化)다. 저우수런은 『천연론』에 이어 『물경론』을 읽고 이어 일본에 가서 기타 다양한 진화론 관련 서적을 접했다. 저자에 따르면 이 과정에서 저우수런의 새로운 개념의 수용에 있어서 '천연'에서 '진화'로의 변화가 발생했고, 결과적으로 진보 혹은 혁명의 암시를 수용할 수 있게 되었다.

저우수런의 진화론 수용에서 그의 주변에 있었던 또 다른 인물은 오카 아사지로다. 일본에서 진화론의 도입이라는 측면에서 보면 중국에서의 옌푸의 위치에 있는 인물이다. 그의 저술 『진화론 강화』는 생물학적 진화론과 사회학적 진화론을 효과적으로 통합한 것으로 평가되고 당시 거대한 영향력을 발휘했음에도 불구하고 지금은 일본에서도 거의 잊혀진 인물이다. 1904년 6년 저우수런은 '문예운동'에 종사하기 위해 센다이의전을 떠나 도쿄의 독일어전수학교에 등록한다. 오카 아사지로는 당시 이 학교의 생물 교사였다. 저우수런은 학교에 적을 걸어두었을 뿐 성실하게 출석하는 학생은 아니었으므로 오카가 개설한 생물학 수업을 들었는지는 알 수 없다. 그러나 저자는 훗날 루쉰의 구경꾼, 노예근성, 황금 세계, 도중과 중간 등의 개념으로부터 오카 아사지로의 영향을 설득력 있게 보여 준다. 루쉰은 일본 유학에서 돌아온 이후에도 오카 아사지로에 대한 관심과 독서를 지속했다. 따라서 저자는 루쉰의 진화론에 대한 이해는 오카를 통해서 이루어졌다고 본다. 물론 차이점도 있다. 오카 아사지로는 생물의 경쟁은 궁극적으로 피할 수 없다고 여겼으나 저우수런은 강자의 논리, 수성(獸性)의 애국을 반대하고 '사람 세우기'를 통해 하늘(天)과 싸워 이길 것을 강조했다.

다음은 '개인' 개념이다. 저자는 저우수런의 주변에 있었던 메이지 30년대의 니체, 슈티르너, 입센을 살펴본다. 물론 핵심 사항은 니체이고 슈티르너와 입센은 니체의 주변 사항이다. 메이기 말기에 일어난 '니체 열풍'은 그의 사망(1900)과 함께 도쿄대학 철학과와 독일어과 출신 엘리트를 중심으로 시작되어 이듬해 정점에 달했다. 저우수런이 일본 땅에 오른 때는 그 이듬해였으므로 니체 열풍의 '여파'가 남아 있던 시기였다. 저자는 「문화편향론」의 니체 관련 단락이 니체의 원서를 읽고 난 뒤 귀납하거나 개술한 것이 아니라 취재원인 구와키 겐요쿠의 『니체 씨 윤리서 일단』(1902)의 일부를 그대로 가져왔음을 보여 준다. 구와키 겐요쿠는 니체를 '극단적 이기주의'로 해석한 그의 스승 쾨베르의 영향 아래 있었기 때문에 일반적으로는 저우수런이 그의 영향을 받았을 리 없다고 평가된 인물이다. 니체와 관련하여 저우수런 주변에는 '미적 생활 논쟁'을 주도한 다카야마 조규, 조규의 동학이자 「니체와 두 시인」(1902)의 저자 도바리 지쿠후, 조규의 동생이자 「국가와 시인」(1903)의 저자 사이토 신사쿠가 있었다. 이들은 천황제 국가에 대한 충성 요구에 반발하여 니체를 '방법'으로 삼아 본능주의, 개인주의를 주장했다. 저우수런은 구와키 겐요쿠를 '도용'한 한 편으로 다카야마 조규 등으로부터 개인 개념을 구성해 갔던 것이다.

저우수런이 주목했던 니체의 주변에 슈티르너가 있었다. 저자는 「문화편향론」의 슈티르너 관련 단락의 취재원이 분학사의 「무정부주의를 논하다」(1902)이고, 필명 '분학사'는 메이지 일본에서 무정부주의에 대한 이해가 가장 깊었을 뿐만 아니라 청말민초 중국의 혁명론자들이 주목했던 게무야마 센타로임을 논증한다. 도쿄제대 철학과를 졸업했으나 와세다대학 역사과에 교수로 있었고 끝까지 박사학위를 받지 않음으로써 도쿄제대의 관학 만능, 학벌 계파에 대한 반감을 드러냈던 인물이다. 그는 무정부주의를 실행적 무정부주의와 이론적 무정부주의로 구분하고 슈티르너는 니체 사상을 계승한 이론적 무정부주의자로 처리한다. 저자에 따르면 저우수런은 무정부주의 자체에 대해서는 별다른 관심이 없었다. 개인, 개인주의에 관한 관심으로부터 게무야마의 무정부주의에 대한 해석에서 슈티르너라는 소재를 절취했을 따름이다.

저우수런의 주변에 있었던 또 다른 인물은 앞서 언급한 다카야마 조규의 동생 사이토 신사쿠다. 그의 형과 마찬가지로 그는 32세

(1909년)로 요절했다. 저우수런이 유학을 마치고 귀국하던 해다. 공교롭게도 그의 형은 저우수런이 일본 땅을 밟은 해인 1902년에 사망했다. 저자는 「악마파 시의 힘에 대하여」와 「파악성론」의 '사람 세우기'와 관련된 입론은 사이토 신사쿠와 떼어 놓고 생각할 수 없다고 주장한다. 사람, 천재, 영혼의 소리, 이상, 자유, 사람의 소리 등의 핵심어를 공유하고 있기 때문이다. 그는 또한 '루쉰과 입센' 문제를 검토할 때 피할 수 없는 인물이기도 한다. 저자는 봉건적 혼인을 비판하는 사이토 신사쿠의 「입센은 어떤 사람인가」라는 글이 저우수런을 "살해했다"라고 말한다. 청년 저우수런도 훗날의 루쉰도 사이토 신사쿠의 입센 관련 글을 언급하거나 인용한 적이 없다. 그러나 저자는 모친의 결정에 따라 혼인을 한 주안(朱安)이 없었다면 사이토 신사쿠의 입센 관련 글은 저우수런이 글을 쓸 때 '취재원'이 되었을 뿐만 아니라 그의 '사람 세우기'와 관련된 글쓰기 또한 중단되었을 리가 없었을 것이라고 본다. 다시 말하면 사이토 신사쿠의 입센을 읽은 저우수런은 문예에 대한 염원을 끝낼 수밖에 없었다. 그가 유학을 마치고 「광인일기」를 쓸 때까지 10년이나 걸릴 수밖에 없었던 원인이 바로 사이토 신사쿠라는 것이다. 흥미로운 해석이다.

저자의 이 모든 연구의 문제의식이 저우수런이 어떻게 루쉰으로 변신했는가에서 출발했다고 한다면 연구의 종착점은 당연히 「광인일기」다. 우선 메이지 일본의 식인 언설이다. 배경으로 소고기의 식용이 곧 '문명'이라는 언설, 세계의 '신선한 일'에 대한 호기심, '과학'으로서의 식인 이야기에 대한 탐닉 등이 있었다. 여기에 도쿄대에서 동물학을 가르친 미국의 동물학자 모스가 오모리 패총을 발견하고 고대 식인 인종의 일본 거주를 주장하자 식인 언설은 급속도로 확산된다. 제자 이시카와 지요마츠가 모스의 강의를 정리하여 펴낸 『동물진화론』과 『진화신론』은 루쉰의 진화론 교과서로 알려져 있다. 그런데 메이지 식인 언설에서 상당한 비중을 차지하는 것은 '지나인이 인육을 먹는다는 설'이다. 저자에 따르면 인류의 식인에 관한 언설이 지나인 식인의 설로 변모한 까닭에는 역설적이게도 식인의 사례를 입증하는 『철경록』, 『자치통감』 등과 같은 광범위한 고대 중국 문헌의 존재 덕분이다. 저우수런이 중국 역사에 기록된 식인 기록에 주목하게 된 중요한 계기는 근대 일본 '국문학' 연구의 중요한 개척자인 하가 야이치가 쓴 『국민성 십론』(1907)이다. 이 책은 당시 청년 필독서, 국민 필독서였을 뿐 아니라 하가 야이치는 저우수런이 독일어전수학교에 적을 둔 시기에 '국어' 담당 교사이기도 했다.

다음은 광인 언설에 관한 것이다. 저우수런이 경험한 메이지 일본은 '광인 제조의 시대'였다. 메이지 헌법의 반포와 실시. 교육칙어의 공포 등을 통한 천황을 중심으로 하는 국가 체제의 확립, 청일전쟁과 러일전쟁의 승리로 인한 '국가주의 광란'과 관련이 있다. 일반 사회, 언론계, 사상계, 문학계가 광인을 만들어내고 있었다. 중심에는 예의 니체가 있었다. 앞서 언급한 구와키 겐요쿠는 니체를 정신병원과 나란히 두고 논평했고, 다카야마 조규 등 몇몇이 니체를 광인의 행렬에서 구원하고자 했으나 소수에 지나지 않았다. 따라서 저자는 저우수런이 처음으로 마주한 니체는 분투자, 문명비평가라기보다는 광인이었다. 그런데 그가 세간의 여론이 조성한 인지의 간섭을 극복할 수 있었던 것은 당시 게무야마 센타로의 무정부주의 담론과도 관련이 있다고 본다. 게무야마 센타로는 니체와 슈티르너에 대한 해석을 통하여 '광인'이라는 말을 독창적이고 독립적인 개인에게 부여하는 시호로 감별했다. 물론 광인 언설을 전파하고 확산한 가장 주요한 통로는 문학이었다. 모리 오가이의 '삼광(三狂) 작품', 마쓰바라 니쥬산카이도, 후타바테이 시메이 등이 광인을 소재로 소설을 썼다. 저우수런은 광인에 관한 주류 담론을 배척하고 자신의 광인을 구성했다. 여기에 결정적인 역할을 한 것은 메이지 문단에서 열정적으로 읽혔던 러시아 문학이다.

마지막으로 저자는 루쉰의 「광인일기」와 직접적으로 관련이 있는 문학 텍스트에 집중한다. 광인의 '경계 넘기' 여정 즉, 러시아 작가의 광인 작품이 일본을 거쳐 루쉰의 「광인일기」에 이르기까지 거친 다섯 정류장에 대한 검토다. 일반적으로 「광인일기」의 영향 관계를 이야기할 때는 고골의 동명소설에 대한 후타바테이 시메이의 번역(1907)이 우선 거론된다. 그런데 저자는 후타바테이 시메이에 앞서 고골의 소설을 문언으로 번역한 곤노 구코의 「광인일기」(1899)와 마쓰바라 니쥬산카이도의 과대망상증 환자를 주인공으로 한 소설 「광인일기」(1902)를 거론한다. 이 두 작품은 이제까지 저우수런의 주변으로 언급되지 않았던 작품이다. 전자는 고골의 광인의 일본 상륙, 후자는 그것의 일본에서의 토착화를 보여 준다. 각각 광인의 경계 넘기의 첫 번째, 두 번째 정류장에 해당한다. 세 번째는 후타바테이 시메이가 번역한 「두 광인」(1907)이다. 고리키의 「실수」를 번역한 것으로 당시 일본 사회에 강렬한 충격을 주었음에도 장기간 고골의 「옛날 사람」 번역으로 오인되었을 뿐만 아니라 훗날에는 잊혀진 작품이기도 하다. 저우수런이 유학할 당시 고리키는 문학세계의 니체로 간주되었고 「두 광인」은 '니체 척도'가 가장 높은 작품이었다. 저우수런 주변에 있었던 또 다른 작품으로는 체호프의 「제6병동」을 세누마 가요가 번역한 「6호실」(1906)과 안드레예프의 「붉은 웃음」을 번역한 후타바테이 시메이의 「혈소기」(1908)가 있다. 이들이 바로 네 번째다. 마지막으로 『역외소설집』에 실린 안드레예프의 「기만」과 「침묵」, 가르신의 「나흘」 세 편이 다섯 번째 정류장이다. 다섯 정류장을 거친 광인의 경계 넘기의 도착 지점은 말할 것도 없이 드디어 루쉰으로 '변신'하여 쓴 1918년의 「광인일기」다. 저자가 광인의 경계 넘기 여정을 통해서 보여주고자 하는 것은 「악마파 시의 힘에 대하여」, 「문화편향론」 등으로 「광인일기」를 설명하는 것은 충분하지 않다는 것이다. 그 사이에 러시아 문학, 정확하게는 메이지 일본에 번역된 러시아문학이 존재했다. 이로써 저자의 말을 빌리자면 "저우수런은 실제적으로 완전한 '광인'의 추형을 가지고 귀국했다". 그러나 '철방'의 질식 속에서 광인이 외칠 수 있는 순간을 기다릴 수밖에 없었다. 저자는 "광인의 경계 넘기의 도착 지점에서 1918년의 저우수런을 돌이켜 보면 차라리 쓰지 않든지, 만약에 쓴다면 「광인일기」를 쓸 수밖에 없었을 것이다"라고 말한다.

요컨대 저자는 서방이 일본을 거쳐서 저우수런에게 도착했고 저우수런은 자신의 '선택'을 거쳐 루쉰으로 변신할 수 있었다고 말한다. 다케우치 요시미의 루쉰을 떠올리면 이 책은 루쉰과 일본의 관계를 지나치게 과장하고 있다고 할 수 있다. 저우수런이 메이지 문단의 저서와 역서를 읽고, 발췌하고, 인용하고, 심지어 도용했다고 하더라도 그것이 바로 영향 관계를 증명한다고 할 수는 없기 때문이다. 그럼에도 불구하고 루쉰의 한계, 더 나아가 동아시아 근대의 한계가 어쩌면 메이지 말기의 일본으로부터 비롯된 것은 아닌지 고민해 볼 필요가 있지 않을까 한다. 이것이 바로 이 책이 우리에게 던져 주는 문제일지도 모른다.

번역의 소회를 조금 덧붙이고자 한다. 유학 시절 루쉰 즉, 저우수런에 대한 궁금증으로 메이지 일본에 대한 변변찮은 이해에도 겁도 없이 번역에 착수했다. 끝없이 등장하는 수많은 낯선 인물을 만났고 바로 이런 까닭에 번역 기간 내내 늪에 빠져 버린 기분이었다. 번역을 끝낸 지금도 메이지 일본과 저우수런을 이해할 수 있게 되었다고 말하기 어렵지만, 덕분에 메이지 말기의 풍경 속 마루젠서점 2층의 한 귀퉁이에 서서 한참 동안 책을 뒤적거리다 주머니를 털어 사들고 집으로 돌아와 밤새 머리를 파묻고 읽는 청년 저우수런의 모습을 그려볼 수 있게 되었다. 지금 눈앞의 이 그림이 루쉰에 대한 더 깊은 이해로 이어지길 바랄 뿐이다.

마지막으로 10여 년이 넘는 시간과 공력, 비용을 들여 『루쉰전집』을 출판할 수 있도록 물심양면의 지원을 아끼지 않았던 그린비에서 어려운 상황에도 이 책의 출판을 결정해 주었다. 인문학적 고민, 동아시아에 대한 관심, 루쉰에 대한 혜안이 있지 않고서는 불가능한 일이다. 이 자리를 빌려 다시 한번 깊은 감사의 인사를 드린다.

부록

수록 논문의 최초 게재(발표 시간순)

◎ 「關於『物競論』」, 佛教大學『中國言語文化研究會』 제1기, 2001년 7월; 北京魯迅博物館 編, 『魯迅研究月刊』 2003년 제3기 전재.

◎ 「魯迅と丘淺次郎」(上, 下), 佛教大學『文學部論集』 제87, 88호, 2004년 3월; 중국어판, 雅娟 譯, 「魯迅與丘淺次郎」(上, 下), 『東嶽論叢』, 2012년 제4, 7기.

◎ 「魯迅與日本書」, 『讀書』 2011년 제9기, 北京三聯書店.

◎ 「明治時代'食人'說與魯迅的「狂人日記」」, 『文學評論』 2012년 제1기; 『新華文摘』 2012년 제10기 전재; 일본어판 「明治時代 における'食人'言説と魯迅の「狂人日記」」, 佛教大學『文學部論集』 제96호, 2012년 3월. 학회 발표: 「明治時代'食人'言說與魯迅的「狂人日記」」('魯迅: 經典與現實' 國際討論會, 浙江紹興, 2011년 9월 25일); 壽永明·王曉 初編, 『反思與突破: 在經典與現實中走向縱深的魯迅研究』, 安徽文藝出版社, 2013년.

◎ 「留學生周樹人周邊的'尼采'及其周邊」, 2012년 11월 22일~11월 23일 싱가포르 南洋理工大學에서 주최한 '魯迅與現當代華文文學' 국제심포지엄 제출 논문. 張釗貽 主編, 『尼采與華文學論集』, 八方文華創作室; 『東嶽論叢』 2014년 제3기에 수록.

◎ 학회 발표: 「留學生周樹人'個人'語境中的'斯契納爾' —兼談'蚊學士', 煙山專太郎」, '世界視野中的魯迅' 국제심포지엄(2014년 6월 14일), 山東師範大學; 『東嶽論叢』, 2015년 제6기; 呂周聚·趙京華·黃喬生 主編, 『'世界視野中的魯迅'國際會議論文集』, 中國社會科

學院出版社, 2016년 1월.

◎「'天演'から'進化'へ ─ 魯迅の進化論の受容とその展開を中心に」, 石川禎浩·狹間直樹 編,『近代東アジアにおける飜譯槪念の展開: 京都大學人文科學硏究所付屬現代中國硏究センター硏究報告』, 京都大學人文科學硏究所, 2013년 3월; 중국어판「從'天演'到'進化' ─ 以魯迅對'進化論'之容受及其展開爲中心」, 狹間直樹·石川禎浩 主編, 袁廣泉 等 譯,『近代東亞飜譯槪念的發生與傳播』,社會科學文獻出版社, 2015년 2월, 日本京都大學中國硏究系列五.

◎「魯迅進化論知識鏈中的丘淺次郎」, 譚桂林·朱曉進·楊洪承 主編,『文化經典和精神象征 ─'魯迅與二十世紀中國'國際學術討論會論文集』, 南京師範大學出版社, 2013년 12월.

◎「從'周樹人'到'魯迅' ─ 以留學時代爲中心」, 中國社會科學院文學硏究所와 佛敎大學이 연합 주최한 '全球化時代的人文學科諸項硏究 ─ 當代中日, 東西交流的啟發' 국제심포지엄(2017년 5월 26일)의 발표논문. 社會科學院文學硏究所 編,『多視野下的中日文學硏究』, 社會科學出版社, 2018.

◎「狂人之誕生 ─ 明治時代的'狂人'言說與魯迅的「狂人日記」」,『文學評論』, 2018년 제5기;『新華文摘』, 2018년 제24기 전재; 일본어판「狂人の誕生 ─ 明治期の'狂人'言説と魯迅の「狂人日記」」, 佛敎大學『文學部論集』제103호, 2019년 3월. 학회 발표: 第七屆國際漢語敎學硏究生指導硏討會, 吉林大學, 2018년 8월 16~18일; 現代中國硏究會·佛敎大學四條センター, 2018년 8월 25일; '現代文學與現代漢語國際討論會', 南京師範大學, 2018년 10월 19일; 南京師範大學文學院·『學術月刊』雜志社 編,『現代文學與現代漢語國際學術討論會論文集』; 中國言語文化硏究會, 佛敎大學, 2018년 11월 17일.

◎「'狂人'的越境之旅 ─ 從周樹人與'狂人'相遇到他的「狂人日記」」,『文學評論』2020년 제5기;『新華文摘』2021년 제2기 전재; 일본어판「'狂人'の越境の旅 ─ 周樹人と狂人の出會いから彼の「狂人日 記」まで」, 佛敎大學『文學部論集』제105호, 2021년 3월.

◎「『七死刑囚物語』與阿Q的'大團圓'」, 華東師範大學,『現代中文學刊』2021년 제5기.

◎『關於留學生周樹人與明治'易卜生' ─ 以齋藤信策(野之人)爲中心』,『南國學術』, 제13권 제2호, 2023년 4월.

색인

인명

중국

일본

서양

저작

사항

루쉰을 만든 책들 (상)

초판1쇄 펴냄 2024년 2월 22일

지은이 리둥무
옮긴이 이보경, 서유진
펴낸이 유재건
펴낸곳 (주)그린비출판사
주소 서울시 마포구 와우산로 180, 4층
대표전화 02-702-2717 | **팩스** 02-703-0272
홈페이지 www.greenbee.co.kr
원고투고 및 문의 editor@greenbee.co.kr

편집 이진희, 구세주, 송예진, 김아영 | **디자인** 이은솔, 박예은
마케팅 육소연 | **물류유통** 류경희

책값은 뒤표지에 있습니다. 잘못 만들어진 책은 구입처에서 바꿔 드립니다.
ISBN 978-89-7682-855-2 93820

독자의 학문사변행學問思辨行을 돕는 든든한 가이드 _(주)그린비출판사

이 번역서는 연세대학교 학술연구비의 지원으로 이루어진 것임(2022-22-0402)